乘龍

CHENG LONG

峨嵋 / 著

下

重慶出版集團
重慶出版社

目录

需要被保护的武圣　　/1

命不该绝　　/12

江山美人　　/23

好梦由来最易醒　　/33

这次轮到我骗你　　/44

兔子急了会吃人　　/53

下一站冷宫　　/65

一个比一个混蛋　　/76

一语成谶　　/89

皇者归来，遭嫌弃！　　/100

敲晕了带回家　　/111

你惨了……　　/121

情不自禁　　/132

我也是在利用你　　/143

你活着就不容易了　　/155

欢迎光临奉神教　　/166

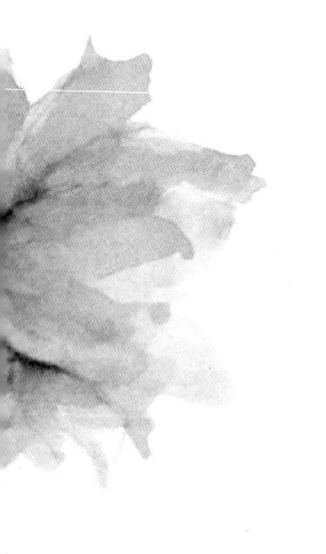

蛊神也要晋级！　　　/177

圣子求婚　　/188

就是这个味道　　　/200

小灰的大爆发　　　/210

漂亮凶残的兔妈妈　　　/222

绝谷寻父　　/233

夫君是用来使唤的　　　/245

生死相许　　/256

不会是欲求不满吧？　　　/266

我想跟你在一起　　　/278

番外1　你身上的肥肉呢？　　　/289

番外2　一辈子的承诺　　　/292

番外3　世子的悲剧童年　　　/301

需要被保护的武圣

严棣搂紧了她，亲亲她那双瞪得圆圆的大眼睛："悠悠，你答应过既往不咎的。"

"哼！"秦悠悠撇开脸躲过他的亲吻，犹有些愤愤不平。

经过禁地里的一番亲身经历，再对照这封信，她几乎马上猜到了这封信的来历。

她娘亲风瑶姬表面上是到奉神教拜师学艺，实际上是要替风家盗取江氏父子手中的机关图纸。

那些机关图纸不用问就是当年江氏父子的先祖被逐出严氏之前在禁地里偷的。所以其中不少也用那种神秘符号作标注，风瑶姬虽然把图纸弄到手了，却发现根本无法读懂。

信中所说的师兄，应该就是指江如练，他能够在三十岁大闹风氏老宅的时候就已经达到十二品武圣的修为，正是因为他修炼的功法与严棣修炼的那套一模一样。

这一点严棣在禁地时就说过了。

修炼的功法一样，但是条件却差了许多，严棣有禁地内那一口名为"死泉"的圣泉帮忙，又有族里无数长老高手的指点护法，自然是事半功倍少走许多弯路。

江如练修炼全凭先祖偷来的功法自己摸索，所以修炼过程中出岔子很寻常，他的暴躁易怒和那些失踪的师姐妹应该都与这个脱不了干系。

他让风瑶姬服食易经丹，应该也是想到了跟严棣一样的法子，秦悠悠似乎想通了一些，却又还有许多不明白。

尤其想到母亲信中提及的那些失踪的师姐师妹，又想到她刚来圣手亲工府时，这里除了杜韦娘和小庭花，没有半个女人，更是忍不住怀疑起来。

严棣见她投向自己的目光突然变得充满怀疑恐惧，也知道她想歪了，伸指弹了一下她的额头道："又在胡思乱想，我没做过这么龌龊恶心的事情，没这个必要。"

"但是江如练他为什么……"秦悠悠一下子不知道该怎么表达。

"我猜他也是对你娘亲有真感情，否则当年不会冲动地大闹风家老宅，据说为了这事，他差点儿被上任教主削去了继承权。他让你娘吃易经丹也是希望她能够活下来。"严棣摸着秦悠悠的长发道。

"至于那些失踪的女人，江如练他不似我以圣泉内的纯净杀气为基础，他吸收的杀气多半驳杂不纯而且其中充满暴烈血腥等杂乱气息，如此很容易引发体内真气不定期失控爆发。如果我没猜错，他应该是用那些女子的纯阴之血来缓和这种症状。"严棣说到这里，特别声明："我是根据功法原理推测，我没做过这种事。"

秦悠悠轻哼一声，算是暂时信他。想到娘亲信中所说，江如练父亲收下的大批女弟子，只怕都是准备给儿子练功用的。

奉神教的作风，真是令人心寒。

"不对！江如练是在我娘偷走之后大闹风家的，那个时候他不过是个十二品武圣，还没到需要散功的时候啊，这么早让我娘吃易经丹做什么？"

严棣点头道："不错，不过他应该也感觉到修为增长的速度快得异乎寻常，所以才会事先做好准备。"

"他又没有圣泉水，就算真把我娘的经脉养得强健无比，我娘又愿意嫁他，碰到他体内的杀气，还是会没命的。"秦悠悠很怀疑。

严棣笑道："世上除了'生泉'中的泉水，应该还有一种东西是可以改变人的体质，达到同样效果的。你听过奉神教的'不死鳞霜'吧。"

奉神教供奉的所谓"神"其实是一种古怪的蛊虫，这种蛊虫濒死之际就会从身体内分裂出一个新个体，而本体会迅速风化成一个只剩体表鳞片的空壳。

这个空壳三年之后也会化作纯白色，看上去像小片小片的冰霜，"鳞霜"之名由此而来。

据说这种鳞霜乃是不死灵药，可以令人生机勃发，服用一钱可以延寿百年。

问题是奉神教供奉的那条不死蛊虫，每三百年才能产生这么一钱的鳞霜。

这些秦悠悠倒是听过，说起来这东西比严氏皇族禁地里那口随便喝的圣泉还要金贵得多。

"如果你没有那么好运遇到我，你打算怎么解决散功的问题？"秦悠悠忍不住好奇。

严棣淡然道："实在没办法，我会另外带一个女人进去，不过她就只有死去之后才能离开禁地了。"

他的说法很现实，不过秦悠悠听了觉得很不舒服。

"想那么多做什么？上天把你送给我了。"严棣亲亲她的唇道。

"哼！"秦悠悠努力忘记这令人不快的话题，目光移回那个百珍匣内，轻声道："这封信是我娘亲写给我那位风家舅舅的，那这些东西应该也是我娘用过的了。满子哥哥怎么会有这些东西？"

"自然就是风归云给他的了。"严棣的语气有些不友善。

秦悠悠看过关于自己娘亲的卷宗，自然也知道那个被她视同大敌的风归云，其实应该是自家表哥。

可他为什么一会儿替奉神教追杀她，一会儿又给她送来这些东西？

还是这位表哥其实对她没有多大恶意，所谓的追杀不过是想在奉神教眼皮底下保住她，免得她真的落入旭光圣子、江如练师徒手上呢？

秦悠悠回忆之前忽略的种种细节，越想越觉得像。她被化元丹散去修为的事，也不见得与他有关。

这个混蛋，他就不会想办法多暗示一下吗？害她怕个半死还堕崖落江，结果被妖怪相公捡了回家。

这算不算是错有错着的缘分？！

"你可不可以找到凤归云？"秦悠悠把玩着严棣衣领上精致的绣花纹饰。

"他失踪了，探子得到的消息，奉神教那边也在找他。"

"他会不会有危险？我想见见满子哥哥，反正他每天要到宫里替你哥哥把脉观察伤势，我明天就在宫里见他。"秦悠悠望着严棣道，语气里带着颐指气使不容拒绝的娇蛮。

严棣想了想，有些无奈道："好。"

秦悠悠自觉取得了阶段性胜利，得意地笑了笑，转身小心翼翼把娘亲的亲笔书信收好放回匣子里，又取了那些小东西看。

匣子里有钗环之类的首饰，也有手帕和一些用处不明的小瓶子。并没有什么特别值钱的物件，秦悠悠从严棣、梁令替她收集的消息也知道，娘亲出自凤氏旁枝，在家族里头算不上特别受宠。

秦悠悠把那些小首饰一件一件取出来细看，发现手工都精致非常，尤其一支打造成藤萝缠枝花式的银簪，只能用巧夺天工来形容。

这特别的款式越看越像是机关师的手笔，甚至可以说，如此手工设计用在一支银簪上，简直就是浪费。

秦悠悠不由多看了几眼，忽然"咦"了一声。

"怎么？"严棣问道。

"这里有字！"秦悠悠指了指发簪背面的暗纹，凝目细看确实藏了八个字：胜常瑶姬，白首不离。

胜常？应该是一个人的名字，是母亲的仰慕者？还是根本就是她的父亲？

娘亲能够被派去做卧底，肯定是个心思缜密的人，不可能没发现这支簪子上的字，而且女子也不可能收取陌生男子送的发簪，更不会将它与自己的随身物件放在一起。

这个"胜常"，至少有七八成可能是她的父亲！

严棣接过那支簪子看了看道："我明日命人查一查此人。"

"嗯！"秦悠悠心潮起伏，看了看其他东西没有什么异常，便都收回匣子内，将它放到自己的妆台上。

"有消息是好事，不要皱眉头了，我替你办事，你就不打算好好谢我？今天是谁说要伺候我更衣的？"严棣揉开秦悠悠紧皱的眉心，故意调笑道。

他看不惯秦悠悠难过低落的模样。

秦悠悠扁了扁嘴巴，趾高气扬道："等你把事情办好了，我看看满意不满意再说。"

次日一早，两人依旧一起进宫去，因为严棣每日会替皇帝行功三次，而何满子一般会在早上第一次行功疗伤之后前来替皇帝把脉看诊，所以秦悠悠也跟着严棣到皇帝寝宫去等何满子。

何满子在寝宫外间见到秦悠悠，神色一喜，知道她是特意等自己的，进去之后确定过皇帝的身体一切正常，便匆匆退出来与她说话。

秦悠悠比他更急："你送给我那些东西，是不是都是我娘亲的？是风归云给你的吗？他现在在何处？有没有向你提起我父亲是谁？"

说着不自觉就像小时候那样揪着何满子的袖子摇了摇。

严棣从皇帝寝殿内出来正好看见这一幕，黑着脸干咳一声，秦悠悠顺着他的目光发现他正瞪着自己的手，有些讪讪地松开缩回去，心里不禁嘀咕一声"小气鬼"。

何满子被她一连串问题问得苦笑，干脆从头作答："那些东西都是你娘的，原本一直在你舅舅那里，你应该已经知道你娘是风家的人。风归云他其实是你表兄了吧。"

秦悠悠点头埋怨道："他不早说？带着人追着我跑，把我吓得跳崖很有趣？"

"他身边很多旭光圣子的人，他没办法私下跟你接触，原本想抓住你之后再暗中想办法将你送走或藏起来的。"何满子替风归云解释道。

"前些日子，也就是圣手擂台那段时间，旭光圣子突然潜入子夜城，言谈之间明示对他起了疑心，而且逼他三个月内将你抓住，否则就要对付他，他没办法只好将东西辗转交托给我，自己脱离奉神教藏匿起来了。现在我也无法与他联络上。"

何满子在严棣的虎视眈眈之下，斟酌词句，没有说出他多番故意阻挠他们与秦悠悠联络的事。

事实上大嘴和小灰在圣手擂台赛开锣之前就双双陷入昏迷，何满子彻底无法跟秦悠悠互通消息，他知道旭光圣子要对付她的事却没法给她提醒，差点急得头发都白了。

他请人送信给严棣提及此事，严棣也只是回了一句"知道了"，仍是不肯让他去见秦悠悠。

幸好严棣确实很有本事，终究是护住了秦悠悠没让她落在旭光圣子手上。

其实他不说秦悠悠也能猜到一些，妖怪相公当时还没把她真正骗到手，定是不想多生枝节，所以故意隔绝她与外界的联系。

她对妖怪相公这种使手段当家常便饭，不尊重她的意愿还理所当然的态度非常不满，但是又拿他没办法，只能狠狠瞪他一眼不理他。

"我父亲的事……"何满子说的事，她大部分猜到答案了，只有这一件事她拿不准。

"风归云与他爹都不知道关于你父亲的事，你娘瞒得很紧，没有对风家任何一个人提起，他们只知道这个人应该是你娘离开风家之前就认识的，她不肯接受江如练求婚，甚至叛出奉神教都与此人有关。"何满子道。

"我娘不是因为替风家偷江氏父子的机关图吗?"秦悠悠记得信上是这个意思,当然也是顾忌江如练,怕自己像那些师姐师妹们一样永远"失踪"。

"应该不是,那些机关图大多无人能看懂,而且在江如练心目中,你娘比它们重要得多。风归云说,当年江如练大闹风家老宅,就曾经说过,只要风家交人,他就将手上所有图纸作为聘礼送予风氏,更不会追究风氏谋算他家图纸的事。风氏的人因此也花了许多精力想找出你娘的下落,可惜徒劳无功。"

何满子的话,让秦悠悠确定了心里许多疑问,但还是没能得到父亲的消息,甚至连母亲最终的下落,风归云在奉神教这些年也没有打探到一个确切的结果。

风归云与何满子的接触也不多,能够交代的事情,何满子几句话就已说得清清楚楚。

他说完后抬头望了一眼坐在一旁的严棣,突然对秦悠悠道:"悠悠,你让我把一把脉看看化元丹的药力是否已经驱除干净。"

秦悠悠一怔,明白过来他是不放心严棣,怕他用她散功的过程中在她身上留下隐患。

如今何满子就在严棣的地盘上,他虽然也是一个六品武者,但在严棣面前完全不值一提。

他冒着得罪严棣可能为自己惹来杀身之祸的危险,也要确定她的情况,实是出于一片关心。

所以秦悠悠没有多想,大大方方把手递了过去。

何满子握着她的手腕,细心感觉指腹处传来的每一下跳动,过了好一阵终于点了点头,放心笑道:"是我小人之心了。"

他这话是对严棣说的,后者冷着脸没理他。

送走了何满子,严棣站起身大步往外走去,没理秦悠悠,更不似平时那样主动牵她的手带着她一起离开。

秦悠悠知道他在生气,不过她都还没有生气呢!如果不是他使手段拦着何满子不让他们通消息,人家也不会怀疑他不安好心。

严棣走了几步不见秦悠悠跟上来,转身见她正在问一个小太监往原御书房去的路。

他又好气又好笑,大步走回去示意那小太监退下,板着脸道:"那边正在赶工清理,你去添什么乱?万一再遇上奉神教的人怎么办?"

秦悠悠不理他,转身就往小太监先前所指的小门走。

妖怪相公就知道用奉神教吓她,昨天出了事,宫里头又仔细查了一遍,正是防守最严密的时候,如果这样奉神教的人还能继续闹事,那他未免太过无能了。

严棣走上几步有些无奈地拉着她的手道:"好了,你又发什么大小姐脾气?"

他长这么大,就是他的皇兄母后,甚至父皇都不曾这么大咧咧地给他脸色看,偏偏千辛万苦娶回来的小妻子却不把他当回事。

"是谁先发脾气了？！"秦悠悠哼道。

"你信你的满子哥哥，不信我这个夫君，难道我不该生气？"严棣牵着她往临时议事大殿方向走。

秦悠悠娇蛮脾气发作起来，硬是站在原地不肯挪步，严棣干脆一手揽过她的腰将她从地上"拔"起来带着走。

"坏蛋，如果你不是使手段不让满子哥哥见我，他也不会怀疑你。"秦悠悠挣扎了几下发现徒劳无功，忍不住低声骂人。

严棣将她抱到身前，道："他怀不怀疑与我无关，你让他把脉又是什么意思？"

"让他放心啊，他也是关心我。如果我怀疑你，就不会当着你的面让他把脉了。"原来妖怪相公介意这个啊！

"嗯，算你有道理，我不生气了。"严棣其实也不过是一时意气，回过头来看自己也有些好笑，他什么时候变得这么计较了？

"我生气！你不尊重我！"秦悠悠气道。

"晚上回去给你好好赔罪。"严棣语气平淡表情正经，不过秦悠悠知道他脑子里肯定在转着很不正经的念头，这个混蛋！

算了，这是在皇宫里，耳目众多，她晚上回去王府再好好收拾他！

皇帝寝宫之中，小六子把刚才在外边发生的一幕巨细靡遗地对皇帝复述了一遍。

皇帝靠在枕上微笑："朕这个皇弟娶了妻子果然不一样了……"

"是啊是啊！"小六子低头附和，没看见皇帝眼中掠过的寒光。

严棣回到议事大殿，处理完政务，终究还是抽空陪秦悠悠到御书房那边走了一趟，去看圣祖留下的机关布置。

先前御书房倒塌并非完全是皇宫内众多高手与江如练激战的缘故，主要原因是危急之中皇帝发动了这里的机关，逼得堂堂十八品武圣也只得饮恨而归，不过同时御书房也在机关的可怕威力下毁于一旦。

这里让一般工匠清理的话，不知道还要白白送掉多少无辜性命，而且也有可能把其中重要的机关设计外泄，所以只能由皇族里头供奉的机关师带同一批死忠亲卫一起动手，直到今日才算完成。

秦悠悠正是想赶在重建之前亲眼看一看现场"遗迹"，她只看过机关设计图，感觉不太过瘾。

她与严棣一出现，平日鼻孔朝天的机关师们马上两眼发亮扑上来行礼，就是皇帝亲临他们都不见得有这么恭敬。

不是因为严棣权势熏天，实在是秦悠悠这个天工圣手的弟子，是他们心目中的偶像，能够听她点拨几句都受益匪浅。

秦悠悠也乐于跟这样有共同语言的人说话。这些机关师都是要参与御书房重建后的机关架设工作的,所以她也放心取出图纸跟他们说明。

不得不说,严氏那位圣祖的机关术已经非常高明,秦悠悠能够改进的地方不多,不过太后不止一次交代一定要做到尽善尽美,所以她在御书房周边也加设了配套的机关布置,将机关威力覆盖范围扩大到周边三十丈范围。

这样的设计如果完成,江如练再来想全身而退都很难。

严棣静静坐在一边,看着她在一众机关师之中用心讲解图纸,神采飞扬双眼晶亮的模样,让他觉得大概这样看一辈子都不会厌。

冬天的夜晚来得格外早,秦悠悠简单把图纸解释了一遍,天色已经暗了下来,她站起身无意识一抬头,就见不远处严棣正坐在一个大石墩上望着自己,素来冰冷严肃的脸孔在宫灯昏黄的光线下变得柔和静谧。

两人目光一接,秦悠悠的心跳不由自主漏了几拍,耳中似乎又响起了禁地里他跪在圣祖玉像前所说的话——自今日起,当与妻相守,互相扶持,至死不渝。

所谓夫妻,是不是就是这般,一直在一起,当她抬起头可以看见他就在她身边?

因为这无意识的对视,秦悠悠晚上回到王府也没有再提白天的事,轻轻放过了严棣先前的"恶行"。

为此她给自己找了借口——她在禁地里答应过既往不咎,那妖怪相公之前做的事就一笔勾销了吧。

"你以后如果背着我自作主张又或者算计我,我就不要你了!"秦悠悠趴在严棣身上再一次严正警告。

严棣只是笑了笑道:"你日日在我身边,我能背着你做什么事?你跟我一起发过誓要相守至死的,想说话不算话吗?"

秦悠悠"哼"一声没有说话。师父说过,发誓什么的,听听就罢了,不用当真。

不过这话当然不能跟妖怪相公说。

日子就这么忙碌而充实地过了好些天,皇帝的伤势没有大碍,恢复情况良好,严棣便提出要交还政事,操练军队准备开春一战。

皇帝懒洋洋躺在龙床上,见只得兄弟二人,说话便肆无忌惮起来:"我看永乐你这些日子干得不错,多干几个月,让为兄歇一歇。"

"你歇了整整一个月了。"

"我还当了几年皇帝呢。要不我们换一换,我去操练军队。"

严棣冷冷看着他,态度是明明白白的拒绝。

"啧啧,如今你就只会对弟妹笑,专门摆脸色给为兄看了是不是?反正弟妹还要经常入宫来监督重建宫殿的机关装嵌,你当陪她好了。"

严棣懒得继续跟他废话:"明日我就不来了,你自便。"说着就要转身离开。

"永乐,开春对多丽国开战,你可有足够把握?"皇帝见把兄弟惹急了,连忙说正事。

"你何时见我打过没把握的仗？"严棣面无表情道。

"也对，回去好好哄着弟妹，她也是关键……呵呵。"皇帝笑得意味深长。

严棣眉头皱了皱没说话。

"怎么？还没哄好弟妹？要不要为兄传你几招？女人嘛，就是嘴硬而已，让她们心软不难。"皇帝的面上带笑，眼里的神采却晦暗不明。

严棣没再理他起身离开。

庆春宫中，秦悠悠陪着太后去看过步蟾宫准备的冰灯回来，正坐在太后身边听她吩咐宫中女官与总管太监年节庆典的事。

刚刚发生过江如练大闹皇城刺伤皇帝的恶性事件，宫里对于这一次年节庆典格外重视。一来要让康复的皇帝在臣民面前风光亮相，好安抚民心提振士气，二来也有清洗旧年晦气，为即将爆发的大战祈福祝愿之意。

所以虽然诸事繁杂，太后还是坚持要将这次的庆典办得比往年更加隆重。

宫里几个身份比较高，办事较为伶俐的嫔妃也被太后召来打下手，反而秦悠悠因为要参与重建皇宫之事，只要偶然来陪陪太后做个样子就行。

在太后心里，只有将来皇帝选立的皇后才是她的儿媳妇，所以对宫里的嫔妃从来都是冷淡甚至严厉，也没有对谁特别亲近。

宫里头那些嫔妃好几次看到秦悠悠坐在太后身边，太后对她亲热温和的样子都暗暗羡慕妒忌。

小儿子就是受宠，连带小儿媳妇也格外金贵。

太后把事情分派下去，觉得有些乏了，挥退了众人，让秦悠悠替她按摩。

"哎，你这双手就是比别人的厉害，按在身上真舒坦，宫里那些女官女医就没有半个能跟你比的。"太后舒服地长吁一口气。

"那是因为我有修为啊，而且这套按摩手法是夫君教我的，母后自然觉得特别好。"秦悠悠要甜言蜜语讨人欢心，也是手到擒来的。

太后哈哈一笑，忽然又轻叹一声："年节庆典之后不久，永乐就要出征了，虽然知道他修为很高，但本宫还是忍不住担心，这一路上他吃得好不好，睡得好不好，会不会有什么意外……"

妖怪相公能有什么意外？秦悠悠觉得很难想象，把他放出门，有意外的都是别人。

"御书房的机关你布置得怎么样了？年节之前可以完工么？这么匆忙，会不会不太牢靠？"太后显然也不想多说打仗的事情，很快便转过话题。

"母后放心吧，柱石都是从备下的材料中选最好的，动手建造的匠师至少是五品以上的武者，牢靠着呢！而且圣祖的机关威力极大，如今更把机关布置扩充到御书房周边三十丈范围内，就是两个江如练杀到，也让他有来没回！"秦悠悠笃定道。

相月国不愧是有上千年积淀的当世强国，皇族内竟有一支如此豪华的秘密"建筑队"，随便一个成员都是五品以上的武者，等闲几十上百个工人才能搬动的巨石梁柱，他们一个人就能轻松搞定，重建速度又怎么会慢呢？

太后似乎对于御书房的安全非常在意，絮絮叨叨问了许多，而且坚持必须要在年节前确保完成，直到严棣前来接人才停下追问让他们出宫回家。

秦悠悠越想越觉得不对劲，御书房是皇帝办公的地方，就算一时损毁，换个地方将就几天就是了，太后向来很自觉不插手朝廷的事，如果她关心皇帝的寝宫那还正常一点，关心御书房这未免有些奇怪。

回到王府，她将这事告诉严棣，笑道："莫非这御书房也有什么秘密？"

"不错！"严棣慢慢点头道。

"咦？是什么？"秦悠悠想到自己知道的关于严氏的秘密已经太多，不在乎再多几个。

严棣揉了揉她的脑袋道："你就没想过，为什么整个皇宫里头，最厉害的机关布置集中在御书房，而不是皇帝的寝宫？"

"谁知道这些弯弯曲曲的？"秦悠悠哼道。

"皇帝寝宫除了皇帝本人及皇后可在其中留宿过夜，其余人等即便是我又或皇兄的子女到了亥时都必须离开。但御书房却不同，那里其实是一座堡垒，圣祖建造它，是为了保护自己以及日后可以修炼祖传神功的后代子孙。"

严棣说话之时不但挥退了绣楼里所有伺候的人，更以真气将话音隔绝在两人身周一丈范围之内，慎重非常。

"保护你们？！"秦悠悠简直觉得不可思议。

十八品武圣要被保护？开什么玩笑啊！

严棣捏了一下她的鼻尖道："没什么可奇怪的，再厉害的功法也会有弱点，而且可能不止一个。"

秦悠悠眨眨眼睛不确定自己是不是应该问下去。

严棣低头咬着她的耳朵道："我告诉你我的弱点，换你保护我可好？"

"好……"秦悠悠几乎没有多考虑就答应下来，如果可以，她也想保护他，她希望他平安无事，她喜欢现在这样，有妖怪相公陪伴、甜蜜温馨的日子。

"圣祖传下的这门功法有三个弱点，第一是怕禁地圣泉里的'生泉'。生死两泉相生相克，我若是在生泉泉眼附近待久了，生杀之气在体内冲突起来，就是大罗神仙也难救。"

"那你上次带我到泉眼去喝圣泉水……"秦悠悠想起严棣当时那副如临大敌的样子，忽然有些后怕。

严棣像安抚小猫小狗一样摸摸她的脑袋道："那次是迫不得已，幸好时间不长。"

难怪她刚喝够水就被他拖着逃命一样游回岸边——那确实是逃命！

"那你还在圣泉里对我使坏？！"好色不要命的混蛋！

"你只喝了几口圣泉水，我身上杀气充盈，如果不在圣泉里，我怕你受不住。"严棣想起当日在圣泉中秦悠悠羞怯又情不自禁的模样，双手开始不老实，从寝衣下摆滑入衣内摩挲起来。

秦悠悠一把抓住他的手臂，用力瞪了他一眼，嗔道："在说正经事呢！不许乱来！"

"不是在说我们在圣泉里做的事吗？你也觉得这是正经事还拦着我做什么？"严棣神情严肃义正词严地反问，一双爪子继续在秦悠悠身上耍流氓。

"不管，话没说完，不许乱动！"秦悠悠横眉竖目警告道。

她这个样子，就像一只被惹急了炸毛的小猫，明明弱小却张牙舞爪试图吓住面前比她强大得多的对手。

严棣也知道适可而止，否则小娇妻发作起来，真的会赶他去睡书房，那就不好玩了。

秦悠悠对于他的识时务感到满意，扬起小脸道："继续说，还有两个什么弱点？"

妖怪相公跟她成亲后，好像变得比较听她的话了，不得不说，让这么强大的家伙对自己言听计从，确实是件让人得意的事情。

对于严棣而言，表面上让一让自己的小妻子，通常可以得到热情火辣的丰厚回报，所以他也不觉得反感。

反正秦悠悠很有分寸，有外人的时候，尤其在他母后皇兄面前，都懂得装乖卖巧，闺房之内亮出她的小爪子严棣乐意消受。

"第二个弱点，你也知道的。这种功法一旦修炼，就如脱缰的野马难以控制，如果不想这么快引动生死劫冲击陆地神仙的境界，就要远避杀气。例如我现在若想对付江如练，想办法将他引到一个杀气充盈之地，然后困住他，当他控制不住体内真气暴涨之时，生死劫一到，你想他会是什么下场？"严棣慢条斯理道。

江如练的下场就是要么死于生死劫，要么好运晋升到陆地神仙之境，再不得插手尘俗之事，更不可能轻易杀伤凡人。

不管怎样，他都没戏了。

秦悠悠愕然道："那你还要去跟多丽国开战？！"

若说杀气浓重，除了禁地里那口只闻其名的圣泉"死泉"，最厉害的莫过于战场。千军万马杀气蒸腾，严棣还要去带兵，这不是自找麻烦吗？

严棣笑了起来，笑容暧昧而妖魅："我有你，把你带上就不怕了。"

秦悠悠反应过来，顿时脸蛋通红，一半是羞的，一半是气的。

"混蛋！无耻好色的混蛋！你、你把我当什么了？！"严棣胸口连续挨了重重几拳。

他哈哈笑着握住她逞凶的爪子，用力亲了一下她的樱唇道："我把你当是我的妻子，夫君有难，当妻子莫非不该全力相救？"

"你自找的，才不救你！"秦悠悠气得想咬他两口。

"这么无情无义的妻子要好好教训。"严棣低头将双唇送上,与她互相"啃咬"缠斗起来,直到怀里小妻子只剩喘气的份儿。

秦悠悠缓过一口气,正要准备反击,严棣已经抓紧时机回归原先的话题:"这第三个弱点便与御书房的由来有关了。"

秦悠悠哼一声,挑眉望着他示意他赶紧老实往下说。

"这种神功凝聚杀气而生,是至阳至刚的功法,每年冬尽而阳春未至之时,阴极盛阳极衰之际,会有一段时间修为尽失去,变得如同普通人一般。那段时间极是凶险,就是一个精通武技的一、二品武者都有可能将我格杀。"严棣神情凝重道。

"你说真的?!"秦悠悠一惊,如果那个时候仇家上门……确实会很要命。

严棣苦笑道:"千真万确,这有什么可开玩笑的。御书房的机关原本就是用作防备那时万一强敌来犯而修建的避祸抗敌之所。集合宫中高手加上御书房的机关,别的高手要攻进来几乎绝无可能。"

"但是现在宫里头的武圣级高手剩下没几个了!"秦悠悠忍不住担忧起来。冬尽而阳春未至之时那应该就是年节前后,难怪太后一直惦记着御书房的重建事宜。

"江如练在那个时候同样虚弱无比,世间真正让我们忌惮的绝顶高手不过就他一个,再加上你主持修复的机关,应该不会有事,你不用太过担心。"严棣反而安慰起秦悠悠来。

"这么严重的事你怎么不早说?"秦悠悠气得磨牙。

妖怪相公在她心目中从来是十分强大无人能敌的,她根本没想过他也会有衰弱不堪的时候,早知道……早知道她可以再加强一点御书房的几处攻击防御机关,虽然可能会动用一点点不该动用的技术,也顾不上那么多了。

只要她亲自动手,也不见得就会将那些技术泄露出去。

"早说又怎样?御书房如今的设计比原本的威力更大,已经称得上尽善尽美。你总该对自己亲手设计的东西有信心。"严棣安抚地亲了亲她的眉心,在她耳边道,"秘密说完了,现在该是爱妻'全力'替为夫解决问题的时候了。"

虽然严棣一再安慰,秦悠悠还是觉得不放心。但是御书房的重建已经快将完成,她就是再想改动什么也来不及了。

她没办法安心,换了她是严氏的敌人,知道有这样千载难逢的机会,也会不顾一切搏一搏。现在宫里武圣级高手折损过半,而禁地的长老们在年节期间同样要主持祭祀不能离开思帝乡,严棣自身的力量与防卫力量同时降到前所未有的最低点,能够依恃的就只有御书房周边的机关布置了。

虽然秦悠悠明知道一旦发动机关,就是来两三个十八品武圣也攻不进去,可是关乎到严棣,她发现"关心则乱"这句话确实很有道理,她总觉得再多的防卫似乎都是不够的。

在她的不安焦虑中，年节庆典的日子终于到来，而严棣的修为随着夜幕降临也开始快速退减。

在太后担忧的目光之中，严棣挽着秦悠悠离开步蟾宫，无声无息消失在庆典之上。

对于臣民而言，这次庆典的主角是皇帝，严棣亮个相就算是尽了礼数了。

他素来不喜欢与人应酬多话，所以大家对他的突然离场都习以为常，过去年节庆典也是如此，不能指望他娶了王妃就真的变成另外一个人。

对于这一日，严棣、皇帝以及秦悠悠早就商量过，严棣刚刚离开步蟾宫，就由剩下的五名武圣级强者护卫着往御书房方向而去。

如今宫里一共只剩七名武圣级强者，其中两个守护在皇帝与太后身边，这五人已经是目前能够调动的最大力量。

秦悠悠绷着脸不说话，直到一行人进入御书房大殿内，才稍稍松了口气，五名武圣分别被派到殿外各个发动机关的重要位置镇守，秦悠悠留在大殿内陪在严棣身边。

命不该绝

"悠悠，来笑一个，你这么绷着脸，我看着很不习惯。"严棣笑着在她脸蛋上亲了一口道。

秦悠悠哼道："你从前都是这样对我的！就许你绷着脸？！"

她与严棣贴得很近，可以清晰感觉到他的气息在变弱，速度快得让她心惊肉跳，从步蟾宫到御书房这一路，每走一步她都感觉到他的气息减弱一分。

她甚至可以肯定，很快严棣的修为就会变得跟她差不多，然后变得比她都不如……

严棣抱着她安慰道："从我练成神功起，这些年来每年都要经历这么一回，早就习惯了，还不是平平安安过来了？这个秘密江如练就算知道，也不敢四处宣扬，你大可放心。"

江如练如果宣扬出去，严氏肯定也会将他修炼同一种功法的事公诸天下，他等于把自己也置于与严棣一样的险境。

奉神教不是相月国，不存在什么理应掌权的皇族，教主之位从来是能者得之，江如练这个秘密泄露的话，光奉神教里那些算计着教主之位的人就足够他头疼。

"万一他自己找个地方躲起来，指挥他手下那些人来怎么办？奉神教的高手可不

少。"秦悠悠越想越觉得这可能性很大，

"不是还有爱妻布置的机关么？"严棣努力安抚着紧张的小妻子。

他从神功大成之日起，就是所有人眼中的不败杀神，绝大多数人畏惧他、依赖他，却极少有人关心他、担心他。秦悠悠这段日子虽然没给他什么好脸色看，但他很明白这是因为她很在意他，就是她的责骂黑脸也让他感到十分贴心温暖。

"坏蛋，什么事情都吞吞吐吐，不肯早早对我说明白，等过完今晚了，看我怎么收拾你！"秦悠悠恨恨道。她对严棣几天前才告诉她这么要命的事情表示十分不满，这几天生气了就拿他磨牙练爪子，严棣都笑着随她了。

"像在禁地里那样么？你不用什么锁筋凝肌术，我保证不乱动配合你。"严棣对着她的耳朵呵气，想起禁地里小妻子缠在他身上百般诱惑的情景就忍不住浑身发热。

秦悠悠又羞又气，一手拍开他在她身上乱动的爪子，喝道："都什么时候了，还惦记这些！色狼！"

严棣闷哼一声，苦笑道："你轻点儿。"

秦悠悠这才想到严棣如今不比从前，就这短短片刻，他的修为已经跌到九品以下，平时她在他身上施展拳脚根本无需留力，严棣的修为深厚，就是站着让她打，她也伤不着他毫厘，只当挠痒痒一样。

现在她要还是全力出手，只怕敌人还没来，严棣先废在她掌下了。

秦悠悠又是歉然又是好笑，替他揉了揉被打到的地方："还疼不疼？"

严棣就势整个人靠到她身上，果然秦悠悠怕自己不小心打伤他，默默纵容了他的得寸进尺。

在小妻子面前偶然示弱，看来也不错。

两人默默依靠着静待这漫长的一夜过去。

嘭！

外边天空中传来一声巨响，窗外亮光一闪又恢复黑暗。

接着又是连续几声巨响，强光透过窗纱连闪了好几次。然后是鞭炮的轰鸣声自步蟾宫那边传来，

是烟花焰火！年节庆典上燃放的烟花焰火。

秦悠悠很喜欢看烟花在夜空中绽放的绚烂美景，不过此刻，她却宁愿坐在御书房内陪着严棣。

严棣亲亲她的眉心道："你可以走到门外去看一看，我就在殿内，不会有什么事。"

"不去，回头你多准备一些，我们到城外别院去，你放给我一个人看。"秦悠悠扁扁嘴巴道。

"好。"严棣吻住她的唇。

烟火鞭炮燃放的时间亥时，年节庆典至此也到了尾声，参与庆典的大臣与百姓代

表都会离宫返家,而皇帝送太后回庆春宫后,也会赶到御书房来与他们一起静待天明。

只要平安过了这一夜,一切便恢复如常。

秦悠悠焦急地等待着皇帝到来,忽然远处传来鼎沸人声,夹杂着"有刺客"、"保护皇上太后"、"失火了"等等杂乱的呼喊,一下子把她的神经绷得紧紧。

果然来了!

这是单纯针对皇帝,想趁着年节庆典外来人员众多的机会行刺,还是声东击西,想引他们离开御书房好对严棣下手?!

呼喝声越来越大,风中隐隐传来女子的哭喊尖叫声,似乎有人在大叫"太后",严棣终于再也坐不住了。

秦悠悠一把抱着他道:"别去,你现在去也没用,只是让他们要多担心一个,你如果有什么意外,那就真的一切都完了。留在这里好不好?"

严棣知道她说的是事实,他如果出事,皇帝与他同命,太后只有他们这两个儿子可以依靠……

今晚御书房一带除了他们两人与埋伏在暗处的五名武圣,任何人等不得靠近,他们坐在大殿内看不到外边的情景,只是纷乱扰攘之声久久不曾平息。

严棣的脸色越来越沉重,如果只是小事,没道理这么久都还没有安静下来。

他不担心皇帝的性命,他只担心太后,如果太后有个万一……

秦悠悠迟疑片刻道:"要么我到门外去看一看?"

"也好,但是你一切小心,绝对不要离开这御书房周边范围。"严棣摸了摸她的长发道。他也担心有奉神教的人埋伏在外头伤到秦悠悠。

"不怕,我带了许多机关暗器,全部淬了毒的,就是十八品武圣来了,我也能抵挡片刻。你乖乖待在这里,不管发生什么事,不要乱跑也不用担心我。"

严棣失笑道:"好。"

平常这些话好像都是他对秦悠悠说的多。

秦悠悠把他推回椅子上坐好,将他的手搭在控制机关的按钮之上,在他唇上亲了一口然后转身轻轻推开殿门走了出去。

秦悠悠走到大殿前面向着守候在外围的两名小太监传声道:"外边发生何事,现在情况如何?"

她距离那两名小太监至少有十丈距离,不过以她如今的修为,很容易就能令声音凝聚不散,两个小太监听到她的问话清晰得就跟有人在耳边对他们说话一样。

"回王妃,刚才来了大批刺客,已经被击退,太后娘娘受了点儿惊吓,皇上说他安顿好太后马上过来。"小太监也是有些修为的,一句话清清楚楚传来。

秦悠悠听到顿时安定了不少,正要转身返回御书房内,忽然一种危险的感觉袭上心头。

她面容一凛,一挥长袖,宫墙暗影中突然发出好几声沉闷的低哼,七八个身穿白衣潜伏在雪地中的刺客翻倒在地,也不知道生死如何。

与此同时,一抹黑影悄然无声出现在御书房内,一闪身到了严棣面前,黑影手握一柄银色长剑,摇曳的火光中寒光流转,散发出森冷的杀气……

"嘿嘿嘿,王妃娘娘好本事!不过相月国的男人都死光了?怎么要劳动王妃娘娘亲自与我们这些莽汉厮缠?"一个苍老的声音在半空中响起,至少十名武圣级强者的气息自四面八方传来。

说话的那名老者头发雪白,同样穿着一身白衣,几乎与茫茫白雪融为一体,如果他不主动现身,凭着他至少十二品武圣的修为,宫里头一般的侍卫对他而言与土鸡瓦犬无异,根本发现不了他更别说拦住他。

秦悠悠冷笑道:"你们教主呢,怎么不来送死?!"一边说她一边往后急退,想先回到御书房内再说。

十二品武圣如今在她眼里也算不上什么,她虽然只有九品武尊修为,但就如她自己所说,机关暗器在手里面对十八品武圣都能抵挡片刻,十二品武圣更不在话下,根本不需要害怕。

只不过现在不是好勇斗狠的时候,首先要确定妖怪相公的安全,其他任何事情都可以日后再说。

暗处五个武圣比她更早一步察觉有人潜入,都暗暗做好了准备,只等那些人靠近到机关装置攻击范围内就开始发动。

秦悠悠说话之间,人已经回到御书房门前,刺客现身她本该松一口气,对付明处的敌人反而要轻松一些。

但是她却总觉得还有什么可怕的东西在暗处潜伏。

大殿门被推开的刹那,一道寒光掠过,秦悠悠想也不想发动暗器同时出掌。

嗡!一声长鸣,伴随着无数金铁碰击声响过,一柄带血的银色长剑被她的掌力与暗器的冲击力震上半空,就这防御攻击的片刻之间,一个黑影狂奔到殿后,撞穿了琉璃窗往外疾驰而去。

镇守殿外的无名武圣发现有人突然从御书房内冲出来,都是大惊失色,他们配合多年反应极快,当即发动机关要将那人截杀。

奇怪的事情发生了……入夜前检查过一切正常的机关,竟然在这一刻部分失去了效用,而且刚好就是那黑影逃窜路线上的。

他们受命死守御书房,见那黑影一闪而逝也不敢去追赶,只能发出信号通知附近其他侍卫高手拦截。

御书房外还有十个奉神教的武圣以及数不清的武尊高手虎视眈眈,机关突然部分失效虽然让他们心神大震,但无论如何必须先保住御书房,不让任何贼子踏足御书房前的石阶半步。

外面机关发动的声音、厮杀惨叫声阵阵传来，御书房内，秦悠悠却只觉得浑身冰凉，仿佛一切一切都在瞬间离她远去。

面前严棣还坐在先前那张椅子上，一只手依旧按在开启机关的按钮上，不过他已经不会抬头对她微笑也不会对她板着脸了。

他的头颅无力地低垂着，半身浴血，鲜血还不住地从他左胸前的伤口里涌出。

一剑穿心！

刚才她震飞的那一柄剑上沾染的血腥，是严棣的……

秦悠悠冲上前去，飞快点住他伤口周围的经脉止住鲜血喷涌，撕下衣袖死死按住他前胸后背被对穿的恐怖伤口。

她感觉怀里的身体越来越冷，她甚至没勇气去感觉他的呼吸。

她不住将自己的真气灌注到他的身体里，紧紧抱着他，希望用自己的体温温暖他的身体，希望这只是一场噩梦，只要睁开眼睛，就会看到妖怪相公坐在床边静静望着她的温柔神情……

不知道过了多久，御书房的大门被人一手推开，皇帝人未到声先到："永乐，你倒好，躲在这里跟弟妹卿卿我我……"

他一眼看清楚殿内的情景，吊儿郎当的笑容顿时凝固在脸上。

秦悠悠对后来发生的事情没什么印象，别人说她死死抱着妖怪相公不放，不住往他体内输送真气，直到力竭昏迷。

何满子赶到时一边救治重伤的严棣，一边还要担心她。如果不是医者救治伤患的习惯与根植脑海的医德约束，很可能直接扔下严棣，先救了她再说。

据说替她补充真气的是皇帝，否则她很有可能把刚刚恢复的修为又彻底折腾没了。

她被送到太后的庆春宫里养伤，而严棣也被安排在旁边的另一座宫殿之内。

两人出事的消息被严密封锁，就是重要的大臣得到的消息也只是年节庆典后，有奉神教刺客入宫意图不轨，被击毙数人，太后受了惊吓。皇帝忙于国事，于是让圣平亲王及王妃留在宫中陪伴太后。

很快京中又传出流言，说圣平亲王夫妇陪伴太后是假，一个秘密练兵，一个在准备对付多丽国的军械是真。

没有人想到，这两个在所有人心目中的最强组合，现在都在宫里躺着。

秦悠悠清醒过来已经是三日之后，她茫然睁开眼睛，看着有些陌生的房间，过了好一阵才想起这里好像是庆春宫的偏殿。

她一动，守在外边的人就发现了，一边挥手示意小宫女去报讯，一边几步冲上前来撩开帐子喜道："好了好了，可算是醒了，真把我担心坏了！"

秦悠悠迟疑了一下，认出是杜韦娘，她昏迷之前发生的事也如潮水般涌入脑海。

"永乐呢？"秦悠悠几乎冲口而出。

"没事！傻孩子，王爷没事，你不要怕！"杜韦娘顾不上什么尊卑上下，伸手将她抱入怀里，柔声安慰。

秦悠悠那张小脸雪白雪白，眼里全是惊惶恐惧，看得人心疼。

"真的？"她明明记得妖怪相公被一剑穿心，怎么会没事？莫非她真的只是做了一场噩梦？

"王爷福大命大，如果有事，我还怎么会在这儿？更不会有心情跟你开玩笑了。"杜韦娘一下一下抚拍着她的肩背，把她当小娃娃一样安慰劝哄。

秦悠悠的心情稍稍安定了一些，不过还是无法放心："我想见他。"

"好好，现在就带你去见。"杜韦娘答应道。

她飞快取来厚厚的毛皮披风将秦悠悠裹好了抱到外边，让小太监用软轿将她送到严棣养伤的宫殿去。

外面天色大亮，雪已经停了，秦悠悠坐在轿子里只觉得打骨头缝里发冷，她既焦急想见到严棣，又怕发现杜韦娘骗了她，直到轿子停下，杜韦娘把她抱到另一座宫殿里头，她还是觉得手脚冰凉浑身僵硬。

太后与皇帝都在，见杜韦娘带了秦悠悠来，皇帝难得地主动站起身退开几步坐到太后身边去，把自己的位置让了出来。

秦悠悠眼睛里根本没有别人，只是盯着床上的严棣。

杜韦娘把她放到床边，秦悠悠伸出手小心翼翼地摸了摸严棣的脸。

暖暖的，她可以感觉到他的呼吸，他确实还活着！

心里一松，秦悠悠差点没软倒在床边，大颗大颗的眼泪一滴滴往下掉。

太后伸手摸摸她的脑袋，温柔道："好孩子，不要哭，永乐没事。"

殿上没有旁人，连杜韦娘都已经退了出去，皇帝哼笑道："永乐如果有事，朕都要陪着他去了，弟妹大可放心。"

这话听着怎么这么的怪？

不过秦悠悠想到这一点，又瞄了一眼除了脸色有几分苍白憔悴，看上去还活得好好的皇帝，终于彻底放下心来。

她接过太后递来的帕子，有些不好意思地擦干眼泪，低声问道："我、我看到永乐被人一剑……"

她想起那情景都忍不住浑身发抖，莫非是她太激动了所以看错了？

皇帝挑眉道："永乐就是个天生偏心的家伙，心脏生得偏了一些，那一剑其实没刺中要害。说来也是我们兄弟命不该绝。"

秦悠悠回想一下，似乎真是如此。

她经常趴在严棣身上，听惯了他的心跳声也没有在意，现在被皇帝一提……难怪她总觉得有些不对，原来妖怪相公的心都生得与旁人不同。

还好还好！

秦悠悠终于彻底放下心事，脑子开始恢复运作，抬起头问皇帝："那天晚上刺伤永乐的是什么人？"

她想不通那人是怎么无声无息在五名武圣强者的监视下潜入御书房的，更搞不懂为什么严棣手就按在控制机关的按钮上，却不曾发动大殿内的机关。

她努力回忆那人的身手，虽然应该也是武圣级别，但也不至于强到这个地步。

或许有大殿内的机关，严棣依旧逃不过那一剑，但至少对方绝无可能这么轻松地逃脱出去。

"多丽国或者说奉神教派来刺客。与负责修复御书房的其中几个机关师与工匠勾结，御书房有部分机关，在你们进入之前就被人从中破坏，那人应该是提前潜入御书房，以秘传的缩骨功及龟息之法藏在地板下一处安置机关的暗格中，伺机而动。"皇帝只简略说了几句，大概还是有些事情没有查清，所以也未再多言。

机关在关键时刻没能发挥作用，他与太后似乎都没有要责怪秦悠悠的意思，但秦悠悠却无法不自责。

如果她在修复御书房之初不是那么大意，大部分沿用圣祖原本的设计的话，那些做内应的机关师就算想动手脚，也没那么容易。

因为想着御书房是皇帝用的，既然妖怪相公没事他也会没事，所以她并没有太紧张这事。

因为她没有想过，那些世世代代为严氏效命的工匠与机关师竟然也会里通外敌，他们每一个人都是负责维护御书房机关多年的，对自己负责维护的那部分机关熟悉程度可能更胜于她。

因为原本的设计确实已经十分精妙，她如果要改动提升，只能动用师父所说的那些不该出现在这个时代的设计。她不愿意，所以只好大部分沿用原本的，给了奸细可趁之机。

如果她早知道会是这个结果，她会违背师父的教导吗？

会的，而且一定会！只要妖怪相公能够好好地活着。

妖怪相公那么信任她，将自己的性命安全交托到她手上，她却让他差点儿没命……秦悠悠每次想到这个就自责不已。

严棣挨那一剑虽然没有刺中心脏要害，但受伤也不轻，幸好那一夜过去之后，他的修为渐渐恢复，身体因为真气充盈伤口愈合极快，皇帝与何满子都说他这种情况多昏迷几日更有利于他的身体自我修复。

秦悠悠坚持待在严棣身边，她要时时看看他，摸一摸他的脉搏呼吸才能安心。

何满子反而比较担心她的身体状况，因为她先前不要命地全力将自己的真气灌输给严棣，加上心神受创，导致她的修为接连跌了好几品，如今勉强算是七品武尊。

幸好她的身体经过圣泉改造，并没有受到太大的损伤。

不过何满子却发现，她用原来的修炼方法已经无法提升修为。

秦悠悠自己倒不是太在意。她本来就没打算追求什么武道至高境界，也没想过要打遍天下无敌手，九品七品对她而言只是动作快慢力气大小的差别。

她知道这可能与严棣替她恢复修为的方式方法有关，他大概觉得，她跟他一起，时时替她灌注真气，比她自己修炼要来得快捷简单吧。

虽然又是擅自做她的主，可是她也已经提不起责怪他的心思。

因为严棣的意外，皇帝在年节当夜往思帝乡禁地发出求救急信，次日结束祭祀的长老们一出禁地得知事态严重，马上派出最厉害的几名长老前去皇宫增援。

在长老们的监督之下，秦悠悠醒来当日，御书房曾被破坏的机关都尽数修复了。

年节之后停朝三日，皇帝又开始在御书房恢复他忙碌的日子，秦悠悠与严棣则在御书房一侧的配殿内养伤，以确保安全。

据说年节当夜，靠着御书房外新布置的机关也着实重创了好几个奉神教的高手，宫里暂时恢复了平静。

他们都不想泄露严棣重伤的消息，而秦悠悠身为王妃，本也不该出现在御书房，所以秦悠悠平时足不出户，只有晚上或清晨，御书房没有任何其他外人在的时候，她才会出来走一走，检查一下周围的机关是否运作正常。

秦悠悠住进配殿第一天就听见御书房那边传来激烈的争吵声，开始时她也不以为意，以为是皇帝因为最近自己与兄弟接连受伤，诸事不顺所以才会脾气暴躁，结果第二天争执声越来越大，她便忍不住有些好奇了。

仔细一听，似乎是皇帝与几个机要大臣在为御驾亲征一事争执不下。

皇帝想要亲自带兵上战阵，好报多丽国奉神教接连派人行刺捣乱的大仇，大臣们却认为打仗的事，有圣平亲王以及众多军去操心，皇帝是万金之躯，不该轻易涉险。

言辞之间，几乎明示对方有江如练这样的绝世高手在，一个人就敢单枪匹马杀到相月国皇宫重地来杀死众多高手将皇帝刺伤，万一到了两军对垒的时候，对方再次杀上来，皇帝还怎么躲过这一劫？

皇帝很坚持，大臣们也自觉有理，双方陷入僵局。

秦悠悠倒是有些明白皇帝的心思，不过还是觉得他此举不智。

晚上她照例与梁令一起检查御书房外的各处机关。

太后身边的女官寻梅死后，梁令暂时顶替她的位置保护太后，前几天因为严棣重伤，太后坚持命梁令前来伺候严棣，自己身边另外换了一名武圣强者作护卫。

秦悠悠走到御书房外的白玉阶之下，正好撞见皇帝大步从御书房里走出来。

皇帝见到秦悠悠，脸上烦闷气恼的表情一收，笑道："弟妹啊！"

秦悠悠侧头望着他，道："你想御驾亲征？万一遇上江如练打算怎么办？"

皇帝懒洋洋道："反正有永乐在京中坐镇，朕又不会死，弟妹不觉得由朕出战才是最合理的吗？"

"你不会有事，但是保护你的那些人，还有你带的兵将他们怎么办？"秦悠悠的问题很直接。

皇帝脸上的笑容一收："你们一个个就认定了朕是个败军之将，一定会在阵前被江如练追杀得狼狈而逃是不是？！江如练的情况你应该很清楚，他与永乐一样，在这个时候根本不适合上战场，江如练如果敢来，哼！谁生谁死只有天知！"

为了避免奉神教的人潜入，御书房方圆三十丈内，戌时起就会彻底清场，皇帝说话也肆无忌惮了许多。

他没明说，但秦悠悠清楚他的意思，皇帝是想以自己为诱饵，引江如练上战场，然后布置一个"杀气陷阱"对付他，催动他的真气爆发引来晋升陆地神仙的生死劫。

这事涉及严橱、严棣两兄弟的隐秘，无法对群臣解释清楚，应该说，皇帝确实是这个计划的最佳执行者。

皇帝见秦悠悠沉默不语，冷冷道："这些事情你没必要插手，你安心照顾好永乐就是了。多丽国一日不灭、奉神教一日不亡、江如练一日不死……我们两兄弟乃至严氏都不会有安宁的日子。朕受够了每年那一日都要担惊受怕、战战兢兢的滋味。"

秦悠悠浑身一震，想起几日前严棣浑身浴血歪靠在御书房内那一幕，心底深处似乎有一团毒火在烧！

如果多丽国、奉神教、江如练统统不在了，那就不会再有人能威胁到严棣的性命，她也不需要每年那一日都担心害怕几日前的噩梦重演。

这个念头一旦诞生便再也遏制不住，一句话几乎未经考虑就冲口而出："你把禁地里的大炮运出来吧。"

"什么？"皇帝很意外，但神情很快变成了狂喜，"真的？！"

"真的……"秦悠悠听到自己冰冷而肯定的回答。

心底里有个声音在不停制止她：你知不知道那尊大炮出现，会害死多少人？！大炮一开，就是数百上千的生命瞬间消失！

另一个声音却在大声反驳：战争哪有不死人的？一场战争上死亡千万人，与连绵不绝的战争中陆续死千万人，有什么区别？！那些要伤害永乐的人，必须尽快解决，他们死了，我的永乐就安全了！难道只许他们来屠杀伤害我们？

皇帝仿佛怕秦悠悠会改变主意，马上放出与思帝乡禁地众位长老联络的专用信鹰，通知他们尽快将水底石洞内的大炮运送入京。

有了圣祖的大炮，他要击溃多丽国的把握是十成！

皇帝原本有些怀疑大炮的威力是否真有圣祖遗书中描述的夸张，不过这些天以来数度见识过御书房机关的恐怖威力,而看秦悠悠的态度,分明这样的机关还算不上最顶尖的,可想而知,圣祖秘而不传的大炮以及那些机关图纸上所述的军械威力是何等惊人。

秦悠悠仿佛感觉不到他的激昂兴奋,默默检查过御书房周边的机关,然后回到偏殿。

她坐在严棣身边,就着灯光打量着他苍白的脸色,慢慢伏在他枕边低声哭泣起来。

不知道是为严棣的重伤哭,还是为自己不听师父的话而哭,又或者是为那些即将命殒在炮火威力下的人而哭。

这一夜秦悠悠睡得极不安稳,梦里全是大炮轰击下数不清的人血肉横飞、一双双孤儿寡母号啕饮泣的画面,早上醒来的时候人恍恍惚惚,好像不曾睡着过一般。

太后照例借着担心皇儿政务繁忙,饮食不周的理由,一早过来御书房看望。

她走进配殿就见刚刚起来梳洗过的秦悠悠脸色苍白的憔悴模样,忍不住上前摸了摸她的脸蛋道:"怎么把自己折腾成这个样子,永乐醒了见你这样,得有多心疼?"

秦悠悠任太后将她拉到身边坐下,低声问道:"母后你都不怪我吗?我说会好好保护永乐的,结果他成了这个样子……"

太后叹了口气道:"原本是怪的,不过见你满身是血晕倒在永乐身边……永乐出事你不比本宫少伤心几分,就觉得怪不下去了。"

她笑着拍了拍秦悠悠的肩膀道:"而且你是永乐的心肝宝贝,他醒了如果知道你被本宫和永康欺负了,不知道要对我们绷着脸多久呢。"

秦悠悠垂下头,心里的犹豫不决又一次被压了下去。

妖怪相公对她这么好,她为他承担这点愧疚不安又算什么?

太后盯着她把早点和滋补身体的汤药都吃完,才起身离开。

梁令走上前,小心道:"王妃,你吩咐从禁地送来的东西就在另一边配殿,你是现在过去还是……"

不必皇帝解释吩咐,他也知道事关重大,所以不敢太过催促。

秦悠悠望了一眼躺在床上静静沉睡的严棣,深深吸一口气道:"现在就过去吧。"

御书房另侧配殿内,所有杂物都被搬空了,皇帝与三名中年机关师站在那尊乌黑锃亮的大炮模型旁,神情是压抑不住的兴奋激动。

今日他们就要一起见证圣祖遗物的风采,虽然这只是一个模型,但是有了它,搞清楚装嵌的方法,离亲眼目睹它威力的那一日也不远了!

秦悠悠在亲手触摸到大炮的一刹那,也抛开了所有杂念,沉浸在一种无法言述的既兴奋又专注的特殊感觉之中。

她第一次在禁地里见到这尊大炮就想将它组装起来,这与野心无关,纯粹只是出于机关师的爱好与习惯。

就像一个美食家突然见到传说中才有的珍馐佳肴,要忍住胃口不动一箸,太难太难。

虽然把这尊大炮完整组装起来,它也只是模型,不可能真的发射出炮弹,展现它的真正威力，但就这个组装的过程也令秦悠悠期待非常。

这一刻她仿佛穿越时空与千年前那位机关大师进行了一次面对面的交流，真正绝顶高手之间的交流。

对方提出一个难题，而秦悠悠在深思熟虑之后一点一点组合出完美的答案。

当秦悠悠将最后一个零件装嵌完成之后，她看着大炮呆了好一阵才如梦初醒。

旁边三个机关师已经合作将整个过程仔细记录下来。

他们停下手时才发现各自面前都堆起了厚厚的一大叠稿纸，上面全是他们记录的内容，有草图有文字，一双手又酸又麻仿佛不是自己的了，精神极度疲惫却还是忍不住兴奋得全身发抖。

太值得了！圣祖与眼前这位天工圣手齐天乐的弟子才有资格被称为真正的机关宗师！

齐天乐应该也是，毕竟如此出色的弟子是由他教导出来的，他的弟子已经如此厉害，真不知道他本人的机关术会高超到何等程度！

众人抬头望见大殿窗纸透进来的橘红色光线，发现大半天竟然就在这不知不觉之间过去了。

秦悠悠心中的激动与满足慢慢褪去，看着这尊已经装嵌完成的大炮模型，脑子里忽然又浮现起昨夜噩梦中所见的那些可怕场景，忍不住倒退两步，不敢再看它一眼，也没理偏殿上的皇帝与其余三名机关师，转身匆匆推门走了出去。

天空不知何时又下起了鹅毛大雪，秦悠悠失魂落魄走回与严棣暂住的偏殿，坐在角落里看着窗外的白雪发了一整夜的呆。

她之所以答应装嵌大炮，严棣的事只不过是一个重要诱因，她心中其实也一直蠢蠢欲动……师父如果知道了，以他对自己的疼爱纵容，大概也不会舍得责怪她，但是她会忍不住自责，她甚至完全不敢面对她所作所为带来的可怕后果。

她该怎么办？秦悠悠心里不断自问。

多愁多恨亦悠悠……她现在还怎么悠悠得起来？

因为这一日一夜的折腾，次日太后来到偏殿时，见到秦悠悠的模样吓了一大跳，命人马上请了何满子过来看她。

秦悠悠的身体没有太多问题，有的只是心病，太后知道何满子与秦悠悠相识多年，也能得她的信任，正是眼下能够开解她的最好人选。

何满子听完秦悠悠说心事，叹了口气道："我也不赞同你替相月国完成如此可怕的军械……不过如今天下多国并立，纷争不断，每时每刻都有百姓死于战乱，若是他们将来真能一统天下善待百姓，让百姓安享太平，这也不算是坏事。"

他身为医者最不愿见到的就是打仗厮杀之类的事情，他将秦悠悠当成亲妹妹一般，不忍她难过才勉强说出这么一番话来。

道理是这么说，但是两个人都明白，如果亲眼看到大炮在战场上伤害无数生命的画面，他们是绝对无法心安理得的。

秦悠悠涩涩一笑道："但愿如此……"

何满子迟疑了一下，伸手拍拍她的肩膀道："你不要太难过了，你这个样子让齐叔叔见到，他要心疼死了。"

他心里暗暗叹息，严棣这个圣平亲王，果然并非良配，悠悠从来快活无忧，嫁他不过这么短短一点时间，就成了这个样子。

可惜他没什么本事，眼睁睁看着她越陷越深，却一点点办法都没有。

但愿严棣康复后好好对她，否则他说什么都要想办法让悠悠平安离开，永远远离这个只会让她继续难过让她痛苦的男人。

有人分担心事，秦悠悠的心情好了一些，加上杜韦娘领了太后的懿旨，日日盯着她吃饭睡觉，几日后她的状态相对恢复正常。

她鸵鸟地强迫自己忘记大炮的事，每日陪在严棣身边，宅在偏殿里倒腾些小玩意打发时间，例如给太后和皇帝做了好几件防身的机关暗器，给小庭花做了一个精巧音乐盒，上了发条就能发出美妙的乐声，给杜韦娘做了个会替人捶腰捶腿的木头人，给梁令做了好几个没人能拆解的"保险箱"。

她故意不去听不去看外边发生的事，专注于自己的小小世界，不知不觉就过了半个月。

奉神教的人不知道是认定严棣已死，还是在计划着什么更可怕的阴谋，同样没有任何特殊的举动。

江山美人

这日何满子来替严棣把脉，说他的身体马上就会彻底复原，随时随地都可能醒来，秦悠悠兴奋得一整夜没睡守在他身边，可惜他还是没醒。

快天亮时被杜韦娘发现，才将她押到一侧的软榻去睡觉。

她确实累了，躺在软榻上没多久就睡了过去，醒来觉得身上暖洋洋的，她眯着眼睛想伸个懒腰，才一动就发现身边多了一个温热的身体！

她迷迷糊糊地脑子都没转过弯，睁开眼睛抬头一看，一张好像很熟悉又有些陌生的脸就在离她不到几寸的地方。

是严棣？永乐？她的妖怪相公？！

"你别告诉我，你竟然不记得我的样子了……"熟悉的声音有些无奈地传来。

秦悠悠眨眨眼睛，眼前一片模糊："你闭着眼睛十多天了！"话里是浓浓的委屈与控诉。

言下之意是见惯了他闭眼睛的模样，所以忘记了他睁开眼睛是什么样子吗？严棣低头温柔地亲吻她的眼睛、脸蛋，一点一点吻干她脸上的泪珠，然后吻上她的唇。

这样她总该记得了吧？可以与她如此亲密的只有他。

秦悠悠抱紧他的脖子，热情回应他。

这是她的妖怪恩公，她不是在做梦，他终于醒来了！

秦悠悠睡着后不久，严棣就醒来了。

他摸着秦悠悠的脸蛋叹气道："怎么瘦了这么多，这模样十足是当日把你从江里捞起来时一般。"

他已经去见过皇帝与太后，也从杜韦娘以及梁令等人口中得知他重伤昏迷后这段日子发生的事，再看秦悠悠现在这个荏弱的样子，更觉得心疼。

近半年时间里娇养出来的好气色一下子被打回原形。

秦悠悠揉揉眼睛，哼道："如果你这样了，我还好吃好睡白白胖胖，你该气得要杀人了。"

严棣失笑，揉揉她的脑袋道："好，现在我没事了，你从今天起要乖乖吃饭睡觉，早日养得白白胖胖。"

"你的伤……"秦悠悠这些天来都替他上药，自然知道他伤口的复原情况。

不得不说十八品武圣即使不是妖怪也差不多了，那么严重的伤势，竟然在短短十几天内就彻底没事了，甚至连疤痕都没留下，自愈能力之强让人叹为观止。

而何满子也说过，他的昏迷不是因为伤重所致，而是以这种几乎彻底休眠的方式来更好地恢复身体与体内受创的经脉。

他什么时候醒来就代表他已经完全康复，正常得不能再正常。

只是秦悠悠依然忍不住怀疑，十多天前那恐怖的一幕让她的印象太深刻了，她无法相信严棣竟然真的这么快就完好无损。

"全好了。你先吃晚饭，吃饱了我让你仔细检查一遍。"好好一句话说到后来变得暧昧非常。

秦悠悠瞪了他一眼，忽然觉得牙痒痒的好想在他身上磨磨牙练练爪子，不过她还是等确定过他的身体情况再说吧。

杜韦娘与梁令很快送了饭菜过来，秦悠悠这才发现外面天都黑透了，她这一觉竟然从天刚亮睡到天全黑！

杜韦娘看着她与严棣倚靠在一起的亲热模样也开心不已，打趣道："果然有王爷陪着，王妃才睡得格外香，这几天就没睡得这么安稳过。"

秦悠悠脸蛋绯红，严棣环在她腰上的手不由得又收紧了一些。

他心里一直认为秦悠悠对他不够上心，但是真的看到她为自己憔悴成这样，又禁不住心里歉疚难过。

只此一次，他这一生再不会让她如此彷徨无助，恐惧心疼。

严棣安然无事，秦悠悠又记挂王府花园宝库里的大嘴和小灰，这些天都是向驻云飞打听它们的情况，她没能亲眼看见总觉得不安心。

宫里诸事不便，严棣也想早些回王府去，两人用过晚膳便到庆春宫辞别太后，连夜返回王府。

确认过大嘴与小灰确实如驻云飞所说的平安无事，重重压在秦悠悠心头的乌云终于散去大半。

回到绣楼，太监们准备了香汤让严棣沐浴，严棣挥退准备伺候的小太监，抱着秦悠悠在她耳边低笑道："你不是想检查一下我的伤势吗？我们一边洗你一边仔细看清楚。"

"好啊！"秦悠悠态度出奇地大方，任由他将她拖到浴间去，更主动替他褪去了衣袍。

明亮的灯火之下，严棣胸口的肌肤光洁平滑，完全看不出一丝一毫曾受过剑伤的痕迹。

秦悠悠试着将真气送入他伤口附近感觉内里的情况，严棣也配合地撤去护身罡气，任由她的真气在他要害部位游走。

要知道秦悠悠如果有心害他，此刻只要稍稍动念，就可以截断他的心脉，将他的心脏震碎。除了至亲至信之人，绝对不会有一个武道高手愿意让人如此施为。

秦悠悠终于百分百确定他没事了，才慢慢把手收了回去。

"放心了？"严棣抱着她的腰笑问道。

秦悠悠点了点头，向着他粲然一笑道："放心了……"然后啊呜一口狠狠咬在他胸口上，一双爪子也没闲着，当即在他的肩膀与手臂上划出几道血痕。

她那一口很用力，在他胸口上留下上下两行带血的印子。

严棣突然遭受攻击，却只是静静抱着她，不反抗也不出声喝止，就这么任由她发泄。

"你要觉得不解气就多咬几口，多抓几下。"严棣温柔地抚摸着她的长发，好像在安抚一个乱发脾气的小孩子。

"你是混蛋！"受害者没哭，咬人抓人的"恶徒"先哭起来。

"嗯。"

"你吓死我了！看到刺客突然冒出来你怎么都不吭一声？！"

"嗯。"

"明知道自己会修为全失，这么严重的事为什么不早告诉我？"

"嗯。"

"你说那些工匠机关师可信，为什么里头会出了奸细？"

"嗯。"

"你是个偏心鬼也不给我说！"

"嗯。"

"我说会保护你，结果你差点儿没命，你为什么都不说我半句？"

"嗯。"

"除了嗯嗯嗯，你都不会安慰我！"恶徒一边哭，一边又狠狠打了受害人几拳。

严棣伸手握住她的拳头，放到唇边亲了亲道："别哭了，再哭要变成花脸猫了。"

"哼！"秦悠悠不理他，直到哭痛快了才慢慢停下来。

她让严棣替她擦干净眼泪，想起来自己这一闹，原本准备给妖怪相公沐浴的热水都成了凉水。

她扁扁嘴巴站直身子道："你先穿回衣服等一等吧，我去叫人重新烧水。"

"不用这么麻烦，水冷水热对我而言没什么差别。"严棣的修为就是让他大冬天洗冰水都没问题。

"那赶快洗干净吧……早知道等你洗干净了再咬，哼。"秦悠悠推开他就想跑。

严棣一手拉着她道："你不是答应陪我一起么？我记得在禁地的时候你还主动邀我共浴鸳鸯的，现在也不迟！这个浴盆足够大。"

秦悠悠瞪了他一眼道："我才不要跟你一起洗冷水！"

严棣抱着她到浴盆边，笑道："怎么敢让爱妻洗冷水？"他一手揽着秦悠悠的腰，一手探入水中缓缓搅动，不过片刻整盆香汤便热气蒸腾。

这样的效果秦悠悠自问也勉强办得到，不过绝不可能像他这么轻松这么迅速。

就在她目瞪口呆，对妖怪相公的修为满肚子羡慕妒忌恨之际，妖怪相公已经变身色魔。

轻解薄罗裳，共试兰汤，双双戏水学鸳鸯……

相月国紧锣密鼓地准备着春耕之后对多丽国发动大战，江如练公然闯入皇宫，还指使手下多次入宫行刺的事已经传遍天下，附近大小国家都知道这一场大战无法避免。

他们这些依附着两大国生存的国家日子也不好过，各国使节们纷纷找门路打听消息，好思忖保存己身的方案。

历来大国交战，最倒霉的都是他们，一不小心被两大国或者邻国趁乱吞并了都不奇怪。

多丽国与相月国的皇帝同样担心周边国家趁着他们交战之际捣鬼。

皇帝与大臣们忙着应付各国使节，准备军粮军械等等，子夜城的气氛都显得有些紧绷。

潜伏在多丽国那边的探子送来密报，江如练与旭光圣子一直未曾返回奉神教，眼下行踪不明，这更令秦悠悠感觉如芒刺在背。

按说江如练这样的高手不该做入宫行刺之类有损身份的事，但是他偏偏做了，甚至还指派下属再来一次。

堂堂一个顶尖高手这么撕破脸皮着实让人头疼，严棣一时也无法得到他们师徒的消息，只好把秦悠悠带在身边小心防范。

"该死的江如练，就没有办法把他引出来然后干掉他吗？"秦悠悠觉得很烦躁。虽然她喜欢跟妖怪相公在一起，但也不用这样从早到晚都一起的。

她什么事情都做不了，他要出门巡视驻军带着她，要入宫去见皇帝商议政事带着她，甚至受邀参加什么公务宴会或招待他国使节也带着她。

京城里人人都在流传圣平亲王爱妻如命，一刻都离不开新王妃，也有传说新王妃妒心极大，圣平亲王的事情件件要插手。

却不知道秦悠悠已经烦得不行，更加把害得她完全没自由的江如练师徒恨到骨子里。

严棣除了不喜欢某些人打量秦悠悠那种暗含企图的眼神，其实觉得这样也不错。

"江如练总不能一直躲在暗处，他始终是奉神教的教主，奉神教众多长老不可能由着他乱来，你乖乖地多忍一段日子就好。"严棣好言好语安慰道。

"他们该惦记也是惦记你跟你哥哥，惦记我干什么？"秦悠悠郁闷道，她还想找他们报仇，追问父母的下落呢。

严棣揉揉她的脑袋没说话，江如练和旭光圣子有太多理由惦记她了，她远超当世机关帅的机关术，她那酷似其母的绝世容貌，随便一样都足以让他们对她下手。

如今她在相月国以及自己心目中的地位，更加重了其他人对她的觊觎之心，在两国即将开战的前夕，如果将她抓住，将会是要挟他的最好筹码。

"母后说，大战之前要我们先办大婚，正好石院那边也修葺得差不多，大婚之后你就搬到那边去与我同住。"

严棣这些时日以来晚上都住在秦悠悠的小石院绣楼内，起居方面肯定不如在石院那边方便。这里毕竟只是建造给王妃一人居住的地方，格局上就要偏精巧玲珑一些。

秦悠悠奇怪道："我们不是大婚过了吗？"据说还是严氏一族的最高规格婚礼。

虽然无人观礼，但是想到严棣在祖先玉像面前与她立下的誓言，她觉得这个婚礼比盖着头脸拜来拜去那种，有诚意得多。

严棣把玩着她的发丝笑道："那是我们族里的婚礼，我的身份立正妃原本还有册封典礼和正式大婚，不过我想你肯定怕麻烦，所以都请母后合在同一天举行。"

秦悠悠恍然大悟，她就奇怪了，怎么严棣这边向她求婚，那边就满天下宣称她是王妃了，甚至王府里头的人也在一夜之间全部改了称呼，进宫见皇帝太后的时候，宫里所有人也称她为王妃。

她正觉得他们立王妃真是太轻松随意了，没想到这坏蛋竟然是误导她把生米煮熟了再来补办手续！奸猾阴险的家伙！

"族里长老们选定的大婚吉日在七日之后，婚服等等明天应该就会送到，府里一切都已经准备好，你什么都不用多想，乖乖等着当新娘子就行。"严棣仿佛没察觉她的不忿，继续述说着婚礼的安排。

秦悠悠又疑惑了，要准备婚礼不是这么简单的事，尤其妖怪相公还是亲王，怎么可能一眨眼就准备好了？

"什么时候开始准备的？我怎么不知道？"秦悠悠觉得自己这日子是越过越糊涂了。

严棣笑着翻身将她压到床上，低头轻笑道："我们到八塞镇的时候，我就发信让府里开始准备了。"

秦悠悠一双漂亮的大眼睛瞪得圆圆，气愤道："你就吃定了我一定会嫁给你？！"太过分了！更过分的是自己竟然就真的傻乎乎地被他骗到手了！

"我好不容易看上的美人儿，怎么可能让她跑了呢？"严棣的语气里是藏不住的得意。

他从不曾在一个人身上花费这么多功夫，不过比起收获来说，他觉得一切都是值得的。

其实立秦悠悠为妃的圣旨，他在回京当日就已经进宫向太后讨来了，而且更报到宗嗣院与思帝乡众位长老那里。

在秦悠悠还天真地以为自己只是被严棣骗回来做苦力兼当囚犯的时候，她的名分已经由严棣单方面定了下来。

"哼！我如果不答应，你又能怎么办？！"秦悠悠恼道。

严棣的眼睛里似乎燃起了两团热烈的火焰："你不答应……我只好'身体力行'，好好说服你了，你要不要试一试？"

"坏蛋！天都没黑你就想干坏事！"秦悠悠一边闪躲他试图滑进她衣服里的爪子，一边低叫制止。

"我干坏事一向不挑时辰。"

绣楼外雨雪纷飞，绣楼内春意融融。

坏蛋把坏事做完后，心满意足地抱着心爱的小妻子道："你不是嫌弃天天从早到晚跟我在一起不自由么？明日我不能陪你，你跟我进宫，乖乖待在偏殿，想干什么都行，晚上我回去接你。"

秦悠悠沉默片刻道："好。"

她已经猜到他为什么不陪她了，明天他应该是打算跟严櫆一起去试验那尊大炮的威力吧？这么些天过去了，想必他们已经做出了大炮的成品。

严棣从清醒过来起，就有意不在秦悠悠面前提起与圣祖大炮相关的任何事，甚至也从不曾在她面前谈论攻打多丽国的种种安排。

秦悠悠乐得安心当鸵鸟，只当那尊大炮从来没有出现过。

第二天严棣一早带她进宫，送到御书房配殿去安置好，留下梁令与杜韦娘陪着她，自己即去与皇帝会合。

严棣送了秦悠悠一只须弥戒指，将她平日制作机关会用到的材料工具统统装进去，让她随身带着，到哪里都可以自娱自乐。

从前有小灰在，秦悠悠的大部分家当一般就装在它腹部天生的育儿袋内，现在小灰无法跟她到处跑，便只好换一个储物工具了。

不过秦悠悠今日没有再摆弄机关，而是取出锦缎绫罗照着一件小衣服的样式大小，打算裁剪制作另一件。

杜韦娘一见就兴奋了："王妃你有喜了？这是给小王爷、小郡主准备的？"可是那件小衣服怎么看起来样式有些怪而且有些眼熟？

秦悠悠人窘："不是，是给小灰做的，它应该很快会晋级了，我给它做一件新衣服它一定会很高兴。"

杜韦娘什么都好，就是爱追着她和妖怪相公生孩子这一点让人很是无语。

果然杜韦娘一听秦悠悠的答案顿时大失所望，咕哝道："你记得给小灰做，怎么就不给王爷做呢？"

"他不缺衣服啊……"秦悠悠道，小灰的衣服就只有彩丝坊送来的这一套，严棣的衣服……她没事去数过，反正肯定不会少了。

"你做的与其他绣娘做的怎么一样？！"杜韦娘觉得自己很有必要好好点醒这个迟钝的小王妃。

秦悠悠想起她有 次学村里的女孩子做了个荷包送给师父，师父笑得嘴巴儿平裂到耳后，那个荷包他不舍得用，珍而重之放在书桌上的锦盒里头，还向几个交情不错的叔叔伯伯显摆过。

嗯……一个荷包可以把师父哄得心花怒放，如果她给妖怪相公做衣服，应该可以把他高兴得半夜做梦都笑醒了！

秦悠悠当即点头道："那我们回去之后，到库房里选好布料做，不过他喜欢什么颜色料子？"

问到这里，她忽然觉得自己好像真的有些对妖怪相公不太上心，妖怪相公知道她喜欢吃什么东西，喜欢什么颜色，喜欢什么样式的衣物首饰，甚至现在住在一处，偶然会亲自替她梳头挽发，连发式都是她平日喜欢的。

她对妖怪相公的了解却非常有限，更没注意过他的喜好口味。她这个当妻子的确实有些失败。

杜韦娘见她把自己的话听进去了，欢喜道："王爷的爱好，我是最清楚的，一定能替你选到他最喜欢的。呵呵！其实王爷要知道你替他做衣服，不管什么颜色款式，他都一定会喜欢。"

"先不要告诉他，做好了再让他开心一下。"秦悠悠道。

"没问题！"别的事她不会帮着隐瞒王爷，但这种小夫妻的情趣嘛，她是明白的。

配殿里和乐融融，同一时间，京城郊外数十里的某个皇家亲军驻扎的营地内，严棣与皇帝的心情却是紧张非常。

他们一早无声无息离开京城来到此处，身边没有带任何随从，甚至也没有通知营地内任何将领。

这是京城外十二处驻军营地之一，只有严棣、严櫆以及有限的三名出自严氏嫡系的机关师知道他们正在此处准备着相月国最厉害也最神秘的军械——圣祖大炮。

江如练师徒两人仍潜伏在子夜城一带，万一被他们提前得知圣祖大炮的存在，肯定会千方百计破坏，这两个人修为高深，行踪飘忽防不胜防，严氏兄弟不得不慎之又慎。

营地西南角一处空置的库房地下深处，就是三名机关师废寝忘食组装大炮的重地。

秦悠悠如果看到库房内组装完成的十门大炮，以及旁边堆积如山的大炮零件，一定会吓一大跳。

这么多形制标准的炮筒炮架以及零部件，绝不可能是短短一个月不到就能铸造加工完成的。

事实上，从她一年多前在寿南山破解了严氏圣祖留下的机关通过试练起，严棣已经通知严櫆召集最顶尖的工匠秘密根据大炮的模型以及零件图纸，以黄铜精钢打造完全一样的炮筒、炮架以及系列零配件，就是炮弹也储备了不知道多少。

为了与多丽国的决战，严氏这些年准备充分，只缺秦悠悠这一股意外出现的东风了。

严櫆轻轻抚摸着炮身，努力以平稳的语气对站在身前神情激动的三名机关师道："你们确定这几尊大炮已经完全装嵌完成？"

为首一名机关师虽然神情有几分困顿憔悴，双眼却明亮异常："是的，臣等三人对比过当日王妃娘娘装嵌大炮的记录，确认无误，重新绘画了详细图纸，然后才开始动手。臣等敢以性命担保，绝对与王妃娘娘亲手装嵌的一般无二！"

"很好！稍后就等朕看一看这圣祖大炮的真正威力！"严櫆扭头望向严棣，却发现一向缺乏表情的弟弟竟然在这个时候走神了。

"阿棣在想什么？莫非这大炮还有问题？"皇帝笑问道，眼里闪动的光彩晦暗不明。

"没什么，我去吩咐此处的守将准备。"严棣没有多说什么，转身离开地下工场，前去吩咐此处驻军的将领准备清场，好让他们试验大炮的威力。

皇帝望着严棣消失在楼梯尽头的背影，心里冷笑。

他的好弟弟在想那个复原出圣祖大炮的女人，他在心虚、在犹豫，甚至在后悔……因为他们两兄弟联手制造的骗局。

那个女人对他的影响，比所有人想象的都要大。

准备工作很快就绪，严棣找到驻军将领一声令下，全营兵将尽数撤出营地退到西边五里之外。另有探子快速将营地东边二十里内的闲杂人等清场。

大家都不知道发生了什么事，但严棣在相月国军中就是至高无上的神，没人会去质疑追问他的决定。

三名机关师动用地下工场里预先装置的机关将其中一尊大炮安然运送到地面，炮口正对营地外东边的大片荒原。

火光一闪，轰隆！

巨响声回荡在营地之内，很快东边十多里外传来闷雷一般的一声轰鸣。

成了？！皇帝与严棣对望一眼，狂喜与激动无法掩饰，两人命令其余两名机关师守在原地，带着为首的那个机关师一起往轰鸣声传来的方向急驰而去。

大概十五里外，一个巨大的坑洞突兀出现在地上，坑洞内以及周边都是焦黑一片，大量石屑土渣呈放射状分布在坑洞周围。

严棣与严櫺带着那名机关师赶到时，站在坑洞周围尚能感觉到爆炸带来的可怕热力。

"比得上十品以上武圣的全力一击！圣祖庇佑，天助我相月国！"皇帝看了一阵，忽然大笑起来。

那名机关师呆呆看着土坑，几乎不敢相信自己的眼睛，就是严棣也好一阵子无法回神。

他全力出手，造成的破坏力比这一炮还要大得多，但是他无论如何做不到隔着十五里发出如此恐怖的一击，这是神仙才能做到的事。

这样的神兵利器如果用在战场上，谁人能是敌手？！

纵然江如练这样的十八品武圣，如果不知道大炮的具体位置，也只能眼睁睁看着多丽国、奉神教被轰击成一片焦土。

他隐隐有些明白圣祖为什么不敢轻易将这种可怕的神兵利器制造出来，这种大炮威力太过恐怖，流传出去会造成什么后果无人能够预料。

不过这些念头在严棣心中只是一闪而过，大炮的秘密如今掌握在他们严氏手中，那就注定他们严氏要一统列国，成为天下共主！

严棣出手将大炮造成的坑洞痕迹抹去，三人抑制住兴奋之情赶回营地，又接连试了几炮，效果确认无误，这才取了国库内秘藏的最大空间法宝，将所有大炮以及零件、图纸收起，带着三名机关师秘密离开营地返回京城。

驻扎此地的皇家亲卫回到营地里,都没搞懂发生了什么,他们好像听到营地里以及东边远处传来好几声雷声,也不知道将军忽然让他们撤离又把他们带回来是什么缘故。

严棣与皇帝带着那三名机关师悄悄回到京城时已经是黄昏时分,几个人仍是无法完全平抑激动的心情。

皇帝亲自将三名机关师安排在一个隐秘安全的地方,让他们继续装嵌其余的大炮,自己则与严棣一道返回皇宫。

皇帝兴致高昂,拉着严棣登上皇宫前面最高的城楼,远望太阳一点一点西沉,子夜城内千家万户点起灯火。

皇帝豪兴大发道:"祖先的预言果然就要在我们兄弟二人身上应验,呵呵!这千万里江山很快将会成为我严氏的天下。只要想到这一点,真恨不得现在太阳便从东方再次升起,我们兄弟同百万大军荡平多丽国,继而横扫天下!江如练、奉神教、多丽国统统都会在圣祖大炮的神威之下灰飞烟灭!"

严棣同样神情激动,不过皇帝的下一句话却如一盆冷水,将他的激动之情瞬间浇灭:"你说如果让弟妹把圣祖留下的其他机关图纸上那些神秘符号的意义标注出来……"

严棣脑子里几乎同时闪过他清醒那天看到的秦悠悠苍白荏弱的模样,还有她眼睛里的后悔、愧疚、惧怕、无助……

"有圣祖的大炮已经绰绰有余,此事休要再提!"拒绝的话几乎毫不犹豫冲口而出。

他确实很妒忌秦悠悠将她师父的话奉若圭臬,但是他亲眼见过她因为违背自己与师父的原则而难过消沉的样子之后,他宁愿将这根尖刺留在心中也不想再一次让她为难伤心。

"有圣祖大炮自然不错,不过大炮只适宜远攻,而且运输上不太便利,空间法宝太过罕有,能够装下大炮的遍寻国库以及皇族私库也不过十件左右。如果有其他更轻便而且威力强大的军械相助,我们一统天下的过程会顺利得多。"皇帝不放弃地继续游说。

"此事顺其自然,我不想再勉强她,她是我的妻子。"严棣摇头拒绝。

皇帝不以为然:"顺其自然?顺其自然的话,就是这圣祖大炮我们也不必想了。一个女人罢了,如何与我严氏的万世基业相比?"

严棣冷冷看了他一眼:"没有她,这万世基业不知道要何年何月才能达成。皇兄,你不必再说,我不会答应。"

皇帝叹了口气,恢复一副嬉皮笑脸的模样道:"好吧,弟妹是你的心肝宝贝,我这个皇兄不值钱了,这事我不提。我要亲自领军出征的事你也别来拦我。"

严棣皱眉看着他道:"你还是不死心?战场上兵凶战危,你是一国之君,就算性命无碍,万一有其他损伤,对军心民心都是沉重打击,你又何必非要冒险?"

皇帝笑哼道："又是这一套，我真不懂，光暗双帝为什么偏偏是我要困在那张冰冷无趣的龙椅之上？！我传位于你，你这圣平亲王的位置让我来做可好？这样大家就不用拿什么一国之君那一套来压我了。"

严棣摇了摇头："你明知道这是不可能的事。回去吧，天全黑了。"

说着不再多言，转身走下城楼，往御书房方向大步走去。

皇帝不紧不慢走在他身后，看着他背影的眼神流露出淡淡的冷意，他知道严棣是急着去御书房接那个女人。

宫里头有严棣喜欢的妻子在等着他，而自己这个九五之尊有什么？不过是一群戴着假面具，算计着他的龙种，想他日成为太后、太妃的女人罢了。

御书房配殿内，柔和的灯光之下，秦悠悠正笑眯眯摆弄着刚刚做好的一身粉色锦缎小衣裳，想象着小灰穿上之后欢喜的笑声与可爱的模样。

忽然腰身被人从后抱住，犹带外间春寒气息的衣袍贴到她身上，颈后被人亲了一口："今天都做了什么？"

秦悠悠不用听不用看都知道，在皇宫大内敢这么一上来就对自己动手动脚的，除了妖怪相公不会有别人。

"你回来了？"她回眸一笑，明亮可人的笑容让严棣心中一宽。他想每次回来都有这样的温柔笑容欢迎他，所以……图纸的事他绝对不会再提，得想个办法让皇兄也死心。

好梦由来最易醒

"我给小灰做了新衣服，你看好看不？"秦悠悠把那件粉色的小衣服摊开给严棣看，表情得意得像完成了什么惊世大作，而不是大部分女人都能够完成的针线活。

严棣的脸色当场垮了下去："它一身都是毛，还穿什么衣服？"又是那只该死的胖兔子，丑兔子多作怪！

秦悠悠的满意作品没有得到应有的赞美，扁扁嘴巴哼了一声，不高兴了。

严棣向着她的耳朵呵气道："不过你练练手也好，再过一两年你替我多生几个孩儿，这手艺就能用上了。"

一边说一边将右掌按在她的小腹之上轻轻摩挲。

他忽然有些后悔了，如果她没吃下那些绛珠果，说不定此刻腹中已经怀有他的子嗣。

有了孩子,他与她的牵绊会更深,他也可以更安心。

秦悠悠红着脸蛋瞪他:"你都学得跟韦娘一样了,一副把我当母猪的口气。"

"说到猪,我书房里有几本书,回去我们好好研究一下'猪走路',然后你陪我'吃猪肉'。"严棣侧头含住她的耳珠用力亲了一口,语气比举动更火热。

秦悠悠的脸忍不住又红了几分,她以前怎么会觉得妖怪相公严肃端正?这家伙根本什么都敢说敢做,而且满肚子情色念头。

都不知道是不是先前练功憋得太厉害的缘故。

距离两人的正式婚礼仅剩几天,按照礼俗两人不便再住在一处,严棣搬回石院之前,想到直到婚礼举行当夜,他都不可能再"吃上猪肉",更加发了狠一般把秦悠悠吃得连连求饶才勉强作罢。

天下间估计没几个新娘子能比秦悠悠过得更轻松了,每天除了去看看大嘴和小灰,就是窝在绣楼里睡饱了吃、吃饱了做做针线玩玩机关,玩够了继续睡,比猪还幸福。

严棣趁着这几天时间,将驻云飞也带入花园宝库密室内,引导它闭关晋级。

有数之不尽的灵药还有严棣这个十八品武圣亲自全力出手引导,驻云飞这次晋级至少也能成为九级灵尊,甚至是十级圣尊。

秦悠悠知道了这事,不免有些酸溜溜而且觉得很对不起小灰。

如果她修为厉害一些,以小灰的强大血统,早就应该成为灵尊了。

她愧疚之心爆发,忍不住又给小灰多做了几身漂亮的小衣服作补偿。严棣的衣服她倒也没有落下,这几天反正严棣要陪驻云飞闭关,她就在绣楼里头飞针走线。

以她的心灵手巧,复杂至极的机关暗器都能轻松完成,要做针线活几乎是一学就会,才会就精。

先前她就研究过彩丝坊给她做的那些衣裙的绣工,再让杜韦娘请了一名女工大家来亲自指点了两三天,动起手来已经远胜许多在刺绣上钻研多年的绣娘。

刺绣的针法翻来覆去就那些,秦悠悠怎么说也是七品武尊一名,眼明手快这一点就不是普通绣娘可以比拟的,悟性上更是天差地别。

曾经指点过她的那名女工大家后来偶然见到她绣的荷包,吃惊得差点儿把那荷包瞪穿了,此后逢人便说圣平亲王的王妃定是织女针神托世。

严棣对秦悠悠的一举一动几乎了如指掌,又怎会不知道她的小秘密?不过难得娇妻有这份心意,他很乐意配合装糊涂,等待惊喜到来。

短短几日在一片宁和欢快中匆匆而过,驻云飞情况稳定,与大嘴、小灰一样在花园地底宝库内陷入沉睡,不到正式晋级那一日是不会醒来的了。

而秦悠悠与严棣的婚礼,也在王府众人的期待之中到来。

王府内张灯结彩,到了大婚正日,严棣带同盛装打扮的秦悠悠一起入宫接受正式的册封并向太后谢恩,随即在宫中举行婚礼及大宴。

朝中重臣与他们的家眷也获准进宫观礼，那热闹的情景比起年节庆典也不逊色。

秦悠悠依稀感觉到宫内多了至少十个武圣级强者的气息，不由得有些奇怪，趁着婚宴后与严棣同车返回王府的路上问道："怎么宫里忽然多了这么多武圣？原本不是只得七个么？"

既然有这么多武圣，为什么年节那夜不来？最需要他们的时候不出现，今天没事了就跑出来凑热闹，都什么人啊？！

严棣早知她会怀疑，捏了捏她的鼻尖道："他们是镇守相月国各处重镇的严氏护法，因为还有一个多月就要对多丽国用兵，所以他们秘密从各地赶来听候调遣，平日他们不会离开驻地半步的。"

秦悠悠对于军务所知有限，没有多想就接受了这个说法。

他们回到王府时已经是戌时，但婚礼其实并未结束。按照相月国的习俗，这个时候已经没新娘什么事了，她只要到新房去沐浴更衣，等待新郎回来入洞房即可。

而新郎却要在众兄弟陪同下祭拜过祖先，饮过自己每个兄弟送上的"添嗣酒"才能算完。

兄弟多的就悲剧了，喝到酩酊大醉无法入洞房是完全有可能的事，不过对于严棣，再多的酒喝下去也跟水差不多。

严棣兄弟不算非常多，只得六个，而且除了皇帝不怕他，其余个个对着他那张面瘫脸都心里发毛，就算是颐亲王严楠，也识相地不敢在这个时候给严棣捣乱。

皇帝打量着颐亲王前来敬添嗣酒时那张笑得很勉强的脸，笑道："六弟先前心里定是怪朕偏帮阿棣，不肯替你处置刺伤你的那位……"

颐亲王皮笑肉不笑道："臣弟岂敢。"

皇帝不理他，继续道："如今你可明白了吧？嫂嫂教训出言不逊的小叔乃是应有之义，这是家事。六弟日后见了弟妹记得客气一些。"

颐亲王哼哼两声，一脸不忿地缩了回去。

皇帝等最后一个兄弟敬完添嗣酒，便挥了挥手道："天不早了，众位皇弟回去休息吧。阿棣你随朕来。"

看着其余五名兄弟如获大赦告辞离开，严棣微不可察地皱了皱眉头，今日是他的大婚之日，皇兄有什么重要的事非要拉着他今日说？

皇帝仿佛看不见他的不解之色，站起身大步往他石院的书房走去。

石院寝室之内，秦悠悠沐浴过后懒洋洋靠在软榻上等着严棣回来，隐隐听见屋外绿意与其余三个小侍女的嬉笑声。

她等得无聊干脆将她们叫进来问问她们在说什么好玩的事情，其余三名侍女都拿眼睛看绿意，绿意掩唇笑道："我跟她们说起我家乡新娘子作弄新郎的风俗罢了。我不敢说……万一王妃拿去跟王爷开玩笑，我就惨了。"

秦悠悠哼道："你现在不说，马上就惨了！"

她性子随和，四名侍女在她面前从来都轻松得很，这威胁说出来绿意也并不害怕，只是抿唇忍笑不语。

秦悠悠横眉竖目作凶狠状："你不说我让她们三个挠你痒痒！"

其余三名侍女嘻嘻哈哈围上去就要动手，绿意最怕痒，终于求饶道："我说我说。"

她倒豆子一般说了好几个新娘子整治新郎的法子，不过秦悠悠听来听去觉得在妖怪相公面前明显不够看。

什么骗他喝酱油，让他沐浴之后找不着衣服鞋子，要新郎答对题目才让进门等等，要戏弄一个十八品武圣，那简直就是痴人说梦。

绿意也看出秦悠悠的不以为然，一咬牙道："还有一招最狠的，让新郎找不着新娘！我小时候见过我一个表姑姑出嫁，姐妹们帮忙取了梯子让她爬到房梁上坐好，然后告诉新郎，说新娘子不见了。新郎跑到新房外去把整个院子翻了个底朝天，硬是没想到新娘子原来一直在屋里。嘿嘿，我表姑姑后来说，越是熟悉的地方越是容易疏忽，我们都夸她聪明呢。"

绿意说到这里笑了笑道："王妃还是别打坏主意了，这里是王府，王爷修为那么高，随便神识一扫，哪儿找不着啊。"

秦悠悠原本没打什么坏主意，被绿意一说，却想起王府里有一处，妖怪相公还真的可能找不着——石院书房下面的密室！

那里四壁连同地面天顶全部铺设了隔绝神识探寻的玄武玉晶，她如果躲到那里去，估计严棣一时也不会想到。

她想到此处忽然心中一凛，不对！绿意的表现，分明是在有意引导她想到这个密室，她为什么要这么做？

只是贪玩撺掇她去跟严棣开玩笑，还是另有什么特别的企图？

自从御书房因为有机关师、工匠与外敌勾结，导致部分机关失效的事情发生过后，秦悠悠对身边人的异常行为都多了几丝提防。

她暗暗戒备，然后抬头微笑直言道："你故意想引我到书房下面的密室去是不是？"

绿意一愣，屈膝跪倒在地道："王妃，奴婢不敢！"

秦悠悠正犹豫不决，忽然觉得头晕目眩，身体麻木无法动弹，原本站在绿意身边的三名宫女齐齐倒地昏迷。

她耳中听到窗外一名老太监的声音道："咱家说要直接动手，偏你还要浪费口舌引她自己去。"

这声音……是除了殉职那位装公公之外的另一名伺候在皇帝身边的武圣纪公公！也是眼下最得皇帝看重的亲信。

是皇帝要对付她还是这些人都被奉神教的人弄成了活傀儡？秦悠悠心中慌乱，偏偏一个字都说不出来，更别提动用身上的机关暗器。

她太大意了，妖怪相公说得对，她在发现绿意有问题的一刻就该动手！她不该心软迟疑。

绿意站起身，轻叹一声对秦悠悠道："我原本真不想这么对你的。你不必害怕，我们不是要杀你，只是带你去搞清楚一件事。"

到了这个时候，绿意没必要骗她，秦悠悠心下稍安，不过很快又感到有些害怕——他们用这种手段，费这么大力气让她搞清楚的事，只怕不会是好事。

秦悠悠脑子里有些东西一掠而过，仿佛意识到了什么，却又不太愿意相信。

绿意上前将她抱起来，转身出了寝室往旁边的书房而去。

秦悠悠看着她与纪公公熟练非常地打开书房地下密室的机关，将她一路送入密室之内，放到传音铜管旁。

俩人动作极快地退了出去，很快秦悠悠就听到铜管中传来两个人的脚步声。

"你有什么事就快说。"是严棣的声音。

然后秦悠悠就听到笑面虎皇帝吊儿郎当道："怎么？急着回去过你的洞房花烛夜？"

"不错！"严棣的回答还是那么直截了当，但是秦悠悠却笑不出来，她有预感，接下来他们会说的话，是她最不想听到的。

"我上次的提议，你真的不考虑？"

"我已经说得很清楚，悠悠是我的妻子。"

"我有更好的办法，不需要你再挨我一剑，你也不必怕吓坏了你的心肝宝贝。"

"你什么都不必说，我不会答应。"

……

后面他们说了些什么，秦悠悠再也听不到了，总归不过是皇帝不厌其烦劝说严棣让秦悠悠将圣祖机关图上的神秘符号也破译出来。

原来如此，原来果真如此。

秦悠悠悲哀地发现原来自己也不是太意外。

年节庆典当夜的刺杀由始至终就是一个局，一个让她心甘情愿将大炮的秘密完整告诉他们的局，可笑自己却被严棣的柔情蜜意与鲜血重伤蒙蔽了眼睛，傻乎乎地主动一头栽入局中。

严棣胸前那一剑根本就是皇帝亲手刺的，他们兄弟同命，皇帝自然不敢让别人动手，于是那一剑妙到分毫不差地"刚好"错过了严棣的要害，看似一剑穿心血流遍地，对严棣而言却是有惊无险。

一个巧合处处，破绽多多的局偏偏轻松骗过了她的眼她的心。

其实更早之前，她就已经被他们算计在局中，只是她太过自高自大，太过自信严棣对她的感情，一厢情愿地认定他不会真的伤害她，会因为重视她而改变。

他是一个什么样的人，她心里早就有数，却依然坚持做着这么天真可笑的梦，直到此时此刻，不得不梦醒……

她应该责怪谁呢？严棣对她承诺的事，每一件都实实在在办到了，但是他由始至终从来没承诺过不会骗她。

自己为他流的眼泪，那些守在他身边愧疚难安的夜晚，现在想来就是一个又一个残酷的笑话。

不知道过了多久，秦悠悠恍惚中听到耳边传来皇帝的笑声："金家那些人如今一定摸不着头脑，搞不懂我相月国有了弟妹这样的机关圣手，为什么你还许给他们这么好的条件与他们合作。"

金家？！秦悠悠有些茫然，过了片刻才想起来应该是三大机关世家之一，鬼三台金氏。

她只略略一想就明白绿意与纪公公都是奉皇帝之命才对自己动手的。

皇帝无非是想要破坏她与严棣的关系，所以让她亲耳听清楚他们的阴谋，可这么做对他有什么好处？

他撕破脸把她硬弄到这个密室里来，不可能会说些无关紧要的废话，他突然提起金家又是什么意思？

果然她听到严棣沉声道："金家的事，我自有主张，你不必多管。"

"弟妹父亲的事，你打算什么时候跟她说？金家的人若是知道弟妹跟他们的关系，只怕会想方设法从你手上把弟妹哄走。"皇帝笑道。

"那也得他们有这本事。"严棣对皇帝在他的新婚之夜拖着他絮絮叨叨说个不停已经颇感不耐。

自己的兄长虽然从来没个正形，但绝不是个婆婆妈妈啰唆的人。

密室之内，秦悠悠已经被皇帝话里透露的信息惊呆了，她的父亲？金家？她那位神秘的父亲是金家的人？！这又是怎么回事？

听口气严棣早知此事，却同样一直瞒着她，暗地里又在算计什么？

书房内，严棣终于忍无可忍，站起身道："天色不早了，有什么重要的事情，明日再说，皇兄请回吧。"

皇帝目的已经达成，哈哈一笑道："永乐你何必这么急，你的新娘子就在这儿。"

严棣愕然，随即神色尽变，一手扭开密室的机关，快步沿着阶梯冲进地下密室之内。

他的小妻子正静静靠在角落的传音铜管之前，一身火红的衣裙娇艳如火，尽显新婚的喜庆明艳，只是那张绝美的脸蛋却苍白如纸泪痕斑斑，凝望他的眼神几乎令他不敢与之对视。

她知道了一切！严棣心中升起一股强烈的恐慌，几步走上前去一把将她抱入怀中，仿佛只有这样才能确认她仍在他身边，不会在下一刻消失。

秦悠悠浑身僵硬，无法动作也无法说话，像个布偶娃娃一般任他摆布。

严棣很快发现了她的不对劲，摸了摸她的脉搏，知道她只是暂时被药力控制，便打算将她抱回房间去再说。

"她知道了一切，永乐，你现在打算怎么办？"皇帝的声音从身后传来，依旧带着笑意。但却让人从骨子里发冷。

"为什么？！"严棣霍地转身寒声道。

"杀了她确实有些可惜，而且她是永乐你的心肝宝贝不是么？夺魄牵魂之术，江如练师徒所得的不过是皮毛，先祖留下的全套手段精妙无穷，只要用在她身上，她永远是你的小妻子，而且会对你言听计从。"皇帝仿佛听不见严棣的问题，径自提出自己早就考虑好的方案。

"够了！"严棣大声喝止，"不管是你，还是你手下那些人，只要敢动她一根毫发，莫要怪我翻脸无情。"

皇帝脸上的笑容彻底敛去，冷冷道："我早知道她是个祸胎，果然永乐你不过与她相识几个月，就要为了她对我这个皇兄翻脸无情。"

"你不是想知道我为什么故意让她听到一切吗？哈哈，上天注定我们兄弟同命，但其实真正决定我们兄弟生死的关键是你！你是我的同胞手足，几乎从我们才懂事起就都知道我们与其他兄弟不同，我们可以绝对信任彼此、依赖彼此，甚至把性命放心交到对方手上。我信得过你，但是我信不过她。如果你不能够绝对控制住她，我只好想办法先杀了她。"

严棣对秦悠悠特别不同，皇帝一直看在眼里，如果她只是严棣利用的工具、相敬如宾的妻子、又或者是一时心血来潮的玩伴，他不会在意。

但是看着严棣一日一日沉沦在秦悠悠的温柔乡中，他知道秦悠悠很快会成为他完美弟弟身心之上的唯一破绽，这个女子拥有影响他弟弟的强大魔力。

这对于他而言太过危险，所以他急着想将这个不稳定因素彻底铲除。

他故意命令手下将秦悠悠带到此处，让她亲耳听清楚一切，就是要让严棣没有反应的时间与任何回旋的余地。

如今放在他眼前的只有两个选择，要么是杀，要么是用夺魄牵魂之术将她弄成活傀儡彻底控制在手上。否则这个已经与他彻底离心离德的女人一定会试图离开。

她离开的话，不管是被江如练师徒或其他势力掳去，还是回过头来报复严棣的欺骗，对于相月国严氏而言都是足以动摇国本的事，就算严棣念私情不对她动手，思帝乡那些长老们也不会坐视不理。

可以说，秦悠悠只要踏出圣平亲王府，等待她的也是死路一条。

严棣抱紧了怀里的秦悠悠，不理皇帝，慢慢站起身往外走去。

"不要再试图对她做什么，否则……你再不是我的皇兄了。"

皇帝的脸色霎时变得非常难看。他敢做得如此决绝，也是认定了严棣无论如何不会跟他这个兄弟真正反目，所以才尽早逼他做一个了断。

没想到他竟然已经陷得这么深……

窗外传来清脆的鸟鸣声，秦悠悠打了个呵欠慢慢睁开眼睛，眼前是熟悉的粉色纱帐，枕被都是平日见惯的，纱帐外的一切都那么眼熟，分明是她住惯了的小石院绣楼。

她记得她好像跟严棣举行了婚礼，搬到他的石院去住了的，怎么一觉醒来还是在绣楼呢？

她一点一点回忆着昏睡之前发生的事，越想脸色越是苍白，那些事情是真的还是只是她做的一场恐怖的噩梦？

"你醒了？"严棣的声音传来，温暖的手掌随着声音轻轻抚向她的脸蛋。

如果是从前，秦悠悠会乖乖地任他抚摸，甚至撒娇地蹭两下，但是现在……她控制不住自己猛地一缩，整个人一下子退到了床角。

严棣看着她陌生抗拒的眼神，真正领会到什么叫心如刀割，就是当日皇兄手持利剑刺穿他胸膛之时，也不曾如此疼痛。

他花了好几个月时间，用了无数心思才令自己在她心上占有重要的一席之地，就因为昨夜的事而被统统抹杀，他不甘心！

他不信秦悠悠感觉不到他对她的真心诚意，严棣越想越是不忿，长臂一伸将躲得远远的小妻子一把抓回来紧紧禁锢在怀中，低声道："悠悠，不要这样看我。你不高兴要怎么出气都可以，不要躲着我，我们是夫妻，要白头偕老相伴一辈子的夫妻。"

秦悠悠挣扎几下发现一点用处没有便不再动了："如果我不答应你，你是不是就要用夺魄牵魂之术将我炼成一个活傀儡？"

严棣浑身一僵："别说气话，你知道我不会那么对你。"

"我不知道，我什么都不知道。我根本不知道你什么时候是真，什么时候是假。我不知道你还有多少事情瞒着我，什么时候又打算利用我。我不知道你是真的喜欢我，还是更喜欢我的机关术，我不知道我在你心里究竟算什么……"秦悠悠涩然道。

严棣沉默片刻，低头亲了亲她光洁的额头道："留在我身边，我一件一件慢慢告诉你。"

他的小妻子心软而且不太善于记仇，将她留在身边，日子久了她自然会软化，变得跟之前一样依赖他信任他。

秦悠悠垂下眼睛："我可以说不吗？"不说她现在人就在他的地盘，他不肯放，她很难跑得掉，就算能跑掉，外面还有江如练和旭光圣子师徒在等着。

最重要的是，大嘴和小灰两个重要"兽质"都押在他手里，她自己可以想办法脱身，但大嘴和小灰晋级之前轻易挪动不得。

严棣轻叹一声道:"悠悠,我等你想通……你是我此生唯一的王妃,唯一的妻子,我们要在一起一生一世的,我会试着学会不再对你用手段,给我一个机会好不好?"

如此软语相求的妖怪相公让人很难狠下心肠去拒绝,但是秦悠悠想到自相识以来发生的事情,实在无法说服自己不去在意,只能扭过头去不说话。

严棣也不指望三言两语就能让她不念旧恶,只得摸摸她的头发道:"我皇兄只怕不会轻易放弃,府里有问题的人我会换掉,你没事的话不要接触陌生人,乖乖在府里待着。"

秦悠悠仍是那副无声抗拒的姿态,严棣的话等于告诉她,她如今是囚犯了,除了王府,哪里都不许去。

严棣知道秦悠悠现在不想理会他,只得起身离开。他宁愿秦悠悠哭闹发脾气对他拳打脚踢,都好过如今这样一副死心了不理不睬的模样。

算了,还是先解决皇兄那边的问题再说,悠悠是他明媒正娶的妻子,他有一生的时间让她回心转意。

严棣离开不久,杜韦娘就送了早饭过来,眼看着新婚燕尔,一对小夫妻却成了这般模样,她又是气恼又是无奈,心里把绿意与纪公公两个恨到骨子里了。

她想劝秦悠悠几句,不过想起严棣交代过尽量不要在她面前多话惹她心烦,只好勉强忍住。

石院昨夜出事,绿意随纪公公一道回宫,其余三名侍女也被严棣送返宫中,就是皇帝与太后派到王府里的一干亲信也被尽数遣返。

王府里头的人一下子又少了一大截,显得更加冷清。

梁令另外带了四名侍女前来伺候秦悠悠,这四个女子看上去修为最差的都是四品武者,个个沉默寡言,一个口令一个动作,秦悠悠也无心多话,绣楼里几乎一整日听不见人声。

秦悠悠这几日大部分时间都在花园地底宝库里对着沉睡的大嘴和小灰发呆,严棣虽然也在府中,却只是远远看她,又或者等她睡熟了才会到绣楼去陪在她身边。

他有些不敢面对她空洞迷惘的神情,害怕她气愤之下会说出什么让他锥心难过的话。

皇兄的担心也许不无道理,连他自己都不曾意料到,就这样一个对他而言弱小娇气的女子,竟然能让他"不敢"、"害怕"。

晚上一个人躺在石院的床上,脑子里想的都是小妻子的娇嗔笑魇,想她温暖甜蜜的体香,玲珑曼妙的身子,想得辗转反侧无法入眠。

最后不得不摸到小石院绣楼去看一看真人,趁着她沉睡将她拥入怀中,才能稍稍平复心中的烦躁空虚。

二十多年来,他第一次知道原来孤枕独眠的滋味是如此难熬。

王府里头人人都知道王爷王妃为着不明原因在冷战，没人知道该怎么劝也无人敢劝。

关于秦悠悠父亲出自金氏的消息既然已经败露，严棣也没有继续刻意隐瞒，吩咐梁令带完整的卷宗前去找秦悠悠，将关于她父母的消息巨细靡遗禀报了一遍。

鬼三台金氏号称三大机关世家中最神秘的一家，乃是因为他们族里大部分人都是终老于鬼三台总舵，而鬼三台的位置就在横云山一带，那里是妖兽聚居之地，等闲人根本不敢靠近，更别说在横云山中找寻鬼三台金家的具体位置了。

外人对于金家的真正实力所知有限，自然就觉得他们神秘。事实上，金氏至今还能名列三大世家，与这神秘作风有很大关系。

可是光会装神秘并不能解决一切问题，金家的人也有一部分会到大陆上各处行走，旁人从这些金家子弟的实力也能渐渐判断出一个大概。

而金家的颓势在最近几年越发明显，已经引起了西河风氏与夏云峰文氏的注意，鬼三台的地盘引人垂涎，而金氏也确实有不少机关秘籍足以让另外两家眼热的，所以金家如今的形势可谓岌岌可危。

最先发现金家弟子青黄不接的自然就是金家自个儿，他们为此商议了许多补救方案，其中之一就是挑选族中的资质不错的年轻弟子，让他们改名换姓潜入另外两大世家去。

这些年轻弟子将来能够成为风氏、文氏的核心弟子骗取对方的技术秘密自然最好，就算不成，也能打听到这两家的动向消息，让金家及时防范。

而秦悠悠的父亲金胜常大概就是因为这样的缘故被派到了风家。

风瑶姬应该是很早就知道金胜常的真正身份，不过因为两人有了感情，一直将这事暗藏心底，秘而不宣。

秦悠悠想起风归云对何满子说的，连他的父亲都不知道妹妹的心上人是谁。

以父亲金家细作的身份，难怪母亲不肯对兄长与其他人多提，万一家人不谅解，等待金胜常的就是死路一条。

想来他们两个人暗中相恋也十分艰难，如此很容易想明白为什么娘亲逃离奉神教后就直接失踪，甚至没有再跟风家的人联络。

她多半是希望脱离风家，与父亲双宿双栖去了。

金胜常由始至终只是一个名声不显的小人物，相月国的皇家密探原本不可能去查探他的消息底细。卷宗上提及他的事完全是因为当年他和风瑶姬主动与严氏皇族接触。

风瑶姬可能从江如练口中知道了一点他们父子与相月国皇族的瓜葛，所以曾想以部分被江如练先祖盗走的严氏圣祖传下的机关图纸，换取严氏的庇护。

可惜严氏答应了他们的条件，却迟迟不见他们出现，于是画下他们的图形让潜伏在风家的密探暗中打听他们夫妇的背景，才无意中发现了金胜常身份的秘密。

卷宗内记录，密探最后得到的消息是这两夫妇同时落入奉神教之手，再无消息。

秦悠悠明白这等于是说，爹娘多半在多年前已经遭遇不测。

她这几天听到的坏消息已经太多，眼睛涩涩地流不出几滴眼泪，木然看完卷宗上关于父母的每一条记录，然后便将东西全部交还给梁令，自己又跑到花园下面的宝库里对着大嘴和小灰发呆。

只有在这个地方，在她熟悉信任的伙伴身边，她才能保持平静，思考自己接下来该怎么办。

她把自己从认识严棣开始发生的每一件事仔细想了一遍，其实会变成今日这个样子，她自个儿也要负很大责任。

她不是不知道严棣品性有问题，只不过因为师父不在身边，她吃了许多苦头，突然出现一个人对自己很不错，而且又非常强大可以保护她，于是便忍不住将对师父的依赖转移到了他身上。

只要跟着严棣，她就不用担心奉神教的追杀，甚至不用担心如何恢复修为，她想偷懒，于是在严棣的温柔陷阱中越陷越深，在他有计划的蚕食之下一点一点把自己的身心都交付给了他。

她何尝不是存了利用严棣的心思？不过魔高一丈，最后是她反被人彻底利用了罢了。

师父说得对，人品有问题的男人其他再好也不能要！她如果牢牢记住师父的话，现在也不必如此伤心难过了。

江山易改本性难移，她从前还奢望着严棣为了她而改变，如今却完全明白这是不可能的事。

她虽然被骗得很惨，现在回头也还来得及，她做不到一辈子装聋作哑当个任人摆布利用的傻瓜，不想为了成全严家兄弟的野心而再做那些违背自己本心原则的事，不想一次次被欺骗一次次伤心又一次次心软原谅,不想一辈子活在对枕边人的怀疑猜度之中。

她必须离开……

只不过她如果要走，得先解决大嘴和小灰的问题，它们一天不晋级，她是想跑都跑不了的。

至于跑掉之后要怎么应对奉神教那师徒俩的追杀，她还没有太清晰的想法。

大不了躲到横云山去，她对金家没什么感觉，不过今日看到卷宗里提到的鬼三台金家大本营的位置，却给了她一点儿灵感。

横云山绵延数千里，山林中妖兽横行，就算是十八品武圣想要在那无尽山野中找人，也无异于大海捞针。

有大嘴和小灰陪着她，她自己也勉强是个七品武尊，加上身上的机关暗器，完全足够在横云山内安身的。

而且她记得师父提过,横云山中可能有他"同门"留下的"基地",只要找到"基地"所在,说不定他就能够回家。

如果不是中间发生这么多事,她原也打算带大嘴和小灰到横云山去找师父的。

现在唯一拿不准的是,大嘴和小灰清醒晋级的时间,可能是一个月,也可能是一年,在这期间,她好好守住自己的心,再不能被严棣的温柔与甜言蜜语所骗了。

这次轮到我骗你

圣平亲王府内突然退回大批宫中派去的太监亲卫,太后次日一早起来得知这事就知道出问题了。

她派了女官守着,皇帝才退朝回来就直接将他请到庆春宫,屏退左右问他究竟发生何事。

皇帝老实地把自己做过的事一五一十和盘托出,气得太后脸色发白:"永乐和悠悠他们好好儿的,你做什么要插手破坏?永乐好不容易动了心,你就这么看不顺眼?!"

皇帝哼笑道:"好好儿的?我们的圣平王妃不是笨蛋,这些事情她早晚会知道。与其之后时时担心防备,倒不如趁现在,在与多丽国开战之前先把这事解决了,免得将来永乐在关键时刻为她分心。"

"你还有理了?!现在怎么办?如果悠悠她倔起来,你弟弟他怎么办?永乐还要靠她散功,将来永乐哪天压制不住修为,悠悠又不在他身边,那可怎么办?"太后气结。

她确实挺喜欢秦悠悠的,不过这喜欢之中有相当大部分是爱屋及乌,秦悠悠再得她的欢心,在她心底里也比不过两个亲生儿子重要。

所以儿子儿媳闹翻了,她就如大部分普通偏帮儿子的母亲一样,首先想到的是儿子的利益安危,而不是秦悠悠的委屈伤心。

这一点皇帝早就想过了,他冷冷一笑道:"永乐有办法控制她的神魂,让她一辈子老实听话,就看永乐愿不愿意了。至于替永乐散功,谁说天下只有她一个可以办到?"

太后张口欲言,皇帝摆摆手道:"我知道母后担心的是什么,别的女人没资格进入禁地沐浴圣泉改造体质,但是天下间能够有同样效用的还有奉神教的'不死鳞霜'。这次我们有圣祖大炮在手,攻克多丽国、剿灭奉神教不过是指日可待之事,到时候选个忠诚听话的女子,让她服下不死鳞霜,同样可以替永乐作散功的引子。"

"可是……"太后终究是希望自己的儿子可以与心中所爱和和美美过日子。

"永乐已经把弟妹惯得无法无天,她是我严氏的媳妇,却不肯替我严氏出力,非要到永乐身受重伤了才勉为其难替我们复原圣祖大炮,下次若我们再有什么事要求到她,莫非得让永乐再伤一回?"

皇帝这话正好隐隐勾起了太后心中的不满,两兄弟的计划她事前并不知情,当时也被吓得六神无主。今日皇帝把这事说明了,她既为这两兄弟的胆大妄为恼怒心疼,同时也对秦悠悠生出几分怨怼。

皇儿说得有理,如果不是她拿乔不肯答应复原圣祖大炮,小儿子也不用冒险挨这一剑。她怎么说也是严氏的媳妇了,就这么一点儿事情也推三阻四,着实不像话。

皇帝知道太后被自己说动了,继续煽风点火道:"说到底,她不过是仗着永乐宠她爱她,将她视若性命,才敢如此拿乔!永乐如此待她,她对永乐却不见得死心塌地。这样一个女子在永乐身边,母后你放心,儿臣却是很难安心的。"皇帝意有所指道。

太后心中一凛,想起两个儿子同命的事,终于长叹一声不再说话。

皇帝并不指望太后完全站在自己这边去对付秦悠悠,不过他觉得事情似乎有些超出他的预想,他开始有点拿不准严棣会不会一如既往容忍他的挑衅,所以需要将太后拉到自己这边来,将来万一严棣真的翻脸,总不能连太后也一并责怪。

他与弟弟同命,多年来已经习惯甚至笃定自己不管做什么,弟弟都不会真的与他计较,但这一次,他忽然觉得不那么确定了。

只是弟弟就算与他反目又能如何?顶多不过抛下一切拂袖而去,他还真不信没了圣平亲王,他这个皇帝就当不下去了。

要真当不下去了也不错,反正他也腻味得很,皇帝自嘲地笑了笑。

很快,他对付秦悠悠的"效果"就展现出来了,严棣不再带头反对他御驾亲征的决定,而且借着新婚闭门谢客,也表明不打算继续插手军务,由着皇帝去了。

弟弟这是主动退一步,希望他不要再打他宝贝王妃的主意。

不得不说,弟弟确实很了解他,他这么急着对付秦悠悠,其中一个原因就是想把弟弟拖住,让他无法放心出征。

如今目的达到了,皇帝却觉得自己并没有想象中的开心快意。

严棣暂时安抚住皇帝,开始认真考虑如何哄小妻子回心转意。几天过去了,她的气应该消得差不多,而他对新婚夫妻分居现状的忍耐也到了极限。

所以他决定找秦悠悠"谈谈"。

他在花园下的宝库密室里找到了他的小妻子,她就坐在那两只昏睡的灵兽旁边怔怔出神,也不知道在想什么。

严棣走过去抬手轻抚她的长发道:"悠悠,我有事要跟你说,你想在这儿说还是回石院去?"

秦悠悠抬头看了他一眼,过了好一阵才道:"到上面花园里说吧,不然会吵到它们。"

　　说着慢慢站起身，躲开了严棣伸过来想牵她手的大掌，径自走出密室沿着阶梯回到花园里。

　　严棣伸出去的那只手慢慢收回紧握成拳，转身大步跟了上去。

　　秦悠悠随意坐在假山旁的亭子里等他，严棣走过去开门见山道："我要如何做，你才愿意忘记之前的事？"

　　"我忘记不了……我以为你会想我原谅你。"秦悠悠的声音透着淡淡的失望。

　　说出这句话的时候，她才发现自己离开严棣的决心并不怎么坚定，她还在奢望着他会改过，会求她原谅。

　　结果人家只是要她忘记，根本不觉得自己做错了，又或者说，他根本不知道她在伤心失望什么。

　　秦悠悠曾经以为，严棣了解她的一切，直到此刻她才明白发现，他其实并不真正了解她的心。

　　严棣沉默片刻，决定不去计较这无谓的几个字眼，比起与小妻子亲近甜蜜的生活，口头上让着她一些也没有关系。

　　"我要做什么才能让你原谅我。"他从善如流地换了种说法。

　　"你觉得，你需要被原谅吗？"秦悠悠反问道，神情是少见的认真，她想再给大家一个机会，如果严棣依旧令她失望，那她也可以死心。

　　严棣也发现自己不懂她的想法了，有些疑惑地望着她，希望她直接一点把事情说个明白。

　　"如果一切重来一遍，你还会不会骗我呢？"秦悠悠苦笑道。

　　"依然是会的吧。甚至以后，只要你觉得有必要，还是会一次一次地骗我……你根本不觉得自己做错了什么，又何必说原谅不原谅？"

　　"你吃定了我是个好骗的傻瓜，只能让你牵着鼻子走，就算再生气、再伤心，哄一哄就是了，对不对呢？"

　　严棣被她一连串的问题问得哑口无言，过了片刻才沉声道："悠悠，夫妻乃是一体。我希望你体谅我的难处。"

　　"夫妻一体，所以我的就是你的，你的还是你的，所以我要体谅你的难处，你可以无视我的想法。你确实将我们看作一体，不过你是绝对主导的那一个，我不过是你的其中一个附属品。"秦悠悠忽然变得词锋锐利，几句话将严棣驳得再一次无言以对。

　　秦悠悠觉得自己真傻，竟然到现在才看明白这些事，才愿意面对这样的现实。

　　严棣确实对她极好，但前提是她必须听他的。

　　她若是有不同想法，他不介意用任何手段令她屈服改变，只是这些掩盖在他的温柔宠爱之中，让她产生一种美好的错觉，让她以为他对她千依百顺，尊重纵容。

她真是个大傻瓜！

严棣默然看着她，出嫁从夫，这难道有什么不对吗？

他自问对秦悠悠已经非常好了，他先前与皇兄联手骗她，害她担忧伤心，他事后确实很后悔，但他后悔的是让她白白难过这一点，而不是因为欺骗了她。

如果有更好的办法可以让她不必白受那一场惊吓，不必伤心憔悴，他根本不会觉得愧疚。

他想让小妻子在他的羽翼保护下开开心心地生活，陪着他白头偕老，这不是很好吗？

只要他消灭了奉神教、多丽国、江如练等等对手，他们两人就可以过上自在安逸的生活，他不必担心有人对她不利，她也可以自由自在做自己喜欢做的事，这难道不是两全其美的好事？

秦悠悠低头看着自己的手指，幽幽道："小时候师父给我讲过一个故事……"

又来了！又是她师父！那混账会说的通常不是好事！

严棣想制止她继续说下去，不过转念一想，又忍下了没说什么。

"师父说很久很久以前，有个放羊的小孩，他每天赶着羊群在草原上放牧，日子过得很无聊，于是有一天，他想了个主意要跟大家开玩笑找乐子。他赶着羊群走到山坡上，忽然大叫'狼来了'，其他牧民被他吓着了，把羊群赶回家的赶回家，取刀枪棍棒的取刀枪棍棒，全部乱成一团。"

"大家跑到山坡上却发现，根本没有什么狼。小孩见自己的玩笑作弄了这么多人，觉得很有趣，牧民淳朴，也没有计较他的恶作剧。于是他无聊的时候就在山坡上大叫'狼来了'，开始几次还有人紧张，后来大家习以为常，就不再理他了。"

"直到有一日，狼真的来了，小孩子大声尖叫着驱赶羊群逃命。但是远处的牧民只以为他又在开玩笑，就没有理他。结果大家发现不对，一切已经迟了，小孩子与他放牧的羊群都被狼吃了……"秦悠悠简单说完这个故事，抬眼望向严棣。

"你到底想说什么？"严棣有些明白，又似乎完全没有明白。

都说女儿家心思难解，他今日是真的见识到了！平日他觉得他的悠悠就像一张白纸，一看便懂，今日却猛地发现她似乎变成了一个谜团，让他大感难以捉摸。

秦悠悠弯了弯嘴角，露出一个称不上笑容的笑容："你就是那个放羊的小孩，一次一次地骗我，将我对你的信任全部磨得干干净净。到现在我已经不知道你什么时候说的是真，什么时候说的是假。在你身边我觉得很难受，我会忍不住怀疑你每一个举动背后，究竟藏着什么秘密，前面是不是又有什么陷阱在等着我。你究竟还想从我身上得到什么？是不是我被你彻底利用完之后，你就会再次变了一个人，对我弃若敝屣。"

"这样的日子，我没办法说服自己继续过下去，你虽然喜欢骗我，但是我不想骗你……等大嘴和小灰醒来，你写一封休书，然后我会离开。"

什么叫晴天霹雳，这就是了！

严棣绝对没想到秦悠悠竟然会这么轻巧地就要离开他，她是他的妻子不是吗？

"你胡说八道些什么？你是我的妻子，我们在圣祖面前立下誓言要互相扶持、至死不渝，你都当是儿戏不成？！"严棣神情凛然，一下子变回了从前那个冷面王爷，语气中蕴含的怒意足以将所有胆敢忤逆他的人吓得噤若寒蝉。

不过秦悠悠例外。

她站起身平静道："我也说过如果你再使手段欺瞒利用我，我就不要你了。你也当是玩笑话了吧。"

严棣一伸手将她扯入自己怀中，捏着她的下巴逼她直视自己的眼睛，一字一字道："秦悠悠，你真当我是善男信女了？"

他自然不是善男信女，只不过秦悠悠也不是太害怕后悔，有些话她憋在心里难受，倒不如直接说出来图个痛快。

严棣既然瞒着她父亲的出身来历，又特意与金家交好，想来还有些事情是打算利用她的，目的没达成之前，不会把她怎么样。

夺魄牵魂之术确实可以将她变成一个听话乖巧的活傀儡，但是这种手段必然会损及神智，她的机关术也会因此大打折扣，如果严棣觉得她还有利用价值，应该不舍得这么对她的。

想想真是悲哀，从前她总是天真而毫无理由地坚信他不会真的伤害自己，如今却连这点信心都没有了。

严棣紧紧抱着她，怀里柔软曼妙的身子与从前并无二致，甚至那香甜迷人的气味也不曾改变，但是他觉得有些什么很重要的东西不一样了。

两人的身体相贴没有丝毫缝隙，可是明明相隔不到半尺的两颗心却像隔了千山万水，再也合不到一处。

冬雪消融，大地回春，严棣看着满园生机萌动的景象，只觉得如坠冰窟，森寒入骨。

秦悠悠被他强行挪回石院与他同住，严棣想既然当日可以一点一点将她的心攻陷，如今再来一次也并无不可，一个月不行那就一年，一年不行那就十年，他有足够的耐性让小妻子回心转意。

两人同住一个房间、同睡在一张床榻上，秦悠悠没有费力去拒绝他的安排，反正明知道不会有用。

严棣每夜拥着她入眠，她也没有挣扎，甚至他试图向她求欢，她也只是静静地瞪大眼睛看着他。

最终严棣没有继续，只是死死抱着她在她耳边低语："悠悠乖，别生气了好不好？"

他不舍得勉强她，虽然眼前的是他名正言顺可以为所欲为的妻子，但是他知道如果他放纵自己的欲望，会把她的心推得更远。

秦悠悠垂下眼睛什么都没说。

她的心并不像她表现的那么平静，面对严棣种种温柔呵护的举动，依靠在他温暖宽厚的怀抱中，她动摇过无数次，只不过每一次都告诫自己如果心软，那么下一步就是无底深潭。

她的心没有坚强到可以接受那些欺骗与利用，所以就这样吧。

她老老实实地等着，什么时候大嘴和小灰成功晋级了，她就可以想办法摆脱这个可怕的诱惑了。

与多丽国开战的事大致尘埃落定，严棣留守京城代皇帝处理政事，皇帝选定了黄道吉日，带大军出征，各地抽调的军队也纷纷向着两国边境集结。

随着大军推进，严棣也终于收到消息，江如练以及旭光圣子师徒不得不离开相月国回奉神教主持大局。

警报解除，严棣却并不觉得开怀，只因留住秦悠悠的理由又少了一个。

不过这一次，他很识趣地没有对秦悠悠隐瞒这个消息。秦悠悠听了，难得地露出一个轻松的笑容，严棣这段时间几乎没见她这么笑过，于是心情也跟着轻松不少。

如果天天能看到这样的笑容，别的都不那么重要了。

何满子留在子夜城先是替忠勇侯治疗痼疾，后又入宫替严氏兄弟疗伤，前后已经停留了好几个月，他挂念师父，见秦悠悠这边似乎没什么事，于是前来告辞，随即启程离开了。

秦悠悠不想他为自己担心，努力忍住了没有把她和严棣的事情透露出来，强作笑颜将他送走。

这对于严棣而言就是个大大的好消息，少了个青梅竹马给她出谋划策，自己要哄得她回心转意的难度也会小许多。

只不过他如今对着秦悠悠，竟有些无从下手了。想利诱没有可以吸引她的诱饵，色诱她咬紧牙关不肯上钩，威逼他不舍得，拐骗他不敢。

有时候想想都觉得自己窝囊，但每次咬牙切齿决定要对她下重药，一见到她那张沉静冷淡的小脸，就是一阵心软无奈。

正当他琢磨着要如何尽快跟小妻子修复关系之际，两个坏消息先后传来。

第一个坏消息是大嘴、小灰两个有了苏醒迹象，随时可能晋级，第二个坏消息却是奉神教那边的密探拼死辗转传来的。

奉神教已经与多丽国皇室商议好计划，打算出动教中精锐，并向许多野路子的修炼者发出悬赏令，以高官厚禄、灵丹圣药以及不少天材地宝悬赏索取相月国自皇帝以下众多高级军官的头颅。

而旭光圣子与昊光圣子这两个江如练的得意弟子甚至已经在教内立下军令状，哪个能够取得严棣的性命，哪个就是奉神教下一任教主。

旭光圣子的阴邪手段，严棣亲身见识过，昊光圣子的修为虽然更胜过他，但是论可怕程度，都还不如他。

严樾确实不会有性命之忧，但万一受伤甚至留下残疾毒伤等后患也非常麻烦。而且对军心民心会是一大震动。

严棣与朝中几名重臣商议过后，请了族里几位老成持重的亲王共同主政，自己赶往前线去护驾。

严氏皇族核心的成员都知道，思帝乡那边还有一众长老在，谁想趁着京城空虚捣鬼，下场都不会太好，所以虽然严棣离开会对朝政处理造成一些麻烦，却不至于动摇国本。

比较让严棣揪心的是秦悠悠这边，她的两只妖兽万一在他离开这段时间完成晋级，她肯定会带上它们一走了之。

这小丫头有多难找一年多前他就见识过了，如果不是她自己送上门来，他可能至今都还不见得能够找到她。

"悠悠，可不可以答应我一件事？"严棣决定还是直言相告。小妻子不是最恨他欺骗隐瞒吗？他这回这么诚实，应该有奖励吧！

"什么？"秦悠悠的大眼睛里闪过警惕提防。

"我要离京一段时间，你在京城等我回来。"严棣不着痕迹地凑到她耳边轻轻呵气，成功地看到她玉白般的耳朵泛起迷人的红晕。

不过下一刻秦悠悠就大退三步躲了开去，眼带警告制止他的得寸进尺。

严棣知道只能到此为止，他如果继续，接下来至少两三天秦悠悠都会对他绷着脸，而且躲他躲得远远的。

他还要劝服她乖乖留在子夜城等他回来，不能在这个时候激怒她。

"就算大嘴和小灰在这段时间成功晋级了，你也等我回来跟我亲口道别一声再离开……"严棣将要求降到最低。

秦悠悠迟疑了片刻，终于道："我有什么好处？"

以前他的小妻子绝对不会这么现实地跟他谈条件！

严棣无奈道："大嘴和小灰晋级的动静会很大，而且花园地底宝库不是个合适的地方，我将你和它们安排到思帝乡附近的皇家别院去，万一有事，你可以用王妃的身份发出信号请族里的长老前来帮忙。"

这确实是很吸引人的条件，她也见过大嘴和小灰晋级，确实动静很大，而且会引动雷劫。

虽然以它们两个的血统，等闲雷劫很难伤及它们的性命，但万一有什么人想趁机来捡便宜，她一个人照顾两只灵兽也会有些问题。

有思帝乡隐藏的那些老怪物帮忙，那是最稳妥的。

"好吧！"秦悠悠勉强点头答应下来。

得到她的承诺，严棣终于安心了。

他亲自将秦悠悠以及那两只睡死了的灵兽护送到思帝乡附近的皇家别院安置好，又留下梁令以及另外两名武圣级强者作护卫，亲自送信到思帝乡众位长老隐居之处，确定再无遗漏然后才启程离开。

秦悠悠知道他要走的消息，不过狠下心肠没有去送别。思想简单的人有时也很可怕，一旦决定了目标，做事往往异常顽固决绝。

严棣回望逐渐变小的皇家别院，心里不知道该怨恨还是失望无奈，自己怎么偏偏就是对这么个娇蛮倔犟的小姑娘放不下？

他一直觉得秦悠悠是上天送给他最美好的礼物，如今看来，这分明是上天派来折磨他的魔星！

秦悠悠独自一个人坐在静室之内，抱着膝盖缩成一团，定定地看着面前沉睡不醒的大嘴和小灰，直到眼前一片朦胧……

她真是没用，明知道严棣不是个好人，跟他在一起就要承受一次次被骗带来的伤害，偏偏她就是没办法不去想他。

她不知道该不该期望大嘴和小灰赶在他回来之前完成晋级，如果真是如此，那么当严棣回来的时候，就再也见不到她了。

因为她已经决定，这一次，轮到她骗他——她不打算遵守等他回来的约定了。

千里之外，相月国与多丽国交界的群山之中，旭光圣子正施施然坐在山巅一块巨石上眺望远处相月国军队的营盘。

一名白衣少女伸手从信鹰脚下取了密信，仔细辨认一番信上的符号，然后走到旭光圣子身边躬身道："圣子，子夜城的探子密报，严棣大概在五天前已经准备离京，如今应该在路上了。"

旭光圣子微笑道："他总算愿意离开子夜城了，他那位娇滴滴的王妃可有同行？"

"不曾，探子说严棣暗中派了人到思帝乡附近的皇族别院准备，似乎是打算让他的王妃过去小住。"

旭光圣子闻言扬了扬眉，这怎么听着像个陷阱？

他的探子自然无法探听到秦悠悠与严棣闹翻的事，两人新婚燕尔而且也住在一处，任谁都会觉得他们正是蜜里调油的时候。

而秦悠悠的灵兽从来都比较像宠物，就是圣平亲王府中，知道两只灵兽晋级在即的也只有非常有限的几个人。

旭光圣子故意放出消息引严棣离开子夜城，原想他多半会带着秦悠悠一起，毕竟年节当夜派入宫中行刺的那些高手们已经确认秦悠悠并不是什么没有修为的普通女子，反而是劲敌一名。

没想到严棣不但反常地将新婚妻子留下，还让她独自出城小住，这无论怎么看都很不合理。

事若反常必有妖！

旭光圣子闭起双眼静默片刻，轻叹一声道："也罢，这个在师父面前立功的好机会，先让予我的好师兄吧。"

他知道师兄昊光圣子一直留意着他这边的举动，唯恐他在师父面前立下大功讨得师父的欢心进而得到少教主的宝座，既然他急于表现，正好让他试一试这个陷阱的滋味。

思帝乡附近，皇家别院内，秦悠悠每日只静静守在两只灵兽身边，小心观察它们的变化，直到严棣离开后的第七日，小灰身上的绒毛开始大片脱落，不到一日时间就变得光溜溜的非常古怪。

秦悠悠早有准备，让所有人远离静室，不管发生何事都不得靠近静室十丈之内，甚至把看起来还未到晋级时候的大嘴也先行挪到别院后的另一间静室之中，请两名武圣代为守护。

"你也不要留下，小灰晋级的时候我不会有危险，但是在它附近的其他人可能会被误伤。"秦悠悠特意交代一直跟在她身边寸步不离的梁令。

梁令很为难："但是只得王妃你一个，万一有人潜入意图不轨……"

秦悠悠神情古怪道："你应该知道，小灰的血统有些问题。你们留下，会很危险。"

梁令被她一提，想到关于某凶兽的传说，顿时脸色尽变："王妃的意思是……小灰它会……"

秦悠悠点头道："是的，我与它有认主契约，它无论如何不会伤害我，但是对其他人就不好说了。"

梁令彻底明白了，点了点头，自去安排所有人退到外围镇守。

秦悠悠确认安顿好大嘴之后，便独自一人留在小灰身边为它护法。

夜幕降临，小灰身上的骨骼开始一点一点扭曲变形，皮肤渐渐变得干枯灰暗，然后在变形骨骼的拉扯下崩裂开来。

丝丝缕缕的鲜血从小灰那已经彻底变形的小小身体里渗出来，将它身下的玉石台基染成一片血红。

秦悠悠心疼得恨不能自己代它熬过这一关，但却知道这是晋级过程中无法避免的，她只能眼睁睁看着。

就在她忍不住怀疑小灰会不会流血过多而发生危险之际，远处隐约传来闷雷轰鸣之声，秦悠悠回想起上次小灰晋级时候的经过，顿时松了一口气。

雷声响起就代表雷劫将至，那就是说，小灰的晋级很快会完成。

果然，小灰的身体渐渐不再流血，骨骼也开始恢复原状，崩裂干枯的皮肤下以肉眼可见的速度快速生长出新的皮肤，然后皮肤上再次生出灰白交错的柔软绒毛。

天边的雷声一声比一声响亮，电光闪烁，静室附近前一刻光如白昼，后一刻却又恢复一片漆黑。无与伦比的天地之威，就是秦悠悠有七品武尊的修为在身，也感到一阵心神不宁。

她总觉得今夜会有事发生，但若是留人在这里陪她，那个人会非常危险。

江如练已经返回多丽国，别院附近有数不尽的侍卫把守，更有三个武圣级强者坐镇，这里又靠近思帝乡，按说应该不会有人能够轻易冲进来捣乱……

秦悠悠一边安慰着自己，一边不安地祈祷小灰快快完成晋级。

轰隆！

一道雪白的电光划过天际，伴随着一声巨响，黄豆大的雨点从天而降，天地间霎时水雾迷蒙。

秦悠悠在电光闪动的那一刻似乎看到窗外有什么东西一闪。

"谁？！什么人？！"她抬头大喝道。

几乎同一时间，远处传来刀剑交击与呼喝之声，竟真的有敌来袭！

静室的大门被人一把推开，一名黑衣公子无声无息走了进来，静室之内因为他的出现，仿佛变得阴森恐怖起来。

这名黑衣公子长身玉立，容颜妖冶阴鸷，一身衣袍没有沾染点滴雨水，清爽整洁得像刚刚换上新衣准备出门访客，而非三更半夜冒雨前来。

十四品武圣！秦悠悠人吃一惊。

难怪外边梁令等三名武圣没有发现他潜入，此人的修为比他们都高了一大截！

"我道是什么厉害的妖兽晋级，闹出这么大动静……"黑衣公子冷冷看了看玉台上肥壮的"野兔"小灰，露出几分疑惑不解之色。

不过这点疑惑很快被抛诸脑后，黑衣公子右手一伸就要抓向秦悠悠，手伸到一半却"咦"了一声猛地偏移三尺有余。

他脚上仿佛装了轮子，根本不见他动脚就轻松躲过了秦悠悠放出的一团无影无声的飞针，身形快如鬼魅，诡异非常。

秦悠悠一击失手却平静得很，没有丝毫惊慌失措的模样，甚至还有胆子警告恐吓对方："如果我是你，马上就要掉头飞奔逃命。"

黑衣公子冷笑道："虚张声势！"举掌毫不留情又再攻向秦悠悠。

兔子急了会吃人

此人正是旭光圣子的师兄昊光圣子。

他不似师弟一般喜欢钻研修炼旁门左道的诡异邪术，他专精于武道，而且入门较旭光圣子更早，修为也高出一大截。

他对于自己的武道实力十分自信，所谓艺高人胆大，根本不理会秦悠悠的恐吓警告。

他来之前已经确认过相月国众多武圣高手的行踪，更将这处皇家别院内外的情况打探得清清楚楚，了不起就是思帝乡那些老鬼闻讯赶来，他要全身而退也不是难事。

而且直到此刻，他的神识感觉到这静室方圆十丈之内，就只得他与秦悠悠二人，加上玉台上那只气息紊乱，显然在晋级的所谓灵兽。

想到外间恐怖的雷霆之威，黑衣公子心中一凛，能够引来这等雷劫的，不应该是一只这么弱的灵兽，这只兔子横看竖看顶多不过七级。

虽然七级的兔子类灵兽很罕见，但就这副德行，能有多大的攻击力？

莫非是这庄园内另外潜伏了更厉害的灵兽，同样也在晋级？如果是严棣那匹麒麟赤血马……等它晋级完成，绝对是一大劲敌！

严棣到底有多厉害，昊光圣子完全没底，不过从师父江如练也对他十分忌惮这点看来，对方实力绝对在他之上。

这样一只高级武圣的伴生灵兽，完全当得起外间仿佛毁天灭地般可怕的雷劫。

众多念头在昊光圣子脑中一掠而过，他当即决定速战速决。

他的目标是秦悠悠，眼看着猎物已经退到静室一角，一种极其危险的诡异感觉猛地从他后方袭来。

修炼者的修为达到武圣级别，对于危险的触觉也会灵敏到极致，昊光圣子几乎毫不犹豫地就全力向前急冲，将真气运转全身，宁愿硬扛秦悠悠放出暗器的猛烈攻击。

他这一下全力猛冲立时将静室的墙壁撞破，身体自秦悠悠身旁掠过之际，顺手向她的颈项探去。

他这种真气护体的法门乃是他的保命绝学，名为"金刚圣体"，只能维持三个呼吸的时间，却足以勉强抵挡十八品武圣的一击。

秦悠悠的暗器再厉害，也达不到十八品武圣的级别，当下被巨力制住带着倒飞出去一丈有余。

就在他扑向秦悠悠的同时，一道恐怖的电光从天而降，轰隆一声巨响，整座静室被彻底轰塌成一片废墟。

天地瞬间只剩一片耀目的白光。

昊光圣子一击得手马上运指如风强行截住秦悠悠的经脉令她暂时无法动弹，然后回头去看究竟发生何事。

先前看似稳固的静室已经消失不见，飞舞的烟尘夹杂着浓浓的焦糊味道四下弥漫。

是那只兔子引来的雷劫？！

就是昊光圣子这等高手也不由得打了个冷颤，刚才那一道闪电如果不是他察觉得早及时避开，被波及的话难保不受重创。

使用"金刚圣体"是要付出相当大的代价的，如果光是为了对付秦悠悠这么个七品武尊他根本不屑动用。

不过如今这样也不错，既逃过一劫又将人抓住了，得尽快离开这鬼地方才是！否则再来几道这样的雷霆，他不见得能完全不被波及。

漫天飘泼大雨很快将静室中的烟尘冲散，昊光圣子略略调息，缓过一口气，将动用金刚圣体带来的不适压下，提起秦悠悠就想突围出去。

狂风暴雨中，忽然听到静室废墟里传来娇声娇气的一声咕哝："悠悠，我饿！"

昊光圣子大吃一惊，全身僵硬被他抓在手上的秦悠悠却是大喜过望。

谢天谢地，小灰没事！而且及时醒了！

电光闪烁中，昊光圣子定睛一看，只见原本静室正中的玉台上，那只肥壮的灰白兔子翻了个身，肚皮向天，无意识地舞动了几下四肢，哑巴哑巴三瓣嘴，含含糊糊地又叫了两声："悠悠，我饿！"

如果他没记错，刚才那道让他心惊胆战的恐怖电光正是劈落在静室正中的玉台方向的，玉台完好无损可以解释为那是一件难得的宝物，但是这只兔子是怎么回事？！

还未等他反应过来，接连两道电光一闪而至，那股恐怖的威力仿佛足以撕裂夜空，昊光圣子就是隔着几丈远，也被那股可怕的力量震得倒退两步差点儿站立不稳。

但是肚皮向天，应该被雷轰得粉身碎骨的那只肥兔子却浑若无事，闪电过后，依然完好无损地平躺在玉台上。

小灰被接连不断的雷声闪电惊醒，主人的无声呼叫与一种渴望吞噬所有的暴戾欲望在脑海里来回翻卷，它终于忍不住揉了揉眼睛翻身爬起来。

它一睁眼正好借着电光看到昊光圣子一手握住它主人的颈项，满面震惊地瞪着它。

有坏蛋！而且坏蛋在欺负它的主人！

小灰身体里深藏的狂暴凶戾刹那间被引爆，一双乌黑的大眼睛突然变得如同两个幽暗的黑洞，仰起头来张大嘴巴……

无法形容的一声恐怖咆哮响彻天地，压过了滚滚雷鸣，皇家别院十里之内山摇地动。

别院内外修为稍弱的人当即被震晕过去，本来正在交手的奉神教与相月国皇室高手也纷纷忍不住停下交战，掩住耳朵抵挡这可怕声音的侵袭。

站得离小灰最近的昊光圣子最是倒霉，竟被这一声咆哮震得当场喷血。

这是什么见鬼的怪兽？！昊光圣子不敢犹豫，提起秦悠悠扭头就跑。

他满以为有秦悠悠这个人质在手，可以救他一命，却不知道自己犯了个致命的错误。

小灰天生夜盲，能够看到他是靠电光闪烁那一瞬间，如果他扔下秦悠悠收敛气息潜逃，混乱中小灰说不定就错过他了。

偏偏他带着秦悠悠在身边，小灰靠着与主人之间的感应，闭起眼睛都能知道他在哪里。

狂风暴雨，雷电交加之中，不少人看到静室方向忽然幻化出一个足有三四丈高的巨大怪物脑袋，看不清它的眼睛五官，只看到一个巨大的血盆大口，恶狠狠往着下方某处咬去。

"啊！"

凄厉的惨叫声根本不像是人类能够发出来的，饱含着绝望恐惧，在狂风雷暴里回荡。

喀嚓喀嚓，咕噜！那个巨大的脑袋做了一整套啃咬吞咽的动作，然后慢慢消散在滂沱雨幕之中……

它吃下去的是什么？！

联系到先前那一声惨叫，所有人都忍不住遍体生寒——那个突然出现在皇族别院里的可怕怪物在吃人，一个活生生的人！

就一口，一个人就这么完蛋了。

交战双方不寒而栗，不由自主往后倒退了好几步。

那些前来攻击别院制造混乱，好让昊光圣子从容将里头人质掳走的奉神教教众，一个个惊疑不定，脑子里闪过同一个念头：

昊光圣子在里头……还好吗？

那声惨叫，应该不会是他发出来的吧？堂堂十四品武圣，什么怪兽这么厉害能够将他一口吃了？这不可能吧？！

现在是继续打还是退？几个带队的头目犹豫起来。

梁令想到秦悠悠先前说过的话，他肯定别院静室一带不会有他们的人，刚才那一声惨叫乃是男声，那多半是有敌人闯了进去，然后……

在三个武圣守护下闯进去的不会是弱者，甚至修为很可能比他们高。梁令想到这里忍不住哆嗦了一下。

他给小灰送过吃的，也跟它打过交道，小灰对他印象不错，一直叫他"梁爷爷"，他还记得小灰被驻云飞吓得哇哇大哭的样子。

这样一只娇气胆小的兔子，跟刚刚那个恐怖的怪物……太难将它们联系在一起了。

现在这个时候，正是退敌攻心的好机会！

梁令振作精神大喝道："潜入别院的贼人已经被王府供奉的圣兽所噬，剩下的既然还要送死，各位兄弟就不要客气了！"

王府供奉的圣兽？那分明是一只可怕的大凶兽！

本来就有些心神不定的奉神教高手顿时更感忐忑。

正在此时，远传传来此起彼伏的几声呼啸。

这边动静闹得太大，惊动了思帝乡隐居的长老们，一道道强大的气息往这边急赶而来。

"退！"领头的几名奉神教高手大喝一声，带着其他人飞快四散逃走。

梁令松了口气，就见一名绿衣老太监突兀出现在前方。老太监也没有打伞，但雨水落在离他身体一两寸的地方就被轻轻弹开，他全身上下清清爽爽，就这么闲庭信步般走到梁令面前。

"老祖宗们问，这边出了什么事？"

梁令认出他是在思帝乡伺候众位长老的伍总管，于是行了一礼道："是圣平亲王王妃的灵兽在里面晋级，恰逢奉神教的人来捣乱，已经没事了。"

"哦？王妃的灵兽是什么级别品种？"伍总管忍不住好奇了。

方才那个怪兽的大头虚影消失得太快，伍总管以及其他赶来的人并未看到。只不过那一声惊天动地的咆哮他们远在思帝乡都听得清清楚楚。

不只他，就是隐居的那些严氏长老们也好奇得要命。

什么样的灵兽可以引动如此可怕的雷劫，发出这么震撼的叫声。

梁令几乎想挠头，告诉他们那是一只兔子在叫？伍总管肯定会以为他得了失心疯。

伍总管见他欲言又止，便有些按捺不住，道："如今看来应该晋级完成了，洒家进去看看可成？"

天上雷声渐渐变小，雨势也有减缓的迹象，确实是渡劫完成的样子，不过梁令想起先前那让人发毛的一幕，还有秦悠悠让他们天亮才进去的警告，连忙拦住伍总管。

"现在最好别进去。"梁令道，然后压低声音在伍总管耳边道，"王妃的灵兽身上有饕餮血统……"

别院内，秦悠悠身上又是泥又是水，狼狈地侧头倒在地上，先前抓住她的昊光圣子已经彻底失踪。

她意识很清醒，但被昊光圣子以真气截住的经脉还未畅通，动弹不得只能躺在地上淋雨。

小灰就在她身边不远处的泥水坑里泡着。

它倒是没什么事，不过刚刚醒来就吃下一个十四品武圣有些太补太撑，需要休息一下了才能再次醒来。

秦悠悠想起先前那一幕都还觉得全身发冷，她见过小灰晋级时忍不住吞掉了一只大水牛，甚至把师父和大嘴都吓得落荒而逃，她当时没跑是因为她要拦住小灰不让它无意识地伤害其他人。

后来她发现小灰无论在什么情况下都不会伤及她，所以每次都主动陪着它晋级。

这是她第一次看到小灰吃人，一个活生生的人！

即使那是要对付她的恶徒，可那也是一个人。

她想到这点就觉得不寒而栗。

其实她也没有亲眼看到，她根本不敢看。

小灰身上出现那个恐怖的饕餮虚影之时,她就吓得紧紧闭起眼睛。

她感觉到虚影的那张大嘴连她也一并吞噬了,不过她只觉得有些什么东西自身上一掠而过,然后身边那个黑衣人就从她的感知里消失了,连同那只握在她脖子上的手也不见了。

她清晰地听到了黑衣人死前绝望的惨叫,听到小灰将他嚼碎吞下的声音,现在回想起来都还觉得全身冰凉。

秦悠悠努力逼自己不要多想,专心冲开身上被截住的经脉再说。

可十四品武圣的实力确实非同小可,眼看着大雨渐停,明月破云而出,她还是没有丝毫好转的迹象。

等天亮了梁令他们进来看到自己和小灰这副狼狈德行,真是丢死人了!

忽然,她感觉有什么东西在靠近……

一双以金银线绣了华丽云纹的白色男靴出现在她眼前,靴子上方是一截竹青色的亮丽锦袍。

秦悠悠记得,别院里没有能穿如此华贵服饰的男人。

就着明亮的月色,她猛地看清楚锦袍的主人,那是一个长得十分好看的年轻男子,脸上带着和煦的笑容,浑身上下仿佛弥漫着春天的明媚气息。

不过秦悠悠看到他,却是如坠冰窟。

她猛地想起一个人,一个她还未见过,却怕得要死的人。

男子微笑着竖起手指做了个嘘声的动作,然后弯腰将秦悠悠从地上抱起来,微笑着低语道:"如此狼狈却还不减丽色,王妃娘娘果然是个倾国倾城的美人儿。严棣将你一个人留在京城独守空闺,真是太不应该了。"

曙光初露,别院外的官道上传来一阵急骤的马蹄声。

梁令正准备进别院去看看秦悠悠与小灰的情况,听到蹄声连忙回头。远远就见严棣一身风尘骑着一匹玄龙马正往这边赶来。

玄龙马乃是军中最快的顶尖战马,随便一匹的速度实力都可与四级妖兽相比,相月国也仅得二十匹。

这边听到蹄声,那边马已经疾奔到众人面前。

严棣不等玄龙马停下,便一跃下马两步走到梁令面前道:"王妃呢?你们怎么都在外边?"

梁令顾不上行礼,连忙道:"昨夜王妃的灵兽晋级,严令我们天亮之前不得进入别院。"

严棣想到路上听闻的那个消息,心中的不祥预感越发强烈。

他一言不发直奔小灰与大嘴闭关的静室,那里已经被猛烈的雷电轰成一片废墟,没有秦悠悠的踪影,只见小灰脏兮兮地倒在一个泥水洼里昏睡不醒。

就在距离它不太远的一块假山石上，一支碧玉钗下压了一张淡绿色的花笺，上书一行清丽小字：邀美人至舍下一聚，王爷勿念。

落款正是旭光圣子！而那支碧玉钗梁令一眼认出就是秦悠悠插在发上的。

严棣握着那一张花笺，只觉得通体冰寒，上面每一个字犹如尖刀，一下一下剜在他心上。

梁令与另外两名武圣完全没想到在自己三人的保护之下，加上小灰这个据说厉害非常的灵兽在旁，王妃竟然就这么无声无息被人掳走。

三人不约而同低头请罪，圣平亲王王妃对相月国的重要性他们或许并不彻底明白，但是她对王爷的重要性，只要有眼睛的都能看得出来。

"查！看看他是如何潜进来，又是如何带人离开的！"严棣努力压住心里的恐惧担忧，愤怒狂躁，将手上的花笺递给梁令。

现在不是追究责任的时候，先把悠悠找回来才是最重要的，她在旭光圣子那个疯子手上多留片刻，都可能会受到最可怕的伤害。

他很怕很怕找回来的悠悠已变成一尊失去独立意识的活傀儡，甚至是一具尸体。

旭光圣子确实找到了最能刺激他的方式。

悠悠，你千万千万要平安无事！

秦悠悠在中午时分醒来，身体四肢已经可以活动自如，只是好几处经脉不畅，真气无法流转，修为半点动用不得。

显然有人替她沐浴更衣过，更将她身上所有机关暗器全部取下来收走。

她身上穿的是软缎寝衣，做工精致质料上乘，如果不是房间里的东西都透着陌生感，她几乎要怀疑自己是不是做了一场梦然后在皇家别院的寝室中醒来。

她刚刚坐起身，坐在床边小花凳上的两个白衣侍女就站起来走到床边替她挂起纱帐，柔声道："王妃醒了？午膳已经备好，奴婢这就送来。"

她现在是人质，没有待在地牢密室已经很稀奇，竟然还好吃好住地招待？以旭光圣子之前做过的那些变态事情来看，他着实不可能是个优待俘虏的好人。

两个白衣侍女一个去传膳，一个伺候秦悠悠更衣洗漱。

午膳很丰盛，比在王府里的也不差，秦悠悠想着现在自己就在变态手上，要害她随时可以，饭菜下药这种完全没必要，所以也放心吃了。

她没有多事地去问那两个侍女这里是什么地方之类的问题，问了也知道不会有什么实在的答案。

旭光圣子不可能只是请她来吃饭这么简单，早晚会跟他见面的，她吃饱了才有力气应对逃跑。

果然她吃过午饭就有另一个白衣侍女过来请她去见旭光圣子。

旭光圣子换了一身月白的衣袍斜倚在一座暖阁的软椅上，两个白衣侍女一个替他捶腿一个替他揉捏肩膀，还有一名侍女在一旁弹琴，好不风流惬意。

秦悠悠一眼就认出他了，因为现场没有别的男人……

"王妃娘娘这一觉睡得可好？"旭光圣子微笑道。

秦悠悠不答，侧头静静打量着这个院子，她感觉自己昏睡的时间不会太长，这样华丽的院子不是随处可以找到的，从皇家别院出来，带着自己赶路再怎么快也有限，很有可能这里其实是子夜城内某处豪宅！

"不用看了，这里确实是子夜城，不过你也别奢望你的王爷夫君能够找到这里。"旭光圣子不经意道，随手摸了一把身边替他捶腿的那个侍女的脸蛋，满意地看着那个少女脸红过耳。

这人是太过狡猾阴险还是极度狂妄自大呢？

他明知道梁令等人发现她失踪，必然会发动所有人手全力搜寻，竟然就这样大模大样带着她回到子夜城来，也不怕被人发现成为瓮中之鳖。

"说说看，我那位师兄被你们弄到什么地方去了？"旭光圣子问出自己最好奇的问题。

"你师兄？"秦悠悠愕然，随即反应过来，那倒了大霉被小灰吃掉的那个十四品武圣竟然是旭光圣子的师兄昊光圣子！

这次落在旭光圣子手上，秦悠悠最感安慰的就是他没发现小灰，应该说发现了但没有给予足够的重视，大概以为那只是别院里一只普通的猫狗宠物吧。

幸好幸好！

旭光圣子带着她是从一条秘密地道离开的，秦悠悠脑子快速运转，很快便想通了前因后果。

这旭光圣子跟昊光圣子并不是一起潜入皇族别院的，旭光圣子走的是地道，而昊光圣子很可能是仗着奇高的修为直接闯进来抓人。

旭光圣子迟来一步，正好在地道里错过了小灰晋级以及吃掉昊光圣子那一幕，所以才会有这样的疑问。

她不太清楚这两师兄弟之间的纠葛，当然不敢直言相告，只故作讶异道："那个黑衣人？"

"不错。"

"我被他制住倒在地上，然后听见一声很恐怖的大叫声，接着又是一声惨叫，我也没看到发生了什么事。"秦悠悠的谎话说得很顺溜。

她这段日子都在琢磨自己如何被严棣欺骗的事，决心再也不轻易上当受骗，也许是这些事情想多了，也许是从严棣身上学会了如何用真话骗人，她说这些话的时候反应逼真自然，没有半丝破绽。

旭光圣子皱起眉头，他与昊光圣子素来不和，这次昊光圣子带去攻击皇家别院的全是他手下的死忠，这么短的时间内他无法从那边探到确切消息，只是隐约从对方的行迹中发觉昊光圣子似乎突然失踪了。

不过对于他而言，昊光圣子只是个没脑子的莽夫，他虽然疑惑，却并没有太放在心上。一个被他一番布置便骗来替他打头阵的笨蛋，谅他也翻不出什么大浪，如果是发生意外死了，那是更好，省却他许多麻烦。

"你不问问我请你来是想做什么？"旭光圣子把注意力放回秦悠悠身上，越看越觉得她确实美得太过动人，比他在画像里见到的出色万分。

"你想做什么？"秦悠悠顺着他的话问道。

旭光圣子笑道："我想让你替我向师父他老人家尽孝。顺道让鼎鼎大名的圣平亲王寝食不安、惶惶终日。"

让严棣寝食不安、惶惶终日？目标很远大，但想实现只怕很难。

一个可以为了骗她复原圣祖大炮，就往自己心窝上刺一剑的人，他心里最重要的是他们严氏一统天下的大业，而不是区区儿女之情。秦悠悠心中苦笑，脸上也没有如旭光圣子所愿，露出惊恐担忧的表情。

"你不害怕？"旭光圣子奇怪地问道。从刚才起，秦悠悠的表现就有些出乎他意料之外，平静得没有半点身为人质俘虏的模样。

"我也想见见你师父，问清楚我娘的下落，至于严棣，你要做什么我也拦不住，害怕有用吗？"秦悠悠道。

她确实很害怕旭光圣子那些阴狠变态的手段，但是她也看得出来，至少现在他还没打算对付她，她这个人质的价值很高，只要不是真的疯子，都不会轻易处置她。

她估计，至少在见到江如练之前，旭光圣子不会对她下手，如果江如练真像风归云所说的对她娘一往情深的话。

有了这样的推断，她自然就安心了许多。而且确实如她所言，她现在再如何害怕也改变不了命运，顶多不过给旭光圣子多添几分折磨人的乐趣，何必呢？

旭光圣子笑着打量她片刻，笑道："不错，难怪冷面冷心的圣平亲王也拜倒在美人裙下，果然有趣得很。"

他伸了个懒腰，挥挥手示意身边的侍女带秦悠悠回房，他现在还有许多事情要做，调戏美人的事，不妨等回到奉神教再说。

只不过眼前这个美人儿，怎么跟他得到的消息中所说的不太一样呢？

子夜城外皇族别院里，小灰也在中午时分醒来，左看右看没发现秦悠悠的身影，只有不远处那个想跟它抢悠悠的讨厌王爷正在与梁令说话。

两人发现它醒来，前者依旧皱眉不语神情不善，后者却露出几分古怪甚至是惊惧的表情来。

发生了什么事？悠悠呢？小灰顾不上整理身上脏兮兮的皮毛，用力回想之前发生的事，它和大嘴被驻云飞那只可恶又可怕的妖马引到城外一个大库房里看什么聘礼。

库房里有很多很多非常好吃，它想吃了许久的东西。大嘴开始说要抵抗住诱惑，如果动了那些东西，悠悠就要被混蛋王爷拐走！

它努力忍住了没吃，先忍不住的是大嘴！后来它见到建木神树果，再加上大嘴已经开吃了，它终于没忍住也吃了起来，再然后……它一直吃到睡了过去。

一觉醒来它就晋级了，还看到有个穿黑衣服的男人要伤害悠悠，它很生气又很饿，就啊呜一口将他吃掉了……

糟糕！悠悠很不愿意它吃人的，她现在不见了，会不会是因为生它的气、觉得它恶心可怕？

它真的不是故意的，只是忍不住！而且那个人他想伤害悠悠。

小灰越想越慌，偏偏身边大嘴和悠悠都不在，它不想在严棣面前弱了气势，故意硬撑着质问道："悠悠呢？你把她藏在哪里了？我要悠悠，还有大嘴！"

严棣冷冷站起身道："你还好意思提悠悠，如果不是因为你晋级，她不会将所有人都驱离别院，更不会给旭光圣子可趁之机将她抓走！"

小灰被他骂得一愣，听清楚他话里的意思，顿时急得大哭起来。

"旭光圣子在哪里？我要吃了他！呜呜呜，我要悠悠！"小灰的哭声十分凄厉。

梁令做了好一阵心理建设，才敢靠近了安抚道："小灰别哭，王爷他也在想办法。"

"梁爷爷，呜呜呜，我不是故意睡着的，我不知道还有坏蛋要来……"小灰觉得梁令还算是个不错的人，忍不住一下子扑到他怀里痛哭失声。

梁令哆嗦了一下，犹豫了半天才伸手去摸了摸它以作安慰。

他想到昨夜那一声地动山摇的咆哮，还有那个突然出现的恐怖怪兽脑袋，想到今日消息中初步确认昨夜被小灰一口吃掉的竟然是奉神教教主的二弟子昊光圣子、堂堂一名十四品武圣，着实无法继续对小灰保持平常心。

小灰话里的意思分明是懊悔自己昨夜吃了昊光圣子之后就睡着了，结果连旭光圣子摸进来都没发现。

如果发现，估计它又是啊呜一口吃掉，真是……可惜了！

"你如今晋级了，能不能感觉到悠悠的位置？"严棣硬邦邦的声音传来，这是他容忍这只会坏事的灵兽待在他书房里的唯一理由。

小灰不想理他，但是找回主人的渴望高于一切，终于抽抽噎噎道："一里之内有可能。"

京城一带稍微大点儿的庭院长宽都不止一里。

严棣闭了闭眼，他就不该指望这只该死的笨兔子，脑子里除了吃还是吃！

一名小太监从外边快步跑进来，捧了一叠各色各样的花笺，躬身道："王爷、梁公公先前吩咐找的花笺纸与笔墨来源都找到了，确实是京城里的出品，花笺出自'清波馆'，墨用的是'玄墨坊'的紫玉笼烟墨。"

"继续查。"严棣沉声道。

能够用得起清波阁与玄墨坊的东西，就算不是皇亲国戚也不会是一般官宦富贾，这个范围就要小得多了。

秦悠悠见过旭光圣子，回到房间没多久，就被侍女们请出去坐上一辆精巧的马车。

一名白衣侍女笑眯眯坐到她对面微笑道："圣子派奴婢贴身保护王妃娘娘，路有点儿远，娘娘休息一下就到了。"

她的笑容甜蜜娇柔，不过下一刻秦悠悠就闻到一阵诡异的香气扑鼻而来，然后便失去了知觉。

这一次醒来外边天色已晚，远远传来笙歌嬉闹之声，所处的房间富贵豪华却带着绮丽浓艳，脂粉香气浓得呛人。

秦悠悠没有急着起身，暗暗推测着自己又被带到什么地方去了。入目的枕被纱帐都是妖艳的绯红色，肯定不是正常人家会用的东西。

一个念头猛地闪过，是妓院！

她几岁大的时候，跟师父途经一个城镇，赶上所有客栈客满，她还因为路上到小溪里玩水冷病了，师父最后灵光一闪，包下了当地最豪华的青楼内一栋小楼，禁止任何人靠近，就这么跟她在楼里休息了一夜。

师父嫌弃楼里的枕被不干净，还曾让老鸨连夜去买了全新的来换上。因为师父一掷千金，老鸨自然毫无异议地一一照办，她记得房间的格局摆设与床帐的颜色就与这里有几分相仿。

她正在琢磨，忽然纱帐被人撩开，旭光圣子出现在床边……笑得这么骚包的应该是旭光圣子吧？秦悠悠心里猜测，瞪着他没说话。

"我说呢，美人儿醒来了怎么不作声？"旭光圣子施施然坐在床边，伸手就在秦悠悠脸上摸了一把。

秦悠悠修为被制，就算有心躲闪也躲不开，只得赶忙坐起身退远些，她心里暗暗着急，这家伙看来就不是个好人，万一他想趁机对自己做些什么恶心事情，那可怎么办？！

她不断告诫自己不要慌，一边努力想办法打消这变态所有不该有的念头。

旭光圣子性情阴狠疯狂，唯一顾忌的似乎就只有他那位师父……

眼见着旭光圣子的手又想伸过来，秦悠悠忍无可忍喝道："住手！"

旭光圣子不理，手臂一伸将秦悠悠硬拖过来抱住，低头在她脸上亲了一口，低笑道"好香！严棣倒是好福气，不过如今……"

他口气暧昧动作更是放肆，秦悠悠感觉到他温热的呼吸吐在自己的颈侧，恶心得全身鸡皮疙瘩都冒出来了。

"你现在动了我,就不想想将来对你师父怎么交代?"秦悠悠咬紧牙关冷冷警告道。

她手上只有这根救命稻草,先前旭光圣子曾道要将她送给师父江如练,她不知道江如练对她怀着什么心思,但想来不管是想折磨她报复她娘另嫁他人,还是龌龊地想将她当成她娘的替身,都不会乐见旭光圣子私自动手轻薄玷污她。

旭光圣子的动作一顿,慢慢放开了她,抬手拂了拂她鬓边的乱发,含笑道:"你倒是不笨。你与严棣有了夫妻之实竟然还能活得好端端地,想来伺候师父也没什么问题。也罢,今日就先放过你了。"

秦悠悠浑身僵硬,一来是恶心,二来却是为了旭光圣子话里透露的信息。

她忘记了非常重要的一件事,自己的容貌不但据说长得与娘亲十分相似,经过禁地圣泉改造过的身体,更是替严棣、江如练等修炼过圣祖那种诡异神功的人散功的最好引子!

听旭光圣子的口气,他知道的并不多,至少不知道她的身体被改造过的秘密,但是他师父江如练不可能猜不到,自己若是落在他手上,后果简直不堪设想。

如果没有这个因素,江如练或许看在娘亲的份上不会对她如何。

但是对于一个年富力强身居高位、还远远没活够,偏偏真气满溢随时可能引动生死劫的十八品武圣而言,她可以帮助散功的特殊体质有太大的诱惑力了。

为了一段多年前的感情,为了一个不爱自己的女人而放弃这样的诱惑,秦悠悠都觉可能性太低。

她必须逃跑,在落入江如练手上之前跑掉。

旭光圣子见她脸色惨白,竟不由自主生出几分怜惜之意,心中暗暗惊奇,莫非这母女俩真的有什么魔力不成?

不管如何,他确实暂时不能动她,他还拿不准师父打算怎么对她。

旭光圣子有些扫兴地站起身,吩咐在房间里伺候的侍女送饭菜上来。

说真的,秦悠悠对着旭光圣子那一脸温柔假笑,想到他刚刚想对自己做的事,实在提不起半点胃口。

类似的亲密举动严棣经常对她做,甚至还有许多更过分的行为,她每次被他逗得脸红心跳。就算是两人感情未曾明朗化之时,她对严棣强行亲近的行为也只是觉得害怕紧张,从来不曾觉得恶心。

现在回想起来这短短几个月就好像在做一场梦,原来她的心早在她还没有察觉之前,已经倒向了严棣,难怪他能如此轻松地将她控制在股掌之中,一次次利用……

秦悠悠努力把心里不知道是思念还是伤感的情绪压下,为了维持体力好伺机逃跑,她还是硬逼着自己尽量多吃,把注意力放在满桌佳肴之上。

然后就想到了小灰,不知道它现在怎么样了?

发现自己不见了,小灰一定害怕又难过地哭个不停吧?大嘴还在昏迷,严棣素来不喜欢小灰，一定不会安慰劝哄它的……

一顿饭秦悠悠吃得神思恍惚，并没有太注意对面旭光圣子若有所思的神情。

此时此刻，小灰确实在哭。

严棣嫌弃它没用，正好大嘴也有了即将苏醒晋级的迹象，于是将它扔在皇家别院里陪伴大嘴，留下一些人手照顾保护它们，自己急急返回子夜城追寻秦悠悠的下落。

小灰蹲坐在静室里，一边哭一边担心悠悠，顺道化悲愤为食量，猛吃十二郎送来的各式美食，抽空还对昏迷不醒的大嘴诉说几句严棣的恶行，赌咒发誓等严棣找回悠悠之后，就要先吃穷他，然后趁悠悠不注意，吃了他！

看他还嚣张！还敢欺负它、说它没用不！

十二郎听得冷汗直冒，类似的话小灰从前说过很多次，他们听了都哈哈一笑没放在心上。昨夜亲眼见证过它一口吞下一名十四品武圣的惊悚一幕，他深深庆幸自己先前将它巴结得不错，不然把它惹急了也对自己来这么一口，他就彻底完了。

至于王爷的安危，他不是太担心，先不说王妃应该不至于放任自己的灵兽谋杀亲夫，就算真的这么狠心，以王爷的实力，小灰应该对付不了。

他看了一眼玉台上睡得肚皮脚爪向天的大嘴，这只灵兽是属于王妃的师父，天工圣手齐大乐的。王妃的灵兽就这么可怕了，那她师父的灵兽肯定更加了不得！

大嘴有多了不得，第二天夜里留守在皇家别院的人就见识到了……

下一站冷宫

又是一场狂风雷暴，皇家别院直接被连续十数道强雷轰塌了一半，剩下另一半被渡劫醒来的大嘴不小心彻底毁了。

幸好大家有了前天小灰晋级时候的经验，早有准备把别院里值钱的东西以及所有人员撤离，除了要重建别院，倒还没有什么其他损失。

小灰很有先见之明地跟着其他人撤退了，直到天大亮才跑进去看大嘴的情况。

不是它没义气，实在是它渡劫时展现的强大实力只是体内饕餮血脉暂时觉醒带来的效果，完成晋级之后，它依旧是一只普通到有点儿弱的兔子。顶多能够一口吃下的东西体积大了些，真想再吞下一名十四品武圣属于痴心妄想。

严棣正是曾经从秦悠悠口中得知这点，才会把它扔在别院的。

否则如此厉害的一只兔子，骗它到两军交战的战场上去一阵狂吞猛吃，震撼效果绝对不比什么圣祖大炮弱。

小灰的实力不该存在于这俗世之中，所以一直被封印着，只有当它晋级或者受到非常严重的刺激，遭遇生死大难之际才会突然爆发。

小灰自己晋级时不把满天雷电当回事，可到大嘴晋级时，随便一道天雷就足够把它炸成焦兔子，它傻了才去凑这个热闹。

大嘴之前晋级，同样也是劣迹斑斑的。虽然不似小灰看见活物就吞，但也有一个非常恶劣的习惯——四处放火，见什么烧什么，不但大嘴自己全身着火，还会忍不住喷火。

小灰听秦悠悠说过，多年前大嘴认了她的师父齐天乐为主之后，第一次晋级就把师父的身家烧了个精光，所以之后每次晋级，师父都会很注意为它选择合适的地点。

大嘴这项放火的坏习惯是属于上古异兽犼的异能，大嘴是后天偶然得到犼的血脉的，它自己不太能控制，所以齐天乐找了许多办法才勉强替它压住火气，不过它与小灰一样，每到晋级时就会大爆发。

十二郎他们眼看着好好一座皇家别院，在瞬息之间化作一片焦土废墟，都是一头冷汗。

小灰在废墟里蹦蹦跳跳边跑边叫："大嘴？大嘴你在哪里？"

"咳咳，我在这边！"远处大嘴干咳两声道，听起来语气有些怪。

小灰连忙跑过去，声音是从一座烧焦的假石山后传来的，它很快就绕了过去。

"啊！你是谁？！大嘴呢？！"响彻云霄的尖叫声把随后跟上的十二郎等人吓了一大跳，莫非又有人潜入别院里捣乱？！

他们加快脚步跑过去，等他们看清楚假山后的情景，全部人都愣住了。

站在假山后的是一个黑衣黑发的少年，看上去年纪大概十四五岁，皮肤雪白五官精致，漂亮得像个小姑娘。

美少年瞪了小灰与十二郎等人一眼，有些无奈地开口道："我就是大嘴……"

十二郎等首先震惊的是大嘴的级别，能够化身人形的妖兽至少十级，实力与人类修炼者中的武圣相仿。

震惊过后便是一阵无语，大嘴那形象跟眼前这少年的模样……差太远了吧！

就大嘴那与乌鸦差不多的嗓音，配上这少年带着明显女气阴柔的容貌，真真有说不出的违和感。

大嘴被小灰与十二郎等人诡异的眼神看得尴尬，哼道："智者的睿智成熟与年龄外表无关，你们太少见多怪了！"

小灰疑惑地绕着他转了个圈，在他身上嗅了好几下，终于确定这真是自己的同伴大嘴，顿时激动了起来："大嘴，你终于化形了，太好了！太好了！呜呜呜呜，快带我去找悠悠，悠悠被旭光圣子抓走了！"

这是小灰最在意的事，它很想出门去找悠悠，偏偏它惯性迷路，只怕悠悠没找到，先把自己走丢了。大嘴终于化形为人，要带着它到处去也方便得多。

小灰迫不及待跳到大嘴肩膀上，连声催促道："快快快，我们去救悠悠，你把那个该死的旭光圣子烤熟了，我一口吃了他！"

大嘴没想到自己一醒来就会听到这样的消息，当即问十二郎借了最快的马赶回子夜城去。

他现出原形飞回去自然更快，问题是他虽然晋升十级妖兽，原身体形却依旧那么小，连小灰的个头都比他还大，在他背上根本无法立足，所以只好骑马了。

小灰虽然怕马，但趴在他肩头上不用接触马匹倒还没什么。

十二郎带着手下跟他们一道回城，路上大致把自己知道的情况交代了一遍。

小灰和秦悠悠一样，对于奉神教打心眼里没好感，想到悠悠不知道有没有被奉神教的变态们伤害欺负，更是心急如焚。

大嘴倒是没放在心上，还安慰小灰道："放心吧，我看悠悠是个福泽深厚之人，定不会有什么意外的。"

"真的吗？"小灰每次想到是自己大意贪睡，才让悠悠被什么旭光圣子掳走，心里都愧疚不已，它硬撑着不肯在严棣面前示弱，但在大嘴跟前就没什么可掩饰的了。

"当然是真的，智者的目光远大，预言从来自发自中。"大嘴自信道。

他没告诉小灰，他在晋级的时候看到了跟小灰、悠悠有关的一些零碎画面，这是他身为圣音八哥的天赋异能，这些画面都是未来会发生的事情片段。

这次，他看到另一个笑得很"春天"的男人在向悠悠求婚……

他们一行很快就回到了京城的圣平亲王府，府里气氛紧绷，显然秦悠悠失踪这两天，府中上下无人好过。

大嘴和小灰直接就跑到严棣的书房去找人。严棣看到大嘴化身人形，即使早有心理准备，还是对他那副尊容甚感愕然，不过他此刻心里全是秦悠悠的影子，所以很快就反应过来，露出少见的喜色道："你来了正好，看是否可以探听到悠悠的消息！她应该还在子夜城一带！"

梁令想到大嘴可与百鸟沟通打听消息的本事，也是精神一振，飞快取了一旁的画卷展开给大嘴看："这是旭光圣子的画像，他修炼奉神教的'长春诀'，有魅惑之能，容貌极是出众好认。"

大嘴与小灰从前只是听过旭光圣子贺熙朝的名头，没见过真人，闻言都凑过来观看。

小灰对画上笑得让人如沐春风的美男子龇牙咧嘴。在它心目中，这就是个应该被它吃掉的混蛋，长得好看与否都是个混蛋，还是必须吃掉。

大嘴看清楚画上的人，神情却变得古怪非常。

"怎么？你见过此人？"严棣疾声问道。

大嘴摇头晃脑道："没见过。"

严棣心生怀疑，不过这两只灵兽无论如何不会害悠悠，所以他虽然失望，倒也没有追问，只是让大嘴尽快出去找秦悠悠的消息，若有收获马上告知他们前去救人。

大嘴和小灰才走出书房，小灰已经迫不及待地催促道："大嘴，快些快些把你那的鸟儿朋友叫出来！问问它们谁见过悠悠和那个该死的旭光圣子。"

大嘴气定神闲地露出一个诡异的笑容，低声道："不着急。"

"怎么可以不急？！"小灰差点儿尖叫起来。

"那旭光圣子应该不会伤害悠悠的。"大嘴笃定道。

"你又知道？"小灰很怀疑。

大嘴带着它走出圣平亲王府外才道："我晋级的时候看到许多零碎的画面图像，其中就有关于悠悠的，有一个男人向悠悠求婚，那个男人就是刚才我们看到的那个旭光圣子！"

"什么？！"小灰吃惊不已，很快又摇头道，"师父说过，奉神教那些都不是好人！说不定他是想逼悠悠嫁给他，一定是这样！他看见悠悠长得漂亮，又会机关术，就跟里面那个混蛋一样，骗悠悠嫁给他。"

它一边说，一边向圣平亲王府方向努努三瓣嘴，"里面那个混蛋"毫无疑问指的就是严棣。

大嘴点头道："也有这个可能，不过我看那画面情景，至少旭光圣子不像会伤害悠悠的。"

小灰想了想也有道理，严棣想骗悠悠当他的妻子，表面上对悠悠很好的，旭光圣子如果想干跟严棣一样的事情，肯定不会虐待悠悠。

这么一想，它暂时放下心来。悠悠一定要找，但是知道她应该一段时间内不会受伤害，那可以慢慢找，瞒着严棣的人找，找到了悠悠就一起跑，让他们两边都再找不着！

"你还看到什么了？"小灰不再害怕担忧，就有心情好奇大嘴都预见到什么东西了。

大嘴看到的东西七零八落，只有一个个不连贯的画面，很多连他自个都说不清楚有什么意义，甚至画面中的人和地方都不认得。

按照以往的经验，这些画面并不见得都与它切身有什么重大关联，只是将来某个特定时刻他会见到遇到的事。

不过有一个画面让他很振奋。迫不及待要与小灰分享："我见到天乐了，应该是在一个很奇怪的山洞里，洞里的东西我从来没见过，可能是机关或者其他，不过那确确实实是天乐，嘿嘿！我们也许再过不久就能找到他了！"

"太好了！找到师父，我们就和悠悠一起回小冲山去住，再不怕外边这些混蛋了！"小灰兴奋道。

在它心里，师父齐天乐是最大最好的靠山，而且不会跟它抢悠悠，世上再没有比师父更好的男人。它无数次做梦回到小冲山，与师父悠悠一起过从前那种快活无忧的日子，偶然师父会带他们一起出门去玩。

师父有说不完的有趣故事，对它跟对悠悠一样宠爱有加，从来不会嫌弃它。

大嘴的心情也很亢奋，他看了看开心得竖起长长耳朵的小灰，决定暂时不把他看到的另外一幅关于它的未来景象告诉它，免得把它吓到。

他竟然看到驻云飞一口叼着挣扎不已的小灰在山林里狂奔！

小灰最怕驻云飞，如果让它听到了，肯定会吓得哇哇大哭。

小灰哭起来犹如魔音穿脑，只有悠悠受得了，他听见就想飞得远远的。现在它就趴在自己肩膀上耳朵旁，大哭起来那还了得，他可不想变成一只聋了的圣音八哥。

所以这个，留着将来它自个儿经历吧，他就不说什么了。

相比他们，严棣的心情十分沉重，他只要一闭起眼睛，就忍不住想到秦悠悠的处境，旭光圣子不知道会如何折磨她……

理智告诉他，旭光圣子现在大概还不会把秦悠悠怎么样，毕竟她的价值很大，只要不是真正的疯子，都不会在这个时候就对她动手。

但是再过些天呢？当前方战事的消息传来，尤其是圣祖大炮现世，打得多丽国军队死伤惨重节节败退的事传开后，旭光圣子会怎么报复秦悠悠？

任何人都能想到，圣祖大炮的出现绝对与秦悠悠有关。

对一个将要害得自己国破家亡的女人，旭光圣子还会留手吗？

不行！他必须尽快，赶在最糟糕的状况还未发生之前，将悠悠救回来。

严棣不得不承认，旭光圣子或许修为跟他比还有相当差距，但是论手段，确实是个非常可怕的对手。

他好不容易靠着旭光圣子留下的花笺与所用的墨汁找出了他的下落，他却在前一刻从容不迫地带着秦悠悠再次消失，而且将线索断得干干净净。

子夜城人口稠密，各色人等众多，气息驳杂难辨，要在这里找一两个存心藏匿的高手谈何容易？

尤其旭光圣子明显与京中某些人有来往，妖邪手段又多，借着他们的掩护包庇，让他搜索行动更是艰难。

严棣确实位高权重，在相月国皇帝之下就是他，但是他也不可能不管不顾地逐一搜查京中皇族重臣的府邸。

如果他这么做了，只怕第二天思帝乡那边的长老们就会前来问罪阻挠。

这子夜城确实是相月国皇权最重，管治最严密之地，但同时也是严棣必须投鼠忌器的地方。

每每想到这些，严棣便烦躁不已。

如今他都只能等，等待旭光圣子意图突围离开的那一刻。

另一头，作为他劲敌的旭光圣子同样日子很不好过。短短两日他就接连换了三处地方，严棣的追踪能力让他叹为观止。

每次他都以为自己已经清除掉所有线索痕迹，但不久之后就发现严棣的人再次摸上门来，让他头疼得很。

这样的捉迷藏游戏继续下去，他总有一日会被抓住。原本他身边还带着成群年轻美貌的侍女摆足派头，现在不得不命令她们各自潜伏，只留两个得力的在身边随侍。

秦悠悠被迫跟在他身边不停转移，自然也能感觉到这些变化。旭光圣子虽然脸上笑容如旧，但是偶然还是会在眉梢眼角泄露出几分烦躁焦虑。

她除了幸灾乐祸之外，也忍不住有些儿得意——为严棣而得意，这个混蛋果然很厉害啊。

只是得意过后就会自我检讨，她明明已经决定跟他一刀两断了，他厉害不厉害跟她有什么关系？她得意个什么劲？

连上之前那一次，她是第五次被迷昏了，醒来发现又再次换了个地方。

不同于先前那些豪华富丽的房间，这次的落脚点看上去很是糟糕。床帐枕被陈旧，带着陈年的霉湿气味，房间里简陋得只有自己睡着的这张脱漆残破的木床，墙角处一口破旧的木箱和一张瘸了一只脚的木桌子，再无其他家什，连一条像样的板凳都没有。

周围很安静，房间里也没有一个人，秦悠悠起身推门走出去，外面是一个小小的院子，院墙有近两丈高，唯一通向外间的一道矮小木门被从外反锁。

院子里光秃秃的什么都没有，就是在这样的春日里也感觉不到点滴生机。

这是什么鬼地方？

秦悠悠身上提不起一丝真气，只能看着这高墙木门干瞪眼，但凡她能动用一丝丝修为，也足以越墙而出，或者一掌劈开木门脱困。

偏偏她现在什么都做不了。

她摇了摇头苦笑着转身回到房间里，旭光圣子既然放心把她一个人扔在此处，肯定是确认她如何呼叫求救都不会有人搭理的，所以她也不浪费这力气。

回到房间仔细看看可有什么东西可以帮助她脱困更实在。

结果不出意料地令人失望，除了确认这个房间应该至少有几年没人住过之外，再没有任何收获。墙角那口木箱里空荡荡的，只有一个发霉的破旧帐子。

秦悠悠从小跟在师父身边游历天下，也算见识过不少地方，像这么古怪的地方还真不多见。

这房子破归破，用料看上去却十足稳固，更不要说外边高得离奇的院墙，盖这样的房舍院子花费不少，偏偏里头又是如此简陋。

看着倒像是专门用来禁闭人的。

她坐在床上发了一阵呆，忽然听到有人在耳边笑道："王妃娘娘可是住不惯这样简陋的地方？"

秦悠悠一抬头，发现一个穿着太监服饰的男人站在她面前，听声音加上那副嬉皮笑脸的德行应该是旭光圣子，可是旭光圣子怎么会穿着太监的衣服？

"你不认得我？"旭光圣子发现秦悠悠看他的眼神不但诧异，还透着几分陌生，不由得奇怪道。

这两三天旭光圣子已经隐约发现秦悠悠似乎记不住人，他身边几个侍女她认不出来，就是对着他，也经常露出类似的陌生疑惑表情。

"你是旭光圣子。"秦悠悠肯定道，按常理推断也应该是。

旭光圣子没有继续追问，他与秦悠悠是敌非友，就算秦悠悠回答他也不见得会相信。

"猜猜这里是什么地方？"旭光圣子很自在地坐到她身边。

秦悠悠觉得距离还算正常，就没有多作反应，她的反应越大，只会让这个变态变本加厉地把行动升级。

"这里是皇宫。"秦悠悠自己对于这样的答案都有些拿不准。

如果不是因为旭光圣子不同寻常的服饰，她绝对不会想到这个上头。

她进宫的次数多得她自己都数不清楚，所见的都是宏大华美的雕栏画栋、亭台宫殿，何曾见过这么简陋冷清又狭小的院落？

"你倒是不笨，你一定想不到，皇宫里还有这样的地方吧？"旭光圣子坐没坐相地歪靠在床栏上。

秦悠悠心中一动，忽然明白过来："这里是冷宫？"

她听师父说过许多故事，其中就有一些关于皇宫里头那些皇后妃子皇子公主的传闻，也有关于一个宫女如何在冷宫生子，后来那个孩子成了皇帝之类的不知道哪一朝哪一国的野史故事。

旭光圣子有些意外，按说秦悠悠的经历不可能接触到与冷宫相关的东西，而她却偏偏一下子猜到了。

"想不到集万千宠爱于一身的王妃娘娘竟然也知道冷宫。"旭光圣子呵呵一笑，笑容与平时有些不同。

秦悠悠懒得搭理他，心里不得不承认这家伙确实绝了！

把人藏在严棣眼皮子底下最容易忽略的地方，人人都以为皇宫里禁卫森严，他却有办法把自己一个大活人偷偷送进来。

而且冷宫这种地方，宫里头的人避之惟恐不及，他只要把这里负责看管的太监嬷嬷弄成活傀儡，就不必担心有人会泄密。

甚至他不动任何手脚，放着自己在这里大吵大叫，外边的人也多半以为是里头的宫妃在发疯胡言乱语，不会有人相信。

她不说话，旭光圣子却很有找人谈天说地的兴致。

"我为了在这冷宫里头找个干净的院子让王妃娘娘住，可花了许多心思。这里头干净的地方太少,不是墙上柱上满是血印子,就是梁上挂着的绳套还未取下。真真麻烦得很。"旭光圣子的话里透出令人头皮发麻的寒意。

秦悠悠听明白他话中的暗示,不由得悚然而惊。

她胆子不小不过始终是年轻女子,骤然听到自己住的地方可能先前冤死过人甚至不止一个,任谁都会觉得心里不舒服。

尤其师父的那些床边故事里也不乏什么厉鬼索命冤魂不散之类的恐怖段子,想象力一旦被激发开来就很难收住,秦悠悠越想越怕,也很快明白旭光圣子这是蓄意在吓她。

她输人不输阵地努力保持镇定,冷冷道:"见识过圣子用蛊虫杀人的手段,撞死吊死几个宫里的嫔妃,又有什么可怕的。"

旭光圣子呵呵一笑道:"也对,宫里女人的生死本就寻常得很。我娘也是死在冷宫之中……说来我能有今日,还是你娘亲的功劳。"

旭光圣子的娘亲死在冷宫之中?怎么可能?再说……

"你这么变态是你自己的问题,跟我娘有什么关系?!"秦悠悠不忿反驳道,她虽然没见过自己的娘亲,不过从她身上发生的事,不难猜出她是个至情至性又极有主见的人,否则不会拒绝江如练这等顶尖人物的深情厚谊,坚持与自己那个名不见经传的父亲一起,甚至因此被追杀也至死不悔。

这样的女子,怎么可能跟旭光圣子这类阴狠变态的家伙扯上关系?

旭光圣子被秦悠悠直言斥骂倒也并不生气,突然伸出手来轻抚她的脸蛋道:"这张脸定是有什么魔力,才能让我师父和那严棣如此着迷。"

秦悠悠忍无可忍一手挥开他的爪子,跳起身退开几步,眼见旭光圣子还想过来,不得不大喝道:"既然知道你师父喜欢我这张脸,你最好老实一些!"

旭光圣子动作一顿,笑哼道:"你就只有这一招?也罢,我还真不愿意动师父感兴趣的女人。天黑之前,这里只得我们两个,你不用躲这么远。长日无聊,过来陪我说说话。"

他的笑容温柔,语调里带着诱哄,秦悠悠不由自主地就走上几步回到床边,直到膝盖碰到床框,她才猛然惊醒。

糟了!好厉害的魅惑之术!她之前一直小心防备,没想到稍稍松懈就着了道。

这旭光圣子真真太可怕了。

旭光圣子发现她忽然恢复清醒的眼神,有些意外地多看了她两眼,笑道:"趁着我心情不算太坏,王妃娘娘还是听话的好。"

秦悠悠很无奈,现在她确实没有跟旭光圣子斗的能力。他不高兴了,伸出一根手指足够碾死她十次八次,更别说他那些层出不穷的诡异手段,所以她咬了咬嘴唇,最终乖乖坐到床另一头,当个识时务的俊杰。

旭光圣子虽然没有再动手,但目光在她脸上转来转去,看得她心惊胆战毛骨悚然。

秦悠悠搜肠刮肚想不出什么好办法摆脱这样暧昧危险的局面，忽然想起他之前那句没头没脑的话，于是问道："都说你父亲是因为你才能当上多丽国国君的，你娘怎么会死在冷宫？吹牛不打草稿。"

她感觉旭光圣子今日情绪很不对劲，问对方母亲怎么死的虽然唐突无礼而且可能惹怒他，但却是她能想到的唯一一个打消他满肚子歪念的方法。

虽然他很变态，但总不至于这边说着母亲惨死的事，那边就对她作下流举动吧？

"因为她太蠢。"旭光圣子淡淡道，没有丝毫儿子提起亲妈的孺慕之情。

秦悠悠被他噎住了。

她不该对变态有什么期待的，这种人根本就不能把他当人看！

屋内陷入一片死寂，在这样的地方，这种死寂尤其让人难受，秦悠悠对着危险非常又诡异莫测的旭光圣子，难受更加提升一倍不止。

"我娘是先帝的妃子，出自多丽国大族，青春年少入宫去伺候先帝那个一百多岁的老头子，自然是不太乐意的，加上父皇一番甜言蜜语哄骗挑勾，就头脑不清与他有了私情。"旭光圣子忽然开口道。

皇室丑闻！难怪不曾听人提及旭光圣子的母妃，按说儿子这么争气，当娘的母以子贵就算不是皇后也至少是贵妃，怎会一点儿声息都没有呢？

秦悠悠恍然明白，当儿子的勾引父皇的妃子，这个妃子没被直接赐死，只是被打入冷宫都算是从轻发落了。

"最可笑的是，事发后我那位父皇忙着保住自己的性命，将罪过全推到她身上，一口咬定是她勾引在先。母妃她虽然蠢，始终是望族千金，先帝也不想这事传开，于是将她关到冷宫去眼不见为净。"旭光圣子对于父母的丑事毫不讳言，仿佛那跟自己没有半点关系。

"皇族出来的男人都不是好东西！"秦悠悠悻悻然道。

多丽国这父子俩，一个仗着是皇帝老牛吃嫩草，自己老婆按打计数，却见不得老婆有别的男人，另一个连老爹的老婆都不放过，出了事马上对情人弃若敝屣，十分无耻。

她这一竹篙把多丽国前任皇帝、现任皇帝都打翻落水，连带眼前的旭光圣子也一道横扫。

"王妃娘娘好大的怨气，莫非连你那位圣平亲王都不是好东西？"旭光圣子笑得促狭散漫。

严棣确实也不是个好东西，不过怎么也比你老爹爷爷好一些！

秦悠悠不愿在旭光圣子面前说严棣的不是，她与他的事，不需要对其他人多说什么。尤其这个旭光圣子是敌人，她没兴趣对他示弱诉苦。

旭光圣子不知道她与严棣决裂的决心，见她不答也只是笑笑，过了一阵又继续道："我在冷宫出生、在冷宫长大。母妃有个好姐姐，嫁给了奉神教一位长老，想尽办法保住我们母子，收买了冷宫管事的太监嬷嬷，不让人知道我的存在，这么一拖就是几年。"

他的目光慢慢移向屋外，仿佛穿透那堵高墙看到了自己遥远而又不堪回首的童年光阴。

秦悠悠心里暗叹一声，师父说得不错，没有无缘无故的爱，没有无缘无故的恨，也没有无缘无故的变态。

不过旭光圣子这么见不得人的身份，根本连冷宫都不可以踏出半步，他又是怎么遇上江如练，还被收为入室弟子的？

"我说过，我母妃有个好姐姐。"旭光圣子忽然道。

秦悠悠这才发现自己竟然不知不觉就把问题问出口了。

"我师父他继任教主之后准备收徒，奉神教教主的弟子一般至少有一位选自多丽国皇族子弟。我那位好阿姨就动起了脑筋。她想到我娘与师父的心上人风瑶姬有几分相似，于是命人画了一幅我娘的肖像，辗转送到师父那里，师父果然动念愿意见一见真人。"

"多丽国的皇宫大内，别人进不去，对师父却根本不是问题，我娘当时已经病得形销骨立，也不知道师父看上她什么了，竟然真的答应她收我为徒……你说，我有今日是不是得多谢你那位好娘亲呢？"旭光圣子的目光重新落到秦悠悠脸上，眼里多了些什么秦悠悠看不清楚的东西。

秦悠悠很吃惊，她从何满子转述风归云的一番话中知道江如练似乎真的对自家娘亲情根深种，但绝没想到竟然爱屋及乌到了这个程度。

爱的反面就是恨，希望他不要恨屋及乌，因为她爹抢了他的至爱之人就连她这个当女儿的也一并恨上。

不过看起来旭光圣子因为重入冷宫想起旧事，很有聊天的兴致，她当个捧场的听众也许可以让他暂时忘记做坏事。

秦悠悠顺着杆子往上爬，继续问道："你不恨你父皇？"

旭光圣子童年混得这么惨，主要原因都是他那个无耻的父皇所累，虽然说没有当爹的就没有他这个儿子，可是从他诞生起就不闻不问的一个无情无义的男人，要将他当爹也很有难度吧。

"恨吗？自然是恨的……"旭光圣子的微笑很温柔，但秦悠悠分明看到其中暗藏的阴寒刻毒。

恨你还帮着让他当皇帝？秦悠悠话到嘴边又吞了回去。因为旭光圣子很大方地给了她标准答案。

"让他连同他的妃妾儿女个个任我摆布，仰我鼻息而活，慢慢折磨他们，让他们每日痛苦煎熬，个个生不如死，岂不是更有趣？"旭光圣子笑眯眯道，那口气仿佛在说"今天天气不错"般的轻松。

看来这多丽国皇帝，活得不怎么幸福啊……秦悠悠想起旭光圣子的手段就暗暗害怕，多丽国皇室中人在他摆布之下，表面风光，私底下不知道过的是什么日子。

有这么变态的"亲人"，算他们倒霉！

皇族中人没有一个是简单角色，自己当初不该头脑发热答应严棣婚事，只不过很无奈地说一句，她不答应，严棣那样的性情手腕也有办法让她答应吧。

在严棣看来，所谓的对她好，就是用比较温柔的手段让她乖乖按着他设定的路子走，不对她用强，令她恐惧痛苦，但结果是一样的。

他没想过尊重她的意愿原则，没想过为她退一步或者改变自己的目标。他与旭光圣子在某些方面其实是同一类人，只不过后者不介意把自己的恶毒狠辣肆意展露，也不怕明白亮出自己的险恶目的。

"想起你的亲王夫君了？"旭光圣子忽然笑道。

秦悠悠不答。

"你最好尽快将他忘了，你不会再有机会见到他了。"旭光圣子站起身，看了看窗外的天色，步伐优雅地走到屋外，也不见他有什么特别动作，整个人便轻飘飘掠过墙头消失在落日余晖之中。

秦悠悠不知道自己会被困在这里多久，难得如今身边看起来没有耳目，如果不趁机做点什么，她未免太过尢用。

她记得大嘴晋级应该就在这几日，她只要想办法引起途经雀鸟的注意，就有可能令大嘴找到她的下落。

秦悠悠看着院子里高耸的三面灰白围墙，再看看地上因为春雨而变得湿软的泥沙地，进屋内从箱子里取出那顶破帐子裹住手，挖起地上的泥污脏物就往墙上涂鸦。

她要写的只是三个巨大的符号"SOS"，师父曾说，这是他的"同门"求救专用的符号，但愿有飞过的鸟儿看到会传到大嘴那边，但愿大嘴还记得这三个符号的意义。

她写救命之类的字句也并非不可以，只不过一来旭光圣子见到肯定会产生严重疑虑，二来绝大部分雀鸟可看不懂人类的文字，就算觉得奇怪，也没办法把这些字句写给人嘴看。

这三个简单的符号就不同了，雀鸟用爪子都能轻易勾画出来。

秦悠悠尽全力把三个符号写到最大，然后便开始观望天空看是否有雀鸟经过。

中间有人送了几个冷冰冰的馒头和一瓢清水来，来者没有打开那道木门也没有说话，只是打开了木门下方狗洞一样的一个小门洞把装了馒头和水的粗瓷碗塞进来了事。

果然很有冷宫的风范，她什么都还没干呢，就先享受了一番冷宫的待遇。

秦悠悠就着月光把馒头吃了，水喝了，暗暗庆幸来人没进来也没发现墙上污泥写下的符号。

旭光圣子似乎对于这个囚禁人质的地点很自信，又或者忙于扰乱严棣的视线，接下来两日都没再过来"视察"，秦悠悠在焦急地等待着，每时每刻都在祈祷大嘴能够赶在旭光圣子出现前发现她的消息。

也许是她的祈祷终于生效,第三天清晨,她躺在床上终于听到了大嘴熟悉的声音:"悠悠……"

那一瞬间,秦悠悠呆在床上,几乎以为自己是期望过度所以产生幻听。

"悠悠!"大嘴的身影鬼鬼祟祟出现在窗台上,正往房间里张望。

秦悠悠一下子从床上跳起身跑到窗前,兴奋道:"大嘴,你可来了!我几乎以为等不到你了……"

"没事没事,这个地方,啧啧,真让人意想不到。"大嘴抖了抖身上的羽毛摇头道。

"先不说这些,你有没有把我的消息告诉其他人?"秦悠悠没在大嘴出现的同时见到严棣,其实心里已经有了答案。

"没有,就小灰知道。"大嘴答道,意外地发现秦悠悠如释重负的表情。

他记得他昏迷之前,悠悠好像有些喜欢严棣的,怎么知道他没来英雄救美,反而是这个反应?

秦悠悠听到大嘴的回答,放下心头大石的同时内心深处却忍不住生出几分失望,她急急把不该有的情绪压下去,问大嘴道:"你晋级了?顺利吗?能不能动用修为替我解开被截住的经脉?"

大嘴嘚瑟地抖了抖翅膀道:"没问题!"

事实上试过才知道,很有问题。

一个比一个混蛋

大嘴号称十级圣尊,但可能封印体内"狐"血脉太久的缘故,实力发挥非常不正常,化身人形后在秦悠悠身上经脉被封的位置戳了好几十下,才勉强替她解开了被封的修为。

他出手时轻时重,戳得秦悠悠身上青了很多块,有一次出力过猛,差点儿把秦悠悠戳成重伤。

别的同级强者大概一刻钟能完成的事,大嘴折腾得满头大汗,花了整整一个多时辰。

秦悠悠一边担心旭光圣子突然出现,一边担心惊动宫里的武圣级强者,再加上大嘴不靠谱的手法,等到修为恢复那一刻,她简直觉得像是死里逃生。

幸好冷宫这里确实够冷,他们也努力没闹出太大的动静,总算勉强搞定。

两个略略回过一口气,秦悠悠对大嘴道:"你飞到上面去看看附近可有问题,我们尽快离开这里。"

大嘴来的时候就大致注意过附近的地形与守卫布置，甚至叫了好些普通雀鸟来替自己把风，它恢复原形飞到墙头上，不久就回过身来向秦悠悠点了点头。

秦悠悠脚下一点，轻松无比越过院墙，跟着大嘴往宫外而去。

这里是皇宫守卫最薄弱的地方，他们没花太多工夫就来到了皇宫西北角的一个小小偏门附近。虽然这里只是一道供采买进出的小门，防卫也异常森严。

他们潜伏在附近看清楚守卫布置，然后大嘴召来大群雀鸟在宫门上方盘旋叫嚣，成功引开了侍卫们的注意力。

虽然只是短短一瞬，也足够秦悠悠趁机钻进一辆刚刚接受过检查的板车车底而不被发现。

片刻之后板车被推出宫外停在距离宫门几十丈远的一条窄巷巷口，秦悠悠借着推车人分神的片刻潜入巷中钻进一户民家后院躲了起来。

到了这里，算是暂时安全了。

秦悠悠松了口气，让大嘴尽快找小灰来汇合，她的主要家当都在小灰身上，只要见到它，后面的事就不用愁了。

"你去找小灰，要千万小心严棣的人，不要让他发现你已经找到我了，知道么？"秦悠悠认真交代道。

大嘴侧头疑惑道："你跟他是不是发生了什么事？我这两天听人说，你跟他举行了大婚……"

秦悠悠垂头道："这些事稍后再说吧，你记住我的话就是了。"

"好吧！"现在确实不是个谈心的好时机。

目送大嘴离开，秦悠悠在这个民家院子打了一桶井水擦身，又"借"了一身衣服换上，整个人才算恢复精神。

想到旭光圣子心安理得以为把她困在冷宫万无一失，等他稍后回去发现人去楼空，那表情一定很有趣。

他为了防备严棣的追踪，会动用许多手段故布疑阵，她正好趁机浑水摸鱼离开子夜城，离开这些是是非非真真假假。

先前她就决定要到横云山去，现在按计划进行就是了。

她尽力去思考今后要过的日子，强迫自己忽略心中的不舍与伤痛，她知道如果她现在不下狠心割舍，以后等着她的就是更大更多的痛苦。

她不想自己对严棣的感情在一次次被欺骗的伤害中消磨殆尽，甚至变成怨恨，所以就这样吧！不过是几个月相处的感情，以她对人的记性，只怕再过几个月就会把什么盐棣糖棣忘得干干净净，做回从前那个无忧无虑的她。

他们严家要一统天下也罢，要万世江山也罢，跟她再没有一点点关系了。

秦悠悠坐在那户民家后院里呆呆出神，忽然心中一动，接着就见一道灰白的影子向着自己飞扑过来。

"悠悠！呜呜呜呜！"熟悉的毛茸茸胖乎乎小身子撞入怀中，娇娇软软哭声响起，是小灰来了！

"呜呜呜……咦，悠悠你怎么哭了？！"小灰哭了几声，忽然发现不对，疑惑地抬起头望向秦悠悠。

悠悠怎么好像哭得比它还厉害？脸上全是眼泪，它从来没见过悠悠难过成这个样子。

小灰与秦悠悠有认主契约，心灵相通，它只要稍稍静心就能感觉到她的情绪。

悠悠在难过，很难过很难过，比她被师父骂了的时候都要难过很多倍，小灰从来没有见过她这样子，不由得紧张起来，连哭都忘记了。

秦悠悠擦去脸上的眼泪，强笑道："没什么，我太久没见你，很想你。"

是吗？上次她们在八塞镇重逢的时候，悠悠也没有这样啊？小灰看看秦悠悠，又看看大嘴，希望他能给它说说究竟发生了什么事。

"是不是那个旭光圣子他对你不好？我、我去咬死他！"小灰猛地想起秦悠悠是从旭光圣子手中逃出来的，莫非那个混蛋竟然欺负悠悠了？真是太该死了！

秦悠悠摇摇头道："我真的没事，趁着这个机会，我们尽快离开子夜城吧。"

"好啊好啊！"小灰举四肢赞成。子夜城里虽然很多好吃好玩的东西，但是也有要跟它抢悠悠的坏蛋，他们还是快些离开的好。

秦悠悠从小灰腹部的育儿袋里取了一个小银锭放在这个宅院的石阶上，算是买下他们的衣服，然后用井水把脸上的眼泪洗干净，让小灰取出她的易容工具，快速给自己化装。

一刻钟之后，她已经变成了一个样貌普通，脸上有几点雀斑的普通民家少女。

她在后院取了个篮子，让小灰和大嘴躲进去，然后盖上一块花布挽在臂上翻墙离开。

秦悠悠正准备沿着小巷出去，忽然发现巷口人影晃动，她心中一凛，躲在墙角里往外看去。

不知何时巷口附近聚满了衣甲鲜明的皇家亲卫！

秦悠悠小心退回去，在大嘴的低声提醒下换另一个巷口走，结果依然如是。

他们在巷道里穿行，发现附近一带竟然已经被重重兵将团团围住。

他们不得不退到一角去商量对策。

大嘴恨恨道："该死的，肯定是严棣的人！"

这分明是一句废话，除了严棣，谁能在这么短时间内调动这么多皇家亲卫来搞大包围？

小灰很郁闷："我们才刚刚找到悠悠，他怎么这么快就知道了？"它说完这句话，就发现大嘴和悠悠都在看它。

"我什么都没说！我最讨厌他了，怎么会为了他出卖悠悠？"小灰喊冤道。

大嘴翻个白眼，秦悠悠很无语。

他们都想到了，严棣表面上一副很嫌弃小灰，不想理它的模样，心里却明白它是秦悠悠最牵挂的宝贝，它有什么特殊动静，肯定与秦悠悠有关，所以暗里派人盯着它。

果然今日它才跟大嘴离开，马上有人跟了上来。

大嘴忽然从篮子里探出脑袋打了个大喷嚏，抬起一边翅膀掩住嘴巴抱怨道："小灰你身上什么味道，呛死人了！"

"我身上很香啊，你不觉得吗？"小灰委屈了。

秦悠悠心中一动，低头闻了闻小灰的身子，确实很香，而且香味非常独特。

"这香味哪里来的？"秦悠悠警惕道。

"前几天我回到王府，有个丫鬟姐姐给我做了个新窝，就是这种香香的味道啊。"小灰觉得这味道挺不错的，还表扬了那个丫鬟两句。

大嘴半掩着嘴巴在小灰身上吸了一口气，恍然大悟道："是千里香！赶快找水把这身味道洗掉！悠悠你抱过小灰，再去换身衣服，这篮子也不能要了。"

严棣那个混蛋果然狡猾狡猾的，竟然在小灰身上弄千里香！这种是专门用于追踪的香料，只要目标身上沾上一点，远隔几里都能用特殊训练过的灵雀找到。

外边那些皇家亲卫还未行动，估计是拿不准秦悠悠是否还在旭光圣子手上，所以等严棣亲自前来才动手。

秦悠悠不敢迟疑，连忙返回先前更衣的那座民宅，打了一桶水让小灰大嘴洗身，自己又去换了一身衣裙然后取另一个篮子带着他们飞快远离这座宅子，往这片区域的另一个方向跑去。

大嘴提醒道："前面左手边那条小巷有一家成衣坊的后门，里头女人肯定不少，你躲进去等风声过了再说。"

秦悠悠按照他的示意，果然看到一个醒目的招牌，上书"香云衣坊"。

她侧耳细听，门后的小院子里并没有人声，于是提气一跃跳了进去。

这里隔着两进院子就是大街，凭着他们三个的修为已经可以清晰听到那些皇家亲卫的呼喝之声，内容大致是要缉捕要犯，所有人等留在原地待查，不得随意走动。

这家香云衣坊里确实有不少女子，被门外如狼似虎的兵将一吓，莺声燕语喧哗起来。

大嘴翅膀一拍可以从容飞走，小灰体形娇小要躲起来不让人发现也不难，但是秦悠悠却没那么容易过关了。只等严棣以及他手下的高手一到，光凭气息不同都能够把她从人堆里挖出来。

现在突围而出没人能拦住她，但是等于把自己直接暴露，到时以严棣的修为要追上来实在太容易了，她肯定跑不掉。

该怎么办？秦悠悠急得团团转。

正在这时，与前院相连的小侧门一开，走进来一个妖娆美人。

秦悠悠和大嘴小灰顾着倾听前面的动静，竟然一时不察附近有人走动。

那突然出现的美人身穿水红色的丝衣，将她曲线玲珑的身段衬托得越加出众，脸上妆容精致，虽然论相貌不及秦悠悠，但那种浪荡冶艳的风情却是秦悠悠没有的，整个人看上去就如一朵盛开的罂粟花般令人销魂。

秦悠悠瞪大眼睛跟她对瞪，要动手杀人灭口她做不出，正想上去制止她乱叫乱动，忽然听小灰对那女子道："百姑娘，你就当没见过我们好不好？"

咦？这女子小灰认识？！

事实上，大嘴和小灰都认出了这个女子。她正是当日被颐亲王带去彩丝坊闹场的望仙楼花魁百宜娇。

百宜娇有些疑惑地看了看秦悠悠，很快眼中闪过一丝了然。

会说话的灵兽她只见过一次，对它们的形貌记忆犹新。

当日送她回望仙楼的小太监曾一再警告，关于当日所见的所有东西必须绝对守口如瓶，否则就算再有十座望仙楼也护不住她。

她开始时根本不知道秦悠悠的名字，不过后来听闻圣平亲王娶了新王妃，容貌绝美，而且是天工圣手齐天乐的嫡传弟子，再联想那日秦悠悠用机关暗器伤了颐亲王的事，顿时就明白她的身份了。

这两只灵兽当时就在秦悠悠身边，甚至大嘴还出言讥讽过颐亲王，百宜娇记得清清楚楚。

她动了动嘴唇正要答话，忽然见大嘴扯了小灰一头钻进秦悠悠手上的篮子里，还利落地扯过篮子上的土布遮住身体。

它们这是做什么？！百宜娇愕然。

"阿宁你是不是在后面？你在跟谁说话？"一个男声传来，很快一名身穿皇家亲卫军官服饰的青年人也走进了这个院子。

"没、没什么？你怎么会在这儿？"百宜娇扭头道，有意无意挡在了秦悠悠与那男子中间。

"圣平亲王府上的探子传信说这一带有要犯藏匿，圣平亲王已经往这边赶来，稍后可能有一番混乱。"这名青年军官容貌英俊，望向百宜娇的眼神隐隐暗藏爱慕，分明也是她的裙下之臣。

"要犯？"百宜娇诧异道，她直觉这些人包括正在赶往这边的圣平亲王都是冲着秦悠悠来的，她不是王妃吗？怎么成了要犯？

青年军官以为她害怕，安慰道："没事，你先随我离开这里再说。我带的小分队正好负责看守这边,他们都是我的亲信,不会乱说话,趁着王爷他们未到你赶紧离开这里就没事了。"

他不怕别的,就怕百宜娇这样的身份,在混乱中会被人趁机欺侮。

百宜娇举步就要跟他离开,转身之时忽然心中一动,眼里闪过一丝狡黠,抬头对秦悠悠道:"三儿,还不快跟上?吓呆了?!"

青年军官这才注意到她身后看上去各方面都很普通的秦悠悠,他有些为难地皱了皱眉头。他私自放百宜娇离开,已经是违反了上面的禁令,再加一个人,未免目标太大。

百宜娇扯扯他的袖子道:"三儿是小兰的表妹,今天才第一次跟出来伺候,小兰她一直在我身边很照顾我,通融一下好不好……"

心上人软语相求,青年军官怎么舍得说个"不"字?当下点了点头对秦悠悠道:"你跟紧些!"

秦悠悠连忙用力点头道:"是!"

她到现在都不太记得在哪里见过这个妖娆漂亮的"百姑娘",不过人家是有心想帮忙,她还能感觉得出来。

只要跟着这"百姑娘",就能无声无息赶在严棣到来前离开,这样的大好机会,她是傻子才会错过。

她们两个女子有这青年军官的掩护,从侧门出了巷子,很快穿过皇家亲卫的包围圈坐上了一架青年军官事先叫来的普通马车,往望仙楼方向而去。

秦悠悠一路小心翼翼屏住气息,青年军官一心都在百宜娇身上,也没发现她的不对劲。

马车前行数丈,忽然身后远远传来一阵"王爷安好"、"拜见王爷"之类的问安之声,吓得秦悠悠刚刚准备松懈的那口气又再紧紧憋住。

大嘴和小灰很配合地屏息静气,一直等到马车离开那片区域好几条街都再无异动,秦悠悠才长长呼出一口人气,只觉得背心都全被冷汗湿透了。

小灰从篮子里探出脑袋,娇声娇气道谢道:"多谢百姑娘,你真是个好人!"

"当日在彩丝坊多得王妃娘娘替我解围,今日你们也无需客气。"百宜娇轻轻一笑道。

她提起彩丝坊,秦悠悠终于想起她是谁了,真诚谢道:"谢谢你,这不是客气。如果没有你,我就糟糕了。"

百宜娇轻抚发鬓坦言道:"我也是笃定了王妃娘娘不可能是什么要犯,才敢如此。"

如果秦悠悠真的是钦命要犯,她为着自身与那青年军官的身家性命,再大的恩情也不见得敢如此大胆地窝藏她。

她猜测秦悠悠与严棣只是夫妻间耍耍小花枪,前者任性离家出走,所以她才会帮忙隐瞒，主动带她离开，算是还了她当日的人情，也有趁机与她交好的意思。

"王爷对王妃娘娘的深情厚谊，京城里人人皆知，你就算被他找到也没什么大不了。算小女子多嘴一句，若是夫妻间有什么误会，大可摊明了说，想来王爷也不是不讲理的人。"百宜娇柔声劝道。

她亲眼见过以冷面无情著称的圣平亲王耐心地陪着秦悠悠去挑选衣饰，对她百般纵容，甚至放任她公然打伤颐亲王出气，心里不知道多羡慕她的好运气。

秦悠悠苦笑一声，无奈道："有些事情不是说明白了就能改变的……"

她不止一次对严棣声明自己对他的欺骗利用如何介意，但是严棣却根本不当回事，因为他早已经认定她逃不出他的掌心，最终只能乖乖任他摆布。

秦悠悠无意中一句话，正正击中了百宜娇心中隐痛，她神色黯然道："也对。"

秦悠悠想到百宜娇的身份，道："今日的事不知道会不会连累你，不如我帮你赎身离开望仙楼另觅个安稳的去处吧。"

百宜娇苦笑一声道："我是罪奴，就算离开望仙楼也是卑贱之身，又有什么地方可去？"

她稍稍拉开衣领露出一片雪白的肩膀，殷红如血的"奴"字烙印清清楚楚展露出来，足有酒杯口大小。

"我看刚才那位青年军官对你不错，如果他愿意，只要带你离开相月国，就没关系了。"秦悠悠别的不多，钱却多得很，随时可以取出足够的金银替百宜娇赎身并让她与那位军官下半辈子衣食无忧。

"他不会要我的，他堂堂一个名门之后，有的是光明无限的大好前途，父母期许家族重任，随便一样都不是他能够轻易放开的，又怎么可能扔下一切与我离开？"百宜娇木然道。

既然说了开头，她也就干脆都说了。

刚刚那个青年军官叫胡山青，胡家与百宜娇一家原是世交，胡山青与百宜娇双方父母甚至还曾替他们指腹为婚。

可惜后来百宜娇父母早丧，寄居在叔父家中，偏偏叔父贪赃枉法惹下大祸，自己被斩首示众不说，还连累家人不是充军就是被罚为奴。

胡家是望族，自然不肯再与百宜娇一家扯上任何关系。百宜娇小小年纪被望仙楼的老鸨看上，买去悉心栽培，多年后再与胡山青重逢，已经成了艳名满京城的花魁娘子。

胡山青虽然喜欢她，但也断断不会娶她为妻，她不是清白之身又是这样不光彩的出身，就是做妾都不可能，胡家丢不起这个脸。

可是胡山青又放不下她，所以多次暗示希望能够替她赎身，在京城外为她置下产业，让她当他的外室。

以百宜娇这样的身份能够有这样的归宿，在许多人看来已经是天大的运气了，但是百宜娇不甘心，所以一直没有明确答应。

胡山青虽然出身世家，要一下子拿出这么大一笔赎身银子也不容易，所以这事就这么胶着了。

"我没做过什么错事坏事，我不甘心就这样无名无分委委屈屈地过一辈子，可是我又能如何？"百宜娇没流半滴眼泪，但是那神情却比痛哭失声更是凄楚。

秦悠悠听着也替她难过："那些男人都是混蛋！就知道考虑自己，根本没想过我们的心情感受！"

枉她先前对那胡山青还很有好感，以为他真是什么有情有义的好男人，原来也是个人渣！

百宜娇叹了口气道："也怪不得他，我又凭什么要他为我牺牲这么多呢？"

"他明知道自己不可能给你个正式名分，不可能与你厮守白头，却还来纠缠你，就是他的不对！"秦悠悠不以为然道。

"你不能在望仙楼待一辈子，有没有想过以后要怎么办？"

秦悠悠或许可以替百宜娇解决罪奴的身份，但她沦落风尘是事实，又有几个男人愿意明媒正娶一个当过妓女花魁的女子为妻？

"我也不知道，走一步算一步吧。"百宜娇自知就算秦悠悠不介意，圣平亲王也不会乐见自己的王妃与一个操持贱业的女子交往。

与其现在就提出要求，让秦悠悠轻易还了人情了断瓜葛，倒不如留着情分，等将来自己真正想好了要怎么办，再去求她帮忙成全。

秦悠悠虽然聪明，不过她毕竟少历世事，也猜不透百宜娇的心思，见她不要自己帮忙，虽然有些失望，也没太放在心上。

两人谈谈讲讲，不知不觉马车就到了望仙楼前，百宜娇下车返回楼中，秦悠悠塞给车夫一些零钱，让他驾车将他们送到附近一个市集。

秦悠悠下车走进窄巷中，找了一户无人的民家，翻墙进去又换了一身装扮，再出现时已经成了一个身材瘦小容貌普通的小贩模样。

今日虽然过得惊心动魄，但其实不过刚过中午，秦悠悠与大嘴商量过，走出小巷另外找了辆车往城南而去。

小灰肚子饿，大嘴这半天到处奔波也饿了，秦悠悠将它们带到附近最好的酒楼上包了雅室叫了一桌佳肴，让它们放开肚皮猛吃，吃完之后将它们藏好，结账离开，又到附近另一家酒楼继续吃。

如此一路连吃了五家，总算把两个吃货喂饱了。

这么麻烦也是被迫无奈，小灰胃口大圣平亲王府的人都知道，如果她一个人在同一家酒楼叫上五桌酒席还一扫而光，肯定会被传为奇谈，流传到王府的探子耳中，追踪上来她会很麻烦。

秦悠悠也想过直接离开子夜城，不过大嘴说了，现在子夜城各处城门都有高手坐镇，防守异常严密，凡是有武道修为的人进出城门必须验证身份才会予以放行。

如果他们贸然出城，很难不被发现。

而且旭光圣子现在在何处，他们根本没有头绪。

子夜城是严氏皇族的地盘，他的行动顾忌多多，万一被发现身份，马上就会引来严棣的追杀，反而没办法威胁到秦悠悠的安全。

但是出了子夜城他的顾忌就小多了。

更麻烦的是，先前明明听说江如练师徒三人在前线要对付严櫶以及相月国参战的高级将官的，结果一转眼昊光圣子与旭光圣子就先后找上门来。

天知道江如练是不是也来了。

江如练是知道圣祖留下那些机关图的价值的，只要将秦悠悠抓去，逼她破译图纸上的神秘符号，那多丽国与奉神教即使一时失利，将来也还有东山再起的希望。

而且她是个非常好的人质，只要将她绑在边境城池之内，向相月国这边放出消息，哪个将军敢命令开炮轰击城池？

笑面虎皇帝就算心里恨不得她早死早超生，估计也不会公然下死令。

大嘴飞到外边找来其他鸟儿探听了一阵，选了城里某个空置不久家私齐全的民家小院，让秦悠悠暂时住进去。

秦悠悠把这处小院子简单收拾过，又去买了些日常用品，自己烧了热水沐浴过后，抱着呼呼大睡的小灰坐在屋檐下等待出去打探消息的大嘴归来。

夜幕低垂，子夜城里炊烟处处，一种浓浓的寂寞感觉忽然涌上心头。

数数日子，她已经有整整十三天没再见过严棣，脑子里却还能清清楚楚记住他的模样，记得他眉心有多少道淡淡的褶痕，记得他对她微笑时是如何温柔。

也许这一生她再也不会见这个人，也许有一天她再见他也不认得他了，但是此时此刻，她很想他。

她慢慢抬起左手手腕，那里空荡荡的什么都没有。

曾经那里有一只刻着"悠悠我心"四个字的黑色木手镯，严棣亲手用乌金冰海檀木雕刻而成，亲手戴到她腕上，告诉她"要乖乖地一直戴着"。

她以为她真的会戴着这个手镯一生一世，结果不过短短几十天，就伤心地将它脱下留在了皇族别院的妆匣之中……

她不知道严棣刻下"悠悠我心"四个字的时候是什么心情，也许是真心诚意，也许在为她落入自己的温柔陷阱而暗暗得意。

如果他真的将她当成是他的心，又怎会如此肆意欺骗利用？可能他笃定了她这辈子不会有机会发现他的骗局，也有可能他觉得她就算发现也只能选择原谅。

连师父都说她没心没肺，严棣认为她不会在意这样的欺骗也不奇怪。

但是他不知道，她好不容易才决定全心全意相信他的，他却将这份信任当成了可以利用的筹码。

秦悠悠从来没怀疑过严棣对自己的感情真假，她相信，严棣是真的喜欢她的。只不过他就跟那胡山青一样，有太多太多对他而言更重要的东西排在她前头，所以到了必须选择的时候，他首先考虑的是那些而不是她的感受。

胡山青想着把百宜娇收作外室，照顾她一辈子就算是对她很好了，也成全了家族的名声和对他的期望。

严棣认为，一生一世只要她一个，对她百般宠爱呵护，不用强硬手段逼她就范就是对她好了，她那些所谓的原则坚持都可以随便无视，她的信任也可以随意辜负。

她跟百宜娇一样，无法甘心，无法忍受，所以离开。

严棣大概由始至终都不太明白她为什么会这么决绝，他以为她只是小姑娘闹脾气，哄哄就好了。

秦悠悠伸手轻轻抚摸躺在她膝盖上睡得香甜的小灰，如果她能一直像小灰这样无忧无虑的多好？

也许要等她真正放下严棣之后才可以吧。

圣平亲王府内，严棣同样一个人坐在书房里，手中握着的正是那一只刻了"悠悠我心"的木镯子。

城外皇族别院因为大嘴和小灰两个晋级而被彻底摧毁，幸好里头值钱有用的东西都被事先搬走了，秦悠悠留下的妆匣也被送回了圣平亲王府中，放在石院寝室原本妆台上的固定位置。

严棣发现匣子里这只镯子的时候，真不知道心里是什么滋味。

悠悠是说真的，她真的打算离开，斩断两人的夫妻情分……严棣心里不由得生出一股浓浓的恐慌。

就在今日早上，他接到急报称小灰突然失踪，便急急往目标地点赶去，他担心悠悠仍在旭光圣子手上，所以一直吩咐手下兵将如果发现线索切莫轻举妄动。

可是等他赶到之时，灵雀只找到那家秦悠悠曾经更换衣物的民宅，人与那两只灵兽已经不知所踪。

种种迹象表明，秦悠悠已经脱离了旭光圣子的掌握，否则她不会轻易让大嘴小灰去找她。

她把那两只灵兽看得比自己的性命重要，绝不会让它们冒险。

而且从石阶上留下的那个明显是补偿屋主损失的小银锭看，这也不是旭光圣子会做的事。

秦悠悠逃离了旭光圣子的控制，却宁可冒险流浪在外，也不愿再见他，态度已经很明显了。

她就如她当日所说，不要他了……

就算没有旭光圣子的事，两只灵兽晋级成功，她也会不顾而去。

这只木镯子是他们的定情之物，她将它脱下了就是告诉他两人情尽缘灭。

这个女人好狠好绝的心肠！

严棣不得不承认，他从前一直看错了她。她的师父一定没跟她解释清楚什么叫夫妻，而且对她娇纵太过，所以她才会因为一点不如意就任性出走。

算了！大丈夫何患无妻？他对这个女人花了这么多心思，尽心尽力爱惜她娇惯她，但是她却如此轻松地将他弃若敝屣。

她将他这个夫君当成什么了？！

她如此不在意他，他又何必心心念念放不下她？纠缠不放是痴男怨妇们的所为，他堂堂一个亲王，修为绝世，要什么女人没有？

严棣心里仿佛有两个声音在激烈交战。

一个不断鼓吹他忘记秦悠悠，天下温柔驯服的美丽女子多的是，只要得到奉神教库存的全部"不死鳞霜"，要再造出几个可以替他散功的"药引"容易得很，又不是非她不可！何必再在她身上花那么多的心思精力？

有一就有二，将来她又有什么不高兴或者觉得不顺意的时候又再跑，莫非他就这么一次一次地去追她哄她？他成什么人了？

另一个却举出无数理由，催促着他尽快把那个该死的女人找回来好好管教，让她再也不敢任性出走。

他们是正式夫妻，自古只有男子休妻，没有女子休夫的，她凭什么说走就走？她是他明媒正娶的妻子，这辈子就该待在他身边。

如果她被江如练、旭光圣子或是其他人控制住，会为相月国带来无穷后患，圣祖大炮的威力如何他亲眼见识过，这个女子的机关造诣估计与圣祖也相去不远，她如果迫不得已将圣祖机关图上神秘符号的意义泄露，或者又造出其他更具杀伤力的武器，严氏一统天下的宏图伟业不但功亏一篑，甚至亡国灭族都不奇怪。

这样的女子必须控制在他的手上才是最安全的！

奉神教库存的"不死鳞霜"究竟有多少，谁都说不准，万一不足以替他改造出新的"药引"呢？那他岂不是很麻烦？他为什么要舍近求远平白去冒这个险？

这些看似客观理智的理由很快将放弃秦悠悠的念头压倒。

对！他必须将她抓回来，好好教导她身为人妻的道理。她年纪还小，只要花些心思，不愁她不屈服听话。

她也是喜欢他的……女人嘛，好好哄着就行。

严棣为自己的行为找到了足够的理由，慢慢将那只手镯收回怀中，振作精神继续指挥手下的探子布下天罗地网，好尽快把秦悠悠找回来。

他不敢也不愿承认，这些看似充分而且足够的理由都不过是借口罢了，他甚至不愿意去想，如果秦悠悠真的再也找不回来，他该怎么办？

　　天色黑透，大嘴拍打着翅膀从外边飞回来，正好看到月光下秦悠悠脸上清晰的泪痕。

　　她就躺在屋檐下的竹躺椅上，披散的乌黑长发中间，一张漂亮精致的小脸显得苍白又荏弱，双眼紧闭静静沉睡。

　　即使在睡梦中，她看起来也是那样的伤心难过。

　　大嘴跟着齐天乐，几乎是看着秦悠悠长大的，她的性格明朗快乐，就算是在被奉神教的人追杀、朝不保夕的那段日子里，她也不曾这么低落消沉。

　　能够让她伤成这样的，只有她在意的人，悠悠她一定是喜欢上那个混蛋王爷了。

　　"悠悠，我饿！"躺在秦悠悠腿上的小灰快将醒来，又开始习惯性地喊饿。

　　它一动，睡得不太安稳的秦悠悠马上醒了过来，她一抬头看见大嘴正盯着她的脸看，有些奇怪地问道："怎么了？"

　　"你去洗个脸回来再说，不然让小灰看到，大哭起来，我们又要换地方了……"大嘴抖抖翅膀化形为人，翻身跳到秦悠悠身边，替她把小灰从腿上抱起来。

　　"噢！"大嘴刚刚把小灰抱离秦悠悠，忽然惨叫一声，松手将小灰扔到地上。

　　"小灰！"秦悠悠抢救不及，连忙跳起身去看小灰有没有被伤到。

　　大嘴是十级圣尊，而且解开了部分封印，修为与从前不可同日而语，这一摔万一用力不当，会把小灰摔伤的。

　　小灰在地上打了两个滚，晃了晃脑袋爬起身，扑入秦悠悠怀中道："好疼，我怎么掉到地上了，呜呜呜。"

　　"你没事吧？"秦悠悠小心地摸了摸它的小身子，怕它真的被大嘴的力道伤到了。

　　"我有事！笨兔子，我就抱你一下，你怎么都不看清楚人就乱咬？！"大嘴气得吐血。这笨兔子也不想想它的牙多利，直接咬掉他手上一块肉！

　　就算它饿了也不能这么乱咬人啊！

　　小灰扭过头去，果然看到大嘴的右手鲜血淋漓，忍不住有些害怕地缩缩脑袋，用力回想了一下先前发生的事，嗫嚅道："谁让你突然来抱我？我、我梦到混蛋想把我从悠悠身边抓走扔开……"

　　大嘴脸色铁青，彻底无语了，下回他绝对绝对不会在这个笨蛋还没清醒的时候去碰它。

　　小灰知道自己惹大嘴生气了，钻到秦悠悠怀里不敢说话，偶一抬头看到主人脸上的泪痕，有些担心地蹭蹭她道："我没事，不疼了，我也没有很用力咬大嘴，他也不疼的，悠悠不要哭。"

　　它误会了秦悠悠是担心它和大嘴才哭的。

　　秦悠悠恍然明白大嘴为什么刚才一见她醒来就要她去洗脸了。

一团混乱之后，秦悠悠取出之前在市集买来的大量肉菜蘑菇、馒头面饼等等让小灰对付着填肚子，然后问起大嘴都打听到什么消息。

大嘴瞪了胡吃猛塞的小灰一眼，哼道："混蛋应该没发现是胡山青和百宜娇他们两个帮我们溜出来的，就找到了你换衣服的小院子，估计混蛋已经知道你甩掉了那个旭光圣子了。"

大嘴说到这里叹了口气："旭光圣子很会躲，而且在子夜城也不是什么名人，鸟儿们都不认得他。不过我找了好些住在附近比较机灵的鸟儿，让它们注意到有什么异状又或者有什么奇怪的人靠近，就使劲大叫，三声长一声短。悠悠你要突然听到这样的叫声，就要小心。"

"好的，我明白了。"秦悠悠道，然后又说起自己准备到横云山去寻找师父下落的事。

大嘴一听就兴奋了："我晋级时就看到未来幻象，我会再见到天乐，看那场景是在一个山洞里，说不定就是横云山！"

他们商量了一阵接下来的计划，都觉得暂时藏在子夜城中，等城门的防守相对放松之后再离开才是最稳妥的方法。

反正小灰的育儿袋里什么东西都齐全，除了解决小灰的吃饭问题会有些麻烦，其余的事都不会有太大问题。

等他们讨论得差不多，小灰也吃饱了，它把自己仔细打理干净，又黏到秦悠悠身上，小心翼翼地问道："悠悠，大嘴说你在我们昏迷的这段时间里，跟混蛋成婚了，是不是真的？"

大嘴和小灰都明显感觉到秦悠悠与从前有许多不同，估计是因为它们昏迷这段期间发生了某些事让她很不开心，先前不是忙着逃跑就是有外人在身边，他们也不好细问。

现在只得他们三个了，小灰就直接问了出来。

秦悠悠迟疑片刻，终于将事情一五一十和盘托出。她还未说完，小灰已经暴跳如雷，龇牙咧嘴道："我要吃了他！混蛋，太过分了！"

大嘴倒是冷静得多："你喜欢上他了是不是？"

"是的。"秦悠悠苦笑道。

"没关系。"大嘴揉了揉鼻子道，"反正你还年轻，换一个就是了。我有没有告诉你，我晋级时看到的另一个未来幻象？"

秦悠悠摇头："没有，你看到什么了？"

"我看到另一个男人向你求婚了，嘎嘎嘎！"大嘴得意地大笑起来。

他家悠悠多的是男人喜欢，严棣不识货，早晚让他活活悔死！

"那是谁啊？"秦悠悠好奇道。

"旭光圣子！"大嘴神秘兮兮地公布答案。

秦悠悠的脸色顿时垮了下来，纠结道："那个分明更混蛋！"

一语成谶

"我就看到他求婚，嘎嘎嘎，你可以不答应嘛……"大嘴也觉得这个人选很不靠谱，连忙安慰道。

秦悠悠叹了口气："算了，师父说过谁没了谁都是一样的过，这些混蛋我还是躲得远远的吧。师父一把年纪都没成婚，我不成婚也没什么大不了的，反正我又不靠人养，哼！"

要信任一个人，与他相伴一生，这风险着实太高，她才上过一次恶当，实在不想再上第二次。

"就是就是，有我陪你就好了！我不骗你，等我晋级到跟大嘴一样就可以保护你，而且会对你很好很好！"小灰趁机娇声娇气自卖自夸。

"嗯！"秦悠悠抱起小灰在它毛茸茸的脑袋上用力吧唧一口，"还是小灰最好！我们不跟混蛋玩了。"

同样的明月夜，旭光圣子的心情也很复杂。

他收到消息，严棣在早上突然派出大批人马包围皇宫附近一片民宅，在其中搜检一番之后似乎没什么收获之后退兵离开。

严棣不会无缘无故贸然行动，那片民宅与冷宫正好在同一方向上。

旭光圣子当时就预感到秦悠悠那边出了问题，他考虑再三终于还是决定亲自去确认一下，结果……可想而知。

空荡荡的冷宫里只余墙下一堆灰渣，院墙墙面被人整整刮掉了一层，屋里清冷寂静，那个美丽的人质已经消失得无影无踪。

旭光圣子站在院子里静静看着那一面什么都看不出来的破败高墙，忽然轻笑起来："王妃娘娘跑了，却没有去跟王爷相见……有趣，真是有趣！"

他虽然没搞清楚来龙去脉，不过可以确定，带秦悠悠离开的绝对不是严棣的人，否则这里应该有致命的陷阱在等着他。

究竟是什么人将秦悠悠从他手上劫走？严棣又知道多少？

严棣与旭光圣子各自用不同的方法手段搜寻着秦悠悠的踪迹，偏偏这个女子却像一滴融入大海的水珠，再无声息。

前方相月国接连大胜的消息不断传来，圣祖大炮的威力震慑各国。只不过大概是由于严櫴太过急进，周边诸国都开始隐隐不安起来——多丽国灭亡后，接下来是不是就轮到他们了？

相月国的大炮所指之地瞬间就化成一片焦土，那如魔神降临般的可怕威力根本不是他们能够想象和抵挡的。

一边是多丽国的节节败退，一边是多丽国使节频繁出动，无数小国聚集在一起组成联盟，开始在相月国各处边境闹事。

圣祖大炮虽然厉害，但是缺点也非常明显。一是只适宜远攻，而且落点并不非常准确，二是损耗巨大，稍有操作不当，就会引致炸膛，直接令炮筒彻底报废。

圣祖大炮事先铸造装嵌了不少，可也经不起如此损耗，相月国大军推进的脚步不得不放缓下来。

严棣坐镇京城，每日都忙于处理政务，各地发来的战报几乎将他的书桌淹没。

这些对于他而言都不算什么，他正好可以借此强迫自己不去想念那个消失得无影无踪的小女子。

不踏足石院寝室就不必面对人去楼空的冷清景象，不躺在那张豪华舒适的大床上就不必被思念和渴望反复折磨，不去看秦悠悠留下的点点滴滴就可以假装她从未出现过也从未失去过。

偶然闭起眼睛，脑海里浮现的都是那个小小女子的音容笑貌，她时而娇憨、时而狡黠的可人笑容，她闪动着一双水光潋滟的大眼睛，对他大胆挑衅或是娇羞闪躲的迷人模样。

他想念她甜甜软软的声音，想念她馨香温暖的气味，想念她玲珑曼妙的身子，光滑如缎的肌肤……想念她的一切一切……

然后不得不面对这一切一切已经离他远去的事实。

曾经他想将她抓回来，狠狠惩罚她的无情离弃，甚至不惜下重手逼她驯服听话，再不敢生出逃跑躲避他的念头。

不过现在他已经放弃这些不切实际的幻想了。

只要秦悠悠能出现，他愿意纵容她所有的坏习惯坏脾气，只要她能再次出现，能让他感觉到她的真实存在，让他确认从前的种种甜蜜美好不是他的幻觉，都是真真正正存在过，而且会继续下去的现实就好。

从前带领严氏族人一统天下的宏愿虽然实现起来波折障碍重重，与多丽国的交战也越发艰难，但严棣毫不怀疑，他们会是绝对的胜利者。

只是胜利了之后呢？严棣想不出来。

甚至现在，收到大胜捷报也激不起他心底多大的涟漪。他仿佛忘记了这是值得欢庆痛饮的事，仿佛忘记了这是他一直盼望实现的理想。

甚至他已经不太想得起来，从前自己一个人是怎么过的，为什么同样的日子，从前觉得光阴似箭，如今却觉得度日如年。

严棣木然取出怀里一直放着的那只刻了"悠悠我心"的木镯子，忽然觉得自己似乎是无意之中一语成谶了。

那个小小的女子不知不觉间占满了他的心，当她离开，他的心也跟着丢了……

花了整整两个月的时间，熬过了一个又一个无眠之夜，他终于向自己承认，他想找回那个小女子，跟什么狗屁的男人尊严、国家大事、性命安危没有关系。

只是因为他想她，他需要她，他不想没有她，不想一个人度过这漫长的生命，然后去闯什么生死劫，成仙得道，无情无爱告别万丈红尘。

他真是想得太多太远了！

严棣自嘲苦笑，低头看了一眼桌上堆积如山的奏折战报，今晚他要将它们全部解决，明日交由各部大臣去分头执行。

真是无趣至极又无聊至极，难怪皇兄迫不及待扔下这一切领兵出征。

严棣深深吸一口气，揉揉眉心继续埋首案牍。

这样的生活日复一日，如果有她相伴，那该有多好？

至少此刻，他可以抱抱她柔软的身子，用她的声音气息提振精神，可以要求辛劳之后，用她的柔情蜜意抚慰烦闷。

不知道她现在在哪里？是不是仍在这子夜城中？

有没有想他？有没有恨他？有没有如他一般感到寂寞难耐，感到一切索然无味？

其实她只要还记得他，还记得他这张脸他就应该感到万幸了。

太后几次在宫中见到前来请安的儿子，又再次变回从前那般僵硬无情的模样，甚至比从前还要更添几分沉郁之色，就忍不住心疼如绞。

她只以为秦悠悠是被旭光圣子掳走，生死不知，却并不知道秦悠悠其实依旧生活在了夜城中，在离他们不太远的地方，慢慢消磨着对严棣的感情与思念。

炎炎夏日，子夜城热得可怕，秦悠悠在水井里泡了好几个大西瓜，眼看着到午后便去捞起来打算给大嘴和小灰两个解暑。

虽然以他们三个的修为，这点热度算不上什么，不过吃点凉冰冰的东西总是件舒服的事。

小灰四仰八叉瘫在树荫下的石桌子上呼呼大睡，秦悠悠估摸着它应该很快就要醒了，大嘴出去打听消息也很快要回来，于是把西瓜放到它身边，进屋里去取盘子。

等她从屋里出来，远远就听见大嘴的大嗓门："悠悠，有师父的消息了！"

"我马上来！"秦悠悠精神一振跑过去。

大嘴停在石桌上，一副十分沉重的模样，一见秦悠悠便道："前线传来消息，说天乐落在奉神教手上了。"

"什么？！"秦悠悠呆住了，然后便听见小灰呜呜的哭声。

"怎么办？"小灰抽抽噎噎道，一醒来就听到这样的坏消息真讨厌。

秦悠悠摸摸它的脑袋，努力让自己冷静一些，然后问大嘴道："消息确实吗？"

大嘴摇头："不肯定，天乐那么聪明怎么可能会轻易被奉神教的人抓住？"

"我也觉得是，奉神教连我都没抓住，何况师父呢？"秦悠悠努力安慰着小灰和自己，"一定是奉神教见多丽国被相月国打得太惨，所以才放出这样的风声，好振作士气。"

大嘴抖了抖翅膀道："有道理！哼哼，这个消息我是从王府的鸟儿嘴里打听到的，天知道是不是混蛋想用师父把你骗出来？"

王府和混蛋不用说就是圣平亲王府和它的主人了。

秦悠悠点头，混蛋最喜欢骗她，而且也知道她对师父有多在意，这个可能性确实很大。

"不过另外一个消息应该是确实的，皇帝遇刺受伤，已经在秘密回来的路上，混蛋正准备等他到京城后，就赶往前线去接替他主持大局。"大嘴有些幸灾乐祸道。

"活该！"小灰恨恨道，马上收了眼泪高兴起来。

对于不喜欢悠悠，伤害悠悠的人，在大嘴和小灰眼里都是混蛋，越倒霉越好。

秦悠悠不想多提这一对混蛋兄弟，于是对大嘴道："师父的事我有些不放心，你继续打听一下，我们先来吃西瓜。"

"好，嘎嘎嘎，我想起西瓜就流口水！"大嘴一闪身化形为人坐到石桌边等着开吃，一扭头却见先前还在的那个凉冰冰圆滚滚的大西瓜已经不见了。

"西瓜呢？"秦悠悠呆了一呆，目光几乎马上就投向了小灰。

小灰有些惭愧地抬起后腿挠了挠脖子，嗫嚅道："我、我刚才太难过，一时没忍住就把它吃了……"

大嘴暴跳如雷："我看你才该叫大嘴，那么大一个西瓜你一口就吃了，有你这样吃独食的吗？！"

小灰扑到秦悠悠怀里躲起来，留给大嘴一个肥胖的背影，秦悠悠无奈道："没事，井里还有，我再去捞一个来。"

"这个不让小灰吃！哼！"大嘴瞪眼道，他顶着大太阳出去打探消息，这个家伙倒好，在家里睡醒了吃，吃饱了睡，最可恶的是连他那一份都抢了吃！

小小的院子里只得他们三个，却欢声笑语不断，虽然有齐天乐落入奉神教之手的阴影在，不过也比圣平亲王府要热闹欢快得多。

秦悠悠与大嘴他们这次错怪了严棣，他不是没想过用齐天乐引出他们，不过他不敢……

秦悠悠最恨他的欺骗，如果他用她最在意的师父来骗她，后果如何难以预料，很可能两人就此决裂，再无挽回可能。

所以这个念头在他心里转了无数次，最终没有实施。

在接到皇帝受伤秘密回京以及齐天乐落入奉神教之手的消息时，不可否认，严棣心里欢喜多于烦忧。

皇兄一意孤行而且不惜破坏他与悠悠的关系，他心里不是没有怨气的，让他吃些苦头正好，反正明知道他不会有性命之忧。

至于齐天乐，虽然不知道消息真假，但牵涉到他，悠悠肯定不会坐视不理，早晚会现身，到时候就是他的机会了。

他们一直宣称打得多丽国抬不起头、震慑天下诸国的圣祖大炮是圣祖传下的神兵利器，但所有人心里都认定了这跟秦悠悠有重大关系，否则不会刚好出现在她成了严棣的王妃之后。

相月国圣祖真有这样的利器，早就一统天下了，何必等到千年之后让自己的子孙来动手？

齐天乐是秦悠悠的师父，机关术自然更加厉害，如果他真的被奉神教抓住，替他们造出更厉害的军械兵器，那多丽国随时可能反败为胜。

更重要的是秦悠悠已经有一段时间不曾出现，虽然严棣将她被旭光圣子掳去的消息压下，但如果她再不现身，不免惹人怀疑。

一旦王妃失踪，王妃的师父在奉神教手上的消息传开，此消彼长之下，确实会对军心士气造成一些影响，不过比起有机会再见秦悠悠，甚至跟她重归于好，这点小麻烦严棣乐意承受。

他几乎是精神振奋地开始准备着移交政事赶往前线的各种事宜，如果不是他那张脸仍旧绷得紧紧，只怕许多人都会怀疑，收到两个这么坏的消息，圣平亲王高兴什么啊？

虽然相月国上层一直小心控制，但是这两个坏消息还是渐渐传了开来，成为子夜城最热门的话题。

大嘴每日早出晚归，打探各路风声，慢慢地也乐观不起来了，至少他们可以基本确认，齐天乐的消息并不是严棣捏造出来骗秦悠悠现身的。

严棣心里把严氏的江山社稷看得很重，不会为了一个女子干这种动摇军心士气的事情。

这究竟是奉神教的圈套，还是齐天乐真的失手了？！

秦悠悠每日让大嘴关注着军部与圣平亲王府的动向，大嘴指挥着京城里的鸟儿每天守在几个大衙门蹲点窃听，得到的消息都不太乐观。

相月国与多丽国这一战，人人都看得出来是不死不休的了。

多丽国奉神教发狠了一次出动十二名武圣级强者前去对付严櫹并盗取圣祖大炮，

结果以折损九名武圣的沉重代价,也只是成功了大半——圣祖大炮确实让他们夺走一门,而严棣却很蟑螂地又逃过一劫,阵营中为他护驾的高手却死伤大半。

多丽国派来的剩下那三名武圣本来也差点儿没命,是江如练在最后时刻突然出现才勉强保下了他们。而江如练却不知何故,竟然没有乘势杀入相月国军营彻底结果那个蟑螂命的严棣,反而逃命一般急急退去。

相月国许多知道当时危急情况的人都觉得大惑不解,直道是圣祖庇佑,所以我皇逢凶化吉。

秦悠悠听过严棣的计划,却知道江如练应该是着了他的道,在他设计的杀局中被迫吸收了大量杀气,体内真气逼近晋级陆地神仙引动生死劫的临界点,所以才会转身就跑,不敢多停留片刻。

圣祖大炮虽然被夺走一门,但天下间除了秦悠悠师徒俩以及那几个从她手里学会大炮装嵌方法的机关师,其他人根本无法完整拆解,更别说窥探其中秘密。

严氏圣祖是真的不想大炮的秘密轻易外泄,所以设计之时就动了手脚,强行拆解大炮的唯一结果就是炸膛,将炮筒内的核心部分彻底毁坏。

大炮被盗走后不久,多丽国重金拉拢三大机关世家中的风氏、文氏,想要征用他们的机关工坊,那架势十足十是打算赶制大批军械的模样。

此举为齐天乐在奉神教的传言又添了几分证据。

风氏爱财,而且一直就与奉神教勾勾搭搭,很快就与多丽国达成一致,至于文氏,正好忙于内斗无暇他顾。

秦悠悠算了算时间,估计现在是文风盛跟原本文家家主斗得正激烈的时候,肯定没空搭理多丽国。

而金氏在圣手擂台之后不久,就被严棣以优厚条件招揽了。

金氏老巢在横云山中,外边就是打翻天了也与他们无关,他们要防的只是文氏和风氏抢占他们的地盘罢了,严棣表示过必要时会动用军队保护他们也不会干预他们的家族事务之后,他们就铁了心跟相月国合作了。

秦悠悠从前以为严棣与金氏只是一般合作,也没有多去过问,后来发现原来合作的根源在自己身上,想到自己父亲是金家的人,不免对他们多了几分感觉。

不过也只是几分感觉罢了,她连自己的生父都没见过,要说对金氏有什么感情那纯属扯淡。想来严棣也知道这点,所以就算与她闹翻了,也不至于将气出在金氏身上。

越来越多的迹象表明,奉神教似乎有了应对圣祖大炮的方案,而且应该也是机关军械。西河风氏从来喜欢左右逢源,这次竟然旗帜鲜明站地在明显落于下风的奉神教、多丽国一边,应该是有一定把握多丽国能够熬过这一关甚至取得最后胜利的。

齐天乐落入奉神教之手的消息,越看越像是真的。

这日大嘴从外边飞回来,又带回两个新的消息。

第一是旭光圣子确认无疑回到多丽国主持国政了，他在多丽国京都催雪城中频繁露面，俨然已经越过他那位父皇直接颁发政令指挥大军了。

这几个月秦悠悠既担心被严棣找到，也担心被旭光圣子发现，如今好了，总算去了一个大患。

被严棣逮到再怎么样也不至于有性命之忧，被旭光圣子抓住，下场如何她都不太敢想，这个混蛋二号滚蛋了，真好真好！

第二个消息是驻云飞大概要晋级了，严棣特意抛下政务陪它出城去寻找合适的晋级地点。

小灰哼道："那只丑怪的妖马也要晋级？它原本不过五品，晋级时候那点儿小雷劫了不起劈倒王府里几棵树，这么麻烦出城去干什么？丑马多作怪！"

小灰心里害怕驻云飞，当它不在跟前的时候，这害怕就成了鄙视。小灰自认好歹还是七品灵兽，那只丑怪的妖马级别比它还低，就是长得太恐怖又比它壮太多，真讨厌！

如果不是悠悠怕马，连累它也跟着害怕，它啊呜一口就可以把那只丑怪的妖马吃掉，看它还敢吓唬它不？！

妖马跟它的主人都是混蛋，专门欺负吓唬它和悠悠的混蛋，晋级的时候被雷劈成烤马最好。

大嘴知道它对驻云飞的怨念，故意刺激它道："驻云飞有麒麟血统，还有混蛋那么厉害的主人，这次晋级只怕不是变成六品灵兽那么简单，就是直接跨入十品成为圣尊拥有跟我一样的化形能力都不奇怪。"

小灰知道他说的有道理，不过还是十分不忿地反驳道："就算它晋级十品，那也是一只十品的丑怪妖马，它要化形为人，一定很丑很丑！"

秦悠悠没有理会他们两个的斗嘴，只是皱着眉头在想什么。

大嘴也觉得自己再跟小灰这只笨兔子一般见识，降低了自己身为智者的格调，于是转过头来问秦悠悠道："你在想天乐的事？"

秦悠悠点头道："是的，我们在这里等消息总不是办法。"

"你想到多丽国去？那里有多危险你又不是不知道！"大嘴虽然很想尽快得到齐天乐的确切消息，但是他不想秦悠悠冒险。

主人把这个弟子当成亲生女儿一样，绝对不会愿意让她因为一个并不确切的消息就去玩命。

秦悠悠咬了咬嘴唇道："我有一个办法，并不一定要我们去冒险，也不见得非要进多丽国不可。"

"什么办法？"大嘴和小灰都来了兴趣。

"大嘴你去给混蛋送一封信，让他帮我们去救师父。"秦悠悠已经考虑过了，这是对双方都有利的事，严棣想必也不乐见师父落在奉神教手上。

大嘴哼道："那混蛋肯定会趁机狮子大开口，例如要见你，要你回去当王妃之类。"

小灰一听毛都竖起来了，跳起身大叫："不可以！"

秦悠悠抱过小灰，安抚地替它把毛理顺，笑道："没事的，我们可以先答应他，然后赖账啊！"

大嘴奸笑着附和起来："对对对，用完了就把他甩掉！"

这说法怎么听着有点怪？

小灰不放心地强调道："那悠悠你千万不要去见他，不然混蛋硬把你留下，我就见不到你了，呜呜呜。"

秦悠悠拨了拨它的长耳朵道："不会的，我不去见他，就让大嘴去给他送信谈条件。"

"嗯嗯。"小灰对这个安排比较满意。

于是三个开始商量信要怎么写才能让混蛋不产生怀疑，如果一切条件都答应，以混蛋的精明肯定会猜到他们有赖账的打算，所以有些条件大嘴无论如何不能答应，例如让秦悠悠跟他重归于好之类。

最后他们终于盘算出一套说辞：男女婚姻之事要父母之命媒妁之言，秦悠悠父母不在，就该由师父作主。如果严棣能够找回她的师父，而师父又答应这桩婚事，那秦悠悠就跟他和好。

然后，等师父平安回来了，他们再商量怎么跑掉。

唯一的问题是……

"如果混蛋已经不在意我了，复不复合无所谓呢？我们要另外想一个对他有吸引力的条件！"秦悠悠道。

"怎么会？悠悠你这么漂亮这么好，他舍得才怪！"小灰不以为然，在它心里，悠悠是天下最好的女子，眼睛没瞎的男人都该哭着喊着求她垂青。

秦悠悠苦笑道："不见得的，他心里头比我重要的东西多了去了，如果他救回师父，奉神教和多丽国就再没有能威胁他的筹码，没有我他一样可以一统天下，日后找几个听他话随便他骗的女人陪他，多省事啊。"

"他不是要借你散功吗？"大嘴哼道。

秦悠悠摇头道："奉神教有不死鳞霜，可以替代圣泉改造体质，只要得到这个，他随时可以另外找一个女人替他当散功的引子。"

大嘴摇头晃脑道："还是不可能，他要是不想跟你复合，到处找你干什么？"

"他不想我落在别人手上，成为对付他的利器罢了。"秦悠悠意兴阑珊道。

她也不想妄自菲薄，只不过这些天以来她把事情前后想清楚，越想越心凉。她对严棣已经没有太多利用价值，以她在他心里靠后的排名，要舍弃她也没有多难。

如果她还像从前那样对他的心意存有幻想，认为他不会伤害她，结果可能会很惨。

她自己倒霉就罢了，她不想连累师父、大嘴和小灰。

所以她宁愿作最坏的打算，用最冷酷无情的想法来猜度严棣的心思。

"大嘴，我打算先用替他复原一张他们严氏圣祖留下的机关图纸作为条件，至于哪张，可以让他自己选，只要师父平安归来。"秦悠悠决定道。

大嘴歪着脑袋想了想，最终不情不愿地点了点头。

秦悠悠把信写好，大嘴趁着严棣离开了圣平亲王府，大咧咧飞进去把信塞给留守的梁令："悠悠的信，如果混……如果你们王爷感兴趣，我过几天再来跟他详谈。"

大嘴说完也不等梁令反应，拍打着翅膀转身就飞走了。

梁令捧着那封信，几乎不敢相信自己的眼睛，谢天谢地，王妃娘娘终于有消息了，王爷知道这事得多高兴啊。

如果不是连他都不清楚驻云飞最终会在哪里晋级，估计他马上就要带着信去找严棣了。

傍晚时分，秦悠悠正收拾大嘴和小灰要吃的东西，忽然听到远处天边传来一声惊雷，接着便是连绵不绝的一串雷鸣。

小灰将醒未醒之际忽然听到这一声巨响，吓得竖起耳朵翻身跳起，抬头望天道："怎么了？要下雨么？！"

大嘴不屑道："那是劫雷！笨！"

"有人要渡劫？谁啊？害我白白吓一跳……"小灰见不是要下雨，便懒洋洋趴回原处，安心等吃的。

大嘴嘎嘎大笑两声道："很好猜啊，多半就是你最怕的那个。"

小灰想起来了，哼道："原来是那只丑怪的妖马！劈死它算了，还吵着我睡觉。"

秦悠悠好笑道："虽然我也很怕它，不过驻云飞还算不错了，其实挺老实直爽的，而且不记仇。"就是找的那个主人不太好。

小灰气哼哼地抱过一个胡萝卜，啊呜一口吞掉，仿佛把它当成那匹可恶的大红妖马："下次等我再晋级的时候，悠悠你把它引过来，让我吃了它！谁让它老是吓唬我们。"

子夜城外数十里处的一个山谷之内，驻云飞昂首挺立在湖边，道道雷霆夹带着电光巨响轰击在它身上，它却仿佛一无所觉。

它身上火红的毛发犹如一团燃烧着的火焰，在雷电的淬炼中变得越发灿烂夺目。

终于，天上的雷电仿佛知道奈何它不得，慢慢收敛了声势，一团团乌黑的雷云四散飘去。

驻云飞仰首向天长嘶，四蹄一蹬凌空飞起，在半空身体便化作一团夺目的红光。红光之中马身人立而起，体形迅速改变着，再落地之时已经变成一个红发红眸，一身红衣的健硕青年。

严棣身影一闪出现在这红发青年身边，抬手拍拍他的肩膀道："十一品圣尊，恭喜你了,驻云飞。"

驻云飞有些新奇地打量着自己化形为人之后的身体,最终开心地咧嘴笑道:"都是多亏你,不然我不知道什么时候才能晋级到七品,更不要说十品化形了。"

"走吧,随我回京再说。"严棣不再多话,为了陪驻云飞晋级,他整整耽误了两日时间,现在京城里等着他处理的事情不知道有多少。

驻云飞兴奋地握了握拳头,得意笑道:"好!回去见见大嘴,然后把那只笨兔子抓起来教训一顿!你帮我引开它的主人好不好?"

有秦悠悠在,一定会护着小灰,她是他的女主人,他不好对她动粗,她在的话他就没办法收拾那只笨兔子了。

严棣眼中的欣喜之意一凝,慢慢道:"他们现在……不在王府里了。"

严棣明摆着不愿多谈,驻云飞也不敢多问。

他想不明白,他记得他昏迷之前,秦悠悠与主人正是蜜里调油,开开心心地准备着两人正式大婚的事。

怎么他一觉醒来,女主人和她的灵兽就全部不见了呢?看样子好像发生了什么不好的变故。

主人心里不快他能感觉得到,但是究竟主人因何事不快,却不是凭感觉就能了解的。

驻云飞决定回到王府之后就向梁令他们打听清楚。

如果是那个女人辜负了主人……哼哼!那他就把她的笨兔子抓回来每天打屁股,替主人出口恶气!

驻云飞现出原形带着严棣片刻就回到了子夜城中。路上行人只觉得一道红影从身边刮过,根本看不清楚那是什么东西。

晋升成为十一级圣尊的驻云飞完全脱胎换骨,路上一切障碍对他而言都变得恍如无物,足下随便一点便轻松掠过,就是飞檐走壁也毫无难度。

严棣坐在他背上,享受着极致的奔驰快感,心里却忽然想到秦悠悠。

她先前就说驻云飞跑起来根本就是一只巨型的蚱蜢,上蹿下跳吓死人。如今的驻云飞踏步跳跃的幅度比从前更加夸张,只怕她是宁可死也不愿再上驻云飞的马背了。

想起当日他抱着她骑在驻云飞背上连夜出城去看大嘴和小灰的状况,他在马上以帮她放松为名肆意亲吻她的旖旎风光,简直就像一场醒得太早的美梦,只在他心上留下深深的遗憾与追忆。

如果她还在他身边,那该有多好?

有过那样两情缱绻、缠绵甜蜜的日子,他越发觉得现下的生活无聊无趣难以忍受。

她师父出事的消息传得沸沸扬扬,她应该已经知道,什么时候会有所行动呢?严棣心里深深地期待着。

也许是因为太过期待,所以当他接过梁令送上的秦悠悠的亲笔手书,他竟然忍不住怀疑自己是不是又在做梦。

挥退了身边所有人，严棣迫不及待地拆开信封，抽出信纸抖开细看，心情之忐忑比起截获前方紧急军报时还要严重十倍不止。

信纸上确确实实是秦悠悠的字迹，清秀利落，带着女子笔迹中少见的飘逸灵动。

甜言蜜语是肯定没有的，多余的话都不见半句，只得简简单单几行字：

家师被传为奉神教所掳，望请王爷出手相救。只要家师平安而回，我愿复原圣祖留下的机关图纸一份作为谢礼，王爷可自行选定。若有异议，可与大嘴相商。

秦悠悠拜上。

短短几句话带着拒人于千里之外的冷漠，全是利益交换，连常见的客气寒暄都不见半句。

单看这封信就能感觉到写信之人有多么不愿意跟收信者打交道。

严棣心中的欢喜在看完信的那一刻都变成了怒气。

好啊！好一个秦悠悠，真的彻底不将他当夫君看待了！

他对她思念牵挂，她却视他如敝屣，简直可恶透顶！

可他偏偏就是控制不住自己一遍一遍惦记这个可恶的女人，甚至自虐一般反复看看这封让他气恨个已的信。

算了算了！他也不是个死要面子的人，既然他想要她，那就认了吧。先把她引出来是正经，既然她有求于他，那就是机会。

他现在对什么圣祖的机关图纸要求已经不是太迫切，只想将那个惹他心乱难过的小魔女抓出来，永远留在自己身边，其他的事都好商量。

严棣压下满肚子怨念火气，盘算好接下来要做的事，静心等待大嘴的出现。

想到也许再过不久，就可以见到秦悠悠，甚至将她抱在怀里尽情享受一番软玉温香的缠绵滋味，书房里堆积如山的奏章折子都变得不那么讨厌了。

严棣的心情几个月以来首度拨云见日，眼里露出罕有的温柔笑意。

另一边，驻云飞也向梁令、杜韦娘以及小庭花等打听清楚它昏迷这段日子里发生的事情了。

杜韦娘与小庭花其实一直不清楚秦悠悠究竟是为什么事突然对严棣不理不睬的，今日是第一次听闻梁令开金口说出前因后果。

其中许多细节关乎禁地以及严櫏、严棣两兄弟的秘密，梁令也知道得不是太清楚，就算知道也不敢泄露。

不过就算是这样，大家也差不多明白事情的原委了——皇上与王爷想让王妃替他们做厉害的军械兵器，但是王妃不愿做出这样大规模杀伤人命的东西。于是王爷就假装被奉神教的人刺伤，逼着王妃忧愤之下复原了圣祖大炮。后来王妃发现受骗上当，于是大怒，才与王爷翻脸。

驻云飞摇头直言道："主人做得不对。他不该骗人，难怪那个没用的女人生气。"

"就是！王爷不对！"小庭花随声附和。

杜韦娘与梁令也都觉得自家王爷确实不地道，但却不敢附和。

梁令苦笑道："眼下不是追究谁对谁错的时候，想办法劝他们和好才是最重要的。"

"是啊！王妃这么一怒之下不见人影，王爷怎么办？"杜韦娘还惦记着小王爷、小郡主的事，王妃跑了，让王爷跟谁生去？

那些乱七八糟的女人可配不上他家王爷的。

"王爷跟王妃道歉就可以了啊。"小庭花的想法很简单，她做错事了，只要向人真心真意道歉，别人都不会怪她的。

秦悠悠在她眼中就是个温和又好脾气而且有点儿小迷糊的大姐姐，只要王爷向她道歉，她一定不会计较的。

梁令与杜韦娘同时苦笑，真要这么简单就好了。

小庭花年纪小，也不可能做出什么大错事，道个歉就万事大吉，但是有些事却不是简单道歉就能解决的。

驻云飞虽然性情直爽简单，但推己及人，如果自己被最信任的人这么骗了，估计也很难因为对方道歉就原谅他的错处。

"大嘴是不是过几天会来？我去问问他，那个没用的女人要怎样才能原谅主人。"驻云飞难得地提出了一个大家都觉得很可行的建议。

大嘴与秦悠悠关系亲近，近似于她的长辈，这样的问题问他就最合适了。

皇者归来，遭嫌弃！

"只要她能够和主人和好，我……我以后就不去想揪那只笨兔子的耳朵了！"驻云飞犹豫了半天，终于一咬牙提出自己的"优厚"条件。

其他人一阵无语，才觉得这家伙晋级后脑子灵活了，结果马上就再次暴露出他那让人无力的简单思维。

他们都不知道，揪小灰耳朵是驻云飞晋级化形后的第一个目标，如果不是为了主人的终生幸福，他真不舍得放弃的。

他原本都想好了，他要揪着小灰的长耳朵，把它拎到半空，直到它承认错误，再不许说他丑怪，更不许说他是妖马。

为着这威风八面的时刻，他都不知道多少回从美梦中笑醒，现在这个计划只能放弃。他要想其他办法收拾那只笨兔子，真是可惜。

大嘴在圣平亲王府里眼线众多，严棣与驻云飞回去不久，他就收到消息了，不过它决定让他们等两天，免得他们自以为了不起，更加狮子大开口。

秦悠悠和小灰对他的决定没意见，如此一晃就是两日。

大嘴自觉摆足了架子，每日听着眼线们说王府上下如何严阵以待，更觉得得意非常。这日清早趁着太阳不太猛烈，大嘴告别了秦悠悠就飞到圣平亲王府去谈判。

王府里的人刚刚起身，严棣又是彻夜未眠地处理政务，只在天亮之前打坐调息恢复精神。

即便如此，大嘴飞入圣平亲王府的那一刻他还是马上发现了。

其实他一直知道大嘴在利用附近的雀鸟打听自己这边的消息，不过他却没有试图阻止。他想秦悠悠记住他，大嘴能够常常将他这边的动静告诉秦悠悠，也是不错的事。

所以平日即使感觉到大嘴在附近，他也只当不知道，但今日不一样。

"你要在书房谈还是在花园里谈。"严棣的声音淡淡的，突然在大嘴耳边响起，把他吓了一跳。

他自觉已经小心收敛了气息，没想到人家这么容易就发现了他。他虽然觉得心中不爽，但是要救齐天乐，严棣的本事自然是越强越好，大嘴想到这里，便压下郁闷，哼道："花园里谈吧。"

严棣推开书房门，大步走入花园之中，大嘴停在一块假山石上斜眼看着他，傲然道："那封信你看到了，答不答应一句话。"

"不答应。"严棣果然一句话把大嘴噎住了。

这个混蛋！还敢这么拽！

"你不答应那也没什么，反正我也预见到旭光圣子会向悠悠求婚。嘎嘎嘎，想来他总不至于对悠悠的师父不利，大不了我去多丽国找他谈好了。"大嘴心中气愤，故意刺激严棣。

"你预见到的不见得会成真，你以为你是圣音八哥就真的可以一语成谶，有出言成咒之力？"严棣袖中拳头紧握，面上却还是一副不以为然的平淡态度。

"我先前就预见到你换了一副嬉皮笑脸的面孔来哄骗悠悠，不过我只看到开头，没想到老天有眼，悠悠最后的归宿另有其人。嘎嘎嘎，"大嘴气急了口不择言。

"够了！悠悠是本王明媒正娶的王妃，你不必挑拨离间，你们想本王去救齐天乐可以，让悠悠自己来跟本王谈！"严棣冷冷喝道。

他恼怒之下也不再压制自己的修为，浩瀚如海的杀戮之气自他身上散发开来，大嘴觉得脖子好像忽然被一只大手牢牢握住，他想吸一口气都办不到，身体更像被塞到一个致密的桶子里，任他如何努力也无法动弹半分。

严棣身周仿佛燃烧着一团无形烈焰，可以将所有生灵瞬间焚毁，即使是身为十品圣尊的大嘴也不例外。

死亡的恐怖迅速将他淹没，那种可怕的感觉他这么多年来都不曾试过。

幸好严棣并不打算真的伤害他，很快便敛去那股恐怖的杀气威压，放大嘴逃出生天。

大嘴用力猛吸几口气，过了好一阵才觉得自己重回人间，他几乎毫不犹豫地展翅飞离严棣，自觉足够远了才恶狠狠道："你得意你威风，你要敢伤我一根寒毛看看，这辈子别想悠悠搭理你！你想把悠悠骗出来，做梦去吧！你要平安救出天乐，还有那么点希望，悠悠最听天乐的话，你要是拿乔不干，嘎嘎嘎！等着收悠悠的喜帖吧！"

说着头也不回就往外飞，压根不敢看严棣那阎罗王一样的脸色。

他逃命似的振翅飞向王府墙头，忽然眼前红影一闪，一个红衣青年出现在前面挡住了他的去路。

"大嘴，你别急着走。"驻云飞远远看见主人跟大嘴谈崩了，连忙跑过来救场。

大嘴听到他的声音，再看清楚他的模样，嘎嘎大叫两声道："驻云飞？你……十一品？！"

他预料过驻云飞可能会直接跳级成为圣尊，却没想到他竟然会后来居上越过他成为十一品的圣尊，那个混蛋很有办法嘛！

严棣见大嘴转身跑走的那一瞬间，心里动过念头想留下它的，大嘴在手，不愁秦悠悠不自己送上门来。

不过这念头只是闪了闪就过去了……他怕悠悠真的因为此事恨上他。

驻云飞出面去与大嘴说话正好，他们两个都是灵兽，应该比较好谈事。

他一直提醒自己要冷静，但是大嘴说出口的话句句戳中他心中最介意之事，再与他谈下去万一一时没忍住，后果会很严重。

所以，就让驻云飞去吧，说不定能从大嘴嘴巴里套出些有用的消息。

大嘴对驻云飞这个爽直憨厚的朋友还是很有些感情的，见严棣没有强留他的意思，便跟着驻云飞跑到王府后面他的住处去叙旧。

驻云飞开门见山道："主人他有些事情确实做得不对，夫人要怎样才能原谅他啊？我看得出来，主人很在乎夫人的。"

他有心请大嘴帮忙把秦悠悠劝回来，所以不敢再说她是"没用的女人"，改口尊称她为夫人了。

大嘴哼一声，悻悻然道："连你都知道他错了，他自个儿可不这么认为。真在乎就不会这么骗悠悠了，天知道他是不是想把悠悠哄回来，继续骗她将他家圣祖留下的那些机关图上的符号翻译出来？"

"不会的，主人不会的。"驻云飞除了再三保证，都想不出其他什么有力的理由说服大嘴相信他，急得连脸都快跟头发眼睛一样红了。

欺负这么个直肠直肚的二愣子真没意思！

大嘴哼道："悠悠从小脾气就倔得很，决定了的事九头牛都拉不回来，就是还算听天乐的话。你家主人如果能够把天乐救回来，天乐一句话顶我说的一百句，你让他自个儿看着办吧。我们很快就会出发往多丽国去，要么他帮忙救人，要么悠悠改嫁旭光圣子，反正会想尽办法救天乐的。"

"不可以改嫁，夫人嫁给我主人了！"驻云飞急急替主人宣示主权。

"我走了，将来有机会再见吧！"大嘴不再多说，抖了抖翅膀就飞走了。

大嘴表面上虽然一副怨气难消的模样，心里其实有点儿得意甚至是满意，严棣罕见的火爆态度已经证明了他有多在乎悠悠。

如果他冷静地跟他讨论要用天乐多换几张机关图纸，大嘴会更加气愤痛恨他。因为那代表他由始至终只把悠悠当成一件工具，只有利用没有感情。

现在就不一样了，严棣一听说悠悠要改嫁旭光圣子之类的话，马上杀气腾腾，一副发现老婆爬墙偷人的暴戾态度，那就是真的对悠悠付出过感情，而且现在还非常稀罕悠悠的。

虽然平白被恐吓威胁了十分不爽，但大嘴飞出圣平亲王府的时候就决定原谅严棣了。

顶多将来悠悠跟他重归于好，自己再教唆悠悠让他睡书房、跪算盘、顶痰盂出口恶气。

哎！他这样的智者唯一的缺点就是太过宽宏大量。

大嘴在子夜城里飞了几圈，确定无人跟踪，才施施然飞回他们居住的小院子。

小灰依旧趴在石桌上呼呼大睡，连姿势都跟他离开时差不多，秦悠悠坐在一旁正在摆弄新的机关暗器。

他们商量过后，还是决定到多丽国去探听消息，就算个招惹奉神教，应该也能从其他地方看出端倪，确认师父是否真的失手被擒。

大嘴飞到秦悠悠面前，把圣平亲王府里发生的事一五一十说了一遍。

秦悠悠叹气道："那就是说，混蛋什么都没答应啊。"

"放心啦，看他那副一听说你要改嫁就要杀人的德行，他肯定会去的！"大嘴笃定道。

秦悠悠却没有他这样的信心："天知道他是不是又在做戏骗人？装出很紧张我的样子，然后把我骗回去了，再用师父的性命做诱饵，继续想办法骗我替他复原那些图纸。"

她对严棣的一切行为充满怀疑，习惯性地以最阴暗的思路去猜想他的目的。

"那你打算怎么办？"大嘴道。怪只怪严棣太作孽，活该他现在掏心挖肺悠悠也不相信。

"反正你已经把条件告诉他了，他如果着实不愿意，我们也没办法。他这个人最是狡猾，如果我们继续跟他讨价还价，天知道他还会使出什么阴谋诡计。反正我们原本就打算到多丽国去一趟的……不知道风归云还在不在子夜城？如果在的话，向他打听多丽国的事比较好。"

秦悠悠也是这两天收拾东西，看到风归云托何满子转交给她的那个百珍匣，才想到这个表哥。

风归云在奉神教身份不低，曾经是旭光圣子的得力手下，而且西河风氏如今正与奉神教多丽国打得火热，把制作机关的工坊都全用来赶制军械。风归云熟悉内情，应该可以给她许多有用的意见。

想起来真是好笑，从前她将风归云视同蛇蝎，避之唯恐不及，将严棣当成恩人，一心信任依靠，结果兜兜转转下来，发现风归云其实对自己并无恶意，而一直暗中保护她、让她全心信任的恩人夫君，反而对她包藏祸心，为了利用她机关算尽。

大嘴原本对风归云也没什么好感，最近听秦悠悠提起才知道这人竟然是她的表哥。他歪着脑袋道："他如果要躲旭光圣子，天下没有比子夜城更合适的地方，不过旭光圣子已经确定回了多丽国，风归云还在不在这里真不好说。就算在，也不好找啊！他又不是子夜城里的名人，估计也没胆子继续穿得一身白到处乱晃，茫茫人海怎么找？"

秦悠悠心中一动，替昏睡在旁边的小灰翻了个身，伸手在它的肚皮上摸了摸，很快手上就多了一个小匣子，正是何满子转交给她的那只百珍匣。

小灰四脚朝天，咿咿唔唔地扭了扭圆胖的腰身，胡乱蹬踢几下四肢，很快又翻了个身恢复摊平的趴睡姿势。

"比猪还懒！早晚被人偷光！"大嘴不屑地哼道。

秦悠悠的家当全在小灰腹部的育儿袋里，它倒好，任人从里头取东西一点儿反应没有，估计东西被偷光了它都还在睡。

秦悠悠瞪了大嘴一眼，反驳道："你不要乌鸦嘴，小灰知道是我才会没有反应，不信你自己去试试看？"

大嘴想起小灰上次咬他那凶狠的一口，哼一声不说话了。

秦悠悠打开那只百珍匣，将母亲的遗物连同那封亲笔书信取出来，然后伸出手指以指甲轻抠匣子底部的边角处。

很快一片薄薄的木板被抠起，露出底下一张小纸片。

"满子哥哥还是喜欢这么藏东西，真是的！"秦悠悠欢喜地取出纸片打开一看，上面清清楚楚画着医圣在浣沙溪隐居之处的地图，另外附了一个古怪的盘蛇状带缺口符号，旁边注明这是联络风归云的特殊标记，他看到这个标记就会根据缺口所指方向找上门来。

何满子并不完全信任严棣，所以才会推说联系不上风归云，却在这个百珍匣底下以从小就惯用的手法藏起这样一张纸条。

秦悠悠的师父失踪多日，何满子把浣沙溪的地图留下也是以防万一，让她发现不对时有个安全的去处。

秦悠悠能想起这个匣子，全因为突然记起何满子离开子夜城前跟她说的一句没头没脑的话："有空就来浣沙溪玩，地址就在老地方。"

当时秦悠悠正为得知严棣骗她的事而难过，没仔细想何满子师徒根本从来没有告诉过她隐居在浣沙溪什么地方。

何满子口中的"老地方"不是指他们的隐居之处，而是他藏东西的"老地方"。

秦悠悠将那个盘蛇状的符号给大嘴看过记清楚，然后让他等天黑之后绘画到京城街巷的显眼之处。

他们在子夜城多等五日，如果五日后没有风归云的消息，那就只好放弃了。

两日后，大嘴打听到皇帝已经秘密回到京城，这个消息瞒得很紧，朝中也只有几个极受宠信重用的大臣知道此事，相月国军民都以为皇帝还在前方指挥战事。

"这么说来，混蛋马上就要离开子夜城赶到前线去跟多丽国的人打仗了？"秦悠悠欢喜道。

她不喜欢打仗，但是混蛋到前线去，那就有可能会逼着多丽国奉神教的人亮出底牌，如果师父真的在那里，她想救人就有希望了。

大嘴也想到这点，用力点头道："应该是的！"

两个正高兴，忽然远处传来几声鸟鸣，大嘴一听就变了脸色："有陌生人过来了！"说着一晃身子变回原形展翅向发声处飞去。

秦悠悠一把将昏睡的小灰抱起来时刻准备逃跑。

幸好只是虚惊一场，很快秦悠悠就听到大嘴嘎嘎嘎的三声短促的叫声，这表示警报解除，来的人没问题。

她松了口气把小灰放回石桌上，小灰一无所觉地呼呼大睡，那酣然的模样让秦悠悠好一阵羡慕。

还是这家伙幸福，根本不知忧虑为何物。

又过了一阵，院子的木门传来几声礼貌的敲击声："悠悠开门！"是大嘴的声音。

秦悠悠心中一动：莫非是风归云来了？！

他们在子夜城没有其他会找上门而又能受到大嘴欢迎的熟人，而且正巧前天大嘴就去街上画了风归云的联络标记，将他指到这个方向来。

秦悠悠打开木门，果然见一名身穿蓝色布衣的俊雅青年站在门前，大嘴拍打着翅膀从外边飞进来，提醒道："他就是风归云啦。"

秦悠悠干笑两声道："请进请进。"她猜到他是风归云，也觉得他长得有点儿眼熟，大嘴这么当着人家的面提醒，多不好意思啊。

风归云的神情里平添几分无奈，笑道："悠悠，你最近还好吗？"

"很显然不是怎么好。"秦悠悠请他坐到凉亭下，关上院子门，去里面倒茶待客。

等她捧着茶盘出来才想起小灰正摊在石桌上睡大觉，大嘴已经化形为娘娘腔美少年，不过他坚决不肯碰小灰，风归云是客人更不会去动它，所以它就这么堂而皇之睡死在客人面前，而且占了一半桌面。

秦悠悠有些不好意思地把茶盘塞给大嘴，然后抱起小灰把它放到凉亭边竹椅上。

搞定了丢人的灵兽，她洗手替风归云倒了一杯茶，双手奉上道："从前是我误会你了，你喝过这杯茶，算两清好不好？"

"好。"风归云很好脾气地接过茶一口喝下。

前债已清，秦悠悠松了口气开始谈正事："我师父的事情，你应该也听说了吧，我正想和大嘴小灰到多丽国去探个究竟，想跟你打听一下奉神教和风家的动向呢，幸好你还在，不知道你方不方便告诉我？"

"没什么不方便的，我已经叛出奉神教，至于风家，你其实也算是风家的人，没什么好隐瞒。只不过我在子夜城滞留数月，如今风家的情况我也不完全清楚，你想知道什么？"风归云没有说，他留在子夜城一来是躲避旭光圣子以及奉神教其他人的追杀，更重要的却是想就近保护秦悠悠，他估计严棣还隐瞒了她许多东西，也许将来有一天严棣甚至会伤害她。

事实上现在秦悠悠独自藏匿在外，也已经印证了他的预测，只不过不知道严棣究竟对她做了什么事。

风归云与秦悠悠真正相处的时间极少，之前甚至一直被秦悠悠视作敌人，这些问题他问不出口，只能尽量用自己的方式帮助她。

他态度温和，反而令秦悠悠觉得很不好意思。

"我想知道风家所有的机关工坊具体在什么地方，如果我想了解奉神教的动静，有什么方法比较可行？"秦悠悠问道。

从风家的机关工坊正在制作的东西，可以看出师父是不是在他们手上，师父的机关术绝不是风家那些人可以冒充的。

风归云沉吟道："从前我能接触的家族核心事务有限，只知道风家名下明面的机关工坊有五个，其中多丽国境内有三个，地方应该不难找到。暗里的有两个，规模很小，里头工作的机关工匠随便一个都至少是四品以上的武者或者是二品以上的机关师。他们手上制作的才是风家真正最珍贵的机关暗器，这两个暗处的工坊，族里只有极有限的核心成员才知道。"

他想了想又补充道："两家暗处的工坊里所有工匠据说都是有进无出，连同他们的家人一起居住在工坊之内，他们的儿女在七八岁的时候会进行严格测试，如果没有机关天赋,就会被送到工坊之外别的地方去生活。直到他们的父亲死去,尸身被送出来才能一家团聚。所以多年来一直没人能找到这两个暗里的工坊真正所在。"

秦悠悠听了一阵毛骨悚然,为了保守他们那些在她看来不值一提的机关秘密,竟然有这么多人被迫骨肉分离,想来风家肯定会在金钱上尽量满足他们,可是这样的生活又有什么趣味?

再想想严氏禁地的警卫森严,就是皇室成员也只有极个别可以进去,难怪师父说这天下的机关术进步如此缓慢,全因各家各派敝帚自珍,门户之见太深太重。

风归云犹豫一阵道:"如果你们信得过我,我与你们一起前往,风家那边我们父子还有些人脉,应该能够探听到一些蛛丝马迹。奉神教那边也是一样。"

秦悠悠与大嘴对望一眼,大嘴慢慢点了点头,道:"也好,你不怕危险就行。"

皇帝的伤势其实并不严重,只不过这次因为他的任性妄为,思帝乡派去保护他的武圣级强者一下子折损大半,长老们暴怒不已,严令其他人将他马上送返京城,不得继续在前线冒险。

皇帝回宫当日就让严棣以向太后请安为名入宫见驾。

严棣与太后一起进入皇帝寝宫之时,他正靠在龙床上让御医检查伤势。

一支长枪洞穿了他的左肩,所幸长枪穿透他的身体之前,有二名身穿重甲的高手奋不顾身挡在了他前面,将江如练这一枪的劲道消解了七七八八,所以才仅仅只是洞穿他的身体而已。

若是让他就这么站着接江如练的全力一枪,只怕此刻他的身体都被枪上所带的真气轰成碎肉了,就如开头两个以身体替他挡箭的高手一般。

武圣级强者不是大白菜,每一个都是天赋出众,辅以各种天材地宝,至少修炼百年甚至更长时间才能达到这样的修为境界。

先前江如练杀入皇宫连毙七名武圣强者,那是避无可避,但这次死掉的那些武圣算什么?严格地说他们是因为皇帝的一意孤行而惨遭不幸的。

如果皇帝的计划成功解决了江如练,那还说得过去,偏偏计划失败让江如练跑了。

虽然也留下了对方九名武圣级强者的性命,但是思帝乡这些高手培养出来不是为了跟对方一命换一命的!

御医虽然已经尽量小心,但是皇帝肩膀上的伤口不小,换药检查之时不免碰到,皇帝疼得龇牙咧嘴,却要顾及帝皇威仪死死忍耐,那一脸的痛不欲生,让太后看得很心疼,不过严棣却并没有太大感觉。

明知道这家伙死不了,御医也说了他的伤势无大碍,让他记住教训也好。

就他干的好事,严棣都想亲自上去给他一顿好打,有人替他动手,正好省了他一番工夫。

御医却紧张得要命,好不容易替皇帝换好药重新包扎好伤口,一身御医官服已经被冷汗浸透，湿得像从水里捞起来似的。

皇帝疼得脸色发白，勉强挥手让其他人退下，有气无力地瞪了严棣一眼道："永乐看到我如今这模样，可是觉得解气了？"

他们两兄弟对彼此了解极深，几乎闭起眼睛都能猜到对方的心思。

严棣漠然道："还好！"

太后又气又担心："都这个时候了，你还气永乐做什么？"

"母后，明明是永乐在气我！"皇帝喊冤道，脸上那笑容依旧非常讨打，"永乐你也不要再生气了，我这不是替你制造机会哄回弟妹了吗？"

严棣脸色一变："齐天乐被奉神教抓住的消息是假的？！"

如果让那个狠心的小丫头知道又再上当，而且牵涉到她最重视的师父，还不把他恨到骨子里？！

皇帝笑了笑道："别紧张，我也不知道真假，不过故意没让人去查证，任他们把谣言四处散布，怎么着也算不上我们故意欺骗弟妹了吧。"

严棣不知道该松口气还是更生气，寒声道："以后我与悠悠的事，你少管！"说着头也不回大步离开，懒得多看这无事生非的家伙半眼。

当晚，严棣与驻云飞连夜出城，赶往边关而去，也不管皇帝重伤在身有没有力气处理政事。反正这家伙伤着还有能力插手他的家务事，想必一天批阅几百份奏章也没什么难度。

秦悠悠他们比他还要更早一步出发，不过他们没有驻云飞那样的快马脚力，所以很快就远远落在了严棣的后面。

秦悠悠估计严棣军务在身，多半不会有闲工夫再来找她的麻烦，所以与风归云只是简单换了个装，扮成一对民家兄妹便放心上路。

秦悠悠不敢骑马，风归云买了最好的马车，亲自赶车带她赶路，秦悠悠有时觉得不好意思了，就从马车前方的小窗探头去跟他说话解闷。

几天相处下来，风归云与秦悠悠渐渐熟络了起来，就是大嘴小灰与他的关系都很不错。

风归云一路上都很照顾小灰，尽量帮它找它想吃的东西，对它的态度温和得很，小灰很快便彻底扭转了先前对他的所有恶劣印象，亲亲热热地跟着秦悠悠叫他"云哥哥"。

如此晓行夜宿，转眼就是三日，这日大嘴确定附近几十里都没有人烟，开始站在马车顶后方练习他的最强攻击技能——喷火。

小灰与秦悠悠开始时都很有兴趣地看着他练习，可是眼见他摆足架势十多次，张嘴吐了半天除了唾沫什么都没吐出来，就彻底没了兴致。

尤其当他第二十次威势十足地张嘴吐气，最后"咔"的一声喷吐出一口老痰之后，小灰恶心得当即钻回马车里睡觉，再也不理他了。

秦悠悠呆呆看着那口老痰砸在地上，只溅起几星灰尘，忍着恶心努力安慰道："你不会喷火也没关系，就你精通鸟语又飞得很快的本事，已经比一般鸟儿强大很多了。"

"我不是一般鸟儿，我是能预知过去未来的智者，是融合了上古神兽'犼'血脉的圣音八哥，十品圣尊！"大嘴悲愤纠正道。

秦悠悠干笑两声："是啊是啊！你不是普通的鸟儿，你是智者，智者不需要靠武力取胜。"

她带两只灵兽在身边容易么，还要天天挖空心思安慰赞美它们，唯恐伤害到它们弱小的心灵，高贵的自尊。

大嘴咬牙切齿指天誓地道："你不用安慰我了，我今日非把这喷火异能练成不可！"

"哦哦，那……我不打扰你了，我去看看小灰有没有失眠。"秦悠悠缩回车内，由着大嘴继续在后面练习吐痰，不对！是练习喷火。

其实所有认识小灰的人都知道，有两种情况是从来不会发生在它身上的，一是失眠，二是没胃口……

风归云坐在车夫的位置上，听着后面传来他们三个说话的声音，不由得微笑起来。

有时候他真希望这条路就这么一直走下去，永远不要到尽头。

从前他一直渴望着成为家族中的掌权之人，可以凌驾于万人之上，拥有数不尽的财富与至高权势，不过现在，他觉得拥有这样平和简单的日子，似乎也很不错。

可惜风归云的愿望注定无法实现，他选来拉马车的马太好，至多半个月时间就能赶到边关去。

秦悠悠听了他的路程估计，沉默了好一阵。

当初严棣带着她从多丽国边境到子夜城花了一个多月的时间，扣除掉他们每到一处都休整大半天的拖延损耗，也至少花了一个月左右。

严棣的身份不可能找不到好马拉车，唯一的理由就是，他故意拖慢路程，好让她每日与他同车，不得不习惯他的存在与亲近。

很多事情当时根本不觉得不对，回想起来却不由得恍然。她其实被骗得不冤，严棣由始至终步步为营地将她的人、她的心一点一点拉到身边，等她发现之时，一切都已经成了定局。

算了！这个人不要再想了，她明明决定要将他彻底从心里抹掉的！抹了几个月还在，真够讨厌的。

秦悠悠打起精神道："那再过几天，我们就不能再坐这辆马车，要小心点掩藏行踪了。"

"是啊，你不是说曾经跟严棣谈过条件，到靠近军营一带，劳烦大嘴去打听一下消息，如果我们还要与严棣合作，可以由我出面去见他。想来堂堂的圣平亲王应该不至于为难我。"风归云知道秦悠悠不想见严棣，于是主动提议道。

秦悠悠摇头："你千万别对他的人品有什么期望，他会做什么不会做什么，根本不是正常人能猜到的。我们到时先让大嘴打听一下消息，然后再想怎么办好了。"

"也好。"风归云心里忍不住有些同情起严棣来。

秦悠悠一旦决定跟谁划清界限，真的是彻底把人列入黑名单，一点儿辩解改过的机会都不肯给的。

不过这样也好，她不愿与严棣一起，或者他就可以一直陪在她身边了。

"你老是看着我发呆，我有那么好看吗？"秦悠悠顽皮地伸手到他眼前晃了晃。

风归云笑笑道："你很好看，跟瑶姬姑姑一样好看。"

"你见过我娘，我都没见过呢……什么时候能看到你说的画像就好了。"秦悠悠叹了口气。她有一些些明白风归云为什么会对她这么好，绝大部分原因都在她那位美人娘亲身上。

风归云母亲早亡，他几乎是由姑姑，也就是秦悠悠的娘亲照看长大的，风瑶姬从奉神教偶然回家探亲，第一件事也是去看他。

这个温柔的美人姑姑在风归云童年时留下了深深的烙印，家里唯一一幅风瑶姬的画像就挂在他房间里，年深日久，内心不免对姑姑生出浓浓的依恋。

不夸张地说，风瑶姬是风归云心中的姑姑、娘亲、甚至是完美女子典范，所以他才会在发现秦悠悠之初，就为她生出不惜一切背叛奉神教与旭光圣子的念头。

"那幅画像阿爹一直小心收藏，你总有机会见着的，其实你照照镜子就知道了，你与姑姑除了气质不同，五官轮廓几乎一模一样。"风归云安慰道。

"你是不是不打算再回风家了？"秦悠悠问道。

风归云静了片刻，终于道："是的。"

"你不觉得可惜？"

"可惜自然是可惜的，不过就算我回去，也不见得有机会，倒不如像如今这般自由自在的好。将来若是奉神教真的被灭，我最后一点顾虑都没有了，大可带着父亲四处走走，又或者到横云山去跟你一起过日子，你不嫌我烦就好。"风归云道。

"不嫌不嫌，云哥哥你这么好，悠悠的舅舅也一定是个大好人，你们一定要来！"抢答的是小灰。

风归云摸了摸小灰的脑袋，笑道："那就一言为定。怎么只有你不见大嘴？"

小灰不屑道："大嘴一直在练吐口水，吐累了在车上睡觉呢。"

几天前大嘴赌咒发誓要一天之内练成喷火绝技，结果时至今日还未成功，小灰被秦悠悠警告，不敢在大嘴面前吐槽，只好对着风归云抱怨。

"我都是晋级的时候才能暂时突破封印发挥天赋血脉的实力，他多半也是差不多，就晋级的时候吐几口火威风一下。"小灰哼道。

秦悠悠有些徒劳地替大嘴辩解道:"我记得师父说过,大嘴到十级后,身上的封印就会打开部分,他可以动用部分'狐'血脉的力量才对。他可能只是没掌握方法。"

"什么时候等我也晋升到十品,谁敢欺负你,我就一口吃了他!先把那只丑怪的妖马和他的主人吃掉!让他们嘚瑟!"小灰怨念道。

风归云只是好笑,当小灰童言童语罢了。

敲晕了带回家

大嘴的喷火绝技一直没练成,倒是因为口水吐得多了,喝水量大增,而他们也终于走到了相月国与多丽国的边境。

因为两国交战,原本居住在边境附近的百姓全数往内撤退,边境处除了驻扎的军队,与运输军粮及军需物资的驿站,几乎一片荒芜,找不到几许人烟。

根据大嘴一路上打听到的消息,相月国军队早在几个月前就凭借圣祖大炮之威,势如破竹打到了多丽国国境之内。

现在统领三军的人换成了严棣,军队士气更加高涨,圣平亲王的勇武在相月国军中那是神一般的存在。

人人都相信有他领军加上圣祖大炮,多丽国亡国已经是指日可待之事。

秦悠悠与风归云将马车托管到相月国最后一座小镇之上,凭借各自的修为带着大嘴小灰一起翻山越岭绕过相月国的守军往多丽国而去。

一路上他们所过之处几乎都只剩焦土废墟,风归云看着那些本来繁华坚固的城池变成一片颓垣败瓦都不由得震惊莫名,他也听大嘴隐约提过圣祖大炮之事,亲眼看到那恍如天罚的可怕威力,只觉得从骨子里生出一股寒意。

难怪秦悠悠师徒不愿意将真正厉害的机关制作出来,只看这可怕的破坏力就可以想象大战之时是何等惨烈血腥。

一炮过去,死伤数以百计。十门、百门这样的大炮同时轰击,再厚实的城墙都抵挡不住,繁华的城镇瞬间就会变成人间炼狱。

随着秦悠悠一行逐渐深入多丽国国境,情况又是一变,城池重镇遭受大炮轰击的情况越发少见,有些甚至没有。

大嘴打听到的消息是,因为开始时圣祖大炮的威力太过可怕,所以后面其他地方都学乖了,相月国大军未到,军队百姓就先行撤退留下一座空城,或是直接开城投降。

严櫆在开战之初就定下规矩,只要投降便不抢不杀,只拘走守城的主要将官,没收兵士的兵器甲胄,将他们分开在不同地方看管起来,换上相月国的军官和军队。

百姓们只要保住性命饭碗就好,哪管是多丽国管治还是相月国管治?

所以除了开始几座城池,后面的城镇看上去情况就好多了,虽然不免萧条冷清,但至少没有秦悠悠想象中尸横遍地血流四野的可怕景象。

据说也有一些多丽国军中的死士潜入相月国营地破坏圣祖大炮。

说起来圣祖大炮虽然威力惊人,但要破坏却不难,稍微厉害的武道强者直接一掌把炮筒打歪就成,又或者往炮筒里倒水,倒油放火焚烧等等,都足以破坏这种设计精密的大炮。

再加上大炮在使用过程中损耗也相当惊人,导致越往后,在两军交战中使用圣祖大炮的次数便越少。

不过这种利器威慑力太强大了,而且相月国军中派了不少高手保护每一尊大炮,所以多丽国派来破坏大炮的死士成功次数也越来越少,往往牺牲大批高手,却连大炮的影子都没见着。

先前奉神教与多丽国联手许下重赏买相月国众将官的首级,也曾让相月国军中乱过一阵,不过随着相月国的圣祖大炮亮相,一边倒地打得多丽国的军队连番溃败,敢潜入军中刺杀将官的亡命之徒也少了一大半。

首先能够成为将官的人都至少是五六品高手,本身就不是太好对付,其次他们身边武者云集,要靠近而不被发现难度奇高。

万军之中取敌将首级,听起来很威风,实际操作起来几乎不可能,带着人头要离开军营也很成问题。

就算真的成功了也带着首级跑去领赏了,自己马上就要成为相月国的重金悬赏猎杀对象,万一相月国真的亡国,相月国一统天下,到时他们连容身之处都没有了。

整体而言,虽然相月国劳师远征,但形势对他们比较有利,尤其在严棣公开接管军务之后,相月国军队的士气更达到前所未有的高度。

这些都不是秦悠悠最关心的,她最在意的是师父齐天乐的消息。

风归云知道她的心思,也用了许多办法收集风家的动向。

这日他们暂居在一座叫丁儿村的小村镇上,这里附近就有一座较大的城池,如今已经被相月国占领。

村里的居民原先逃到山里躲避战祸,眼见相月国没有到这里来劫掠的意思,还派了人来贴安民告示,一些大胆的村民便又回到村里来。

他们花了几片银叶子租下了一间宽敞的大屋,风归云送走了租屋的村民,沉吟片刻对秦悠悠道:"我爹一直怀疑风家其中一个秘密机关工坊就在这附近。"

"咦?怎么说?"秦悠悠顿时来了精神。

"我爹当年替家族处理杂务之时，曾经经办过某个从其中一座暗坊出来的机关师的后事。机关师的一个亲戚贪图他们的家财，欺负他家只得母子俩独居，早就把他们的家产谋夺一空。我爹不忍心，替他们教训了那个无良亲戚一顿，夺回财产让他们搬到别处去住，免却日后麻烦。"

"结果那母子俩觉得我爹为人善心可靠，私下里求他安排他们到这附近的城里居住，而且还把那名机关师的尸首也一并带到这里安葬。我爹送他们出发之时，偶然听到他们母子俩私语说那机关师一生就爱机关之道，竟然抛妻弃子跑到那见不得人的地方。如今他去了，就让他天天看着也好之类的。"风归云道。

按道理那对母子不应该知道机关坊的位置，所以风归云的父亲当时只是怀疑，没有刻意去考证。

未经许可知道家族里这种秘密，说不定会惹来杀身之祸。

其实这么多年来，风家肯定也有别人发觉那两个秘密工坊的蛛丝马迹，不过不会有人平白无故冒着生命危险去查根究底自寻死路。

"那确实很有可能！大嘴……"秦悠悠叫道。

大嘴抖了抖翅膀道："知道了知道了，我这就去问问附近的鸟儿知不知道这么个古怪的地方。"

大嘴出去大半天，终于在半夜时分飞回来，兴奋道："是真的！在这里往西三十里的一个山谷里头，十之八九不会错！那个山谷只有一条小路进去，附近地形复杂，而且有瘴气毒虫，这么多年来都没人敢到那边去的，工坊在山谷地底下，就算一般人摸到山谷里也发现不了。那些鸟儿说，每隔一段时间就有人往山谷里送东西，每次都很小心。不过他们瞒得住人，又怎么会想到天上飞的鸟儿什么都能看到，嘎嘎嘎！"

"太好了！大嘴，这两天辛苦你尽量把那里的情况打听得仔细一些，我们潜进去看看。"秦悠悠兴奋道。

"大嘴，你始终是十品圣尊，难保那山谷里没有厉害的高手会发现你，你要小心一些尽量别靠太近，让普通的鸟儿替你打探消息最好。"风归云提醒道。

"我晓得了。"大嘴抖了抖翅膀，高兴地在窗台上踏步。

担忧了这么久，终于有点儿进展了。

等他们把需要的消息收集完全已经是两日之后，秦悠悠让风归云带着小灰在谷外守候接应，自己与大嘴暗中潜入谷中。

本来风归云也想同去，不过谷中机关众多，他不精此道，修为也不算太高，去了反而容易被人发现，无奈只得依照秦悠悠的安排在谷外等候。

山谷里确实机关密布，不过在秦悠悠这等水平看来，就跟儿戏差不多，她有心给风家一个警告，干脆一路走一路将机关全数破坏——让他们短时间内无法发现的破坏。

一直走到大嘴从鸟儿们口中打听到的地下工坊入口。

必须感谢风家这些人的过度自信,这么多年来没有人发现这个秘密工坊,而且他们对机关的信任胜过对人,所以没有派人把守门户,只用机关示警。

结果可想而知……秦悠悠几乎是畅行无阻地一路摸到地下。

也不知道她的好运气是不是用完了,当她走到一条直道上之时,前面石门一开,一名中年人与她迎面对上!

这里的门户都用隔绝声响的特殊材料制作,秦悠悠与大嘴怕惊动里面的人努力收敛气息更不敢随便放出神识去感应附近的情况,唯恐引起其中高手的注意。

结果就让人这么当面撞上了。

而且这人反应极快,几乎在发现秦悠悠的一刻就按动门旁的机关,发动通道上所有暗器并拉响了警报。

前者秦悠悠不怕,因为机关被她顺手拆掉了,但后者却很要命,而且几乎在那人按动警报的那一刻,石门就牢牢关上了。

是继续闯进去,还是退出去再说?只要里头没有十四品以上的武圣,原则上秦悠悠都不怕。

但是这里毕竟是风家的地盘,万一她跑到某些她来不及拆解机关的地方,很可能就会阴沟里翻船。

很多时候在特殊环境中,一些非常原始初级的机关最是要命,例如千斤坠,流沙坑等等。如果死在那样的机关之下,去见阎罗王都不好意思说自己是怎么死的。

大嘴一咬牙道:"先退出去再说。"悠悠的性命很重要,打草惊蛇没探到消息都是次要的,保住性命才有日后可言。

秦悠悠明白他的意思,转身毫不犹豫地往外跑,所幸路上的机关都被她破坏了,任风家的人如何发动也毫无反应,更伤不到他们分毫。

眼看着出口就在眼前,忽然黑影一闪,一个身材高大之人牢牢挡住了出口,秦悠悠感觉不到他的气息也搞不清楚他的修为如何,这个时候在这种地方跳出来的十有八九都是敌人!

所以她毫不犹豫发动身上的机关暗器攻向那人。

嘭!一声沉闷的低响,足以洞穿十三品武圣护体罡气的小针小箭竟在瞬息之间被震碎成一团金粉。

秦悠悠绝对没想到风家一个秘密工坊竟然有这样可怕的高手,大嘴大惊之下张开嘴巴干咳两声,竟然误打误撞地吐出一道金色的烈焰往那人头颈要害射去。

他锻炼了这么久,偏在这种情况下意外成功,不过他和秦悠悠还来不及欢呼,就听见那人低低"咦"了一声,以快得令人无从反应的速度让过那道威力强大的火箭,闪到秦悠悠身前将她一把紧紧抱住,快得让人连他的面目都无法看清。

秦悠悠吓得失声惊呼,不过她只叫了半声,嘴巴就被人堵住了,熟悉的气味涌入鼻中，同样熟悉的声音自刚刚堵着她嘴巴的那张嘴轻轻吐出："悠悠，是我。不用怕。"

不用怕？！

不怕才怪了！

秦悠悠一边用力挣扎，一边低声叫道："混蛋！你马上放开我！"

严棣不理，反而更出力地抱紧她，低头惬意地呼吸属于她的馨香气味，只觉得说不出的令他迷醉醺然。

没想到会在这里碰到这个让他朝思暮想的小魔女，真是太好了！

重新将她拥入怀中，他才发现自己有多想她，他的身心都在强烈地渴望着她。

如果不是有大嘴在身边大呼小叫煞风景，如果不是时间地点都不对，他真想就这么将她糅到自己的身体里。

玲珑柔软的身子在他怀里扭动挣扎，几乎瞬间就激起了他的热烈反应，如此诱惑就在怀中，却不能真的对她做什么，对于一个"饿"了好几个月又血气方刚的男人而言，简直就是最恶毒的折磨。

"你乖乖地不要动了！"严棣气息粗重，热辣辣的呼吸喷在秦悠悠细嫩的颈侧耳际，恍若有形的烈焰，一路从肌肤蔓延向她的身体。

两人曾经那么亲密过，秦悠悠自然知道他想做什么、在努力压抑什么。

大嘴还在旁边看着，混蛋怎么好意思在这个时候还对她起歪心？！

秦悠悠恼羞成怒，但是身体却不由自主被身前这个混蛋的体温侵蚀影响，她不敢继续招惹他，怕他真的不顾一切对她胡来，只好咬牙停下动作，改为言语对抗："你放开我！现在、马上、立刻！"

好吧！她还在跟自己闹别扭，不能把她惹得太过，万一她铁了心再次跑掉躲起来，他未必再有机会能够抓到她了。

严棣深深吸几口气，平复身体的火热躁动，勉强松开了紧抱着秦悠悠的双臂。

秦悠悠往后大退三步想与他拉开距离，却被严棣一手抓住手臂扯回身边。

"你……"秦悠悠气极张口骂人，严棣却飞快打断了她。

"你不是想确认你师父的消息？"这句话比什么都有用，秦悠悠把满肚子骂人的话吞了回去，没再继续挣扎。

"快些跟我来，不然里面的人要跑光了。"严棣在大部分时候都很清楚要怎样令秦悠悠顺着他的意思做。

"趁人之危，卑鄙！"大嘴恨恨地飞降到秦悠悠肩膀上，唾弃严棣的无耻所为。

严棣不理它，牵着秦悠悠的手回到地下工坊内。他的动作快如鬼魅，几下子就到了先前秦悠悠他们被发现的地方。

秦悠悠看了看那道石门，不情愿道："这个门只能从里面控制，用机关术打不开。"

"我来！"大嘴急于表现，激动地张开嘴向着石门方向吭哧吭哧做了好几个吐气动作，偏偏一点儿火星都没吐出来。

秦悠悠大囧，大嘴这手喷火绝技果然就是不太靠谱的。

严棣懒得再等他折腾，举掌向前一拍，整道石门向里崩裂爆破，轰隆一声巨响，带着几声惨叫从门的另一端传来。

风氏的人没想到闯入者这么快又去而复返，而且还带了个厉害得难以想象的帮手。

如果让秦悠悠这等级别的机关师布置这个地下工坊的防御，严棣要从外边攻进来绝对不会这么容易，但就西河风氏的水平，放到严棣面前，正好体现了一句话——在绝对的实力面前，所有的技巧招数都是徒劳的。

严棣就这么带着秦悠悠毫无顾忌地直直闯进去，转眼就到了整座地下工坊的核心部分，而工坊里的机关匠师们甚至都还来不及销毁手上的机关图纸。

秦悠悠抢上两步夺过他们的图纸看了几眼，随手抛开，这种水平的机关绝对不会是师父的手笔。

一名管事模样的老者越众而出，拱手沉声道："未请教阁下何人？为何强闯敝处？"

这名老者乃是一名十一品武圣，名叫风中柳，是风氏派驻这里镇守的长老，在风氏身份超然，就是族长见了他也要客客气气称一声叔祖。

他在这里一待就是几十年，从来没有发生过类似事件，等他反应过来时，敌人已经杀到跟前。

按照规矩，他是应该开动机关让这里所有人与敌人同归于尽的，但是这个规矩从订立以来，这么多年来就从来没用过，大家也没想到会真有这一天。

谁不想求生？风中柳虽然年纪一大把，也不愿意不明不白赴死，更不愿意倾注了西河风氏历代心血的秘密工坊与这里许多风氏的人才一起完蛋，所以他还是希望能够通过谈判得到一丝转机。

尤其他发现严棣看都不看散落四处的机关图纸，秦悠悠看是看了，不过竟然不当回事地随手抛开……对方既然不是冲着他们的顶尖机关术而来，那便一切好商量。

秦悠悠道："最近你们有没有得到奉神教或者风氏派人送来的机关图？有没有接到什么特殊机关零件的制作任务？"

风中柳以及这里的机关工匠从来与世隔绝，否则光从秦悠悠与严棣的容貌修为和问题，就足以猜到他们的身份来历了。

不过纵使对他们两人一无所知，秦悠悠的问题还是让风中柳警惕起来。

他前几天确实得到了一份从总部秘密送来的图纸，只是图纸上的符号大家都看不懂，他最近都在与工坊里最厉害的几个机关师琢磨着这个。

图纸上对机关的说明看得他们血脉贲张，可惜关键部分却全是他们看不懂的符号，他们推敲了几天还是毫无头绪。

莫非这两个人是冲着那张图纸来的？风中柳警惕起来。

秦悠悠从怀里取出早就准备好的一张机关图纸,道:"只要你让我看一眼我刚才所说的东西,这张图纸就是你的。"

她将图纸展开放在风中柳面前。

风中柳怎么说也在机关之道上浸淫了近百年,一看这张图纸就知道这绝对不输于总部送来的那一张,而且上面标注清楚,没有任何他们看不懂的符号标记。

他越看越入迷,几乎忘了自己正在跟突然闯入的敌人谈判。

秦悠悠没打算跟他浪费时间,一手将图纸收回。

风中柳忘形地伸手去夺,却被严棣一掌震开,他两眼放光地瞪着秦悠悠手上的纸卷,终于用力点了点头道:"好!"

如果秦悠悠以武力威胁他交出那张神秘图纸,风中柳多半会拼个鱼死网破。

在他们这些家族观念浓厚的人心目中,家族利益高于一切,关乎到家族命脉的机关术更是重中之重。

但秦悠悠却拿出了一个任何机关师都无法抗拒的巨大诱惑,风中柳的心理防线几乎瞬间就被彻底击溃。

反正对方只要看一看那张满是神秘符号的图纸,而不是要将它夺走,那上头的符号他们都没看明白,让她看一眼也没什么。

能够换到她手上那张图纸,一切都值了!

风中柳不再犹豫,从怀中小心取出图纸展开,秦悠悠低头一看,马上认出那是严氏圣祖的手笔,不是出自自己师父之手,心里不知道该失望还是高兴。

她好不容易有了一点点师父行踪的消息,现在看来,多半是假的,奉神教是在用这些图纸交换风家的帮忙。

她心里还存了几分希望,抬头问风中柳道:"就这张图纸,没有别的?"

风中柳不答,一边收起图纸一边紧盯着她手上的纸卷不放。

如果不是确切知道严棣的修为远在自己之上,他早就忍不住扑上去抢了。

秦悠悠晃了晃那个纸卷:"答完这个问题,它就是你的了。"

风中柳摇头道:"没有,最近都没有接到任何新任务,不信你可以自己看,快、快把图纸给我!你答应过的!"

秦悠悠将图纸抛过去,不死心地把整个工坊仔细翻找了一遍,确实没有任何特别的东西。

有严棣压阵,再加上风中柳的默许,那些机关师们一个个瞪着眼睛没有阻拦她的放肆举动。

秦悠悠失望地对大嘴摇了摇头,转身就往外走去,看都没看严棣一眼。

过桥抽板做到这个份上未免太明目张胆。

严棣面无表情地迈步跟上,从秦悠悠的表情足够让他猜到事情的结果,齐天乐至少有八成可能不在奉神教手上。

对于这个结果他并不意外，眼下的形势，奉神教真有齐天乐这个人质在，不可能还忍住不出招。

这处西河风氏的秘密机关工坊是两三日前探子查到的，他特意前来确认一番，没想到意外撞上了自己的小逃妻。

该怎样令她回心转意乖乖待在自己身边呢？这个问题严棣想了无数次，却没有一个答案是有可行性的。

只要她不再生气，他愿意拉下面子道歉，不过这个倔犟的女人明摆着不会接受。

"悠悠，如果我说从今以后我都不会再欺骗利用你，你会不会跟我和好？"严棣最终决定直截了当把这个女人抓来再问一次。

秦悠悠侧头打量着拦在她面前的英伟男子，他们已经走出了风氏的地下工坊，借着朦胧的星光，她可以清楚看到他的五官轮廓。

好几个月过去了，她以为自己应该已经对这张脸很陌生了才是，可是再看到他出现，却郁闷地发现那个似乎朦胧黯淡的影像霎时又再变得清晰无比。

不可以再看了！

看来她得躲远一点，躲久一点，躲到自己完全忘记他为止。这个混蛋不知道为什么就是赖在她脑海里挥之不去，她无数次以为自己成功将他赶走了，午夜梦回却发现他依然还在。

秦悠悠负气地撇过脸，硬邦邦道："师父说过一句话……"

肯定不是好话！严棣太清楚"师父语录"里头甚少有什么话是让他觉得顺耳的，反而是对他不利的言论比比皆是。

秦悠悠没有继续说下去，因为大嘴已经抢先干咳两声，模仿齐天乐的语气语重心长道："一次不忠，百次不用啊！"

严棣拳头发痒，很想很想一拳将大嘴砸成肉酱，但是他不能……

大嘴也知道他不敢对自己怎么样，于是越发地得意嚣张，抬头挺胸站在秦悠悠肩膀上"嘎嘎嘎"仰天大笑三声。

严棣却出奇地毫不生气，只是看着秦悠悠一字一字道："你是无论如何都不肯答应的了？"

"对！"秦悠悠斩钉截铁道。

"那好。"严棣忽然一笑，不是那种阴森森吓死人的笑容，而是两人成婚之后诱哄她的温柔微笑。

秦悠悠愣了片刻，忽然眼前一黑就彻底没了意识。

"你！你要干什么？！"大嘴拍打着翅膀试图喷火阻吓严棣，不过连吐几口气却什么都没吐出来。

眼见严棣的目光落在他身上，更是危机感大增，展翅飞到半空躲得老远。

他心里明白严棣是不舍得伤害秦悠悠的，但对他就不那么好说了，趁着秦悠悠昏迷一不做二不休把他杀了泄愤都不奇怪。

"你别乱来！悠悠醒来看不见我……你、你就惨了！"大嘴虚张声势恐吓道。

严棣将秦悠悠横抱起身，淡然道："奉神教供奉的那条蛊虫，你有没有兴趣？"

咦？似乎是打算跟他谈条件？大嘴想到传说中那条被奉神教供奉了数千年的蛊虫，顿时忍不住吸了口口水。

那条虫子就算未成精也差不多了，如果能够吃到它的脑髓，啧啧！大补啊！

一条活了不知多少年的蛊虫不是那么容易让他吃到的，既有奉神教倾尽全力保护，它本身的实力也异常惊人，没有严棣的帮忙，他这辈子别想。

不过混蛋开出这么优厚的条件，只怕是要算计更大的好处的……

大嘴瞄了瞄他怀里的秦悠悠，严棣要的无非是悠悠，但是就这样把悠悠卖断给他，日后天乐知道了一定会被气死。

大嘴盘算了好一阵，终于很有节操地拒绝道："不行，你把悠悠还我。"

"你不问问我想要你做什么？"严棣扬眉道。

大嘴挣扎片刻："你想要我做什么？"

"半年时间，不要捣乱，不要教唆帮助悠悠离开，半年后，不管悠悠是不是愿意留在我身边，攻下奉神教后我都会帮你解决那条蛊虫。"严棣开出条件。

其实最理想的条件是要求大嘴带着小灰滚得远远的，让他可以专心对付他的小妻子。但是他很清楚知道，小妻子现在对他成见极深，如果两只灵兽不知所踪，只会让她更怀疑抗拒他。

大嘴考虑再三，眼珠子转来转去道："我和小灰要跟悠悠在一起，随时可以见她，还有一个人也跟我们一起。"

"谁？"严棣的眉头皱了起来。

"风归云，他是悠悠表哥，一路陪着我们来到多丽国的。你应该多谢他，如果不是他，哼哼，你这辈子别想见到悠悠了。"大嘴语带挑衅。

严棣想了想，竟然没有如大嘴想象中的妒火中烧，只是平静点了点头道："也好。"

他这么合作又好说话，大嘴不由得迟疑起来，这其中会不会又有什么阴谋？

"还有！悠悠不可以跟你住在一处！"既然这么好说话，不多提有利条件就是傻瓜。

"不可能，我跟她是夫妻。"严棣对这点异常坚持，他就是打算将秦悠悠日夜带在身边，好慢慢软化她诱惑她，如果不能住在一处，那还有什么搞头？

"她没有原谅你，万一你趁机对她用强的……"

"够了！本王与王妃之间的事轮不到你多嘴，如果你还有诸多无理要求，那就带着那只兔子还有风归云滚得远远的。"严棣冷然道。

大嘴明白分居这个要求是踩到了严棣的底线了。

其实严棣完全可以抱起秦悠悠不顾而去，回到军营里，他们身处万军之中，就算大嘴会飞，想无声无息靠近悠悠都不容易。

严棣铁了心要把悠悠留在身边，他们是一点儿办法都没有的。

奉神教那条蛊虫并不是交换悠悠的条件，只是让大嘴不要捣乱的条件罢了，不管他答应与否，悠悠都肯定会被严棣带走的。

"哼，你如果还想跟悠悠和好，最好对我们客气一些。"大嘴不服气地顶了一句，没再提其他要求。

很快他们就到了与风归云、小灰接头的地方，双方一打照面都是惊诧不已。

小灰一下子扑到秦悠悠身上，大叫道："悠悠！悠悠！坏蛋你把悠悠怎么了？！"

严棣没理它，目光移向风归云，道："你是个聪明人，应该知道怎么做。"

风归云神情微变，不过很快又恢复平静，低声对小灰道："小灰不用怕，悠悠她没事，只是晕了过去，大嘴，我说的对不对？"

大嘴哼一声道："笨兔子放心，悠悠没事的，很快就会醒。"

小灰瞪着严棣恨恨道："是不是你做的手脚？"

严棣从来看这只黏着秦悠悠的没用兔子就不顺眼，闻言理也不理抱着怀里失而复得的小妻子就往谷外走去。

外边不知何时多了许多身穿黑衣体格魁梧的大汉，随便一个都是五六品的修为，就眼前所见也至少有一两百人之多。

严棣回头看了眼谷内，那眼神看得风归云心惊肉跳通体生寒，严棣是在考虑要不要彻底灭了风家秘密机关工坊所有人！

风归云虽然跟严棣本人不算熟悉，但平素从所得资料中知道许多他的行事手段，西河风氏在这种时候与奉神教、多丽国合作，光这一点就足以让他动杀念。

风归云不知道的是，风中柳还得到了严氏圣祖的机关图和秦悠悠手绘的另一幅水平相当的机关图纸，就这两样东西，放在以往他绝对会毫不犹豫下绝杀令。

他带来的人足够多，还有许多火药，甚至还有两门圣祖大炮，可以让地底下那上百个工匠连同他们的家人死一百次。

"悠悠她的娘亲出自西河风氏。"风归云握住拳头低声提醒道。

他虽然决定不再返回西河风氏，但他始终姓风，是风家的人，无法坐视自家人如此惨死。

与严棣讲道理没用，在他们这些人眼中，道理只有一种，那就是实力，谁的实力强谁就有道理。

能够让他网开一面的就只得他们心里在意的东西和人。

严棣没有马上下令动手也是顾虑到秦悠悠，听了风归云的话，眼中的冷意终于慢慢散去，转身对那些黑衣大汉道："回营。"

马上有人牵了两匹骏马过来，严棣抱着秦悠悠，小灰趴在秦悠悠身上，一见那两匹高大得可以一脚把它跺成肉酱的大黑马就浑身直哆嗦。

严棣明摆着只会好好照顾秦悠悠，不会理会小灰，风归云伸出手去对它道："小灰过来，你跟我一起好不好？"

小灰看了看秦悠悠，又瞪了一眼严棣，终于转身扑入风归云怀中，委屈道："云哥哥。"

"小灰乖，我们跟悠悠一起去，你害怕的话就到我披风兜帽里睡觉，我保证你不会有事的。"风归云温和道。

"嗯！"小灰蹭了蹭他的手掌主动钻进他垂落在肩背之上的兜帽中不再吭声。

严棣扫了风归云一眼，这家伙倒是把那只两面三刀娇蛮泼辣的兔子哄得服服帖帖，想来与他的小妻子也相处得十分愉快。

想起初遇时秦悠悠对风归云恨之入骨，对自己颇有几分依赖的情景，现在却正好倒了个个，他越想便越觉气恼郁闷。

说起来这一切算是他自作自受，但是这个女人为什么就能如此狠心？半点不念及两人的夫妻情分，说走就走？仿佛他之于她，只是个可有可无、随时可以放弃的过客。

你惨了……

严棣从来在意的人就不多，以他的实力地位，要达到什么目的直接去做就好，不需要处心积虑去骗什么人，秦悠悠是第一个。

他会骗她也是不想强迫她，令她怕他恨他，没想到反而因此把她彻底惹翻，而且狠心地就此离去，一副要跟他划清界限的决绝模样。

他从前根本没意识到信任是那么珍贵而经不起一点儿损伤的东西。身边的人信任他是因为他绝对的实力与权位身份，其实他们信不信他都没有什么关系，他们只要知道听他的命令行事就好。

他的皇兄、母后与他几乎就是一体的，虽然皇兄背着他偷偷对付秦悠悠，令他们夫妻反目，但他生气过后，兄弟依然是兄弟。

他明白皇兄只是担心秦悠悠会成为他的弱点，会成为别人对付他们两兄弟的利器，并不是要伤他害他。

秦悠悠为什么就不能像他信任皇兄那样信任他？

还是因为他们两个没有血缘关系，所以很难做到无条件的信任？

严棣感到很无奈。以他的聪明，又有秦悠悠在花园凉亭里对他说的一番话，他不难猜到问题的关键之一就是信任。

他不觉得信任有多么重要，直到他失去秦悠悠的信任，才发现自己损失惨重。

秦悠悠不再相信他，所以不愿意再听他说的话，彻底将他从心里推出去，所以要离开他，不愿意再跟他有任何交集。

他发现少了信任之后，他一切的努力挽回都似乎找不到着力的地方，好像空有满身力气，但每次出拳后就发现自己的拳头打中的只是一个影子，真正的对手在哪里，他连边都摸不着。

这种感觉让他郁闷透顶而且无可奈何。

他把秦悠悠强行带走，与大嘴谈好条件也震住了风归云，让他不得不顺着自己的意思走，一举一动看似成竹在胸，实际全然没底。

要怎样令秦悠悠回心转意？要怎样让她再次信任他依赖他？

现在回想起来，被自己可爱的小妻子信任依赖的感觉是那么好。从前他认为得到秦悠悠的信任是他达成目标的手段，直到失去了才发现自己原来一直乐在其中而不自知。

更糟糕的是，这该死的信任丢了一次，似乎就找不回来了。

严棣心中大恨：一次不忠百次不用是不是？我就磨到第一百零一次！

风归云骑马跟在后面，定定望着前方严棣与秦悠悠合在一处的背影，眼里神情十分复杂。

本来一切顺利，但他没想到会在这个时候这个地方意外遇上严棣……

众人一路疾行，次日清晨就回到了相月国的大营，有严棣带头自然一路畅行无阻。

中军大帐前，严棣抱着秦悠悠跳下马，就见大帐帘子一掀，驻云飞跑了出来。

他猛地看见主人怀里的秦悠悠，和站在风归云肩头上的大嘴，登时大喜过望迎上前。

"驻云飞你要暂时到旁边的帐篷去住了，正好与风先生一道。"严棣心情甚好道。

"没问题没问题！"驻云飞热情地一手拉起风归云，"你是夫人的表兄，大嘴也是我的朋友，正好住在一起聊天。"

小灰在风归云的兜帽里睡了大半夜，肚子正觉得有些饿，加上周围人声鼎沸，终于醒了过来。

它刚刚爬出来就看见红发红眸的驻云飞，吓得尖叫一声道："妖怪！大嘴，有妖怪！红头发红眼睛的丑八怪！"

一句话把驻云飞气得七窍生烟，恶狠狠道："你才是丑八怪、臭妖怪！笨兔子，你再叫！再叫我扯断你的兔耳朵！"

小灰被他一吓，竖得高高的两只长耳朵马上垂了下来，它二话不说钻进风归云怀里，哼道:"原来是你!丑怪的大妖马,变成人了也是一个丑八怪!"

"好了,不要吵了,驻云飞你也不要跟只兔子一般见识,它如果不肯跟你们同住就算了,让它自己找个地方待着。"严棣随口道,抱着秦悠悠走入自己的主帅营帐,一切事情,等他与久违的小妻子好好睡一觉再说。

"我要跟悠悠在一起,呜呜呜!我要告诉悠悠,你欺负我!"小灰在风归云怀里挣扎着就要扑上去黏到秦悠悠身上。

风归云努力安抚,说了不少好话,才勉强让它消停下来。

其实小灰很明白,严棣要一意孤行,他们三个也拿他没办法,如果把他惹火了以后都不让它们见悠悠,那更加糟糕。

它要晋级到可以收拾严棣也不知道要多久,眼下只能先让他嚣张。

等悠悠醒来,哼哼!它一定去告状,让悠悠一辈子不理他。

风归云亲眼看着严棣把秦悠悠抱走,心里的滋味更是难以形容。

很多年前,姑姑被风氏的人从他身边带走送到奉神教去,如今秦悠悠也被严棣带走了。

不过这样也好,至少他再不必挣扎,可以干脆地面对最坏的结果。

大嘴心里同样愤愤不平,也没发现风归云复杂异样的情绪。

小灰一哭驻云飞便觉得头痛欲裂,可是他不似风归云会安慰哄劝,只能瞪大一双红眼睛看着小灰挠头。

大嘴化成人身对驻云飞道:"你不带我们去休息吃饭?"

"哦哦。"驻云飞醒过神来,很快指挥亲兵收拾出旁边一座大帐,带了他们几个进去,又让军士送来大批食物。

他有些忸怩地对抽抽噎噎的小灰安慰道:"你一定肚子饿了,吃饱了再哭吧。"

什么叫吃饱了再哭?风归云与大嘴一阵无语,小灰愤怒瞪眼道:"我偏偏不哭!"

但肯定不会"偏偏不吃",小灰气急败坏地几口就把亲兵们送来的足够十个大汉饱餐一顿的食物吞吃干净,挑衅地瞪着驻云飞。

驻云飞想到小灰刚刚说要找秦悠悠告状的事,不敢再对它发作,又让人再送吃的来。

小灰连吃了几轮,终于吃饱,咕咚一声倒在桌子上呼呼大睡。

总算消停了,驻云飞、大嘴包括风归云都松了口气。小灰娇蛮性子发作,除了秦悠悠几乎没人能搞定它。

让它吃饱就睡也算是个不错的方法。

都说物似主人型,这家伙这么难搞,只怕它的主人也好不到哪里去。驻云飞心里很同情自己的主人,为什么要惹这么难缠的女人呢?

风归云看看大嘴道:"现在怎么办?"大嘴警告过他很多次,小灰睡着的时候不要碰它,它会乱咬人,而且咬得好狠,他堂堂一个十品圣尊都被咬得皮破血流少了块肉。

说的次数多了，风归云再不敢在小灰睡着时随便动它。

驻云飞没听过这个警告，一伸手揪着小灰的耳朵把它拎到一边铺了软垫的竹筐里。

大嘴喝止不及，不过小灰也只是努了努三瓣嘴，没有咬人。

驻云飞回过头来看到风归云与大嘴一脸惊异地望着他，奇怪道："怎么了？"

"没什么。"风归云望向大嘴，意思是说，怎么小灰没咬驻云飞。

大嘴恍然大悟："原来要揪它的耳朵啊！不过小灰好像说过，它的耳朵除了悠悠，别人不许碰的……"

驻云飞没当回事，笑道："反正它也不知道。我第一次在八塞镇外见到它，就是咬着它的耳朵叼回去的。"

大嘴猛地想到什么，眼睛在他与小灰之间溜了一圈，表情奇怪地奸笑两声，没有说话。

他想到的是一个关于妖界中迷踪雪兔的传说，妖界里的妖兽能够化形为人的比比皆是，迷踪雪兔一族化形后美女不少，据说她们只会让至亲与选定的配偶碰触她们的耳朵……

驻云飞，嘿嘿嘿！小灰的耳朵不是那么好惦记的。

旁边的中军大帐内，严棣将秦悠悠放在自己的床上，替她褪去鞋袜外衣让她睡得更舒服一些，这些伺候人的事他只为这个小女人做过，而且做得自然至极甘之如饴。

行军途中一切从简，就是严棣睡的床也并不十分宽大，两人同睡都显得有些拥挤，不过严棣喜欢这样的拥挤。

小妻子柔美玲珑的身子隔着薄薄的布料贴在他身上，甜美温香的气味盈满鼻间，两人呼吸交融的感觉简直妙极了。

虽然他不好对沉睡的小妻子做些更热烈更亲密的举动，但就这样相依相偎，已经让他觉得犹如置身天堂。

他有多久不曾这般拥着她入眠了？那一个个孤枕难眠的日子他想一想都觉得难熬，还好他找回她了，这次他无论如何都不会再让她有机会从自己身边溜走。

严棣抱紧了秦悠悠，以指尖以唇细细描摹着她令他沉醉迷恋的轮廓，惬意地闭上眼睛。

他有预感，这会是他这几个月来睡得最好的一觉。

秦悠悠从昏迷中醒来已经是下午，她睁开眼睛就看到严棣的脸正正在她眼前几寸远的地方，她的肌肤甚至都能感觉到他平稳温热的呼吸。

平日严肃刻板的神情在睡梦中变得柔和静谧，就是两人新婚那段日子，她也甚少看见他的睡容。

严棣一般比她早起，而且喜欢趁着她刚刚睡醒迷迷糊糊之际引诱她陪他"晨练"……那些日子像一场甜蜜旖旎的美梦，醒来才发现美梦的背后充满了算计、欺骗与利用。

她曾经得意地以为自己驯夫有术，把这么一个厉害无比人见人怕的夫君治得服服帖帖，对她百般温柔千般容让。

梦醒了才知道人家哄着她玩罢了，真正主导的从来是他，她被人一次又一次利用着还傻乎乎地以为自己有多厉害，以为自己是他心目中最重要的。

她在他心目中确实很重要——一件重要的工具，一个重要的附属品。

"在想什么？"严棣慢慢睁开眼睛，凑上前来在她的唇上亲了一口，不等她反应便翻身压到她身上，捧着她的脸蛋在她的眉眼樱唇上留下一串轻吻。

秦悠悠静静地任他动作，倒是严棣很快发现不妥，恋恋不舍地从她松散的衣襟中抬起头来，有些疑惑地看着她。

正常来说，秦悠悠此刻就算不斥责怒骂，也肯定会抗拒挣扎。

秦悠悠盯着他轻轻笑了笑："怎么不继续呢？你把我带回来不就是想用我替你散功？"

短短一句话犹如一盆冰水，一下子把严棣满腔热情浇灭，泼了他一个透体冰凉。

我不是！

严棣很想否认，从凤氏的秘密机关工坊意外重逢至今，他没有想过半点跟散功相关的事情，他脑子里想的都是如何让她不再生气，乖乖留在他身边，当他的妻子。

但是他与她欢好就可以消去战阵中吸收的那些杀气对他的影响，可以散去他体内渐渐开始趋向盈满状态的真气，这也是事实。

他确实在利用她，不管这是他的原意或是顺带效果。

但是该死的！她怎么可以这样误会他？！

严棣呼吸粗重，两眼狠狠盯着秦悠悠，脸色难看得可以吓哭他手下那些杀起人来眼角都不会跳一下的蛮悍将官，不过却没能吓住身下这个看上去娇娇弱弱的小魔女。

两人就这么大眼瞪小眼瞪了片刻，严棣忽然一笑，伸手轻抚她的脸蛋道："你就这么低估自己的魅力？"

秦悠悠侧头避开他的手，冷冷道："我先前就是太高估自己了，你心里头只有你严氏的江山社稷还有你自己最重要，我算老几？"

"怎么听起来有点儿酸溜溜的？"严棣也不反驳，将全身的重量尽数交给她，低下头去细细舔吻她的耳朵、脸庞和颈侧。

也许是两人从前亲密的次数太多，虽然秦悠悠努力抗拒，身体还是不由自主在严棣的故意挑逗之下起了反应，迷人的绯色红霞开始在她玉白的肌肤上蔓延开来，身体深处的火苗不住跳动着随时准备要以燎原之势将她燃烧起来。

秦悠悠终于忍不住开始挣扎："你滚开！我不要你！"

"你不是不介意我用你散功吗？"严棣不理她抗拒，一意孤行地继续在她身上肆意妄动。

"混蛋！"秦悠悠发狠了小嘴一张在他手臂上啊呜一口咬下去，咬得极深极用力，仿佛想一口咬下他的肉一般。

严棣没有抗拒地任她咬，好像她咬的不是自己的身体。

"生气就多咬几口出气。"严棣静静道，没有继续自己的轻薄行径。

秦悠悠松口，看都不看他那个鲜血淋漓的伤口，哼一声撇过脸："不咬了，肉都是臭的！"

严棣无奈地将她抱着坐起身，亲亲她的眉心道："坏脾气又难伺候的小丫头，你不愿意就算了，我们是夫妻，要在一起一辈子的，别说那些伤人的话，可好？"

"不好！就许你做伤人的事？！"秦悠悠拍开他的手，一闪身躲到床尾去。

严棣知道一时半刻是很难让她回心转意，摇了摇头随她去了。

只要她人就在他身边，一切总会好的。

"大嘴、小灰还有云哥哥在哪里？"秦悠悠不想跟他说话，但是这个问题很重要。

大嘴和小灰两个家伙已经够讨厌了，严棣真的很不喜欢她用这么关切的语气说起她那一个什么"哥哥"。

"你就那么相信风归云？你就不觉得他出现的时机太巧了？"严棣冷然道。

秦悠悠反唇相讥："不要把别人都想得跟你一样复杂。满肚子阴谋算计。"

严棣不说话了，这小丫头现在是彻头彻尾将他当成恶人，他说什么她都不会听进去的。

风归云这种人他见得多了，出身旁枝不受重视的世家子弟，只要有机会让他们爬上高位，他们什么都可以放弃，什么都可以牺牲。他不觉得风归云会是个例外。

虽然他一开始为了秦悠悠叛出奉神教，但那是因为他在奉神教几年都没捞着什么好处。如果有人将西河风氏家主的位置送到他面前，别说一个秦悠悠，就是十个他也可以全部出卖掉。

不过他现在对秦悠悠说这些，就只会让她觉得自己气量狭小存心挑拨离间，算了！反正有他在，那风归云就算有心做些什么也不会成功。

严棣起身吩咐梁令送饭菜过来，与秦悠悠吃过了便让她自去见大嘴他们，自己则开始处理军务。

秦悠悠在旁边的帐篷里见到平安无事的风归云与两只灵兽，还有化形为人的驻云飞，心情稍稍好了一些。

大嘴惦记着严棣许下的好处，很守信诺地没有开口出主意让秦悠悠离开，这些话等小灰醒了自会对秦悠悠说，他不吭声听着就好。

风归云自知他加上整个风氏都不会是严棣的对手，也不敢随便开口给秦悠悠提什么建议，现在他们全数在严棣眼皮底下，他不放人，他们这里所有人都只能老老实实待着。

驻云飞一心一意想替主人讨好秦悠悠，态度热情得很，虽然不善言辞也努力没话找话说活跃气氛。

秦悠悠对他的印象其实还不错,这家伙唯一的坏处就是跟错了主人,当他不是以一匹马的形象出现在她面前的时候,她就不觉得害怕了。

"驻云飞,你怎么会一下子晋级成十一品圣尊?比大嘴还厉害呢,可不可以告诉我方法?"秦悠悠问道。

其实这个问题,问严棣估计更清楚,但是她拉不下脸也不想给严棣卖好的机会。

按道理这种让灵兽迅速晋级的方法应该是不传之秘,不过秦悠悠感觉这个跟驻云飞本身的血统应该有很大关系,旁人就算知道了也没办法运用。

毕竟有上古神兽血统的妖兽非常非常稀罕,就算真让人遇上了,没有足够的本事也无法让它们驯服认主。

驻云飞挠头道:"要根据体质找许多许多提升修为增加真气的灵药,还要主人的修为足够高,在灵兽快要晋级的时候,先让灵兽吃下那些灵药提炼的丹药,然后由主人用自己的修为融合灵兽的修为,在极短的时间内帮助灵兽催化吸收药力。当然灵兽本身的血统很重要,一般灵兽如果这么干,当场就会经脉爆裂而亡。"

跟秦悠悠原先预想的非常接近,她不由得有些头疼:"我的修为只得七品,跟小灰一样,显然帮不上它的忙,而且它上次吃了那么多补品也只是从五品晋级到七品,想它晋级到十品化形为人,那得什么宝贝才行啊?!"

"你跟主人在一起,修为很快就可以突破十品的。"驻云飞欢喜道,他怎么没想到主人这个大大的好处呢?

他这番不经大脑的"好话"一出,帐篷里霎时静了。

风归云努力左看右看装没听见,大嘴抬手用力揉脸,暗叹严棣这个老奸巨猾的,怎么会收卜驻云飞这么笨的灵兽,哪壶不开提哪壶啊!

"驻云飞,你跟你主人一样!都是混蛋!"秦悠悠面如桃花,一半是气的,一半是羞的。

驻云飞瞠目结舌,求救地望向大嘴,没搞懂自己说错什么了。

大嘴终究有些不忍心驻云飞这个老实的呆子吃瘪,打圆场道:"你看看小灰现在修为怎么样,还需要哪些天材地宝进补?"

这个问题其实小灰自己最清楚,他去问驻云飞不过是转移话题,驻云飞却非常认真想将功补过。

"好好。"驻云飞把装了小灰的篮子拎到面前,主人暗里吩咐让他盯紧小灰,他就非常尽职尽责地把小灰放在身边看着。

小灰胖乎乎的小身子瘫在竹篮里睡得十分香甚,驻云飞凑过去吸吸鼻子在它身上嗅了嗅道:"它上次吃下去的天材地宝药力有很多还存在它身体里没有发挥出来,而且真气充盈,应该是吸收过某些修为很深的人或妖兽的功力,如果再有什么特别的东西催发一下，应该很快可以再晋级。"

秦悠悠听了与大嘴面面相觑，瞬间明白了——是昊光圣子！整个十四品武圣让小灰一口吃下去了，当然大补！

不过要催发小灰再晋级，这就难了，不用想都知道这东西一定不好找。

中军大帐用屏风隔开分成前后两部分，前面是严棣处理军务，与众多将官商议战略的地方，后面是他休息起居之所，早上不少人都看到严棣带了一个女子回来，听说就是这几个月来一直不曾露面的王妃娘娘。

军中不许带家眷是惯例，就算是严棣、严櫹这样的身份都不能例外，不过如果那个女子还有其他身份，那就不一样了。

天下皆知圣平亲王的王妃乃是首屈一指的机关师，她销声匿迹这么一段日子，忽然出现在军营之中，莫非是又研发出了什么可以跟圣祖大炮相媲美的厉害军械？！

所有人想到这一点就感觉热血沸腾，圣祖大炮已经轰得多丽国军队望风而逃，再来点儿更厉害的，只怕今年冬天他们就可以在多丽国京都催雪城里喝庆功酒了。

严棣对着这些激动得眼睛发绿的将官们很无语，一个圣祖大炮让他跟妻子反目，再来只怕这辈子都别想碰到秦悠悠一根头发了。

只不过这种情况也不错，军心可用，如果官兵们的士气能够因为秦悠悠的出现再往上提升一些，他也能尽快打完这场仗，解决多丽国奉神教这两个心腹大患。

至于其他周边小国，就不用他亲自出马了。

严棣挥退那些等着听好消息的将官们，独自坐在灯下沉思，想着想着，心思又绕回到那个让他又气又爱的小妻子身上，她现在应该正在沐浴准备就寝……

他记得那些将官离开之后，梁令亲自送了水到帐后的。

一想到小妻子裸身浸泡在浴桶之中的香艳情景，严棣只觉得一股热火从腹下瞬间爆发，抑制不住地浑身发烫。

听帐后传来的隐隐水声，只要他绕过屏风，就可以看到梦寐以求的美景，不过想到满足了自己的冲动之后接下来的后果，严棣只能苦笑。

小妻子连碰都不肯让他碰一下，他看到也是让自己更加难受，还不如眼不见为净。

确定秦悠悠肯定沐浴完毕，自己回到后帐也不会看到什么让他把持不住的画面，严棣才敢起身转回去。

摇曳的灯光下，秦悠悠正坐在新铺好的小床上，慢慢梳理着自己微湿的长发，抬头发现严棣正看着她，便停了手。

严棣几步走到她面前，秦悠悠一把抱起昏睡在她身边的小灰，警惕道："你要干什么？"

严棣突然伸手将她连人带兔子一把抱起放到大床上，秦悠悠以为他又打算对她做坏事，正准备骂人，却听严棣道："你要跟这只兔子同睡，就睡到大床上好了。"

他的声音低沉，仿佛带着几丝无奈落寞。

旁边那张小床原本是驻云飞睡的，秦悠悠让梁令替她整理好新铺盖，明摆着是不肯再与他同床共枕。

看着她怀里那只睡得跟猪一样的兔子，严棣很难不满肚子羡慕妒忌恨。

秦悠悠明白自己误会了他，再看他沉默不语的样子，竟然觉得有些儿愧疚。

不对！这不知道是不是混蛋的计划，自己不可以再心软，不然肯定又会上当受骗！秦悠悠硬起心肠，把小灰放到枕边，扯过薄被盖住自己，背对着严棣躺下就睡。

你既然要装好人让我睡人床，我就睡，但别想我心软上当让你同睡。

梁令带着两个小太监来给严棣换了一桶温水让他沐浴，严棣挥退伺候的小太监，自己脱了衣袍跳入浴桶之中。

他知道秦悠悠没有睡着，有些不怀好意地弄出水声来逗她。

秦悠悠虽然心浮气躁，但硬是忍住了没有搭理他的挑衅。

严棣不得不承认，自己从前低估了秦悠悠的倔犟固执程度。

两人初遇之时她就是个任性狡黠又天真娇气的小姑娘，他没花多大功夫就得到了她的信任，也许是得来的过程太轻易，所以他完全没想到失去之后，竟然是如此难以挽回。

她狠狠将他推出了心门之外，彻底用对待陌生人甚至是敌人的态度拒绝他的一切。

他可以感觉到秦悠悠对他并未忘情，只不过以她拒绝他的决心看来，这也只是个时间问题。

他问过自己无数次，为什么偏偏对她念念不忘，可惜都没有答案，他也曾试图忘记她，但是每次当他独自一人闭起眼睛，就会发现她的影子依然那么清晰。

他不似秦悠悠，既然忘不了，既然知道那是自己真心喜欢的，他会想尽办法将她留在身边。

严棣从浴桶中起来，换上寝衣倒在小床上休息，大帐内因为多了一个香香软软的小女子，感觉都似乎变得不同起来。虽然还是孤枕独眠，不过想到心爱的女子就在身边，也算有一点儿安慰。

一夜无话，次日早上醒来，两人相对无言用过早饭，严棣拉住想起身山去的秦悠悠道："有件事想跟你商量。"

嗯？秦悠悠几乎要挖挖耳朵看自己是不是听错了，混蛋竟然有事要跟她商量？他不是最喜欢自作主张然后软硬兼施让她听话么？

她疑惑的样子像只好奇的猫，十分有趣，严棣不由得伸手捏了一下她的鼻尖道："我想你随我去阅兵。"

秦悠悠呆了呆，忽然扑哧一声笑起来。

严棣不知道自己说的话有什么好笑，不过他已经太久没见过秦悠悠如此欢快明媚的笑容，一时忍不住将她抱入怀中，想看清楚她美丽的笑靥。

秦悠悠一边挣扎一边拼命忍笑："你松手！"

"说说看你笑什么，我再考虑要不要松手。"严棣干脆出力将她抱紧一些。

秦悠悠缓了几口气才止住笑意，瞪眼道："没什么好说的，我想笑就笑，不行么？"

"行，那你今日就这样待在我身边好了。"严棣摆出一副铁了心非得到答案不可的姿态。

秦悠悠跟他僵持片刻，终于无奈道："我想起师父说的笑话。"

"什么笑话。"虽然又是那个惹人厌的齐天乐，不过秦悠悠似乎因为想起这个笑话而心情不错，所以严棣决定洗耳恭听。

秦悠悠脸上飘起两抹可疑的绯红，努力绷着脸道："说从前有个打仗很厉害的将军偏偏很怕老婆，有次他手下的军官看不过眼，说一个妇道人家有什么好怕？你把她叫到军营里来，众兄弟带齐兵刃，好好吓她一吓她就老实了。"

"将军看到这么多人为他壮胆，盛情难却也想振振夫纲，于是照办。很快他的夫人被请到军营，那位夫人看着将军双眼一瞪喝问，急哄哄地叫我来有什么事？！你这些手下拿着刀枪棍棒是想造反不成？！那将军被夫人一瞪吓出一身冷汗，压根不敢按原计划执行，哆哆嗦嗦说，我、我是想请夫人来阅兵。"

秦悠悠虽然努力想让自己正经一点，以示自己没有想歪，更没有把故事跟她与严棣联系起来，但还是抑制不住眉梢眼角的笑意。

这是什么见鬼的破故事？！严棣心里又是好气又是好笑，暗骂齐天乐为老不尊，尽给秦悠悠灌输些乱七八糟的东西，但是又不由得感激他无意中给自己提供了这个好机会。

"我也怕你。"严棣似真似假道。

秦悠悠不上当："我说了，你松手。"

"我要请夫人阅兵，不知道夫人意下如何？"严棣假装没听见她的话。

"你想做什么？"平白无故请她阅兵，不知道存的什么心。

"想借夫人第一机关师的名号提振军心。"严棣毫不讳言。

"接下来呢？让我再替你们造几样不逊色于圣祖大炮的厉害军械吗？"秦悠悠冷冷道。

严棣慢慢皱起眉头道："你说我将江山社稷将自己放在你前头，你呢？你的师父、大嘴甚至这只没用的兔子，何尝不是都排在我前头？"

一大早的这是想找她吵架吗？

秦悠悠笑了笑道："是的，但是我不会为了他们欺骗利用对我真心爱惜的人，哪怕这个人不是我喜欢的人。"

严棣一呆，秦悠悠终于挣开了他的禁锢，抱着小灰扬长而去。

将心比心，从来就是这些身居高位的人不懂的事，他们拥有太多，觉得自己所有的一切都是理所当然,所以也不懂得珍惜别人的真心诚意。

一个不懂得爱人的人,却要别人爱他,将他放到心里第一位,真是太贪心、太不讲道理了,偏偏这些人还会觉得理所当然。

如果严棣懂得,他不会轻视她的坚持,无视她的痛苦,对她做出那样的事。

严棣没再提要秦悠悠陪他阅兵的事,后来反而是秦悠悠主动提起的,不过附带了一个条件:"告诉我帮助小灰晋级的办法,作为交换。"

"好。"这样的条件着实很简单,严棣当即答应下来,取了秘籍让梁令抄录一份送给秦悠悠。

梁令很有办法,竟然在这种地方还想出办法来替秦悠悠准备好整套王妃的行头,虽然正式的王妃礼服是找不着了,不过反正军营里也没几个军官知道王妃的礼服长成什么模样,只要足够隆重华丽能够体现身份就好。

军中只有些粗手粗脚的仆妇,秦悠悠唯有自己伺候自己。服饰妆容都好办,要弄出繁复的发型却要花些工夫了。

她平时都是把头发简单挽起就算了,到了这个时候不由得大感头疼,她是心灵手巧不错,不过梳理自己的长发一来不顺手,二来看不见后脑勺,真让她有些手忙脚乱。

小灰帮不上忙,大嘴不会弄,又不方便叫风归云帮忙,秦悠悠只好自己慢慢折腾。

"我来。"

正当秦悠悠一手挽着脑后一束头发固定住发型,一手在妆匣里翻找发梳之际,严棣忽然出现在她身后,稳稳接过她那一束长发,灵巧地盘绕几下,再取了一枚小银梳将发束固定好。

"谢谢。"秦悠悠道。

严棣没有说话,十指翻飞地摆弄着她的一头秀发,很快就替她将发髻与诸般发饰整理好,动作之纯熟竟然分毫不逊色于宫里受过专业训练的宫女女官。

两人新婚那段日子,严棣也常常替她梳发挽发,不过从前他都只是替她弄些她喜欢的简单发式,没什么技术难度。

这次却是一个非常繁复的正式发髻,她平时也很少弄这么复杂的,严棣只见过几次就能做得这么专业,确实聪明得过分。

秦悠悠对着镜子左照右照,赞道:"没想到堂堂圣平亲王做起替女子梳发这种事情来也这么厉害。"

她是真心诚意称赞的,不过话一出口才发现有点儿像故意讥讽,不由得讪讪地有些不好意思。

不知道的以为她暗示严棣从前风流花心,在许多女人脑袋上练习过呢。

天地良心,秦悠悠绝对不会怀疑严棣的清白问题,他的身体情况,要跟哪个普通女子亲近就是要那女子的命,除非他有替尸体整装的奇怪癖好。

除了他那位母后，在她之前，他绝对不曾伺候过任何女人。

秦悠悠心里升起几丝甜意与得意，不过马上就被理智压了下去。

他之前是哄她，这次是怕她披头散发出去丢他的脸罢了，否则他堂堂一个王爷，怎么肯如此纡尊降贵伺候她？

"有门手艺能讨得夫人的欢心也不错。"严棣绷着脸开玩笑，让人听了都不知道该给什么反应。

秦悠悠当没听见，对着镜子很快上好妆，然后起身道："可以了。"

外面鼓声轰鸣，整齐的踏步之声由远而近，就是在大帐内都可以感觉到地面在无数人马的踩踏下微微震动。

千军万马云集的威势，还未曾亲眼目睹，已经让人心头颤动。

"出去吧。"严棣伸手挽起秦悠悠的手臂，大步往帐外走去。

军营前方不远处就是一座高台，台上一名赤裸上身的壮硕大汉舞动鼓槌，鼓声远远传扬开去，每一下都仿佛击打在人心深处，让人情绪激昂，精神抖擞。

台下空地上站满了衣甲鲜明、刀枪铿亮的军士，亮晃晃的长枪密密麻麻指向天空，一眼望去完全看不见尽头，也不知道究竟有多少。

严棣挽着秦悠悠一步一步走上高台。

情不自禁

站在高处，秦悠悠看得更远，极目远眺都无法看清楚队伍的末端。

"你究竟带了多少兵马？"秦悠悠有些吃惊地问道。

"这个营区不过区区二十万。"严棣平静道。

区区二十万？！还只是这个营区？！这一场对多丽国的大战，相月国究竟总共出动了多少人啊！

想到两国数以百万计的兵士投身到这一场大战之中，只为了两国皇室、甚至更深一点儿说是严氏皇族的内部争斗，秦悠悠便觉得一阵心寒。

严棣与她一起走到高台边上，让台下靠前的兵士们也能看到他们的身影。击鼓的鼓手停下动作，下方二十万将士忽然大声欢呼起来："圣平亲王千岁！"

接着骑在马上的骑兵动作整齐划一地翻身下马，二十万将士瞬间矮了半截，一个个跪伏在地齐声高呼："圣平亲王千岁！千千岁！"

"众将士免礼！"严棣就这么平平淡淡一句，声传十里，就是站在队伍最末端的小兵也听得清清楚楚。

完全是一个口令一个动作，所有人动作整齐地从地上站起来挺直腰杆。

这就是万人之上的威仪风光吗？秦悠悠不得不承认，这种滋味确实容易让人着迷，难怪那么多人不顾一切往上爬。

"这是本王的王妃！军中有禁令，不可携带家眷，但是本王打算让她代替众位的父母妻儿兄弟姐妹，见证我相月国的热血男儿开疆拓土建功立业，为历年死于战乱的亲友报仇雪恨，你们可愿意让本王破例？"

严棣只字不提秦悠悠是机关师的事实，只说她是"家眷"，但是台下这些兵将们哪个不曾听过她的名号，见识过圣祖大炮威力的更是对她崇拜不已。

有这样一个身怀神技的王妃随军，他们焉有不胜之理。

"愿意！愿意！愿意！"

"王妃娘娘千岁！千千岁！"

二十万人高声呐喊的气势，绝对只有山摇地动足以形容。

秦悠悠可以亲眼看清楚那些将士们望向她时，眼里闪动的热情爱戴与兴奋激昂，即便她不认识他们之中任何一个，也忍不住被这种热烈的情绪所感染。

从前她与师父逍遥四方，从来没有觉得自己算是哪一国的人，甚至她嫁给严棣之后，也只是觉得相月国比其他国家让她感到更亲切一些，直到这一刻，她才第一次觉得，成为相月国的一分子，似乎也不错。

被这么多人欢迎拥护，是多么难得的事？

只不过她的感动没维持多久，就听严棣大声宣布："明日卯时拔营东进，两个月内攻克胡州，直捣催雪城！"

"攻克胡州，直捣催雪城！"

"攻克胡州，直捣催雪城！"

……

一声比一声更加响亮的呐喊在旷野回响，吼声震天，在秦悠悠耳畔轰鸣。

胡州她小时候跟师父去过，非常繁华的地方，据说有数百万百姓生活在胡州，过着男耕女织的安定生活，那里土地肥沃，是多丽国产粮最多的一个州郡，如果被攻下，可想而知会对多丽国朝野造成多大的震动。

几乎等于宣布多丽国败势已成，不可逆转。

只不过这一仗打起来，会死多少人？

在这里欢呼呐喊的将士们有多少可以平安回家去与家人团聚？

胡州的百姓还有多少可以保住自己的家园，继续过从前那种简单富足的生活？

秦悠悠眼前一片朦胧，先前的激动情绪已经不翼而飞，心头只剩一片冰寒。

挽着她的严棣忽然手臂一颤，秦悠悠有些莫名地侧头望向他，却见他神情紧绷似乎在努力忍耐着什么。

是了！是杀气！这里二十万大军群情激昂之下凝聚的杀气岂同儿戏？严棣体内的真元被杀气一激，瞬间便剧烈翻涌起来。

他不想吸收这些杀气，但是却分毫由不得他。

真是自找罪受！明知道自己这样的情况，还在这里煽动军心。

还是严棣笃定了她不会见死不救，所以故意如此？秦悠悠忍不住开始往最坏的方向想。

身边严棣重重吸了一口气，向着台下挥了挥手，道："众将士回营准备。"

下面的军官齐声应诺，各自带领自己的队伍退回营内。

严棣挽着秦悠悠走下高台，一路将她送回大营，硬声道："你可以去自行休息，我晚上会返回。"

说完不等秦悠悠反应就转身而去，眨眼再看不见踪影。

秦悠悠站在原地一阵错愕，这个时候，他不是应该想办法哄她替他散功吗？怎么一声不吭跑了？莫非还有比他的情况更危急的事？

不过人都跑了她也没本事去追回来问清楚，只好回到帐内更衣卸妆，换上普通衣裙，然后抱了百无聊赖的小灰去找大嘴他们。

驻云飞正兴冲冲地说要带大嘴和风归云参观军营，刚才那一幕他们也一样看得热血沸腾。雄性动物天性里都有好战因子，秦悠悠都被万军欢呼的场面所感染，更何况是他们？

驻云飞一心想拉拢秦悠悠身边每一分可以拉拢的力量，自然抓紧机会让他们多看看主人的威风与优点。

小灰嗤之以鼻道："一群只知道打打杀杀的武夫！哼！"

这两天它只要醒着就不停向秦悠悠反复告状，严棣在它口中已经等同于十恶不赦、该死一万次的混蛋，这样的人身上绝对没有优点，就算有也是假的。

驻云飞努力忽略小灰的诋毁，他发现秦悠悠没有跟主人一起，唯恐自己带着大嘴和风归云出去秦悠悠又再次消失，于是大力邀请道："你带上小灰跟我们一起去好不好？军营里有很多好玩的。"

秦悠悠想了想道："我去换身衣服再来，我这样不太方便在军营里乱走。"

现在人人都知道王妃在军营里，她一个年轻女子又是此等容貌身份，如果跟着驻云飞在军营里乱转，只怕会引来一些不必要的麻烦与混乱。

"哦！对对！我怎么没想到？"驻云飞挠挠头，明白秦悠悠的意思了。

小灰瞪了他一眼，哼道："又丑又笨！"

混蛋的灵兽也是混蛋，必须抓紧机会鄙视痛骂。

"小灰！"秦悠悠有些无奈地摸摸它的脑袋，小灰对严棣以及驻云飞的排斥已经严重到从未有过的高度了。

小灰拒绝承认错误，一头埋到她怀里不理人。

秦悠悠只好向驻云飞歉然一笑，对风归云与大嘴道："你们等等我，我很快的。"

她的动作确实很快，不过片刻就变成了一个小太监模样，提着装了小灰的篮子出现在众人面前。

驻云飞带着他们就往大营南边走："那边是骑兵营，里头的人跟我可熟了，马都在营后有专门的地方待着，不会随便跑出来，你们不用怕。"

后面这句自然是专门对秦悠悠和小灰说的，驻云飞虽然对这两个"母的"竟然怕马这么可爱的生物表示受伤不解，但也知道现在不是分辨这种行为是胆小没用还是没有眼光的时候。

"谁怕了？是讨厌！讨厌！你懂不懂？！"小灰恨恨道。

他要帮主人把夫人哄回来！要忍耐！驻云飞第一百次在心里告诫自己，不要因为小灰的挑衅而发火坏事。

秦悠悠警告地瞪了小灰一眼，驻云飞一路行来努力忍让的态度她都看在眼里，小灰还欺负他就有些太过分了。

小灰做出一副委屈模样垂下脑袋缩成一团不说话了，果然秦悠悠马上内疚地摸摸它以作安抚。

"驻大人？什么好风把你吹到这儿来了？"迎面而来的几个骑兵笑呵呵地向驻云飞打招呼。

"哦，这位风先生是王妃的表兄，他护送王妃到这里来，我带他四处走走看看。"这是大嘴先前教给驻云飞的说辞。

那几个看似粗莽的大汉脸色一变，打量风归云的神情顿时变得火热无比，一个个收起嬉笑之态，客客气气躬身行礼道："拜见风先生。"

这不是普通人对居上位者的巴结讨好，而是实实在在的尊敬与感激。

风归云被他们的态度搞得很是摸不着头脑，就是秦悠悠与驻云飞也不懂他们为什么这么客气。

风归云连忙笑着回礼道："在下不过一介布衣，当不起几位军爷的大礼。"

"当得起！王妃娘娘可是我们的救命大恩人！"其中一个骑兵一手扶住风归云道。

"大恩人？"秦悠悠压根不认识这几个家伙，当然，就算见过她也不会认识，但是她确实不记得自己曾经跟相月国的骑兵打过交道。

几个大兵见她身上穿着太监服饰，也没有计较她说话娘娘腔，哈哈一笑道："从前跟多丽国开战，骑兵营十个里头能够有六七个活着回来就不错了，回来的说不定还缺胳膊少腿的，今次……哈哈，有王妃娘娘复原的圣祖大炮在，我们兄弟个个全须全尾的，老赵那条腿还是自己磕到的,也没瘸。王妃娘娘不就是我们的大恩人么?!"

"就是啊!王妃娘娘要是来了,我们得好好给她磕几个头谢恩才是!"另一个骑兵附和道。

其余几人纷纷点头赞同,秦悠悠被他们说得有些不好意思起来,垂下头没说话。篮子里的小灰却兴奋了,如果不是秦悠悠先前告诫过它不要随便开口说话,它几乎要忍不住跳出来宣布:你们感激不尽的人远在天边近在眼前啊!

秦悠悠听着这几个骑兵真心诚意的夸奖,心里却没有太多高兴之情,他们免去了战阵伤亡,多丽国那些兵士们只怕就没这个运气了。

她还记得来的路上那些焦黑崩塌的堡垒城墙,残垣败瓦之下掩埋了多少性命?

"也得谢谢驻大人!"另一个骑兵话锋一转,夸赞起驻云飞来。

风归云笑问:"此话怎说?"

一个骑兵竖起大拇指绘声绘色道:"驻大人可威风着呢,站在阵前大喝一声,对方的马吓得屁滚尿流,不是当场跪倒不动就是掉头狂奔,根本不敢过来跟我们冲杀,呵呵。"

秦悠悠、风归云、大嘴的目光都落到了驻云飞身上,驻云飞脸色发红挠挠头道:"是他们的马胆子太小,算不得我的功劳。"

怎么不算他的功劳?驻云飞身具上古圣兽麒麟的血统,等闲野兽远远看见它都会被吓得飞速躲开。这是源于血脉的强大压制。

他不似大嘴和小灰被人刻意封印了体内的强悍血脉,其他动物难以感觉他们身上的神兽、凶兽气息。

驻云飞的麒麟血脉从来未受封印掩藏,就算修为比他高的妖兽,见了他也不敢妄动,何况是普通骑兵的战马?

小灰最见不得驻云飞和他那个混蛋主人出风头,努了努三瓣嘴,就想开口泼冷水,秦悠悠见机快,不着痕迹一手先捂着它的嘴巴不让它吭声。

这样的动作也只有秦悠悠敢做,换了别人,手指就这么完蛋了。

驻云飞不好意思听那些大兵继续没边地夸奖自己,连忙带着风归云与秦悠悠他们继续往军营里走。

就算是秦悠悠这样完全不懂行军打仗的人,都能感觉到整座军营处处洋溢着兴奋热烈的气息。

有些兵卒想靠着打仗立功封侯拜将,有些老兵想这场战事也许不用太久就能胜利结束,可以回家与亲人相聚。

大家都觉得这场大战最终的胜利者肯定是他们相月国,再过不久相月国大概就要一统天下。

他们在为自己的国家自豪,在为将来不必再有国与国之间的战乱而欢喜。

军营里的一切对于大嘴和风归云都颇为新鲜，就是小灰渐渐也忘了跟驻云飞斗气，好奇地蹲在篮子里左看右看。

营区很大，他们走了半天也只是看到很小的一部分，小灰忽然吸吸鼻子道："什么味道？好香！"

"哦，前面是这一片营区的伙夫营房，应该是到了吃饭的时候了，他们在准备将士们的午饭。"驻云飞这才发现他竟然忘了他们也要吃午饭的事。

"我们回去吃饭吧。"秦悠悠怕饿着小灰，首先提议道。

"在这里吃好不好？好香！我饿！"果然小灰连回去都等不及就开始喊饿。

"你和大嘴如果在这里吃，许多人就要饿肚子了。"秦悠悠无奈道。

大嘴和小灰一顿的食量可以抵上十来二十个壮汉一日，这还是他们比较节制的吃法，如果放开肚皮吃……秦悠悠都不敢想象。

刚才她就听驻云飞说过，一般每片营区一百个士兵就会配备一个伙夫营房，专门替他们准备食物。让大嘴小灰在这里吃一顿，等于这个营区有几十士兵这一顿要饿着等伙夫再次另做饭菜。

而且每个营区的粮食都是有定额的，他们吃了人家的份，人家怎么办？

"但是我想吃这里的……"小灰眨巴眨巴眼睛，它闻到很吸引它的味道，虽然不知道那是什么，但是它觉得自己吃了会有好处。

秦悠悠望向大嘴，大嘴哼道："就你这笨兔子多事，好啦好啦！我飞回去让人把我们的食物送来这边跟他们换好了。"

小灰心满意足地用力点头蹲坐起身咬着秦悠悠的袖口扯了扯，秦悠悠也只好点头了。

驻云飞很鄙视小灰的任性，不过同时也明白了一点，小灰对秦悠悠有很大的影响力，只要把它拉到自己这边来，秦悠悠肯定可以跟主人和好。

虽然这只兔子很难搞，他也决定忍了！

当下他马上找来这一区的军官，让他调出一个空的营房让风归云、秦悠悠和小灰进去休息，让这边兵丁先将二十个人的吃食送过来。

小灰终于发现自己闻到的那股让它心动的香气源自什么东西。

那是一种类似山芋之类的植物块根，名叫土藕，在相月国也有许多，都是穷人山民的食物。

军中除了军粮，也会就地取材，找些类似的食物甚至捕猎野兽给士兵们加餐。这些土藕就是这里的伙夫们在附近一处山谷里挖到的。

寻常土藕小灰也吃过，但是它觉得这些土藕带着一种特殊的香味，估计跟那山谷中的水土有关，小灰觉得自己吃了会有好处，于是毫不客气地把所有土藕扫荡一空。

这不是什么值钱东西，驻云飞把原本替小灰准备的口粮作交换，那些伙夫与士兵们反而高兴得很，小灰的伙食从来都很好，算下来他们大赚特赚了。

秦悠悠留了个心眼，好不容易从小灰的嘴下抢到一小块土藕留给大嘴分辨。

大嘴厌恶地拿起那块沾了小灰口水的土藕送到鼻子边闻了闻，顿时眼前一亮。

"快问问伙夫这都是在哪个山谷找到的，那山谷地底定有非常了不得的宝贝！这土藕就是吸收到那宝贝的一丝丝气息，才会带上这个味道。如果我没记错，应该是'玄墨活灵芝'！"大嘴抛下那根土藕，兴奋地扇了扇翅膀道。

小灰抢上前啊呜一口把那仅余的一根土藕吃下，用力蹭蹭秦悠悠道："我们去找，那个什么灵芝我吃了一定可以快些晋级！"

小灰不似大嘴有分辨天材地宝的本事，它只能凭借本能感觉自己需要什么，吃什么会有好处。

驻云飞二话不说跳起来去找伙夫询问此事，秦悠悠指指他的背影道："驻云飞对你很不错了，你不要再欺负他好不？"

"不好！他是马！马最讨厌了！而且他还有个混蛋主人！"小灰娇蛮道。

秦悠悠很无奈，说起来小灰这么排斥驻云飞，还是因为她。

如果她不是那么怕马就不会连累小灰也怕，如果不是因为她与严棣这样的关系，小灰也不会痛恨严棣痛恨得跟什么似的。

小灰吃了一顿饱，打了个饱嗝，摇摇晃晃倒下就睡。

驻云飞很快就问清楚了跑回来道："那个山谷挺近的，就在营区出去两三里地外，等主人回来了，我们一起去看看。"

大嘴斜眼望他："现在去不成吗？有你在悠悠也跑不了的。"

驻云飞虽然奉命看住秦悠悠和小灰，但是让大嘴这么当面揭穿，还是有些讪讪地不知该如何解释。

秦悠悠是真的觉得他有些可怜，于是道："没关系，反正小灰也睡着了，等你的主人回来再说吧。"

"驻云飞，这事你可得保密！如果让人捷足先登，嘿嘿，到时候小灰没吃着那灵芝，估计吃了你的心都会有，它最喜欢在悠悠面前告状……你懂的。"大嘴看穿了驻云飞一心讨好秦悠悠和小灰的心思，故意恐吓道。

风归云心肠还算不错，建议道："要不驻云飞你让这个营区的官兵去守住那个山谷，别让人靠近？"

"好好好！"驻云飞连声答应，马上照办。

一行人回到中军大帐附近，大嘴拉着驻云飞和风归云说起行军打仗的趣事，说得兴高采烈唾沫横飞，秦悠悠抱着小灰在一旁静静地听着，没有发表意见。

驻云飞极力夸奖圣祖大炮，说因为有了这些大炮，相月国这次出兵数月，连下十数座城池，伤亡的士兵还不足一万，算是历年交战死伤最少，战果最辉煌的。

秦悠悠想了想，终于忍不住问道："那多丽国呢？有多少人死伤在这大炮之下？"

驻云飞听梁令说过，秦悠悠与主人翻脸，其中一个重要原因就是她不想复原圣祖大炮这种沙场利器，而主人用苦肉计令她屈服。

所以他刚才受到那几个士兵的启发，才会极力吹嘘大炮的好处。没想到秦悠悠依然没放开这个问题，他根本不知道该怎么回答。

"圣祖大炮开战至今一共开了二百二十七炮，敌军的具体伤亡人数无从考证，不少炮弹因为各种原因落在了空处，就算每炮造成一百名敌军伤亡，满打满算不过二万五千人左右。"梁令的声音忽然自大帐门外传来，显然他已经站在那里听了一阵了。

他掀帘而入，看着秦悠悠道："按照以往攻城战的记录，一场战事死伤过万的比比皆是。如今我军攻下十八座城池，双方伤亡人数尚不足四万，已经是前所未有。"

梁令在严棣身边负责掌管文书信函，这些事情比谁都清楚。

秦悠悠沉默不语。

梁令虽然不完全懂她的心思，但也明白把这事跟她分说清楚对严棣会比较有利，于是继续道："其实真正动用圣祖大炮密集轰击的不过开头几场大战，之后那些城池大部分都是几乎兵不血刃就夺取下来了。多丽国军民被吓破了胆。皇上从攻破第一座城池起，就没有刻意扣留残兵及白姓，只要交出兵器甲胄就能自行离去，实是利用他们将圣祖大炮的威力广为散播，动摇多丽国军民对抗的决心。"

"如果不是后来奉神教一次出动大批武圣前来狙击，甚至连江如练也亲自出手刺杀皇上，只怕此刻胡州亦已在我军掌控之中。能如此不战而胜，实要多谢王妃娘娘你复原的圣祖大炮。"

秦悠悠苦笑道："你们是想说我复原圣祖大炮是对的，不但没有大造杀孽，反而是万家生佛救人无数吗？你们消灭了多丽国奉神教之后呢？接下来要用它一统天下了吧？周边哪个小国胆敢不从，就是一阵狂轰……"

他们严氏要一统天下，所有妄图反抗的都是他们的敌人，至于这些国家的人是不是心甘情愿被他们统治，那不重要，反正他们手上拥有最强武力，别人就只可以在接受他们的统治或者被消灭这两条路之中选一条。

这就是他们这些强者、枭雄、霸主们的守则。

秦悠悠不喜欢，但是却知道也许他们才是对的，自己这是成不了大事的妇人之仁。

今日换成别的国家有这样的大杀器在手，也绝对不会对邻国手软。她应该庆幸，至少她不是被亡国的一方。

梁令也知道有些话点到即止，说多了反而会有反效果，所以识趣地不再多言。

秦悠悠抱着小灰站起身道："我想到一个新的机关，你们继续聊吧，我先回去了。"

她想一个人静一静。

严棣一直到她就寝了都还没有回来，秦悠悠抱着熟睡的小灰躺在床上翻来覆去睡不着觉。

她不想承认她是在担心严棣，既怕他压制不住体内的真气会出事，又怕这一切又是一个精心布置的苦肉计骗局。

"小灰，我该怎么办？"秦悠悠把小灰放到枕边，轻轻拨了拨它的长耳朵叹气道。

小灰如果醒着，一定会叫她快些逃跑，离严棣混蛋远远地，然后就跟他再没关系再也不用为他烦恼了。

如果真的这么简单那该有多好……

"这么晚了，怎么还不睡觉？"是不是在等我？后面这一句严棣忍住了没敢问出口。

他突然说话，把躺在床上的秦悠悠吓了一大跳，猛地翻身坐起才发现严棣不知何时回来了，正站在床边低头看她。

他的一双眼睛在黑暗中格外明亮，仿佛燃烧着可以将她融化的温柔。

"人吓人，吓死人的！"秦悠悠虚张声势地指责道，一边撇过脸不敢去与他的眼光对视。

严棣身上带着夜露与土壤的气息，显然是刚刚从某处野地里赶回来的，似乎还有一丝说不清道不明的幽香。

"你身上带了什么？这是什么味道？"秦悠悠觉得帐篷里太安静让她浑身不对劲，所以努力找话题，好打破这让她别扭的安静。

幽香的气味忽然又更浓郁了一些，黑暗中严棣将一朵墨色的大蘑菇状物体送到她面前："玄墨活灵芝，驻云飞说那只笨兔子很想吃这个晋级，我就顺便去将它找了回来。"

秦悠悠接过那朵巨大的灵芝，忽然鼻子发酸。

下午时大嘴就吹嘘过这种灵药的厉害之处——生于地底百尺，而且受到惊动的话还会逃跑，虽然速度不算快，但是任何人往地下深挖百尺都不是太简单的事，也不可能大范围挖掘，只要让它移开一丈数尺，就足以让人无功而返。

也只有严棣这种神识灵敏至极实力又强大至极的人才能将它从地底完整挖出来。

他深夜不归，是为了自己去找这个东西，而直至现在，她还能感觉到他身上涌动不稳的气息。

就算他在骗我，也是下足了本钱的……秦悠悠心里叹气。

反正我跟他亲近，我也有好处，小灰吃了这支灵芝，应该离晋级又进一步，我如果修为能够达到武圣级别，至少它晋级的时候就可以帮帮它的忙了。秦悠悠在心里给自己找理由，坚决不肯承认自己其实是担心严棣再不散功会出事。

严棣见秦悠悠拿着那支灵芝低头不语，抬手揉了揉她的发心道："早些休息。"说着便打算到小床那边去就寝。

明日卯时就要拔营进军，现在离卯时就剩三个时辰不到了。

他刚刚转过身，便感觉腰身一紧被人从后面抱住，然后柔软曼妙的身子就贴上了他的。

"你……"严棣瞬间全身僵硬，伸手抓住秦悠悠的手臂。

她是那个意思吗？

耳朵被人轻轻咬了一口，秦悠悠的声音带着无边魅惑："你不想？"

怎么可能不想？！他都想得快发疯了！

严棣拉开那双缠在他身上的手臂，转身紧紧抱着身后的小魔女，低头用力吻住她，将她重重压到床上，决定用实际行动告诉她，他有多想！

严棣像一团熊熊燃烧的烈火，他的呼吸、他的手、他的身体带着令人战栗的热度，重重地灼烫着秦悠悠的身心，仿佛要烙下属于他的印记。

曾有的亲密记忆让他清楚知道她身上所有秘密，每一个敏感的地方以及以何种手段挑弄能够获得最热烈的反应。

黑暗之中，秦悠悠依稀听到布帛被撕裂的声音，这个男人竟然连脱衣服都嫌太慢，直接用撕的。

身体微凉之后便是一阵火热，他的身体贴着她的，光滑的肌肤之间不留一丝缝隙。

男与女是如此不同，刚强坚韧的男性体魄以无比的强势研磨挤压着身下女子柔美娇嫩的身躯，仿佛要将她磨成灰、磨成水，好融入自己的身体，永不分离。

秦悠悠忍不住仰起头，按在他肩头上的指尖一紧，在他肩臂上留下几道红痕。

她觉得自己就如一朵盛开的花，只能无助地任由他采撷摆布。

她的娇吟与温顺没有得到身上男人的怜惜，反而让他受到鼓励般加快侵略的速度。

他的动作毫不温柔甚至粗鲁急切。

很难要求一个好几个月没尝过鱼水之欢的正常男人在面对自己妖娆迷人的小妻子之时，还温情脉脉地循序渐进。

可是就在他即将得手之际，秦悠悠的手无意识一伸，正好碰到了枕边一团毛茸茸的"东西"……

她猛地想起那是小灰，差点儿窘得想撞墙，连忙扭动腰肢横过玉腿架住严棣压上来的身体，低声叫道："等等……你等等！"

等什么？！这小妖女又想出什么见鬼的主意想折磨他不成？！

"我等不了！"严棣箭在弦上，差点急得吐血，伸手就去摆布她的腰腿想继续好事。

"小、小灰在……我不！"秦悠悠拒不合作。

又是那只该死的兔子！严棣气得只想举掌将它打成肉酱，但是不行。

黑暗中视物对他并无难度，他勉强一伸手将柜子边上那个竹篮拿来，一晃把小灰兜进篮子里扔到床脚下。

"现在它不在了……"严棣根本不肯再给秦悠悠任何拖延拒绝的机会，低头含住她的双唇，双手握紧她的细腰，沉身一挺开始了更凶猛疯狂的热烈节奏。

如果这是梦,他绝对不想醒来,多日来的思念煎熬与火热欲望在这一刻得到了安慰与纾解,那种感觉犹如一个长途跋涉濒临死于干渴疲累的人忽然落入一池甘泉之中,身心的种种痛苦不适被荡涤一空,只余说不出的畅快舒爽。

满溢的真气找到了宣泄的出口,汹涌着向秦悠悠的身体里灌输。

他的节奏太快太猛,秦悠悠嘤嘤轻喘,口中无意识地呢喃着不知道是抗拒不满还是欢快渴切的零落叹息。

寂静黑暗的帐篷内,只有俩人的声音,混合着粗重娇柔的喘息轻吟,说不出的缠绵暧昧。

所有的坚持、欺骗、利用与怨恼都被暂且放下,他们的世界在这一刻只有彼此……

秦悠悠觉得自己会散架,身上那个男人不知餍足的需索让她全身都又酸又疼。

这哪里是什么欢好?简直就是做了一天苦力似的。开始时确实感觉挺不错的,不过到了后来,她渐渐地就感到吃不消了。

"混蛋!不要了……我不行了。"秦悠悠有气无力地推推压在身上又再蠢蠢欲动的色狼,她现在连抓人咬人的力气都没有了。

就算要散功也不能一次就下这样的重手,这简直要命!

她觉得全身真气充盈,将疲累的感觉都冲散大半,问题是她一下子承受太多的真气灌输,身体也有些承受不住,而且几轮激越的情潮冲刷之后,头脑不免有些昏昏沉沉的,精神不振。

"叫我永乐。"严棣低头轻吻她的眼睛,脸上的神情是几个月来从未有过的放松与满足。

"永乐……"秦悠悠在这种时候都是很识时务的。

严棣总算大发慈悲地抱着她坐起身。

怀里慵懒娇媚的悠悠真美,尤其想到让她露出如此美态的是他,只有他可以看到她迷人的一面,就更让他感到满足得意。

严棣现在很后悔,他不该吩咐今日拔营进军的,不然他有足够的时间可以跟她好好缠绵,把这几个月的份补回来。

现在离卯时余下的时间不多,很快梁令就会来伺候他更衣,同时收拾营帐准备出发。

悠悠在面对他的某些时候大胆热情,但是面对其他人时却非常害羞保守。从前就是贴身伺候的侍女,她也绝不肯让她们见到她与自己亲热的情景。

如果让梁令来看到她这副模样,估计她会对他大发脾气然后又是好一段日子不肯让他亲近。

严棣有些眷恋地抱着秦悠悠厮磨抚弄一阵,终于披衣而起,吩咐帐外值守的小太监送来温水浴桶,然后亲自抱了秦悠悠一起泡进去沐浴净身。

秦悠悠歪在他怀里任他摆布伺候,懒洋洋地一根手指头都不想动了,直到之后被擦干身子抱到床上穿好内外衣物，全是严棣一手所为。

她舒舒服服靠在床头，看着严棣在她面前自行换上新的衣袍。

平时这些事都是小太监做的，今日他让太监送了水来就没再让他们进入大帐，应该是怕她害羞。

她与严棣终究又走到一起，他对她还是那么热情迷恋，娇惯宠爱、仿佛真的将她当成心肝宝贝一般无微不至地小心照顾。只不过她对他，与从前已经不一样了……

我也是在利用你

小灰被人从床上兜到篮子里扔到床下，依旧睡得十分香甜，一点儿反应都没有。

秦悠悠看着它轻轻叹了口气，取过先前被随手抛在枕边的那支乌黑的玄墨活灵芝握在掌中把玩。

小灰看到它肯定就是啊呜一口整株吞下去，大嘴对这支灵芝也垂涎得很，她就替大嘴留一点点好了。

"在想什么？"严棣穿好衣袍走过来轻抚她的脸蛋问道。

他的声音低沉而舒缓，甚至带了几丝笑意，没了素日来的紧绷冷漠，看来散功的效果很不错……

"我在想……谢谢你。"秦悠悠道。

"我们是夫妻，说什么谢不谢的？"严棣坐到她身边，抱住她的细腰，惬意地亲了一口她颈上淡淡的红印子。

那是他先前留下的，他吸吻得用力，就算如今秦悠悠的修为不弱，一时半刻也消不掉。

秦悠悠静静地任他动作，没有说话。

"怎么了？"这个样子的秦悠悠很奇怪，明明人在眼前，却又似乎离得极远，远到他完全感觉不到她的心在哪里。

"没什么，我想提升修为帮小灰晋级，反正你身在战场，也需要我替你散功，我们暂时这么合作也不错。像你从前说的，合则两利。"秦悠悠轻笑道。

这话是什么意思？！严棣的眉头慢慢皱了起来。

她是不是在告诉他，她依然没打算跟他继续做夫妻，只是暂时互相利用？将来利用完了还要离开？

他心里蓦然生出一团怒火,这小妖女的心都是什么做的,他如此待她,为什么她还能这般无情?

这是吃定了他爱她宠她离不得她,所以便不将他的情意当回事了是不是?

"疼……"圈住秦悠悠细腰的那条手臂仿佛突然变成了一个烧红的钢圈,将她勒得生疼。

严棣终是不舍得伤害她,听她呼疼便松了手臂,秦悠悠连忙扶着腰站起身退开两步。

她明白严棣为什么生气,不过她不觉得他有理由对她发脾气。

合则两利,一开始他就是这么对她说的,他用她散功,她可以恢复提升修为。

难道就只能他主动算计利用她,不许她带着目的亲近他利用他?

严棣定定看着她看了好一阵,忽然敛去眼中的冷怒,微笑道:"好吧,那我们便这样好好合作也不错。笨兔子如果知道这支灵芝让你跟我重归于好,估计得气死。"

"小灰才不笨!"而且谁跟你重归于好了,都说了是互相利用,等我的修为达到武圣级别,你看我还跟你好不?!秦悠悠在心里反驳道。

严棣没兴趣讨论小灰的智商问题,一手将秦悠悠扯回来,低头咬着她的耳朵呵气道:"替我散功一次可不够,你不是想尽快提升修为?待会儿大军出发,你在车上好好休息,晚上我们再深入研究一下合作的细节。"

他的小妻子想利用他?很好很好!他不让她把自个人一辈子倒赔给他他就不姓严!

夏季天明甚早,卯初天空已经渐渐发白,各个营区的军马有条不紊地整装出发,等到严棣带秦悠悠等人启程,辰时都已过半。

二十万军队调动,就算再如何迅速有序也是相当花耗时间的事。

秦悠悠坐在马车中,连哄带劝地说服了刚刚醒来就开始喊饿的小灰,把那支玄墨活灵芝分了一小角给大嘴品尝。

小灰兴高采烈啊呜一口吃掉剩下那大半支,身子晃了晃又再趴倒在秦悠悠膝盖上睡了过去。

大嘴摇头晃脑回味着那一小片灵芝的美味,瞪了小灰一眼道:"好好的八品灵药就便宜这个连味道都不太会分的家伙,真是浪费。"

"小灰这回不知道会睡多久呢,如果吃这个马上能晋级就好了。"秦悠悠给小灰顺了顺毛,将它放回篮子里。

"这玄墨活灵芝的年份足,药力也很强,又是它需要的,估计它至少得睡个三两天。不过……"大嘴斜眼打量起秦悠悠。

"不过什么?"秦悠悠被他看得浑身不自在。

"这灵芝虽然珍贵,也不值得你让那混蛋占便宜!"大嘴哼哼道。

他不是小灰那个什么都不懂、迟钝而且只知道吃的笨蛋,秦悠悠的修为比昨日提升了不少，外边那混蛋今日也换了一副眉舒眼展的嘚瑟神态，显然是昨晚没干好事。

"大嘴你胡说什么啊！"秦悠悠羞愤了。他这说法，好像是她卖身换的那支灵芝似的。

那是混蛋白送她的好不好？！她顶多就换了点儿修为……都怪混蛋，如果不是他害她原本修炼的真气全散，用这种方式替她恢复修为，她也不用这么干的。

现在问题是就算她想自己修炼，也修炼不了。

她不介意自己的修为高低，但是小灰怎么办？它一天不突破晋入十品，一天都是现在这个弱得不行的样子，万一她哪天保护不了它，它会很危险。

"我是不是胡说你心里有数。那混蛋是什么货色你比我清楚，别又给他骗了。"大嘴不以为然道。

"这次没什么好骗了，我跟他说清楚了，我替他散功，他替我提升修为。"秦悠悠的声音有些发涩。

其实她明白，什么提升修为不过是她找到的一个充分理由，就算没有这个好处，她也不忍心见严棣因为吸收太多杀气，真气失控面临生死劫的。

虽然他一次又一次地骗她利用她，但是她确实喜欢上他了，而且至少一段时间内无法忘情，她无法眼看着他面临危险而袖手不理。

也许这就是从前村里那些大婶大娘们挂在嘴边的"一夜夫妻百日恩"吧。

大嘴歪着脑袋一副很烦恼的模样。

秦悠悠道："我没事的，你不用这个样子。最坏的结果也不过一拍两散，我继续带着你们浪迹天涯去找师父，没什么大不了的。师父不是说过么，伤心没什么好怕的，总有一天会想通，想通了伤就全好了。"

"我不是在为你担心，我是想不通一件事。"大嘴仰起头作遥望天际深思状。

"想不通什么？"秦悠悠好奇道。

"那混蛋显然是赖上你了，那旭光圣子跟你求婚是怎么回事？"

相月国军队的动向很快传到了多丽国京城，朝野上下一片恐慌。

先前相月国皇帝御驾亲征，带着圣祖大炮直接将他们的防线轰得溃不成军已经让他们震惊莫名。

他们求奉神教出动无数高手，甚至最后连教主江如练都出手了，结果却只是让他们的脚步缓了下来。如今他们再次进军，不但换上了更加可怕的圣平亲王严棣统军，还传出王妃随军远征的消息。

一直有传相月国的圣祖大炮其实是圣平王妃的手笔，她突然出现，而且出现之后没几天严棣就拔营进军，莫非是又整了其他更可怕的杀器要对付他们？！

奉神教在阵前折损九名武圣，连教主江如练出手都没能杀死严櫩，这事天下皆知。

说相月国是天命所归，注定一统诸国的传言在严氏的推波助澜之下传得沸沸扬扬。

多丽国朝中不少大臣已经暗中找门道想投向相月国以保平安富贵，周边联盟的诸国也多在观望。

如果多丽国能撑下来那是最好，如果不成，他们就打算赶紧投降归附，不当国君当个安乐侯爷算了。

因为这种心态，原本积极帮助多丽国的许多小国开始退缩摇摆。

多丽国那位皇帝陛下急得如同热锅上的蚂蚁，就是后宫的美女如云也安抚不了他的惊慌失措。

"怎么办、怎么办？风家人把那尊该死的圣祖大炮研究出来没有？"皇帝焦躁不已地一日数次催问身边的太监侍从。

可惜得到的答案都是否定的。

"西河风氏不是号称天下机关三大世家之一吗？这点小事都做不好！连人家一个二十岁不到的小丫头弄出的东西都搞不定，他们这些人还有什么用？！"皇帝又一次忍不住对从前忌惮不已的西河风氏破口大骂。

从前这三大机关世家架子都端得老高，甚至连对他这样的一国之君都只是面上客气，结果呢？

真出事了一点儿用处都没有，奉神教用九条武圣性命换来的大炮他们复制不了，江如练给他们的机关图纸他们看不懂。

这样的废物也敢自称三大机关世家！

左右侍从眼看着皇帝暴跳如雷，都不敢上前劝谏。

一名小太监战战兢兢来报："太、太子殿下求见。"

"让他进来吧。"皇帝正想找个人分担一下内心的恐惧，太子无疑是最好的人选，这些年国事几乎都是太子替他打理的，说不定他有什么好计策可以解决他们眼下的危机。

平时他还有些防着太子会来夺他的权，现在太子跟他坐在一条船上，多丽国亡国，他这个皇帝固然要死，太子也肯定是要为他陪葬的。

太子很快走进大殿，正要行礼，皇帝已经迫不及待一把拉起他道："这个时候还计较这些礼数做什么？你说，可是有对付相月国的妙计？"

太子扫了一眼左右的太监侍卫，眼神闪烁。

皇帝会意，大声道："所有人退出十丈之外，擅自靠近者杀！"

太子殿下直到确定所有人都退得远远的了，才将声音凝成一线，靠到皇帝身边道："父皇，这宫里耳目众多，难保没有七弟的眼线，儿臣接下来要说的话事关重大，请父皇小心一些，否则我们父子俩只怕等不到相月国的人来，就先要坏在七弟手上了。"

他口中的七弟，指的正是旭光圣子贺熙朝。

对于旭光圣子，皇帝与太子心里都是又恨又怕又不敢惹。

他们能够成为皇帝、太子说到底都是托旭光圣子的福，因为他在奉神教的地位，以及备受教主江如练看重的关系，他们才能鸡犬升天地跟着成了万人之上。

　　皇帝的同辈兄弟里，比他有才干有能力的多了去了，但最终皇位却落在了他手上，据说当年先皇至死对此事都难以释怀。

　　他看上的皇位继承人无论如何都轮不到这个没用的废物，可是这个废物偏与他的妃子偷情生下了一个了不得的儿子。

　　奉神教在多丽国内势力从来凌驾于皇室之上，先皇就算再如何不愿，也只能遵照教主所言，让这个他从来看不上眼的儿子登基为帝。

　　就是如今这位太子殿下，实际上也是贺熙朝指定的。

　　父子俩都不太明白贺熙朝对他们这么"好"的缘故，他们就没对他们母子俩做过什么好事。

　　太子的母后当年还曾暗中找人想到冷宫毒杀贺熙朝之母，好彻底解决这个祸胎，是贺熙朝那位爱惜妹妹的阿姨发觉不对才想办法将妹妹救下。

　　皇帝就更加糟糕，除了与贺熙朝的母亲通奸生了他，就再没做过任何好事，放着他们母子俩在冷宫里受折磨，贺熙朝的娘亲更是受尽苦楚病逝在冷宫之中，最后连个像样的葬身之地都没有。

　　如果说旭光圣子这是顾念父子兄弟之情，那简直就是个天大的笑话。

　　后来发生的事情，更印证了他们的想法——旭光圣子是要变着法子折磨他们。

　　先是太子的母后被发现与皇帝最宠爱的三儿子通奸，这事简直匪夷所思，但是证据确凿而且捉奸在床。

　　如此可怕的丑事，皇帝与太子只好一狠心，放火将皇后的宫殿烧了，将皇后与三皇子也活活烧死在里头。对外谎称遭遇刺客纵火。

　　后来皇帝父子俩回过味来，越想越觉得不对，皇后脑子就算烧坏了要跟人通奸，也不可能去勾搭很有机会成为自己儿子竞争对手的三皇子。

　　三皇子的母妃同样出身望族，本身才德出众，皇子府中美妾众多，就算色迷心窍，也不至于去勾搭他名义上的母后，一个徐娘半老的深宫贵妇。

　　然后，更诡异的事情发生了，皇帝在一次宫中饮宴之后，竟然强暴了自己小儿子的正妃。

　　这位倒霉的皇家新媳妇与宫中的玉嫔出自同一家族，难得进宫一趟就去走走亲戚，结果被莫名其妙摸到玉嫔那儿的皇帝当成玉嫔给强奸了。

　　事后皇帝自己也得迷糊，这小儿媳妇明明与玉嫔长得不怎么像，自己怎么就醉成那样连人都不会分辨了？

　　这事连累不少人掉了脑袋，就是那位倒霉的小皇子也不知就里被皇帝塞到了边远之地去变相流放。

　　京城里每日都有新的流言在宣扬着皇帝与他的那些皇子公主们的荒淫事迹，说得有板有眼。

皇帝就是坐在龙椅上，也时时可以感觉到大臣们暗暗投来的鄙夷目光，到后来干脆流连后宫，托病不上朝了。

太子辛辛苦苦与朝臣们周旋，旭光圣子却今天到这个皇子府中饮宴，明天与那个亲王世子出城游猎，不断挑衅着他脆弱的神经。

旭光圣子已经用事实告诉所有人，什么多丽国皇帝、太子，不过是他一句话的事。不少人在猜测着他什么时候看太子不爽了，估计就会从贺氏皇族中挑出一个新人顶了他的位置。

这种朝不保夕的日子简直令人疯狂，太子却毫无办法。

父子俩都回过味来，这是旭光圣子的报复。

但是他们放不下已经到手的风光地位，只能咬牙切齿地讨好着旭光圣子，哑忍他层出不穷如同猫戏老鼠般的恶劣手段。

如今皇帝一听太子的口气，知道他可能是要对付自己这个可怕的七儿子，顿时浑身一哆嗦，也学着太子将声音凝作一线，问道："你有什么打算，快快说来。"

"儿臣已经与奉神教的几位长老联络上，他们对江如练与七弟的倒行逆施也十分不满。这次相月国大举来犯，说到底也是他们师徒惹下的大祸，却让奉神教与我多丽国承担如此可怕的后果，莫说我多丽国朝野上下，就是奉神教也有许多长老也愤慨不已。"

旭光圣子的靠山是奉神教教主江如练，江如练是赫赫有名的天下第一高手，据说修为已经达到人世巅峰的十八品，所以皇帝与太子先前就算恨死了旭光圣子，也不敢奢望扳倒他。

皇帝听太子的口气，分明是奉神教的人都打算对付江如练了，顿时精神一振，尤其是似乎对付他们的同时还能解决多丽国的危机，那就更是大妙。

至于没了旭光圣子撑腰，他们父子是不是还能够稳坐皇帝、太子的宝座，这事可以容后再议。

没了旭光圣子捣鬼，他们只要在奉神教内找到新的靠山，不愁地位不保。

"若不是那逆子与江如练跑到子夜城去一番大闹，原也不会惹来相月国的疯狂报复，最可恨的是相月国杀过来了，那江如练却还犯糊涂不肯全力出手杀死严櫶那小子，简直可恶！"皇帝恨声道。

太子阴冷一笑道："他不是犯糊涂，是力不从心。我听奉神教那几位长老透露，江如练的修为随时可能突破十八品引动生死劫，他上次就是因为体内真气激荡，隐约有触发生死劫的征兆，才会急急退去。"

"江如练的修为竟真的如此厉害？！"皇帝瞠目结舌，他记得江如练的年纪比他还少了老大一截啊。

"奉神教的几位长老已经想到了一个一石二鸟之计，只要此计成功，什么江如练、严棣，统统都要死！"太子恶狠狠道。

奉神教总坛之内，江如练正好也在跟旭光圣子恳谈。

这师徒俩虽然没有血缘关系，但若论彼此的感情，却比许多亲父子还要亲近几分。

"为师的身份来历你已经知道了，你若怪为师为你多丽国贺氏惹来国破家亡的大祸，为师也不怪你。"江如练平淡道。

旭光圣子听闻师父竟然与相月国皇族同出一源，虽然也有些吃惊，却并不太意外。

早在他发现师父传授给他的夺魄牵魂之术竟然被严氏兄弟轻松破解之时，他就感到十分疑惑。

之后更发现师父的很多秘技绝学都与严氏的手段相当相似，尤其是师父身上吸收杀气凝练真气的神奇功法，更是与严棣的惊人一致，甚至连缺陷也一模一样。

旭光圣子一直隐约猜测师父应该与严氏一族颇有渊源，只不过没想到师父原来根本就应该姓严。

"就是没有师父的事，相月国得了圣祖大炮这样的利器，也不会放过多丽国的。国破家亡不过是早晚之事，何况那也不是我的家。"

旭光圣子的态度同样轻描淡写，他对多丽国甚至对贺氏皇族都没有太深感情，贺家的人就是在他面前死光了，他也不会太在意。

其实他内心深处更希望自己是师父江如练的儿子，而不是那个猪狗不如的多丽国皇帝见不得人的奸生子。

每次想到身上那一半来自贺氏的血统，他就觉得恶心。

他虽然一直认为娘亲愚不可及，但至少她曾经与他相依为命，尽了自己的最大努力爱惜他保护他，也是因为她，他才有机会拜入江如练门下成为他的弟子，彻底告别过往那种人不人鬼不鬼的生活。

江如练虽然不太明白他的心事，但是这个弟子对贺氏皇族没有好感甚至有很深的恨意他是知道的。

他心里何尝不希望眼前这个，是他与深爱女子所生的孩儿？旭光圣子与他那位聪明的阿姨都以为他会收旭光圣子为徒，是因为其母生得与风瑶姬有几分相似。

事实并非如此，他见到旭光圣子的娘亲之时，她早已形销骨立，憔悴得犹如一名沧桑老妇，哪里有半点风瑶姬美绝尘寰的影子？

真正让他动心的是旭光圣子那双眼睛，倔强防备却美丽非凡的眼睛。

他记得第一次在奉神教总坛见到风瑶姬时，她也是这样看着他……

他不忍心让同样拥有这般眼神的孩子夭折在冷宫之中，所以将他带走收为弟子。

旭光圣子的资质天赋固然让他意外欣喜，这个孩子对他的依恋亲近却也让他对他生出几分不同的感觉。

他收了三个弟子，大弟子、二弟子在他面前从来中规中矩，不敢有半丝放肆，只有这个三弟子，将他当成最亲的亲人一般看待。

不知不觉间，他也将他当成了自己的亲儿子一般，甚至把家族从不外传的种种秘技都传授了给他。

"你以后有什么打算？"江如练淡漠的眼神中慢慢融入几丝慈爱。

自从心爱的女子死后，他渐渐将一切看淡。奉神教在他以及他那位死去的父亲眼中从来只是帮助他们重归相月国夺回严氏一族大权的工具。

如果可以，他会出一份力让奉神教延续下去，算是报答他们这些年给予他们父子的助力。

相比而言，他更在意旭光圣子的安危去留。

"师父有什么打算？我要跟着师父。"旭光圣子几乎毫不考虑道。

"好孩子……"江如练拍拍他的肩膀，提醒道，"教里最近不太平静，估计有人会有动作，你要小心一些。"

奉神教人心浮动，眼看着相月国来势汹汹，他们也感到异常恐慌，不少人便把矛头暗暗指向江如练、旭光圣子师徒俩，认为是他们惹来的大祸。

这点动静江如练心里有数，不过并不太放在心上，以他的实力，下面这些人的小动作不过是儿戏罢了。

"徒儿知道。师父，你就甘心这样看着严氏那两兄弟一统天下耀武扬威吗？"旭光圣子眼里光芒闪动。

奉神教上下，除了他师父，其余人等在他眼里不过都是一群庸才蠢货，他根本不把他们那点小动作看在眼里。

"甘不甘心有什么关系，有些事是上天注定，不是人力可以扭转改变的。"江如练轻叹道。

这个道理，他很多年前就明白了，就如他与风瑶姬，纵使他如何强大，如何努力，她始终不属于他。连一个小小女子的心意都无法改变，何况是天下大势？

旭光圣子心里不以为然，不过却没说什么。

他不会让严棣太得意。他承认严棣实力强大，远非自己可及，不过再强大的人也是有弱点的。

严棣的弱点十分明显，只要把他那位才高貌美的王妃弄到手……

上次他一时大意让那小美人儿跑了，这次他会很小心。

师父看到那小美人儿也会高兴的。

胡州边境，多丽国兵败如山倒，各处重镇的守军对相月国大军几乎是望风而逃，只偶然遇上一些零星抵抗。

面对各处涌来的数十万相月国大军，这零星的抵抗如同投入烈火中的细雪，转眼便被彻底消灭。

一切顺利得超乎想象，严棣却隐约感觉到这只是假象而已，多丽国的底蕴不比相月国差，就算他有圣祖大炮在手，对方也不可能如此不堪一击，他们的快速撤退，极有可能是保存实力等待最好时机全力反戈一击。

圣祖大炮在攻城战中乃是绝对的必杀利器，但如果他们是在行军途中遭遇近距离伏击，大炮的作用便非常有限了。

严棣对着面前铺展开来的地形图陷入沉思，再往前进发就是一片连绵山地，山上密林遍布，敌方要进行伏击，这片绵延百里的山林就是最好的地点。

但是如果绕行，大军的行进速度会慢上至少半月。

"嘎嘎嘎，你是不是在想，多丽国的人打算怎么对付你们啊？"大嘴乌鸦一样的笑声突然传来。

"你想要什么交换条件。"严棣道，大嘴探听消息的能力他绝对相信，前方山林飞鸟众多，他要知道林中敌军的消息，着实太过简单了。

"奉神教除了那条蛊虫，还有很多好东西……"大嘴口水滴滴，一点儿不掩饰自己惦记奉神教的库藏很久了。

"你助我击败多丽国覆灭奉神教，奉神教的库藏珍品你可以随便挑，你给我多少有用的情报就挑多少件。"严棣懒得一次一次跟大嘴扯皮，直接开出让他无法抗拒的优厚条件。

大嘴斜了他一眼，忽然啧啧有声道："包括不死鳞霜？"

"包括。"严棣的回答很爽快。

"哼，你是吃定了悠悠不会跑？"大嘴心里对他的态度比较满意，不过嘴上还是要抗议几句。

严棣有不死鳞霜在手，随时可以改造出一个甚至几个能够帮助他散功的女人，他明确表示可以放弃这个宝物，那就是认定了一辈子就要秦悠悠一个。

虽然这其中确实有认定秦悠悠逃不出他掌心的意思在，不过这种干脆果断的态度，大嘴还是比较欣赏的。

"前面这片山林，往西二十里外，布置了大量风氏所制的机关箱子，还有不少死士等你们进军便随时发动突袭，他们准备了许多火油木炭，应该是打算用火攻。"大嘴抖了抖羽毛道。

如果等大军尽数入山然后发动火攻，杀伤力确实会非常惊人，只怕严棣亲自率领的这二十万大军，至少就有近半会惨死在这片连绵山林之中。

这个消息与严棣心中猜想的非常接近，不过大嘴的消息更加详细一些，甚至连敌军在何处埋伏都清清楚楚。

跟着大嘴过来的驻云飞忍不住大赞道："大嘴，你真是太厉害了！"

"那是当然！嘎嘎嘎！"大嘴顿时抖了起来。

严棣暗示驻云飞出力把大嘴赞美了一遍，然后给他们一个任务，让他们将敌军的动向打探清楚，标记在行军图上。

大嘴被夸奖得飘飘然，美滋滋地就跟着驻云飞去了。

严棣召集众将商议接下来的计划，直到夜幕低垂才回转到自己的大帐内。

因为带了家眷，严棣不再住在中军大帐，而是命人另外在一侧架起了专门的帐篷，供自己与秦悠悠起居。

忙了一整日，严棣此刻的心情却轻松得很。

风归云今日一早就离开了，据说是不放心父亲，怕他受到战祸波及，所以想先带他到安全处暂避。

现在秦悠悠身边只剩一只昏睡的兔子，连大嘴都跟驻云飞一起打探消息去了。

严棣故意无声无息潜到帐内，一把抱起正在绘画图纸的秦悠悠。

"啊！"正全神贯注的秦悠悠被他吓了一大跳。

这个低劣的恶作剧换来美人一顿恶狠狠的花拳绣腿，严棣毫不在意将她抱到床上就想干坏事。

辛苦了一天，可以在美人儿的软玉温香中好好犒赏自己一番，这样的日子他想了好几个月，终于能够将它变为现实。

"不、不行！"小妻子被他吻得气喘吁吁，水汪汪的大眼睛闪动着妩媚羞恼，严棣越看越爱，决定无视她的拒绝，把坏事做尽。

"我、我来那个了，你别……"秦悠悠被他那双大掌弄得浑身发热，不过还是很坚持地拒绝。

严棣听懂了她话中之意，懊恼不已地停下了热情的攻击，不过还是死心不息地赖在她身上不肯离开。

"你起来啦，好重。"秦悠悠推推他道。

严棣不情不愿地坐起身把她拉入怀里，伸手探向她的小腹，温柔地揉抚着问道："有没有什么不舒服？"

他觉得很郁闷，但是却只能认了。

"还好。"秦悠悠有些不好意思地抓住他的手掌，不让他继续乱动。

"军中诸多不便，临时也不好找人来伺候，你有什么需要的就跟梁令说，实在不好意思，跟我说也可以。"严棣亲了一下她的颈侧，温和道。

王妃随军带了什么神兵利器大家不得而知，不过严棣麾下的大将人人都可以感觉到，王爷与以往不同了。

至少那张脸没绷得那么吓人，眼神也不再凌厉得恍如杀神降世，大家一起商议军务的时候，压力小了许多。

秦悠悠却觉得这个变得越发温和体贴的严棣很可怕，让她不止一次为自己的决定动摇，几乎忍不住很没用地弃械投降。

就算她不断用严棣过往的劣迹斑斑提醒自己，效果也不是太明显。

她开始怀疑，将来她目的达成，是不是真的还舍得离开严棣。

"都五天了，小灰还是没醒，它这样真的没问题吗？"秦悠悠决定转移话题，不让这种暧昧亲密的气氛继续下去。

小灰毫无疑问是最能让严棣扫兴的话题。

"它能有什么问题？饿了自然会醒，真不知道你留着它做什么，一点儿用处没有，就知道吃和睡。"严棣第一百零一次唾弃小灰。

虽然上古凶兽的血统很珍贵，但是像小灰这样，除了晋级那一刻威武一下，平时连只普通宠物都不如的，又有什么用处？

即使将来它晋级成为十品圣尊，多半也像大嘴一样，除了化形为人之外，实力提升不了几分。

大嘴还懂鸟语，可以打探消息，就算不会喷火也还有点用处，小灰呢？简直就是一无是处！爱哭爱闹，食量惊人，还要人哄着宠着。

最最可恨的一点，它还喜欢抓紧一切机会跟他抢秦悠悠的注意力，只要它醒着，他想跟秦悠悠亲热一下都千难万难。

他是秦悠悠的夫君，竟然沦落到要跟一只废物灵兽争宠的田地，更让人气愤的是他一般都是输的那一个。

那只该死的兔子一哭，秦悠悠马上就会扔下他去哄它。

例如现在，他才说了那只笨兔子两句不是，秦悠悠马上冷下小脸："我答应过它会一直照顾它的，小灰它很好，它有用没用我都喜欢它。不是每个人都像你只会对有利用价值的人物好的。"

这是想跟他吵架了。

严棣欲求不满火气上升，一时没忍住伸手扳过她的小脸道："你也答应过我，会与我相守，互相扶持，至死不渝，结果呢？"

"我就赖账了，就不讲信用了那又怎么样？就许你骗我？！"秦悠悠娇蛮性子发作，也懒得跟严棣分辨是非曲直。

严棣瞪着秦悠悠，不知道该生气还是好笑，两个人简直就像是小孩子在拌嘴。

秦悠悠年纪小，娇惯任性就罢了，他怎么跟她一般幼稚计较了？

而且……

"你在故意惹我生气要跟我吵架是不是？"严棣平静下来，很快发觉不对。

"哼！"秦悠悠撇过脸去不理他。

"你在害怕。"严棣微笑着将她抱紧在怀里重重揉了几下。

"胡说八道！我有什么好怕的？"秦悠悠色厉内荏地嘴硬反驳。

严棣低头在她眉心亲了一口，拈起她的下巴，看着她的眼睛道："你怕我对你好，怕自己心软。"

"你、你继续自大，我不理你了。"秦悠悠说着一把推开严棣，任他如何挑逗也不肯跟他说话了。

真是个小孩子！严棣摇了摇头，有些无奈地自去沐浴更衣，这几晚只能忍忍了。

大嘴和驻云飞连夜把多丽国军队的布置打探得差不多，严棣确认无误，次日午间召集众将官准备明日启程。

当晚严棣派遣由众多高手组成的先锋队入山清理隐患，防止对方纵火烧山。

小灰在下午时分醒来，发现自己昏睡数天修为大进还来不及惊喜，就发现主人又被严棣哄住跟他同吃同睡了。

小灰气急败坏放声大哭，声称它做噩梦，梦见一觉醒来秦悠悠不见了，它被严棣扔得远远的，再也找不到它的悠悠。

它描述的梦境太可怕，把自己吓得痛哭流涕。

秦悠悠心疼地抱着它安抚了一整个白天，最后还是驻云飞受不住小灰恐怖的哭声，进山里摘了几十斤蘑菇来，才让小灰忙着吃东西暂时停下哭号。

小灰化悲愤为食量，把那几十斤蘑菇一扫而空，终于打着饱嗝，趴在秦悠悠怀里睡着了。

临睡前不忘可怜巴巴要求秦悠悠一直抱着它，它醒来第一眼就要看到她。

驻云飞抹了一把冷汗，回去跟大嘴一起继续执行任务。

路上他忍不住郁闷地向大嘴诉苦道："主人都没对小灰做过什么坏事，为什么它就那么讨厌主人呢？"

严棣确实没有刻薄过小灰，虽然不曾对它说过几句好话，但它要吃什么几乎都是有求必应，想想小灰跟大嘴两个，说他们吃了严棣过半身家也绝不为过。

就前几天小灰说要吃玄墨活灵芝，严棣在真气不稳的状态下还连夜去替它找，虽然这其中绝大部分原因是为了秦悠悠，但小灰是最终受益那个，它怎么就不能对主人稍微改观呢？

大嘴懒懒梳理着身上的羽毛，哼道："小灰这家伙喜欢听人夸奖的，以前天乐整天夸它可爱听话，是全天下最乖巧聪明的兔子，把它哄得心花怒放，把天乐当亲爹一样。就是风归云，也常常夸小灰可爱的，把它惯得跟什么似的。你看它对风归云多亲热啊，一口一个'云哥哥'。"

"你那个主人呢？老是一副很看不起它的态度，不是说它胖就是说它笨还嫌弃它没用，它肯定不高兴了。而且你主人想跟悠悠在一起的吧？嘿嘿，他这么讨厌鄙视小灰，小灰自然会觉得悠悠如果跟他在一起，早晚会受他影响也不喜欢它了，所以要趁着他对悠悠还没什么影响力的时候，先把这个危险因素彻底铲除。"

大嘴难得好心，而且他对于严棣并没有小灰那样抗拒，既然悠悠喜欢他，那就不妨借着驻云飞提醒他一下。

他比小灰实际，严棣虽然嘴巴坏不会说好话，但给他的好处都是实实在在的，他自然不会像小灰那样一个劲儿地排斥严棣。

"母兔子和女孩子一样，都是爱听好话，要哄的！"大嘴总结道。

严棣就很会哄悠悠，偏偏却不肯对小灰说好话。

驻云飞受教，决定回去就开始努力赞美讨好小灰，替主人把这只难缠的母兔子哄住。

你活着就不容易了

又是一个夜晚匆匆过去，只有少部分人知道那看似平静的山林之内已经埋葬了数百条性命，所有负责在山林各处点火的多丽国士兵被尽数歼灭，木炭火油等被全部收走，那些潜伏在路上准备启动绝杀机关的死士们也被突然出现的高手一一围杀。

第二日一早，工兵队开始伐木开路，三日之后，严棣的大军毫发无伤穿过这片原本杀机满布的广袤山林，直接杀到了胡州腹地重镇镇西城下。

多丽国的重重布置均告失败，没等来火烧相月国大军的捷报，却等来了兵临城下的噩耗。

镇西城守军面对几十门大炮团团围城，一日之内不投降就要开炮轰击的最后通牒，原本还在犹豫。

当严棣命人向着城门方向发出一炮，直接在城门前不远处炸出一个巨大的焦黑坑洞之后，城内守将一个时辰内打开了城门投降。

严棣率领精锐开入城内，按照一路以来的规矩，扣留高级将领官员，没收守军军械甲胄，将城防军换成相月国的军队，其余一切照旧，二十万大军也大部分留在城外驻扎，严令全军上下不得扰民，不得抢掠，从城中库房搬出大半米粮钱物补充军备，打赏将士。

秦悠悠也伴到了镇西城城主府内，严棣不放心城主府原本的那些侍从，仍是只留梁令等几个太监在府里伺候。

驻云飞一心想讨好小灰，每日上街去买各种新鲜美味的食物回来给它吃，挖空心思想好话赞美它，小灰虽然依旧对马充满恶感，但是吃了许多美食，听了许多好话，终于勉为其难不再对驻云飞冷嘲热讽。

秦悠悠在镇西城停留三日，大嘴闲来无事就出去外边游荡，打听各种小道消息回来跟秦悠悠、小灰等分享。

这日他早早出门，中午就提前飞了回来，他带回来一个消息，风归云称风家人可能得到了天工圣手齐天乐的真正下落，正带着奉神教的旭光圣子等人往南面一个小国而去。

大嘴一早出门无意中在市集发现了风归云留下的特别记号，他心中好奇于是飞过去看，结果就见到了风归云本人，他如今正在城南一处民家宅院里暂住。

他没有直接找上门而用这么曲折的方式联络他们，是怕被严棣发现。

秦悠悠与大嘴略略一想就明白了风归云的顾虑。

严棣一直在严密监视奉神教以及西河风氏重要人物的动向，这个消息他不可能不知道。但是这个时候，他于公于私都不会分出太多精力去跟进此事，更不可能放秦悠悠去找师父，所以为免麻烦他多半会想尽办法隐瞒，不让秦悠悠知情。

风归云离开不过数日，忽然回转，严棣肯定可以猜到他是来通风报信的，他如果直接前来城主府求见，不但不可能见到秦悠悠，还会被严棣的人严密监管起来，防止他将消息传到秦悠悠那里。

"这个消息的真确性不知道有多少，最怕又是奉神教放出来的风声，想引你出去好把你抓起来。"大嘴有些烦恼地拍打了几下翅膀。

这个可能性非常大！

如果是从前，秦悠悠会请严棣替她确认消息然后再决定要怎么办，但是现在……她还能相信严棣吗？

"严棣说后日就会启程离开镇西城，我明天想办法去见一见云哥哥，跟他商量一下该怎么办。"秦悠悠决定道。

大嘴也觉得只能先这么办，于是飞去跟风归云报信，约定见面地点。

第二日一早，秦悠悠借口在军中待了多日，想出门逛街，严棣有些不放心地让驻云飞与他们同行就由她去了。

秦悠悠与风归云约在城里一家闻名的成衣坊内，她要试衣，驻云飞不可能跟上去，小灰更拉着他表示要他帮自己选衣料。

这座成衣坊外不知道潜伏了多少暗卫，秦悠悠想潜出去也不是那么容易的事。

而且驻云飞觉得盯着小灰也一样，反正秦悠悠不可能扔下小灰走掉，所以便由着她独自到后堂。

秦悠悠让衣坊里的小丫鬟带着走到后面的小厢房，风归云果然已经等在那里。

他一见秦悠悠便站起身道："悠悠，风家的消息是由我父亲偷偷传出，真确性有七成以上，风家的人出发已经有五日，以他们的脚程，估计最多还有七八日就会抵达南浦国。据说你师父他似乎受过重伤，不太记得从前的事，是被南浦国一名富商救起。他替那富商做了好几件新奇玩意，被进献到南浦国君那里，碰巧被夏云峰文氏的人发现，才传出风声。"

　　文氏的人手上有齐天乐的画像，而且还曾传令各分部找齐天乐的下落，会认出齐天乐是很正常的事。

　　南浦国从这里出发，秦悠悠就算现在动身，全力赶路也要十日之后才能赶到。

　　"要不我带大嘴先行赶过去，打听清楚消息再图后计？"风归云建议道。

　　这倒也是个不错的办法……秦悠悠正待答应，忽然听到严棣的声音道："不必了。倒不如你留下，告诉本王，奉神教的人到底有何打算？"

　　随着话声，严棣推门而进，大步走到秦悠悠身边，冷冷看着风归云。

　　"你、你怎么会在这里？"秦悠悠大吃一惊。

　　风归云神情复杂地望着严棣，然后看了一眼秦悠悠，似是欲言又止。

　　"跟我回去。"严棣握住秦悠悠的手就要带她离开。

　　秦悠悠的一举一动都有专人回报，她从来不怎么喜欢逛街，更没有多少耐性挑选衣物，严棣听闻她带着三只灵兽要去成衣坊就发觉不对。

　　旭光圣子修为不弱，他的行踪很难准确确定，但西河风氏那些人最近并无太大异动，风归云的消息或许可以骗过秦悠悠，却骗不过他。

　　"不回。"秦悠悠虽然并不确定风归云带来的消息是真是假，但她若这样被严棣带走了，风归云必定凶多吉少。

　　如果要比较，她宁愿相信风归云，至少他不曾欺骗过她，而严棣根本就是不择手段什么事都能做的。

　　"他说的话都是假的，西河风氏近来并无任何异动。"严棣沉声道。

　　秦悠悠不理他，只是扭头望向风归云。

　　风归云苦笑一声："我确实没有任何证据证明我的话，我原也没打算带悠悠去冒险，圣平亲王若是不信我的话，也无妨，我自与大嘴去探听明白了再作计较。"

　　他在严棣出现之前就是这么建议的，秦悠悠见他如此，越发相信他说的是真话，她用力甩开严棣的手道："你不愿意我去找师父就罢了，旁人帮我你也不许？"

　　这显然就是信风归云而不信他了，严棣气得脸色发青，寒声道："大嘴跟了他去，落在奉神教的人手上，下一个就是你。旁人随便骗骗你也信了，一提到你师父就什么都不顾，你脑子都长到什么地方去了！"

　　秦悠悠气极："是啊，我就是这么好骗！我宁愿让别人骗也不想再被你骗！"说着拉过风归云转身就走。

　　眼看着秦悠悠经过身边，严棣的手微微一动，最终还是没有伸出去。

这个女人就是不知死活！他对她再好也没用，她再不肯相信他，宁可去信那个明显有问题的风归云，也不肯信他这个结发夫君。

她既然如此无情，他何必死皮赖脸地留住她？她不但不会感激他，而且只会更痛恨他、看不起他，更肆意践踏他的情意。

严棣双手紧握成拳，扭过头去，不再看秦悠悠绝情远去的背影。

"主人，夫人带着大嘴小灰走了，我、我去追他们回来。"驻云飞焦急的声音在耳边响起。

"不必了，让他们走吧。"严棣仿佛听到自己这么对驻云飞说。

"但是……"

"回城外军营去。"严棣木然转身，带着驻云飞走出成衣坊，往相反的方向大步离开。

镇西城是胡州重镇，城池极大而且人口众多，严棣心情烦躁也不知道走了多久，忽然抬头一看，却发现自己不知不觉已经走到城门之前。

秦悠悠与他既然闹翻，必定与风归云一道离城，此刻就算还没有出城，只怕也快了。她只要离开镇西城，他再想见她就千难万难，不说她是否真的会落入奉神教的手中，就算她侥幸逃脱，只怕也不会再出现在他面前。

他如果放手，他与秦悠悠的夫妻情分就真的彻底完了，不管她是生是死，此生可能再无相见之日……

严棣心里忽然生出一股强烈的恐慌。

"传我谕令，镇西城所有大小城门即刻关闭，不得有违！"响彻全城的大喝声几乎不经考虑冲口而出。

镇守城门的军官都是严棣的亲信，骤然听到这一声如惊雷一般的大喝，以为是城里出了什么要紧大事，连忙吩咐手下兵丁将城门紧闭。

可惜还是迟了片刻，严棣很快得报，就在他命令闭城前片刻，秦悠悠与风归云已经离开了镇西城。

秦悠悠与风归云形貌出众，许多守城兵丁都记忆深刻。

得知这个消息，严棣的心瞬间像被挖开一个大洞，呆立在城主府内惘然不语。

秦悠悠随风归云走到城外，依稀还能听到严棣那一声大喝，脚下的步子不由一顿，大嘴飞落在她肩头上，咕哝道："其实他很在意你的。"

小灰哼一声道："悠悠对他这么有用，他当然在意了。"

"不要说了，我们走吧。"秦悠悠摇摇头继续往前而去。

风归云一路看着秦悠悠垂眸不语的消沉模样，神情变了几变，终于一手拉住她就往回走。

"云哥哥，你做什么？"秦悠悠愕然望向他。

"悠悠，很抱歉，我骗了你，我爹被他们扣住了，所以……你赶快回去严棣身边。"

风归云似是下了极大的决心，一口气道。

秦悠悠与小灰、大嘴正不知该如何反应，忽然听到一声轻笑："风归云，我就知道你是个摇摆不定之人。不过晚了，呵呵。"

笑声柔和如春风，听在秦悠悠与风归云耳中却只觉得如坠冰窟。

是旭光圣子！

秦悠悠反应极快地一手抛开小灰，对它与大嘴道："快走！"随即发动身上的机关暗器，向着旭光圣子的方向袭去。

旭光圣子多次在秦悠悠身上失手，已经不敢对她有分毫大意，开口的同时就散出大把的莹绿色粉雾，人也急急闪身退开。

也幸亏他闪得快，否则就算他堂堂一个十一品武圣，也要被扎成蜂窝。

秦悠悠的机关暗器虽然厉害，最近也因为替严棣散功，修为提升到八品将近九品，但自身实力与旭光圣子比有相当大的差距，借助机关暗器虽然可以伤到对方，但对方的攻击，她却抵挡不住，尤其旭光圣子抢先出手，用的不止是真气武功，还有毒雾！

她与风归云急急闭气，可那些毒雾太过厉害，只沾上皮肤片刻便开始发作，两个人站立不稳，双双倒地。

同一时间，大嘴展翅高飞，小灰也发足狂奔，往镇西城方向逃窜，两只灵兽逃跑速度极快且没有分毫迟疑。

从它们跟了齐天乐师徒，受到的教育就是——遇上强大的敌人，先跑得远远的，找人通风报信求救也罢，保住自身性命日后想法子报仇也罢，反正不能留下来送死，还连带害他们师徒要分心保护它们。

旭光圣子虽然没料到它们会跑得这么利索，但他先前就从风归云口中得知大嘴探听消息的本事，严棣这次带兵分毫无伤直取镇西城，还有当日秦悠悠突然自冷宫失踪，想来也是因为这只该死的鸟儿。

所以他早就埋伏了高手在附近对付大嘴，小灰除了吃没有别的本事，这个可以不理，但大嘴必须截下来！

"哪里跑！"一个乌黑的大网突然出现在大嘴前方，向着他兜头罩下。

这个大网乃是用乌金丝与神蚕丝混合纺出的绳索织成，是奉神教的一件重宝，一旦被它罩上了，就是十五品武圣也无法挣开。

执网的两人都是十品武圣，动作并不比大嘴慢多少，大嘴慌乱之下躲避不及，一头栽到网上。

那两名武圣还没来得及高兴，忽然见大嘴嘴巴一张，呼地喷出一团烈焰，整张大网瞬间被点燃，坚韧无比的网绳竟然一下子就烧断了大半。

"啊！"两名伏击大嘴的武圣齐声惨叫，握住大网的双手被网绳上传来的高热烫得焦黑，不由自主抛下大网倒退数步。

大嘴从破烂的火网穿过，扭过头来想继续喷火，可是连续喷了几口气，只喷出几点唾沫，再没有半颗火星。

眼见旭光圣子与那两名武圣虎视眈眈准备对付他，大嘴终于无奈地一咬牙转身往镇西城内全速飞去。

凭他与小灰根本救不了悠悠，只能去找严棣。

旭光圣子对于大嘴突然喷出如此厉害的火焰也是大感意外，不过他应对极快，想要抓住那两只灵兽已经不太可能，它们必定马上去找严棣报讯，当务之急是马上带上秦悠悠以及凤归云远离此地。

镇西城虽然被相月国攻下，但胡州大部分地方仍是多丽国的地盘，只要离开镇西城一带，严棣再厉害也奈何他们不得了。

大嘴出尽全力飞回城主府，一头扑进大厅，才看清楚严棣的影子就开始大叫："救命，嘎嘎嘎！救命！悠悠、悠悠被旭光圣子抓了！"

严棣猛地抬头："你说什么？！"

"城、城西……我们刚出城大概二十多里旭光圣子就冒出来了……"大嘴上气不接下气道。

"带我去！"严棣一跃而起就往西城门方向疾驰而去，等他与大嘴走到城外先前遇上旭光圣子的地方，秦悠悠等早就不见踪影。

严棣的脸色阴沉如水，大嘴飞到附近找其他鸟儿打探消息，大概只知道旭光圣子带着秦悠悠往南去了，南边再去大概百多里就是胡州的另一座城镇，旭光圣子等人在那里改换形貌，有多丽国的军队官府的重重掩护，再想找到他们几个，无异于大海捞针。

"怎么办？"大嘴焦急地绕着严棣飞了几个圈。

严棣用力闭了闭眼睛，强迫自己冷静下来。

旭光圣子把悠悠捉走，无非是要将她作人质，还有就是逼问圣祖大炮的秘密，或者让秦悠悠替他们制作厉害的军械，无论如何不会轻易伤害她的性命。

他一定可以将她救回来！

秦悠悠动弹不得被旭光圣子带着接连赶了好一段路，便看到了前方一座城池，官道一侧停了一辆马车接应。

她与凤归云被塞入车中，马车很快驶入城内，七拐八拐进了一座大宅。接着有人来分别替他们两人换装易容，送到另一座府邸。

秦悠悠身上的机关暗器被替她更衣的侍女全数收走，旭光圣子禁制了她与凤归云的修为，看着她微笑道："稍后圣平亲王肯定要来攻打这座城池，你说我如果把你绑上城头，他有没有胆子再用什么圣祖大炮狂轰滥炸呢？"

"没什么不敢的，换了你是他，会不会为了一个女子就甘愿处处受制？"秦悠悠冷冷道。

她在路上已经彻底冷静下来，自己落到这般田地，正好证明了严棣说的没错，她确实任性天真，又笨又好骗。

她甚至希望严棣绝情一点，不要来救她也不要被威胁，她痛恨自己做下了蠢事却让别人来付出代价。

旭光圣子有趣地打量着她冰冷的神情："对于别个女子自然是不愿意的，不过如果这女子关系到我的性命，呵呵，那就得好好考虑了。"

秦悠悠自知落在他手上不会有什么好果子吃，也懒得对他客气，瞥了他一眼道："应该说你太看得起我，还是脑子比我还不好用？"

旭光圣子没有被她激怒，反而笑眯眯问道："我的脑子怎么不好用了？严棣用你散功，你以为我不知道么？"

"散功的法子不见得只有一个，人更不一定必须是我，你师父没告诉你吗？"秦悠悠嘴硬道。

她不知道江如练对禁地圣泉以及那一套麻烦的规矩知道多少，但是他既然与严棣修炼了一样的功法，又能平安至今，想来不是用不死鳞霜改造出了一个适合替他散功的女子，就是想到了其他散功的法子。

旭光圣子笑笑，忽然伸手摸了一下她的脸蛋："如此绝色佳人，既可助他散功解决后顾之忧，又有机关术的才能可以帮他夺得天下，我赌他不舍得。"

秦悠悠闪过他的手，懒得再多说什么，反正如果旭光圣子真把她推出去作人质，她也没办法阻止。

而且她总感觉旭光圣子似乎另有计划。

至少现在多丽国处于如此劣势，换了其他人抓到她这个罪魁祸首，必定暴跳如雷想法子拿她好好出一口恶气再说。

冷静理智一些的，也该尽快逼问她圣祖大炮的秘密，甚至逼迫她尽快画出厉害的机关军械图纸。而不是在这里好言好语地只是用言语撩拨。

旭光圣子扫了 眼旁边沉默不语的风归云，笑得不怀好意："这次能够与王妃娘娘重逢，还要多谢你这位云哥哥。如今他于我已经没什么用处了，就当我送给王妃娘娘的人情，王妃娘娘想要怎么处置他尽管开口。"

"我要怎么对他都可以吗？"秦悠悠淡淡瞥了风归云一眼。

风归云神情黯然，却没有开口求饶或请求宽恕的意思，事已至此，他再做什么都没有意义了。

"自然，你就算要把他千刀万剐，我也一定让你如愿。"旭光圣子大方道。

"放他们父子平安离开吧。"秦悠悠平静道。

风归云一怔，脸上愧色更深。

"王妃娘娘真是菩萨心肠，你还信他的话？呵呵，如果我说他父亲根本不在我手上，他是为着风家的家主之位才帮我将你骗来的呢？"旭光圣子看着秦悠悠，仿佛在看一个白痴。

秦悠悠涩然一笑道："那也随他，反正被多骗一回少骗一回结果都是一样。"

"悠悠，我没……"风归云知道自己的欺骗伤了秦悠悠的心，但是父亲被扣留的事他确实没骗她。

秦悠悠望着他："其实你比我还笨，总是顾虑多多，把简单的事情复杂化。当日严棣将我救起带回子夜城，你其实只要在路上找个无关路人，对着我们大叫一声'这是圣平亲王'，我就什么都明白了。在子夜城，你明知严棣对我有意，你只要私下里寻求他的庇护，就不必东躲西藏唯恐被奉神教的人抓住了。你看他对金家尚且刻意结交，就该知道，他其实很乐意多一些可以牵制我的筹码的。"

"就如今次，你也可以直言告诉我舅舅被他们所掳，要挟你引我离开的，严棣知道这个消息，想必会布下陷阱把这人抓了，有他在手，要换回舅舅几乎就是十拿九稳的。"

秦悠悠仿佛一下子换了个人，教训风归云的话入情入理，说得他哑口无言。

"你看着很聪明，但是凡事总是思前想后犹豫不决，而且太容易屈于强权，其实大不了就是一条命，莫说区区一个旭光圣子，就是江如练这样的十八品高手又如何？莫非因为他修为高权势大，就能多杀你几回不成？"

她心中虽然理解风归云的苦衷，也相信他最后反悔想放她走是出于真情，但对他摇摆不定，害自己落入旭光圣子之手，却不能不怨。

啪啪啪！

旭光圣子鼓起掌来，笑道："王妃娘娘一针见血，明见万里。若我说，这所有一切由始至终都只是一个局，你的云哥哥他从来不曾背叛于我，你还要放了他们父子吗？"

"劳烦你们如此处心积虑地布局骗我，我若不上当，岂不是太辜负你们一番辛劳了？你不必啰唆，若是你要反悔不肯放人，也随便你。"秦悠悠自嘲一笑，撇过脸没有再开口说话。

旭光圣子有些没趣地向着风归云挥了挥手，弹指解开他身上的禁制，道："你走吧，你爹在风家，他们还想玩什么把戏，我管不着。"

言下之意，风归云的父亲是被西河风氏的自己人扣留的，旭光圣子愿意放过他们，但西河风氏的人会作什么打算就不好说了。

风归云站起身，深深看了秦悠悠一眼，转身大步而去。

旭光圣子侧头打量了秦悠悠片刻，忽然笑道："你比我想象的有趣得多，师父见了应该会更加喜欢。"

秦悠悠心中一动，莫非这个变态的家伙由始至终真的就看上了她这张脸以及身为风瑶姬女儿的身份，只想把她献给他的师父？

不管如何，只要不用连累严棣，就算是个好消息，至于见到江如练之后她的命运会怎样，只能走一步算一步。

她现在就怕严棣还有大嘴小灰会不死心地来救她。

听旭光圣子的口气，大概也清楚知道严棣功法的缺陷，要用她做诱饵，再针对他布下陷阱，几乎是必然的事。

大嘴和小灰就更不用说，他们两个自保都有些问题，盲目跑来救她无异于送死。

秦悠悠心里急得像被火烤油煎，面上却努力做出镇定自若的模样。

她越害怕，旭光圣子会越高兴，她必须冷静下来，想想怎么逃跑。

镇西城内，王妃被旭光圣子掳走的消息尚无人知晓，严棣一边加快处理军中事务，一边传令所有潜伏在多丽国内的密探追查旭光圣子的行踪。

大嘴本来打算出发到催雪城去打听消息，结果却迟迟未等到同样脱逃的小灰的消息。

从出事地点到镇西城就是一条直路，小灰就算再怎么路痴也不可能迷路，但是镇西城内街巷纵横，它要找到严棣所在的城主府，可能性太低了。

它极少在军中露面，大家也不太知道王妃还有这样一只灵兽，路上看到它，只会当它是从哪家厨房里走脱的野兔，不会特别注意。

它如果开口问路，只会把那些没见过灵兽的普通百姓吓坏。

大嘴想到这点，急得头顶冒青烟，拉了驻云飞满城去找，终于从一些雀鸟口中得到消息，在城东一条小巷的杂物堆里找到了它。

小灰身上的皮毛沾满污泥，一听见驻云飞与大嘴的叫声便从杂物堆里窜出来，也忘了对驻云飞真身是一匹马的厌恶惧怕，一头扑入他怀里放声大哭起来。

它看着悠悠被旭光圣子抓走，急着想回来找严棣救命，它从城门下方的缝隙钻进城里，结果又再次迷路。

街上的百姓看到有这么一只肥胖的兔子，好些人吆喝着要把它抓回去加餐。

小灰除了一口牙齿比较锋利，嘴巴可以吞下比它体形大好几倍的东西，再没有别的防身技能，一路东奔西躲才避过那些追着要吃它的人。

它一阵乱跑，更找不到城主府的位置，如果不是驻云飞与大嘴找到它，它真不知道该怎么办。

小灰又是焦急伤心，又是害怕无助，连平时可以给它出主意的大嘴都不在身边，短短小半天时间，它觉得比十年都漫长难过。

一下子见到驻云飞与大嘴，小灰像是死里逃生遇上了救星一般，顿时山洪暴发，就在赶回城主府这小小一段路途中，就把驻云飞一身红衣都哭得湿透了。

驻云飞虽然同样心急如焚，还是谨记大嘴的劝告，努力挤出两句安慰赞美的话："你能活到现在就很不容易了。你四条腿这么短还能在这点时间里跑二十多里回到城里，真是厉害！"

如果不是情势危急，大嘴真的会忍不住笑喷。

小灰依稀听着驻云飞似乎是在夸奖它，但是这话怎么越想越不对劲呢？

什么叫它活着就不容易了？还腿短！

小灰又急又气，呜呜道："你讥讽我！臭马坏马混蛋马！哇呜呜呜！"

它嘴里虽然大骂，但是却没有松开揪着驻云飞红衣的四条短腿，它还要靠他带它去找主人，等找到主人了，再偷偷咬他两口出气。

驻云飞也知道自己可能马屁拍在了兔子腿上，无意中说了不该说的话，只好试着像秦悠悠平时安慰小灰那样，摸了摸它身上脏兮兮的皮毛道："我们快些回去城主府，找主人商量救夫人的事。"

这事是目前小灰最关心的，果然它马上就不再闹脾气了。

严棣见到小灰那副落魄模样，只是皱了皱眉头没说什么，小灰想到眼下还要求这个混蛋救悠悠，也忍住了没有像以往那样对严棣恶言相向。

最后严棣决定照原定计划，让大嘴先到催雪城打探消息，驻云飞与小灰和自己一起随后赶上。

大嘴临走前偷偷凑到严棣身边低声道："路上对小灰照顾一点，到时候你救回悠悠，它就算不给你说好话，也不会告状捣蛋。"

严棣扬了扬眉，没有说话。

大嘴知道他听进去了，拍打着翅膀往催雪城方向而去。

旭光圣子劫持了悠悠之后，最终目标必然是把她送到催雪城外的奉神教总坛去，那里有江如练坐镇，又有奉神教众多高手在，想必能够保住这个重要人质不被夺回。

严棣恨不得马上骑上驻云飞赶到催雪城去救出秦悠悠，但是先前已经准备妥当明日就要进军继续攻打胡州其他城镇，如果临时改变军令按兵不动，不但对军心士气会造成影响，更是等于明明白白告诉多丽国军队——敌方主将离营，赶快来攻。

让多丽国的人抓住这个千载难逢的好机会，倾举国之力来对付严棣这支中军主力，就算他们有圣祖大炮在手，也一样会伤亡惨重，原本的大好形势就会彻底扭转。

所以打还是要按着原定计划打，而且要加速进军，一举攻克胡州，打到多丽国的人神魂俱丧。

严棣越强势，他们越有可能尽早将秦悠悠推到明处来要挟他，秦悠悠的安全反而越受保障。

这些话，驻云飞磕磕巴巴跟小灰解释过，小灰其实知道严棣很在意秦悠悠的，所以虽然忧心如焚，硬是忍住了没有乱发脾气。

因为严棣打算加速攻克整个胡州，所以一进大营就在主帐中与谋士及重要将官商议调整作战计划，驻云飞替他巡视过整个大营，小灰是重点保护对象，所以驻云飞让它在自己的腰袋里睡觉，带着一起出门。

有先前一段日子的相处，驻云飞很清楚小灰的作息，它一天清醒的时间大概就只有早上到中午之间，还有傍晚时分，其余时候它没什么事情多半都在睡觉。

据秦悠悠的说法，小灰吃东西和睡觉就是它的修炼方式，从前驻云飞暗里嗤之以鼻，觉得它懒惰就懒惰，还找借口。

今天把小灰整天带在身边，才发现秦悠悠并不是在掩饰小灰的惰性，而是真的如此。

凭借着灵兽之间的特殊感应，他可以清晰感觉到，小灰昏睡之时，体内真气流转速度会变得非常快，甚至比他这个十一品圣尊还要夸张许多。

但是清醒时，小灰的修为确实就只是七品，而且还是弱爆的七品。大嘴曾经说它除了咬人吃东西，没有别的本事，应该把自己的名字让给它才对。

小灰身上有非常强大的封印，大嘴也一样，据驻云飞听到的片言只语，他们两个之中，大嘴是后天机缘巧合得来的血脉之力，本身修为太差无法控制，所以请了高人帮他封印，等他的实力逐渐增强，封印才会逐步解开。

至于小灰，它的先天血统有一半是来自上古凶兽饕餮，血脉之力强大而精纯，这种血统的凶兽本不该出现在凡界，如果它的实力全部发挥出来，只怕整个凡界都会承受不住。

但是它偏偏出现了，所幸的是身上同样有异常强大的封印，可以让它如普通妖兽灵兽般在凡界生活，但是代价就是实力比正常妖兽灵兽还要弱。

它的修为绝大部分都被身上那个强大的封印吸收，导致它只有在晋级或是某些极端情况下，才能突然发挥出一点本身的实力。

小灰上次吞噬昊光圣子还远远不是它的全部实力表现，上古凶兽饕餮，传闻最强大之时可以吞噬天地。

驻云飞趁着小灰呼呼大睡，仔细把它从头到脚看了一遍，就没看出来哪里有异常强大的痕迹了。

还是一只痴肥的胖兔子嘛，连尾巴都没有，耳朵还老长老长的。

驻云飞有些好奇地拎起小灰的耳朵看了看，大嘴每次看到他碰小灰的耳朵，就露出一副非常诡异甚至幸灾乐祸的模样，导致他心里发毛，不敢在小灰清醒时透露半点形迹，唯恐它又大哭大闹。

"悠悠，我饿……"小灰扭扭身子，惯性地在身边的"人"身上蹭了几下，然后摇头晃脑地揉着眼睛爬起身。

驻云飞一听它开口就飞快把手收了回去，干笑道："我已经叫了人给你送吃的，很快就送来了。"

秦悠悠不在，他要好好照顾小灰，到时候她回来了，见到小灰好吃好睡一定会高兴的。

小灰听到与主人截然不同的男声，瞪大眼睛看着驻云飞，然后大颗大颗的眼泪就掉了下来。

驻云飞一见它哭，顿时慌了手脚，一边四处找手帕给它擦眼泪，一边安抚道："你很饿吗？别哭别哭，吃的马上就来了！"

这只笨马竟然以为它是饿哭的，小灰气苦道："我想悠悠，她答应过会一辈子陪着我、照顾我的……呜呜呜。"

小灰这么弱，还真的非常需要有人照顾陪伴。看看它才离开秦悠悠身边片刻就迷路了，还被不明真相的群众追杀，凄凄惶惶完全一副丧家之兔的模样。

正常灵兽，就算只是最弱的一级灵兽，也不至于离了主人就混得差成这样，也难怪它会对秦悠悠这么依恋，唯恐主人对它的关注会被抢走，唯恐会被遗弃。

"夫人她暂时不在，我照顾你也一样，夫人不在的时候，我也会一直陪着你保护你的。"驻云飞非常有男子气地拍胸膛保证道。

小灰眨眨眼睛望着他，很纠结道："但是你是马……"因为秦悠悠对马的恐惧，导致它打心里害怕马，它也想克服，偏偏就是克服不了。

驻云飞被一只兔子嫌弃，也郁闷得很："马又怎么了，我又没吃过兔子。"唯一一次差点吃了，最终也没吃成。

"哼！你还好意思提！"小灰虽然知道如今驻云飞无论如何不会吃它，但想到第一次见面，血红色的马脑袋突然出现在眼前，还露出一口白森森的大板牙……真是太可怕了。

"好吧，我现在大部分时候是人，你就暂时忘记我是马好了。"驻云飞不想吓它惹它，很委屈地主动退了一步。

正好这个时候亲兵也把小灰的食物抬来了，小灰忙着吃东西就没有继续纠结这个问题。

悠悠不在，这只丑怪的妖马看起来对它还不错，它先将就着让他陪好了。

他虽然不像悠悠那么香香软软，对它温柔疼爱，但至少不真的臭，也还算照顾它。

欢迎光临奉神教

一匹马一只兔子暂时达成和平共处的共识，接下来的日子便形影不离地待在一起。

驻云飞随身带着大腰包，小灰平时在里头睡觉，醒了饿了就爬出来找吃的，想念秦悠悠的时候，有驻云飞负责安抚，日子倒还过得可以。

唯一让它焦虑的是，秦悠悠自从被旭光圣子抓走后，就再没有半分消息，好像彻底消失了一样。

虽然大嘴出发前曾经偷偷安慰过它，又提起那个旭光圣子向秦悠悠求婚的预言幻象，说旭光圣子应该不会真的伤害自己的未婚妻，但是谁知道大嘴是不是眼花了？

小灰见不到秦悠悠，难过得差点就要吃不下睡不香了，也亏得驻云飞足够忠诚又有耐心，不厌其烦地劝说安抚，小灰才觉得好了一点点。

驻云飞觉得自己的火爆脾气都快被小灰磨光了，可是看到它趴在他身上呜呜哭泣，他又觉得不忍心，只得努力忍住自己的脾气，继续当个温和耐心的马保姆。

严棣虽然没有对小灰表示出多大的热情关怀，但也没有再明显对它表示鄙夷嫌弃，甚至就是在行军途中也让驻云飞优先照顾小灰。

驻云飞趁机用自己做例子开导小灰道："以前我也觉得夫人抢走了主人的注意力，而且夫人还很不愿意见到我、跟我相处，不过后来就想通了。"

他这么一说，小灰顿时生出几分同病相怜的感觉，语气也柔和了不少："你主人跟悠悠在一起，没空陪你，你怎么会不难过？"

"主人对我的感情跟对夫人的是不一样的。主人说，我跟他是兄弟手足一样的亲情，他活着一天都不会改变。夫人是他的妻子，也是要陪着他一辈子的人。我们相处久了，夫人也会喜欢我，把我当成亲人。夫人后来不是对我渐渐好起来了吗？"驻云飞笑道。

就秦悠悠跟严棣重逢这段日子，小灰找驻云飞的麻烦，她都主动开口制止，不许小灰太过分。

驻云飞相信等秦悠悠哪天不再怕马，她一定也会像主人那样亲近他喜欢他的。

"你真大方。"小灰酸溜溜道。

驻云飞挠挠头道："其实我不是大方，不过夫人不在的时候，主人很难过、很难过……我不想他难过。"

他与严棣有认主契约，可以感觉到彼此的情绪，但是驻云飞不知道该如何形容严棣失去秦悠悠之后的心情，翻来覆去只有"很难过"三个字。

小灰啊呜一口吞下一个大冬瓜，低头不说话了。

混蛋严棣不在的时候，悠悠也很难过，还哭了。大嘴说，开始那段日子，悠悠睡梦中都会流眼泪，只是醒着的时候努力不表现出伤心的样子。

小灰原先认定是因为严棣伤害了悠悠，所以她才会哭的，于是加倍地讨厌他。

但是这次在多丽围与严棣意外重逢，它可以感觉到，悠悠的情绪比之前好。

它不太会形容那种感觉，悠悠身上就像是忽然多了许多生气。

它知道悠悠很喜欢严棣，她自己也从来没有否认过这一点，但是它害怕，害怕悠悠跟严棣好了之后就会不理它不陪它了。

算了，一切等救回悠悠之后再说吧。如果严棣也像驻云飞这只丑怪的妖马一样对它好，它就勉为其难接受他做悠悠的丈夫好了。

小灰吃得饱饱，钻进驻云飞的腰包里睡觉之前，终于决定试试接受严棣当主人的丈夫。

悠悠跟严棣在一起，等于多一只丑怪但是很好欺负的妖马陪它，好像也不错。

严棣将秦悠悠被掳走的怨气全数发泄在多丽国的军队头上，老实投降的就罢了，但凡遇到反抗，就是冷酷无比的杀戮。

胡州也有一处以驻军为主的城镇死守不降，因为圣祖大炮已经好一阵没有真正全力轰击，所以多丽国一些主战的军人开始怀疑它的威力是否真如传说中的可怕，这处驻军的将领就是其中一员。

他不但不降，还派出精锐军队偷袭相月国军队外围的营盘，截杀外出探听消息的斥候，甚至还成功烧毁给相月国军队补给粮草的运粮军队。

对于这种送上门来让他们立威的对象，严棣二话不说，下令出动二十门圣祖大炮，围着那个驻军城池一轮轰击，将整座城池炸成废墟，满城三万兵将当场死伤近半。

剩下的被围城的相月国军尽数俘虏，普通士兵没收军械甲胄之后放走，百夫长以上的将官全部被推到军前斩首祭旗。

侥幸逃过一死的多丽国残兵败将被大炮轰击的惨烈景象渲染得犹如末日降临，很快便传遍了胡州全境。

然而拥有秦悠悠这个最佳人质的多丽国，却始终没有要挟严棣停止进军的声息传出。

还敢与相月国军对抗的城镇越发稀少，严棣花了不到一个月的时间，终于将胡州全境所有重镇全数接收。

胡州富庶，那些城池的守将们平日吃得脑满肠肥，正觉得人生无限美好，哪里肯明知不敌还拿命去拼？

严棣其实并不算是攻下胡州，这大半个月里多数时候就是带兵去接收那些被放弃的城池。

原本百姓们很是恐慌了一阵，不少人带了家什细软扶老携幼逃跑，后来大家发现相月国的军队并不对付平民，只要不抵抗，日子还是照样的过，反倒是许多流亡在外逃避战火的百姓，死在了盗匪与其他流民之手。

眼看着胡州这个多丽国的粮仓也成了相月国的领地，多丽国京城内的气氛紧绷到了极点，官员们心惊肉跳算着日子，只怕哪天一觉醒来自己会成了相月国的阶下囚也不一定。

多丽国立国过千年，自然不乏忠君爱国之士，但是面对相月国那几乎无敌的圣祖大炮，他们也一筹莫展。

他们不是没想过利用地形以及城池内的巷战去对付相月国军，无奈相月国的损失有限，而且严棣的报复相当可怕，他们的拼死反抗，在相月国的绝对实力之下犹如螳臂当车，人死了不少，却没有激起多大的浪花。

相比于群臣的惶恐绝望，多丽国的皇帝与太子却反常地展露出一副胸有成竹的镇定态度，仿佛每日收到的一封封城池疆土失陷的战报都是梦幻泡影，不值一提。

私下里皇帝也经常拉着太子问："奉神教众位长老的方法是不是真的可行？万一那严棣还有江如练不上当怎么办？杀了严棣他们还有圣祖大炮，换个人来继续带兵，谁来抵挡？"

太子咬牙道："事到如今，也只能相信他们，我们供奉奉神教多年，甚至连国政都被他们把持，这个时候他们不全力出手，我们亡国他们也要被灭教！"

"严棣死了，至少够相月国乱一阵的，没了他，相月国上百万大军又尽数在我们多丽国国境之内，到时候想办法夺了他们的大炮，再杀他几十万士兵，看他们还拿什么来攻打我们！"

太子这番话是奉神教那些长老教他的，虽然想得有些过于简单，但如果严棣真的出事，凭着多丽国的积淀，加上周边诸国的联手，未尝不能将它变为现实。

皇帝听了心下大定，忍不住道："听说那严棣的王妃是个美人儿？"

太子太清楚这位父皇的心思了，说实话他也听说过秦悠悠那与机关术齐名的绝顶美貌，同样心痒难搔。

"那美人儿在七弟那里，不过等严棣与江如练一死，嘿嘿嘿！要把她弄来伺候父皇也不难，等她成了父皇的嫔妃，别说什么圣祖大炮，父皇就是让她造上一百几十种神兵利器对付相月国，又有什么难的？"

皇帝听了大喜，什么疑虑都抛到了天边。他们还有这个能造出圣祖大炮的重要人质在手，只要渡过眼下的难关，还有什么好怕的？

看着皇帝一脸色眯眯的表情，太子心中冷笑：就让你这死老头子多做几天好梦吧，到时候江山美人都是我的，你该进皇陵去彻底休息了。

其实太子十分不解他那个七弟的行为，既然抓住了秦悠悠，为什么不逼问她圣祖大炮的秘密，也不用她去威胁严棣停止进军，扰乱相月国的军心？

莫非他就一点不担心多丽国亡国，奉神教被灭，他也跟着成为丧家之犬？

还是那美人真的如此销魂，连七弟那个阴鸷疯狂的变态家伙也成了她的裙下之臣？

秦悠悠十天前被旭光圣子秘密带到了奉神教总坛，就安置在他的住处。

奉神教的总坛位于多丽国京都傲雪城外的簌水山上，圆锥形的大山四面环水，从山腰到山顶是层层叠叠的宫殿房舍，气势恢宏比皇宫还要更胜几分，更有着睥睨天下的霸气。

秦悠悠初次来到山下，也不由得暗暗惊叹，奉神教代代相传已经有数千年的历史，比大陆上任何一个皇朝的生命都要来得悠长，中间虽然几经起落，但依旧屹立至今。

她仰望山上散发着古老宏大气息的宫殿建筑群，忽然感到有些怀疑，严棣他可以将多丽国吞灭，但真的能够将这绵延数千年的古老教派灭绝吗？

"如何？你的娘亲当日也是从这里进入神教，与我师父相遇的。"旭光圣子懒洋洋道。

秦悠悠戴着帷帽穿着与他身边侍女一样的白色衣裙，在奉神教的其他教众看来，就是旭光圣子的随从之一。

旭光圣子看不见她的神情，见她看着山上的宫殿出神，便以为她是想起了母亲。

秦悠悠大囧，他如果知道自己想的是怎么灭掉他们这个见鬼的奉神教，只怕马上掐死她的心都有了。

不过旭光圣子提起她娘亲，秦悠悠不免有些难过。

娘亲当年进入奉神教分明是不甘不愿而且战战兢兢的，任谁被家族当礼物一样送出去当细作，还有异常艰巨恐怖的任务担着，都很难得开心起来，尤其娘亲原本是有心上人的。

"走吧。"旭光圣子不太想招人耳目，淡淡说了一句便带头往山门走去。

守门弟子一见是他，齐齐肃立躬身行礼道："属下拜见圣子。"

旭光圣子眼角都没抬一下，带着秦悠悠以及其余三名白衣侍女，施施然坐上停在一旁的华丽大轿，两名七品武尊走上前来，抬起这顶坐了五个人的轿子就往山上急驰而去。

堂堂七品武尊，放在外边也是个响当当的人物了，竟然在这里替人抬轿？！

秦悠悠看着前方那名武尊的背影，一时不知道该说什么好。

旭光圣子呵呵一笑道："替他们不值？他们可是心甘情愿的。"

秦悠悠不信，正常人要修炼成七品武尊不知道得花上多少寒暑苦功，大部分无非是希望自己的实力更强，能够成为人上之人，哪有回过头来甘愿替人抬轿的？

"他们在武道之上遇到瓶颈心魔，求师父给他们指一条明路，师父便让他们下山来抬轿，磨去心中的名利权欲尘俗杂念，如今看来，大概还有数年他们就有机会突破了。"旭光圣子漫不经心道。

他没有刻意放低声音，抬轿的两个武尊一字一句将他的话听在耳中，面上却没有半分惊喜得意之色，仿佛眼看着能够突破也不是什么值得高兴的事。

秦悠悠听了旭光圣子的话却沉默了，半晌道："真要放下了这些杂念，修炼不修炼又有什么区别？"

"他们资质普通，若想成就武道更高境界，便只能放弃所有杂念，仅留一念，专心致志钻研武道，不去想成就武道之后的权势名利。"旭光圣子随意地靠入身后一个白衣侍女怀中，舒服地叹了口气。

秦悠悠不说话了，她从旭光圣子的话里想到了一些什么，却又像什么都没想到。

簇水山上苍松翠柏古木参天，两个七品武尊抬着轿子以及上头的五个人，完全不对他们造成什么负担，两人脚步一致，也不走盘山而上的大路，几乎抬着他们直上直下地一路跑到接近山巅的一座宫殿之前，全程只用了一盏茶时分。

站在这里回望下去，数不清的宫殿亭台尽收眼底，让人悠然而生一种高高在上、俯瞰尘俗的超然感觉。

不得不说，奉神教选定的这个地方乃至整个总坛的设计都别具匠心。

权势越大便站得越高，旭光圣子所住的这座宫殿无比接近山巅教主的居处，与他同等位置的其他宫殿内，住的除了其余两位圣子，便是教中的众多长老，由此可见，他在奉神教中确实已经是一人之下万人之上。

江如练的大弟子明光圣子据说数年前折于严棣之手，昊光圣子被小灰吃了，如今江如练座下只得旭光圣子一人，而他的天赋资质在教内年轻一辈之中也是首屈一指的，如无意外，他肯定会成为下一任奉神教教主。

但是秦悠悠却有种奇怪的感觉，旭光圣子仿佛并不太在意这个教主之位。她想到他刚才的那番话……放弃所有杂念，仅留一念。

旭光圣子心中所留的那一念又会是什么？

如果是从前，秦悠悠根本懒得去想旭光圣子心里惦记什么，但是现在不一样，她孤身一人被困在奉神教内，如果要自救自保，便得搞清楚江如练和旭光圣子心中所想。

江如练如果真的对她娘亲还未忘情，也许她就能找到一线生机。

就怕他一心一意把她当成她娘亲的替代品，甚至干脆用她来散功，那就真是糟了个大糕！

她不介意为严棣散功，那是因为她心中喜欢他，对他有情，如果要逼迫她与其他男人做这样的事，她会恶心死的。

虽然她从小受师父耳濡目染，并不觉得应该为谁拼死守节，但也绝不愿意委身于一个自己不喜欢的男子。

不过事已至此，只能走一步算一步，落在奉神教或多丽国其他人手上，下场也不见得更好，多半会更糟。

秦悠悠深深吸一口气，跟着旭光圣子走进他的地盘。

旭光圣子的住处出奇地清雅简洁，如果不是秦悠悠多次见识过他的变态阴狠行径，说不定会因为这座布置很对她胃口的宫殿而对他改观。

宫殿里头另有四名白衣侍女躬身向他们行礼："恭迎圣子。"

"嗯，师父今日可有空闲？"旭光圣子问道。

"有的，教主吩咐，圣子回来就去见他。"为首的一个圆脸少女答道，眼睛却偷偷在看戴着帷帽遮住了面目的秦悠悠。

另外一名大眼睛侍女上前道："昨日裘长老传信说其余三位长老秘密接见了太子，

密谈将近一个时辰，不过三位长老对他还未完全信任，他不知道他们商谈的具体内容，不过看太子的模样非常得意。"

裘长老就是在子夜城里因为贪图美色，被旭光圣子以夺魄牵魂之术控制了的那个倒霉的奉神教长老。

"宫里传来消息，皇帝作息如常，依旧终日流连后宫，只是几乎每隔两三日便会召见一次太子。宫中密探传来的消息，他们似乎与三位长老合谋，想同时对付教主与严棣。"

这个大眼睛侍女说话简单清晰，短短几句话就将收到的重要情报都说清楚了，语气中对于多丽国的皇帝和太子毫无敬意，而且完全不避讳秦悠悠这个陌生的外人在场。

她敢如此原因只有一个，她对旭光圣子的能力绝对信任，就是皇帝太子也不放在眼内，至少在她看来这两个人不如她家圣子重要尊贵，同时也认定秦悠悠就算不是旭光圣子信任的人，也没办法将他的事泄露出去。

旭光圣子微笑着看了身边的秦悠悠一眼："王妃娘娘可为那严棣担忧？"

"圣子可为你师父担忧？"秦悠悠反问道，心里暗暗奇怪，奉神教里竟然有人在这个当口联合了皇帝太子一起对付江如练？

他们要对付严棣她完全可以理解，但是对付江如练……他们脑子坏了？

旭光圣子不屑地笑了笑："就凭他们，确实没什么可担心的，不过就是以杀气刺激，想引来生死劫对付我师父还有你那位王爷夫君。呵呵，那也得他们有本事困住两个十八品武圣才行。如果他们有命多等半年，等到那一日，说不定还有点儿机会。"

多等半年？秦悠悠一怔，半年之后……莫非是指严棣与江如练修为尽失那一日？

想起半年前除夕之夜，严棣与严櫥合伙骗她的那惊心动魄的可怕一幕，秦悠悠心里不知道是什么滋味。

"看来严棣对王妃娘娘很是信任，竟然把这样的大事也如数告知。"旭光圣子的声音传来，正好提醒了秦悠悠现在自身的处境，要伤春悲秋，这不是个合适的时候。

她曾经怀疑过严棣所说的那个每年冬尽而阳春未至之时，阴极盛阳极衰之际，会有一段时间修为尽失，变得如同普通人一般的说辞，不过听旭光圣子的话，是真有其事，不过严棣很巧妙地利用了这个时机来骗她。

旭光圣子见秦悠悠沉默不语，挥了挥手道："你们几个伺候王妃娘娘沐浴更衣，稍后随我去见教主。"

圆脸少女与大眼睛少女带头走上来请秦悠悠到后面梳洗。

秦悠悠心情忐忑，但是此刻她怎么反抗也只是白费力气，只得由着她们去了。

侍女们送来的一身衣物并不华丽，反而显得异常简朴素净，就是替她戴上的首饰也普通得很，与秦悠悠平日接触的那些相比，都称得上寒酸了。

她从小受师父宠爱，虽然对于穿衣打扮并不如何讲究，但是齐天乐从不亏待自己与身边重要的人以及灵兽。她平日的吃穿用具全是顶尖货色，就是大嘴小灰也是要什么有什么。

秦悠悠对着水晶镜里的自己看了看，这打扮分明是刚才在路上偶然见到的那些奉神教普通女弟子的模样。

"王妃娘娘穿着我奉神教女弟子的服饰，也一样美丽出众，从前我觉得美蓉夫人容色冠绝天下，今日见了王妃娘娘才知道什么叫倾国倾城呢。"圆脸少女轻声赞美道。

秦悠悠听了赞美也笑不出声，她已经猜到旭光圣子为什么让侍女把自己打扮成这副模样了——这不正是娘亲当初在奉神教里应有的装扮吗？

几个侍女替她换好衣裙，甚至也没有替她涂脂抹粉，就这么将素面朝天的她送到旭光圣子面前。

旭光圣子满意地上下打量她一番，笑道："不错，果然是令人动心，姓玉那个女人拍马都赶不上，师父见了一定更加喜欢。戴上帷帽随我来。"

事已全此，秦悠悠只能被动地跟着他去。

江如练的住处就在簇水山最高处，一路上半个人影都看不见，就是走到那座恍如天宫玉宇的大殿前，也没遇上半个奴仆。

旭光圣子只带了秦悠悠一个，正要走进大殿之内，忽然殿门从里打开，一名身穿绿衣三十来岁的美丽少妇莲步轻移走了出来。

她一眼看见旭光圣子与跟在他身后遮住了容貌的秦悠悠，步子顿了顿，微笑着招呼道："原来是旭光圣子，教主正念着你呢。"

她的态度虽然和气，但眼神冰冷中带着淡淡的惧意，显然对旭光圣子并无好感。

秦悠悠看到这个女人觉得十分眼熟，但是她肯定自己从没见过她。

这女人散发出的气息至少是一名九品武尊，如此年轻的女性武尊，如果从前曾经见过，必定会有印象。

旭光圣子对这个美妇人的态度也说不上好，甚至秦悠悠觉得他打心里没把她当回事，听到她主动招呼，也只是懒懒一笑道："玉夫人又来这里做什么？师父吩咐过，这里不是你随便可以来的地方。"

美妇人脸上的假笑有些挂不住了："圣子既然知道教主不喜欢陌生人打扰，为何又带个女弟子前来？"

秦悠悠先前就觉得她扫过自己的眼神略带疑虑，如今更发觉她敌意浓重。

她脑子里灵光一闪，顿时恍然大悟——这个女人就是替江如练散功之人！

难怪这个女人年纪轻轻就成了九品武尊，难怪她会觉得这个女人眼熟，她们两个人的眉目至少长得有六七分相似！

更确切地说，这个女人跟她娘亲风瑶姬应该也颇为相似。

这个"玉夫人"的存在对于秦悠悠而言简直就是个天大的福音。

既然江如练已经有现成人选,她被强迫作散功引子的可能性便大大降低了一截。秦悠悠几乎想抱着这个女人狠狠给她吧唧一口,真是太好了!

旭光圣子笑着扫了美妇人一眼:"她是师父最想见到的人,不劳玉夫人挂心。"说着示意秦悠悠跟他一起走进大殿之内,不再搭理那位"玉夫人"。

玉夫人紧紧盯着秦悠悠的背影,双手不自觉地紧握成拳。她不知道秦悠悠究竟是什么身份,但是她有预感,这个女子会威胁到她的地位。

她今日拥有的所有一切都是因为她得到教主垂青,有机会成为教主身边的女人,如果这个位置被别的女人夺去,她就只能回头去做一个普通护法,而且她这身修为也止步于此了。

虽然她能够成为九品武尊已经是侥幸,但是她并不满足,尤其当她知道,只要能够继续侍奉教主,她的修为还能不断提升之后,她如何还能压住疯狂膨胀的野心欲望?

另一头,秦悠悠被旭光圣子带着往大殿深处而去。

整座大殿空旷得只有两人的脚步声在回荡,没有带来多少人气,反倒更衬托出寂寞孤寂的气氛。

整整穿过三重大殿,一个身材瘦削的中年人出现在他们面前,他明明人就盘膝坐在大殿正中的蒲团上,秦悠悠却觉得他像清风轻烟般不真实,仿佛随时会在眼前消散。

这个中年人应该就是江如练了,他的容貌也是相当好看的,可是神情却是那么沧桑沉郁,再配上他鬓边霜白的头发,看上去比他的真实年龄都还要苍老得多。

如果不是他的皮肤尚算光滑细致,腰身笔挺,秦悠悠几乎要怀疑这是不是一个黑头发比较多的垂暮老人。

旭光圣子走上前道:"师父,看看我带了什么人来见你?"

说着头也不回抬手对秦悠悠的方向一弹指,将她的帷帽弹飞落地,后者连犹豫抗议的机会都没有。

江如练睁开半垂的眼眸望向秦悠悠……

就算心里有些准备,江如练骤然看到站在不远处,与心中所思所想之人几乎一模一样的年轻女子,也忍不住神色尽变,一下子站了起身。

是她!他的瑶姬回来了!

江如练心旌摇动,几乎瞬间失控。他身上飘渺如烟的感觉消失了,整个人仿佛一下子回到了尘俗之中,变得如此生动实在。

旭光圣子有记忆以来就甚少见到师父如此激动。

江如练身形一晃,人就来到了秦悠悠面前,双手小心翼翼探向她。

直到指尖碰触到她的衣袖,确定她是真实的,才猛地一下握住她身侧的手臂,瞪大眼睛看着她,好像怕她下一刻就会消失不见。

秦悠悠被他激动的神情和仿佛要将她吞下去似的目光吓得够呛,先前想过的种种应对的说辞方案全数被吓到九霄云外。

双臂上传来的力量非常惊人，秦悠悠疼得冷汗直冒，低声叫道："放手……疼！我不是风瑶姬，我是秦悠悠！"

她的声音如暮鼓晨钟，撞入江如练脑海之中，犹如一桶冰水将他当头淋了个透体冰凉。

是的，她不是风瑶姬，他的瑶姬已经死了……眼前这一个是风瑶姬与她深爱的那个男人所生的孩子。

江如练激动的神情一点一点敛去，慢慢松开了秦悠悠，但眼睛却不舍得离开她的脸孔片刻。

"你将她带来做什么？"江如练平静的声音里隐藏着连秦悠悠都能听得出来的悲伤痛苦。

旭光圣子收起笑容，低声道："那个女人是师父的心魔，徒儿想师父用她破除心魔。就算破除不了，有她替她娘亲陪在师父身边，师父也能开心一些。"

江如练看了秦悠悠良久，终于道："也罢，就让她留下吧。"

旭光圣子笑眯眯道："那徒儿先告退了。"说着老老实实行了一礼，转身离开。

秦悠悠一直恨不得旭光圣子离自己越远越好，但是面对此情此景，她比较希望他留下。这个变态家伙一走，天知道江如练接下来会对她做什么。

秦悠悠瞪大眼睛，一脸防备地瞪着江如练，心里却明白对方不管做什么，自己都是没能力阻止的。

所幸江如练只是看着她，仿佛怎么都看不够一般。

秦悠悠开始还跟他对瞪，但十八品武圣给人的压力太大，而且他不是严棣，她心底生不出亲近的感觉，只有惧怕和戒慎，所以很快败下阵来。

她努力想让自己冷静一点，按原定计划打消江如练心里头可能有的不该有的歪念。

"我娘是不是被你杀了？"秦悠悠壮起胆子提出第一个足够煞风景而她又很想知道的问题。

她的爹娘这些年来没有半分消息，几乎肯定已遭遇不测，秦悠悠早有心理准备。之所以不连父亲的下落一起问，却是怕一下子刺激太过，直接令江如练想起被横刀夺爱的旧恨，把她这个心上人别有怀抱的证据一并消灭。

江如练脸色变得十分可怕，眼里流露出汹涌的抑郁恼恨，大声道："我宁愿杀了自己也不会去伤害她。为什么不信我？为什么你就只会恨我怕我？我恨不得将心都挖出来给你，你却只把我当成恶人妖魔！"

秦悠悠确实踩中了他的痛处，江如练多年郁结在心的愤怒不甘全数引爆，眼前这个少女仿佛一下子与记忆中的瑶姬师妹重叠起来。

他一串大吼到后来已经将说话的对象变成了风瑶姬，那个让他痛彻心扉的美丽女子。

秦悠悠被他的突然爆发吓得连连倒退，不过很快便发现自己动弹不得。

这种情况，严棣发火的时候也曾发生过，十八品武圣不需要动手就能够轻松控制身边方圆数丈之内的一切。

只不过严棣再如何愤怒也顶多就吓吓她不会真的伤害她，但江如练就不一定了。

"你说你没杀我娘，那她现在在什么地方？你告诉我啊！"秦悠悠使尽全力才勉强说完这句话。

江如练呆了呆，似乎终于想起面前这一个不是风瑶姬，想起真正的风瑶姬已经不在了，颓然苦笑两声，松开对秦悠悠的禁制。

江如练望着秦悠悠出神片刻，终于道："你想知道你娘在什么地方，跟我来吧。"说着转身就往大殿外走去。

秦悠悠没想到他会这么合作，连忙举步跟上去。

江如练却忽然在大殿门前停住脚步，回头道："把帷帽戴上。"

秦悠悠隐约觉得江如练如此要求是出于好意，她也不想在奉神教里太招摇，当即照办。

她从旭光圣子一路以来的行事说话中猜测，他抓自己是"私人行为"，与多丽国乃至奉神教并没有太大关系。

她现在这个情况，只要应付这师徒俩即可，如果俘虏身份公开，那等着她的命运就很难说了，多丽国与奉神教如今都在崩溃边缘，为了保存自身，什么事都会做。

将她绑在城头要挟严棣之类的都算是温和手段了，更多更龌龊的她想都不敢想。

既然江如练师徒没打算将她交出去，那她就老实配合他们好了。

江如练带她大步流星往下山方向走去，路上教众远远看见他便低头行礼，对于跟在他身边的秦悠悠也不敢多看半眼。

秦悠悠没花丁点力气，几乎是在他的真气控制下一路"飘"到了目的地。

按照位置看，这里跟旭光圣子的住处等级差不多，不过在簇水山的另一个方向，应该也是长老之类级别人士的住所。

只不过这座宫殿却空空如也没有主人，只有几个年老的仆役在打扫清理。

江如练慢慢走进宫殿大门，仿佛自言自语道："当日我就是在这里第一次见到瑶姬。她的穿着打扮就跟你现在一般，我刚刚从外边赶回来，穿着普通服饰，她不知道我是谁。我的一个师弟垂涎她的容貌，对她纠缠不休，她想甩脱他，结果没注意到我在后面，一头撞了过来。"

他面上带着柔和的笑容，那一段回忆在他心中想必是十分美好的。秦悠悠先前就听风归云说过，江如练对她娘亲十分情深，看到他这个样子，忍不住有些难过。

她明知道江如练对于她是敌非友，但却很难讨厌这样一个深情之人。如果她的父母真的不是被他所害,她也没道理去讨厌怨恨他。

"那天是三月初八,她回过头来看我的时候,阳光正好照在她脸上,她就像是个美玉雕琢而成的人儿,我从来不知道女子可以如此美丽……她瞪大眼睛看着我,倔犟又小心,充满了防备。我很想告诉她,我不会伤害她,她不用怕我防着我的。"

"我把师弟教训了一顿,让他以后再不敢骚扰瑶姬。瑶姬很感激我,不过我知道她不信我。她不喜欢奉神教,小心防备着这里的每一个人,她就算在笑的时候,我也觉得她并不真正开心。我想方设法要讨好她,但她始终不肯靠近我。"

江如练一边说,一边慢慢往前走去,这里曾是他父亲的住处,当年父亲收下的弟子们都住在殿后。

如今整座大殿空置了,一切都还保持原样,风瑶姬的房间更是有专人小心照管,里头小到一支笔一个绣花枕套都被小心地安置在原处。

秦悠悠想到这里是娘亲生前住过的地方,不由得生出几分亲切感。

她一眼看见梳妆台上横放着一支银簪,与风归云托何满子送给她的娘亲遗物里那支刻了父亲名字的簪子有几分相似,忍不住伸手拿起来看。

可惜这支簪子上除了花纹再无其他,秦悠悠想到娘亲在这里当细作的,怎么可能把那种带有标记的重要东西放在此处?她有些失望地把簪子放回原处。

就在这时,江如练忽然伸出手来,将那支簪子头尾换了个方向,完全恢复成秦悠悠将它拿起来之前的那个位置,丝毫不差。

秦悠悠心里升起一股不知道该怎么形容的酸涩感觉,这是多深的感情才能生出这样的执著。

旭光圣子有一句话也许说得很有道理,她娘亲确实是江如练的心魔。

蛊神也要昔级!

江如练仿佛忘记了秦悠悠的存在,站在房间里静默不语。

秦悠悠压下心里的种种情绪,冷静地问道:"你说带我见我娘……"

江如练没有说话,慢慢走出房间,回到前面的宫殿里,走进一个类似练功室的大殿,在其中一条殿柱上轻指数下,大殿一侧挂满兵刃的铁架缓缓向两侧移开,露出一条直通地底的漆黑通道。

江如练示意秦悠悠跟他进去。

往下盘旋延伸的阶梯通道又深又长，按位置估计应该是直入山腹地底。

秦悠悠记得先前看过的关于江氏父子的资料，他们这一支加入奉神教已经许多年，不过真正在奉神教掌权也就是最近几十年的事。

奉神教传承数千年，内中派系林立叶茂根深，外来者要在其中混出个样子不是那么容易。

看山上这些宫殿亭台的样式格局，都颇有一段历史，类似这样的地下密室估计是在修建之初就有了的，并非江氏父子所设。

而且秦悠悠在往下走的途中，看到了不少其他通道入口，如此看来，这应该是奉神教原本就建造好的秘密地宫。

秦悠悠修为受制，完全靠着江如练的带引，迅疾如风地一路往下，估计都已经穿过山谷深入地底了，还不见他停下。

她娘亲怎么会在这么古怪的地方？秦悠悠心里奇怪，而且越往地底，她便觉得越热，空气里充满了令人窒息的硫黄之类的难闻气味。

就在她觉得自己快要热融了之时，江如练终于停下脚步。

前面是一个巨大的岩洞，隐约透出橘红的光影与浓浓的烟雾热气。

江如练全身僵硬地站在洞口，却硬是没有继续前行，黑暗中秦悠悠依稀看到他竟然在发抖……

她吞了口口水，小心翼翼问道："我娘……在里面？"

这种地方不是正常人能住的，江如练的态度其实一开始就已经很明白，秦悠悠对于自己娘亲已逝这点，早有充足的心理准备。

她有记忆以来都没有见过娘亲，父母在她心目中就是一个朦胧的影子，虽然想到自己一生可能都见不到他们会很遗憾难过，但也不至于像普通儿女那样为了自己父母身亡的消息而悲痛欲绝。

江如练与她相比，反而是比较激动痛苦的一个。

秦悠悠见他不动，摘下帷帽就往岩洞内走去，就算娘亲死了，她也要看看她的埋骨之地。

她经过江如练身边时，江如练猛地看见她那张与心中之人几乎一模一样的脸，忍不住一手抓住她的手臂："别去！"

秦悠悠不明所以地回头望他，江如练反应过来她是秦悠悠不是风瑶姬，不过握住她的手并没有松开。

"洞里熔岩处处，十分危险，你别乱走。你若有事，瑶姬会更恨我……"江如练语气尚算平静，但是话里隐藏的无奈凄然，比号啕大哭更让人鼻酸。

江如练就这么握着她的手臂走入洞内，秦悠悠没有拒绝，也不忍心拒绝。

洞内一片开阔，大大小小的熔岩池子一路延伸到岩洞深处，蒸腾的热气烟雾全是源自于此。

江如练茫然地左右看看道:"不一样了……这么多年,这里都不一样了。"

这里的熔岩有些化成了岩石,也有本来是岩石的化成了熔岩,几乎每时每刻都在变化,这么多年过去,又怎么可能还如当日一样?

江如练伸手指指前方,声音空洞道:"就是那里,阿爹骗瑶姬说她的夫君死在那里尸骨无存,要她死心,从此与我好好地过。瑶姬她一直在流眼泪,她问我是不是真的,我不敢看她,怕会不忍心告诉她真相……她说要拜祭亡夫,走到前面去,一声不吭就跳了下去……你说我害死了她,原也不算错。"

秦悠悠望向他手指的方向,那里熔岩喷涌,一大池子熔岩估计就是武圣下去也会尸骨无存。

秦悠悠心中涌起一阵悲伤,她果然与娘亲无缘,连她一面都见不到。

原来娘亲是殉情的,只不过听江如练的口气,似乎她父亲并没有真的遭遇不测,这又是怎么回事?

"我爹又在哪里?"秦悠悠过了好一阵才忍住难过问道。

"他在金家,我也不知他现在如何了。我答应过瑶姬不会伤害他的,瑶姬活着的时候是如此,她走了……我如果杀了他,岂不是便宜他去跟瑶姬相会了?"江如练一生少有嫉恨什么人,以他的实力天赋也没人值得他妒忌,秦悠悠的父亲金胜常绝对是唯一的一个。

有些事情不是有绝顶实力就可以得到的……

如此说来,她爹有很大机会仍在人间!可是为什么他就不来找娘亲或她呢?秦悠悠不知道该喜该忧,不过总算多了个希望。

江如练说她爹在金家,如果她能脱困,大可以到横云山慢慢打听消息。

秦悠悠侧过头来,正好看见江如练痛苦的神情,忽然想起从前师父给她说过的床边故事,美丽才尚的白马少女喜欢上一个异族少年,偏偏这个少年却喜欢别的女子。

如果你深深爱上的人,深深爱上了别人,你会怎么办?

即便是大能智者也很难给出令人满意的答案。

论实力论地位江如练无可挑剔,而且他对风瑶姬一往情深,是个极难得的良配,可是风瑶姬爱的不是他。

江如练如果想要,未尝不能找到比风瑶姬更好的女子,但是那些偏偏不是他喜欢的。

那都是很好很好的,可是我偏偏不喜欢……秦悠悠小时候听师父说起那个悲伤的床边故事,都还不觉得这句话是如此倔犟又如此无奈。

当时她也问师父要怎么办,师父摸着她的脑袋道:"我给你起的名字就是答案。"

得即高歌失即休,多愁多恨亦悠悠。

得不到就放下,说来简单,但是眼前就有一个,二十多年过去了还是放不下。

秦悠悠修为被制，对于高热的承受能力打了个折扣，在岩洞中不过片刻就忍不住头晕眼花，被烟气呛得咳嗽起来。

她的咳嗽声将江如练震醒，马上带着她离开岩洞往外走去。

俩人刚刚走到洞外，忽然听到一阵嘶嘶怪声，那声音仿佛传自岩洞旁另一个方向，听在耳里让人觉得仿佛有什么恶心的蛇虫从颈后爬过一般，秦悠悠哆嗦一下，发现江如练握住她手臂的手微微一紧。

她抬起头发现江如练的神情变得颇为凝重，然后就听他道："戴上帷帽。"

有人要过来吗？刚才那阵怪声不太像人能够发出来的啊。

不过她还是很老实地马上照办，江如练至少到目前为止看上去都不像是对她怀有恶意，虽然他是害她娘亲惨死的间接凶手，但秦悠悠看着他这个模样，实在恨不起来。

这十多年来他就活在无尽的痛苦愧疚之中，若论惩罚，只怕比一刀子杀了他都还要难过。

她刚刚戴好帷帽遮住脸蛋，就听到有脚步声自怪声传来的方向渐渐靠近这边。

岩洞昏暗，隔着帷帽边缘垂下的白纱，秦悠悠依稀看到三个老者先后走了过来，看到江如练都是一脸的错愕惊讶，愣了一下才行礼道："见过教主。"

"三位长老近日频频前来觐见蛊神，所为何故？"江如练的声音没有透露出点滴情绪，一瞬间就恢复成初见时那个飘渺如烟超然物外的绝世强者。

三个长老根本没料到会在这里遇上江如练，就算城府再深也有些慌了手脚，面面相觑片刻，其中一个才干笑道："侍奉蛊神原是我等的荣幸，教主事务繁忙不便时常前来聆听蛊神的教诲，我们才偶然来看看蛊神的情况。蛊神近日可能会再度晋级，这可是我奉神教上下的大事。"

他一番话越说越顺溜，江如练只是冷淡地扫了他一眼道："有劳三位了。"

平平淡淡几个字听在那三个心里有鬼的长老耳中，便显得别具深意，三人神情尴尬地呵呵赔笑，目送江如练带了秦悠悠扬长而去。

直到确定他们已经走远，三个人才敢稍稍松一口气，堂堂三个武圣级高手，在江如练面前竟被吓出了一身冷汗。

其中一个长老忍不住惊慌道："他是不是发现了？"

"此事只有蛊神与我们三个知道，他怎么可能发现？"另外一名长老不以为然道。

"还是小心为上。见鬼了，他从来极少进入这地宫禁地的，今日怎么偏偏就跑来了？"第三个长老很郁闷。

事实上因为这里是风瑶姬自尽身亡之处，所以这么多年来，除非必要，江如练也绝不踏入这个地宫禁地半步。

"他身边跟了个女弟子……"

"只怕是他的新炉鼎。我们奉神教竟然出了个靠严氏邪功晋升十八品武圣的教主，简直丢尽我奉神教上下的脸面。"

因为严棣的出现,奉神教上层许多人都知道了教主修炼的并非奉神教绝学,从前只是怀疑,现在却是有了确凿证据。

但是慑于江如练的绝顶实力,大家也只能在心里嘀咕一番,没人敢公然提出质疑。

"你应该高兴,如果他不是十八品武圣,蛊神也不会看上他,呵呵。"说话的这个长老语气阴森,充满了幸灾乐祸之意。

"噤声!"另一个长老低声喝止,他们刚才就没发现江如练在这里,甚至连他身边那个女弟子都没发现,如果他又潜回来听到他们的话,那还了得?!

一时兴奋露了口风的那个长老自知失言,讪讪地不再说话。

"我们以后没事不要经常到这里来,免得那江如练警醒过来,已经到了这个关头,如果蛊神不能顺利晋级,我们奉神教就真的完了!"

其余两人点了点头,不再多言,顺着通道回到自己的住处。

另一边,江如练与秦悠悠回到山顶他居住的宫殿,秦悠悠望着他瘦削孤寂的背影,忍不住冲口而出道:"是不是他们想害你?"

她来之前就听旭光圣子手下的侍女提到有长老要对付他们师徒的事,再看看刚才那三个家伙鬼鬼祟祟的德行,马上就对号入座了。

不过话说出口她又后悔了,旭光圣子都知道,不可能不告诉自己师父,要她多事干什么?

江如练脚步顿了顿,回头看着她轻叹一声道:"你跟她一般的心软。"

"我没想到熙朝这孩子真的会将你带回来,也罢,这段日子你就留在这里吧。"江如练留下这句话,便转身离开了。

秦悠悠苦笑一声,眼下这样算是最好的情况了,她也不指望江如练会放她走,事实上除非江如练亲自将她送回严棣手中,否则他现在放她离开,就是要将她送给多丽国、奉神教的其他人。

于是她就老老实实在这山顶豪宅住下了。

这处大殿不能说没有其他人,只不过这有限的其他人都是活傀儡,一个口令一个动作,除了会呼吸说话,跟死人差不多。

秦悠悠开始还觉得不习惯,几日之后也不得不淡定了。

允许随意进出这处山巅大殿的只得两个,一个是旭光圣子,另一个是先前见过的那位玉夫人玉芙蓉。

原本还有另外两个圣子,不过他们一个重伤昏迷,醒来的几率微乎其微,另一个被小灰吃了——幸好这件事只有极个别人知道,否则江如练大概不会对她这么温和了。

旭光圣子第二天派了两名白衣侍女来伺候秦悠悠起居,其实真正的目的是定时把她拎到江如练面前,估计是想用她替江如练破除心魔或者哄他高兴。

江如练心里明白弟子的心意，并没有拒绝。

秦悠悠很纠结很害怕，如果可以她恨不得把自己隐形了或者易容改装一下子以策安全，但是有旭光圣子派来的两个牢头盯着，她什么都做不了。

江如练看着她那张脸可以看一整天不觉得厌倦，但秦悠悠却被看得心惊肉跳时刻想跳起来转身逃跑。

"呃，你可不可以告诉我，你为什么会喜欢我娘？"秦悠悠努力找话题，而且小心翼翼地提醒他，她是秦悠悠，是风瑶姬的女儿，千万不要把她跟她娘搞混了。

江如练摇了摇头道："我也不知道。"

真是个好答案！秦悠悠纠结了片刻继续努力："我娘她喜欢什么颜色、喜欢吃什么？修为好不好？会机关术吗？"

"她喜欢月白色，没有特别偏爱吃什么食物，不过长得难看丑怪的她绝对不会吃。她的天赋不错，像你这般大的时候，已经是五品武者。她的机关术很一般，但是她很喜欢倒腾些小玩意。"江如练大概确实从秦悠悠的问题中想起了以往与风瑶姬相处的点滴，也慢慢打开了话匣子。

从他的叙述之中秦悠悠发现，开始时娘亲其实对江如练印象甚好，至少是将他当成朋友的。大概是后来知道他修炼的功法令许多师姐师妹神秘失踪，才开始怕他，避他如蛇蝎。

眼看着谈话气氛渐入佳境，连秦悠悠都暂时忘记了引江如练说话的真正目的，认真听他说自己娘亲的事情，就在这个时候，忽然听到殿外传来女子的大叫声："我要见教主，你们敢挡我？！"

本来一脸柔情的江如练听到这一声尖叫，脸上的神色迅速冷了下去，而且似乎还有点尴尬。

秦悠悠奇怪地回头去看，正好看到昨日见过的那位玉夫人形容狼狈地从外边冲了进来。

她之所以认得出来，全因玉夫人长得与她太过相似。

她心知肚明玉夫人跟江如练是什么关系，也看得出来江如练似乎并不怎么待见她，完全是因为性命攸关不得不将就。

不过江如练却感到很尴尬甚至心虚，尤其在秦悠悠这个唯一心上人的女儿面前被撞见"出轨"，更让他心中生出一股无名怒气。

虽然他自己也知道，这完全没必要。

"出去，我说过不止一次，没有我的传唤，你不必过来。"江如练漠然道。

玉夫人一眼看见坐在一旁，比自己年轻得多也漂亮得多的秦悠悠，顿时感觉一股凉意从脚底直往上冒。

她以为教主心中有人，也不喜欢接触旁的女子，自己虽然不能够得到他的心，至少也是他唯一亲近的女人，没想到这么快就出现了另一个女子与她相争。

是了！一定是旭光圣子，她成了教主的枕边人之后就对他诸多不敬，所以他才找来这么个厉害角色分她的宠！

玉夫人几步冲上前跪倒在江如练脚下，低泣道："是美蓉太想教主所以才会如此失礼，求教主恕罪。"

玉夫人根本不知道，她越是纠缠江如练越是厌烦，尤其是在秦悠悠面前。

"出去！"江如练眼中渗透出丝丝寒意，他在风瑶姬面前千依百顺，在秦悠悠面前温柔慈和，不代表他就是个好脾气的好人。

他是江如练，踏着无数人的尸首血肉登上奉神教教主宝座的绝世强者，如果不是玉夫人对他还有用处，刚才她在门外大闹就足以让他动手杀了她。

玉夫人忙着哭泣博取同情，根本没注意到江如练已经动了杀意，秦悠悠却看得明明白白，连忙站起身扯扯江如练的袖子打岔道："江……江叔叔，我想要一份娘亲的亲笔手书或者随身物件作留念，不知道可不可以？"

她不在意这玉夫人的死活，不过如果她死了，下次江如练真气爆发的时候，自己就危险了，所以无论如何她都要想办法保住这个没眼色的女人。

她故意不叫江如练教主，只称他为叔叔，叫习惯了估计他也不好意思对自己这个"侄女儿"下手了吧。

这么多年来，从来没人敢扯着江如练的袖子要求他做什么，秦悠悠要抓他的袖子他自然可以轻松闪开让她抓个空，但是那张酷似风瑶姬的脸孔凑到他身边之时，他莫名其妙地放弃了一切防范，任她的手伸过来抓实。

他不是笨蛋，心念一转就明白这个女孩子那点小心思，她与她娘亲一般，都在暗暗防范着他，他有些无奈却又不忍心责怪她。

毕竟她们母女俩都不是心甘情愿到奉神教这个地方来的。

"可以，你随找来。"江如练转身往大殿后的书房走去，两个活傀儡一闪而上，一左一右扣住玉夫人的胳膊就将她往外拖去。

玉夫人正待哭叫求情，忽然听到一个女子轻声道："我是你就什么都不会说。"

玉夫人一侧头发现说话的是旭光圣子身边的心腹侍女，更觉得气恼恐慌，但是想到旭光圣子的厉害，刚才又亲眼看到教主对那个女子的纵容，她不敢再得罪旭光圣子，由着两个活傀儡将她拖到大殿外。

玉夫人一路心神恍惚回到自己的住处，就有侍女凑到她身边低声道："夫人，三位长老想约你今夜谈点儿事。"

"三位长老？哪三位？"玉夫人心中一动，抬头问道。

奉神教里只要能够晋级到I品武圣就是长老，但长老也分三六九等的。如果是那三位太上长老，会找她谈的绝对不会是小事。

侍女神秘一笑："自然是那三位了，旁的长老，夫人你需要理会吗？"

玉美蓉自从成了江如练的枕边人，不但修为一日千里，地位也同样高得惊人，她如今修为不过九品，了不起当个护法，但就是一般的长老见了她也得客客气气称她一声"玉夫人"。

她刚刚在江如练那里碰了个大钉子，正是急着保住自己地位的时候，听闻三个太上长老主动找她，顿时生出几分旁的心思。

下午时旭光圣子来见江如练，其中一个白衣侍女向他报告："教主今日对王妃说的话，比过去一整年加起来都多。"

旭光圣子似笑非笑斜了秦悠悠一眼道："还算有点儿用处。"

他本就容颜如画，配上这副神情真真风流无限惹人相思，两个侍女看得一阵失神，不过连人都记不住，而且正处于警惕戒惧状态的秦悠悠没多大感觉，恨不得这混蛋迅速消失，别又想出什么古怪的主意来折腾人。

"跟我去见师父。"旭光圣子似乎打算亲自验证一下秦悠悠的用处。

秦悠悠知道反抗不得，而且现在看来，江如练对自己还算友善，有他在大概比较安全，好过与旭光圣子独处，所以便跟着他去了。

旭光圣子到了江如练面前，完全变了个人，起先还恭恭敬敬一副好弟子模样，见江如练今日心情不错，他的态度便也渐渐放松甚至放肆起来。

"师父，我们好久没下过棋了，徒儿陪你下一局好不好？"旭光圣子笑眯眯道。

江如练原本因今日带秦悠悠到地宫禁地一行，想起风瑶姬自尽殉情的情景，正是心里难受，后来见秦悠悠似乎并不太因为此事怨恨他，莫名地心境就平和了一些。

后来秦悠悠没话找话跟他聊天，更让他感觉郁结在心间多年的情绪似乎疏散了许多。

眼前这个是他心爱女子的唯一血脉，她不怨恨憎恶他，那是不是代表瑶姬的在天之灵也不再责怪他了？

因为心里存了希望，所以江如练反常地不但没有像从前那样从禁地出来就好几天不说话不见人，反而应了旭光圣子的要求，师徒俩坐在书房棋盘边对弈起来。

旭光圣子自然感觉到师父的变化，心里越发觉得自己千辛万苦把秦悠悠带来实在是明智之举。

秦悠悠不喜欢下棋，不过看着棋盘却想起严棣在两人初相识不久时，用救大嘴作条件，软硬兼施教她下棋还经常在无聊时拉着她相陪的往事。

那个家伙自己喜欢下棋就逼着她也得会，他这种做事风格在后来很多事情上都有体现，包括明知她怕马，但是抓紧一切机会逼她骑马，温柔手段之下其实霸道非常。

相比而言，师父也会要她学些她不太感兴趣的东西，在许多原则问题上也要她按着他的要求来，但是会告诉她为什么他要这么做，如果她听话有什么好处，如果她不听话会有什么坏处，然后让她自己选择。

就如师父哄她修炼武道一般，如果她坚决不愿意，师父也不会怎么样，顶多嗤笑一下她怕冷怕热，动作慢反应慢没有自保能力罢了。

江如练虽然在与旭光圣子对弈，却也注意到秦悠悠的发呆状态："怎么了？"

"我想起我师父……"秦悠悠心不在焉道。

旭光圣子笑道："你师父有我师父好吗？"

"我师父修为没有江叔叔好，不过他对我很好，比对自己的亲女儿都好。"秦悠悠郑重声明，师父是她生命中最重要的人。

江如练师徒俩对望一眼，从秦悠悠的性情也能看出她是个被人宠爱呵护长大的女孩子，所以心肠软，容易相信对自己好的人，性子开朗活泼，不太能够掩饰本性。狡黠聪明但不太懂得人情世故人心险恶。

旭光圣子注意到她称师父为江叔叔，而师父似乎也很受用的样子，心里便有些明白了。

"你也时常跟你师父对弈？"旭光圣子好像完全变了个人，态度温和轻松，仿佛就是一个性情随和的世家公子，全没了平日偶然流露的妖冶阴鸷。

"我不喜欢卜棋，师父都自己跟自己下……"秦悠悠忽然有些后悔，如果重来一次，她就算不喜欢，也会努力陪陪师父的。

江如练指指一旁的书架："上头有书也有机关图，你喜欢便看着解闷吧。"

秦悠悠听到机关图，心里微微一震，不会是终于忍不住打算逼她做机关了吧？

她心里防备，慢吞吞挪到书架边，眼角偷看窗下对弈的师徒俩，发现他们都没有要搭理自己的意思。

莫非是她想多了？秦悠悠有些忐忑，故意取了普通的书册看。

江如练的书房里，书册大多是各种秘籍之类，而且能够入他法眼的，都是顶尖绝学。

如果换了别的修炼者简直就如同进了宝山一般，不过落在秦悠悠手上，好奇了一阵就觉得没什么趣味了。

眼见江如练师徒对弈得正是入迷，她终于忍不住取下书架上的大小匣子逐个翻看里头的东西。

装在匣子里的有她娘手书的各种书册、信函，还有就是江如练先祖从严氏禁地中掠取的机关图以及各种秘籍。

娘亲的手书都是些普通东西，无非是奉神教的文书以及一些初级修炼秘籍，而且数量极少，翻几下就翻完了。

秦悠悠小心将娘亲的遗物恢复原样收好放回书架上，这些江如练当宝贝一般，用玉盒盛装，不知道的还以为是什么奇功绝学。

装了严氏禁地那些机关图的匣子就在旁边，秦悠悠打开一看便再也挪不开眼睛。

她当日与严棣在禁地内成婚，便看过里头库藏的机关图，江如练这里的与禁地所见的全然一致，标注之中都是那些特殊的标记符号。

别的机关师看不懂，秦悠悠却看得津津有味，忘乎所以。

不知道过了多久，手上的机关图一晃被人收了去，秦悠悠低叫一声抬起头伸手想去抓回来，就见江如练站在她面前，道："天暗了，先去用晚饭。你喜欢的话便带回去慢慢看吧。"

秦悠悠这才发现窗外一片昏黄，已经是日落时分，旭光圣子不知何时也走了。

她有些讪讪地收回半伸出去的手，将信将疑道："这些，我真的可以带回去看？"

"可以，便是送给你也无妨，我起先不知道你娘需要这个，否则也早就送她了。"江如练有些无奈又有些惘然道。

旭光圣子已经离开好一阵，方才他一直静静地看着秦悠悠，看她不自觉地时而皱眉、时而欢喜的专注模样，回忆着心里那个逝去已久的女子，心情竟是前所未有的平和安定。

秦悠悠听他这么说，反而有些惭愧起来："我娘她到奉神教是存心图谋你家东西的，你都不生她的气吗？"

"她也是被迫无奈，若非如此，我也不会见到她了。这些图纸这么多年来从无人能够看懂，说到底不过是一堆废纸罢了。"

怎么会是废纸？

秦悠悠心里替这些图纸叫屈，不过想想便又明白了，其实东西跟人一样，你若喜欢，那便算有千般缺点万般不足，也是心肝宝贝珍贵无比，你若不喜欢，纵使有万种优点受万人追捧，也是不值一哂毫无价值的。

不过这样也好，既然江如练不在意，她可以心安理得把这堆"废纸"接收了。

江如练见秦悠悠捧着一匣子图纸眉开眼笑的欣喜模样，不由得淡淡一笑。

因为江如练出奇的温和宽容，也没有表现出丝毫要把她当散功引子或要挟严棣乃至相月国的人质的倾向，秦悠悠在奉神教的日子出乎意料地好过，除了担心两只灵兽与严棣的情况，几乎称得上无忧无虑。

她在江如练的住处接触不到其他人，只能偶然从江如练与旭光圣子的交谈中得知外边的事，似乎严棣已经打得多丽国抬不起头，但是这师徒俩却是一副不太在意的德行，让秦悠悠想也想不明白。

这日秦悠悠看了大半天机关图，走到殿外去松松筋骨，忽然见玉夫人的身影由远而近，她不想跟这个女人纠缠，正打算转身走开，就听玉夫人叫道："王妃娘娘且留步。"

秦悠悠脚步一顿，她已经好些天没听人叫她王妃娘娘了，江如练叫她悠悠，旭光圣子也跟着叫她悠悠，连旭光圣子派来的两个侍女也改了称呼叫她"小姐"。

她这么一迟疑，玉夫人就赶了上来，笑盈盈道："我是有眼无珠，先前竟然不知道你的身份，王妃娘娘莫怪。"

秦悠悠既不承认也不否认，只是疑惑地看着她。

如果可以，她恨不得奉神教上下都不知道她的身份来历。这个女人笑得十足黄鼠狼给鸡拜年的殷勤德行，不知道打的什么主意。

玉夫人见秦悠悠不答话也不生气，左右看了一眼，确定附近无人，便放心道："我与教主是什么关系，想来王妃娘娘心里有数。说句真心话，王妃娘娘在这山上一日，我都心里不安。"

她来之前就确定过了，江如练与旭光圣子正在与几位长老议事，不可能分神关注这边，这样的机会不常有，她要抓紧了达成自己的目的。

秦悠悠听她这么说，顿时警惕起来，这个女人不会妒忌心发作，想趁机杀她吧？

"我想王妃娘娘也必定不愿意被困于此，不如娘娘亲笔写一封信，我想办法交到圣平亲王手上，若他能前来将你救走，我们正好各得其所。"玉夫人道。

秦悠悠定定看了她一眼，忽然笑道："你是想用我的亲笔书信把严棣引来设陷杀死，你当我是傻子么？"

秦悠悠相信玉夫人想她消失的心情一定是真的，但想她消失的方式方法多样，跟严棣勾结放她走是其中最白痴的一种——等于同时得罪江如练师徒、奉神教甚至多丽国上下。

任何一个脑子没进水的人都不会选择这个方案，除非这玉夫人是她亲妈，那倒是有可能会为她如此牺牲。

她是很容易相信人不错，但前提是那人有让她相信的理由，严棣与风归云一个是她的丈夫一个是她所余不多的亲人，她对他们的防范之心几乎没有，所以才会轻易上当。

眼前这个玉夫人，在她看来也是敌人之一，她说什么秦悠悠都会用力怀疑十次八次再说。

况且，她也不希望严棣冒险来救她。

玉夫人原想秦悠悠年纪小又是身处险地无力自救，就算不信她的话，至少也会心存希望多问几句，没想到开口就被断然回绝，她的脸色顿时变得十分难看。

"想来王妃在奉神教伺候教主是乐在其中，不舍得走了。"她心生不忿说话也刻薄起来。

秦悠悠有些同情地看着她道："好好保护你这张脸，你没有别的价值了。"言下之意，玉夫人除了一张脸长得比较像她娘，再没有别的优点。

"你！"玉夫人气得脸色发白，这么肤浅的讽刺她还听得懂。

"我劝你最好不要动手，否则你这张脸也救不了你的。"秦悠悠笑眯眯道。

玉夫人还真的不敢对她出手，不管是江如练还是暗中与她合作的那些长老，都绝不愿意秦悠悠在这个时候出事，她如果对她动手，江如练只怕马上会发作，想到大殿内的那些活傀儡……她不想自己成为其中一员。

"小狐狸精，你且嚣张！你得意不了几天的！"玉夫人扔下一句无力的威胁，愤然转身离开。

秦悠悠看着她的背影却真有些担心，奉神教的人是按捺不住打算越过江如练拿她去威胁严棣了。

她未见江如练之前怕他怕得要死，真正见了却发现他远不似传说中的可怕，至少对她是相当不错，只要情况许可，他应该都不会让她太惨，如此她更不愿意严棣来为她冒险。

"你怎么一个人跑到这里来？"旭光圣子的声音忽然自身后传来。

秦悠悠回过头就见他不知何时已经站在了自己身后，山风吹拂之下他衣袂飘飞，衬上那张俊美出尘的面孔，恍如神仙中人。

只看他春风般和煦的笑容，绝对想不到这是个杀人如麻、手段阴狠毒辣的可怕角色。

"出来透透气。"相比而言，秦悠悠现在对他的惧怕比对江如练都强烈得多。

旭光圣子突然伸手拈起她的下巴，凑近来眯起眼睛仔细打量她的脸，动作看着温柔，但身为当事人兼被轻薄对象的秦悠悠却觉得一股巨大的压力将自己牢牢控制住，别说喝止挣扎，全身上下连一根指头都动弹不得。

这个疯子又想做什么？！秦悠悠心下大骇。

圣子求婚

旭光圣子仿佛在打量一件新奇有趣的玩具，甚至伸出拇指慢慢摩挲她的脸蛋，似乎想试试她的"手感"如何。

秦悠悠暗暗叫苦，这是发现江如练对她没有那个意思，就想对她下手吗？

"确实挺漂亮的，不过就这一张脸蛋，值得师父跟严棣两个念念不忘吗？"旭光圣子有些疑惑地认真研究了好一阵。

他承认秦悠悠确实很美，甚至称得上是他见过的女子之中最美的，但仔细装扮一番能与她媲美的并非绝对没有。

等他研究够了松开手，秦悠悠吓得扭头就跑，这个疯子不知道想做什么，她要赶紧去找江如练，这里除了江如练，恐怕没人制得住他。

旭光圣子随手一伸，抓小鸡一样把她拎回面前，笑道："跑什么？我有那么吓人？"

"你还不够吓人？！放开我！"秦悠悠低叫道。

"我长得比你那位王爷夫君好吧,而且你不是已经不想跟他一起了?"旭光圣子轻松无比地把秦悠悠困在一块山石与自己之间。

"关你什么事?我就算不跟他一起也不见得要跟你打交道。"秦悠悠避无可避,只能努力把自己贴到大石上,尽可能拉开与旭光圣子的距离。

"我不似严棣般不解风情,你跟了我也不会吃亏。"旭光圣子自认风流手段在脂粉堆中所向披靡,跟过他的女人个个死心塌地,女人嘛不就是要男人温柔呵护小心怜爱吗?

秦悠悠搞不懂他为什么忽然就想对她下手:"我不喜欢你,你也不喜欢我,何必凑在一起相看两相厌?"

她一直有种感觉,旭光圣子心里除了他师父,根本从来没把任何人放在心上,更不要说喜欢某个女子。

"美人儿我都喜欢,至于你嘛……跟了我也会喜欢我的。"旭光圣子凑过来一手搭住秦悠悠的腰肢,一手扳正她的脸蛋就要亲她。

看着那张俊美得近乎圣洁的面孔慢慢靠近自己,秦悠悠怕得差点儿失声尖叫。

"停手!熙朝,你来。"不远处大殿内传来江如练的声音。

旭光圣子对别人不太理会,但是对这个师父还是不敢违逆的,有些遗憾地摸了一下秦悠悠的脸蛋退了开去,转身走进大殿。

险遭非礼的秦悠悠决定,以后没事就跟着江如练,绝对不能落单让旭光圣子逮到。

大殿之内,江如练皱眉道:"你无事去招惹悠悠做什么?她不是你那些侍女姬妾。"

旭光圣子笑得有几分无赖:"徒儿觉得她很有趣,越看越喜欢,想把她哄来当妻子。"

"胡闹,她已经有夫君了。"江如练摇头道。

"有夫君了也可以另嫁,徒儿不介意。"旭光圣子轻哼道。

江如练看着他有些头疼地轻叹一声道:"熙朝,有些事情勉强不来的。"

"哪里勉强了,徒儿定有办法让她心甘情愿嫁我的。"旭光圣子十分笃定。

江如练不知道该怎么说他,叹气不语。他隐隐有些明白弟子的心思,所以更不忍多说什么。

"师父,方才玉夫人来过找悠悠,后来气呼呼走了,她最近跟那三个老头子暗中来往,不知道存的什么心。"旭光圣子虽然没办法打听到三位太上长老的真正打算,但一些外围消息他还是很清楚的。

江如练有些意兴阑珊:"多半与蛊神有关。"

"地宫里那条虫子?"旭光圣子有些意外,他知道三位太上长老前阵子经常进入地宫禁地,不过他一直以为他们是想避开江如练与他的耳目好商议他们的计划,没想到跟奉神教那条所谓的"蛊神"有关。

奉神教供奉蛊神已经有数千年，它一直这么静静待在地底没什么动静，久而久之大家都只把它当成神教象征与生产不死鳞霜的神奇蛊虫，没想到它也是妖兽的一种，而且级别肯定不低。

江如练虽然猜到一点，但是他甚少接触灵兽妖兽，更别说高级的妖兽，所以也不太明白那条蛊虫的威胁所在，更没有想到它在不久的将来竟会为他乃至严棣带来灭顶之灾！

另一边，另外两只灵兽正与严棣一道秘密往奉神教而来。

攻陷胡州之后，严棣召集各路兵马屯兵胡州，清扫其中多丽国的残余势力，暂时不再继续进军，而他也终于可以放下军务前往奉神教救人。

驻云飞将一身耀眼的红色毛发尽数染黑，伪装成普通骏马的模样，与严棣昼夜不停，只花了一日多的时间就疾驰到催雪城外。

临行之前他特地给小灰准备了丰盛大餐，让它吃得饱饱躺在他的鞍袋里睡了一大觉，免得它半路受不住颠簸惊吓哭叫起来。

十多天的朝夕相处，一马一兔之间的关系和谐了好些，小灰也努力不跟严棣闹脾气，虽然还是热络不起来，总比从前见面就互相不屑对瞪要好多了。

他们趁着夜色在催雪城城墙上留下记号，然后便在城外不远处的小村镇住下，果然次日一早大嘴就找到了他们。

"皇宫那边，我让几只燕子留意那个狗皇帝和太子的动静，他们很小心，不过有一次狗皇帝喝醉了，透露了口风，悠悠确实在奉神教，很可能在簇水山顶江如练的住处。我好不容易说服几只老鹰，给它们看了悠悠的画像，让它们在簇水山一带远远观望了几日才看到她。江如练太厉害，山上高手也多，那些老鹰都不敢飞近了细看，所以也无法百分百确定。"大嘴首先报告最近几日得来的消息。

他是十品圣尊，一靠近簇水山就会被发现，普通飞禽虽然能够跟他沟通，但是灵智有限，如果有人存心假扮秦悠悠，要骗过它们不难。

小灰眼巴巴看着严棣，江如练是十八品武圣，这里只有严棣对付得了。

问题是簇水山就如同严氏的皇族禁地一般，除了江如练这个十八品武圣，还有不少其他高手，就算最近折损许多，也至少还有十多个武圣级强者在上头，奉神教的三个太上长老，随便一个都是十五品以上的武圣，不是那么好硬闯的。

放在平时十个八个十五品武圣严棣都不放在心上，但若他们赶在他与江如练对战的紧要关头出手，后果将不堪设想。

小灰虽然任性，也知道胡乱逞强冲杀一点儿好处没有，到时候人家拿秦悠悠作人质，他们反而会很被动。

"你留意奉神教身居高位者外出的动静，一旦发现了就尽快通知我。"严棣沉吟片刻道。

"没问题，我最近都让簇水山附近的雀鸟留意着他们的动静。你想怎样？"大嘴问道。

"找个大人物带我们堂而皇之上山。"严棣决定冒险潜入奉神教内。他的时间不多，容不得他慢慢打听清楚情况再作计划。

一想到悠悠如今在江如练师徒手上，不知道他们会如何对待她，他就觉得心如油煎，无法平静。

奉神教之内，玉夫人没办法取得秦悠悠的亲笔书信，甚至数度潜入江如练的宫殿内想盗取秦悠悠的随身物件或手书也宣告失败，消息传到三个太上长老那里，三人也是一阵头疼，不得已再次聚首地宫禁地去找蛊神商议对策。

"我只要你们在我晋级时将江如练和你们口中那个十八品武圣引来，这么点小事你们都办不到？"空旷的岩洞内，回荡着阴恻恻的声音，即便三个太上长老修为已经达到十五品以上，听在耳里也感到一阵头皮发麻。

他们根本看不见蛊神的身影，甚至也感觉不到它的具体位置，实在是蛊神个头太小，在这样一个阴暗的巨大岩洞中，想要找到它难度很大。

三位太上长老心里原先对这个享受奉神教供奉多年、却从来没有在他们面前展示过半分战斗力的蛊神实力深表怀疑，如果不是它当日突然释放出一种强大无比的特别威压非常符合教中太上长老代代相传的一个古老传说，他们根本不会相信它能对付江如练与严棣的鬼话。

其中一个太上长老道："要把江如练引来并不太难，但是要在那个时机把严棣引到此处……千难万难，那毕竟是个十八品武圣，就算我们有他妻子在手，要摆布他也不容易，何况如今他的妻子在江如练手上。"

"好了！不必解释！距离我晋级的日子只剩两天，时间紧迫，说不得本座只好冒险到外边去。你们无法将他引到这地宫中来，只要引到这座山上即可，本座原本不想伤及我教子民，如今也顾不得这么许多了。"蛊神似乎犹豫了好一阵才最终决定。

蛊神的意思是要离开地宫到山上去与江如练、严棣决一死战？

不说蛊神实力如何，光江如练和严棣两个十八品武圣激斗起来就足以把簇水山奉神教总坛砸个稀巴烂。

三个太上长老面面相觑，头疼道："蛊神可否换个地方？"

"神教总坛毁了可以重建，万一被外人所破，就不是毁了总坛的宫殿房舍那么简单，就是我教道统也要毁于一旦！事到如今，你们还留恋这区区几栋房子？"蛊神不满冷哼道。

"好！只要能够杀了这二人，神教总坛毁了一个我们大不了重建一个！"其中一名姓童的太上长老咬牙切齿道。

昊光圣子是他的嫡系曾孙，原本他一心一意希望这个出类拔萃的同族晚辈能够在将来接管奉神教，没想到却被旭光圣子那小贼设计到相月国，死得不明不白。

更可恨的是，江如练这个做师父的偏心旭光圣子，竟然只把这事往严棣身上一推，没有追究旭光圣子任何责任。

他家的希望没了，自然不能容忍对头旭光圣子来日安安稳稳坐上教主宝座，要对付他就要先对付他的师父江如练，所以童长老是最坚决要不顾一切一次铲除江如练与严棣的人。

其余两个长老心里盘算一番，到时自己只要先把心腹手下撤离总坛即可，普通弟子与旁的派系弟子死光了也没什么大不了，如果族里那个古老传说是真的，有蛊神在，他们奉神教将来重整旗鼓只会越发壮大。

想到这里，两个人也慢慢点了点头。

待他们商议好细节离开岩洞走远了，岩洞地下一条石缝中闪过两道幽光，一条只有食指长的银白色小虫眨了眨血红的小眼睛，缓缓扭动了一下身子，它的身体中部鼓起一大团，将薄薄的银白色带鳞片的表皮撑得鼓鼓囊囊，似乎随时要破裂。

那一片近乎半透明的银白色鳞甲皮肤下，隐隐透出金光，预示着蛊神这一次的分裂蜕变将大大不同于前。

地宫禁地内空无一人，那条小小的蛊虫忽然发出一阵瘆人的嘶嘶怪笑声："一群蠢货！本座隐忍这么多年，终于等到体内龙族血脉温养完成即将苏醒，吃下那两个十八品武圣，再加上你们这三个蠢货，应该足以抵抗生死劫，本座在这个该死的凡界地洞里待了几千年，终于等到今日！距离本座晋升妖仙返回妖界称王称霸的日子只剩两天，嘶嘶，你们这些愚蠢的凡人有幸成为本座晋级的祭品，本座会好好记住你们的！"

此刻三个太上长老都不知道自己也在蛊神的"食谱"之上，正盘算着如何神不知鬼不觉地把自家嫡系秘密安排于两日后与蛊神约定的时刻之前撤离奉神教。

三个太上长老还有一个姓邓、一个姓王，三人离开地宫后互相打个眼色，找了一处秘密大殿闭门商议。

王长老对于那个一直只闻其声甚少现出身形的蛊神还是有些疑虑："我感觉那蛊神的实力似乎还不如我们三人，它真的能够解决得了江如练与严棣？"

邓长老皱眉道："老夫原本也是不信的，不过你们也看过从上一任太上长老手中传下的创教祖师密令，眼下蛊神的情况不是与密令上所言完全一致么？"

这个问题他们私下里讨论过无数次，毕竟关乎他们以及他们身后众多族人门人的身家性命，万一有误，不但奉神教危险，他们也要一并玩完。

"相月国仗着那见鬼的圣祖大炮来势汹汹，我们也只能拼一把。如果蛊神真是天龙降世，莫说两个十八品武圣，就是两个陆地神仙也能收拾了。"童长老自从昊光圣子的死讯传来，便陷于一种半疯狂状态。

这么多年来他童家好不容易看到希望，结果却是这样的收场，他只觉得就算奉神教被灭了也无所谓，反正他们已经没希望夺取教主宝座。

王长老、邓长老隐约有些明白他的心态，心里很是不以为然，但是想到那个代代相传只有太上长老有资格得知的密令，又忍不住心动。

奉神教一直有一个只传太上长老的密令，内容却是关于蛊神的来历。

据说蛊神原本乃是妖界天龙，因为遭遇妖界其他妖仙的嫉恨追杀，身受重伤修为大跌不得已逃到凡界躲避，机缘巧合之下救了奉神教创教祖师一命，并且以不死鳞霜作交换，成为了奉神教供奉的神。

蛊神的伤势太重，凡界灵气贫乏，天材地宝稀缺，所以它纵有奉神教的全力供奉恢复速度也异常缓慢。

当初它与创教祖师曾有约定，天下间若出现十八品武圣，奉神教上下必须想办法将他引来簌水山作为祭品献祭于它。

一个十八品武圣的献祭，比十株九品灵药的功效还要强大，可以助它缩短千年修行时间。

十八品武圣从来罕见，要在合适时机将他们引到簌水山来更是难上加难，所以这个约定奉神教这几十年来成功执行的次数都还不足三次，只留下几个蛊神请来天龙现身吞噬强敌的飘渺传说，就是奉神教的人也没几个当真，以为就是传说罢了。

所以三位太上长老无意中在参拜蛊神时突然听到它的提示，也觉得难以置信怀疑了很久，直到蛊神释放出属于龙族的强大威压，他们才半信半疑地各自回去翻查创教祖师的密令以及对照教中典籍。

他们虽然随便一个都活了两百岁以上，但是都没见过传说中的神兽天龙是什么德行，更别说龙族威压究竟该是什么样子。不过蛊神释放出的威压确实与人类修炼者或者普通妖兽不同，带着一种让他们想匍匐在地跪拜叩首的可怕威仪，这种感觉他们在江如练全力出手之时都不曾感觉到过，所以不由得渐渐信了。

也是因为最近相月国步步紧逼，眼看着亡国灭教的危机在即，三个太上长老才决定咬咬牙拼了。

"事已至此，我们不能再犹豫了！"邓长老、王长老思前想后，终于痛下决心。

若无需引严棣进入地宫，那一切就简单得多，直接用江如练的名义给他发挑战书即可。

到了这个时候，三个太上长老也无需顾忌江如练是什么反应，密谋一番当即大肆传出消息：两日后，奉神教教主江如练在簌水山恭候相月国圣平亲王严棣决一死战。

为了怕严棣收不到战书或以此为由避不出战，他们甚至将战书用大字书写在催雪城城墙之上，同时也派信鹰送了正式书信到胡州相月国大营。

江如练与严棣两个当事人很快收到消息，不约而同一阵错愕。

严棣觉得很奇怪，江如练怎么会出这样两败俱伤的昏招。

约他决战，等于只能单打独斗，他们两个谁都没有必胜把握，反而很可能因为真气激荡引来生死劫，两个一起倒霉。

现在江如练有秦悠悠在手，又有众多奉神教高手拱卫，完全没必要跳出来冒这个险，只要在簇水山上布下陷阱，等他上钩即可。

"主人，你打算怎么办？"驻云飞虽然不太明白其中的弯弯道道，但也知道严棣公然现身奉神教总坛去与江如练决战，是非常凶险的事。

严棣的指尖轻轻敲击着桌面，道："既然他要公然约战，那就看看他葫芦里卖的什么药。"

"我也要去！"小灰忽然道。

驻云飞与严棣有认主契约，等于与严棣一体，这样的事他是一定会去的。

大嘴会飞，只要飞得足够高，事先有防范，等闲武圣也奈何不了他，他肯定也会去凑热闹。

只有小灰最弱，多半是会被留驻原地的。

驻云飞挠头道："你去做什么？很危险的。"

"悠悠在那里，我要去找悠悠，我个子小，他们不容易发现我，就算发现了我也可以躲起来，我不会麻烦你们的。"小灰很坚持。

大嘴眼珠子转了转道："我也觉得小灰一起去比较好。"

严棣与驻云飞都是一脸不认同，小灰在他们眼中跟秦悠悠的宠物差不多，要人照顾要人哄，他们又不是去郊游，带上它还得分心照顾它。

大嘴摇头晃脑道："我有预感，而且很强烈，小灰跟我们去会遇上大机缘。"

虽然大嘴这家伙很不靠谱，不过……他的预感似乎除了七零八落之外，没怎么错过。

严棣本来根本不想带小灰这个累赘，但是想到奉神教万一把秦悠悠藏起来，小灰可以凭借与她之间的契约感应找到她，便也不拦阻了。

小灰虽然没用，不过在簇水山那样的地方，草木房舍林立，白天它就算会迷路也总不至于撞树，到时候在山顶附近放下它，让它与大嘴去找秦悠悠也不错。

即使找不到，凭它们逃命的本事，奉神教的人注意力又多在他与江如练身上，它们应该也不至于有什么危险。

小灰得到许可兴奋不已，下定决心要第一个找到秦悠悠，看他们还敢嫌弃它没用不。

奉神教簇水山巅，秦悠悠从旭光圣子与江如练的交谈中得知有人代江如练约战严棣的事，瞪大眼睛好一会儿回不过神。

旭光圣子斜睨她笑道："你猜严棣有没有胆子来？"

秦悠悠不理他的挑衅，望向江如练道："你们可不可以不要决战？"

江如练淡淡扬了扬眉没说话，秦悠悠继续大起胆子劝说道："别人让你们决战你们就决战，凭什么啊？你们是十八品武圣又不是斗鸡。"

她的生动"比喻"让旭光圣子当场忍不住大笑起来，就是平日表情不多的江如练也有几分哭笑不得。

秦悠悠再接再厉努力劝说道："而且你们的情况，根本不适合大打出手，替你们约战的人分明是想你们两败俱伤，为什么要中他们的计呢？"

旭光圣子止住笑意，正色道："悠悠说的有道理，那三个老家伙不曾问过师父你就发出战书，分明不怀好意。"

他眼珠子一转目光落到秦悠悠身上："我们有悠悠在手，便是逼严棣自尽说不定也可以，何必跟他打？"

秦悠悠怒目而视，说来说去这个混蛋还是打着拿她威胁严棣的主意。

江如练忽然想起什么，对秦悠悠道："若是我们两人只可以活下一个，你希望是谁？"

以他们的身份立场，这个问题根本就不需要问。

但是秦悠悠却犹豫了老半天才道："我不想你们任何一个有事……"

江如练沉默了好一阵没说话，然后对旭光圣子道："严棣来了也好，到时候你就将悠悠交给他让他带走吧。"

"师父……"旭光圣子语气里满是不忿，他花了好些力气才把秦悠悠掳来，就这样把她交还严棣，别人会不会说他们师徒怕了严棣且不管，他自己就先吞不下这口气。

"你将她带来让师父见过了就很好，也许不用多久，师父就能放下一切，安心去追求更高的境界。"江如练态度平和。

"师父才多大的年纪，这世上好玩的东西那么多，师父就算放下心结，也可以多过些时候再去冲击生死劫的。"旭光圣子终于紧张起来。

"这世上让我留恋的东西已经不多，待你晋升到十五品，我便再没有什么事情值得记挂了。"红尘万丈众生百相，偏偏没什么东西可以让江如练提起兴趣，与其如此不如回归本心，继续追求武道更高的境界。

让江如练放下情伤本来是旭光圣子的愿望，但是真到了面前，他又不舍起来。

江如练没有再多说什么，也没告诉秦悠悠两日后的决战他打算怎么办，挥挥手让他们两个离开。

秦悠悠与旭光圣子一前一后走出大殿，后者忽然伸手将前者拉到一边，笑道："你倒是很会讨好我师父。"

秦悠悠知道他指的是先前她所说的不希望江如练与严棣任何一个人有事的那句话，一边甩开他的手一边道："我不是讨好江叔叔，我确实不想他有事，你有事的话我会拍手叫好！"

旭光圣子没有生气，神情古怪地将她从头到脚打量了好几遍，忽然道："嫁给我，当我的妻子可好？"

秦悠悠傻在原地，她不是被旭光圣子的突然求婚吓到，而是想起了大嘴所说的那个预言幻象——旭光圣子会向她求婚！

大嘴那张嘴真的是铁口直断，好准！

"答话！好不好？"旭光圣子对她的呆愣反应很不满意，女子被人当面求婚，不是应该又羞又怕的吗？怎么秦悠悠看他的眼神像看到了什么怪物？而且一点不意外？

"当然不好！"秦悠悠回过神来，马上果断拒绝。

"有什么不好的？你不是嫌弃严棣利用你欺骗你么？既然你不想跟他一起了，为什么不跟我？"旭光圣子不以为然道。不是他自夸，想嫁他的女子可以塞满整座催雪城。

"严棣他利用我骗我，至少他也真心喜欢我。总比你只想利用我要强！"秦悠悠知道江如练就在附近，旭光圣子不能把她怎么样，胆子也大了。

旭光圣子不以为然道："你有什么可以让我利用的，你的机关术我不稀罕，就这张脸蛋看上去还不错。"

"你根本不喜欢我，你想用我讨好你师父罢了。"秦悠悠尽量拉开两人的距离。

她有种强烈的感觉，旭光圣子根本把江如练当成了父亲甚至是最高偶像，只要江如练喜欢的，他就会感兴趣，他对别人的性命甚至是他自己的都看得不太重要，只要觉得有必要就可以肆意践踏牺牲，但是江如练的一切他都放在心上，当成最要紧的事。

从对她的态度与处理手法上就可以看出来。

多丽国是不是会亡国，他把父兄亲族会不会死，奉神教会不会覆灭，旭光圣子统统不关心，他只关心师父能不能够放下心结情伤，是不是舒心快意。

所以明明有她这个人质在手，却只是将她困在这里让她陪伴江如练，哄江如练开心。

他会想娶她，说到底是觉得这样能够了却他师父的心愿，师父没能得到风瑶姬，他这个当徒弟的就把风瑶姬的女儿娶回来。

如果她跟旭光圣子真的成婚，江如练嘴上不说什么，心里定然会高兴安慰。

他乐意"牺牲小我"弥补师父毕生憾事，秦悠悠不愿意。

旭光圣子微微一笑，语气温和如春风："女人就是喜欢口是心非，我有的是时间手段让你心服口服。"

秦悠悠没有被他的威胁吓住，只要江如练一天还把她当侄女儿看待，旭光圣子是不会冒着惹恼师父的危险对她下手的，了不起吓唬吓唬她罢了。

两日的光阴在秦悠悠的忐忑不安之中一晃而过，而江如练、严棣两个顶尖高手要决战的消息已经哄传催雪城，无数修炼者为了这一战蜂拥到簌水山附近。

江如练号称天下第一高手，许多人都猜测他的修为或许已经达到十八品，严棣神功无敌的名号最近几年同样震慑八方，不过大多数人并不知道他的修为究竟高到什么境界。

对于绝大部分修炼者而言，七品武尊已经是他们眼中必须仰视的存在，十品武圣跟神仙都差不多了，十八品他们完全无法想象。

不管江、严二人是不是真的达到十八品，他们这一战都足以惊天动地，如果错过了，这辈子大概都不会有机会再遇上。

因为奉神教的约战来得突然，而且约战日期也很近，再远一些的修炼者就算得到消息也来不及赶到，所以严棣他们抵达簇水山下时，附近一带人虽然不少，但还不至于太夸张。

为着三位太上长老的私心，奉神教这两天之内频繁有人以各种理由离开簇水山。

大嘴先前根据严棣的要求一直注意着进出簇水山的奉神教高手，终于选定了一名外出落单的长老下手。

严棣对他施展了"牵魂夺魄"之术，然后命令他小心掩护小灰大嘴上山，尽量接近山巅江如练的住处确定秦悠悠的下落，并听从小灰和大嘴的指令行事。

驻云飞有些不舍地将自己的腰包交给那名已经受严棣控制的长老，对腰包里的小灰道："你要一路小心。"

十几天马保姆当下来，他都有些习惯小灰在身边了，甚至连它的作息脾性都记得清清楚楚，一下子把它交给别人，那种感觉怪怪的。

"嗯嗯！"小灰想到很快就可以见到主人，身边还有个武圣级的手下任它指挥，心中兴奋连连点头，恨不得马上出发。

大嘴化出人形披上一身黑斗篷遮住头脸，随同那名长老一起上山。

临行前，小灰从腰包里探出脑袋瞄了瞄严棣，对驻云飞道："你们也小心，看见形势不对掉头就跑，江如练应该跑不过你们的。面子重要，不过性命更重要。你们出事悠悠会难过。"

这算是它头一回对严棣与驻云飞说好话，严棣没什么反应，倒是驻云飞受宠若惊，忙不迭点头答应。

大嘴与小灰跟着那名长老往簇水山而去，很快消失在重重树影之中。他们出发后半天，就是严棣与江如练约战之时。

那名倒霉被严棣控制住的长老姓崔，乃是奉神教三名太上长老之一童长老的嫡系，本身在奉神教的地位也相当高，他声称大嘴是他请来的帮手，镇守山门的弟子连查都不敢查就放他们通行。

崔长老带着大嘴小灰先往自己的住处而去，他的住处比旭光圣子等又低了一层，不过也是非常接近山巅的了。

奉神教等级分明，就算是长老之尊，没有得到传唤也不可以再往上走。

崔长老在奉神教多年，也知道一些门道，他打算在自己的住处稍等，到江如练与严棣决战之时，再趁乱带大嘴小灰靠近山顶江如练的住处。

他才走到自己所住的大殿门前，山路尽头忽然转出两名奉神教的教徒，看衣饰与修为都是护法级别。

两人一见崔长老便上前见礼，其中一人道："崔长老，童长老不是命你下山执行任务吗？怎么你这么快就回来了？"

这两个护法也是童长老一系，与崔长老相熟。

"老夫在路上遇到童长老一位寻觅已久的故人，特意带他上山。你们从童长老那里来，他现在可有空闲？"崔长老镇定道。

这些话是大嘴教他的。

大嘴早就打听清楚奉神教除了教主江如练之外，就是三位圣子与三位太上长老，旭光圣子他们躲得越远越好，其余三位太上长老也是不见为妙，所以让崔长老见到熟人就打听一下这些危险人物在哪里，能避则避。

两个护法瞄了一眼个子矮小、大热天还从头包到脚的大嘴，感觉这人身上的气息至少是个十一品武圣，也不敢多问什么。

其中一个护法笑着答道："童长老刚刚交代我们尽快下山去替他办事，自己跟其余两位太上长老到地宫禁地去了，你要见他大概要等等。"

另一个扼腕道："今日是教主与严棣决战之期，我们原本想留下替教主呐喊助威，偏偏童长老他们要把我们往山下赶。"

说话的两个护法一个姓章，一个姓何，先前答话的是章护法，他一脸的欲言又止，看了一眼崔长老身边的大嘴，最终还是没有再说什么。

大嘴感觉出他的顾忌，暗中扯了扯崔长老的衣袖。

崔长老会意，沉声道："章护法，有话但说无妨，这里都是自己人，绝不会有人将你的话泄露出去。"

章护法见他这么说，压低声音道："属下猜测，童长老应该是一片好意，两位没发现邓长老、王长老的人这两天也陆续下山去'办事'了么？"

"章护法，你的意思是这山上会有大事发生，所以三位长老故意调开我们？"何护法吃惊道。

章护法一脸凝重地点了点头，大嘴听出不对，连忙将声音凝作一线传声让崔长老跟他们多说几句，尽量探听多一点消息。

"跟教主与那严棣决战有关？"崔长老依照大嘴的意思问道。

章护法见崔长老也感兴趣，有心在他面前表现，两眼闪闪发光："崔长老英明，属下也是这般推想。三位太上长老此举，似是为了保存各自的派系实力，这次约战来得突然，只怕留在簇水山总坛上的人都会……"

何护法咋舌道："教主与那严棣打起来破坏力竟然如此惊人？"

章护法压低声音道："我猜或许与他们二人无关……否则教主不会选在此处与严

棣决战，就算真的要选总坛，也会让所有弟子撤离，而不是只让三位太上长老的门人亲信撤离。"

章护法说到这里又停了下来。

崔长老在大嘴的指示下脸色一沉道："说话不要吞吞吐吐。"

章护法提起这个话题，原就是想在崔长老面前表现，顺道卖身边两人一个人情。

他们虽然是童长老一系的死忠，但是在奉神教多年总有些亲朋好友不属于三位太上长老任意一支的，如果能够因为他的提醒，让崔、何二人的亲朋逃过这一劫，日后他们定然会感激他，有这样一个大人情在手，他的日子也会好过得多。

想到这里章护法再不迟疑，神神秘秘道："三位太上长老近来对教主多有不满，两位是知道的，这次约战来得突然又蹊跷，属下看着便觉得有些不对。不瞒崔长老，属下有一个远房晚辈在童长老殿上伺候，他说童长老前阵子时常进入地宫禁地，也许是属下多想，不过如果地宫里发生了什么，这总坛……危矣！"

章护法从自己亲戚那里得到的消息还有其他一些，不过他不敢都说出来，免得让眼前这两个人认定自己在童长老身边安插亲信，反而不美。

他这么一说就是何护法也听出不对了，三位太上长老分明是背着教主在策划什么事，一旦东窗事发，教主会不追究吗？他们这么大胆，那就是笃定事后教主无法追究了。

教主与严棣今日决战，两人都是绝世高手，决战期间如果发生什么意外，很可能会让结果彻底不同。

这事越想越可怕，何护法与章护法甚至暗暗怀疑，是不是三位太上长老眼见相月国势大，打算与严棣联合起来杀害自家教主作为投诚的条件。

不过这样的事他们绝对不敢说出口，只能暗地里怀疑。

大嘴让崔长老跟他们扯了几句，见没什么更重要的消息，便以要尽快通知相熟的亲朋避祸为由，与他们告别了。

确定两个护法都已远去，大嘴与崔长老一起走进后者居住的大殿内，屏退所有侍从下属。

"地宫禁地的入口在哪里？"大嘴直接问道。

崔长老受严棣的牵魂夺魄之术控制，对大嘴和小灰已经完全没有反抗意识，闻言马上把自己知道的和盘托出："在几位太上长老的宫殿之内。"

"三个太上长老与江如练不和？"大嘴继续问。

"是的。"

大嘴与从崔长老腰包里探出脑袋的小灰对望一眼，不由得强烈怀疑这次约战，根本就是三个太上长老提出的。

他们不似章、何两个护法，严棣与奉神教的三个太上长老有没有勾结他们很清楚，如果一切都是这三个人的策划，他们要害的不止是自己的教主，肯定还包括严棣。

否则江如练一死，奉神教连最后的依仗都没有了，还怎么与严棣相斗？

就是这个味道

大嘴当即决定："小灰，你跟他按原定计划去找悠悠，我想办法潜到地宫禁地里看看他们搞什么鬼！"

"你会被发现的。"小灰摇头道。

大嘴嘎嘎奸笑两声，取出一身银黑色的软甲道："我有这个，虽然穿上了行动有些不便，但是可以彻底隔绝我的气息外泄。"

这身银黑色软甲是严棣临行前给他的，如果不是他的真身是只大八哥，没法穿上这身软甲，他也不必为飞近奉神教探听消息烦恼。

这件软甲乃是严氏圣祖传下的宝物，严棣原本是准备自己或驻云飞穿上潜入奉神教时用的，因为奉神教的突然约战，反倒用不着了，便宜了大嘴。

小灰虽然对自己一个去找主人感到有些害怕不安，不过也知道事情轻重，当下没有异议让大嘴去了。

大嘴盘算了一番，既然奉神教的三个太上长老认定稍后江、严大战之时留在簇水山上会倒大霉，甚至是江、严这样的十八品高手都会倒大霉，那他们一定会赶在决战开始之前离开。

他们离开地宫他马上潜进去看看他们的布置，如果可以的话就将它们彻底破坏是最好。

于是他马上与崔长老一道潜到童长老的住处附近，找了几只普通雀鸟，让它们飞进大殿内一探究竟，发现童长老离开马上通知他们。

眼看着时间一分一秒过去，雀鸟们带来的消息都是一样的——大殿里头没动静，不见童长老他们出来。

这是什么缘故？莫非他们想错了？三个太上长老布置的厉害杀招不是从地宫内发动，或者不会损伤地宫，只会让山上的人倒霉？

大嘴与小灰焦急不安地又等了好一阵，山下忽然传来一片呼叫之声，一股强大的气息从山下某处直冲云霄，严棣的声音如雷鸣般响彻四方："严棣应约而来，江如练何在？！"

严棣来了？！大嘴一咬牙，对小灰道："管不了这么多了，我现在就进地宫去，小灰你准备跟他上山顶找悠悠。"

"好！"小灰虽然害怕，但还是勇敢地应了一声。

崔长老当即带着大嘴到童长老宫殿，声称大嘴是童长老指名邀请前来观战的贵宾，让守护宫殿的侍从放他入内见童长老。

那几个侍从将信将疑，不过在崔长老一番虚张声势的恐吓之下，很快就屈服了，放了大嘴进殿。

童长老本身是个十六品武圣，大家想着就算大嘴有古怪，谅他也闹不出什么大事。

而且崔长老是童长老的亲信，有他作保他们怕什么？

童长老的得力手下已经全部下山离开，大殿内剩下的都是一些普通侍从，大嘴进了大殿马上甩掉他们，按照崔长老的说明摸到了地宫禁地的入口附近。

他在齐天乐师徒身边多年，等闲机关做得再精巧隐秘也逃不过他的法眼。大嘴轻而易举地找到了进入地宫禁地的机关，迅速换上那一身软甲从黑洞洞的入口摸了进去。

他小心翼翼顺着通道内的阶梯往下走去，走了有几十丈，突然听到一声瘆人的凄厉惨叫！

惨叫声离他相当远，他听到的只是地宫通道内微弱的回音。

很快第二声、第三声惨叫相继传来，接着地宫内便恢复一片死寂。

下面发生了什么事？

大嘴有些兴奋又有些惧怕，不过想了想还是继续往下走。

他绝对没想到，那三声惨叫其实正是奉神教的三位太上长老发出的。

地宫深处的蛊神感觉到严棣到来，马上翻脸将三个太上长老当开胃点心一般吃下，然后准备冲出地宫到上面去吃真正的"大餐"！

黑漆漆的地宫之内，原先那条只得食指长的蛊神已经褪去银白色的皮鳞，金色细长的身体上沾满了血污。

那些不是它的血，是奉神教三个太上长老的血。

而这三个不久之前还威风八面的武圣级强者，正歪歪斜斜倒在地上，双目圆睁，散开的瞳孔里依稀还能看到他们死前的绝望恐惧与怨恨不信。

三个人身上并无太多伤痕，相同的是要害处都有一个只有手指粗细的血洞。

他们到死都不敢相信，那条小小的蛊虫竟然如此可怕，他们几个十五品以上的武圣，在它面前连反抗之力都没有，只是金光一闪，身体的要害命门就被洞穿，他们的所谓护身罡气在这道细细的金光面前犹如豆腐一般脆弱。

小小的金色蛊虫匍匐在漆黑的岩石上，用力扭了扭身体，细小的躯体便开始快速膨胀长长，不过片刻就化成一条足有十丈长的金色巨蟒。

巨蟒嘶嘶吞吐着血红的长古，阴森乌黑的眼珠转了转，张开血盆大口，一口咬住离它最近的邓长老的尸首，努力吞咽起来。

远处的大嘴忽然用力吸吸鼻子，吞了口口水："这个味道……莫非是龙？好香！"

龙这种生物几乎只存在于传说之中，在凡界顶多偶然看到某些有稀薄龙族血统的妖兽。

先前大嘴从严棣那里坑来的"千年青龙髓"之类其实都不过是这类带有稀薄龙族血统的高阶妖兽身上的产物。

大嘴现在闻到这股"香气"，比起从前吃过的那些蛇虫脑髓的味道不知道要销魂多少倍，也证明这地底下的妖兽身上龙族血脉必然比他从前吃过的那些都要纯正浓郁得多。

明知道这样的妖兽一定非常不好对付，但是大嘴却像个渴了几百年的酒鬼突然闻到绝世酒香一般，忍不住跟着香气摸了过去。

他估计发出这股"香气"的十之八九就是奉神教供奉的蛊神，一只有如此浓郁龙族血脉的妖兽不可能无缘无故出现在俗世之中。

体内的属于"狐"的血脉在这股香气的引诱之下蠢蠢欲动起来，大嘴觉得身体里似乎有什么东西要破茧而出。

他用力掐了自己一下，他到这地宫禁地里是要解决奉神教可能布下的陷阱杀招的，不是来找吃的。

不过，真的好香！

嗯，他可以一边观察这地宫有何不妥，一边找这香味的来源……大嘴给自己找借口，一边加快脚步往香气的源头跑去。

地宫深处，童长老等三个太上长老已经被蛊神吞吃完毕，蛊神的身体又长长了一些，甚至开始出现往龙进化的外形特征——金色的身体上长出两只爪子，头顶也生出一对未成型的肉角，嘴边多了两条又短又细的胡须。

蛊神意犹未尽地吐出长舌舔了舔嘴巴，仰头望向地宫顶部，仿佛透过层层叠叠的山石可以看到簇水山顶，它的两个大补美食已经在那里等着它了。

只要吃下两个十八品武圣，它完全可以一举化龙，凭借着身上被激发的龙族血脉，就是生死劫也奈何它不得，等它重回妖界，所有曾经对付过它的妖兽，它要一个一个将它们挫骨扬灰！

数百里外一处密林之中，一名身穿黑衣的青年眉头一挑，睁开双眼望向簇水山那边，自言自语道："没想到凡界竟然也有龙……可惜是一条血统低劣驳杂、血脉尚未完全激发的龙，味道马马虎虎，要不要将它抓住了给小灰补补身体？"

他提起小灰的时候，眉宇间闪过一丝温柔，将他本来带了几分清冷的俊美面孔瞬间点亮，整个人散发出明媚迷人的独特气质，恍如暗夜中破云而出的明月般皎洁清朗。

幽暗的地底之下，蛊神正得意地憧憬着回归妖界后威风无敌的美好未来，忽然感觉到似乎有什么致命的危险在靠近，它浑身一震，努力感应一下方圆百里范围内的动静，却什么都没发现。

但是那股如芒刺在背的诡异直觉却在不断催促着它尽快离开此地，吃下那两个十八品武圣，以免夜长梦多。

以它如今的修为，凡界还能有什么东西可以威胁到它？蛊神觉得很是不解，不过还是决定信任自己的直觉。

它困守在这漆黑的地穴中已经有几千年，它一刻都不想多待了。

蛊神低低嘶吼一声，摆动身体往上方的岩石冲去。

坚硬的巨石在它的冲击下犹如脆弱的玻璃，石屑纷飞之中，它的身体已经向上攀升数丈，冲势却丝毫未减……

大嘴觉得自己已经很靠近香味的源头，他都数不清楚自己一路吞了多少口水。

突然山摇地动，整个地宫剧烈震荡起来，大大小小的碎石从通道顶端掉下，好几块砸到大嘴脑袋上，当场把他从那股香气的迷惑中砸醒。

怎么回事？地震了？！

大嘴不但不退，反而加速往香气发出的地方跑去。

就算山崩地裂，好歹让他亲眼看看什么东西这么香啊！如果能啊呜一口吃掉，那就更美妙了。

他并没有忘记要阻止奉神教三个太上长老捣鬼的事，这突如其来的山摇地动很可能就是对方发动机关之类引发的效果，不过引动这一切的核心，跟那股香气显然来自同一处。

莫非那三个老不死的布置，与他们供奉的蛊神有关？不是说那家伙几千年来都很老实吗？

时间回溯到严棣抵达簇水山脚，扬声报上自己名号的那一刻。

盘膝坐在山巅大殿中的江如练慢慢张开眼睛道："贵客远来，请到山巅一聚。"

他的声音并不大，坐在他身边的秦悠悠听着就像是他平时对她说话差不多，但是整座簇水山乃至方圆十里人人都听得明明白白，似乎是江如练就在他们耳边说话一般。

前来看热闹的修炼者人人一脸艳羡，恨不得自己就是这两个绝世强者之一。

驻云飞已经恢复原本的形貌，无需严棣示意，便驮着他化作一道红光往山顶疾驰而去。

仍在簇水山上的奉神教教众只见那道红光所过之处仿佛都化作一片坦途，没有任何障碍地就一路直冲到山巅教主的居处。

这严棣座下的马同样神骏惊人，至少是一匹圣尊级别的灵兽！

俗世之中灵兽罕见得很，能够有个三五品已经很不错，人家骑着的这只至少十品以上，简直让人羡慕得咬牙切齿。

秦悠悠紧紧揪着自己的袖子，不知道是为了两大强者即将正面对上而紧张，还是为了再见严棣而紧张。

旭光圣子意味不明地打量着她，忽然一手抓住她的手臂就将她往一侧的偏殿拖去。

"你……"秦悠悠正要挣扎，却觉得浑身僵硬，一个字都说不出来。

江如练皱了皱眉头，不过很快又舒展开："不要伤了她。"

秦悠悠在这里，严棣与他都会分心，虽然他对于今日的事另有打算，但是心中也不想错过这个对手。

"是！"旭光圣子一把抱起秦悠悠就退了出去。

此时严棣一人一马已经来到了大殿正门前，不过须臾功夫，便穿过层层殿宇，来到了江如练身前。

他人在马上，仿佛君临天下的无匹气势却并没有压倒盘膝坐在蒲团上矮了他一大截的江如练。

"江教主，久仰大名。"严棣翻身下马，驻云飞也化形为人站在了他的身边。

"彼此彼此。"江如练站起身与他相对而立。

"决战书不是你所发。"严棣不想浪费时间，直接求证心中的怀疑。

"不是，你我皆知，我们如今动手的结果只有一个。不过……机会难得。"江如练态度同样坦然。

严棣慢慢点了点头："确实。拙荆现在何处？"

"她安然无恙，在偏殿休息，稍后你可以带她离开。"

严棣来之前不是没想过江如练师徒可能对秦悠悠做什么不好的事，但是真正见到江如练，听了他的答话，他彻底放下心来。

高手相对，对方身上的细微情绪举止变化都瞒不过对方，如果他们师徒真的曾经对付过秦悠悠，江如练不可能态度如此坦荡平和。

以江如练的身份实力，做过或者没做都不需要编造谎言欺瞒旁人。

江如练做了个请的姿势，邀严棣与驻云飞坐到另外两个蒲团之上。

"今日一战之后，不论结果如何，我与劣徒都会远赴海外，但有一事。"

"请说。"严棣很是意外，他没想到江如练竟然会这么爽快地撒手放弃，如果可以兵不血刃解决这个可怕的敌人，那对于他们严氏乃至整个相月国都是一件大大的好事。

"奉神教收容我们父子多年，我不希望万千教徒死于战祸。"江如练淡淡道。他明知道三个太上长老以及他们的门人亲信有心要对付他们师徒，但是奉神教这些年来给了他们父子许多助力，就算最终没能让他们完成心愿成就大业，他也不想让他们遭受灭顶之灾。

虽然所有人都明白，拥有了圣祖大炮的相月国不会放弃一统天下的良机，奉神教、多丽国乃至天下众多大小国家覆灭只是迟早之事，奉神教面临的危机并非江如练父子一手造成。

但是如果没有他们这些年来对相月国严氏皇族的种种针对性行为，两国之间的嫌隙不会这么深，严氏皇族也不会对奉神教如此深恶痛绝，必欲灭之而后快。

江如练知道严棣无论如何不可能让奉神教继续存在，他的要求只是要让严棣得饶人处且饶人，放过那些并不打算与相月国死战到底的教徒。

严棣清楚他的意思，慨然道："奉神教解散后，只要不是冥顽不化要与我相月国为难的教众，一律既往不咎，就是簇水山上的也可自行离去。"

奉神教乃是多丽国国教，除了簇水山总坛这些人，多丽国各处不知道还有多少教众，都要一一屠杀的话，杀到手软都杀不过来。

"好。"江如练面上没有丝毫感激之意，这本来就是对双方都有利的事，他是提出要求，并不是请求。

该说的说完，江如练缓缓向着严棣方向伸出一掌，这一掌绵软无力，就好像文弱书生不经意随手一伸。

严棣双目一亮，抬起右手轻轻一摆。

两人的手掌并未碰上就各自收了回去，似乎都只是做了个无意识的普通动作。

驻云飞与安置好秦悠悠回到偏殿上的旭光圣子面对两人这儿戏一般的"交手"却看得两眼发亮。

看似随意的一来一往之间，包含着他们想都不曾想过的精妙意境，虽然毫无力道，但是仔细品味却是变化万千，将真气、意念、招式、心志融合一体，妙到巅峰。

两个十八品武圣的比试完全不似外人想象的声势震天、山崩地裂，安安静静比闺阁少女飞针走线还要更多几分闲适雅致。

大殿上四人沉醉于这一场无声无息的比试之中，浑然忘我。

忽然江如练与严棣同时心有所感，一起停下了动作，接着大殿便是一阵剧烈震动，仿佛有什么东西要从地底破土而出，将这簇水山撑破洞穿。

严棣心下凛然，不过他一眼看见对面的江如练同样面露意外之色……莫非这山上竟有连身为教主的他都不知道的秘密？

他们两人都已经无限接近陆地神仙的境界，隐隐可以感知一些与自身相关的天机奥妙，此刻竟不约而同产生一股令他们毛骨悚然的危险预感。

江如练一眼望向刚刚反应过来的旭光圣子，猛地想起这山巅大殿内还有一个实力绝对不足以自保的秦悠悠。

他快如鬼魅闪身就往旭光圣子身后的偏殿飘去，经过旭光圣子身边之时不忘伸手带了他一下，脚步不停掠入偏殿内。

秦悠悠正静静躺在一张软榻上。

严棣与驻云飞心意相通，几乎是在他发觉不妥的那一刻，驻云飞已经反应极快地跟着他一同躲闪开去。

轰隆！

一声震天巨响，整座大殿几乎被直接掀翻，坚实的墙壁四下倒塌，大殿的殿顶被整个撞飞出去，一个巨大的金色身影骤然出现在簌水山顶。

山体被巨力冲击破坏导致的剧烈震动令山上无数房舍轰然倒塌，尘土飞扬中躲避不及的奉神教教众惨呼之声此起彼伏，响成一片。

附近前来观战的修炼者未得许可无法进入簌水山范围，反而逃过了一劫。

"那是什么？！"山下的围观者原本以为这惊人的动静是因为两个十八品武圣激战弄出来的，定睛一看却发现似乎不是那么回事，簌水山顶上突然多了一个长达十数丈的巨大金色身影。

那个身影在山顶上盘踞扭摆，看着似乎是一条巨蟒！

江如练与严棣、驻云飞等因为反应及时并未受到冲击，江如练甚至顺手救了自己的徒弟与秦悠悠，但是他们心中的惊骇震撼几乎无法用言语形容。

江如练一手解开秦悠悠身上的所有禁制，对她与旭光圣子疾声道："马上离开，此地十分危险！"

眼前这条突然出现的古怪金色巨蟒非常不好对付，甚至江如练觉得他与严棣联手也不见得有取胜的希望。

秦悠悠与旭光圣子虽然不晓得这只巨大的妖兽是什么来历，不过也明白自己留在这里一点儿用处没有，反而会成为江如练与严棣的累赘。

所以两人一句废话都不说，转身使出全力就往山下狂奔。

秦悠悠修为被封禁多日刚刚恢复，动作反应比平日慢了好几倍，眼看着旭光圣子一闪身人已经在十丈之外，她却连一半的距离都没有跑到。

秦悠悠根本不敢回头去看，只拼命往前飞奔，忽然手臂一紧，整个人的速度被带快了许多，她侧头望去，却是已经跑了出去的旭光圣子不知何时又绕了回来，拖着她带她逃跑。

这种生死关头，这个家伙竟然不顾危险回过头来带她这个累赘……秦悠悠一时都不知道该作什么反应。

蛊神猛然冲毁地宫破土而出，明亮的阳光让它有好片刻无法适应，它甩了甩脑袋用力眨眨眼睛，不怀好意地望向下方的江如练与严棣。

"嘶嘶，不错不错，果然是两个十八品武圣。"蛊神阴森森地怪笑起来，这两个人既然到了它面前，就绝对跑不掉！

只要吃了他们，它就可以吸尽他们的真气精血，全面激发它体内的天龙血脉，让它脱胎换骨化身天龙了！

"你是蛊神？！"江如练一来确实心存怀疑，二来也是想拖延时间尽量让两个晚辈逃生。

"你眼光不错,既然知道是我,你们还是乖乖就范,我让你们死得痛快一些!嘶嘶!我正需要两个十八品武圣的血肉献祭!"蛊神得意洋洋地一甩长尾,卷起的劲风锋利如刀,直直劈向秦悠悠与旭光圣子二人。

它并不是特意针对他们,在它看来,秦悠悠与旭光圣子连被它吃的资格都没有,它这么做不过是随便发泄一下在地底多年积累下来的戾气罢了。

但对于旭光圣子与秦悠悠,这就是灭顶之灾。

江如练与严棣感觉到劲风方向所指,不约而同全力出掌击向蛊神的长尾,希望将它的劲力撞偏,好救下他们二人。

嘭!嘭!

两人足以排山倒海的巨力击打在金色巨蟒的尾巴上只发出两声闷响,不但没有对巨蟒造成丝毫损伤,反而是他们两个被一股强大的巨力一下撞得倒飞出去。

他们的攻击竟被悉数反弹回来!

这是什么见鬼的可怕妖魔?!

眼看着那道可怕的劲风只是微微顿了顿方向稍偏,依旧是往秦悠悠他们那边去,严棣刹那间只觉得心胆俱裂。

被这一道劲风扫中,以秦悠悠的修为只怕神仙难救。

说时迟那时快本来拖着秦悠悠的旭光圣子突然一甩手将她凌空抛出去,自己身子一歪就地翻滚,险险避过了这一道劲风的正面袭击。

可是即便如此,两人被劲风边缘擦到,还是不可避免受了伤。

蛊神绝对没想到自己的一击竟然连这两个蝼蚁一般的人类修炼者都没杀死,而严棣与江如练两个"食物"更是胆大包天地对它施以突袭。

它顿时暴跳如雷,长尾一卷再次毫不留情扫向秦悠悠与旭光圣子。

江如练和严棣还未来得及为他们刚才惊险地逃过一劫而庆幸,马上就再次被惊得面无人色。

他们被蛊神震开老远,这次就是想救也来不及了……

千钧一发之际,空中传来大嘴的呼喝声:"住手!"

大嘴闻香而至,从地宫禁地跟着蛊神跑到簇水山顶,正好见到蛊神要对付秦悠悠和旭光圣子。

他惊惧焦急之中不由自主嘴巴一张,呼地就喷出一道火线,以迅雷不及掩耳之势激射到蛊神甩出的长尾之上。

"嘶!"蛊神被这一团烈焰烧得大声嘶鸣,尾巴一下甩到了别的方向,旭光圣子与秦悠悠虚惊一场,再次逃过一劫,不过他们的状态也好不到哪里去。

秦悠悠想爬起身找个安全的地方躲起来不给其他人造成麻烦,但是先前被劲风边缘刮过的背心火辣辣地疼,她刚刚勉力支起上半身,就忍不住喉咙发甜,一口血喷出来。

"悠悠！"耳边仿佛听到小灰的尖叫声，然后一道灰影闪电般自山边的乱石草丛中蹿出来扑到她面前。

秦悠悠视线模糊，不过凭感觉也知道是小灰来了，心里害怕它受那条恐怖的巨蟒所伤，虚弱道："小灰乖……这里很危险，你快走……"

一句话未说完又是一口鲜血吐出来。

小灰与她有认主契约，几乎马上察觉到她的身体已经到了重伤垂危的程度，鲜红的血液映入它乌黑的眼睛中，那一双眼仿佛瞬间被鲜血染成通红一片，极端愤怒暴虐的情绪如暴发的山洪冲破了它体内的某个禁制……

它刚才远远看见，是那条可恶的大金蛇一次又一次攻击它的悠悠，可恨！太可恨了！

它要吃了这条该死的大金蛇！要吃了它！吃了它！

大嘴意外喷火将蛊神烧伤，蛊神这才发现乱石堆里突然跳出来一个身穿银黑软甲的小个子。

它几乎不敢相信自己是伤在这样一个家伙手下。

大嘴穿着的那身银黑软甲确实是一件异宝，彻底将他身上散发的气息隔绝，就是蛊神这样修为达到十八品的强大妖兽一时也没看出来他其实也是妖兽，不过化形为人而已。

自觉被低等生物冒犯的蛊神暴怒不已，仰天长嘶一声，恨恨道："卑贱的凡人，小小伎俩你以为我奈何你们不得？！什么十八品武圣，在我天龙血统的神威之下你们的所谓修为根本无用。"

"天地借法，给我定！"

它嘴上叫得凶狠，心里着实有些忌惮大嘴放出来的奇怪火焰，那种火焰不但可以灼伤它的鳞甲，还带着让它打心里感到恐惧的气息。

让它想起很多很多年前，它体内微弱的天龙血脉还未觉醒，在妖界遭遇妖禽围攻时，那种绝望无助的恐怖感觉。

所以它想速战速决，只要它变强了，什么东西都不再需要害怕。

它原本就打算用定身法定住两个十八品武圣，好方便它进食，现在不过是消耗多一点真气，把定身术的范围扩大一点。

它对自己的定身术非常有自信，这是来自妖界的法术，凡人任你修为再高也只能乖乖被定住，任它鱼肉。

事实上，严棣、江如练、秦悠悠、旭光圣子四个确实是瞬间定住了。

蛊神张开血盆大嘴，向着离它比较近的严棣咬去。它几乎已经可以见到自己化身成龙那神圣的一刻……

嘭！

钻心的剧痛突然自下颚传来，一股大力由下而上猛烈撞击上来，把蛊神巨大的脑袋顶得往上倒仰。它的下颚措不及防撞上上颚，疼得它惨哼一声，好一阵回不过神来。

它还没搞清楚是什么东西撞它，一股灼烫疼痛的感觉自颈间蔓延开来——又是那个卑贱矮小的人类放火烧它！

可是这究竟是什么火？！

半空中传来嘎嘎的怪叫声伴随着一阵阵不知道是吐气还是吐痰的喷气声。

为什么它的定身法术范围内会有东西可以在天上扑腾还发出声响，可以突然撞击它？

蛊神大感不解而且惊讶非常，它熬过一阵眩晕定睛一看，原本那个瘦小穿着银黑软甲的人类已经不见了，地上只余一件空荡荡堆叠成团的软甲。天空中多了一只黑色鸟儿，正一边在它脑袋上空盘旋一边向它吐口水。

身前那个年轻的十八品武圣也不见了，一道红影驮着那人跑到远处放下，一回身又以奇快的速度向它狂奔而来。

那是一匹马，一匹通体血红的马！

看清这一只鸟一匹马的同时，蛊神也明白为什么自己的法术会失效了。

因为这两只灵兽的身上同样有着上古神兽的血脉，甚至比它的还要浓郁得多！

蛊神论级别其实依然只是十八级妖兽，它之所以不把严棣与江如练两个同样十八品的人类武者放在心上，是因为它拥有天龙血脉。

虽然它现在还算是凡界妖兽，但可以凭借这点神兽血脉在凡界施展法术，更可以拥有比凡界圣物坚韧强健得多的躯体。

它的法术与超强抗击打能力，完全依赖它体内的天龙血脉，所有凡界的武功真气用到它身上都会被反弹回去，而它则毫发无损。

这就是它肆无忌惮敢同时算计两个人类十八品武圣的原因。

只是它千算万算，没算到凡界竟然会有神兽血脉比它更浓郁精纯的妖兽，它们的血脉之力比它的更要强大得多，所以完全无惧它的法术。

而且其中那只该死的黑鸟拥有的是"狐"的血脉。

真正的上古神兽狐，不但能飞还会喷火，凶猛异常，以龙为食，尤其爱吃龙脑！

蛊神总算明白自己对刚才灼伤它的火焰的恐惧源自何方——它竟然在凡界遇上了龙族的天敌克星！

蛊神紧张地盘起身体，也顾不上什么十八品武圣了，哆嗦着准备找机会一头钻回地宫里躲起来。

但是……不对！

蛊神突然想到，如果这只有狐血脉的妖禽真那么厉害，连续喷上十道八道真火，它不死也会受重伤。

看着半空中大嘴不断试图吐出什么，却什么都吐不出来的怪模怪样，蛊神忽然恍然大悟。

呸！一只修为刚刚达到十品的妖禽，根本没能力控制属于犼的强大血脉，它刚才两次喷火不过是误打误撞罢了。

老天真是太不公平了！

凡界一只该死的妖禽身上竟然也有这么浓厚的神兽血脉，它却只得稀薄的一点点，花了几千年时间才温养激发出的天龙血脉之力。

小灰的大爆发

蛊神被大嘴的血统吓了一跳，一时走神忘了正在向它冲过来的驻云飞，等它想起来时，驻云飞已经跑到眼前，又重又狠地以身体作为武器，撞到了它的身上。

驻云飞的力量大得根本不似普通的十一级妖兽，竟把盘着身子的蛊神撞得东倒西歪。

是麒麟！这只该死的红马身上流着上古圣兽麒麟的血！

蛊神又嫉又恨登时怒发如狂，张开血盆大口就向驻云飞身上咬去。

驻云飞其实也不好受，他的实力比蛊神差太远，如果不是体内的麒麟血脉让他拥有比一般同级妖兽强大太多的实力与体魄，他主动撞上蛊神根本就是自寻死路。

他的血统比蛊神的纯粹，其中蕴含的神兽之力对蛊神颇有影响。

蛊神可以靠神兽之力反弹凡界一切力量与真气的攻击，但是当遇上血统比他精纯的妖兽，这点优势便荡然无存了。

驻云飞看着向自己咬来的那一张血盆大口，四蹄一踏闪了开去，还未站定，就被蛊神的长尾一抽，打得横飞出去，重重落在远处的碎石堆中。

蛊神正待乘胜追击，半空中的大嘴一急，鬼使神差地又吐出一道烈焰，这下子出其不意，不过吃过大亏的蛊神反应也不慢，脑袋一缩就躲开了，只是头顶刚刚生出来的其中一只未成型的肉角被烧了一下，疼得它又是"嘶"的一声惨叫。

蛊神满以为今日十拿九稳可以吃下两个十八品武圣晋级的，没料到会杀出两个程咬金。

现在"补品"还没吃着，就被大嘴烧伤了三处，它这几千年来在奉神教的地宫内默默修炼，都快忘记受伤是什么滋味了。

它必须先把这两只该死妖兽解决了！

大嘴与驻云飞身上的神兽血脉质量比蛊神好太多了，偏偏他们的修为太低，一个是十品一个是十一品，只是初踏圣尊境界，如果再高几级，要对付蛊神未必不行，现在却很是勉强。

大嘴身上的封印没有完全解开，真火时灵时不灵难以控制。不过对蛊神而言，这也很苦恼，它无法知道大嘴下一口吐的是口水还是真火，如果都一样防备的话，这一架也很难打。

驻云飞挣扎着从碎石堆里跳起身，他挨了蛊神这一下，受的伤比蛊神重，但是他硬是忍住了一声不吭，准备再次向蛊神发起攻击。

他知道靠自己和大嘴就算如何拼命也斗不过蛊神，但是主人就在附近，秦悠悠与小灰都在，就他一个没办法同时带上他们逃跑，那就只有拼了！

脑海中传来严棣的意念："带着悠悠和小灰走。"

"不！"驻云飞用力摇头，第一次坚决拒绝主人的命令。他走了，主人就要被这条丑怪的大金蛇吃掉。

"蛊神的目标是我，它的修为比你高太多，速度必定比你快。你带着我也走不掉的。"严棣看到了大嘴与驻云飞对战蛊神的情形，对这一场大战的结果心中有数。

看到秦悠悠被打倒在地，那一刻他真切感觉到什么叫心胆俱裂，他知道秦悠悠受了重伤，再不救治可能就有性命之忧。

如果两个人只能够活一个，他希望能够活下去的是秦悠悠。

但是驻云飞拒不合作："我不走！"他的性子从来倔犟固执，在他心中秦悠悠虽然也很重要，但是要他扔下主人逃命，他不干！

体内麒麟血脉带给他的不止是实力天赋，还有属于神兽的骄傲与勇悍，他可以战死，但绝对不会逃跑。

严棣心急如焚，驻云飞已经不管不顾再次撞向蛊神。

蛊神怒极，故意不闪不避，等驻云飞撞上它的腰身便马上卷起身体，试图缠断他的筋骨，将他活活绞死。

蛊神的速度确实比驻云飞快，刚才两次被他撞到全因为出其不意与走神所致，一旦全力发动，驻云飞想躲也躲不过。

蛊神缠住驻云飞心中大喜过望，用力收紧身子就想先收拾了他再说。

大嘴连吐了几口口水，硬是没吐出几点火星，再见驻云飞被它缠住，终于忍不住一振翅膀飞上去要啄蛊神的眼睛。

蛊神的身体缠住驻云飞，挪动不便，只能在小范围摆动脑袋，竟也被大嘴搞得一阵忙乱。

驻云飞身上的骨骼在蛊神的缠绞中发出一阵阵"咯咯"的声响，仿佛下一刻就要折断碎裂，剧痛从被缠住的地方源源不绝传来，他的呼吸也越来越困难。

令人绝望的痛楚之中，驻云飞发狠一口咬向面前的金色蛇身，他这一口下了死力，当场把蛊神咬得皮破血流。

腥甜的血液流入他口中的同时，驻云飞脑子里忽然灵光一闪：你想吃我的主人是不是？我就吸干你的血！

以蛊神的身形，要吸干它的血估计得有小灰的惊人肚量才行，但是驻云飞已经顾不上那么多，他全身动弹不得，就只剩一张嘴还有攻击能力，当下便狠狠吸气，大口大口吞咽蛊神的血液。

蛊神要对付大嘴，又要对付驻云飞，正是心浮气躁。

换了别的十一级妖兽，早就被它的身体绞成一堆烂肉，但是这匹该死的红马，仗着强悍的血统，不但没死还咬伤了它，简直岂有此理。

更该死的是，这只红马还吸它的血！

蛊神气得咬牙切齿，闭起双眼一口向驻云飞的脑袋咬去，有眼皮阻挡，它也不怕被大嘴啄两下。

大嘴发现它的意图，惊得差点儿把心肝都吐了出来，时灵时不灵的真火再次在关键时刻灵了那么一下。

"嘶！"蛊神没想到自己竟会这么倒霉，刚才大嘴至少吐了几十口口水也没见他吐出火来，这次偏偏就吐出来了。

火焰正正喷在它紧闭的右眼上，纵使它事先已经将真气凝聚在双眼眼皮上防范大嘴的啄咬，也抵挡不住天敌"犼"的真火，那恰恰是它体内天龙血脉的克星！

蛊神的右眼当场被烧出一个黑洞，虽然它下定决心无论如何也要一口咬死驻云飞，但是在这样足以让它疯狂的剧痛面前，它还是忍不住扬起脑袋大声惨嚎。

蛊神的鲜血如流水般涌入驻云飞腹中，仿佛一团烈火在他体内燃烧起来，他的身体依然很疼，但是神智却越发清明。

蛊神体内的天龙血脉激发了驻云飞的麒麟血脉，吸得越多他便越精神，那种兴奋的感觉将痛觉也掩盖了大半。

蛊神缠着驻云飞在地上疼得打滚，好不容易抑制住剧痛，却感觉身体越来越虚弱，全身血液竟然仿佛受了什么吸引一般往驻云飞咬出的伤口涌动。

更可怕的是，它体内的天龙血脉正以快得惊人的速度衰减流失。

蛊神大惊失色——它的天龙血脉！它花了几千年才激发的天龙血脉！

神兽血脉很容易互相融合，尤其当其中一方的血脉更纯粹浓郁，吸收融合的速度就更快。

论血统，蛊神比驻云飞差了一大截！

蛊神真的怕了，它宁可被大嘴啄瞎双目，也不愿意自己辛苦得来、好不容易才有所成就的天龙血脉毁于一旦。

它惊怒交加地松开缠住驻云飞的长长身体，奋力将这只可怕的吸血马甩开。

驻云飞就算吸了它许多血，修为也还是跟它相去甚远，当即就被甩飞出去，重重跌到地上。

好巧不巧，位置就在秦悠悠与小灰附近……

蛊神被接连的意外与伤害刺激得彻底疯狂，什么十八品武圣已经不重要了，它必须把驻云飞吃了，否则它就算吃下江如练和严棣，体内所剩无几的天龙血脉也不足以让它抵抗随之而来的生死劫。

大嘴一击成功想再接再厉，无奈真火再度失灵，眼看着蛊神就要咬下驻云飞的脑袋，秦悠悠那边忽然传来一声惊天动地的大吼……

整座簇水山连同附近方圆十里的山川土地在这一声大吼之中剧烈震颤了起来。

蛊神突然感觉到一股强大得不知如何形容的气息传来，这股气息中蕴含的暴戾凶残令它不由自主想扭头就跑。

这又是什么东西？！

簇水山下，前来观战的修炼者已经乱作一团，人丛中一个不知何时出现的黑衣青年轻笑着望向山顶："原来小灰也在，正好，新鲜的应该比较补。"

他微微一弹指，山顶上的小灰哆嗦了一下，体内所有封印仿佛顷刻间全数消失，就如同它晋级时的一般无二。

论血脉纯粹，小灰毫无疑问是在场四只妖兽中之最，它的血统源自父母，而它的父亲是妖界赫赫有名的上古凶兽饕餮！

就是真正的龙族见了饕餮也淡定不起来，何况是一条只有微弱天龙血脉，血还被吸了大半的蛊神。

它清晰感觉到致命的危险，再要犹豫就是死路一条！

扑向驻云飞的蛊神猛地一扭身体，甚至不敢去看发出大吼与那股可怕气息的究竟是什么东西，向着相反方向用比出现时更快的速度就要逃跑。

山下的黑衣青年轻易察觉到它的意图，淡淡道："天地借法，定！"

跑到一半的蛊神身在半空突然动弹不得，而在它身后，一个巨大怪兽头颅虚影突然出现，恍如黑洞的大口一下咬到它的腰身，将它半截身体彻底吞噬……

蛊神的身体足有十多丈长，突然出现的怪兽头颅一口下去就吞下了从尾巴到腰身整整七八丈的一大截！

眼看着那张黑洞洞的大口再次张开，似乎要把蛊神剩下的身体也吞下去，大嘴急得眼睛都红了，嘎嘎叫道："小灰！你不能吃独食啊！"

他跟小灰相处多年，曾经不止一次亲眼看着它晋级，自然知道这个怪兽头颅是小灰的化身之一。

那可是饕餮啊！全力发动之下，吞一条真正的龙都不是不可能的事，何况是一条还未成龙的金色大虫？

就算是条虫也是拥有天龙血脉的虫，大嘴估计在凡界他一辈子都不会再遇上这么补的美食了。

他又急又气，明知道自己面对的是饕餮也顾不上了，一爪子抓住蛊神头顶的一只肉角就想把它拖开。

大嘴当然不是想救蛊神一命，他只想留下它的脑袋，好吸食里头的脑髓。

蛊神硬生生被咬去半截身子，疼得都不知道要如何形容，但却依然无法动弹分毫，甚至没办法回头去看取它性命的究竟是何方神圣。

面临死亡的绝望将它完全笼罩，蛊神脑子里闪过数千年来的点点滴滴，它不甘心！它真的很不甘心！

在它离最终目标如此之近的时候，竟然就这样莫名其妙地被吞噬残杀，老天为什么这么不公平？

但是它再不甘心也已经改变不了它的命运了……

山下的黑衣青年听到大嘴那一声大叫，再看他不怕死地跑去跟化身饕餮的小灰抢食，不由得大吃一惊："果然是鸟为食亡么？大嘴这小家伙真是不要命了。也罢，就帮你一把。"

黑衣青年很清楚大嘴和小灰的关系，也知道在这种情况下，小灰很有可能把大嘴一并吞了，它清醒过来之后会难过一辈子。

就在小灰的大口就要再次咬下的前一刻，黑衣青年双手快速结印，大喝一声："定！"

天地突然一片寂静，触目所见的所有一切都凝固静止在原地。

山下观战的修炼者们东倒西歪，面上还保持着惊骇恐惧的神色，一个个如同生动的木偶，场景诡异至极。

大嘴抓着蛊神的脑袋展开双翅停在半空，而小灰的嘴巴大大张开，那一口终是没有咬下去。

黑衣青年一闪身便出现在簇水山顶蛊神的脑袋附近。

他随意抬手在蛊神的脑门上一划，指尖透出一道乌光，犹如利刃般轻易破开了一个大大的血口。

大嘴也同时恢复了活动能力，一扭头正好看见黑衣青年微笑的模样，还有他们后方小灰那张黑洞般的大口。

"是你？！"大嘴惊喜道。

黑衣青年摸摸大嘴身上凌乱的黑色羽毛，温和又带着几分无奈地责怪道："你真是不怕死，先把该吃的吃了吧。"

大嘴看到蛊神被破开一道大口子的脑袋，马上兴奋起来："多谢多谢，我就不客气了!"

如果不是有这个黑衣青年帮忙,他就算抢到蛊神的脑袋,也不知道该怎么破开它的颅骨吸食脑髓。

蛊神体内有天龙血脉,骨头的坚硬程度就是凡界的十八品武圣也无可奈何。不过到了这黑衣青年手上,却像切豆腐般随手就轻松破开了。

大嘴大概知道这黑衣青年的底细,倒是一点儿不奇怪他为什么有这么强的实力。

几下工夫,大嘴狼吞虎咽地就把蛊神的脑髓吞吃干净了。他意犹未尽地咂吧咂吧嘴巴,开始感觉有些昏昏欲睡。

就在他摇摇晃晃打摆子的时候,忽然想到一事,指指下方地上躺着的驻云飞道:"这条虫子脑袋里还剩好些天龙精血,可不可以给驻云飞吃了?他这段日子很照顾小灰的。"

黑衣青年顺着他所指的方向淡淡看了一眼,点头道:"这小红马不错,没想到凡界竟然还有麒麟的血脉在。"

想到小灰,黑衣青年心中柔软,对这匹大嘴口中很照顾小灰的红马也多了几分好感,蛊神这点天龙血脉对小灰没什么用处,对这小红马就不一样了,这个顺水人情黑衣青年也愿意去做。

"不要向别人透露我来过,知道么?"黑衣青年对大嘴道。

"好……"大嘴打了个打呵欠,身子一歪倒了下去。

一手接过支撑不住昏睡过去的大嘴,一手向蛊神的脑袋一指,一滴滴血红中带着纯金色泽的血珠从蛊神脑袋的伤口里漂浮出来,在它的上方凝聚成团,不过片刻就变成了一个足有拳头大小的金红色血团。

黑衣青年听闻驻云飞很照顾小灰,也有心给他好处,伸手将那血团托在掌心,也不知道他用什么法术,一缕缕黑烟自那血团之上飘散开去,血团越变越小,色泽却越发剔透。

到后来,整个血团变得只有原本的一半大小,看上去晶莹通透像一块红色的宝石,宝石之中隐约有龙吟之声传出,依稀可见一条金龙的身影在宝石内盘旋游动。

黑衣青年微微一笑,走到驻云飞身边,将这个被他炼制得无比精纯的天龙精血血晶塞入他口中,又将大嘴放到他身边。

看了看显然身受重伤的秦悠悠,黑衣青年皱起眉头合指一算,终于轻叹一口气转身离开

秦悠悠是一个真真正正的凡人,不似大嘴和驻云飞他们,不但是妖兽而且拥有神兽血脉,他身为妖界强者,如果贸然插手扭转她的生死劫数,对她只会有坏处。

他当年将小灰交托给她,就是算过她是个福缘深厚之人,这次她受伤虽然重,不过也不会有什么大事,那便等旁人救她好了。

只不过她的修为进展着实有些慢了，尤其小灰今日吃下这条虫子之后，必然很快又将再次晋级，他得想个办法帮她提升一下修为才是……

黑衣青年心里盘算着，脚下步子不停，转眼已经在数百里之外。

他的身影消失后不久，簇水山一带青光闪动，一切恢复正常。

山巅之上，小灰的大口一合，将蛊神剩下的半截身子也吃了下去，咕嘟一声做了个吞咽的动作，然后那个恐怖的巨大怪兽头颅便在众人惊骇欲绝的眼光中消失无踪。

随着蛊神生机彻底断绝，它所施下的定身法也再无作用。

严棣与江如练不约而同一跃而起，扑向秦悠悠与旭光圣子的方向。

旭光圣子修为比秦悠悠高了一截，而且承受来自蛊神的冲击也轻微得多，所以受伤并不严重，咒法一解他便自己翻身坐起，取了疗伤的丹药服下。

严棣没心思去细想这山上发生的事情，他小心翼翼翻过秦悠悠的身子，探向她的脉搏。

秦悠悠还有气息，不过已经是出气多入气少……

"给她吃这个，应该可以保住她的性命。"江如练的声音传来。

严棣眼前出现了一个洁白的小玉瓶。

"是不死鳞霜。"江如练道。

"多谢。"严棣抬头看了他一眼，接过小玉瓶也不验看，打开盖子全部喂入秦悠悠口中。

他可以感觉到江如练并无敌意，而且以他的身份也没必要用假药来害秦悠悠。

秦悠悠的脸色在服药之后迅速变得红润起来，呼吸脉搏也越发稳定有力，严棣抱着失而复得的小妻子，悬着的心终于安定下来。

"奉神教剩余的不死鳞霜就只有这一小瓶，日后好好待她。"江如练轻叹一声道。

严棣心中一动，明白江如练话里的意思是要告诉他，他如果还想找人散功，便只有秦悠悠这一个选择了。

这江如练倒真是爱屋及乌。

其实就算奉神教有再多的不死鳞霜，严棣也不打算找别的女人散功。虽然秦悠悠从来没有明示过，但是他知道，如果他碰了别的女人，自家小妻子肯定会跟他彻底翻脸。

不过他与秦悠悠的事，也没必要对江如练多说。

众人定下心来，看到已经被破坏得不成样子的簇水山，只觉得刚才一切仿佛是一场大梦，猛然醒来一切已经变了个模样。

看着倒在地上昏睡不醒的三只灵兽，他们不由得一阵苦笑，今日如果不是有这些搏命护主的灵兽在，他们只怕都会葬身于蛊神腹中。

江如练的心情更是复杂，他一心想为奉神教留下一线生机，却不想差点儿反被算计殒命。

今日蛊神突然出现绝非偶然，三个太上长老约了严棣前来与他决战，目的已经很明白——就是要借蛊神一次杀灭他们两个十八品武圣。

没想到他们机关算尽的结果竟是如此……江如练轻叹一声，扶起一旁的旭光圣子，将手上一枚空间戒指递给严棣道："今日一别也许再会无期，这都是严氏圣祖传下之物，你带回去吧。"

严棣接过了问道："你有何打算？"

江如练目光投向天际，悠然道："你就不好奇十八品之上会是怎样一个境界？"

严棣明白过来，笑道："你说错了，将来我们应该还有再会之时。"

他将来也有一日会冲击那个境界，不过眼下他有太多未完成之事，有太多留恋之人。而且他希望秦悠悠可以与他一道……

江如练听了他的话也笑起来："不错。"说罢再不停留，带着旭光圣子飘然而去。

虽然奉神教现在乱作一团，但有蛊神的事在先，秦悠悠又刚刚受了重伤，严棣不敢久留。

正犹豫着要怎么把小妻子外加或重伤或昏迷的三只灵兽带下山，躺在地上的驻云飞忽然动了一下，然后一个翻身跳了起来。

"你没事？"严棣忍不住大感错愕。

驻云飞甩甩脑袋，自己也觉得很是不可思议："我觉得很好，浑身都是劲。"

他被蛊神缠绞之后又重重甩飞，身上断裂了不少骨头，但只是在地上躺了一阵，竟然就全好了！他都搞不懂究竟发生了什么。

他们都不知道这里曾经出现过一个神秘的黑衣青年，更不知道他将蛊神剩下的所有天龙精血炼化后喂驻云飞服下了。

经过黑衣青年炼化的天龙精血，几乎是进入驻云飞体内就开始产生效果，比什么灵丹妙药都要管用。

黑衣青年对于善待小灰的人或妖兽从来都非常慷慨。

驻云飞莫名其妙得到巨人的好处都还义—金刚摸不着头脑，只猜测是他先前喝的蛊神血有疗伤作用。

他自己虽然就有麒麟的血统，但有记忆以来都在凡界生活，也不知道不同的神兽精血都有些什么效用。

严棣简单替驻云飞检查了片刻，发现他不但毫无受伤迹象，而且状态还胜过先前，更隐隐有临近晋级的迹象。

"既然你无事，那我们先离开，回头再想是怎么回事。"严棣感觉到秦悠悠已无大碍，心情极好，抱起她下山而去。

驻云飞化形为人，披上黑色带兜帽的长披风遮掩住太过突出的红发红眸，将昏迷的大嘴和小灰收入腰包之中，跟着严棣无声无息地离开了簇水山。

就在他们走后不久，簇水山顶忽然冒出滚滚浓烟，山下沉寂了千万年的熔岩突然爆发。火红的岩浆混合着黑烟与飞灰直冲云霄，遮天蔽日。就连附近的多丽国国都催雪城也不可避免被波及。

恍如天罚般的火山喷发持续了将近半个月，多丽国流言四起，就是一些死忠皇室的文臣武将也感觉到无比绝望。

原本在宫中等待着严棣与江如练双双身亡消息的多丽国皇帝，伸长了脖子没等到意料中的好消息，反而等来了这毫无预警的火山喷发，惊得软倒在龙椅之上。

而随侍在一旁的太子也好不到哪里去。

从簇水山那边传来的消息非常玄幻，什么山腹中突然蹿出一条长角的金色巨蟒，然后又出现一只会喷火的黑鸟和一匹大红马与巨蟒搏斗，最后突然冒出来一个不知道是什么妖怪的大头颅，两口把巨蟒吞了。

严棣与江如练、旭光圣子等究竟性命如何却没个准信。

父子俩绝望地互相对视，完全不知道该如何是好。

另一边严棣与驻云飞下山后不久就换了一辆马车，往胡州相月国大营而去。

秦悠悠再次醒来人已经到了胡州首府九日城内。

阳光透过窗棂洒了一地，蝉鸣声此起彼伏，房间里很静很静，秦悠悠看着完全陌生的一切，脑子里有些恍惚。

她坐起身左右看看，发现小灰蜷成一团正睡在她枕边，心里顿时定了下来。她感觉小灰的状态很不错，现在这样沉睡似乎是准备要晋级了。

她的记忆只到见到小灰出现之后不久，不过既然她和小灰安安稳稳睡在这里，其他人应该都没事。

房间门被人从外推开，进来的是满头白发没有胡子的梁令，他一见秦悠悠自己坐了起身，脸上马上露出欣喜的笑容道："王妃你可醒了！"

他一边挥手让随后的小太监去报告严棣，一边走进来倒了杯茶伺候秦悠悠喝下。

秦悠悠都不知道自己睡了多久，正觉得喉咙干得难受，一杯茶下去人也精神了不少。

"这里是什么地方？王爷他没事？驻云飞和大嘴呢？江……江如练和旭光圣子他们怎么样了？"秦悠悠问道。

想到旭光圣子最后明明已经跑远了却又回头来救自己的一幕，不管他是真好心，或者只是为了完成师父的托付，她都觉得没办法再生他的气了。

他虽然彻头彻尾的不是个好人，但是他终究没做什么真正伤害她的事。

梁令笑容满面道："这里是胡州首府九日城的城主府，大家都平安无事，其他的王妃等会儿问王爷就是了。王妃好些天没吃什么东西了，可有特别想吃的？"

说着也不等秦悠悠答话，就另外叫了小太监来，吩咐他叫厨房先送点粥来。

秦悠悠想到他当日也不在现场，便耐心等严棣过来。

梁令从床脚提起一个篮子给秦悠悠看,大嘴正舒舒服服躺在里头睡觉,那状态似乎也是准备晋级的。

严棣很快便到了,身后跟着两个提了食盒的小太监,他三步并作两步走到床前将秦悠悠紧紧抱入怀中。

房间里还有梁令与另外两个小太监,秦悠悠觉得有些害羞,不过却又不舍得严棣温暖的怀抱,只好鸵鸟地埋在他怀里,假装大家都看不到她。

"没人了,你不觉得气闷?"严棣带笑的声音从头顶上方传来,秦悠悠可以感觉到他的胸腔随着话音起伏,熟悉的心跳声都似带着无尽的喜悦。

她抬起头,两眼亮晶晶地望着他,严棣轻叹一声托起她的下巴吻住她的唇。

轻浅温存的吻很快变得热切火辣,小别重逢且劫后余生的两个人仿佛想更真切感觉对方的存在,唇舌激烈交缠着、吮吸着,甚至互相轻轻啃咬着,一直到两个人都觉得有些呼吸困难了才稍稍松开。

严棣轻喘口气还想继续,秦悠悠的肚子却恰在此时发出一声轻响,她又羞又窘想把身上的男人推开,触手所及却摸到一片光滑的肌肤——刚才激情之中她一时没忍住,把严棣身上的衣襟都拉开了。

秦悠悠更窘,尤其当她发现自己上半身不知何时已经几近半裸时,更恨不得抓住身上的男人啃两口。

严棣留恋地在她耳鬓颈边厮磨了几下,将她重新抱坐起身替她拉整衣裳,然后将她抱到桌子旁坐下。

"是我疏忽了,你先吃点东西,吃饱了我们再继续。"严棣有些不老实地往她颈上呵了口气道。

秦悠悠就坐在他腿上,不由得恼羞成怒道:"我自己坐着吃。"

严棣想到她重伤初愈,身体还有些虚弱,便不再闹她,放她坐到旁边的椅子上由着她自己慢慢吃。

秦悠悠吃了几口,开始问起那口簇水山上发生的事。

严棣没有丝毫隐瞒,一五一十都说了。

待他将事情经过说完,秦悠悠也吃得差不多了,她看了一眼床上的小灰,得意道:"哼,谁说小灰没用的?"

"嗯,偶然很有用。"严棣有些好笑地点了点她的鼻尖。

虽然听说过小灰一口吞下昊光圣子的事,不过亲眼看到它突然爆发的恐怖威力,连严棣都感觉心有余悸。

他比了比手上的空间戒指道:"这是江如练给的,我看过里头除了圣祖传下的一些物事,还有你娘亲的遗物。"

秦悠悠想起葬身簇水山地底深处的娘亲,不禁有些难过。

"江叔叔说，我爹可能还在人间。"秦悠悠望向严棣。

严棣干咳一声道："我有过类似的猜测，不过只是猜测，鬼三台金氏老宅确实神秘非常，我的人至今没能打入其中探听到确切消息。"

"所以你才特意拉拢金氏的人是不是？"秦悠悠低声道。

严棣捧起她的脸蛋看着她的眼睛道："我希望查清楚了给你一个惊喜，不想你满怀希望然后失望。我不否认我也许心里是想手上能够多一个你在意的筹码，好确保你会一直在我身边。很抱歉，我也不想如此，但是……我习惯了。给我一些时间，我会努力学会对你坦白，尽量习惯尊重你的意愿，不再随便替你作主。"

"我、我要想一想。"秦悠悠垂下眼睛道。

严棣抱着她亲亲她的眉心道："好，你慢慢想，不过不要不声不响发脾气跑掉。"

至少她这次不是直接拒绝，也没有摆出防卫抗拒的姿态，已经算不错了，严棣自我安慰着。

"糟了！"秦悠悠突然想起什么焦急起来。

严棣抱着她问道："怎么了？"

"小灰吃了蛊神应该很快会晋级，但是我的修为……"秦悠悠刚刚已经察觉到这次虽然有不死鳞霜救命，但是身体与修为恢复都需要一段时间。

就算过些天全好了，她也只是八品武尊。小灰晋级很有可能就是这几个月之间的事，错过了这一次，下回晋级不知道要等多久。

像蛊神这么大补的食物，凡界估计是绝无仅有，她先前盘算着帮小灰连晋几级的计划又要泡汤了。

严棣不以为意："它一年不到晋级两次已经很难得，就算下次晋级要再等些时候又有什么关系，只要它不乱跑乱串，修为再低也没人能伤得了它。"

秦悠悠是他的妻子，就算他不怎么欣赏小灰，看在妻子的面上也会好好保护照顾它。

灵兽的生命漫长，尤其是小灰这种有如此强大的上古凶兽血统的灵兽，几年甚至几十年的时间对于它们而言不过是弹指瞬间。

秦悠悠欲言又止，严棣唤来小太监将吃剩的东西收了去，又对梁令交待一番下午的事，把人都打发走之后回头抱着她问："怎么了？"

"我想让小灰尽快晋级……"秦悠悠语气里带着几分撒娇的味道。

严棣是她见过的最厉害的人，相识以来所见，除去机关术这种专业程度非常高的学问，他似乎什么问题都能解决。

严棣想到妻子刚刚醒来满脑子就惦记着小灰的事，心里不由得发酸，可她这样的语气着实让他不舍得拒绝，当即伸手摸向她的腕脉，片刻之后摇头苦笑道："你真难倒我了，你这伤势要完全复原需要大概一个月，如果是在禁地之内，有圣泉之助，也许能够缩短好些时日，但是你的经脉要调养到十品武圣的境界……至少要两三年。"

正因为秦悠悠的经脉承受能力有限，所以他每次与她亲近借由她散功都不敢太过。

先前他耗费了近百枚易经丹才将她的经脉强化到九品武尊的境界，这已经是易经丹药力的极限，接下来就是吃再多也不会有什么效果。

秦悠悠的问题在于她自身身体的承受能力不足，只要她的经脉能够承受得住，严棣倒是随时可以助她将修为提升到十品甚至更高。

"没有别的办法吗？我还吃了不死鳞霜的。"秦悠悠扁嘴道。

"爱妻是说，我可以更'出力'一点？"严棣笑得很不正经，顺势将怀里的美人儿压倒在床上。

"我说正经的！"秦悠悠推推他道。

"不死鳞霜能够救命能够消解杀气对身体造成的伤害，但是没办法改造经脉。我试试你就知道了……"严棣的手不知何时已经不老实地从她的衣襟滑了进去。

"不要，大白天呢。"秦悠悠心里失望，一眼瞥见从大开的窗户外投射进来的明亮日光，顿时不自在起来。

拍开严棣的爪子，秦悠悠一边拉整衣物，一边跟他拉开一点距离。

严棣只是逗逗她，她的伤势还未完全恢复，他也不敢太放肆。不过这小丫头是不是太现实了点儿，不能提升修为就不让他碰了？

严棣好气又好笑地把她拖入怀里狠狠揉弄几下，道："簇水山突然发生这样的意外，奉神教库藏的灵药珍品多半是保不住的了，还好多丽国皇室那边应该也有内库，待攻下了催雪城，我看看有没有合适的灵药替你强健经脉。"

"攻下催雪城？没这么快吧？"秦悠悠有些怀疑，不过见严棣将她的事情放在心上，她还是感到很窝心的。

相月国这一战从春夏之交打到现在，不过几个月的时间，虽然势如破竹攻下了胡州，但多丽国的军力其实没多少损伤，被占据的土地也不过十之三四，离山穷水尽还远着呢。

严棣傲然一笑道："不会太久了，奉神教元气大伤，江如练帅徒走了，教中三个太上长老也不知所踪，簇水山这次爆发连总坛都尽数毁了，山上弟子死伤过半，这些对于奉神教乃至多丽国朝野影响极大，军心民心尽丧，就算大军仍在也不足为患。"

先前用牵魂夺魄之术控制住的崔长老如今正在簇水山附近收束四散奔逃的教众，奉神教的最新消息都是他用信鹰送来的。

"你还是小心些吧。你看这次你去跟江叔叔决战，就差点被人算计了。"秦悠悠想起那条突然出现的蛊神就感到一阵后怕，如果不是有大嘴、驻云飞拼命，加上小灰不知为何突然冲破了封印化身饕餮，只怕他们全部都要葬身于蛊神腹中，成为它晋级的踏脚石。

"好。"严棣趁机将秦悠悠抱紧了好一阵亲吻抚弄。

为了他的小妻子他也会很小心不让意外发生。

秦悠悠被他逗得浑身发软，仅存一点理智努力拒绝诱惑："这个时候你不是应该很忙吗？不用处理军务？"

严棣有些郁闷地在她颈上用力吮吻几口，含糊道："等会儿再去。"

如果不是秦悠悠伤势未愈，他更想把这个下午用来处理她，可惜了。

两人缠绵片刻，严棣不敢太过，终于依依不舍地起身离开，临走前还不忘交代她不要乱跑要好好休息。

漂亮凶残的兔妈妈

严棣走后不久，秦悠悠就见驻云飞火红的身影在她房间外探头探脑。

秦悠悠打开房门让他进来，问道："你找我吗？"

驻云飞往她床铺方向看了两眼，有些不好意思道："我想看看小灰，还有大嘴怎么样了。"

秦悠悠想起严棣说的，她不在的这些天，都是驻云飞在照顾小灰，连忙把他带到床边，指指睡成一个毛团一样的小灰道："正好，你们都是灵兽，你看看小灰大概多久会醒来晋级？这些天真是麻烦你了。"

驻云飞摇头道："不麻烦，小灰除了吃就是睡，很好带的。"

这是赞美吗？怎么听着这么的怪？秦悠悠无语了。

自从回到胡州大营，严棣就把大嘴小灰要了去放在秦悠悠身边，他知道妻子对这两只灵兽是重视非常，醒来不见它们一定会担心。

驻云飞已经有整整两天没见小灰，心里牵肠挂肚的，听闻秦悠悠醒了，忍不住就过来想见见这只危急关头救了他们所有人性命的兔子。

他一边伸手轻抚小灰身上柔软细滑的绒毛，一边低头去嗅它身上的气味。

虽然知道小灰身上有异常浓厚的饕餮血统，但摸着它毛茸茸软绵绵的小身子，驻云飞还是不由自主怀疑，那天在簇水山上突然变得厉害又凶暴无比的灵兽，真的是它？

明明看上去还是很弱的样子嘛……

"它估计最快要到四个月后才能醒来，到时候它应该可以晋升九级了吧。"驻云飞最后确认道。

他也知道秦悠悠很难在这几个月内成为十品武圣，所以靠她的帮助，小灰顶多能够晋升到九级，还是一只兔子，不能化形为人。

"如果我再厉害些就好了。"有驻云飞这个从五级灵兽直接跳级成十一级圣尊的例子在，秦悠悠越发觉得自己对不起小灰。

驻云飞不知道该怎么安慰她，挠头道："这个急不来的，反正小灰还小，多等几年也没什么关系。不知道它化形之后是什么模样？"

这点秦悠悠同样很好奇，大嘴化形为人是个男生女相的十来岁少年，他深感这个模样不符合他"成熟智者"的形象，所以平时都不肯化形，大部分时候保持着原本的八哥形态。

驻云飞化形为人倒是一个英武彪悍的青年，与他原本的性格也十分匹配。小灰……会不会变成个胖乎乎的可爱小姑娘？

秦悠悠不由得满心期待，忽然又想起大嘴说过的话："听说在妖界，迷踪雪兔一族化形后都是美女呢！"

驻云飞看了看小灰那个痴肥滚圆的身形，很是不以为然，不过也没有开口反驳。

之后每日驻云飞都会过来看看大嘴和小灰的情况，他也搞不清楚自己究竟是为了讨好女主人还是关心朋友，抑或有其他什么因素，只知道他一天不见他们，就浑身不对劲。

严棣回营后数天，留下部分军队稳定胡州局势，便带领大军继续往催雪城方向而去。

虽然形势一片大好，严棣还是十分谨慎，尽量不给多丽国一方任何可趁之机，行军的速度也不算太快。

一个月后，前锋军队已经抵达催雪城外，其时簇水山突然喷发带来的灾害还远远未曾平息，吓破了胆又失去了奉神教这座大靠山的多丽国皇帝不等相月国大军集结围城，便派出使节表明愿意带领臣民开城投降奉上传国玉玺，条件是严棣必须保他贺氏一族性命，并让他们得享平安富贵。

严棣没有拒绝，让手下的谋士与随军文臣出面去与那使节商议受降的细节事宜，自己则与其他将官准备接收多丽国各州县军政大权的事。

虽然多丽国皇帝主动投降，但是各州县因战乱而出现的流民盗匪不知道有多少，还有一些想趁乱捞一把的地方豪强，如果不把这些问题解决，后面的烂摊子更难搞定。

多丽国之外还有众多中小国家在蠢蠢欲动，一日未真正一统诸国平定江山，一日都还不能有丝毫放松。

秦悠悠的伤势完全康复，在严棣的"不懈努力"下，修为也恢复到九品，但是再想这么快晋级，却是不可能了。

她每日努力行功以体内真气温养锻炼经脉，虽然效果不错，但是就如严棣所言，她想将经脉提升到十品武圣的境界，至少要两三年光景。

严棣对如今醒掌天下权，醉卧美人膝的生活甚感满意，尤其两只碍事的灵兽都还昏迷着，仿佛又回到了两人新婚那段蜜里调油的日子，如果不是不舍得娇妻忧虑着急，他恨不得一直保持这个状态下去。

明日就是多丽国国君开城投降的日子，严棣留下话来让秦悠悠早点休息，自己便到中军大帐去与众多臣属准备明日的大事。

秦悠悠夜半醒来，忽然发现眼前多了一个黑影……

仅凭气味和感觉，秦悠悠就知道这个黑影不是严棣，她一时有些犹豫要不要大声呼救。

她与严棣起居的这个帐篷就在中军大帐旁，她只要发出什么声响，以严棣的修为绝对能感觉到。

可是这个黑影既然能无声无息潜到这里，只怕修为不会比严棣弱。

所有念头在她脑子里一闪而过，她的眼睛也适应了黑暗，看清面前黑影的形貌。

那是一个身穿黑衣，样子非常好看的青年，唇边带着几分温和的微笑，看上去就是非常好说话的人。

两个人在黑暗中对瞪片刻，黑衣青年皱了皱眉头道："你不记得我了？"

"呃，我们见过？"秦悠悠感觉不到他身上有任何恶意，同时也很奇怪，黑衣青年说话并未刻意压低声音，他就真的不怕被人发现？

不说中军大帐里的严棣，就她帐篷外间就有好几个值夜的小太监，平日她起身喝口水外边都会有人问，今日怎么什么反应都没有？

黑衣青年一脸无奈，一抬手一个一尺多见方的玉盒出现在他手上——那是原本放在秦悠悠床边，装了大嘴和小灰的定魂玉盒。

"你要做什么？！把他们还我！"秦悠悠大惊，伸手就想去把玉盒抢回来。

"你记性怎么这么差？十年前是我把小灰交托给你的，你都不记得了？"黑衣青年好气又好笑。

他当初没看错人，这个小姑娘果然对小灰很好。这个定魂玉盒就算在妖界也是难得的好东西，它唯一的作用就是隔绝外界影响，让处身其中的灵兽保持最佳状态。

想来是秦悠悠怕带着两只准备晋级的灵兽随军而行会影响到他们晋级，所以特地找来的宝物。

她不记得他了，但是刚才他突然出现她都还保持镇静，他一碰这个玉盒，她就紧张成这样，可见在她心目中，这两只灵兽的安危比她自己都还重要。

很好很好……

秦悠悠被他一提也想起来了，虽然她依旧记不起黑衣青年的脸，但是她知道他是谁了！

"你、你是小灰的……"十年前她与小灰相识的经历，只有她与师父还有大嘴和小灰自己知道，除此之外就只有那个把小灰托付给她的"人"心里有数。

"不错。"黑衣青年伸手轻轻抚摸玉盒里昏睡的小灰，眼里的温柔不容错认。

"你……你是不是要带小灰走？"秦悠悠基本确认了黑衣青年的身份，心里反而越发不安，她不舍得小灰，但是也没理由阻止人家至亲相聚。

黑衣青年看她一副要哭的样子，轻叹一声道："小灰有她自己的路，应该会一直陪着你，你不用担心。"

"真的？"秦悠悠两眼晶亮，几乎忍不住微笑起来。

"嗯，不过你要跟我走一趟。"

黑衣青年见秦悠悠一脸不解，继续道："你的修为太差，小灰最多还有几个月就要晋级，如果你的修为没有突破，她就只能晋升到九级。"

秦悠悠顿时惭愧了，其实以她才十八岁左右的年纪已经成为九品武尊，绝对不能说差了，不过在这个黑衣青年面前……用人家的标准看，她确实是比较差。

"你的修为是你那位夫君传给你的吧？"黑衣青年微笑道。在簇水山上，他大致卜算过秦悠悠这几年的经历，所以也不难知道这些事。

秦悠悠被他一说，更惭愧了。

"你随我到横云山三个月，我可以将你的经脉身体强化到十品以上，到时候再请你的大君帮忙，小灰晋级的事就能解决了。"黑衣青年说出自己真正的目的。

"真的？！那太好了！"秦悠悠满心欢喜道。

"我到外边去等你，你换一身衣服简单收拾一下就随我去吧。"黑衣青年道。

"现在？！"秦悠悠冷静下来，开始头疼，她如果要走，严棣多半会不答应。

"嗯，事不宜迟，我不便见太多凡人，你留下书信，让你夫君三个月后到横云山去接你。我在凡界能停留的时间不多，只能帮小灰这一次了。"黑衣青年神情黯然道。

秦悠悠犹豫片刻终于点头："好。"

师父也有可能在横云山，到时候可以请小灰让这人帮忙找一找，鬼三台金氏的老宅也在横云山中，她正好可以去探听一下父亲的消息。

严棣这些时日借她散去了不少真气，应该一段时间内不会有问题，他正忙着对付多丽国，自己不在的话他也许可以更专心一些。

黑衣青年见她答应了，粲然一笑捧起装了大嘴、小灰的定魂玉盒退到帐外。

秦悠悠飞快换好衣裳，点了灯烛给严棣留下一封信压在枕边，然后便走出了帐篷。她的东西大多在小灰的育儿袋里，她也没什么好收拾的。

走到帐篷外，眼前诡异的景象把她吓了一跳，她终于明白为什么黑衣青年潜进来跟她说了一会儿话外边的人都毫无反应了。

帐篷外见到的小太监还有巡逻守卫的士兵全部定在原地，纹丝不动，他们一个个还保持着原本的动态，好像时间在他们身上突然静止了一般。

这就是妖界的法术？！秦悠悠觉得简直比师父说的那些神仙鬼怪故事还要神奇。

黑衣青年见她出来了，向她招招手道："走吧。"

秦悠悠点点头走过去，黑衣青年一手握住她的手肘，身形一晃消失在初秋微凉的夜风之中。

就在他们走后片刻，整个军营恢复了正常，所有人都没感觉到有什么不同，除了严棣。

他坐在中军大帐内，莫名其妙感觉到有些不妥，他搞不清楚究竟是什么缘故，但是总觉得自己漏掉了什么。

他心中一动，挥挥手示意下面的谋士将官们先停下休息片刻，自己站起身走出大帐回到旁边他与秦悠悠共住的小帐篷内。

空气里漂浮着小妻子温暖香甜的气味，但是……帐子里没人！

严棣大吃一惊快步走到床前，薄被床铺犹带暖意，原本应该睡在这里的人却没了踪影。

这个小帐篷紧挨着中军大帐，乃是整个军营里防守最严密的，根本不可能有人可以无声无息靠近或离开。

严棣看到枕边那封信，当即拆开一看，上面是秦悠悠的亲笔手书：

小灰的爹爹来了，我跟他到横云山一趟，他说有办法可以替我解决经脉的问题，你三个月后到横云山来找我好不好？

严棣看着不知道该松口气还是生气，他的小妻子竟然连跟他当面道别一声都不曾，就这么跟人跑了！真真气煞人！

如果是小灰的爹爹……他明白为什么整个军营包括他都不曾察觉了，堂堂的上古凶兽饕餮，又怎么可能在凡人面前泄露形迹？

小妻子跟小灰的父亲在一起，应该绝对安全，只是她不在自己身边，他怎么能真正安心？

让严棣气不过的是，妻子怎么可以这样自作主张，甚至都不跟他商量一下。

等他把她拎回家，看他怎么收拾她！

严棣闭了闭眼，心里全是秦悠悠的影子，他就应该把她绑在身边，让她时时刻刻在自己的眼前，这样她就不会突然消失了。

不管他心里如何烦闷失落，太阳依旧在黎明时分准时升起。

约定的时辰一到，催雪城所有城门全开，守城将官一声令下，多丽国官兵一个个解下盔甲，将手上的刀枪兵刃从城头上抛下。

一些死忠皇室的臣民将士忍不住掩面恸哭，从今日起，他们都成亡国之人了。

与多丽国一方悲痛屈辱的情绪截然不同，相月国一方除了站在最高处的严棣因为爱妻失踪绷着一张冰山脸之外，其余上下数十万将官军士人人喜笑颜开。

虽然大家都曾想过今年年节前也许就能攻下催雪城，但他们绝对没想到会提前这么多。

待催雪城所有军士解甲弃械完毕,城头上代表皇室以及不同军队的旗帜也被全数收起。多丽国国君带太子等重要宗室成员与四品以上的文武官员,手捧传国玉玺一路步行出城,走到相月国大军之前。

严棣在众多相月国官员的簇拥下接过玉玺,收下降书,然后宣读圣旨。

圣旨是以严櫹的名义颁发的,事实上这点时间根本来不及回去请示严櫹再拟定圣旨送来,整道圣旨都是严棣在得到多丽国这边提出投降的消息后与手下亲信谋士以及梁令等连夜起草而成。

圣旨与御印却是现成的,早在严棣离开子夜城前来接手掌管大军之前,就从严櫹那里弄了好几份内容空白但盖了御印的圣旨,以便于他临阵应变,省了派人往返子夜城请旨的周折。

对外的解释是相月国皇帝陛下神机妙算,一早料到多丽国会投降,所以连圣旨都预先备好了。

不管下面那些人相信与否,大家都不会在这个时候不带脑子地去质疑严棣圣旨的真假,追究下去问题就严重了。

多丽国皇帝带着贺氏皇族宗室成员与文武大臣跪接圣旨,不少人神情屈辱悲愤,更有些浑身颤抖默默垂泪,倒是身穿龙袍最应该感到无地自容的多丽国皇帝十分淡定,甚至一脸的谄媚讨好,跪得尤其利索。

相月国一方许多人心中鄙夷不耻,摊上这么个没皮没脸荒淫无道的东西当皇帝,不亡国简直都没天理了。

多丽国皇帝心里可不这么想,反正贺氏皇室从来没有真正执掌过皇权,投不投降对他来说就是以后坐不坐龙椅,穿不穿龙袍的区别,安心当个太平爵爷有什么不好,还不用上朝了。

顶多偶然给姓严的磕个头跪一跪,比起这些年来在那个可怕的七儿子贺熙朝手下受的折磨,这根本不算什么。

严棣与手下谋士拟定的圣旨内容很简单,除了一堆骈四俪六的华丽官方辞藻,大概意思就是接受贺氏皇室的投降,多丽国全境并入相月国成为相月国领土,接受严氏皇族管治。赐封原多丽国皇帝为相月国的"安顺伯",要贺氏皇族嫡系成员立刻启程到子夜城去叩谢圣恩。

圣旨宣读完毕,马上有太监捧出相月国伯爵及一般贵族的服饰,当场把多丽国上至皇帝下至皇子皇孙身上的皇族服饰换去。

多丽国一众人等个个如丧考妣。

今日到场的官员都是愿意归附相月国的,其他一些性子忠贞刚烈的或辞官退隐,或干脆自缢殉国都没有到场,所以气氛虽然有些低落,但过程还算顺利。

相月国这边点算贺氏皇族成员时发现少了个九皇子，经过查问才知道这家伙竟然已经神秘失踪超过一个月！

也就是说在簌水山奉神教出事之后他就失踪了，而相月国派驻催雪城的探子以及那些跟相月国暗通款曲的多丽国官员竟然都没发现！

这个九皇子平日就不显山露水，没想到一见势头不对，跑得这么快这么干脆利落。

以他这种在贺氏皇室名声不显又不曾被人重视的皇子，归降相月国后根本不会有人特意对付他，完全可以当个富贵闲人，反而他独自潜逃会引来相月国的猜疑追捕。

若说这位九皇子没有图谋，连多丽国自家人都不相信。

严棣知道了这个消息，只是淡淡点了点头，并没有特别理会。

如果这九皇子只是不想受辱被困，宁愿当个普通人，那自然没什么威胁。

如果他真的有所图谋，那总会露出形迹，到时候再对付他也不晚。

多丽国归降人员有专人看管，严棣亲自带领前锋军队往催雪城而去。

望着逐渐靠近的高大城楼，想起这么多年来严氏一统天下的大业，终于在今日开启了新的篇章，严棣心中豪情万丈。

这天下还有大大小小十一个国家，不过既然最厉害的强敌已去，他相信离最终真正一统天下的目标不会太远了。

催雪城中一座不显眼的小楼上站了一老一少两名男子，年轻的那一个面如冠玉一身白衣，赫然就是风归云。

年老那一个其实并非真的老，只不过是心中积郁多年，导致看上去年纪比一般同龄人大了十岁不止。他头发花白，五官轮廓与风归云甚是相似，只是眉梢眼角多了许多深深的纹路。

他们身处的小楼位置很好，从小窗望出去刚好可以看到直通城门的大路，严棣带领人马刚刚就从这条大路上走过，正往催雪城中心的皇宫方向而去。

"你说悠悠她平安无事，她人呢？"

老者看得清清楚楚，队伍前方只有严棣一人，并没有他的王妃秦悠悠。

正常来说，这种场合就算贵为王妃也没资格出现，但是秦悠悠不同，人人都知道她所制作的圣祖大炮是这次灭亡多丽国的重要利器，说她是第一功臣也不为过，她完全有资格与严棣相偕入城的。

事实上如果不是秦悠悠昨夜忽然失踪，严棣确实有此打算，部属们也都乐见其成。

"也许她不喜欢这些场面所以没有来，她确实在严棣身边，一个月前我的手下远远见到她与严棣一起在九日城出现。这一路而来，不少人都看到她在军营中与严棣同进同出，绝对不会有假。爹，莫非现在连你也不信我了？"风归云苦笑道。

老者正是风归云的父亲风敲竹，他侧头略带怒气地瞪了风归云一眼，继而想起了什么往事，黯然道："是我这个当爹的没用，你爷爷奶奶死前一直交代我要好好保护瑶姬，结果却是她护着我的时候多，她真的出事了，我一点办法都没有，连她是生是死都不知道。如今又累得你为了我这个不成器的爹出卖悠悠，如果她有什么事，我将来黄泉之下还有什么面目去见爹娘和瑶姬？"

这些年来风敲竹一直被愧疚、无奈、怨恨反复折磨，五十岁还不到的人，看上去却是暮气沉沉，比六旬老翁还要苍老，若非他身上也有些修为，只怕早就撑不住了。

"你去探听清楚悠悠的下落，我要见她。"风敲竹只剩一个心愿，那就是看到妹妹风瑶姬的女儿平安幸福。

风归云垂头道："好。"

此时此刻秦悠悠正呆呆看着前方群山连绵古木参天，有些不敢相信自己的耳朵："横云山？！这里就是横云山？！我们好像就赶了大半天的路哎。"

从昨天半夜里她跟黑衣青年离开催雪城外的军营，到现在太阳刚刚开始偏西，其实是刚刚过了半天才对。

催雪城距离横云山，按照正常车马行程计算，至少要走一个多月，而小灰的爹爹带着她竟然半天就到了？！

黑衣青年笑笑道："如果不是带着你，我顶多一个时辰就到了。这点路程算什么？"

他没有夸大其实，如果不是顾虑到秦悠悠身为凡人，承受能力有限，他不用飞得这么慢。

这就是上古凶兽的实力吗？果然不是凡界的生物可以比拟。

"走吧，这个时候'天梵九韶花'应该快要开了。"黑衣青年带着秦悠悠往横云山深处而去。

"天梵九韶花？"秦悠悠从来没听过这种灵花。

"嗯，真没想到凡界竟然有这种灵花，原本我以为只有妖界、仙界这种灵气充盈之处才会有。我正想有什么东西可以在短时间内提升你的修为，结果就让我发现了这个。"黑衣青年想着小灰的问题很快可以解决，心情极好。

"黑叔叔，你先前说你只能帮小灰这一次了……你不打算留下陪着它吗？"秦悠悠问道。

"你叫我什么？"黑衣青年脸上的笑容一僵。

"黑叔叔啊，呃……我应该叫你什么？"秦悠悠道。

她又不知道饕餮一族姓什么，见他穿着一身的黑就叫他"黑叔叔"，有问题吗？

黑衣青年虽然看上去年纪跟严棣差不多，但是他是小灰的爹爹，那就算是自己的长辈啦。他的真身是上古凶兽饕餮，说不定真实年龄当她祖宗的祖宗都够，莫非他觉得自己叫他叔叔不够尊重？

黑衣青年纠结片刻道："你还是叫我的名字吧，我叫餍玄。"

"哦。"秦悠悠恍然大悟，原来人家虽然黑但更喜欢文雅的表达，所以名"玄"，而且是在介意她把他叫老了。

话说这位"黑叔叔"的性格一点儿都不凶，真看不出来他会是上古凶兽。不过也对！小灰也有凶兽血统，但是性格也就有点儿刁蛮，也是不凶的。

餍玄想起秦悠悠的问题，轻叹一声道："其实我与小灰都不该出现在凡界，这是违反天地法则的事，虽然我把自己的绝大部分能力都封印了，但是这个封印的时间不可能太久，一旦我控制不住后果会非常可怕，所以解决了小灰的事情我就要尽快回去妖界了。小灰的娘亲还在等我。"

他说到自己的妻子，神情更是温柔，秦悠悠想，能让他如此爱恋牵挂的一定是个温柔的兔美人。

"小灰的娘亲是不是很漂亮？"秦悠悠忍不住问道，心里暗想小灰化形为人后，不知道会是什么模样呢？不管是像爹爹还是像娘亲，都一定是个大美女。

"嗯，很漂亮。"餍玄不知道想起什么，补充了一句，"而且很凶残。"

凶残？！迷踪雪兔、一只兔子……凶残？！

而且是连上古凶兽、她的丈夫都觉得她凶残？！

秦悠悠有些反应不过来。

餍玄幽幽道："大嘴服下的狐精血，那只该死的狐就是被她干掉的。"

狐喜欢吃龙，以凶猛著称，而一只比龙凶猛的神兽，却让一只迷踪雪兔干掉了……这简直太劲爆了！得多凶残的兔子才能办到？

"她就是太逞强。"餍玄的声音低沉下去，似乎想起了某些不好的事，没有再继续这个话题。

秦悠悠心里还有很多关于小灰的事情想问明白，不过看到餍玄这个模样，便有些问不下去了。

反正他们要在横云山里待上三个月，她总会慢慢搞明白的。

想到餍玄的意思是他很快要离开，秦悠悠不由得有些难过。

"怎么了？"餍玄刚刚从往事回忆中回过神来，就看到秦悠悠一脸低落，不由得有些奇怪，他记得这个小姑娘就是个快活开朗的性子，怎么会无端端消沉下去？

"我想起我的阿爹，我都没见过他呢，不知道他是个怎么样的人，是不是还活着。"秦悠悠望向横云山深处，父亲的生死下落也许很快就能知道，她突然有些情怯。

横云山对于其他人甚至妖兽都是凶地险境，但对于餍玄而言就跟自己家的后花园一样，毫无威胁而且来去自如。

他只稍稍释放出一丝丝威压，所过之处方圆十里野兽尽皆绝迹，再厉害品级再高的妖兽都望风而逃，不敢越雷池半步。

它们在上古凶兽面前就是一群蝼蚁，虽然它们不知道突然出现在横云山的这位"大王"是什么东西，但那一丝丝恐怖的威压已经足够让它们明白这位"大王"它们惹不起，碰上了就只有死路一条。

秦悠悠跟在餍玄身边，很快来到了一座山岭顶端，面前的地面上藤蔓交错，依稀可见一个黑黝黝的深坑不知道通往何处。

餍玄也不等她看清楚就拉着她一跃而下。

虽然手臂被牢牢抓住，秦悠悠也知道餍玄在身边她不会有事，但是就这么突然从高处跳下一个无底黑洞，那种感觉足以令人毛骨悚然。

劲风一路从下而上刮过她的皮肤，洞壁上垂挂的藤蔓枝叶都被餍玄先一步荡开，很快地秦悠悠不再感到害怕，反而生出一股刺激兴奋的感觉。

可惜这个黑洞并非真正的无底洞，几个呼吸之间他们就到了洞底。

脚下是沉积了不知道多少年的枯枝败叶，混着洞里的湿气腐败成泥，踩在上头的感觉湿滑软腻很是恶心。

但是洞里的空气却出奇的好，甚至有一股令人迷醉的香气在弥漫。

那股香气飘渺清淡，若有似无，但是吸入鼻中却觉得通体舒畅。不用说都知道发出这样香气的必定不是普通灵花仙草。

"天梵九韶花的香气适当吸入一些对强健经脉有极大好处，但是吸入过多就会损及根基。"餍玄解释道。

"啊？！"秦悠悠吓得马上闭起呼吸。

却听餍玄笑道："别怕，以你如今的修为，连续吸上三天才会出问题。"

洞内一片漆黑，餍玄带着秦悠悠转了几转，眼前便现出一片光明。光线源自洞顶数以百计的夜明珠，整个山洞长宽有近十丈，中间无数绿幽幽的奇特晶石拱卫之下，一朵灵花亭亭玉立在其中。

灵花的枝叶连花朵都是明亮的金黄色，顶端的花朵形如山茶，在明珠晶石的重重光影照射下就如纯正的黄金雕琢而成。

就在绿色晶石的外围，一只巨大的白虎神态庄严蹲守在一旁，似是正在吸收花朵的香气修炼。

白虎听到动静，侧头看见餍玄和秦悠悠，马上乖巧驯服无比地伏下身子行礼道："拜见主君。"

"嗯。"餍玄随意点了点头，然后便对秦悠悠道："这就是天梵九韶花，你在这里停留三日，我就会带你离开一次，总共在这里待上六十日，你的经脉应该可以达到十八品武圣的水准了。"

"这朵花竟然这么厉害？！"秦悠悠十分意外，想当初她吃了近百颗易经丹，才把经脉从五品的水平提高到九品，而这朵花竟然闻个几十天就能将她的经脉强度连续提升到十八品？！

修炼的层次越高，经脉强度差异便越大，从九品到十八品，比起当初从五品到九品，难了近百倍不止。

"这朵花本不该在凡界出现，也算是一个大机缘，你就安心在这里待着，食物我会定时送来。这个地方什么都好，就是闷了些。"餍玄有些歉然地笑笑道，秦悠悠在这里实在跟坐牢无异。

"没关系，反正也没有很久。"她手上有江如练给严棣的那只空间戒指，里面有不少机关图，足够她解闷。

山中无日月，秦悠悠除了吃饭睡觉，研究机关图，偶然也跟白虎和餍玄聊聊天。

这朵天梵九韶花其实是白虎先发现的，它与附近的妖兽争抢地盘，结果遭到设计，从山顶那个坑口掉了下来，运气很好地被洞里的藤蔓缠住没有摔死，后来就见到了这朵天梵九韶花。

它原本想把这朵花吃掉，结果才碰到灵花周围那些绿幽幽的晶石，全身就像被针刺般的剧痛，试过几次都是如此，只能死心。

按照餍玄的说法，那些晶石的级别太高，未脱凡胎的人或妖兽碰到都会受不住，天梵九韶花原本就是生于妖界、仙界的奇花，他也想不通为什么凡界竟然会有。

白虎没吃着天梵九韶花，却因为吸入花香而很快恢复了伤势，靠着洞壁上的藤蔓终于爬了出去。

它身上沾染的花香与晶石气息被餍玄发现，这才知道这座山的山腹之内别有洞天。

白虎得了餍玄的指点，修炼一日千里，心甘情愿在这里替他守护灵花，听他驱策。

秦悠悠也把自己父母的事告诉了餍玄，餍玄摸摸她的脑袋道："明日这个时候，你就在这里待满了三日，需要离开一日，我带你去那个什么鬼三台金氏的总部附近看看。"

"好啊！"秦悠悠很欢喜，原本她还想要在横云山数不清的山脉中寻找金氏的所在会很难很费劲，但有餍玄这么厉害的高手在，就变成了吃饭喝水一般的简单。

餍玄苦笑道："替你找到地方不难，不过我不便出现在人前，也不好插手凡界的事，要找你父亲的下落，还要靠你自己了。"

"没关系，金氏就没有几个太厉害的人，我有机关暗器在手应该足以对付了。"她如今怎么说也是个九品武尊了，带齐机关暗器要对付十五品以下的武圣都没问题。

而且她只是去找寻自己父亲的下落，又不是要去跟金氏的人打架，真被发现了身份，就坦承一切好了。

金氏的人总不至于要下手对付她。

她还是严棣的妻子、圣平亲王王妃呢，金氏的人疯了才会对她不利。

她没有选择直接登门拜访说明一切，不过是不想金氏的人因为她的身份而生出一些其他心思，她对金氏感觉很陌生，并没有太多亲近的感觉，也不知道该怎样面对这些"亲人"。

绝谷寻父

第二天，餍玄果然把秦悠悠带到了洞外，随手抓了几只妖禽，几乎不费吹灰之力就找到了鬼三台金氏的确切位置。

如果不是有餍玄帮忙，光靠自己找，秦悠悠估计要花几年时间才能找到鬼三台的具体位置，前提是这几年里她福大命大，没遇上什么厉害妖兽。

鬼三台金氏的老宅位于一处绝谷之中，附近环绕方圆十数里的密林，其中毒虫瘴气横行，而且山谷上方因为三座石峰组成的特殊地势，常年怪风不绝，声音如百鬼呼号，劲风中夹带飞沙碎石，风速极高，就是有品级的妖禽靠近也会有性命之忧。

鬼三台的名称正是得自这三座古怪的石峰。

进出绝谷只有一条狭窄的石道，金氏的人利用地势加建了无数机关，就是千军万马杀到，面对如此险要的地形也只能徒叹奈何。

餍玄和秦悠悠绕着绝谷转了一圈，脸上慢慢露出有趣的神情："这鬼三台里头有些古怪。"

"怎么？"秦悠悠好奇道。

"这个地方极好，又是处在横云山中，按说一些级别较高的妖兽应该很想抢来作巢穴洞府，可是你说这金氏的人在这里隐居至少有数百年之久，你就不奇怪他们是怎么保住这块地盘的吗？"餍玄指了指山谷方向道。

金氏为什么能安然隐居在横云山这样的大凶之地，对于外间的人而言一直是个秘密，秦悠悠自然也是好奇的。

餍玄也不卖关子，直接给出了答案："这山谷底下大概埋葬了一只上古神兽的尸首，可能这个山谷就是它生前的巢穴所在。它虽然死去多年但余威犹存，妖兽野兽在某些方面灵觉天生比人类强大得多，它们不敢靠近也承受不住，所以就让金氏的人占了这个便宜。"

"这横云山真有意思，尽出些凡界不该出现的东西。"餍玄啧啧有声道。

秦悠悠正想说什么，身边的餍玄忽然一弹指尖，她感觉整个人好像霎时间被一个无形的罩子罩住了。

餍玄侧头听了片刻，道："有外来人想打金家地盘的主意。"

他手上随便拈个法诀，秦悠悠就听到了几个男子对答的声音，清晰得仿佛说话的人就在面前。

"回去吧，金家的人在这里经营多年，还不知道有什么古怪的手段，我们还是小心为上。"

"九皇子倒是神通广大，竟然连鬼三台的通道机关图都能弄到手，嘿嘿，金家这个地盘当真让人眼热。"

"不要说了，如果不是家主信错了奉神教，也不至于彻底得罪相月国，落得如此田地。"

"谁能想到奉神教说灭就灭了？连江如练那等人物都下落不明，可恨！"

"这个时候说这些还有什么意思？想想怎样把金家的地盘抢到手是正经。这里山高皇帝远，严棣忙着多丽国的烂摊子，正好顾不上此处，等我们得了金家的地盘，他就是想对付我们也难了。"

几个人根本不知道有人无需靠近就能听清他们对话，肆无忌惮地商议了一阵才渐渐走远。

从他们的对话，不难猜出这些人都是跟多丽国奉神教站在一边的，那个什么九皇子很有可能是多丽国的贺姓皇子，结果因为多丽国与奉神教先后败亡，他们怕被相月国报复，于是想抢夺金氏的地盘避祸。

金氏这些年来人才凋零，守住鬼三台这处绝谷靠的是地利加上机关暗器，如果遇上真正的高手不顾一切跟他们为难，那他们麻烦就大了。

金氏的镇山之宝"天罡星域"成名数百年，不止一次将意图入侵鬼三台的高手杀灭在谷中，不过现在还是不是能够正常发挥威力秦悠悠深表怀疑。

机关再好也是金铁所制，天长日久就算再如何保养也会被腐蚀损伤。金氏的机关高手能不能修缮维护好这件利器，只有天知道了。

"你是要去解决他们还是先进山谷里看看？"靥玄问道。别人要不惊动金氏的人潜入谷中几乎全无可能，但是对他却并不难办到。

秦悠悠想了想道："我先进去看看吧，听那些人的口气，似乎不打算马上就动手。我进去看看，如果需要就给他们留信提醒一番。"

靥玄没有意见，指了指谷口唯一的狭窄石道，微笑道："你直接走进去就是了，三十个呼吸内，他们都不会动。入谷后自己一切小心，实在危险就捏碎我给你的晶石。明天这个时候我来接你。"

"知道了，谢谢你。"秦悠悠不敢拖延，转身就往石道走去。

一路行来果然安静非常，甚至她走到谷内见到几个负责守护通道的弟子，他们也是维持着原本的动作毫无反应。

类似的情景秦悠悠早就见过了，知道这些人都是受了靥玄的定身法控制，她牢记三十个呼吸的时限，看准位置一溜烟跑到附近一个隐秘的角落躲了起来。

很快附近的一片死寂被各种声音打破，秦悠悠知道定身法的时限过了。这个山谷说大不大说小不小，她必须换个身份才好在山谷里慢慢找人。

她小心翼翼地往山谷中央的金氏大宅走去。

走了一段，前面传来人声，一男一女正站在花间一个亭子里说话，他们身后站了一个小丫鬟。

这一男一女在讨论一个机关制作的问题，说到一半，女子突然看了身后的丫鬟一眼道："这里没你的事，你先回去吧。"

"是！"小丫鬟行了个礼转身离开。秦悠悠心中一动，无声无息跟了上去，这个小丫鬟身高跟她差不多，正好可以借她的身份一用，顺便问一问山谷里的情况。

她跟着那丫鬟走到暗处，突然出手将她制住，然后脱下她的外衣换上，对着镜子把脸蛋描画一番，很快就变成了与那小丫鬟一般模样。

她随严棣学过一些牵魂夺魄之术的皮毛，虽然她做不出把活人变成傀儡的事，不过要让这丫鬟在无意识之中说真话是完全没问题的。

这个小丫鬟名叫芳草，从她的回答之中，秦悠悠大概知道了这个山谷的情况。金氏的嫡系传人与重要人物住在山谷正中的老宅之内，环绕着老宅的是金氏普通族人的住所，越靠近老宅的身份就越高，一些不重要的族人弟子都住在外围。

金胜常这个名字芳草从未听过，但名字中带了"胜"字应该就是金氏第八房七十三代传人。

秦悠悠没想到这一问还真的问出了线索。

芳草口中的金氏第八房早已经式微多年，子嗣单薄，住在远离主宅的西北角，如今传到七十四代只得两个几岁大的小男孩，他们的父亲叫金胜异，曾经是族里颇有名气的精英弟子，原本被族中寄予厚望，结果五年前因为试验暗器出了意外，重伤不治身亡。

这小丫鬟之所以知道金氏第八房七十三代传人名字中带了个"胜"字就是因为金胜异几年前在鬼三台大大有名，族长几次亲自发话要让他住到主宅去，都被他以贪图清静、方便照顾老小为由拒绝了。

芳草是金家第五房大小姐的丫鬟，第五房在家族中地位普通，全靠大小姐与金家年轻一辈的天才女弟子金明春交好，而金明春的亲姑姑好就是金胜异的妻子，所以这个丫鬟才听说了这些事情。

金胜常、金胜异，听起来就像是俩兄弟的名字，可惜金胜异已经死了。秦悠悠当即问明了金胜异住处的大概位置，然后便打算去探一探。

至于这个芳草，秦悠悠把她送回她自己的房间去睡一觉，然后她会彻底忘记之前曾经遇到的事。

按照芳草指点的方向，秦悠悠很快走到了山谷的西北角，越往山谷边缘走，房舍便越低矮狭小，她问了几个人，终于打听到金胜异的住处。

那个院子在附近一片简陋的建筑中算是相当不错，半人高的篱笆中间一栋白墙灰瓦的小房子，虽然不华丽气派，但看上去还算干净清爽。

秦悠悠正考虑是不是现在就潜进去，或者等天黑了再说，身后忽然传来小孩子的笑闹声:"娘、娘我们回来了!"

回头一看,是一大一小两个不足十岁的小男孩,正蹦蹦跳跳地往这边跑。小房子里应声走出来一名三十来岁的妇人,向两个孩子招手道:"快去洗洗手擦擦脸,看你们一身的汗。"

这个妇人虽然荆钗布裙,但是身上的气质一看就不像是小门小户出身,举止间自有一股优雅的韵味,容貌秀丽端庄,越看越觉得她不应该出现在这种清贫粗陋的地方。

那妇人一抬头看到站在院子外的秦悠悠,有些意外地问道:"你是?"

秦悠悠路上已经想了一套说辞:"我是五房大小姐的贴身丫鬟芳草,我大哥从前受过胜常少爷的恩惠,前阵子他随老爷们出去办事遇上了意外,去前让人带话,要我替他亲自来谢谢胜常少爷。"

鬼三台内的奴仆都是世代在这里伺候金氏的世仆,能够跟随金氏的人外出的都是亲信中的亲信,鬼三台内与外界几乎消息隔绝,秦悠悠杜撰的这个大哥发生过什么事,山谷里不会有人知道,所以她只要不辩得太过,住在外围的这些人也无从印证她的谎言。

妇人听她提起"胜常少爷"脸色微微变了变,最后平静道:"他受了重伤,这些年来没好过,不便见客,你有心了。你哥哥的心意我会替你转告他,你哥哥叫什么名字?"

她爹真的还在!秦悠悠几乎控制不住脸上的表情,天知道刚才她等这妇人答话的时候有多紧张,多害怕对方回她一句:"没有这个人。"

如果她爹真的受了重伤一直未好,倒是可以解释为什么他从来不曾试图去找她们母女。

只是他到底受了多重的伤?秦悠悠努力压住激动的心情,颤声道:"我、我只要替哥哥去向胜常少爷磕个头,了却他一番心愿,请夫人成全。"

妇人原本觉得她表现有些奇怪,不过想到她可能是忆起早逝的兄长,便也释然了。

她考虑片刻,终于点头道:"也罢,你随我来,他受不得干扰刺激,你见过他了却心愿便回去吧。"

"好!"秦悠悠用力点头。

妇人招手让她进了院子,却并没有带她走进屋中,反而绕过房舍走到屋后。

屋后同样有个小院子,一个身穿蓝灰色布衫三四十岁的男子正坐在角落手持一柄雪亮的小刀在雕刻着一块只有手掌长的木头,似乎是在雕刻人像。

他坐姿端正双手稳定有力,怎么看也不像受了重伤的样子,秦悠悠心乱如麻,莫非她爹不是住在这个院子里?

妇人将她带到那个男子面前,低声道:"他就是你要见的人,他多年前受了重伤,已经看不到听不到,也忘记了所有前事了。"

她的声音里带着浓浓的悲痛凄然,只不过秦悠悠什么都没听出来,她完全呆住了,过了好一阵才慢慢走上几步,木然在那男子面前缓缓跪倒。

那男子似乎感觉到有人接近，手上的动作一顿，将正在雕刻的木块急急收入怀中，不自觉抬起头来。

秦悠悠终于看清楚了他的容貌，如果没有那几道纵横交错的疤痕，他应该是个很好看的男子，即使如今容貌被毁，那双秋水般的眼睛依旧令人心动，可惜如此美丽的眼睛却是毫无焦距一片茫然。

看不到听不到，也忘记了所有前事？

所以也忘记了她的娘亲和她吗？他知不知道她娘亲已经为他殉情、尸骨无存了呢？

秦悠悠心里一股悲痛委屈的情绪直往上冲，不知不觉泪如雨下，跪在金胜常面前泣不成声。

一块洁白的手帕突然出现在她面前，秦悠悠泪眼模糊地抬头一看，却是带她进来的那个妇人正一脸同情看着她。

"是不是想到了你的哥哥？"

秦悠悠用力点头，接过帕子擦掉脸上的泪珠，看到洁白手帕上的脂粉污渍，才猛地想起自己脸上的易容装扮被泪水一冲只怕是不成样子了。

她如果现在就露出马脚会很麻烦。仅余的一点理智提醒她要趁着妇人还未发现不妥尽快离开。

"我、我失态了。夫人，帕子我回去洗干净了还你，告辞了！"秦悠悠匆匆扔下几句话，转身用手帕捂着脸蛋快步离开。

依稀还听到身后妇人传来的一声低叹。

秦悠悠找了个僻静的地方把脸洗净了，芳草不在身边，她也记不清她的模样，干脆就不再易容，静待夜晚再折回去院子里看看。

秦悠悠坐在山溪边好一阵才慢慢恢复平静。

想起父亲脸上的伤痕，似乎是被树枝之类的东西划伤的，她记得在簌水山上江如练曾经对她提过，当日奉神教的人在一处荒山上找到她爹娘时，还有一个年轻人跟他们在一起。

双方一场激战，她娘遭打晕被擒，而她爹与那个年轻人则失足掉落山崖。奉神教的人原本打算下山去确定他们的生死，被随后赶到的江如练制止。

江如练暗中派人下山去看，发现两人都大难不死，只不过金胜常受了伤，被另外那个只受了轻伤的年轻人带回了横云山鬼三台金氏的老宅。

江如练只答应过风瑶姬不去伤害金胜常，却也不愿意去救他帮他，所以只约束他爹的手下不要再继续追杀，就没再理会此事。

秦悠悠叹了口气，就今日所见，阿爹受的伤只怕不轻，而且多半伤及了头部，所以才会成了这般模样。

她就这样呆呆坐着，不知不觉天色渐暗。

凭着秦悠悠的修为只要小心隐藏，鬼三台内可以发现她的人很少，尤其她活动的地方远离主宅，附近都是一些修为普通甚至毫无修为的金氏族人，只要稍稍小心，被发现的可能性几乎为零。

眼见时间差不多了，秦悠悠循原路回到那个小院子，绕着房子转了一圈，竖起耳朵听里头的动静，很快确认屋里一共只有五个人——白天见过的三母子加上自己的父亲和一个老人。

屋里只有两个孩子的说话声，偶然那妇人会答上一两句，金胜常依旧坐在屋角里用心雕刻手上的木头，房子一侧的房间内有微弱的呼吸声。

秦悠悠就是根据这呼吸声判断房里住着的多半是个老人，而且身体不是太好。

她蹲在窗下偷看屋内的情景，两个小孩子在灯下练字，他们的娘亲坐在他们身后正在缝补衣裳。

那件衣裳看颜色大小，应该是一件成年男子的衣物。妇人缝得很入神，脸上甚至隐隐带了几丝温柔。

秦悠悠越看越觉得诡异，这副模样倒像是给自己的情人或丈夫缝衣服，可是这妇人应该是她的二叔金胜异的妻子金浮霜吧？！

如果不是知道这一点，秦悠悠会觉得，屋里四个人是一家四口两夫妇加上两个小孩子。

金浮霜很快将手上衣衫的领子缝好，站起身对两个小孩子道："时候差不多了，你们快到后面去洗澡然后睡觉去。"

两个孩子乖巧地答应了，收拾好纸笔墨手拉手往后院走去。

金浮霜看着他们离开转过身望向金胜常，慢慢走过去。

金胜常感觉到身前有人，停下了手上的动作，金浮霜这才伸手拍拍他的肩膀，然后取下他右手的刀子收好放在一边，在他的手掌上写字。

金胜常看不见也听不见，大概就只有这一个有效沟通方式了。

不知道金浮霜在他手上写了什么，金胜常终于点头道："好，我知道了。"

他的声音很好听，只不过也许是不常说话的缘故，听上去显得有些生涩僵硬。

他说完话，自己伸手摸索片刻，小心翼翼把手上的木雕放入身边木架子上的竹篮内。

金浮霜侧过脸，秦悠悠正好看到灯光下她眼里浓浓的哀伤无奈，心里不由得生出个奇怪的念头：这金浮霜莫非心里喜欢的是我爹？！不知道阿爹刻的人像是不是就是我娘？

她慢慢回想起金浮霜的身份——金家下一任族长金浮图的同胞妹妹！这样一个有身份的女子，就算少年守寡也完全可以带着孩子回娘家去，日子无论如何会比在这里强。

她却偏偏宁愿留在这里守着一屋子老弱病残，这也太奇怪了。

就算心肠好放不下夫家的亲属，指派几个丫鬟家丁小心伺候着就好，何必如此？

好不容易等到屋里的人都睡熟了，秦悠悠点了一支安神香让屋里的人睡得更沉，然后潜进父亲所住的房间，想替他把把脉，看看他的身体情况到底如何。

她不懂医术，只能感觉个大概，父亲的身体还算好，至于当年重伤留下的那些后遗症是否还能救治，她却看不出来了。

如果严棣在就好了，要不然满子哥哥在的话也好。

秦悠悠有些沮丧地收回手，履玄估计也有办法治好她的父亲，不过她这几天跟他聊天已经知道了许多关于他在凡界活动的禁忌，其中非常重要的一条就是不能插手凡人的生死劫数，否则不但他自己要倒大霉，就是被他救下的人日后也会有大难临头。

反正三个月后严棣应该会来，到时候让他帮忙想办法好了。

秦悠悠在黑暗中看着沉睡的金胜常，心里不知道是什么滋味，这个是她在世上最亲的人，可是他却不记得她，也看不见她听不见她了……

娘亲如果泉下有知，看到父亲这个样子，大概会非常非常难过吧。

秦悠悠坐了一阵，站起身四下打量父亲的房间。

明亮皎洁的月光从窗外投射进来，房间里的光线明亮了一些，秦悠悠甚至可以清晰看到家具上的每一个细节。

房里几乎没有什么杂物，除了一张床、两个箱子、一套桌椅之外再无其他。估计是怕父亲看不见会不小心碰伤，连桌子角都被特意磨圆了。

秦悠悠有些好奇地翻开那两个箱子，第一个箱子装的是衣物，虽然只是普通葛布衣料居多，但是干净整洁，可见金浮霜对她爹的照顾十分用心。

第二个箱子却全是木雕，满满的一大箱子木雕！

那些木雕清一色的全是女子人像，可是都没有雕琢出五官轮廓，秦悠悠取了一个仔细看看，发现人像底下似乎有些凹凸不平的细痕。

她将其中一个木雕倒过来一看，却是很小很小的两行字：

"胜常瑶姬，白首不离。"

秦悠悠心里像被什么堵住了一般的难受，狠狠咬住嘴唇才没有哭出声。阿爹从未忘记娘亲，即使他已经记不清楚她的容貌，却还记得有那么一个叫瑶姬的女子，与他相约白首不离。

她伸手拿起另一个木雕，底下也有这么两行小字，这一大箱成千上万的木雕人像，每一个底下都有这八个字。

可是相约白首不离的两个人，却已经天人永隔。

秦悠悠在金胜常房间里待了半夜，转身到一侧住了老人家的那个房间去看。

床上老人银白的发丝披散在枕上，脸庞布满皱纹，依稀还能看出一点年轻时秀美的轮廓，更多的却是沉郁沧桑。

这个极可能是自己的奶奶，两个儿子一个英年早逝，一个重伤成了废人，难怪如此苍老消沉。

秦悠悠在身上翻找半天，都没找到适合老妇人服用的补身丹药，不由得有些挫败。

明天靥玄就要来接她，她身上别的不多，钱却是大大的有，到时候请靥玄帮忙到山外的城镇买些补身养身的丹药回来好了。

如果大嘴醒着，估计就这横云山内都能给她找到许多灵药。

秦悠悠想着过几天还要再来，于是趁着夜色去那个叫芳草的丫鬟住处，将她的容貌画下来，方便自己以后易容。

次日中午，秦悠悠依时回到进出山谷的石道附近等待靥玄来接她。

等了好一阵却还不见靥玄，她正觉得奇怪，忽然肩膀被人轻拍了一下。

秦悠悠大惊，差点儿尖叫出声，待看清楚来的人竟然是靥玄，顿时松了口气。

她的修为也不差了，能够无声无息接近她的人不是太多，至少得是十五品以上的武圣。如果真让她撞上这样的高手，还被对方欺到身前，她肯定会玩完。

"你怎么进来了？不怕遇上其他人吗？"秦悠悠拍拍胸口给自己压惊，她原以为靥玄会再用定身法让她从石道离开。

靥玄笑道："我在另一处开了一条通道，跟我来。"

金氏在山谷里这么多年从无高手能够不惊动任何人攻入其中，靥玄只花了一日时间就开出了一条通道，简直神乎其神。

他准备的通道是将原本山中几个天然岩洞打通，道路有些弯曲，不过却十分隐秘而且也不怕遇上旁人。

两人脚步不停回到天梵九韶花所在的山洞。

"可找到你爹了？"靥玄笑问道。

"嗯，不过他情况不太好……"秦悠悠把山谷中所见的一切说了一遍，而且把请托靥玄去山外买药的要求也说了。

靥玄点头道："这是小事，没问题。"

秦悠悠与他相处数日，慢慢也熟悉了他的性子，忍不住奇怪道："我一直以为凶兽应该很可怕，可是你和小灰，平时都不像。原本我还以为小灰是因为有迷踪雪兔的血统所以才会这么可爱，可是见到你……你也很好说话的样子，你不是饕餮吗？"

"谁告诉你饕餮凶兽就一定很凶的？若不能控制天生的凶气只知杀戮，那是疯兽。"靥玄翻个白眼道。

他被人误会很多年了，就连小灰她娘当年也误会了，他说他是饕餮，还被她鄙视了。

山洞里吸收天梵九韶花香气的日子秦悠悠也没有白费，她从小灰的育儿袋里摸出许多奇奇怪怪的工具材料，又请靥玄去找了一些合适的木料，精心制作好些会动的机关玩具打算送给自己的两个小堂弟。

魇玄替她到山外采购了不少给老人服食的补身灵丹，秦悠悠的钱多得很，他也就按照她的要求全买最贵最好的丹丸。

这些丹药在他眼中看来着实不入流，不过他又不能亲自出手，只好将就了。

洞中三日眨眼即逝，秦悠悠把礼物整理好，跟着魇玄再次摸到鬼三台附近，有了上次的经验，秦悠悠熟门熟路地就从密道进了山谷。

她以还手帕为由头，再次去拜访金浮霜，用那些小玩具把两个堂弟哄得心花怒放，一口一句"姐姐"叫得十分亲热。

金浮霜这里平日客人不多，秦悠悠嘴巴甜，对她两个儿子极好，不过一日光景就跟她熟悉起来。

趁着金浮霜去做午饭的一点时间，秦悠悠主动提出帮忙喂老人服药，把魇玄高价买回来的丹药兑在汤药里让老人家喝了。

她很想去接近自己父亲，但是她隐约感觉父亲不喜欢旁人靠近，而金浮霜似乎也不乐意旁人去"滋扰"自己大伯，秦悠悠不想惹她反感，只好忍住了不往阿爹身边凑。

晚间她离开山谷时，魇玄对她说了个坏消息——要抢金家鬼三台底盘的人打算动手了，据说要等其他风家的高手，最快半个月后就要发动。

姓风的高手？那十有八九就是西河风氏！再想想前几天听到的对话，秦悠悠恍然大悟。

西河风氏先前联合奉神教多丽国放出假消息，说她师父齐天乐被擒，又做出姿态全力支持多丽国，这等于跟相月国决裂。

她跟魇玄离开催雪城外相月国大营的第二天就是多丽国正式投降的日子，奉神教因为簇水山突然喷发，教主江如练师徒失踪，教众死伤无数，已经再没有与相月国对抗的能力，作为他们盟友的西河风氏自然害怕相月国秋后算账。

对他们而言最好的办法就是找个安全的地方避风头，然后再逐步与相月国谈和，就算谈判不成，也能保住身家性命。

以严棣的身份实力，风家的人在他眼中如同蝼蚁一般，他忙着一统天下，几年之内不会多花心力特意去对付风家的人。

他们夺取了金氏的地盘，至少可以在横云山内平安度过几年，然后徐图后计。

如果是之前，秦悠悠自然不太在意金氏的存亡死活，但是现在明知道父亲就在谷内，如果金氏的地盘被风氏的人占据，只怕马上就是一场大屠杀，覆巢之下安有完卵？

她可以把父亲一家接出来，不过他们是不是就能够坐视其他族人惨死而不闻不问？

"他们最快半个月后动手，我下次进谷想个办法通知他们预备一下好了。"秦悠悠决定道。

没想到她还未决定要如何通知金氏的人，他们就先收到了消息，而这个消息，却是风归云送去的。

秦悠悠在三日后再次去找金浮霜，还未到她家门前，远远就见一名衣着光鲜的男子大步走进了他们那个小院子。

秦悠悠心中一动小心翼翼潜到窗下去偷听，只听屋内一个男子道："妹妹，昨日我收到消息，西河风氏的人准备对我们不利，你赶紧收拾一下，我送你与两个孩子秘密出谷外暂避。"

听了这话，秦悠悠虽然还认不出这个男子的容貌，不过已经知道他的身份——在子夜城曾经见过的那个金氏的带队之人兼圣手擂台的裁判金浮图！

他与金浮霜乃是同胞兄妹，而且看起来感情不错。大难临头首先想到的是让妹妹带着外甥们离开。

金浮霜的声音十分震惊："什么？西河风氏的人疯了？这个消息从什么地方来的？他们就不怕我家的天罡星域？"

金浮图苦笑道："是西河风氏的人传出的消息，来送信的是圣平亲王的灵兽和风氏的子侄风归云，这个消息怕是错不了。风家与多丽国勾结，如今多丽国败亡，他们自然要找个安全的地方避祸落脚。至于天罡星域……你以为妹夫当日是被什么机关所伤导致重伤身亡的？"

芳草说过，秦悠悠的叔父金胜异是试验暗器时意外重伤，不治而亡的。她当时就觉得很奇怪。

机关师在实验机关暗器时受伤的事情不是没有，只不过严重到这个程度的当真少见。

不是秦悠悠看不起自己叔父的技术水平，而是以金家的水准，叔父能造出的机关暗器再厉害也有限，怎么会把自己搞得连小命都丢了？

听金浮图的意思，莫非叔父是试图去动金氏的镇山之宝"天罡星域"才出了这样的意外？

屋内金浮霜脸色都变了："你、你的意思是，胜异他去修复的机关是、是天罡星域？！"

金浮图脸色沉重地点了点头，这事是金氏的最高机密，他连亲生儿女都不曾透露，但是到了这个时候，再也顾不上什么了。

金浮霜沉默了好一阵道："我要带娘和大伯一起走。"

"都什么时候了，你还顾着他们？！要不惊动风家守在外边的人把你们送走，你以为是很简单的事情？"金浮图怒道。

"夫君死前一再嘱托要我好好照顾家中老小，如果我抛下他们走了，我将来死了有什么面目去见夫君？"金浮霜平静但态度异常坚决。

"夫君？你以为我不知道你是对金胜常他……"金浮图说到这里说不下去了，虽然屋内的老妇人沉睡未醒，金胜常听不见，两个小孩又都在外边玩，但这事涉及妹妹的名声隐私，他还是有些说不出口。

金浮霜的态度反而十分坦然："我心里喜欢的从来都是胜常。哥哥，如果不是他带回来的那些图纸，你也不会轻易坐上下任族长的位置，更不要说胜异他其实就是为了我们兄妹才铤而走险，结果不幸身亡的，于情于理我们都该保住他们一家。"

金浮图皱起眉头，咬了咬牙道："你让我想想。"

"大哥，圣平亲王既然派了人来通知……能不能请他帮我们一帮？"金浮霜道。

"他们得到消息不远千里前来通知，已经很不错了，圣平亲王正带兵平定多丽国，又怎有那么许多功夫人手来照管我们？而且时间紧迫，怕也来不及了。"金浮图无奈道。

严棣与大部分相月国高手此刻都在多丽国的京都催雪城一带，要赶过来并非不可以，但是人家堂堂一国亲王兼十八品武圣、百万大军的统帅，凭什么为了一个可有可无的合作伙伴，扔下军国大事前来相救呢？

金浮霜这些年一直住在这个远离主宅的小院子，如果不是侄女儿金明春偶然来访，她连金氏与相月国合作的消息都不会知道，更不了解这样的合作双方投入程度如何。

金浮图沉声道："族里已经决定，万一抵挡不住就尽量护送年轻的精英弟子离开，保住我金氏的血脉，将来有机会东山再起。"

他的口气其实已经认定了这次风氏倾巢而出对付他们，他们是很难抵挡得住的了。

金浮霜垂头道："我明白了。"

金浮图站起身道："胜常他们母子俩，我尽量想办法，如果实在不行，妹妹你也不要任性，多为两个孩子想想，你保住了第八房这点血脉，妹夫他也不会怪你的。"

金浮霜不语，金浮图摇摇头出门离开。

屋后小院子的角落里，金胜常依旧神情专注地雕刻着手上的人像。

金浮霜神情恍惚一步一步走到他面前静静蹲下身子。

金胜常感觉到身前有人，手上动作一顿，匆匆将刻到一半的木雕人像收入怀中。

这个反应与前几天面对秦悠悠突然接近时完全一模一样。

金浮霜这几年日日夜夜照顾他，金胜常很快便凭着熟悉的气味感觉到她的身份，稍稍放松低声问道："是弟妹？"

金浮霜没有像往常那样拉着他的手对他说话，只是痴痴望着他手上的木刻雕像发呆，一滴一滴晶莹的泪珠从她的眼角滑落滴在她身前的地上，留下一个个小小的水点湿痕。

"我知道你喜欢的不是我，但是我从小就喜欢你，一直喜欢你。我不后悔嫁给胜异，那是我唯一可以一直光明正大陪在你身边的方法。可是，你知不知道我每天看着你在雕刻这些木头人像我有多难过？胜异说瑶姬是你的结发妻子，可惜落在奉神教手上，已经凶多吉少，你忘记了前尘往事也好，至少不会伤心痛苦。"

"我很多次控制不住想告诉你，她死了，你就算想起她也找不到她了，你为什么不想我？我才是那个一直陪在你身边，将来会跟你白首不离的人……但是我不敢，我怕我说出真相你不但不会把心收回来，还会跟她一起去，那我就真的什么都没有了。"

"他们觉得我放着好日子不过，在这里日夜操劳照顾你和娘亲是委屈，他们不知道我有多高兴，我可以跟你在一起，可以拉着你的手跟你说话，就算在你心里我只是你的弟妹。"金浮霜泪眼蒙眬，脸上却忽然露出一个温柔的微笑，轻轻抓住金胜常不安中伸出的右手，在上头写了几个字。

秦悠悠不知道她在父亲掌心写了什么，大概是确认身份之类的话吧。父亲脸上的不安表情很快散去，收回手拿起小刀继续雕刻人像。

金胜常心里只记得瑶姬这个名字，只记得白首不离这句誓言，但是已逝的弟弟说不知道瑶姬这个人。

他觉得会与他许下这样承诺的一定是他的妻子，他靠着雕刻木头人像不断努力试着去想起瑶姬的容貌身份，可惜却像隔了一层纱，总是看不清楚。

他想他坚持下去，总有一日会记起两人之间的事，他怕她一个人等太久会伤心难过，所以只要他醒着，就努力用雕刻去回忆。

金浮霜默默擦干眼泪，站起身到两个孩子的房间去替他们收拾东西。

如果真的无法带着金胜常母子一起离开，她会让两个孩子走，她留下来陪着他们母子，就算死也要死在一起。

金胜常心里没有她，但是她放不下他，她这辈子唯一的一点奢望就是一直陪着他，不管生还是死。

秦悠悠在暗处听着金浮霜对她爹所说的一番话并不觉得意外，稍微细心一点都能发现金浮霜对她爹有多在意，远远超过了一个弟媳妇对大伯的尊重关心。

她也没办法厌恶鄙视金浮霜，只觉得她太可怜，不过与江如练相比，她却又是幸福的，起码她可以陪在心上人身边，每天看着他照顾他。

秦悠悠原本想把父亲一家带走，但面对这样复杂的感情纠葛，又犹豫了起来。

算了，她想办法帮一帮金家渡过这个难关再说。

阿爹这些年在鬼三台虽然不是锦衣玉食，但金浮霜对他的照顾无微不至，不管出于什么原因，她愿意尽力偿还这份恩情。

刚才金浮图说风归云和驻云飞亲自来报信的，她先找到他们商量一下再决定如何帮助金家这些人，是不是告诉他们自己与他们家的关系。

秦悠悠不再犹豫，直接往餍玄开辟的秘密通道走去。

夫君是用来使唤的

　　金氏对外人防心极重，多半不会让人把驻云飞和风归云带到鬼三台来，那样也很容易惊动风家的人，逼他们提前发动攻击。

　　所以秦悠悠估计应该是驻云飞找上金氏在横云山外的联络人，然后告知他们这个消息的。

　　横云山外有城镇不少，而且这些城镇分属不同的国家，并不归相月国管辖，秦悠悠想动用官方力量都毫无可能，要在茫茫人海中寻找驻云飞跟风归云的踪迹犹如大海捞针。

　　幸好她有脾气很好的凶兽大人餍玄帮忙。

　　餍玄还留在凡界，主要就是为了小灰晋级的事，秦悠悠尽心照顾了小灰这么些年，将来还会跟小灰在一起，他自然乐意帮她解决些小问题。

　　秦悠悠身上带了餍玄留给她的晶石，只要用力握紧，心里不住念着他的名字，他很快就会有所感应赶来见她。

　　她才刚刚进山谷不久就又跑了出来，天色尚早，餍玄干脆好人做到底带上她到山外去打听风归云和驻云飞的下落，顺道散散心。

　　从催雪城方向往横云山来，可能经过的城镇不算太多。餍玄速度快，加上驻云飞十一品圣尊的气息在他看来非常好认，所以天还没全黑，就在某座城镇里找到了他和风归云。

　　想起上次因为自己的欺骗，导致秦悠悠身陷险境，风归云再次面对她不由得十分尴尬歉疚。

　　还是驻云飞比较厚道，主动说起别后的经历。

　　秦悠悠随餍玄离开不久，风归云就从旧部那里得到消息，风家打算倾巢而出放弃原本西河老宅的基业去对付金氏，抢夺鬼三台的地盘。

　　他想起秦悠悠曾道她的父亲应该出自金氏，而且自己老爹很想见秦悠悠一面，于是便硬着头皮前去求见严棣。

　　见到严棣才知道秦悠悠与她的两只灵兽被人带到了横云山。

　　秦悠悠既然人在横云山，又有小灰老爹这样的厉害凶兽撑腰，十之八九会去鬼三台打听她爹的下落，万一遇上风家与金氏为难，她少不得会掺和其中。

　　虽然明知道有小灰的老爹在，她多半不会有什么意外，但是严棣又怎能真的放心？

　　他一边命令手下密探查证风归云带来的消息，一边让驻云飞与风归云一起出发全速赶往横云山向金氏报讯。

"主人说他晚几天会来，让你不要轻举妄动。"驻云飞作最后的总结陈词。

"他不是很忙吗？这样赶来多丽国那边怎么办？"秦悠悠大感不安。

严棣再厉害也不是神仙，不可能像赝玄这样瞬息千里，他要在几日之内安顿好相月国的军队再从催雪城赶到横云山来，并不是什么轻松简单的事。

"主人会作些安排再来，他不放心你。"驻云飞这样的憨直个性不是没好处的，至少甜言蜜语从他嘴里说出来就格外真诚恳切。

秦悠悠听在耳朵里也忍不住脸红心跳。

她望了一眼坐在一旁垂头不语的风归云，终于道："谢谢你特地跑这一趟，以前的事就算了吧，我不记在心上，你也别一副要死不活的样子了。"

这话说得可真不客气，不过风归云心里却悄悄松了口气。

秦悠悠早就没有再去怨怪风归云了，他与严棣一样都骗了她，虽然他最后时刻良心发现试图放她离开，不过这并不是她轻易原谅他的理由。

她能这么简单地放过风归云，却对严棣的欺骗耿耿于怀，只不过是因为在她心里风归云远不如严棣的地位重要。

她在严棣身上投入的感情越深，对他越是在意，面对他的欺骗之时受伤也越深、越难以释怀。

真正能令人痛彻心扉伤心欲绝的永远只有身边最亲的人。

秦悠悠直到此时也不曾真正抚平心里的伤痕，甚至也不敢再毫无保留地去信任严棣，她与严棣重逢之后的甜蜜和谐，不过是因为两人之间暂时没有意见与原则的冲突，一旦严棣再次面对国家家族利益与她的原则感受之间的抉择，秦悠悠想严棣多半还是会重蹈覆辙。

江山易改本性难移，她还没有自大到认为严棣喜欢她就会真的为了她改变自己的性格与习惯处事手段。

就算他这么承诺了，她也不敢再去相信。

"风家的人好像打算过几天就动手了……"秦悠悠有些放心不下，尤其想到自己父亲也在鬼三台内。

阿爹只有一个，她不想他有任何意外。

风归云明白她的担忧，于是问道："你原本打算怎么做？"

秦悠悠道："很简单，替他们修复了那个什么天罡星域，再把进出山谷的通道机关改一改，让风家的人攻不进去，就算进去了也讨不了好就是了。"

金家如果自身没有足够的实力，只依赖别人的保护也不是长久之计。幸好他们自身底子也不算差，又占了地利之便，只要渡过这次难关，修复了天罡星域，与相月国的合作继续下去，至少几十年内不会有人能与他们为难。

秦悠悠并没有多少身为金家人的自觉，她只想让自家老爹活得安稳罢了。

风归云摇了摇头道:"你先前说过你不打算公开与金家的关系,天罡星域乃是他们的祖传至宝,只怕他们不见得愿意让你去碰。"

"他们不会这么笨吧?都死到临头了,还固执于这些门户之见?"

"世家大族总有几个这样的老古板……也许是我又想复杂了,我是风家的人,背着家族前来通风报信已经有些奇怪,然后你又出现说要替他们修复天罡星域,改进进出通道机关,他们很可能会反过来怀疑,真正谋夺他们地盘的其实是相月国。"风归云苦笑道。

他这么说确实有道理。在金家看来,秦悠悠不但是天下闻名的机关师,还是圣平亲王的王妃,先前相月国在没有太多好处的情况下跟他们合作,已经让他们很意外,如今又派人不远千里来向他们通报敌情,更有甚者圣平亲王的王妃竟然亲自来帮助他们守护地盘。

无事献殷勤,非奸即盗!不是谋算他们又是为了什么?

风归云这么一说,秦悠悠也纠结起来。

"其实你说明你跟金家的关系也没什么,你爹可以得到更好的照顾。他们胆子再大,也不敢轻易利用你爹去要挟你什么,你是圣平亲王的王妃,得罪你的后果不是他们愿意承担的。"风归云有些不明白秦悠悠为什么一开始就表现出不愿与金家相认的姿态。

从她的性子来看,这应该不是因为她看不起金家,很可能只是觉得麻烦。

风归云猜对了至少一半,秦悠悠从小就跟师父相依为命,虽然也会羡慕别人家小孩有父母、兄弟姐妹、爷爷奶奶,但终究是自由简单惯了,一下子让她多出一大群亲戚,她会觉得麻烦。

对于金家的人她没有太多恶感可也同样没多少好感,听她刚才的叙述,她父亲所在的第八房与其他金氏族人的关系说不上亲近,她更难生出什么亲切感。

而另外的一半原因却是因为金胜常本身。

"我原本想过把我爹一家连同我奶奶、两个小侄儿甚至我的婶婶接到谷外去安置的,我可以给他们更好的生活条件,只不过他们的情况……也许还是保持现在这个样子比较好。"秦悠悠想到其中还涉及金浮霜对自家老爹的感情,她不介意,但在外人看来这是乱伦失德的丑事,她不好随便提起。

"夫人,你还是等主人到了再说吧。"驻云飞很坚持地劝道,风归云也表示赞同,虽然秦悠悠如今的实力也不弱,还有"高手"暗中保护,但他们还是比较相信严棣的处事手段。

秦悠悠想了想也就点头答应下来,严棣既然说要来,总不太好让他白跑一趟。

餍玄不愿见人,所以秦悠悠也没有对驻云飞和风归云提起他,看时间差不多了,约定了之后联络见面的方式就告辞离开。

她独自走到镇外无人处,餍玄果然已经等在那里,他的神情若有所思,把秦悠悠带回天梵九韶花所在的山洞后，突然没头没脑地问起驻云飞的事。

秦悠悠有些奇怪，不过还是把自己知道的都告诉了他。

餍玄皱起眉头想了好半天没说话，秦悠悠很怕马不错，但与驻云飞相处了一段时间，对他印象不错，不由得替他问："驻云飞他怎么了？将来会有麻烦？"

餍玄伸手轻抚沉沉睡在定魂玉盒里的小灰，不答她的问题，反问道："他对小灰怎么样？小灰喜不喜欢他？"

"他对小灰很好的，我不在的时候都是他照顾小灰吃饭睡觉，把它带在身边。不过，小灰……嗯，我有些怕马，所以小灰可能受我影响，也有一点点怕驻云飞，可驻云飞绝对不敢欺负小灰的，都是小灰欺负他。"秦悠悠说完才发现，他们对答的方向怎么有点儿像岳丈问女婿？

驻云飞和小灰？好诡异的组合。

餍玄有些不满地咕哝："一匹小红马儿有什么好怕的？不过他还算知趣，晓得让着小灰，就是太弱了，啧！"

"呃，你的意思是，驻云飞跟小灰，将来会……"秦悠悠小心探问。

"有可能，不过只是一个可能，天机变幻，谁也说不准下一刻会有什么变化，我只能推断出最大的一种可能性，至于后面是不是真的会发生，我也无法确定。"餍玄幽幽道。

就如同他当年算漏了妻子会出意外这一件事，太过相信自己的推算后果可能会比对未来一无所知更可怕。

"驻云飞很老实的，小灰如果跟他在一起，我也能时时见到它。"秦悠悠觉得这个最大的可能性也不错。

正如小灰担心她与严棣成婚后会忽略它疏远它一样，她也不想小灰将来找到了伴侣就离开她。虽然她很早就承诺过，只要小灰需要，她随时可以解除两者之间的认主契约，但她会不舍得。

小灰跟驻云飞一起的话，那他们就可以生活在一处，不用担心分离了。而且驻云飞一看就是很好欺负的老实好丈夫，比他的主人严棣都可靠得多，小灰跟他在一起她也放心。

秦悠悠在山洞里待了三日，又到了出门放风的日子，她白天潜进鬼三台去见自己的父亲，晚上则到山外的小镇里去见驻云飞他们。

父亲的情况没什么变化，两个小侄儿不见踪影，估计是被金浮图送走了。金浮霜神情恍惚，不过也许是豁出去了，就算明知道大祸将至，也没太多焦虑惶恐的意思。

秦悠悠把送给两个小侄儿的玩具留下，替她照顾了老人家一整天，暗中喂她奶奶吃下了滋补丹药，一直逗留到晚饭过后才离开。

晚饭只有她与金浮霜两个相对共食，金胜常因为身体残障，有金浮霜专门准备的饭菜，让他一个人独自在房间进餐，免却尴尬。

秦悠悠为不能与父亲同台吃饭感到有些遗憾，不过想到自己至少还能亲眼见到父亲，便又释然。

餍玄将她送到与驻云飞他们约定的小镇民居附近便转身离开，临走前笑容颇有几分古怪："我明天早上来接你。"

秦悠悠不明所以，餍玄是觉得山洞环境不好，所以让她在镇上住一晚再回去吗？可是不等她细问，餍玄就消失了。

她觉得这种"高人"做事多半有特别缘故，餍玄总不会无故作弄她，于是便不再多想，足下一点直接跳进院子里。

"表哥，驻云飞？"秦悠悠走进屋内，桌上点了灯烛，但一个人都没有。

她正觉得奇怪，忽然腰肢被人从后面抱住。

能够无声无息靠近她的人极少极少，餍玄虽然有时也会作弄她，但绝对不会对她做出这么亲密的举动，可能的偷袭人便只剩一个。

"严棣！"秦悠悠低叫道，一边转过身去。

眼前的正是严棣，他看上去风尘仆仆，显然刚刚赶到不久，精神倒是还不错。

他看清楚秦悠悠的脸，不由得皱眉道："你怎么又把自己弄成这个样子？"

秦悠悠见到他心里正欢喜，闻言恶作剧地回抱他的腰身把脸蛋往他怀里一阵乱蹭："你不喜欢就帮我擦干净。"

严棣一身深紫色衣袍顿时被她蹂躏得不成样子。

不过他没有生气，只是捧起怀里那张恼人的花猫脸吻住她的唇。

昏黄的灯光下，两个人的影子合成了一个。

不知道过去多久，纠缠在一起的两个影子才稍稍分开，秦悠悠看着严棣唇上脸上沾染的脂粉残痕，坏心地咯咯笑了起来。

严棣将她拉到院子里的水井边，取了帕子把两人脸上乱七八糟的东西擦干净，然后捏着秦悠悠的鼻尖道："现在我们来算算账。"

"算什么账？"秦悠悠努力躲过他的爪子，故意装傻。

"你不声不响就跟人跑了的账。"严棣将她抱起来，拎回房间去准备对这个拒不认罪的小妖女大刑伺候。

"我写信告诉你了！小灰爹爹在外边等我的，你别乱来……"秦悠悠辩解道。

"你今晚还要走？"房间里没点灯，朦胧的月光为严棣轮廓深邃的面庞平添几分妖魅迷人，一双漆黑的眼睛里燃烧着炽烈的火焰。

秦悠悠忽然想起餍玄临走前说的话，他分明是知道严棣来了。

"我、我明早再走。"秦悠悠脸蛋通红道。

今晚月色太好，晃得她心里发软，拒绝不了严棣这个坏蛋的诱惑。

月光从窗台边一路蔓延到床前，微凉的秋风将房内热情的气味冲散了几分，床上轻吟低喘的声音也渐渐平息下来。

严棣身心舒泰，抱着小妻子开始细问她这些天的经历。大部分事情他都已经听驻云飞转述过，不过他想听秦悠悠亲口说。

父亲的情况包括金浮霜的事，秦悠悠没有详细对驻云飞和风归云提过，不过却没打算瞒着严棣。

"你不与你父亲相认了？"严棣听出秦悠悠话里的意思，不由得有些意外。

她好不容易得到父亲的消息，而她父亲虽然重伤残疾，但总算人还活着，视力与听力或许也有机会恢复，而她竟然就这样算了？

"相认了之后呢？如果他问我娘亲在哪里，我要怎么回答？"秦悠悠的声音闷闷的。

这个问题她想了好几天了，好不容易才下定决心让一切维持原状。

"阿爹他活下去的唯一希望就是想找回娘亲，与她相守到老，如果他知道娘亲十多年前就为他殉情了，甚至连尸骨都没留下，你让他怎么办呢？"

"我已经没了娘亲，我不想连阿爹都没有了。我不跟他相认，不毁掉他的希望他还可以好好活着，我想他的时候可以偷偷去看他。"秦悠悠眨眨眼睛，想忍住眼泪，但是泪珠却不听话地往下掉。

这下子轮到严棣后悔了，他低头一点一点将她的泪珠亲掉，将她抱在怀里当小孩子一样轻轻抚拍安慰，然后道："其实你只要说个小谎话就行。就当江如练从来没告诉过你你娘的事，就当她还活在世上，只不过你们都找不到她。"

"你就想到骗人！"秦悠悠吸吸鼻子，眼睛红红地指责道。

这不是不想你难过也不想你爹难过吗？严棣心里觉得自己很冤，不过关于骗人这个话题，他着实不想多谈，免得不小心又扯到旧事上，把两人难得的和谐打破。

"金浮霜她也很可怜，他们现在这样，其实没什么不好的。"她爹将来到了黄泉之下，肯定要去跟她娘相会的，金浮霜一心一意只是想陪着阿爹终老罢了，就算是让她了却心愿吧。

严棣对她认不认老爹其实并不太在意，她只有他一个亲亲夫君就更好，所以闻言揉了揉她的脑袋道："好！你想怎样都行，不过不许哭了。"

他可以对世上绝大部分人冷酷无情，但是对着这个小女子，却总是硬不起心肠，看见她掉眼泪就觉得心里像被人挖了似的难过。

"风家的事要怎么解决？"小妻子不掉眼泪了，开始准备使唤他干活，语气里的娇蛮和颐指气使半点不加掩饰。

不过严棣不觉得生气，反而很是满意，秦悠悠如果什么都不跟他商量便自行其是，那才是最可怕的，还会使唤他干活那就是还把他当夫君了。

"风氏、金氏、文氏树大根深，一下子把他们连根拔起有些可惜，只要他们愿意与相月国合作,那便继续他们的生意不妨,只不过必须承诺日后他们制造的军械只能供给我严氏。文风盛是个聪明人,文氏那边不用我多说,他们自会做出选择。至于风氏,明日我让风归云走一趟好好劝说他们一番,想来他们也不会有异议。"

严棣说得轻松,秦悠悠估计对于这番劝说用威胁恐吓来形容会比较贴切。

风氏这次站错队在先,对付金氏的计划又注定胎死腹中,只要不想灭族,大概都会答应他的条件。

秦悠悠的娘亲出自风氏不错,但是风氏也从没把她娘一家当亲人看待,甚至把她舅舅抓起来要挟风归云来对付她,所以秦悠悠其实不太在意风氏今后的命运,对严棣的处理方式也没有意见。

顺我者昌,逆我者亡,从来就是这些权贵们的行事准则,风家既然当初做了错误选择,难免要承担后果。

"至于金氏这边,你是不是很想去看看他们的镇山之宝天罡星域?"严棣轻抚秦悠悠的脸蛋笑问道。

他的小妻子对于机关的兴趣大于一切,肯定好奇那天罡星域很久了,这次适逢其会,她是绝对不愿意错过的。

秦悠悠用力点头,这事如果没有严棣插手,风氏的人一旦动手,她应该也能说服金浮图秘密让她试一试修复天罡星域,不过如今既然严棣来了,她正好可以省去跟金浮图的啰唆,安心让严棣把所有事情都安排好。

她等着去见识见识天罡星域究竟是什么东西就好。

"驻云飞说,你每隔三天才能出来一回?"严棣得寸进尺把她压到身下。

"嗯,你是打算三天后和我去鬼三台?"秦悠悠努力维持仅余的理智追问道。

"对。作为报答,你先把这三日的甜头给我。"严棣吻住她,决定趁着天还没亮,把这十几日被这小妖女害得牵肠挂肚的深仇大恨报了。

早上起来,秦悠悠梳洗更衣用过早饭到镇外与餍玄会合的时候,看着对方明明心中了然却一脸"假正经"的表情,脸蛋红了整整一半天。

"你真的不能见严棣?"秦悠悠努力找话题。

餍玄说他在凡界接触的凡人越少越好,不过他替她到镇上买药的时候倒并没有很忌讳。

餍玄哈哈一笑道:"真要见也没什么,就怕他一见我这么英俊潇洒玉树临风,再想到我这些天跟你朝夕相对,会酸得睡不着觉。"

秦悠悠又羞又气,凶兽原来不怎么凶,不过也不是什么好东西。

可她回心一想,不得不承认餍玄的"担忧"很有道理。

今早起来,她就听驻云飞说严棣把风归云打发去找风家的主事之人了,连见都不想让她见。

接下来三日,秦悠悠宅在山洞里过得很是舒心,鬼三台金氏与潜伏在山外准备与金氏大战一场的风家人却过得很是焦虑。

严棣让风归云给风氏送信,措辞尚算客气但意思十分明显,列出几个条件号称合作,实际上是要他们俯首称臣,从此乖乖听相月国严氏皇族的号令。

风家高层在这个地方收到严棣的信函,自然也明白他们想夺取鬼三台的消息不但走漏了风声,还惹来一个他们避之惟恐不及的大煞星。

风家的人一边好好招待风归云,一边开始商议应对方案。

严棣已经给了他们最后的台阶,他们只剩两条路,一是直面严棣的怒火,承受族中高手被屠戮干净,族人亡命天涯的惨烈后果,二是从此成为相月国的附庸。

这样的选择并不难做,难的是归顺相月国之后,他们要如何自处才能免去相月国那些明里暗里削弱他们实力的措施,避免被相月国彻底整残吞没。

金氏同样十分难过,严棣来了定不会放任风氏的人逞凶,但是堂堂一个圣平亲王突然从前线赶到这里来,就是为了拯救他们?

这个笑话真的很冷。

金氏上下做梦都不敢想圣平亲王会拨冗来拔刀相助,但是这样的怪事真的发生了,他们不得不怀疑,对方拔出的刀会不会顺道捅他们几个血口。

而且严棣竟然跟金氏在山外负责接洽外务的人说,他打算偕同王妃一起到鬼三台拜访。

这就是典型的黄鼠狼给鸡拜年啊!

明知道让严棣夫妇进入鬼三台,等于把他们最后的一点老底也交代出去,但是拒绝的话他们没办法说出口。

人家这等姿态,明摆着就是随时可以掀了他们的老巢,不过留点面子让他们好下台罢了。

相月国刚刚吞并了多丽国,声势如日中天,严棣这样的十八品武圣,就是天罡星域完好无损都不见得能够拦住他,何况他身边还有一个机关术强得鬼神莫测的秦悠悠?

时至今日,他们金氏就是砧板上的肉,全看人家想怎么切。

识时务的话,或许还能仗着先前的交情留点脸面捞些好处,如果要玩对抗,奉神教就是榜样。

金氏族长长叹一声,最终决定由金浮图出面,亲自去迎接圣平亲王夫妇到鬼三台作客。

于是三日后,严棣挽着秦悠悠,在金浮图的陪同下,大摇大摆走进了金氏的老巢。

秦悠悠来过这里许多次了,对谷里的一切早就不再感到新鲜,一行人被直接迎到山谷正中的主宅之内。

主客双方坐定寒暄几句,严棣便开门见山道:"本王的爱妃醉心机关术,听闻贵府有'天罡星域'闻名天下，可惜已经蒙尘多年，所以想试试亲手将之修复，不知道金族长意下如何？"

他这一番话，简直就像是一声惊雷，炸得金家上下天旋地转。

天罡星域年久失修无法再用是金氏一族的最高机密，虽然这几年外间多有揣测，但始终未被证实，就是金氏在厅上待客的这些人，绝大部分也对此事一无所知。

现在竟然被严棣当面喝破，连主座上那几个老谋深算的老狐狸也瞠目结舌不知道该如何应对。

金族长首先反应过来，摇头道："圣平亲王说笑了，天罡星域这些年来一直不曾动用，不代表它已经毁坏，不知道王爷是从哪里得来的消息？"

严棣面无表情扫了一眼厅上神情各异的金氏人等，被他目光所及的只觉得一股无形压力横扫而来，忍不住心虚脚软，好些心志不坚修为浅薄的甚至不由自主倒退了好几步。

"贵府的年轻英才很多都不在鬼三台？"这是一个语气肯定的问句。

金族长、金浮图以及几个知情的长老脸色剧变。

金浮图沉声道："圣平亲王此话何意？"

"英才子弟培养不易，众位明知道凤氏的人就在山外虎视眈眈，还让他们在这个时候离开鬼三台，着实有些奇怪。"严棣面对旁人时，绝大部分时候都是面无表情外加语调毫无起伏，让人很难从他的表情推测出他真正的心意。

金氏的人面面相觑，拿不准他是因为发现金氏秘密送走重要子弟进而推测出他们的天罡星域已经无法使用，还是以此作为威胁，如果他们不答应他的要求，让秦悠悠去看天罡星域，就要对他们那些送到山外的子弟不利。

可他们都知道，圣平亲王不是善男信女，今日他既然把要求提出来，他们不答应他是不会善罢甘休的。

不管他刚才的话是不是存心威胁，惹恼了他鬼三台这些人个个都没有好果子吃，山外那些子弟也别想有好日子过。

敬酒也罢，罚酒也罢，这酒他们是喝定了的。

秦悠悠看着主座上几个脸色苦得可以滴出汁来的金家人，不禁有些同情他们，跟妖怪对着干是没有出路的。

她明明是打算帮他们的，结果严棣一出手，倒像是她要欺负他们似的。不过对待这些心思太复杂的人，也许这样的手段才最省事。

如果不是顾念到她跟金氏的人有亲戚关系，将来还打算让她爹继续在金氏安享晚年，估计严棣连说话都省了，直接抓住几个金氏的首脑人物让他们将天罡星域献出来，任她折腾个高兴更简单。

几个金氏长老也算干脆，咬了咬牙向金族长点点头，事到如今他们不答应也得答应。

金族长挥挥手让厅上其他人退出去，然后道："我族的天罡星域确实已经毁坏多年，只是此事关系到我金氏一族的生死存亡，所以不得不竭力隐瞒，倒教王爷、王妃见笑了。王妃娘娘的机关术天下闻名，愿意帮助我族修复天罡星域是我等求之不得的好事，只是我族有几个要求，希望王爷和王妃能够答应。"

秦悠悠看了严棣一眼，回过头对金族长道："请讲。"

金族长知道今日天罡星域的所有秘密都保不住了，甚至金氏虽然躲过了风氏这一劫，日后前途依然未卜，所以也彻底豁出去了。

"说来惭愧，这些年来我族有不少机关师试图修复天罡星域，但是都以失败告终，甚至有人在修复过程中因为一时不慎被机关所伤，性命不保。王妃要替我族修复它，我们感激不尽，但若是修复过程中，王妃出了什么意外，我族上下万死莫赎。"

金族长说这话时，目光所向是严棣而不是秦悠悠，这话的意思就是，你的王妃要去折腾可以，但万一出事了，你别来找我们麻烦。

"本王的王妃，自有本王亲自照顾，不会让她发生意外，无需他人操心。"严棣冷冷道。

他并不承诺不追究责任这一点，如果金氏的人敢对他的悠悠搞什么小动作，那确实是万死莫赎，他会让他们死得特别惨烈。

金族长无奈，接着道："天罡星域对我族至关重要，不论王妃娘娘是否能够将它修复，关于它的一切事情，请王爷与王妃都不要外传。"

"没问题。"秦悠悠点头道，她只想快些看看那个天罡星域究竟是什么东西，不管怎样，总该比她从前看到的那些三大机关世家的作品要强上不少才对。

"最后一个请求……王妃娘娘修复天罡星域之时，我族希望派出三位机关师旁观。"金族长迟疑道，一副担心秦悠悠会拒绝的忐忑表情。

他冷静下来也隐约明白严棣与秦悠悠远道而来，很有可能真的就是要看看天罡星域，试试是否可以将它修复罢了。

严棣如今要灭了他们并不是多难的事，没必要对他们说谎。

虽然他们态度强硬地提出这样的要求，形同打金家的脸，但如果秦悠悠真的能够修复天罡星域，那也不算是坏事。

若能趁机让自家那几个痴迷机关术的老小怪物偷师一番，更是大妙。

"好啊。"秦悠悠答应得很干脆，她都不明白这么简单的要求，金族长有什么好吞吞吐吐的。

金族长见她答应得痛快，登时大喜过望。

这次秦悠悠修复的虽然是金氏祖传的机关，但机关师都有一些秘传的手法技巧，一般只有非常亲近的师徒同门才会被允许从头到尾旁观对方制作修整精妙机关的过程，而秦悠悠却好像从来没有这些顾虑似的。

金氏几个人想起去年圣手擂台决赛，秦悠悠随手就把圣平亲王府花园地下的机关设计图纸拿出来让大家看的豪气，心里不禁酸了起来。

自家当宝贝的东西，人家压根不当回事，他们跟天工圣手真的差这么远？

金族长望向身边的几位长老，看他们是否有什么补充条件，几个老者与金浮图沉吟片刻，终于摇了摇头。

他们心里不是不想提条件，而是不敢多提，万一把严棣这个煞星惹急了，他们就什么都完了。

秦悠悠看着他们眉来眼去，严棣照旧面无表情冷峻吓人。衣袖下握着她的那只手却很不正经地在把玩她的手指，轻挠她的掌心，心里觉得很是无语——这个面上一套，内里一套的家伙。

夫君足够吓人好处也是很多的，例如金氏的人现在就不敢玩花样，答应下来之后马上就带他们到后面的机关工坊，不多时就见三个机关师神情肃穆地护送了一个檀木大箱子上来，放在一张用整块岩石打磨而成的大桌子旁。

这三个机关师有两个头发胡子雪白，一个面庞如少年般年轻光滑不见丝毫皱纹，另一个却像风干了好几年的橘子皮，皱巴巴的几乎看不清楚五官，这两个白发机关师的修为都已经是武圣级别。

另有一个看上去年轻一些，却是在圣手擂台上亮过相的金字经，不过秦悠悠照样不认得，只是严棣对他有印象。

金族长满面愧疚地上前向那两个白发机关师行礼，大概是觉得连祖宗传下的宝物都保不住，心中羞惭。

面容年轻的那个白发机关师却不太在意地挥了挥手，目光直直望向秦悠悠："你就是天工圣手的弟子秦悠悠？"

金族长等人都叫秦悠悠为王妃，不过在这个老者心目中，显然天工圣手的弟子比什么王妃的身份更加值得尊敬。

秦悠悠点头道："是的。"

金族长怕白家这些大人们口没遮拦得罪严棣，连忙上前插话介绍道："这位是我族的前辈……"

他一句话还未说完，就被这个白发机关师打断："老夫行三，他行六，秦姑娘叫我们金老三、金老六就是了，这个是我们的侄孙金字经。秦姑娘是不是想替我们修复天罡星城？这便开始吧。"

这个金老三直接又迫切的态度倒让秦悠悠生出几分亲切感，闻言当即走到了石桌旁边。

严棣听人叫秦悠悠为姑娘而不是王妃，心里有些不快，不过看到秦悠悠跃跃欲试的兴奋模样，便又释然。

只要她开心，便让她玩吧。

生死相许

金字经打开箱子，珍而重之地捧出七个颜色黝黑，朴实无华的金属盒子放在石桌上，依照北斗七星的位置排列开来。

"这套天罡星域乃是我伯父所制，伯父为它耗尽心血，完成后没多久便去了，未能来得及再多做一套。可恨我太过愚笨，亲眼看着伯父完成这套天罡星域，却无法记住他的手法再做出一套来。甚至连图纸都没能保住。我真宁愿当日烧死的是我，而不是那些图纸。"金老三越说越沮丧。

"过去的事就不要提了，王妃娘娘还是先看看这套天罡星域吧。"金族长很纠结，暗暗埋怨金老三怎么就不知道说话注意点，把老底都交代出去了。

金老三瞪了他一眼，倒是没有反对他的提议。

天罡星域是金氏祖先留下来的，原本族中优秀的弟子都能掌握制作技术，图纸也不止一份，但因为后来出现了个别弟子差点儿把图纸技术外泄之事，所以管理便严格了起来。图纸到最后便只保留一份珍藏，而且也只允许极个别核心精英弟子接触。

渐渐地，金氏能够制作天罡星域的人越来越少，往往几代人才出来一个精英传人可以按照图纸制作出一套两套。

到了金老三伯父那一代，正赶上金氏人才凋零，最后有能力依照图纸造出天罡星域的竟然只得他伯父一人。

天罡星域再厉害也是金属所制，年深日久会被腐蚀损伤，而金老三伯父制作的那一套天罡星域，成了这百多年间唯一完好可用的最后一套。

更倒霉的是，鬼三台在这位最后的高手去世后不久，就因为雷电引发大火，不但把天罡星域的图纸烧了，抢救过程中，连这最后一套完好的天罡星域也不慎破坏。

金氏的几个高层花了大力气才把这个消息压下去，唯恐文氏、风氏的人知道了会更加肆无忌惮吞并他们。

没想到今天先有严棣一口揭破，再有自家人把老底都和盘托出。

金族长与几个长老拦阻不及，金老三论辈分论修为都在他们之上，他们遇上这样满脑子只知道机关术的长辈，也只能无奈苦笑。

秦悠悠不理他们，伸手拿起最靠近自己的一个机关暗器盒子，黑黝黝的金属盒表面只有两个典雅的古体文字"摇光"——这是北斗七星中最末端那颗星星的名字。

一直没有开口的金老六提醒道:"摇光尚可使用,秦姑娘小心。"

秦悠悠向他点了点头道:"可否让开一点让我试试效果?"

金氏的人一听,都飞快地自觉躲到一边,秦悠悠前面露出大片空地。这里是金氏的工坊,设计上原就考虑到有人会试用机关暗器测试效果,所以一侧设置了各种草靶、木靶、铁靶、石靶等等不同材质软硬的靶子。

秦悠悠这样的行家不需要别人指点她机关暗器的用法,东西一上手就知道启动机关的暗扣在什么地方。

不过金老六还是忍不住絮絮叨叨地说了起来:"摇光发出的是牛毛细针,这一盒里头可以装一百零八支细针,若由老夫发动,至少可以洞穿十五品武圣的护身罡气。可惜如今不知道哪个部分受到震动出了问题,力道大不如前。"

他说到这里,脸上的些许骄傲尽数变成了懊恼。

他的修为已经快要达到十三品巅峰,但武圣即使只差一个级别,实力也相去甚远,能够凭借暗器破开比自己高一两个级别的武圣的护身罡气,确实值得自傲。

可惜现在他有摇光在手也无能为力了。

严棣听了他的话心里一动,当日他将秦悠悠救起,她就曾经想用一个名叫"玲珑扣"的机关暗器报答他的救命大恩然后离开,那个玲珑扣同样是内藏一百零八支钢针,论体积比这个"摇光"还要小了至少一半。

那一百零八支钢针分三次射出,可以洞穿七品武尊的护身罡气——当时秦悠悠没提及对启动玲珑扣的人的修为有什么要求,后来严棣试了试,竟然是由普通人使用就能达到秒杀七品武尊的恐怖效果。

如果是由面前这个身为武圣的金老六启动,要洞穿十五品武圣的护身罡气估计不难。

而那个却是秦悠悠随手拿来送人的东西……

虽然一次性发射一百零八支钢针,与每次只发三十六支,对于机簧的强度要求肯定不一样,不过同样地,玲珑扣的外形也比这摇光小得多。

严棣几乎忍不住想伸手去揉揉秦悠悠的脑袋,把她抱入怀中好好亲一亲,这个果然是上天送给他的宝贝,否则怎会如此出色?

秦悠悠倒没有因为对方的水平低就轻视不屑,她拿起摇光向着工坊一侧的一圈靶子扣动开关,上百支牛毛小针激射而出,化作无数道细细的金线,一晃没入那些靶子之上。

嘭!叮!噗!各种碰击摩擦声响成一片,细针的速度极快,即使秦悠悠没有动用修为辅助,厅上也有许多人连细针的影子都没看到。

就以这个效果来看,不以真气辅助,这些细针现在大概只能洞穿五品武者的护身罡气。

秦悠悠连扣几下开关，确定里头的细针已经全部发出，然后才将摇光捧在手上仔细看了看，一边用指甲轻弹金属盒表面。

金老三等三个人知道她是在通过声响推测盒内的结构，都屏息静气唯恐发出半点声音干扰到她。

秦悠悠就这么将金属盒表面仔仔细细敲打了一遍，很快便露出成竹在胸的表情。

她取出随身带备的工具，开始在石桌上拆解这个机关盒。

金老三、金老六连同金字经围在她身边圆瞪三双牛眼，唯恐看漏一丝一毫。

自从图纸被烧毁之后，他们压根不敢轻易去动天罡星域这七个机关盒。所幸这么多年积存下来已经毁坏的天罡星域套件有不少，他们只能用那些作研究。

秦悠悠一来就动手拆他们所余不多的尚算完好的重要套件，他们竟然兴不起几分阻止的念头。

秦悠悠的双手稳定而灵巧，仿佛会变魔术一般，只几下工夫就把摇光的金属盒外壳拆卸了下来，然后是装入钢针的小盒子，接下来就是核心的推送钢针的机簧中枢。

令无数机关大师头疼不已的中枢机盒在秦悠悠手下仿佛是小孩子的积木一样，所有零件轻松无比地就被拆开了排在一旁。

这个名为摇光的机关暗器结构确实繁琐非常，秦悠悠手下拆卸出的三百多个大大小小的零件，许多看上去比米粒也大不了多少。

工坊之内静得连呼吸声都难得听闻，所有人不由自主憋着呼吸，圆睁眼睛唯恐错过这令人惊叹的一幕。

直到秦悠悠将最后一个零件也拆下放到一旁，收手长吁一口气，其他人才跟着轻呼一声喝起彩来。

就是金老三这样亲眼看着伯父制作天罡星域的机关高手，在图纸丢失的情况下也不曾完全拆解开其中的任何一个套件，而秦悠悠却一气呵成地办到了，只凭她用指尖轻敲几下摇光的外壳，就已经把里头的中枢构造了解得七七八八，这简直神乎其技。

金氏上下就算心里再酸，也不得不承认自家的水平跟人家相差太远太远。

秦悠悠用镊子拈起其中的三个小小的弹簧，连同一片金属薄片放到一边，道："应该是这四个部件在剧烈碰撞中变形了才导致这个机关暗器威力大减。只不过它原本的构造太复杂了，许多设计像是故布疑阵，其实不是太必要。"

金老三等三个机关师激动得差点儿当场落泪，金老三带头向秦悠悠深深一揖道："请秦大师指教。"

他与金老六先前看过金字经带回来的圣平亲王府花园地底宝库机关图纸，虽然那份图纸并不详细，很多精妙设计也并未画出，但已经让他们觉得眼界大开。

今日亲眼见到秦悠悠，开始还有些被她太过年轻的形貌所影响，暗暗怀疑她的真实水平是否真有那么高。直到此刻，所有疑虑都统统抹去，眼前的少女确实是他们前所未见的顶尖机关师。

秦悠悠没有说话，抬手用工具将挑出来的四个小零件矫正好，然后将桌子上的几百个零件再次组装起来。

她的神情专注，动作不算快，足够让金老三等看清楚，严棣看到她鬓边垂落的几丝秀发，很顺手地替她拂开了拨到耳后。

秦悠悠早已经习惯他在身边，类似的小动作，新婚那段日子里他也常做，所以根本不觉得是干扰。

金氏的人大部分都盯着秦悠悠的双手，只有金浮图等几个人发现了严棣的举动，心里不由得暗暗讶异。

看来这位天工圣手的弟子不但在机关之道上出类拔萃，驯夫也很有一手，出了名冷血冷心的圣平亲王，在她手上竟也成了绕指柔。

再一想今日发生的事，莫非圣平亲王扔下前线大军，真的就只是为了陪同秦悠悠来试试他家的天罡星域？

可秦悠悠为什么偏偏不迟不早就在这个时候出现？

不管如何，只要他们两个对金氏没有恶意便好，至于今日之后的事，只能走一步算一步，大罡星域若是修复了，至少凤氏、文氏的人轻易不敢找上门来。

金浮图并不担心秦悠悠会夺取天罡星域，不是他妄自菲薄，实在是从人家这姿态来看，天罡星域在人家眼里估计都不算什么稀罕东西。

摇光很快被重新组装好，秦悠悠将它递到金老六手上："你试试看效果如何。"

金老六年纪足够做秦悠悠的太爷爷有余，现在却像个恭敬的晚辈一般双手接过秦悠悠递来的金属盒子，从旁边的檀木箱子里取出适配的细针装好，走到前边去对着那一排靶子全力扣动开关。

这次金老六是全力以修为辅助摇光发出飞针，飞针速度之快就连秦悠悠这样的九品武尊都看不清楚，飞针射出后更是无声无息。

金老三与金子经跑上前去，将最厚的那个精钢靶子推到窗前。藉着强烈的日光，修为较高眼力最好的都可以看到足有半尺厚的精钢靶子竟被细针刺穿了十几个极其微小的细洞。

从摇光里发出的牛毛细针，劲道竟然足以穿透半尺厚的精钢靶子，要洞穿十五品武圣的护身罡气又有何难？

工坊里的金氏族人呆呆看着那个精钢靶子与金老六手上的摇光，说不出心里是什么滋味。

修复天罡星域是他们这几十年来的最大希望，今日希望终于意外达成，可惜动手的却不是他们金氏的人。

他们觉得难如登天的事，人家几乎是易如反掌，轻松无比地就完成了。

他们一个个都不知道应该觉得高兴还是羞惭。

正当秦悠悠拿起天罡星域七个套件之中的另一个名叫"开阳"的机关盒之时，远处忽然传来女子的哭喊声，听声音那女子似乎是在金氏主宅前门。

金老三正等着看秦悠悠拆解修复"开阳"，忽然听到有人在主宅门外扰攘，不由得大怒，瞪了金族长一眼，毫不客气道："你去看看怎么回事？"

金浮图也听到了声音，脸色一变，向族长使了个眼色，转身就要出去平息事端。

秦悠悠听出那是金浮霜的声音，心中一惊，莫非是阿爹出事了？！她心慌意乱，一手放下机关盒，转头望向严棣。

严棣何等聪明，心里一转就猜出了那个哭闹女子的身份，伸手轻抚秦悠悠的肩头，对金族长道："本王的爱妃累了，先稍作休息再说，外边哭泣的女子是何人？"

金浮图干笑两声道："族里的无知妇孺罢了，让圣平亲王见笑了。"

"她哭得好可怜，我想见见她好不好？"秦悠悠故作天真道。

金浮图在金老三等人责怪的目光下，冷汗都流下来了。

对于金老三他们而言，修复天罡星域是一等一的大事，任何人在这个时候搞破坏都该死，他如果直言在外边哭闹的人是金浮霜，只怕她会被族里的长老们重重责罚。

他只有这一个嫡亲妹妹，眼见她一生不幸，怎么舍得让她再受伤害。

秦悠悠心里害怕是自己的父亲有事，顾不上其他，扯扯严棣的衣袖，也不管什么礼貌不礼貌就往主宅外走去。

金家上下没人敢拦他们两个，眼睁睁看着他们大步往主宅大门方向而去，愣了一下才想起来要追。

门外哭号的确实是金浮霜，秦悠悠三步并作两步走到她面前，问道："怎么了？是不是你家出了什么事？"

金浮霜猛地看到一个容颜如画的年轻女子走到自己面前，她身后还跟了一衣饰华贵面无表情的高大男子，不由得停下了哭泣。

在金氏老宅极少极少见到外人，这一男一女容貌气质出众，那男子一看就是久居上位之人，如果见过她绝不会忘记。

"你们……"金浮霜急着找大哥帮忙，被拦在主宅外才忍不住哭喊起来，她拿不准是不是要跟这两个陌生人坦言。

金浮图跟着金老三以及一众长老跑了出来，就见秦悠悠一脸焦急地追问金浮霜为何哭泣，心里觉得怪异之极。

这圣平亲王妃也太爱管闲事了吧？顶尖机关师许多性情古怪，但多数以孤僻为主，他还真没见过爱管闲事到一听有人哭泣就扔下手上的事情，跑出来追根究底的。

但秦悠悠身份贵重，如果有她帮一把，至少金浮霜今日便不会受罚。

"浮霜，究竟何事，你快快道来。"金浮图抢上两步向妹妹打眼色。

金浮霜见到连极少出现在人前的金老三等族中尊长都走了出来，知道自己来得不是时候，可能正赶上族里商议要事，但是想到家中的事，她什么都顾不上了。

只要那人平安，她就算被如何责罚都没关系。

"大伯、大伯他这几日一直头疼，今日早上我去看他的时候，发现他已经昏迷，我怎么叫都叫不醒，而且呼吸也越发微弱。韩大夫不在谷中，大哥，求求你快找人看看他究竟怎么了……"金浮霜颤声道。

果然是阿爹出事了，秦悠悠仿佛被人当头淋了一桶冰水，浑身冰凉。

"他在哪里？带我去。"严棣平稳低沉的声音在耳边响起，温热的双手紧紧握住她的，热力透过肌肤渗入她体内，给予她无声的安慰。

秦悠悠点点头，足下一点就往金浮霜住处的方向掠去。

金家上下连带金浮霜看着严棣与秦悠悠几个起落便不见踪影，面面相觑很是不解。

金浮霜隐约猜到他们是往她家去的，虽然不明白这两个陌生人为什么对她家的事这么着急，甚至连她家的位置都知道，但他们一看就不是普通人，也许真能救金胜常一命。

她心中有了希望，也急急发足往家里跑。

金老三瞪眼问金浮图："怎么回事？！"

金浮图也是丈二金刚摸不着头脑。

金老三气道："不知道还不快跟去看看，字经，你也去！"

金浮图与金字经赶到金浮霜的小院子，正好看到秦悠悠在严棣的指点之下用真气替金胜常渡气调息。

两人不敢吭声，只好在房门外默不作声地看着。

"好了。你休息一下，我让驻云飞去找你的向伯伯来替他看看。"严棣轻搂着秦悠悠的肩头安慰道。

虽然神情一如既往的冰冷僵硬，不过眼里的温柔怜惜就算是金字经这样脑子里只有机关术的人都能看得出来。

"嗯。"秦悠悠抬手替躺在床上的金胜常盖好薄被。

金浮霜看着金胜常的情况稳定下来，也慢慢回过神了，她定定地看着秦悠悠，忽然道："你……你是大伯与瑶姬的女儿？"

她不知道秦悠悠与严棣的关系，但看他们的举动就算不是夫妻也是情人，金胜常若非是秦悠悠的至亲，严棣又怎会眼看着她与别的男子举止亲密而毫无反应？

事到如今，秦悠悠也再没有隐瞒的必要，点头承认："是的。"

金浮霜望着她美丽得恍如画中仙子的绝世容颜，口中喃喃道："难怪、难怪……"

难怪金胜常对他的妻子瑶姬不能忘情，有女儿这般容貌，可以想象她的娘亲是如何风华绝代。

金浮霜心中黯然，呆坐在房间里唯一的椅子上，一动不动。

门外金浮图听了这几句对话，心里灵光一闪，彻底明白过来——秦悠悠竟然是金胜常在谷外跟一个叫瑶姬的女子生的女儿！

如果不是怕惊动了里面的人，金浮图几乎想仰天大笑三声，难怪她与严棣对金氏的事情这么上心，原来如此！

这么算下来，堂堂圣平亲王竟然是他金氏的女婿了！

什么西河风氏、夏云峰文氏，还凭什么来与他金氏为难？！

这圣平亲王的身份权势已经足够可观，对秦悠悠的重视宠爱瞎子都能感觉得出来，重点是秦悠悠本身的机关术在当今天下除了那失踪两年的齐天乐，绝对是无人可比的。

天罡星域由秦悠悠修复，不就等于是金氏自家人修复的吗？

当然，一切的前提是，要保住金胜常的性命，让他好好活着，这样秦悠悠与严棣即便是对金氏没多少感情，也绝对不会眼睁睁看着金氏败落。

他转过身去招手让尾随自己而来的侍从将这个重要消息带回去，并请留在谷中医术最好的四长老赶紧来一趟。

因为秦悠悠的身份曝光，整个鬼三台气氛尽变，原本沉郁绝望的情绪一下子被抹去，金浮图忙里忙外安排人尽快将送出谷外的年轻子弟统统接回来，尤其是金浮霜的一双小儿，那可是秦悠悠的嫡亲堂弟。

金浮霜与金胜常，一个不愿说话，一个病重无法说话，有两个会说会笑的小孩子活络一下总是好的。

金胜常与金浮霜一家的住处很小无法待客，金浮霜心神恍惚也根本没想到要招待娇客，还是金浮图反应迅速地临时征用了旁边一个院子，收拾好了让秦悠悠与严棣暂住。

严棣确定秦悠悠在谷内也不会有人对她不利，便暂时离开去召唤驻云飞赶到医圣向天盏隐居的浣沙溪请人。

严棣精于用药，但在医道、尤其是医治金胜常这样的脑颅伤势方面却不如向天盏拿手。

驻云飞自从经历过簌水山上那一战之后实力大进，体内的麒麟血脉不知为何浓郁了许多，虽然说他吸过蛊神的血，但效果未免强得令人意外，如今他的速度比之前快了将近一倍。

医圣隐居的地方离横云山不算太远，又有何满子早前留下的地图，以驻云飞的脚力，一日一夜足以往返。

金浮霜被金浮图带到屋外去说话，秦悠悠独自陪在父亲身边，忽然见烛光在墙上投射出一个陌生的黑影，她回头一看，来的是履玄。

履玄伸出手指做了个噤声的手势，走到床边抬手按向金胜常的前额，过了半晌，他皱着眉头收回自己的手，有些歉然地望了秦悠悠一眼低声道："这几天，你留在这里多陪陪他吧。"

秦悠悠的眼泪当场就掉下来了，餍玄的意思是不是他父亲只能活过这几天了？

"他之前明明身体还可以的……"秦悠悠不死心道，她虽然不太懂医术，但是一个人的脉象是否正常她还能判断，她之前几次来看父亲，他的脉象虽然算不上稳健有力，但至少也没有任何衰竭虚弱之状，为什么这就不行了呢？

"他的身体没事，他应该是想起了从前的回忆，痛苦难当没了生存的意志。这里有一枚'灵窍丹'，到了最后关头你让他服下，他会短暂恢复六觉灵识，可以让你们父女见上一面好好说几句话。我能做的，只有这些了。"餍玄无奈道。

他有起死回生之力，但是在凡界施展起来后果不是他能够承担的。而且金胜常这样的状态，他不确定替他逆天续命算不算是一件好事。

秦悠悠接过丹药，低声道："谢谢你。"

餍玄轻叹一声，一晃身形消失在秦悠悠眼前。

距离小灰清醒晋级还有些时候，秦悠悠少吸几天天梵九韶花的香气影响不会太大，就让她安心陪父亲走完这最后一程吧。

餍玄消失片刻之后严棣推门而进，见秦悠悠手上握住一个小玉盒坐在床边泪如雨下，连忙走过去抱着她安慰道："悠悠乖，不要哭了。驻云飞明天夜里应该就能把医圣带回来，岳丈会没事的。"

秦悠悠在他怀里摇了摇头没说话，她很庆幸这个时候严棣在她身边，让她不必一个人独自难过。

她也许无法忘记严棣从前的欺骗利用，但是她必须承认，在绝大部分时候，严棣的怀抱让她觉得温暖安心。

金浮霜心不在焉把自己知道的关于金胜常与风瑶姬的事跟哥哥说了，游魂一样走到金胜常的房间外。

昏黄的灯光下，她看到秦悠悠与严棣静静相拥坐在金胜常的床边，心里的悲哀痛苦忽然像决了堤般一下子将她冲垮。

她仿佛看到从前在她想象中十分朦胧的风瑶姬变得真实清晰起来，正与她最爱的胜常哥哥相依相偎紧紧拥抱在一起。

胜常瑶姬，白首不离……他们才是真正的一对，她又算是什么呢？就连这十多年朝夕相伴的光阴都是她自欺欺人偷来的，屋里床上的那个男人从来不属于她。

在他心里，她永远只是他的弟妹罢了。

金胜常一直没有醒来，有严棣以及金氏提供的种种灵药，他的状态还算稳定。

次日晚间，驻云飞果然不负所托把医圣向天盏送来了。

向天盏仔细检查了一遍，得出与餍玄一模一样的结论，而且说话非常直接："他的身体没事，是他自己不愿意醒来甚至不想活，你们有两个选择，一是让他这么一直睡下去，直到他的身体熬不住生机枯竭自己去了。一是我用金针刺穴将他强行弄醒，他这样的状态撑不了多久，你们有什么话说完了就让他痛痛快快地去。"

秦悠悠昨夜就知道父亲的情况，已经做好了最坏打算，听到医圣的话反而镇静下来。

金浮霜却像一下子丢了魂魄，一个字都说不出口。

金浮图在一旁暗暗扼腕，怎么不迟不早，偏偏这个时候就撑不住了呢？

"婶婶，你觉得呢？"秦悠悠望着金浮霜死灰一般的脸色，心里不由得为她难过。她虽然与父亲是血缘至亲，但是相处的时日短暂，论感情其实不如金浮霜来得深厚。

这个女子是真的为了父亲抛弃了自己一生的幸福，最后却是这样的结局。

金浮霜浑身一颤，侧头看着她，轻声问道："你是芳草？"

秦悠悠有些愕然，不得不承认她这个婶婶其实是个相当聪明有洞察力的女子。

金浮霜原也不需要秦悠悠的答案，她的目光缓缓落在金胜常的脸上，露出一个比哭还凄楚的笑容："给他一个痛快，也给我一个痛快吧。"

她骗了他十多年，骗了自己十多年，何必再让两个人继续痛苦下去？

向天盏刚才的话已经很明白了，胜常哥哥如果不是想起前事，不会丧失生存意志，强迫他继续行尸走肉般地活下去，来满足她的私心妄念又有什么意思？

向天盏见屋里的人没意见，取出金针在金胜常头顶几个特殊位置刺了下去。

金针的效果极快，金胜常的喉头发出微弱的声响，眼皮颤动了几下便醒了过来。

他感觉到身边似乎有不少人，不过却没有露出慌乱的神情，只是伸手似乎想要摸索寻找什么东西。

金浮霜与他相处十多年，几乎马上知道他想找什么，很快从床边的架子上取了他昏迷之前还在雕刻的雕像和刻刀递到他手上。

金胜常手握刻刀，小心翼翼地在雕像的头部快速刻划，动作精准利落，完全看不出来他双目不能视物。

金胜常虽然身体残疾，但修为并未尽失，雕像的五官很快便雕刻完成，他微笑着放下刻刀，用指尖摩挲着雕像的脸庞，低声道："这是我的瑶姬，我终于想起她了……"

屋里几个人目力不弱，一眼就看清那个雕像的容貌与秦悠悠至少有八九成相似。

"可惜她已经不在了，希望她不会怪我让她等得太久。"金胜常语气平静，但越是如此，其他人便越清楚他确实不打算继续活下去了。

秦悠悠想了想，取出赝玄送她的灵窍丹，让严棣帮忙喂金胜常服下。

金胜常毫不反抗，一个人如果死志坚决，什么绝世灵药都难以挽回。

秦悠悠紧张地坐在他面前，看着他茫然而没有焦距的眼睛渐渐有了神采，小心翼翼问道："阿爹……你可以听见、看见我吗？"

金胜常失去视力、听力已经有十多年，一下子重见光明，重新听到声音竟也忘记了反应。

待他看清楚秦悠悠的容貌，整个人如遭雷击定在原处，好一阵才伸出手轻抚向她的脸蛋，他的动作很小心，仿佛怕稍稍出力，面前熟悉的脸庞就会像泡沫般突然消失。

"你、你……"面前的少女与记忆中的妻子十分相似，但是金胜常感觉她们不是一个人。

秦悠悠伸手握住他的手贴在自己脸上，努力笑道："我是悠悠，是你和娘亲的女儿。"

"悠悠……女儿？"金胜常神情激动起来，他与妻子的女儿？那个出生没几个月就被迫留给别人收养的可怜孩儿？她、她这么大了？！

只不过他的激动没维持多久就又变得迟疑起来："你娘呢？瑶姬她、她……"

秦悠悠没说话，她可以欺骗父亲说娘亲仍在人世，但是以后呢？

金胜常摇了摇头，轻叹了口气："我明白，瑶姬她……早就不在了，如果她在，她一定会来找我。我们说过不管怎样都要在一起的。我是个没用的男人，没能护住你和你娘，也没能好好养育你照顾你。"

秦悠悠摇头道："我这些年过得很好，师父很疼我，反而是阿爹你和娘亲受苦了。"她说的是真话，她娘亲当年眼光很不错，给她挑的师父很好，她从小所受的宠爱关怀不输给任何一个同龄孩子。

她知道娘亲当时将她留给师父，是怕她落在奉神教手上遭遇厄运，她亲手抛弃女儿，想来心里比割肉都还要难受。

师父从小就跟她说，她的爹娘应该是很爱很爱她的，只是有不得已的理由，才千挑万选选中他这么有爱心有才华有责任感的绝世大好人托孤。

金胜常见女儿确实对自己没有怨怪之意，心里一松，目光转到了女儿身后揽住她肩头姿态亲密的严棣身上。

严棣平静道："岳丈大人，我是悠悠的夫君，我会一生一世好好照顾她保护她，你可以放心。"

金胜常望着他笑了笑道："好。"这个男人虽然神情冷漠，但是搂着他女儿的动作透着温柔小心，应该是个不错的女婿。

女儿长大了，也嫁人了，从此以后有夫君痛爱珍惜，他也能够安心一些。

他想补偿女儿这十多年来亏欠的宠爱呵护，但是他怕妻子在下面独自等他会难过，这份父女之情便只有欠着了。

其实他今生亏欠的人又岂止女儿一个？

金胜常侧过头去，看见坐在床边痴痴望着他的金浮霜，低声道："浮霜，抱歉……"

他没说抱歉什么，不过金浮霜从他了然的眼神，也知道自己的心意他都明白，只是他能够给她的就只有这一声抱歉了。

金胜常只说了几句话，就感到一股倦意涌上心头，他确实累了，心中再没有什么牵挂，他慢慢闭起眼睛。

朦胧中仿佛见到妻子含笑带泪望着他，向他伸出手，就像当日他们在风家后院里定情的那一夜，她也是这样向他伸出手，他紧紧握住了，再也不想放开……

胜常瑶姬，白首不离，他们终于可以在一起了。

不会是欲求不满吧？

金胜常的后事办得很简单，尸首火化后由秦悠悠收着，与严棣一起带到簇水山去投入熔岩之中，与妻子合葬。

完成此事后，严棣继续留在多丽国平定局面，秦悠悠则由餍玄带回横云山去。

夫妻短暂分离，约定两个月后横云山再见。严棣不太放心把妻子交给一个连人都不肯见的神秘凶兽，坚持让驻云飞陪同前往。

餍玄对驻云飞颇有兴趣，倒没有拒绝这个提议。

期间，风氏那边传来消息，表示准备改立风归云为风氏的新任家主，这是彻底表示对严棣对相月国的臣服。

风归云是秦悠悠的表兄，与严棣关系亲近，由他当家主既可以向严棣示忠，又能保住风家的地位。

风氏上下已经知道秦悠悠的父亲乃是金氏族人，风水轮流转，他们如果不想被金氏报复，就要赶紧稳住风瑶姬这一脉。

严棣对于西河风氏的识趣很满意，大方地表示只要他们诚心"合作"便不再追究前事。

金氏的人虽然对金胜常的突然去世感到很不安，不过得到秦悠悠的承诺，表示将父母合葬后，会回鬼三台替他们修复天罡星域，也稍感安慰。

只要秦悠悠还惦记这点香火之情，金氏便不会再有什么麻烦。

因为父亲的事耽误了几天，秦悠悠回到横云山便又开始过上宅在山洞里，每隔三天出外放风一次的日子。

驻云飞获得餍玄的许可也一起进了山洞，天梵九韶花的香气对他的修炼同样大有好处，餍玄兴致来时也会指点他一下。

驻云飞毕竟是灵兽出身，虽然觉得餍玄年轻俊美得过分，对秦悠悠也亲切随和得过分，但想到他与自己一样是兽类，就没去纠结什么男女有别的问题。

到了放风的日子，餍玄便把他们两个一起带到洞外，然后由驻云飞护送陪伴秦悠悠到鬼三台去。

如今他们不用走秘道了，金家的人跟他们约好，每隔三日就派人在谷外等他们，接他们入谷。

秦悠悠去了几次，终于将他们的天罡星域彻底修复，同时另外画了一份简化改造版的图纸给他们。

原本创制天罡星域的金氏祖先确实是个人才，即使放在今日，天罡星域威力在当世机关暗器中依然称得上首屈一指（不算秦悠悠师徒的作品），一套七件机关暗器攻击的范围力度与特性轨迹都各有所长，更有一套类似阵法配合的特殊用法，如果由七名高手一起使用，确实威力无穷。

除了严棣这样的十八品顶尖武圣，要用这套机关暗器收拾几个一般武圣不在话下。难怪之前风氏和文氏都迟迟疑疑不敢轻易打金氏的主意。

不过设计天罡星域的这位金氏祖先为了怕核心技术外泄，增加了许多故弄玄虚的设计，迷惑性十足，导致他的后代在模拟制作这套机关暗器时吃足了苦头。

每个套件里数以百计的零件至少有半数是不必要的，它们的存在大大增加了机关制作的难度。

秦悠悠重新根据原本套件的威力效果，对一套七个机关暗器都进行了简化设计，确保金老三等机关师都能独立制作，而且威力不减。

秦悠悠给出的七张图纸经过金老三等人尝试制作成功，更是把她当成祖宗一样供着，金氏一族的机关师们恨不得全天跟在她身边好讨教机关学问。

秦悠悠虽然喜欢机关术，但是她到金氏的地盘不是为了给他们当导师的，所以到后来她又开始易容改走秘道，趁着金浮霜身边没什么人的时候偷偷去看两个小堂弟，对金浮图等则声称自己有事不能常来了。

金浮霜依旧坚持住在原处，那里有她心里最好的回忆。

金胜常的死对她打击甚大，如果不是看着家中上有老下有小，她大概恨不得跟着一起去了。

秦悠悠知道她看到自己就会想到她的爹娘，所以也尽量不出现在她面前，每次只是去见见尚在人世的奶奶，陪陪两个小堂弟玩，从来不会主动去打扰她。

她的奶奶年纪大又接连遭受丧子之痛，神志已经有些迷糊，经常记不住人，就算有大量的珍贵补药，也无法恢复多少，只是身体健朗一些，也能自己下地走路。

秦悠悠觉得这样也不错，记不住了就不会有太多难过。

每次老奶奶突然问起两个儿子的去向，秦悠悠总是说他们出去外边办事了，明天就回来。

老奶奶顶多疑惑片刻便信了，开开心心吃饭睡觉，等第二天儿子回家团聚，然后到第二天醒来，又照旧忘记昨日的一切。

严棣三天两头就会让信鹰往这边送信，同时让驻云飞监督秦悠悠准时回信。

这样平静规律的日子一晃就是两个月，距离严棣前来接秦悠悠的日子越来越近，她的经脉也已经完全达到十五品武圣的标准，只等严棣来了替她"补足"修为，对于帮助小灰晋级基本够用了。

如果不是先前因为秦悠悠父亲的事耽搁了好些时日，应该还能更强一些。

不过天梵九韶花就在这里，小灰晋级后秦悠悠也随时可以到这山洞里来吸取灵花的气息，并不急在一时。

唯一让秦悠悠感到失望的是履玄始终没有找到她师父齐天乐的下落。

这大半年来她几乎可以算是名动天下，如果师父在普通人聚居之地肯定会听到她的消息，没道理不来找她的。

她剩下唯一的希望就是这连绵不尽的横云山脉，她记得师父提过，这里可能有他"同门"留下的"基地"，只要找到"基地"所在也许他就能够回家。

她总感觉师父就在山中，但是毫无头绪的情况下想在这里找一个人，就是严棣这样的十八品武圣也无法办到。

履玄的修为法术倒是可以办到的，但是他如今身在凡界，受到的限制极多，要如此大范围施法找人，马上就会惹来天罚。

如果他身在妖界，天罚对他而言威胁有限，可是在凡界，他的实力打了无数折扣，实在不能冒这个险。

履玄平日闲着没事就到处去抓山中的妖兽逼问他们可有见过齐天乐的踪迹，可惜快三个月了，还是一无所获。

秦悠悠有时候忍不住想，会不会是师父已经找到了那个"基地"，回到他那个很远很远的家了呢？

如果真是这样，那师父就太混蛋了，怎么可以一声不吭扔下她这么可爱的徒弟一个人跑掉？！

履玄安慰她道："很快大嘴也会晋级，他是圣音八哥，能够预见未来，而且又与你的师父有认主契约在，晋级之后应该可以感应到你师父的所在。就算不行，他好歹懂鸟语，这横云山虽然不算小，慢慢找总能找到。"

秦悠悠无奈地点了点头，也只能这么希望了。不过说到晋级，她忽然想起一事："你说那次在簌水山上，你曾经中途出现，让大嘴吃了蛊神的脑髓，让小灰吃了它的身体，还把蛊神身上的天龙血脉提纯了融入驻云飞的血脉之中。可是为什么大嘴和小灰都要晋级了，驻云飞却没有半点动静呢？"

履玄斜了一眼坐在一旁正盘膝调息专心修炼的驻云飞，施施然道："他的麒麟血脉太稀薄，比大嘴都不如，蛊神身上的天龙血脉提纯后就只有那么一点，融合了他体内的麒麟血脉也不过是让他血统更好一些，要晋级还要靠他自己。"

"不过嘛，他还算对小灰不错，将来你把经脉强化到十八品，便将这天梵九韶花给他与小灰分吃，小灰吃下花朵和周边的绿色晶石，其余的都归这小红马，再加上有他那主人帮忙，应该就差不多了。"

天梵九韶花周边的绿色晶石级别太高，未脱凡胎的人或妖兽不管级别如何高，碰上了都会痛苦难当，只有小灰因为有纯粹浓厚的饕餮血统，所以可以直接把这些晶石吃下去。

"那个……像大嘴吃下狐的精血那样，如果能够弄到麒麟的精血让驻云飞吃下，那是不是他也能晋升成真正的圣兽？"秦悠悠试探着问道。

大嘴得到的狐精血正是来自餍玄的赠与，也是餍玄亲手将他无法承受的属于狐的血脉之力封印，那个封印会随着大嘴的晋级而逐步解开。

秦悠悠心里对马的恐惧暂时无法完全驱除，但是驻云飞如今大部分时候都是人形姿态出现，而且大家相识一段时间，秦悠悠觉得驻云飞性情不错，也希望他有个好前途。

尤其是，他将来可能跟小灰是一对……

"你当麒麟是外边的野猫野狗吗？整个妖界就只有那么一只，而且那家伙跟狐不一样。狐在妖界虽然很少，但也有那么十几只，而且它们凶性太重，我就算杀一两只也不会有问题。麒麟是圣兽，秉承天地意志，我要灭它估计很难。那家伙跟我天生不对盘，想问他弄点儿精血他肯定不答应。"餍玄哼道，显然对麒麟没什么好感。

秦悠悠建议道："既然天龙精血也行，其他厉害神兽圣兽凶兽的精血应该也可以的吧？"

餍玄想了想，道："等他将来飞升到妖界，看他的造化吧。我这次回去，想再来估计很难了。"

他有些不舍地轻抚小灰毛茸茸、胖乎乎的小身子，眼神温柔而充满慈爱，仿佛透过它想到了什么有趣的事，脸上露出沉湎回忆的恍惚神情。

他是不是想到了小灰的娘亲？秦悠悠心里猜想。

餍玄很少说自己与小灰娘亲的事，不过秦悠悠可以感觉到他们两个十分恩爱，他也很疼小灰，只是因为某些不得已的原因，当年才会将小灰交给她照顾。

不过听他的口气，他似乎要离开了。

"你要走了？什么时候？"秦悠悠问道。

"三日之后我就要离开，只怕等不及小灰醒来晋级了。"餍玄无奈道。

他也想亲眼看着女儿晋级，可是他的承受能力已经快要到极限，继续硬要留下，不但自己倒霉还会祸及其他人。

他毕竟不是属于凡界的生物，实力过度强大，他对自己的封印也是有时限的，而且他习惯了妖界灵气充沛的环境，在凡界这种灵气稀薄的地方，他能够待几个月已经非常不易。

秦悠悠替小灰可惜，倒是餍玄很看得开："十年百年对于我们而言不过是弹指一瞬间，只要小灰好好的，将来在妖界总会相聚。"

"嗯，我会好好照顾它，直到它晋级到十八品飞升妖界跟你们相会。"秦悠悠承诺道。

餍玄伸手摸了摸她的脑袋，笑道："我知道，你是个好孩子。"

他从身边取出一块乌黑的晶石还有一个储物袋，仔细交代道："这块晶石里封印了我的影像话音，小灰醒了你把这个给它看，这个储物袋里有我在妖界收集的灵药，足够这三个小家伙晋级之用。"

他原本只打算给女儿准备顺道关照一下大嘴，不过想到女儿一个人在凡界，就多准备了许多，算下来大嘴和驻云飞一起用也管够。

秦悠悠替大嘴和驻云飞谢过了，将晶石和储物袋收好。

三日之后的夜晚，餍玄走到洞外划破虚空，回归妖界，因为怕动静太大伤到秦悠悠和驻云飞，所以他拒绝了他们两个相送的好意，独自离开。

那一夜秦悠悠他们即使在地底深处也隐约可以感觉到雷声轰鸣、山摇地动。雷声传到地底，声音已经变得十分朦胧，整整响了一夜才渐渐平息。

清晨时秦悠悠攀着洞里的藤蔓爬到洞外去看，发现附近的山头竟有一大片像被什么东西削去了一般，土地焦黑崩裂，老远都能闻到一股焦煳的气味。

难怪餍玄不让他们出来送行，这天地之威当真可怕，这不过是餍玄开辟空间通道返回妖界引发的动静罢了，如果他违反天地法则引来天罚，只怕这横云山脉被夷为平地都不奇怪。

山洞里一下子只剩驻云飞、秦悠悠与昏迷的大嘴和小灰，原本守在这里的白虎也被餍玄送到别处去修炼了。

"小灰大概还有多久会醒？"秦悠悠有些担心，严棣还没到，万一小灰提前醒了怎么办？

驻云飞凑到小灰身边嗅了嗅道："至少还得两个多月。"

"你主人什么时候来？"秦悠悠不自觉扁嘴埋怨。

"他信上说了十一月十二啊，还有五天。你前天看信时跟我说的，你这么快就不记得了？"驻云飞心里鄙视秦悠悠健忘。

秦悠悠瞪了他一眼，嘀咕道："真是个木头，以后让小灰收拾你！"

她怎么可能不记得严棣信上所说的日子，不过心里着急忍不住抱怨一句罢了，笨蛋驻云飞连这个都不懂，真够迟钝的。

驻云飞听不清楚她的自言自语，不过慢慢回过味来，她刚才的口气分明对主人的到来很期待，于是小心翼翼问道："等大嘴、小灰晋级了，你就跟我们回家去好不好？"

他没忘记秦悠悠之前一直在跟严棣闹脾气，即使后来在一起也没放弃过离开的打算。

　　秦悠悠低头不语。

　　她承认自己留恋严棣给她的温暖安全感觉，享受他的宠爱关怀，但是从前发生的事却像一根尖刺，时不时狠狠刺她几下，让她举棋不定。

　　她觉得自己很没用，明明下定决心要离开，但不知不觉又跟严棣纠缠在一起，承了他无数的情，到现在如果翻脸说要和离，她自己都瞧不起自己，这分明是利用完了就把人甩掉嘛！

　　而且她也不舍得就此离开。

　　可是想到要跟严棣复合，一生一世在一起，她又感到害怕，而且缺乏信心。

　　那样的欺骗利用再来一次，她不知道自己会难受成什么样子，也不知道自己能不能够撑得住而重新站起来。

　　她面对大嘴小灰甚至严棣时，都努力装出平静轻松的模样，但是她自己知道，有好多次从睡梦中醒来，她的脸上都是泪痕。

　　严棣之于她，就像师父所说的罂粟毒品，理智上知道有害，但是一旦试过滋味就忍不住受他的吸引难以自持。

　　驻云飞一句话问得她哑口无言，因为她都不知道自己该怎么办。

　　分开了思念难过，在一起却又意气难平。

　　要帮助小灰晋级，她免不了跟严棣亲热，一边说要分开一边却又与人如此亲密，这算是什么呢？

　　她不知道这是不是严棣对她设下的又一个陷阱，被圣泉改造过的身体要提升修为只能依靠他。

　　她并不太在意自己的修为高低，但是小灰跟她有认主契约，修为会受她的影响，她的修为原地踏步，小灰纵使能够晋级，速度也会非常缓慢。

　　万一倒霉遇上强敌，她怎样保护小灰？

　　她不说话，驻云飞也不敢过度刺激她，只能在心里暗暗抱怨女人都是小心眼又爱记仇的动物，太麻烦了！真不知道主人为什么会这么喜欢。

　　本来过得飞快的日子，不知为何到了这个时候忽然变得缓慢无比，在秦悠悠看来几乎到了度日如年的程度。

　　就算到了三日一度可以出去山洞外放风的日子，她也觉得意兴阑珊提不起精神，只在山洞外随便走走，百无聊赖地用昨夜的残雪堆堆雪人解闷。

　　履玄和白虎都已经走了，她一个人到金氏去驻云飞不放心，两个人一起去大嘴和小灰又无人照管，这个山洞虽然隐秘，但难保不会被什么野兽妖兽意外发现，就如先前的白虎那样。

大嘴小灰如今沉睡不醒，万一有什么意外就麻烦了。

驻云飞正是想到这一点，所以努力说服秦悠悠不要走远。

可是这样真的很闷！秦悠悠一连堆了三个雪人，甚至在附近的山溪中搬出一大块冰块雕成小灰的模样，可是忙碌完了却越发觉得气闷。为什么严棣明天才到？

如果他现在出现，她就原谅他了，秦悠悠有些负气地想道。

"悠悠！"

怎么办？她竟然想念严棣想到产生幻听了……

"悠悠……"不但幻听，连幻觉都出现了！

寒风之中，高大熟悉的身影慢慢靠近，还是那张没有表情绷得老紧的脸，眼睛里本来带着温柔的笑意，不过那笑意越来越淡，当人走到她面前时，彻底变成了怒意。

男人本来还算舒缓的眉头紧紧皱了起来，沉声质问道："你这是什么表情？又不记得我的样子了？"

她怎么会不记得？秦悠悠开心地傻笑起来："你是严棣，严永乐。"

"没良心又不长记性的坏女人！"

严棣捧起她的脸蛋吻住她的笑容，狠狠吸吮舔咬她细嫩的唇瓣，然后用舌尖粗鲁地顶开她双唇长驱直入，尽情搜刮属于他的每一点香甜的蜜津，缠着怀里迷人小妖女的软滑顽皮的丁香舌细细品尝。

他想念她香甜的味道，想念她此刻就贴在他怀里的玲珑娇躯，想念她热情的反应、情动时迷蒙娇媚的模样与动听的嘤咛娇喘。

每一次或长或短的分离都让他更清楚自己对她无可救药的迷恋思念，如果可以把她吞进肚子里该有多好？他太想太想彻底拥有她，让她的身与心完完全全被他一个人占满。

好像有点冷，但是秦悠悠又觉得热……

她被寒冬的山风吹得哆嗦了一下，发现自己不知不觉间已经被推靠在一株大树树干上，整个人被严棣热烈的气息包围着，而他的一双手更毫不客气地从她宽散的上襦下缘滑入衣内……

冷风正是从上襦的边缘灌进去的，但是那一双手掌却像烧红的烙铁般火烫灼人。

这、这里是野外呢！

"别、嗯……别在这里。"秦悠悠手忙脚乱地想抓住那双在她身上放肆的大掌，但是嘴巴里吐出的拒绝却软绵绵地比较像撒娇。

"这里没人，我不会让你冷着的。"严棣最爱她这副脸蛋通红眼睛水汪汪的可人模样。

他确实没让她冷着，他差点儿把她烧着了。

虽然秦悠悠心里对在外面做这回事充满了抗拒羞恼，但是严棣却觉得偶然一试也挺刺激的，而且他不想再等。

他依稀感觉到驻云飞就在附近地底的洞穴里，回到山洞里想跟小妻子亲热，她肯定更加抗拒。

驻云飞虽然是他的灵兽，他也不乐意让他看到小妻子的身子，哪怕是一点点。

所以这里就是最合适的。

紧张不惯让秦悠悠的身体变得越发敏感，严棣爱抚挑逗的效果仿佛被放大了好几倍，不过片刻她便让激情冲击得溃不成军，软软靠在男人怀里任他施为，婉转柔媚的呢喃叹息连她自己听着都觉得脸红。

她被这个荒淫好色的坏蛋带坏了！

秦悠悠抱着严棣的脖子，觉得自己仿佛是狂风巨浪中的一叶轻舟，被翻涌的浪花带到高处又忽然落下，她控制不了自己的反应与呼吸，只能在一次次疯狂的情潮起落之中颤抖低吟，祈求紧抱着自己疯狂燃烧的男人给予一点点怜惜温柔。

天色渐渐变暗，冬天的夜晚来得格外早。

严棣抱着秦悠悠躺在铺展开来的狐皮斗篷上，斗篷下是皑皑白雪，天空不知何时也开始飘落大片大片的雪花。

两人相依相偎靠在一起分享着缠绵的余韵，严棣从须弥戒指里另外取出一件厚实的大氅盖在他们身上，两个人什么话都没说，只是听着雪花飘落的簌簌轻响。

天地间一片静谧宁和，只得他们两个紧紧贴在一起，连心跳与呼吸都融和成一致的韵律。

严棣轻轻亲了秦悠悠一下，无意中想起什么，忽然轻笑起来。

"你笑什么？"秦悠悠懒洋洋地问道，软绵绵娇滴滴的声音让严棣的神情又更柔和几分。

"想起你师父的话，确实有几分道理。"

"嗯？"秦悠悠再迟钝也能感觉到严棣一直对她的师父不太感冒，现在不但主动提起，还表示赞同他的话？今天太阳是从东边落下去的吧？

"他说修炼武道就能更舒服地享受人生，确实有道理，至少我们在雪地上……我不用怕你冷着。"严棣的声音里透着浓浓的满足得意。

秦悠悠呆了呆才搞清楚他话里的意思，脸上消退不久的红晕再度涌上，当即恼羞成怒在严棣胸口狠狠捶了一下："混蛋！你这个好色坏嘴巴得了便宜还卖乖的混蛋！"

严棣抱紧了她，不可抑止地大笑了起来，笑声明朗欢快，在山野间久久回荡。

秦悠悠忽然想起去年差不多这个时候，他们在皇宫里漫步，也是说到这个话题，严棣也是这样用话逗她，看她生气了就哈哈大笑。

当时他的笑声与今日的是何等相似？连她都极少见到他如此畅怀欢笑。

可惜欢快的日子没过几天，就发生了年节夜御书房那件事……

"如果重来一遍，你还会不会再骗我给你复原圣祖大炮？"秦悠悠的问题冲口而出了才感到后悔。

严棣笑声一顿，定定看了她一阵，有些无奈地苦笑道："悠悠，我现在不敢骗你……"

他可以指天誓地说自己悔恨不已绝不再犯，确实他不敢再骗她了。

重来一遍，他还是会骗的，因为他至今都没把握说服秦悠悠心甘情愿违背原则替他修复大炮。

只不过他骗的方式可能会改一改，尽量不让她那么担忧害怕、悲痛愧疚，也不会让她有机会知道真相。

混蛋！最该骗人的时候他倒偏偏老实了！

秦悠悠别开脸蛋不说话了，严棣抱着她腰肢柔声道："你不喜欢我骗你，我说了真话，有没有奖励？"

"奖你个大头鬼！"秦悠悠生气地拍开他的爪子，坐起身整理散乱的衣裙。

严棣靠过去贴到她背上，替她梳理一头长发，故意凑到她耳朵边呵气道："上次你在九日城的时候就答应我会好好想想的，我等了你四个月了……"

秦悠悠干脆掩起耳朵跳起身跑掉。

她的心越来越软了，严棣看着她的背影微笑起来。

也许他该感谢那只笨兔子，因为它要晋级，小妻子就会一直需要他，只要她在他身边，他有把握她的心会越来越软，会渐渐忘记从前的不快，重新信任他依赖他。

再过几年，小妻子与他生儿育女，就会更加离不开他。

严棣越想心情越好，却不知道还有一个意外"惊喜"就在不久的将来等着他……

严棣打算在山洞外支起帐篷与秦悠悠暂住，秦悠悠却想起师父从前说过在极寒之地的百姓用冰砖建房的事，这里较平地还要寒冷几分，现在更是全年最寒冷的时候，于是提议也建造一座那样的冰屋。

她按照师父的描述比划了好一阵，严棣与驻云飞都大概明白了。用冰块建房倒是新鲜，严棣有心讨好娇妻，这点小事自然欣然答应。

十八品武圣加上十一品圣尊，在冰天雪地之中要建造一座冰屋十分简单，他们次日一早动手，到了午间就大致完成了。

到了晚间，冰屋内已经做好了简单的木床、桌椅和架子。

秦悠悠去溪中抓了几条大鱼加上盐末烤了让他们一起吃，一天就这么其乐融融地过去了。

晚上驻云飞很识趣地回去山洞里与大嘴小灰一起待着，留下严棣与秦悠悠在冰屋之中过夜。

秦悠悠惦记着让严棣传功的事，偏偏严棣到了夜晚忽然老实起来，直到就寝之时也一副打算盖棉被睡大觉的纯洁姿态。

换了往日,他就算不饿狼扑羊也会对她做出许多亲昵的举动,今晚他怎么就成了君子了?

秦悠悠满肚子不解躺在床上,好一阵子都没睡着。

"怎么还不睡?"严棣带着睡意和疑惑的声音从耳边传来,手臂顺势搭到她的腰上。

秦悠悠等了好一阵不见他有下一步行动,心里又是纠结又是郁闷,自己这么快就对严棣失去吸引力了?还是他白天收拾房子累了?

怎么可能?干这点小事对于十八品武圣而言,压根不构成负担的。

可是他为什么一副对她没多大兴趣的模样?

秦悠悠心里委屈不解,侧头瞪着身边呼吸平缓似乎随时要睡着的男人,登时怒从心上起恶向胆边生,一把抓起他搭在自己腰上的手臂啊呜狠咬一口然后用力甩开,把被子全扯到自己这边裹紧了身子扭过头去睡觉。

混蛋!

严棣睡梦中被恶妻袭击不但没有生气意外,反而一把将秦悠悠连人带被子抱住,凑到她耳边问道:"怎么忽然发脾气?"

声音里压抑着难以察觉的笑意。

"我要睡觉!"秦悠悠闷声闷气,紧紧闭着眼睛道。

"要睡觉也不用抢我的被子……"

"我高兴!"

"这么大的脾气不会是欲求不满吧?"严棣终于忍不住低笑起来。

秦悠悠一怔,顿时明白自己上了他的恶当,他是故意在逗自己。她恼羞成怒之下更加不肯理人,干脆扯起被子把脑袋也盖起来,彻底不再听严棣说话了。

好像玩笑开大了,严棣盯着面前一动不动的"大蚕蛹",试着伸手去将它抱起来轻轻摇晃道:"你不说话,我就当你承认了。"

秦悠悠坚决执行不听不看不理不睬的四不政策,严棣逗了几句,她依旧毫无反应,不得已只好强行挖开这个大蚕蛹捧起那张气得通红的小脸蛋温柔亲吻。

"好了好了,不要生气了。你要与为夫亲热,为夫一定鞠躬尽瘁竭尽全力。"

"你很得意?"秦悠悠被他的不断骚扰逼得无法,恨恨瞪着他道。

"你需要我,我自然是得意的,即使你只是看上我的修为,为了帮那只笨兔子晋级。"严棣认真的语气里故意多添了几分无奈怅然。

"我才没有……你、你如果不是我的夫君,就算八十品我都不会理你。"秦悠悠真的生气了,她是想从严棣身上得到真气提升修为不错,但她也绝对不会为了这个就去跟人做如此亲密之事,即使是为小灰也不行。

"就因为我是你的夫君?悠悠,我以为你也喜欢我的。"严棣得寸进尺,摩挲着秦悠悠细腰轻咬她的耳朵，顺着她敏感的颈侧一路往下舔吻。

"混蛋，谁、谁喜欢你了？！"秦悠悠嘴硬地否认，不过脸上娇艳的红晕与身体不由自主的热情反应却彻底暴露了她的口是心非。

"真的不喜欢？"严棣将她身上的被子扯开，改而用自己的身体覆压着她，用灵活的唇舌、双手在她的身上施展缠绵的魔法，直到她终于乖乖承认也喜欢他的事实。

冬夜漫长，不过冰屋里一双交颈鸳鸯却一点儿感觉不到时间流逝。

许久许久之后，被窝里传来秦悠悠软软的呢喃："不要了，你停下……"

"我觉得我可以更出力一些，你不用跟我客气。"

"最快还、还有两个月呢。你、你慢一点、轻一点……"

惊叫声后是一阵急促的喘息，被窝里的动静终于渐渐停了下来。

过了好一阵，秦悠悠才缓过一口气，推了推身上一脸餍足慵懒的男人道："你好重！"

严棣半眯着眼睛"嗯"了一声，从她身上挪开一点，不过仍是半压着她，将脑袋凑到她肩颈之间意犹未尽地轻咬吮吻。

他如此懒散放松的模样，同样只有秦悠悠可以见到。

"你这次来，可以待多久？"秦悠悠觉得浑身发软，连指头都不想动一下。

"待到你的事情都做完了，跟我一起回去。"严棣的声音难得地带着些不确定，黑黢黢的眼睛定定地看着秦悠悠，眼里的温柔期待化作无穷魔力，引诱她答应他提出的一切要求。

秦悠悠眨眨眼睛别开脸不敢多看，故意假装不懂他话里的意思，改而问道："多丽国那边不要紧吗？"

严棣也不逼她，温和道："不妨，这两个月相月国已经派了大将接手我的事情，而且现在也不适合行军作战，大军如今驻扎在催雪城与夏州一带，等来年开春雪融，再继续平定接收多丽国其余州郡。多丽国国君既然已经投降，奉神教也不足为患，我是否领军不太重要了。"

秦悠悠忽然想到一事，迟疑片刻道："年节夜……你怎么办？"

现在快到十一月中，如果严棣留在这里陪她等大嘴小灰晋级，那肯定要待到年节之后，年节夜严棣会修为全失，这里没有御书房的重重机关，万一遇上意外如何是好？

秦悠悠原本怀疑过什么年节夜修为全失是严棣编造的谎言，不过后来私下里向江如练求证过发现确有其事，只能说严棣当时选了个好时机制造出那惊心动魄的一幕来骗她。

"这里是横云山，即便是我，如果没有一定准备也不会随意深入，而且有你和驻云飞与我一道。"严棣不想多提此事，就怕又触到秦悠悠的心结，令她再次疏远自己。

秦悠悠回心一想，严棣这么多年都平平安安过来了，唯一一次出事还是故意为了欺骗自己，这里位于横云山深处，更有履玄留下的气息威压，等闲妖兽不敢靠近，就算是武道高手也难以平安无事走到附近。论安全程度大概比子夜城的御书房还要更胜几分。

只是一夜，又哪里会每次都这么巧有意外发生？

接下来的日子，秦悠悠白天就在山洞里做做机关画画图纸，偶然随严棣到附近山头去看看雪景，欣赏一番山间盛开的野生梅花，也暗中到鬼三台去看过奶奶和两个小堂弟，日子倒也悠闲得很。

这次晋级在先的是大嘴。

严棣到横云山的大半个月后，驻云飞确定大嘴的大概晋级时间，由严棣亲自动手小心翼翼将他移到附近的山谷中。

这个山谷是秦悠悠与严棣一起选定的，谷中林木本来不多，再经过他们一番清理，更是除了石头和积雪再无其他。

大嘴晋级就会忍不住喷火，如果不事先做好准备，引发山林大火那就麻烦了。这个石谷里能烧的东西都基本上清除了，他再怎么喷火也没关系。

驻云飞对朋友很够义气，主动请缨不眠不休守着大嘴整整两天，天空中终于响起雷鸣之声。

隆冬之际本不该打雷，附近活动的妖兽野兽不约而同生出强烈的恐惧四散狂奔，恨不得离这里越远越好。

驻云飞眼看着天空中浓云密布，中午时分天色竟黑得犹如泼墨一般，也知道此地不宜久留，连忙起身跑到谷外。

严棣和秦悠悠感觉到这边的声息都不由得松了口气，大嘴的血统根本不惧雷劫，只等他平安晋级便好。

轰隆！一道接着一道电光划破无边黑暗，直奔大嘴所在的山谷而去。

驻云飞看得心惊肉跳，忍不住问秦悠悠："这个……真的没关系吗？要不要我过去看看？"

秦悠悠笑道："没关系，大嘴每次晋级都这样，他晋级时身上的封印会自动打开，狐血脉暂时觉醒，凡界的雷劫对他而言就跟挠痒痒一样。驻云飞，履玄说你融合了蛊神体内的天龙精血之后，血脉之力虽然比大嘴还差一些，但是也足够抵挡凡界雷劫有余，到你晋级的时候你就明白啦。"

这话履玄也对驻云飞说过，履玄的手段他亲眼见识过，对前者的话他是深信不疑的，想到自己以后晋级就是一片坦途，驻云飞也忍不住高兴起来。

我想跟你在一起

雷劫持续了足有整整一个时辰，才最终不甘不愿地慢慢散去，山谷方向雷声仍在回荡，忽然烈焰腾空火光冲天。

"嘎嘎嘎！"大嘴的乌鸦式大叫声传来，中气十足。随着叫声又是几道火龙直冲云霄。

秦悠悠见过大嘴晋级好几次了，见惯不怪地对严棣和驻云飞道："等他喷火喷过瘾了我们再过去，我师父不在没人控制得了他，让他烧着就要命了。"

驻云飞看着远处山谷上空都被火光染得通红，不用秦悠悠说都不会过去送死。

烈焰狂烧到凌晨，秦悠悠靠在严棣怀里迷迷糊糊差点儿睡着了，忽然感到严棣动了一下，她茫然抬头望向他。

严棣有些讶异地一手指着山谷上方飞起的黑影道："他飞出来了！还在喷火。"

"啊？！"秦悠悠也意外了，大嘴晋级从来没有一边喷火一边乱飞的习惯，这次是受了什么刺激？

他们三个修为不弱，就算是秦悠悠，这段日子在严棣的"不懈努力"下修为也晋升到了十一品武圣的境界，他们目力极强，隔着老远也能清清楚楚看到大嘴飞出山谷往西北方向飞去，一路飞还一路喷火。

虽然如今天寒地冻山火不易蔓延，但大嘴喷出来的火乃是属于上古神兽狐的真火，这可不是开玩笑的，一旦烧起来会不会顺着风势蔓延到这边都很难说。

严棣当机立断拉起秦悠悠对驻云飞道："你看住小灰，我与悠悠跟去看看。"

驻云飞答应一声自动自觉守在山洞洞口，严棣与秦悠悠跟着大嘴往西北方向狂奔而去。

所幸大嘴的速度不快，每飞一段就停下来转几个圈，似乎是在感觉什么，秦悠悠与严棣在他后面一边灭火一边追踪倒也勉强可以赶上。

大嘴越飞越远，终于停在一处山头上盘旋着不再离开也不再喷火。

秦悠悠算算时间，大嘴的晋级应该完成了，于是拉着严棣赶上去问道："大嘴，你怎么飞到这里来了？"

大嘴翅膀一收飞到秦悠悠肩膀上，兴奋道："我感觉到了，刚才晋级的时候突然感觉到天乐的气息，他一定就在附近！"

如果不是因为他晋级时封印解开实力大增，他也感觉不到齐天乐的存在，所以他等不及晋级完成就急匆匆飞出山谷，趁着封印未曾重新生效，赶紧跟着感觉找了过去。

秦悠悠大喜："你快仔细找找！太好了！"

严棣扬了扬眉毛没说话。

大嘴绕着山头又飞了几圈，秦悠悠也跟严棣一起仔细搜索山上的每一寸土地，终于发现山腰处一个被藤蔓重重遮蔽的山洞中透出不寻常的古怪气息。

严棣、秦悠悠与大嘴站在山洞前，都产生一种诡异的感觉。

他们仿佛是站在一个有千万年历史的古墓墓洞前，黑暗中埋藏着无数沧桑古老神秘莫测的遗迹。

大嘴激动地就想往里飞："是这里了！我觉得天乐一定就在洞里！"

严棣并不拦他，只是一手拖住秦悠悠，从须弥戒指中取出夜光珠照明，然后再慢慢步入山洞。

他差不多快要让秦悠悠回心转意跟他回家的时候，齐天乐偏偏有了消息，对于这个巨大的不稳定因素，严棣很难不心生防范。

顺着山洞往里走了三丈不到，大嘴忽然"咦"了一声停下来："这里有机关！新的，一定是天乐做的！"

大嘴跟在齐天乐身边多年，虽然没本事自己设计制作机关，但眼界极高，哪里有机关布置他一眼就能看出来。

秦悠悠走上两步一看，果然如此！

这些机关的设计简单，但是威力巨大，估计是用来防范妖兽野兽入侵的，她小心翼翼一路拆解，心里越发肯定这是师父的手笔。

这种级别威力的机关当世其他机关师根本就不知道原理。

还好这些机关主要用来防范妖兽野兽，所以并没有刻意隐藏遮蔽，秦悠悠没有花太长时间就解决了。

如果师父精心布置的话，估计她不花上十天半月别想摸进去。

大嘴知道齐天乐的机关厉害，也不敢催促打扰她，这个山洞太深，大嘴大喊大叫过里头也没什么反应，只好这样缓步前进。

当秦悠悠拆下第九道机关之后，前面终于再没有任何障碍，她长舒一口气，扯了扯严棣的衣袖道："年节夜我们就到这里来吧，刚才那些机关我只是拆下了一些小部件令它们暂时失效，并没有破坏它们，晚点重新装上就可以用了，比御书房那些也绝不会差多少。"

严棣没想到她这个时候还记得他年节夜的安危，心中一动，脸上不由自主露出微笑，握紧了她的手道："好。"

除了两人独处之时，严棣极少露出真正温和喜悦的笑容，秦悠悠觉得他的笑容里似乎还多了几分平时没有的东西，不过不等她看清楚，就听到大嘴的乌鸦嗓子嘎嘎大叫："天乐，开门！天乐，我和悠悠来了，快开门！"

一边说一边用鸟喙用力啄前面一片石墙，发出咚咚咚的回响。

石墙发出一阵沉重的挪移声响，一个肥壮的身影出现在石门之后……

"师父！"秦悠悠看清楚那人，挣开严棣手就扑了过去，八爪鱼一样抱着那个肥壮的身影开心地大叫道。

"悠悠，大嘴，你们怎么找到这里来了？哈哈哈！"

这个肥壮的身影正是失踪两年多的齐天乐。

严棣从前都只是看过他的画像，当时就觉得这家伙长得不怎么样，但秦悠悠、大嘴、小灰众口一词表示他"最好看"，所以他也曾怀疑过那张画像是不是有些失真。

今日终于见到本尊了，严棣发现那张画像逼真得出奇！有问题的是自家小妻子与那两只没有眼光的灵兽。

齐天乐就是脑满肠肥一脸庸俗的暴发户形象，这样叫"最好看"？！这得偏心到什么程度？还有没有审美观啊！

再看小妻子兴奋地整个人趴在这么个胖子身上，那画面当真越看越碍眼，严棣手心发痒，不由自主走上去一手把秦悠悠拎回身边，冷森森道："悠悠，不介绍一下么？"

他找她的时候，怎么就不见她这么热情？！

齐天乐怀里抱着可爱的小徒弟，肩膀上停着亲热乱蹭的灵兽，正满心惊喜，忽然怀里一空，抬眼就见一个高大俊美的男子冷着脸站在面前，手臂紧紧环着他家亲亲小徒儿的腰肢，完全一副宣示主权的霸王姿态。

这男的什么人啊？齐天乐也警惕起来。

"师父，他、他是我夫君，叫严棣。"秦悠悠有些羞涩地介绍道。

严棣对这样的介绍大致满意，难得地露出几分笑容道："齐老前辈，久仰久仰！"

齐天乐愕然挖挖耳朵，确定自己没有听错，顿时爆发了："老什么老？你全家都老！悠悠，你才几岁，怎么就、就嫁人了？！"

在他心里，秦悠悠还是当日那个十五六岁的小姑娘，还是自家的宝贝小心肝，怎么一眨眼就连夫君都有了，成了别人家的了？！

这种疼爱了十多年的宝贝被别人一下子夺走的意外悲愤心情，用言语都无法描述。

秦悠悠的身体被圣泉改造过，加上修为暴涨，模样看上去就跟与师父分别之时差不多，依然那么娇嫩鲜艳，小花骨朵一般，除了眉宇间多了几分娇媚之色，根本还是个天真少女的模样。

齐天乐越看越纠结，脸上的横肉都哆嗦起来。

"是不是这臭小子骗你？"齐天乐怒气冲冲指着严棣道。

好个臭小子，趁他不在家就拐骗他家小徒弟，他奶奶的，他的徒弟是可以随便拐骗的么？！

"呃，也、也不完全算……"秦悠悠觉得自己确实是受骗上当，不过也不算很吃亏啦。

大嘴总算发挥点作用，及时插话道："天乐，你冷静一点，有话好好说。这个严棣虽然有些老奸巨猾，不过还算可以的。"

齐天乐的目光在严棣与秦悠悠之间来回转了几圈，眼见秦悠悠羞怯小心地打量着自己，却没有抗拒严棣亲密的举动，两人靠在一处一副郎情妾意的模样，心里知道坏了，宝贝徒弟看来是真的让野男人骗了去了。

"悠悠你过来，跟师父说清楚怎么回事，臭小子你在这里等着！老子不答应，你跟悠悠的婚事就不能算数！"齐天乐拉长了脸，向秦悠悠招手道。

敢这么不客气地跟他说话的人，真不多了！严棣心里恼怒，不过还是在秦悠悠祈求的目光下，松开了环在她腰肢上的手。

他如果跟齐天乐对上，等于逼着秦悠悠跟他翻脸。

悠悠是很喜欢他不错，但是他再如何自信，也不觉得这段裂痕还未完全修复的感情，可以跟齐天乐十多年的养育爱护之情相比。

齐天乐气哼哼带着秦悠悠走进山洞，连大嘴也被一并招呼进去打算盘问清楚分别这些时日发生的事。

严棣一个人站在石门外，深刻感觉到再强大的实力在面对某些事情之时，也只能徒叹奈何。

石门之内，齐天乐还未开口发问，秦悠悠就先发制人地抱着他的胳膊埋怨道："师父你真坏，不声不响消失了将近三年，都不跟我说一声，我们很担心你，还出门到处找你。你知不知道，许多人想趁着你不在就欺负我们！"

"什么？！三年？！怎么可能？我不过离开几个月罢了！"齐天乐神情尽变，也顾不上追问严棣的事了。

大嘴与秦悠悠面面相觑道："天乐，你日子过糊涂了？确实是将近三年了，怎么会是几个月？"

齐天乐猛地扭头，望向山洞正中一个直径近两米的浑圆"水晶球"，脸上露出深思的神情。

"师父，怎么了？"秦悠悠看看齐天乐，又望向山洞正中那个"水晶球"。

正确地说，那是一个巨大的空心水晶球，球面水晶极薄，光滑圆润，若非在灯火之下会反射光线，根本就无法察觉它的存在。

水晶球内有一张形状古怪的高背椅子，两侧扶手上有许多作用不明的按钮，椅背顶端则有一颗足有皮球大小的青色晶石。

秦悠悠和大嘴从进入山洞靠近这个大水晶球起，就有一种非常古怪的感觉，仿佛是那颗青色晶石正在向外放射着一些无法描述的特殊能量。

"你们有没有带沙漏之类的计时工具？"齐天乐神情凝重道。

秦悠悠依言从须弥戒指里取出一个沙漏。

"你拿到外边去，漏完全部沙了就进来找我。"齐天乐把沙漏交给大嘴。

大嘴依言抓住沙漏飞到洞外，将沙漏倒转了放在地上，然后飞到严棣面前嘎嘎奸笑着压低声音道："要不要我替你说几句好话啊？"

"开个价。"严棣平静道。

"爽快，奉神教的库房你清点得怎么样了？"大嘴两眼冒绿光道。

他吃下蛊神的脑髓不久就陷入昏迷，之后发生的事情他一点儿知觉都没有，晋级完成醒来第一件事便是打听一下严棣先前承诺他的条件。

严棣曾经答应过，他替他打听多丽国军队的消息动向，奉神教库房的宝物任他挑的。

"蛊神被你们几个分吃了之后，簇水山下的熔岩喷发，奉神教总坛被毁，库房也在其中，你要挑只能挑多丽国库和皇族内库了。"严棣道。

"嘎？"大嘴听到这样的答案，又是意外又是郁闷，不过最终却只好抖抖羽毛道："算了，算我倒霉，这国库、内库马马虎虎将就吧，哎。这里是横云山吧？我不贪心的，你帮忙弄上三条十五品以上的蛇虫类妖兽我就进去替你说道说道。"

"果然不贪心！只要你能够找到，一切好说。"严棣答应得很爽快，这横云山虽然以妖兽众多著称，但十五品以上的妖兽绝对稀罕难寻，还要必须是蛇虫类的，搜遍衡云山有没有三条都难说。

这大嘴当真不贪心得很！

大嘴见他愿意替自己出力，嘎嘎奸笑两声道："没问题，凭我的本事要找几只妖兽还不简单么？"

他跟严棣谈好条件又过了片刻，地上沙漏里的细沙也从上层全数流到下层去了，他一爪子抓起沙漏就往山洞里飞："你等着听好消息吧！"

大嘴飞回山洞里，就见齐天乐与秦悠悠一脸讶异地望着他："怎么了？不是说沙漏里的沙漏完了再回来吗？"

"这个沙漏里的沙漏完一次要多久？"齐天乐神情凝重，秦悠悠看看他又看看大嘴，隐约有些明白，但是又觉得自己的猜测太离奇。

"大概一刻钟吧。"大嘴粗略估算一下。

这个沙漏是秦悠悠亲手做的，刚好就是计算一刻钟的时间所用，她皱起眉头道："你真的看着它完整漏完一次吗？我在这里跟师父才说了两句话……"

"什么？"大嘴瞠目结舌，这是什么状况？

齐天乐盯着水晶球内椅背上那颗青色晶石若有所悟，过了好一阵才道："如果我没猜错，应该是这块晶石的缘故，它令它周边环境与外界产生了时间差！大嘴，悠悠，你们记不记得我跟你们说过的故事——山中方一日世上已千年！"

秦悠悠吃惊道："师父你的意思是，你在这里感觉只待了几个月，然后我们在外边却过了将近三年？！"

这也太神奇了！

齐天乐点头，面带喜色道："是的，事实上我是花了三个月时间找到这里，然后真正在这里停留的时间，就我自己的感觉，不过是一个月左右。我觉得我出门的时间不长，所以才没想到要去通知你们。也就是说，这里跟外界有至少二三十倍的时间差。刚才我和你说话不过片刻，大嘴就在外头过完一刻钟飞了回来，应该就是这个缘故！"

齐天乐说到这里终于忍不住欣喜若狂地大笑起来："没错没错，这个一定就是时空穿梭机，只要我把我从前所在的那个时空的坐标算准了，我就能回去！哈哈哈！真是太好了！"

秦悠悠想到什么，猛地转身跑出洞外。

严棣还在原地，看见她跑出来，脸上露出惊喜的神情，一把将她抱住，低声问道："你跟你师父说清楚了？他答应我们的婚事了？"

他在这里等了一个多时辰都不见洞里有什么动静，那种焦虑不安的感觉真如百爪挠心，让他难过到极点，可是他又不敢贸然闯进去惹恼齐天乐。

"你、你是不是等了很久？"秦悠悠抱紧了他低声问道。

"没关系，等到就好。"严棣轻抚她的长发，觉得只要她能够跟自己一起，再等上几个时辰甚至几个月、几年都没关系。

"咳咳！"大嘴的十咳声突然响起，秦悠悠一扭头，就见师父与大嘴止站在洞口看着她与严棣，师父的神情尤其纠结，她不好意思地吐吐舌头，松开了抱住严棣的手。

先前严棣的贿赂显然产生了作用，大嘴抢先问严棣道："你在这里是不是等了许久？大概多久？"

严棣想到秦悠悠先前也问了这个问题，显然这并不是出于客气或歉意，于是认真答道："还好，一个多时辰吧。"

齐天乐找到了回家的希望，心情极好，暂时不去计较严棣的事，而且他也能看出来，自己小徒弟的心早被这野男人骗走了，现在再计较也没用，于是哼道："许久没见小灰了，这里有些古怪，待久了怕会误事，先去你们那边见见小灰再说吧。"

人家都没有意见，一路将洞中原有的机关都恢复了，然后便一道往他们原本暂住的山洞而去。

驻云飞在洞里等得抓耳挠腮，主人的实力他有信心，而且就他的感应，主人也不像有事的样子，多半是大嘴发现了什么好东西，他们正在想办法弄回来吧。

他万万没想到大嘴发现的不是什么宝物，而是秦悠悠的师父！

齐天乐见小灰平安无事，也在准备晋级，而大嘴更是已经可以化形为人，心里甚是安慰，更是一阵慨叹。

他以为自己不过离开数月，没想到等悠悠和大嘴找来，才发现自己错过了许多事情，不论是宝贝弟子的婚礼还是大嘴晋级化形的大事，他都没能参与。

自家的心肝宝贝一晃眼就长大了，懂得情爱滋味还成了人家的妻子，他这个师父是不是该功成身退了？他辛辛苦苦带大的心肝宝贝啊！

齐天乐一想到这点就感到心在滴血，酸得他牙根发软。

早知如此，他当初就该带上悠悠一起出门，现在后悔都晚了。

他勉强平复一下心情，开始说起别后的经历。

他会找到横云山这个神秘的洞穴，说起来也跟秦悠悠有关。

当日秦悠悠的娘亲风瑶姬将她托付给他的时候，附带还有几张从江如练那里得来的机关图纸，齐天乐就是从那些图纸看到上面的神秘符号方才得知严氏的祖先可能与自己来自同一个时空。

那几张图纸里还夹带着一张用近似那些神秘符号的文字写成的笔记。风瑶姬以为那也是机关说明，便夹在一起都留给了齐天乐。

那张纸上的内容其实与机关术无关，乃是用齐天乐那个时空的一种外语写成的记录，内容大致是说严氏这位圣祖是如何依靠一台意外得来的时空穿梭机器来到这个世界的。

那台时空穿梭机器就是先前秦悠悠与大嘴在山洞里见到的那个"水晶球"。

据严氏圣祖留下的笔记中所说他某次出游不慎掉落进某处深山的一个山洞，发现那台时空穿梭机，他无意中启动了机器，然后就莫名其妙来到了这个他完全陌生的世界，正好就在横云山的那个山洞之中。

严氏圣祖在这里建功立业还找到了一生挚爱，所以决定不再回到原本的那个时空，永远留在这里，也就没有再去动山洞中那台神秘的时空穿梭机。

齐天乐能看懂那些神秘符号，同样也懂得那些外国文字，不过上面语焉不详，也没说清楚究竟那台时空穿梭机器在什么地方，甚至没提及横云山的名字，齐天乐花了许多功夫才最终根据笔记上的线索推测出大致的位置。

横云山出了名的危险，所以他不敢带当时修为还只得五品的秦悠悠出门，把两只灵兽也留在家中陪她，自己独自一人前往横云山探险。

后面的事，就不用多说了。

应该说，齐天乐只花了三个月时间就找到那个山洞发现那台传说中的时空穿梭机，运气好得破天了。

秦悠悠、大嘴、驻云飞听完齐天乐的描述，你看我我看你，最终目光都落在了严棣身上。

"怎么了？"齐天乐发现他们的古怪模样，随口问道。

"我是那位严氏圣祖的子孙。"严棣道。

齐天乐目瞪口呆看着他，再看看秦悠悠，这莫非真的是冥冥之中注定的事？

他因为严氏圣祖留下的信息找到了那台时光穿梭机，得到了回家的希望，而代价就是把自家亲亲宝贝小徒儿赔给严家当媳妇儿？！

那个山洞太过古怪，秦悠悠怕错过小灰晋级，所以选择留在这边，齐天乐想到自己如果离开，多半很难再见到徒弟还有大嘴了，所以也决定暂住在附近。

趁着使唤严棣与驻云飞替他建造新冰屋的这点时间，齐天乐把秦悠悠和大嘴拉到一边，详细问他们这将近三年来的经历。

秦悠悠简单说了，只不过提到与严棣相关的事情，不自觉地避开了许多对他不利的细节，大嘴收了贿赂也"很有职业道德"地闭紧嘴巴不提严棣的种种阴险奸诈行为。

不过齐天乐是什么人？他对秦悠悠的了解更甚于她自己，仔细一听还是听出了她话语里的几丝不确定与犹豫。

他也不盘根究底，只是静静看着秦悠悠。

秦悠悠咬了咬嘴唇，终于把严棣骗她复原圣祖大炮的事也说了。

"师父对不起，我没听你的话。"秦悠悠说完了眼泪汪汪道，她心里最在意的是这一点，师父一直坚持的东西却因为她的一时冲动而尽数破坏。

齐大乐揉揉她的脑袋，长叹一声道："这臭小子太过奸猾可恶，悠悠不要难过。大炮做了就做了，没什么大不了！姓严那家伙当初留下这东西就是不怀好意，哼哼！那东西做出来是福是祸，自有他的子孙来承担，你不用太难过。事实证明，有那东西仗都不用怎么打了，不是少死了许多人吗？"

原则很重要，但没有人能在任何情况下都保证自己绝不违背。

对于齐天乐而言，事情既然已经发生，徒弟的心情感受就比他的原则重要。

"若不是三大机关世家还有那些以机关术成名的蠢材一个个敝帚自珍，门户之见太深，宁愿绝学失传也不愿外传，这个世界的机关术也不至于如此落后，什么圣祖大炮可能早就有人造出来了。既成事实你无法改变，你若觉得愧疚，将来多做些造福百姓的事情就是了。"齐大乐安慰道。

"嗯！"秦悠悠用力点头，只要师父不怪她，她就安心了。

"不过这臭小子如此可恶，还是不能轻易放过他，否则他将来不得把你欺负死了？！"齐天乐怒气难平道。

臭小子得了他家心肝宝贝竟然不好好供着哄着，还这么利用她伤害她，分明就是欠揍！

秦悠悠沉默下来。

"怎么？你不舍得？"齐天乐满肚子酸水翻涌。

秦悠悠摇摇头，抱着师父肥壮的身子，像小时候不开心那样把脑袋埋到他怀里，闷声道："我、我害怕。我怕他将来再骗我，但是我很没用，偏偏喜欢跟他一起，我不知道该怎么办……"

齐天乐揉揉她的脑袋道："这事要你自己做决定，风险是肯定存在的，至于这个险值不值得冒，要看你自己如何取舍，结果也只能由你自己承担。"

"你慢慢想，不管是什么决定，师父都支持你。你要甩了这臭小子陪着师父回家，师父会很高兴，你要留下来跟着臭小子在一起，师父也会祝福你们。"

秦悠悠噘起嘴巴，在他怀里蹭了蹭道："还是师父最好！"

"那是当然！"齐天乐笑眯眯道。不过他心里明白，徒弟是不会选他这个最好的师父的。

也罢，如果严棣懂得珍惜悠悠，他离开也能安心一些……

不知不觉大半个月过去了，距离年节夜越来越近，齐天乐提出让秦悠悠与严棣一起到那台时空穿梭机所在的山洞去过夜，万一有什么意外，只要进入摆放了时空机器的那个山洞之内，就能靠着惊人的时间差，迅速恢复修为。

秦悠悠觉得很奇怪："为什么不干脆就待在那台时空机器旁边？这样年节夜眨眼就过，我们大家都不用担心。"

齐天乐摇头道："时空机器上的青色晶石不知道是什么材料，你们始终不是我们那个世界的人，在里头待久了会有什么后遗症也说不定，反正就是一夜，你们在洞外有机关保护同样安全，除非不得已，那块晶石你们越少靠近越好。"

他的神情太过严肃，而那台时空机完全是超出秦悠悠与严棣认知的东西，所以两人均无异议。

"有你陪着我，又是在这横云山中，断断不会有事，你不用过度担心。"严棣捏捏秦悠悠的鼻尖安慰道。

"上次你也说不会有事。"秦悠悠说到这里，没再继续往下说。

这实在是他们双方都不愿多提的事情。

年节当日中午，师徒二人与严棣一起进入山洞，而大嘴跟驻云飞则留着陪伴保护小灰。

夜幕降临，严棣身上属于十八品武圣的强大气息明显逐渐减弱，这样的情形秦悠悠经历过一次，虽然担心但也不似上次那么提心吊胆。

眼看着平日强大无比的夫君慢慢变得如同普通男子一般，秦悠悠有些好笑地伸手去捏他的鼻子，顽皮道："每年都有一晚你会变成普通人，嘻嘻，如果你平时对我不好，我就可以趁机报复了。"

"如果每一年你都陪在我身边过，让你作弄一下我也只好认了。"严棣看着她的眼睛认真道。

秦悠悠垂头不语，她想了大半个月，却还是下不了决心。

"没有每一年，今年就是最后一回了。"坐在旁边闭目养神的齐天乐忽然开口道。

说着也不等秦悠悠反应便抬手截住了严棣与她二人的经脉令他们无法动弹。

他是秦悠悠彻底不设防的人，三人靠得极近，他要对付他们简直易如反掌。

秦悠悠错愕不已："师父，你做什么？！"

她还能开口说话，严棣却是连张嘴都办不到了。

齐天乐叹了口气道："悠悠你心太软了，既然你不能做决定，那就让师父替你决定吧。师父十天前已经推算出了家乡所在时空的坐标，就怕这小子阻挠你离开才等到今日这个机会。"

"记不记得师父跟你说过家乡的那些有趣的东西？只要你放下一切跟师父走，飞机、电脑、上百层的高楼……一切一切你都可以亲身目睹接触，那里有你绝对想象不到的机械电子技术，你一定会喜欢的。说实话，跟那些东西比起来，无论是严氏圣祖还是师父我的技艺都只算稀松平常。"

齐天乐越说越兴奋，语气里充满了诱惑。他所说的这些秦悠悠从小就听过不少，一直梦想可以亲眼看到、亲身学到，此刻机会就在面前，她确实忍不住动心。

但是……秦悠悠看到严棣眼里的焦急慌乱，她从来没见过这个男人露出这样的神情。

他总是成竹在胸，仿佛天下没有任何东西可以打击他挫败他，更没有任何事情可以令他惊慌失措。

"严棣他在这世间有的是权势地位，即使没有你他也死不了。反而你在他身边要时时担心他会不会再欺骗利用你，放手吧！花上几年时间忘记他，你这么漂亮可爱不愁没人喜欢，将来想找什么样的就找什么样的，何必委屈自己？"齐天乐一句比一句更具煽动性。

不！不可以！悠悠，不要答应！留下来！

严棣口不能言，急得目眦欲裂，他知道秦悠悠如果真的跟了齐天乐离开，他就算上穷碧落下黄泉都不可能再找到她。

齐天乐仿佛怕夜长梦多，推开石门，抱起秦悠悠就要往里走去。

"师父，我想留下。"

秦悠悠的声音很轻，但是说出了这句话她却觉得自己仿佛一下子卸下了千斤重担。

是的，她想留下！想给自己与严棣一个机会可以继续相守，互相扶持，至死不渝。

也许她会再受骗受伤，也许她会从此幸福快乐，直到生命终结的那一日。

如果她不试一试，她这一辈子都会后悔，都会遗憾自己错失了这个男人，一个她爱，也爱她的男人。

人一生可以遇上这样一个人，可以有机会与这样一个相爱的人长相厮守，是多么难得的事情

她的父母相爱至深却聚少离多，江如练、金浮霜一往情深偏得不到所爱之人的半点回应，一生悲苦，她有这样的运气，却因为怕再次受伤就将可能得到的幸福拒之门外，太过可惜了！

她不想让自己以后都活在后悔之中！

"师父，我想跟严棣在一起。"秦悠悠心中豁然开朗。

她怕受伤，但是不愿因为可能发生的伤害而拒绝当下唾手可得的幸福。

即使将来真的发生了最坏的情况，她也不会后悔。

齐天乐其实早就猜到这个结局。

他苦笑一声，将秦悠悠放回严棣身边，解开她身上的禁制，对着严棣沉声道："臭小子，我家悠悠要跟你在一起我拦不住，将来你如果再伤害她，我也没本事找你算账，顶多只能把她带到一个你永远找不着的地方让你再没有机会见到她。只希望你好自为之！"

齐天乐说完拂衣而起，拍拍秦悠悠的肩膀道："师父走了，你好好保重。"

"师父！"秦悠悠一手抓住齐天乐的手，一脸的委屈不舍。她知道师父一直想回家，但是没想到分离会来得这么快这么突然。

"大嘴与我的认主契约已经解除，以后你好好照顾他和小灰，师父会找机会回来看你的。"说到这里，齐天乐扫了严棣一眼，眼中威胁之意甚浓。

齐天乐的身影终于消失在石门之后……

秦悠悠望着闭合的石门怅然若失，她心里隐隐明白，这次一别是否还能再见都很难说。

轰隆！隐约的轰鸣声自石门之后传来，一股特别的感觉穿透石门向着两人的方向汹涌而来。

是那块青色的晶石！应该是师父成功启动了时空穿梭机器，激发了那块青色晶石造成的效果。

一双手臂突然紧紧抱住了她——受时间加速的影响，严棣的修为迅速恢复，轻易冲破了齐天乐的禁制，也恢复了活动能力。

秦悠悠没有说话，静静看着他，也伸出双手抱紧了他。

青色晶石带来的特殊感觉很快便消失得干干净净，秦悠悠站起身推开那一堵禁闭的石门，山洞内巨大的水晶球连同师父都已经没有了踪影。

"师父走了！"秦悠悠看着空荡荡的山洞低声道。

"嗯！"最好永远不要回来了！严棣在心里默念。

……

一年过去了、十年过去了、百年过去了……齐天乐果然没有再回来。

许多许多年后，严棣在秦悠悠的强烈要求下终于勉为其难与她旧地重游。

秦悠悠看着山洞里那一堵生满青苔的石门，忽然侧头问严棣："如果我当初跟师父走了，你会怎么办？"

严棣不以为意道："另外娶个王妃就是了。"

"混蛋！"秦悠悠大怒，当场实施家暴把圣平亲王狠狠收拾了一顿。

幸好亲王大人也不是这么好欺负的，一轮激烈"搏斗"之后终于把悍妻制服。

定定地看着怀里愤愤不平的妻子，严棣终于收起笑容，认真道："我会等你回来。等你看过你师父说的那些东西，你会想起我，一定会回来找我。"

他们两个人心里除了彼此还装了许多其他东西，不过只有当他们在一起，才会拥有真正的完满。

（全文完）

番外1　你身上的肥肉呢？

就在齐天乐离开横云山之后半个月，终于迎来了小灰晋级的日子。

秦悠悠小心翼翼抱着定魂玉盒，在严棣的护送下走到大嘴上次晋级的那个山谷中。山谷里头除了积雪，就是一块块被大嘴烧得黑乎乎的石头。严棣与驻云飞很自觉地替秦悠悠建了一间冰屋，让她住在里面等待小灰晋级时刻的到来。

两天之后，秦悠悠感觉时间差不多了，往小灰嘴里塞进去一颗紫红色的丹药，然后按照严棣的指点，开始用自己的修为融合小灰的真元，迅速帮助它催化吸收药力。

那颗丹药是餍玄特地留下的，服下之后小灰表面上看不出什么变化，但是秦悠悠却感觉它腹内一股强大的热力仿佛瞬间被引爆，向着它四肢百骸各处经脉汹涌而去。

天空中传来闷雷轰鸣之声，一团团乌云从天边向着山谷上方翻卷聚集。

"成了！"严棣不由分说抱起秦悠悠飞速退到谷外。

秦悠悠反应过来挣扎道："你放开我啦，我要去陪小灰晋级。"

"等它度过了雷劫你再去不迟。"严棣不打算让秦悠悠在山谷内面对如此可怕的雷劫。

"它醒来看不见我会害怕的。"

"我看不见你也会害怕。"

秦悠悠无语了，严棣绷着那张冰山脸说自己会害怕什么的，真是一点儿说服力都没有。

"待会儿雷劫完了我跟你一起进去。"严棣完全不觉得自己说的话有什么问题，继续得寸进尺地要求道。

秦悠悠用力摇头："不行！小灰眼神不好，晋级的时候看什么吞什么，它一直对你没什么好感，如果发狠趁机把你也吞了怎么办？"

这个可能性非常大，人人都知道，小灰晋级的动力一直就是提高实力，把严棣这个胆敢跟它抢悠悠的家伙吞了。

严棣赶在它晋级时主动送上门去，无异于找死。

"你会保护我。"严棣铁了心就是不肯放秦悠悠一个人去。

"我不会走，也不会忽然不见的。这个山谷你检查过很多次了，没人可以无声无息潜进去。"秦悠悠抱着他的腰跟他讲道理。

师父临走前那一手把严棣弄得有些草木皆兵了。

事后秦悠悠回过味来，也知道师父其实并没想过真的带她走，只不过是帮她认清心意，同时吓吓严棣罢了。

师父那样的性情又怎么会不问她的意愿就强行带她离开呢？

只不过师父这一场戏导致的结果就是，严棣这些天都不肯轻易离开她身边，偶然不得不离开也肯定会让驻云飞牢牢看着她，唯恐她师父心有不甘杀个回马枪真把她带到他找不着的地方去。

在秦悠悠一番几乎赌咒发誓的保证之下，严棣依旧半步不让。

平日有小灰在手，他还有点儿把握妻子不会舍得扔下那只还未晋级的胖兔子跑掉，现在让她跟完成晋级的小灰单独在山谷里，什么事都可能发生。他不愿意冒这样的险。

事实证明，至少小灰的老爹还有妻子的师父，都有能力在他的神识感应范围内无声无息地出现或消失。

秦悠悠没办法，只好噘嘴不理他。

驻云飞看着山谷方向很是好奇："小灰这次应该可以化形为人了吧？不知道它化形之后是什么模样？它这么胖，不会变成个胖丫头吧？"

大嘴想象一下小灰变成个圆圆胖胖的野蛮小丫头模样，忍不住坏心地嘎嘎怪笑起来："它如果变成个胖丫头，你就倒霉了。"

"它胖我为什么会倒霉？"驻云飞一脸莫名。

会被人取笑你娶了个又凶又胖的丑婆娘！大嘴在心里暗暗嗤笑，不过这话他是不会跟驻云飞说的，就让这家伙蒙在鼓里，将来哭都没地方哭。

重点是，这个又凶又胖的丑婆娘还有个非常厉害的爹，驻云飞注定这辈子没得翻身机会了！大嘴同情地打量着这个倒霉鬼。

秦悠悠听他们两个取笑小灰，顿时不高兴了："你们别乱说，迷踪雪兔化形为人后大部分都是美女！"

大嘴嘎嘎笑道："胖也可以美啊！我们谁都没见过迷踪雪兔化形为人是什么样子，说不定见过还说她们美的眼光有问题呢？嘎嘎嘎！天乐不是说了，他家乡历史上有个著名的胖美女，叫杨什么环来着。"

秦悠悠被他一说，也想起好像有这么一回事。看小灰那圆圆胖胖毛茸茸的样子，她都有点不能想象它会变成美女,不过……

"小灰爹爹英俊潇洒好看得很,它娘亲据说也是很漂亮的大美女,小灰一定不会难看的。"秦悠悠反驳道。

"小灰的爹爹很好看吗?"严棣的脸色有些不太好看了,他还是第一次听秦悠悠盛赞师父之外其他男人的容貌,她对他怎么就没有点像样的正面评价呢?

秦悠悠忙着反驳大嘴,没注意到严棣难看的脸色,随口答道:"是啊,小灰爹爹留下了一块晶石,说里头有他的音容影像,等小灰晋级完成你就可以看到了,真的很好看的。"

大嘴斜睨着严棣那精彩纠结酸气冲天的表情,差点儿笑得满地打滚。

山谷中的电闪雷鸣足足持续了大半夜才慢慢消停,秦悠悠第一时间就往谷里跑,严棣自然不肯放她独自前去,一手握住她的手掌与她并肩而行。

大嘴和驻云飞对望一眼,也跟了上去。

大嘴坏心地想,有悠悠在,还有严棣这个首要攻击目标,想来小灰就算又再狂性大发乱吞东西,也不至于首先冲着他来,他有足够的时间飞走。

经过长时间的雷电轰击,秦悠悠跑到山谷里时,谷中烟幕弥漫还不及散去。

重重烟雾中传来小灰熟悉的声音:"悠悠,我饿,呜呜呜!悠悠,你在哪里?!"

"我在,小灰不要怕!我给你准备了许多好吃的。呃,不过都在我身上,谷里的东西你千万别乱吃。"秦悠悠顺着声音小心翼翼走过去。

她自然是不怕小灰的,但她怕小灰太激动了,一口把她身边的严棣吞下去。

她还没走两步,一道灰色的影子突然从烟雾中扑出来,一把抱着她,呜呜咽咽娇声叫道:"悠悠,我醒来都看不见你。"

扑出来的这道灰色的影子纤细婀娜,分明是个娇小的女孩子,听声音正是小灰。

刚才雷电交加吵得她睡不好觉,醒来却发现主人不在身边。她的记忆还停留在簇水山上,秦悠悠被蛊神扫倒在地,重伤吐血的那一幕,她依稀记得后来自己把那条可恶的蛊神吞下去了,但之后发生了什么事,她就再没有半点印象。

悠悠是被人救了,还是……小灰一想到这个,根本来不及感受晋级化形的喜悦,就先被吓得大哭起来。

还好还好!她的悠悠没事,这就来接她了。

秦悠悠心花怒放地定睛看清小灰化形后的模样,顿时怔住了,就是她身边的严棣也错愕不已。

眼前的少女看上去只得十二三岁,脸上犹带稚气,不过肤光胜雪眉目如画,长长的黑发光可鉴人,容貌不比秦悠悠差分毫,绝对是个倾国倾城的小美人。

化形后的小灰一身白衣配上银灰色的长裙,站在白雪青烟之中恍如水墨描画渲染出的婉约美人,清丽飘渺,令人见之忘俗。

不过小美人嘴巴里吐出来的话很俗："悠悠，我饿！"

秦悠悠反应迅速地从须弥戒指里翻出大量事先准备好的美食与灵药，小灰一点儿不客气地席地一坐，伸手抓起一块比她那张绝色小脸还要大一倍的红烧排骨啊呜一口吞了下去。

然后是两个比她脑袋还大的翡翠瓜，再然后是一整只羊腿……

直到小灰风卷残云吃了个半饱，抬起头发现大家都用诡异的眼神看着她，不由得无辜道："你们怎么了？"

秦悠悠干笑两声道："没、没什么，你继续吃。"

严棣挑了挑眉没说话。

大嘴抬起翅膀掩住脑袋眼不见为净。

驻云飞迟疑了半天，终于道："你怎么这么瘦？你身上的肥肉呢？"

那只耳朵老长，痴肥笨拙，灰不溜秋还没有尾巴的娇蛮兔子，化形为人之后怎么会长成这个样子呢？！

"驻云飞！你这只臭马、妖马、混蛋马！你才身上有肥肉！"小灰暴跳如雷，一跃而起扑到驻云飞身上就是啊呜一口。

如果不是秦悠悠反应快及时制止，驻云飞身上肯定会被咬下一块肥肉。

秦悠悠抱着小灰好气又好笑道："人家照顾了你几个月，你怎么可以这么凶恶不讲道理，一醒来就咬人呢？"

"谁叫他说我身上有肥肉？我哪里肥了！"小灰恨恨道。

秦悠悠很无奈，小灰变成人自然是不肥的，她是兔子的时候，根本一身都是肥肉好不好。

驻云飞被小灰凶狠咬人的样子吓了一跳，回过神来也生气了，但是他不敢得罪秦悠悠，只好低声咕哝道："你这么凶，以后谁娶了你谁倒霉！"

大嘴在他身边嘎嘎闷笑着低声附和道："是啊是啊！谁娶了她谁倒霉。"

很多很多年后，驻云飞发现自己成了倒霉的那一个，不过想后悔都迟了……

番外2　一辈子的承诺

嗷呜！

远处传来一声不知道什么野兽的吼叫声，把累极了蹲在一棵大树下的秦悠悠吓了一大跳。

不怕不怕，就算是狮子老虎，现在也离她远着呢。秦悠悠不断安慰自己，一边努力思考往哪个方向走比较好。

天色越来越暗，想靠阳光分辨方向已经不现实了，她如果到天黑都走不出这片森林就糟糕了。

窸窸窣窣……

身边不远处突然又传来细碎的声响，不知道是蛇虫爬过，还是什么动物踩踏落叶碎石发出的声音。

秦悠悠头皮发麻，如果是蛇虫可能有毒，如果是野兽……它们是不是准备扑出来吃了她？

呜呜呜！她好害怕！

秦悠悠左看右看，仿佛四面八方都有一双双不怀好意的眼睛在暗处窥视。

眼看着再过不久就要天黑，她却找不到路离开这个可怕的森林，她被吓得草木皆兵完全不知道该怎么办。

师父说过到了夜晚会有许多凶猛爱吃肉的野兽到处觅食，森林会变得非常非常危险。

秦悠悠后悔了，她不应该跟师父赌气自己一个人跑出来的，就算走也不该走到这个荒无人烟的森林里，她在村子里找户人家不声不响潜进柴房去，师父也找不着。

不过这样的话，就找不到灵兽了……

秦悠悠站起身捶捶酸软的双腿，继续努力希望在天全黑之前幸运地找到出路，不行的话找条小溪喝点水也好，她渴死了。

窸窸窣窣。

这次声音更近了，秦悠悠听得清楚，发声处离她不到半丈，就在她的左手边。

"什么东西？！出来！"秦悠悠虚张声势地大叫道，一边拔出匕首准备自保。

一个灰白的影子从灌木丛中钻了出来，看样子身长还不到一尺，毛茸茸的，身上半灰半白，还有一双长长的耳朵。

秦悠悠松了口气，原来是野兔，还好还好！她收起匕首侧头打量着这只肥肥的兔子，柔声道："快回家吧，再晚遇上那些豺狼老虎你就惨了。"

她原以为这只兔子发现有人肯定会受惊跑掉，没想到它不但没跑，反而蹲坐起身看着她口吐人言："我也想回家，不过我找不到路了。"

它的声音娇娇嫩嫩的，听上去就是个小姑娘的腔调。

"你会说话？！你是灵兽？！"秦悠悠又惊又喜，她就是到森林里来找灵兽的，竟然真的让她找到了！

兔子点了点头道："算是吧。你怎么会跑到这里？别的人听到我说话都吓得要死，为什么你不怕？"

秦悠悠开心地走近两步，蹲下看着这只兔子道："我师父就有一只圣音八哥，它叫大嘴，也像你一样是会说话的灵兽！师父说，灵兽很多都会说话，我当然不怕啊。我跟师父吵架，就一个人跑出来了，我也找不到回家的路。不如我们一起做伴，好不好？"

兔子侧头打量了秦悠悠片刻，确定她对自己没有恶意，终于答应道："好吧。我叫小灰，逸小灰。你叫什么名字？"

"我叫秦悠悠。你知不知道附近哪里有小溪，我想喝水。"秦悠悠没有抱太多希望地问道。

小灰竖起耳朵仔细听了听，然后指指秦悠悠身后的方向："那边有水声。"

小灰的耳朵很灵，秦悠悠按照它指示的方向走了大概半里路，果然找到了一条小溪，溪水甘甜清澈见底。

秦悠悠满足地喝了几口，终于感觉好了些，不过天色也彻底暗了下来。

小灰扯扯秦悠悠的裙子道："我晚上什么都看不清，你抱着我走好不好？"

"好啊！"秦悠悠想抱它很久了。小灰看上去毛茸茸胖乎乎的，抱起来一定很舒服。

小灰也不用秦悠悠弯腰来抱，后腿一蹬就跳到了她怀中，揪着她的衣襟道："你不可以摸我的耳朵哦，阿爹说那只有最亲最亲的人才可以碰。"

秦悠悠答应下来，小心地将它抱好，然后开始想该怎么办。

师父经常带她到处走，偶然也会露宿荒野，她回想一下那些经历，决定先去收拾干燥的树枝生火。

师父说野兽都怕火，点起火堆它们就不敢轻易靠近了。

她让小灰蹲坐到她的肩膀上，然后就着越发微弱的光线，取出火折子点燃从地上捡起的一枝干枯的树枝，开始四处收集可以生火的树枝枯草。

有会说话的小灰陪着，她的胆子顿时壮大了不少，至少她不再孤单了。

一人一兔顺着小溪一路收集树枝枯草，倒也不怕再迷路，来回忙了好一阵，终于在小溪边生起一个小火堆，也收集了足够的柴草准备过夜。

秦悠悠一早跑到森林里，身上什么吃的都没带，就只在路上吃过几个野果，折腾到现在早就饿得手脚发软。

她呆呆看着火堆出神，从前她跟师父在野外过夜，师父都会猎些野兔山鸡之类的烤给她吃，她现在身边倒是有一只兔子，不过那是她的灵兽朋友，不能吃的。

唉……好饿！

一股甜香随着夜风飘来，秦悠悠吸吸鼻子左右一看，发现香味的源头就在身边。

小灰不知道从哪里变出一块比它的小脑袋还大的甜糕，啊呜一口吞了下去。

小灰察觉秦悠悠的视线，伸出前肢探到肚皮位置摸了摸，很快摸出一块一模一样的甜糕，递给秦悠悠道："你是不是饿了？给你吃。"

秦悠悠这才发现它肚皮上竟然长了个小袋子，她盯着甜糕吞了口口水道："我吃了你吃什么？"

"阿爹给我准备了很多吃的，你不用担心。"小灰大方道。

秦悠悠高兴地一手接过甜糕几口吃光。吃完了才开始奇怪，小灰肚皮上的袋子也没有多大，怎么可以塞进去两块这么大的甜糕？而且听它的口气似乎还有。

"我这个袋子可以放很多很多东西。"小灰见秦悠悠盯着它的肚皮看，得意地摸了摸自己腹部天生的育儿袋。

"果然灵兽都很厉害啊！"秦悠悠赞叹道。

小灰被夸奖了十分高兴，又摸出许多点心糕饼跟秦悠悠分享。

一人一兔边吃边聊，越发投契。

小灰的爹爹带它出门来找人，结果到了这里爹爹忽然发现家里出事了，不得已只好将它暂时留在一个山洞里，自己赶回去处理。

小灰在山洞里很无聊，忍不住违背了爹爹的警告，一个人跑出来玩，结果就迷路了。

秦悠悠很为它担心："你爹爹回来找不到你怎么办，你记不记得那个山洞附近都有些什么东西？我们明天早上找找看？"

小灰摇头道："不怕，我爹爹只要回来就一定可以找到我的。"

"你爹爹好厉害，希望我师父和大嘴也能找到我……"秦悠悠抱着膝盖低声道。不知道师父发现她不见了会不会很担心很害怕？有没有到处找她？

"你有师父陪你玩，为什么要一个人跑出来？"小灰疑惑道。

"因为师父不讲道理，不让我养小猫！"秦悠悠噘嘴道。

她跟师父在附近的小村子里借宿，收留他们的那家人养了一双金黄色的大猫，正好生了一窝五只小猫，十分可爱。

秦悠悠看得心动不已，主人家就说可以送她两只带走，结果却被师父拒绝了。秦悠悠与师父抗争不果，发起脾气偷偷跑了出来，结果就在这林子里迷了路。

"那几只小猫很可爱的，一个个金黄色的小毛团一样。可是师父就是不许我养，他自己有大嘴，为什么不许我养小猫？他还说我自己都照顾不了自己，怎么照顾小猫，小猫跟着我一定会饿死。真讨厌！"秦悠悠说起这件事依然愤愤不平。

虽然她后悔跑到林子里来，但是她到现在还是认为师父蛮不讲理。

小灰抬起头有些不服气地问道："小猫很可爱吗？比我可爱？"

秦悠悠回想一下那五只小毛球一样喵喵叫唤的金黄色小猫，再对比一下面前毛色驳杂，有些肥胖难分的兔子，违心道："你比它们可爱。"

现在陪在她身边，让她不觉得寂寞的是小灰，当然它比较可爱。

小灰被夸奖得心花怒放，得意道："爹爹也说我最可爱。"

漆黑的森林里埋藏着无数未知的危险，秦悠悠抱着小灰坐在火堆旁，靠着火堆发出的金黄色光线壮胆。

秦悠悠吃了小灰不少甜糕，终于恢复了力气，想到火堆没人看着就会熄灭，于是与小灰商量轮流守夜。

小灰却摇了摇头，从肚皮上的育儿袋里取出一块小小的红色晶石放到地上。

"爹爹说有这个，什么野兽妖兽都不敢靠近，我们可以放心睡觉。"

"这么厉害？！"秦悠悠不知道这块晶石是什么来历，不过仅仅看着它，她已经觉得似乎有一种奇怪的、非常可怕的气息扑面而来，让她连碰都不想去碰它。

"我爹爹很厉害很厉害的。"小灰得意洋洋道。

一只兔子可以有多厉害？秦悠悠心里有些不信，不过却不愿意反驳自己新朋友的话。

她站起身小心观察一下周边的地形，又捡了些树枝干草来布置了最简单的机关，虽然没有攻击力，但只要有野兽走近，这些机关就会发出声响提醒她们注意。

她们两个都是在森林里转悠了一整天的，到了这个时候已经累得不行，秦悠悠揉揉眼睛，终于抵不住疲倦的侵袭，抱着小灰倒在干草堆上迷迷糊糊睡了过去。

一夜无梦到天明。

小灰的身子暖洋洋的，秦悠悠抱着它就像抱了个小火炉，一点儿不觉得冷。醒来发现火堆已经熄灭多时，不过一整夜似乎真的没有任何野兽靠近过她们。

秦悠悠起身检查了一遍昨夜布置的小机关，全部完好如初。

她开心地抱起小灰用力吧唧一口："多亏了你还有你爹爹，不然我肯定被大老虎吃了！"

没有了野兽的威胁，秦悠悠放心带着小灰一起沿着小溪走，一边走一边捡了石头堆成特别的形状做记号，希望师父和大嘴能够见到找过来。

这一走就是三天。

虽然师父不在身边，但有小灰相伴，也不再怕有野兽来对付她们，渴了喝溪水，饿了小灰腹部的育儿袋里有糕点食物，本来充满恐惧寂寞的路途也变得有趣起来。

秦悠悠向小灰讲述山林之外城镇的繁华热闹，还有种种新奇有趣的玩意，小灰听得津津有味，艳羡不已："如果我也能亲眼看看，吃吃那些新鲜美味的菜式就好了。"

"如果你爹爹答应，你可以跟我和师父还有大嘴一起走。你这么可爱他们一定也会喜欢你。"

"你们哪里都不必走了。"阴恻恻的声音从树丛方向传来，一个三角形足有水缸大的乌黑脑袋突然探了出来。

巨蟒！是一条一口就能吞下她们两个的巨蟒！

而且这条巨蟒还会说话，那分明就是妖兽了。

秦悠悠惊叫一声，想也不想将怀里的小灰往小溪对岸一抛，大声道："小灰，快跑！"

"不要，你跟我一起走！"小灰身在半空大声尖叫道。

"我跑不快，我拦住它你快走！不然我们两个都会被吃掉。"

"两个都不用走，嘿嘿嘿。小姑娘，你很有义气嘛。你让开，让我先吃了那只小妖兽补一补。"巨蟒张开血盆大口，吐出鲜红的信子，作势就要往小灰方向扑去。

秦悠悠大惊失色，也顾不上害怕，冲上前去挡在大蟒身前，对准那个丑陋可怕的脑袋扳动身上的机关暗扣，数不清的飞针暴射而出。

她身上的机关暗器是师父亲手做了给她防身的，她进入森林那一天就用掉了两发，如今只剩这最后一发了，希望能够打中这条该死的妖蟒，将它逼走。

可惜事与愿违，妖蟒的速度极快，蟒身一抖脑袋一偏就躲过了那些飞针，向着小灰的方向猛冲。

秦悠悠眼见巨蟒就要追上小灰，情急之下拔出匕首不管不顾扑到巨蟒身上就是一刀。

巨蟒身上的鳞片坚硬得像铁铸成的一般，秦悠悠的全力一刀刺在上面只留下一道淡淡的划痕，巨蟒根本不痛不痒。

不过她的拼命阻挠似乎勾起了巨蟒的兴趣，它一抖身子将秦悠悠甩到一边，森然道："傻丫头！难得我想吃兔子没胃口吃你，你不赶快逃命还在这里磨蹭什么？你不怕死？！"

"我不可以让你吃小灰！"秦悠悠勉强爬起身倔犟道。

"你的意思是，我可以吃你？"大蟒不怀好意地吐出血红的信子，双眼凶光闪闪。

"不可以！"秦悠悠吓得大叫道。

"我今天非吃一个不可，你自己选吧，吃你还是吃它？"大蟒吸了吸口水，残忍地抛出只活一个的选择。

"你、你让我考虑一下。"秦悠悠眼角余光扫过小溪对岸，小灰的身影一闪钻到树丛里不见了。

她只要拖延一点时间，小灰应该可以跑掉。

"有什么好想的，一只兔子罢了，怎么比得上你自个儿的性命重要？"

"小灰是我的朋友，你让我仔细想想，这样重要的事，我总要好好想清楚。"秦悠悠颤声道。

"算了！我先吃了你再去吃它！"大蟒再不犹豫，张嘴向着秦悠悠扑来。

"阿爹，不要吃悠悠！"小灰的尖叫声传来，不知何时它又从树丛里钻出来，跑到了小溪边。

阿爹？！秦悠悠愣住，小灰是兔子，它爹怎么会是条大蟒蛇？

面前凶恶的乌黑的巨蟒发出一声轻笑，巨大的身体一晃便凭空消失了，原地只留下一名样子非常好看的黑衣青年。

秦悠悠从来没见过这么灵异的事,呆在原地不知道该怎么反应。

黑衣青年抬手一招,小灰就从小溪对岸飞到了他怀里,他走近两步摸摸秦悠悠的脑袋,笑道:"这么可爱的小姑娘我怎么会吃?小灰你是怎么认出爹爹的?"

小灰亲热地往他怀里拱了拱道:"爹爹从来不会骗我,你说有那块晶石,没有妖兽野兽敢靠近。"

黑衣青年哈哈笑道:"小灰真聪明。"

秦悠悠看他们一问一答,觉得自己完全糊涂了,会变成人又会变成大蟒蛇的……究竟是什么东西?!

"你……不是兔子?"秦悠悠迟疑道。

黑衣青年哭笑不得道:"显然不是。"

"那你是什么?"秦悠悠觉得这个黑衣人就算说他是神仙,她也会相信的。

"我是饕餮,名叫餍玄,小灰的娘亲是迷踪雪兔,饕餮真身不能出现在凡界,所以小灰现在看上去是兔子。"餍玄很有耐心地解释道,并不因为秦悠悠年纪小就随意敷衍。

秦悠悠似懂非懂,饕餮是什么?她好像没听过。不过小灰确实是兔子,这点她听明白了。

小灰有些惭愧地对秦悠悠道:"悠悠对不起,爹爹他很坏,你没吓到吧?"

秦悠悠有些茫然地摇摇头,她其实到现在都不是太清楚发生了什么事。

"有人过来了,嗯……是你的师父来找你了。"餍玄忽然道。

"师父?"秦悠悠反应过来,惊喜不已。

"我带你过去见他们。"餍玄拉起秦悠悠,一眨眼便消失在原地。

秦悠悠只觉得一股大风吹得自己睁不开眼睛,等风停了她瞪大眼睛一看,师父与大嘴已经在她的眼前。

"师父!"秦悠悠欢喜地扑上去,一把抱住齐天乐呜呜哭了起来。

她从来没跟师父分开过这么久……

齐天乐抱起失而复得的宝贝徒弟,一边安抚一边小心翼翼打量眼前突然出现的餍玄。

这个黑衣青年让人完全看不出深浅,刚才突然出现在他面前,他竟然事先一点感觉都没有。

不过还好,对方似乎是救了他的宝贝徒弟,应该没有恶意。

大嘴看到餍玄出现那一刻就觉得脚软,莫名其妙的压力逼得它浑身颤抖,差点儿站不住从齐天乐肩膀上摔下来。

"小八哥不用怕,你就是悠悠说的大嘴吧?"餍玄微微一笑,大嘴忽然感觉压力尽去,不由得好奇地打量起餍玄。

"我就是大嘴，你……你不是人？！"大嘴有些迟疑道。

它感觉得出来对方似乎是妖兽，强大得不知道该如何形容的妖兽，但是妖兽要变成人，那至少得十级以上。

它长这么大还没见过十级妖兽呢。

"不错，我有一事相求，找个地方坐下说话如何？"餍玄温和的笑容令人无从拒绝。

一行人跟着餍玄转眼到了一个山洞，洞中有石桌石椅，十分干净清爽。

餍玄让大家坐下之后却并没有立刻说他要求的是什么事，反而看着大嘴和齐天乐道："你的灵兽似乎没什么实力，以你的修为在凡界完全可以找一只更好的灵兽订立契约。"

齐天乐摸了摸遭遇鄙视十分不爽的大嘴，呵呵笑道："我也没打算让自己的灵兽去跟人拼命搏斗，有没有实力有什么关系，它能陪着我说话谈天就很好了。"

圣音八哥出了名的能言善道，有它在身边确实是不愁寂寞。

"遇上危险，它不但帮不上你的忙，可能还要拖累你，你就不介意吗？"餍玄明明看上去很温和客气，但说出口的话却直接得让人无语。

"它陪着我，若是遭遇危险，本就应该是我保护它，这有什么好介意的，你会介意保护自己的亲人朋友吗？"齐天乐有些不高兴道。

餍玄定定看了他们师徒还有大嘴片刻，终于长舒一口气道："我想让小灰认悠悠为主，不知道可不可以？"

咦？！秦悠悠十分诧异，不过反应过来登时开心坏了。

"好啊好啊！"小灰以后都陪着她，实在太好了！

小灰也很高兴，它可以跟秦悠悠去看她说的那些有趣的东西，吃它没吃过的美味食物了！

齐天乐却摇头道："不行！"

"为什么不行！师父坏蛋，小猫你不让我养，小灰跟我做伴都不可以吗？为什么你可以有大嘴，我不可以有小灰？！你不公平，不讲道理！"秦悠悠生气了，不等餍玄说什么就首先发起脾气来。

宝贝徒弟被惯得娇蛮任性，齐天乐觉得自己真是自作自受，抱起秦悠悠坐到自己大腿上，叹气道："悠悠乖，听师父说。你知不知道师父为什么不让你养小猫，也不答应让小灰认你为主？"

秦悠悠咬着嘴唇不说话，眼睛红红的，随时准备着大哭一场逼师父答应自己的一切要求。

"你要将它们带在身边，就要有准备将来不管发生什么事，都要对它们不离不弃，尽自己最大努力照顾它们，让它们幸福快乐。你好好想想，你觉得你可以做到吗？"齐天乐道。

秦悠悠被他语气里的慎重认真吓住了，嗫嚅道："我看张伯伯张婶婶养大黄小黄它们，都没有多麻烦啊……"

"别人如何师父管不着，但是悠悠，你想过没有，你将小灰带走，它从此之后可以依靠的人就只有你了，如果你不能够保证一辈子尽力照顾它，万一哪天你不喜欢它了，又或者觉得它麻烦拖累你了，你要怎么办？解除契约将它赶走？它以后要怎么活下去？这等于害了它。"

齐天乐感觉到餍玄与小灰的来历不简单，而餍玄将小灰托付给秦悠悠，这个责任绝对不轻。他不能让自己徒弟没考虑清楚就背上一个大包袱，更不愿意自己的徒弟日后当个背信弃义不负责任的狠心主人。

秦悠悠眨巴眨巴眼睛，看看师父又看看小灰，想了好一阵，斩钉截铁道："师父可以，我也可以的，我会一辈子都喜欢小灰，好好照顾它保护它。不管发生什么事都不会弃它不顾。师父，你答应我好不好？"

齐天乐无奈道："该说的师父都说了，你坚持的话师父还有什么办法？"

餍玄一直没开口，这时终于笑道："我相信悠悠可以办到。"

小灰与秦悠悠的认主契约在齐天乐与餍玄的帮助下终于达成，餍玄并没有详细交代自己不亲自教养小灰却把它交给秦悠悠这么个八岁小姑娘的缘故，只是临走前给大嘴吃了一枚血晶作为见面礼。

"这块血晶乃是我从上古神兽犰身上抽取提炼的血脉精华，难得的是正好可以与大嘴圣音八哥的血脉相融，只是犰的实力太过强大，我会替大嘴封印住。大嘴将来修为渐长足以控制犰的血脉之力了，封印会逐渐解开。一时半刻看不出来这血脉之力的好处，不过至少大嘴日后晋级，再厉害的雷劫都不可能对它造成伤害了。"

"大嘴将来足够强大，你要回家，也不必再顾虑重重……"

餍玄将服下血晶便陷入昏迷的大嘴交还给齐天乐，简单解释了一番，然后便准备去与小灰话别。

齐天乐听了他最后一句话，眼睛都瞪圆了："你知道我的来历……我将来可以回去？"

餍玄神秘一笑，点了点头。

虽然小灰对于秦悠悠十分满意，不过他这个当爹爹的觉得还是要跟它解释一下。

"其实我昨日就已经回来，一直跟在你们身后。我本想在凡界替你找个实力强大的修炼者助你尽快晋级飞升妖界，不过看来看去别的人都不如悠悠这小姑娘好，她愿意为了救你不顾自己的安危，别的修炼者再强却不见得能够做到这一点。而且她有那样的师父教导，你在她身边我也比较放心。"

小灰依依不舍地蹭了蹭餍玄："是不是将来我飞升妖界了，就可以跟你和娘亲团聚？"

"是的，爹爹找到机会会来看看你，你就安心跟在悠悠身边。我卜算过她的命格，她是个福缘深厚之人，将来成就不可限量，就是飞升到仙界也不奇怪，你认她为主，修炼晋级的事我也能少操些心。"

"那你记得要来看我……"小灰抱着餍玄的脖子呜呜哭泣起来。

秦悠悠没想到自己一时任性跑到森林里找属于自己的灵兽，竟然真的就让她找到了，更没有想到三日三夜的相依为命会变成一生一世的不离不弃。

"我会好好照顾你，保护你的，我最喜欢小灰！"

就算小灰其实并不那么漂亮，有各种各样的缺点不足。

就算秦悠悠后来长大成人，有了相爱至深的夫君，有了可爱的儿女，小灰也有了喜欢的人、不对！是马才对，这个承诺也没有改变。

有些承诺一旦许下，就是一生一世的了，就是再不能推卸也不愿推卸的责任。

番外3　世子的悲剧童年

严允小时候曾经一度觉得自己是圣平亲王府承宗继嗣的大功臣，应该是集万千宠爱于一身的世子爷。

他的母妃嫁入王府五年才生下了他的姐姐严悦，又过了三年才生出他这个嫡长子。放在其他正常人家，说他的诞生具有划时代意义都不为过。

不过现实十分残酷，他其实是整个亲王府里最没地位且不受重视的一个。

别个亲王府正妃侧妃小妾通房丫鬟日夜斗法，嫡子庶子恨不得把对方掐死在摇篮中，但是圣平亲王府，父王身边的女人只有一个，就是他的母妃——著名的机关术第一宗师兼天下第一美女秦氏悠悠（前面的头衔是公认的，后面那个是父王亲封的）。

没有侧妃小妾通房丫鬟，何来的庶子庶女？少了这些重要的衬托，如何凸显他存在的重要价值？！

他母妃这辈子担心过天会不会塌下来，担心过小灰阿姨会不会得厌食症，担心过大嘴叔叔会不会忽然耍自闭不再说话，就从来没有担心过父王有其他女人。

严允曾经听母妃自吹自擂："要勾搭你父王得有不怕牺牲的崇高精神与巨大勇气，不是每个人都像你母妃我这么强大勇敢的。"

父王虽然看上去严肃了一些，那张脸冷得随时可以刷下几层霜，但也不至于上升到勾搭他就要"牺牲"这个境界吧？

他父王长得也很英俊潇洒啊！

不然不会生下他这么帅的儿子。

偶然看到父王与母妃相处时那副柔情似水的温和模样，分明比整天嬉皮笑脸的皇帝伯父还要迷人几分。

不过他父王似乎就只有面对母妃和姐姐时会露出这样的神情。

严允一直觉得母妃是自恋自大得没边了，而且因为重度脸盲症识人不清的缘故，所以对父王的俊美外表与男性魅力没有足够的认识，对于其他妖娆冶艳为了荣华富贵美男色不顾一切爬床的女妖精缺乏必要的警惕。

父王真可怜，竟然找了个不懂得欣赏他又神经粗壮的女人当王妃。

直到严允真正懂事了才明白母妃一番豪言壮语背后的深层原因——父王修炼的功法，要与其他女子亲近，她们只有死路一条。

真的好狠……难怪母妃从来只担心父王把别的女人吓坏。

这个不可改变的事实也让严允陷入了更深的忧伤。

因为母妃生不生孩子根本对他的地位毫无影响。

他如果是女孩子还能像姐姐那样，凭着一张酷似母妃的脸蛋把父王哄得团团转，含在嘴里怕化捧在手上怕摔。

偏偏他是个男孩子，只能老老实实接受父王的严厉管教和母妃的无良戏弄。

看父王对母妃的痴迷态度，就像小灰阿姨说的，母妃别说生儿子女儿没关系，就算生出几块肥肉，父王也会欣然接受，并真诚表示那是因为母妃太过出类拔萃，才能生出如此出色又与众不同的肥肉。

再后来，严允更从太后奶奶那里知道，母妃完全不存在子嗣艰难的问题，是父王不愿意让她太早生育伤了身体，也不愿意让她接连生产妨碍他们夫妻甜蜜独处的好时光。

如果不是太后奶奶有意见，估计他连后面的弟弟妹妹都不会有。

严允每次看到韦娘奶奶打量母妃肚皮的模样，就感到头皮一阵发麻。韦娘奶奶跟太后奶奶是同一阵线的，恨不得瞪母妃几眼就能把她瞪怀孕了，转头生出一窝小娃娃来。

在这样诡异的圣平亲王府中出生，严允身为嫡长子的骄傲自尊从小就被打击得七零八落。

他觉得自己就是个顶着世子头衔，但爹爹不亲，娘亲不疼的可怜人。

这么说或许有点夸张，但是他在他那位亲王爹爹心目中，首先是个跟他争夺妻子有限注意力的家伙，然后才是儿子。

而在他的天才美女娘亲心目中，他更加是连宠物都不如（这点父王也心有戚戚焉），就是个可以帮她带孩子，陪其他儿女玩，偶然被她欺负调戏的小家伙。

世上还有哪个亲王家的嫡长子活得比他更憋屈吗？

"小允，你才几岁，学你父王绷着一张脸做什么？"秦悠悠弯下腰来，好笑地摸摸儿子嫩滑的小脸蛋。

小家伙长得跟他老爹一模一样，完全就是严棣的缩小版，再配上这副苦大仇深的皱眉表情就更像了，让她一见就想欺负。

欺负不了大的，欺负一下小的也很有成就感啊。

"我好像听见舒儿、畅儿在哭，一定是他们又在抢玩具了，你快去哄一下。"这才是秦悠悠找儿子的真正理由。

两岁的双胞胎儿女闹起来，哭叫声让她头疼，得赶紧打发儿子去把一双弟妹哄好。

"母妃，照顾他们是你的责任。"严允义正词严道，他不是奶妈，而且他才几岁？为什么带孩子的任务都落在他头上了？

最重要的是，男子汉大丈夫怎么可以干这些婆婆妈妈的事情？！

"是啊，现在我把这项重要任务交托给你，小允这么聪明可爱有担当的好孩子，一定可以顺利完成的对不对？"秦悠悠决定先来软的，抱着儿子一顿赞美。

"不对，你找姐姐去。"严允斩钉截铁地拒绝。

"你父王带你姐姐去彩丝坊啦。"秦悠悠为难道。

长女严悦已经十二岁，正是女孩子开始爱打扮的年纪，她昨夜里跑到父王那里甜言蜜语几句，今日圣上亲王就抛下所有事陪同爱女去彩丝坊挑选衣料做新衣服了，连小灰也跟着去凑热闹。

秦悠悠素来对这些没什么兴趣，照例宅在王府里摆弄她最爱的机关。

严允很郁闷，难怪他今天没找到父王，他正有好几个修炼上的问题要请教呢。女人真麻烦！

"喂，不听母妃的吩咐等于不孝，你再不老实听话，等你父王回来了，我让他罚你抄书三百遍啊三百遍！"秦悠悠听着远处小孩子的哭闹声越来越响，决定对眼前这小子来硬的。

严允喜欢学武，而且天赋极高，虽然不似他父王可以修炼那种祖传的秘法，不过学习其他功法进境也是一日千里。

严棣当年修炼秘法也是因为相月国强敌环伺，如今天下基本已经平定统一，即使严允与他父王一样的体质，也没必要冒这个险了。

抄书三百遍对严允而言，意味着要占用他很多很多的修炼时间，这是他绝对不愿意干的。

他身上与母妃最相似的地方就是对于兴趣的专注，他喜欢修炼武道，恨不得一天有一百个时辰可以让他修炼。

别人觉得枯燥无聊辛苦的打坐站桩，他觉得是人生乐事。

面对母妃的威胁，严允很无奈。

父王偏偏就喜欢听信女子与小人之言，尤其如果母妃坚持的话，父王是一定会听从的。

严允气得眼圈发红，委委屈屈地哄弟妹去了。

秦悠悠得意洋洋地溜回自己的工作室，继续摆弄她的机关。

事实再一次证明，跟她斗是没有出路的。

晚上严棣不由分说把沉迷于大堆机关图纸的娇妻抱到偏厅去用膳，完了严悦让丫鬟捧出一块青色衣料展示给秦悠悠看。

"母妃你看这块衣料好看不？颜色会变呢！"严悦在灯下铺开那幅华美的锦缎。

秦悠悠好奇地一看，果然如此！

也不知道那些织工是如何办到的，看似简单的青色布料，从不同角度看竟然可以看出石青、藏青、靛青、花青等系列不同深浅的青色，布料表面仔细一看还有淡淡的云纹。

秦悠悠还是第一次见到看似颜色暗沉的布料竟有流光溢彩之美。

不过……

"这种颜色，你不太合适吧？"秦悠悠奇怪地看着女儿。

严悦长得至少有七八分像她，从小就是个美人胚子，也因此备受丈夫的宠爱。她这点年纪，穿红着绿差不多，青色衣料穿在她身上虽然也好看，但着实不符合她的气质。

严悦嘻嘻一笑，挽着秦悠悠的手臂望向父王的方向："母妃，你很久没给父王做衣服啦。父王、我还有小灰阿姨今天替你选了许多料子做新衣呢。"

马屁精！

严允郁闷了，姐姐永远知道怎么讨好父王母妃，看父王那副不动声色品茗的模样，心里想必对姐姐的做法满意得很。

秦悠悠看了丈夫一眼，又看了闷闷不乐的儿子一眼，笑眯眯答应下来。

半个月后，严棣如愿得到了娇妻亲手缝制的爱心新衣，而且试衣过程香艳无比，他满意得接连和颜悦色了好几天。

秦悠悠为他做的第一套衣袍是在两人新婚之时，可惜衣袍还没送到他手上，两人就因为圣祖大炮之事决裂，直到两年之后他才算成功将人哄回王府，让她亲手为他穿上。

对于严棣而言，妻子亲手替他做的衣服都是非常有纪念价值的东西，尤其在得知妻子从没替她那个师父做过衣服，顶多不过送过一个香囊之后，更是如此。

他是唯一一个可以穿上秦悠悠亲手缝制衣服的男人。

不过这个唯一，也没能保住几天……

"小允快来，试试我给你做的新衣服！"秦悠悠抖开一件小了好几号的男式衣袍，对儿子献宝道。

严允有些受宠若惊地摸了摸衣袍上精致的绣花，细密的针脚……这是母妃在他有记忆以来第一次给他做衣服，而且是跟父王那件一模一样的衣服！

天知道要让他母妃扔下她最喜欢的机关图纸、机关零件去做别的事有多艰难。

严允差点儿感动得落泪，他错了！母妃还是很疼爱他的。

"你们父子俩长得这么像，穿上一样的衣服站出去，可以吓跑多少人啊！"秦悠悠的赞美发自肺腑，不过被赞美的人脸色当场垮了下来。

姐姐严悦见到弟弟穿着母妃亲手做的新衣出现，不但不妒忌，反而一脸同情地看着他。

严允不明所以，直到他被父王无端端罚抄书，思前想后才恍然明白，感受母爱是要付出代价的。

他真的错了！他还是继续当个不太被重视的亲王世子比较好……

乘龍 上

CHENG LONG

峨嵋 / 著 EMEI WORKS

重慶出版集團
重慶出版社

图书在版编目（CIP）数据

乘龙 / 峨嵋著 . – 重庆：重庆出版社，2014.5

ISBN 978-7-229-07195-0

Ⅰ.①乘… Ⅱ.①峨… Ⅲ.①言情小说 – 中国 – 当代 Ⅳ.① I247.5

中国版本图书馆 CIP 数据核字 (2013) 第 274415 号

乘　龙
CHENGLONG

峨　嵋　著

出 版 人：罗小卫
责任编辑：刘　嘉　李　梅
责任校对：郑小石　刘小燕
装帧设计：九一设计
封面插图：狐狸 cdj　竹铃叮当

重庆出版集团
重庆出版社　出版

重庆长江二路 205 号　邮政编码：400016　http://www.cqph.com
重庆升光电力印务有限公司印刷
重庆出版集团图书发行有限公司发行
E-MAIL:fxchu@cqph.com　邮购电话：023-68809452

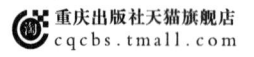

重庆出版社天猫旗舰店
cqcbs.tmall.com

全国新华书店经销

开本：700mm×1000mm　1/16　印张：37.5　字数：698 千
2014 年 5 月第 1 版　2014 年 5 月第 1 版第 1 次印刷
ISBN 978-7-229-07195-0

定价：56.80 元

如有印装质量问题，请向本集团图书发行有限公司调换：023-68706683

版权所有　侵权必究

目录

才脱虎口又入狼窝　　/1

你这么笨也敢出门？　　/15

不听话就倒霉　　/28

表里不一的禽兽　　/42

你一定想以身相许吧？　　/55

柳下惠或吸血鬼？　　/68

马上滚！　　/81

高洁又高尚的灵兽　　/94

求婚的与骗婚的　　/107

两个"严棣"？！　　/121

你到底算几级？　　/133

圣子的一笑倾城　　/148

居心不良的师父　　/162

皇帝在妒忌　　/176

你跑不掉的　　/190

你难道不是我家的人？　　/203

禁地内的神秘婚礼　　/217

夫君被换人了？！　　/227

悠悠我心　　/237

让我好好虐待你　　/249

两兄弟的秘密　　/260

杀机四伏　　/271

才脱虎口又入狼窝

幸好她练功没有很勤奋,不然真亏大了!

秦悠悠苦中作乐地想着,勉强用力掀开脸上的面具吐出一大口鲜血。

身体仿佛被一下子掏空,难受得她想就此躺倒算了。被抓也罢被杀也罢,也好过现在这样要死不活地挣扎着逃命。

可是想到被后面那些人追上的后果……秦悠悠咬了咬牙,在呼啸的山风中继续往前面跑去。

不晓得是哪个缺德鬼研制出"化元丹"这么阴损的小药丸,可怜她辛辛苦苦修炼了十年的功力,就这么被一次清空,诅咒那个缺德鬼十辈子娶不到老婆!

秦悠悠靠着胡思乱想分散对身上伤痛的注意力,硬撑着一脚深一脚浅在山路上蹒跚前行。

前面传来水声轰鸣,身后追兵的呼喝声也越来越近!

奇怪了,山溪之类的水声怎么会这么响?秦悠悠神志有些迷糊,化元丹的药力经过她这一轮奔跑折腾已经运行全身,虚弱的感觉渐渐将她淹没。

"悠悠,不要跑了,前面没有路,跟我回去吧。"熟悉的男声传来,是风归云。

她要跟他回去肯定完蛋!不跑的是呆瓜!秦悠悠翻了个白眼,心中很是不以为然。

不过下一刻她就后悔了——迈出去的步子踏了个空,她整个人不受控制直往下掉。

前面竟然是悬崖!

该死的风归云连句话都说不好,他如果直接说前面是悬崖,她一定不会加速冲过去的,她这死得也太冤了!

不过好像掉下悬崖的一般不会死,还会撞上大运得到什么旷世秘籍上古宝藏之类……秦悠悠人在半空就支持不住晕了过去。失去知觉前,脑子闪过的全是师父对她说的那些床边故事情节。

"悠悠!"悬崖上风归云焦灼惊怒的声音被山风吹得支离破碎。

摇晃不定的火光之中,风归云俊美温和的脸孔显得狰狞而震惊,他几步冲到悬崖边向下张望。

今夜狂风大作、星月无光,山崖下的河水被掩盖在一片黑暗之中,只听到隆隆水声,哪里有半分秦悠悠的身影声息？

风归云握紧了拳头，指甲刺破掌心也毫不自觉，猛地转身对后面一群随同前来的黑衣人大喝："下去找，就算把下面那条河抽干了也要给我把人找回来！生要见人……"话到这里，他双目发红，忍住没把"死要见尸"四个字说出口。

秦悠悠不可以死！不管在公在私，他都必须把她找回来。

都怪他太心急逼得太紧，早知如此，他宁愿今日先放她离开……

作为这个故事的女主角，秦悠悠当然不会死，不过也没有像她师父说的那些不靠谱的故事般赶上什么奇遇，她只是被人从江水里捞了起来，搁在船尾的木板上。

"外边发生了何事？"船舱内一名青衫男子目光自手上的信函上挪开，望向守在舱门边作管家打扮、白发无须的老仆。

论容貌这青衫男子也是极出色的，可惜脸上半分笑容也无，天生威仪加上眉心淡淡的几道褶痕，为他本来就偏于硬朗的轮廓线条更添十二分凛冽严肃，让人不由自主心生怯惧，别说亲近喜欢，连多看一眼都觉得是大胆冒犯，让他看一眼更是心胆俱颤。

再好看的容貌，长在阎罗王脸上也不会有人欣赏得起来。

他姓严名棣，在许多人心目中就是一个活阎王！

老仆躬了躬身，细声细气道："船家在江上发现有人溺水，将人救起了放在船后。"

只要听见他的声音，所有人都会明白他从事的特种行业——太监。

身边带着太监的人自然不会是普通人，严棣乃是相月国国君的同胞兄弟，老太监名叫梁令，曾掌管皇家辖下所有密探，即使如今退下来当严棣王府的大总管，在相月国皇城中仍是一等一的权势人物。

他们主仆二人这次秘密出行潜入多丽国，身边只带了有限的十二名亲信侍卫，对于突然出现在附近的陌生人与意外事件自然格外警惕。

梁令正想开口请命前去把这个"意外"处理掉，严棣已经将手上的信函抛入火盆中，站起身往船舱外走去。

这封信是手下密探方才加急送来的，信上是一个让严棣失望的消息，他要找的那个人刚刚显出形迹，线索便再次断得干干净净。类似的情况已经不是第一次发生，他几乎要怀疑是不是上天故意跟他作对。

那个该死的家伙也太会躲了！简直比泥鳅还滑溜。

梁令看出他心情不佳也不敢多言，默默跟在他身后一起走到船尾。

秦悠悠正横在船娘的腿上脸蛋朝下吐出最后一口含沙带血的江水，她神志迷糊，湿透的长发凌乱披散，情状狼狈万分。

严棣走到她身边，借着微弱的灯火正好看见她颈后发丝之间隐隐露出的一小片嫣红……是她？！

严棣霍地弯腰伸手拂开那束阻碍视线的湿发，现出下面纤细洁白的颈项，一片形状如枫叶，只比拇指略大的嫣红胎记赫然入目。

他的突然到来把正替秦悠悠施救的船娘吓了一跳，手足无措就想起身行礼，伏在她膝上的秦悠悠差点顺势滚落在船板上，幸好严棣眼明手快将人搂住。

"小心！"梁令没想到严棣会突然去抱秦悠悠，万一那是刺客假扮的怎么办？！

严棣不理他们两人，伸出手掌贴向秦悠悠胸口。

秦悠悠只觉得一股暖意从胸前散向四肢百骸，精神一振张开了眼睛，茫然看了眼近在咫尺的严棣，脑袋一歪又晕了过去。

梁令在旁仔细观察片刻，发现秦悠悠确实毫无攻击能力，便放下心来指挥船娘准备热水姜汤等杂事。

身为严棣的亲信，看到秦悠悠颈上胎记的那一刻梁令就明白主人为什么会如此失常了——这个被船家好心救起的女子，很可能就是主人这一年来四处寻觅的那人！

只不过，怎么会是个年轻女子呢？

船舱之内，严棣确定秦悠悠暂时性命无碍，吩咐船娘替她擦身更衣，小心安置到他的床上。

侍卫前来禀报："江河两岸发现有大批形迹可疑的黑衣人在沿江搜索，前面十里外有多丽国兵士开始封锁江面截留过往船只。"

严棣扬了扬眉，追兵来得可真快！

多丽国与相月国素来不和，如果发现相月国的皇族核心人员在此，会发生什么事难以预料。

情势危急，严棣却没有丝毫震惊紧张之意，心情极好地挥手示意梁令出去替他全权处理此事。

不过片刻，所有人都退到船舱外，船舱里灯火摇曳只剩一片宁静柔和。

严棣的指尖慢慢抚上秦悠悠颈后嫣红的枫叶形胎记。就凭船娘从她身上取下的那些古怪小东西还有好几个风格各异的面具，已经足够他确定她的身份。

踏破铁鞋无觅处，得来全不费工夫……

"是上天把你送到我手上的。"声音低沉如叹息。

秦悠悠昏迷之中感到颈上痒痒的，不由自主哆嗦一下扭过头来，苍白却依然美得惊人的脸孔展露在灯光之下，荏弱娇嫩吹弹可破，初生兰花一般惹人怜爱。

浅淡的笑容慢慢从严棣的眼中燃起，一点点蔓延到唇边，那张缺少表情的面孔因为微笑变得无比诡谲魔魅。

"真是个让我意外的惊喜……"

流连在秦悠悠颈上的手并没有离开，改而轻轻描绘起她细嫩的脸蛋，严棣的笑容越发开怀满意，也……越发恐怖。

秦悠悠没能看见严棣这稀有的笑容，不过根据她日后对严棣的形象描述，也不难想象严棣笑起来有多惊悚——他不笑的时候可以把小孩吓哭，笑的时候……连大人都吓哭了！

秦悠悠醒来已经是三日之后，她很小心地没有马上张开眼睛。

身体内明显的空虚无力把她郁闷得几乎想放声痛哭。虽然她不是太用功，但也辛辛苦苦修炼了整整十年，一颗该死的化元丹就把她十年的付出化为乌有，早知道还不如不修炼什么见鬼的武道，省些时间专心研究自己喜欢的机关术。

可惜她再怎么难过沮丧，一切也已经成为现实，她现在更需要考虑的是眼下的处境与之后怎么躲过风归云的追捕。

秦悠悠只低落了片刻，就不得不再次振作起来。

她应该是被人救了，凭感觉是在一条船上，她记得迷糊之中似乎看见过一个陌生男人，不过她现在也不记得对方长什么模样了。

风归云如果抓到她，一定不会选择走水路，她不知道自己昏迷了多久，但估计时间不会太短，救她的人能够带着她安然无恙避过风归云的追查，肯定有些门道。

她如今连普通女子都不如，要想平安脱险，最好的办法莫过于赖在救命恩人身边，等远离险地，她的状态也恢复一些了再作打算。

秦悠悠心里默默盘算着解释自己身份来历的说辞，顺道酝酿情绪待会儿好用力装柔弱小白花骗取同情。

师父说过，男人少有不好色不爱逞英雄的，英雄救美什么的，他们最喜欢了！

"既然醒了，就张开眼睛说话。"男子的声音忽然在床边响起，秦悠悠一口气没喘上来，当场被自己噎得咳嗽连连。

秦悠悠醒来不久严棣就发现了，这小丫头醒了却故意装昏，不知道心里打的什么鬼主意。

严棣见她连咳嗽都有气无力，着实有些可怜，于是将她抱起来靠在自己怀中，在她背上抚拍数下替她顺气，又顺手把手上的热茶喂她喝了两口。

一旁的梁令看到这一幕吃惊得眼珠子都差点掉下来，这么多年来他就没见过自家主人对人这么温柔体贴过！还好他是见过大风浪的，异色一闪即过，马上恢复正常。

秦悠悠缓过一口气，猛地发现自己竟被一个陌生男人抱在怀里——她被非礼了？！

她摇摇晃晃撑着身子退开，一边抬眼瞪向严棣，本想义正词严斥责对方举止轻薄，结果这一瞪之下反被对方的森然气势镇住，心虚气短起来。

面前的男人给秦悠悠的第一印象是严肃、很严肃、非常严肃！仿佛天生不会笑，一张脸绷得跟钢板似的，五官深邃轮廓分明，气势犹如一座巍峨山峰，孤傲刚强且冷漠沉凝。

那一双眼睛尤其可怕，看人的眼神恍若有形，似乎可以看穿所有伪装直指人心。

他脸上的表情太过"庄严肃穆",没有丝毫登徒子的轻佻好色之态,注视秦悠悠的眼神犹如法官打量人犯。

秦悠悠当场忍不住自我怀疑起来,这么个石头一样的男人应该不会非礼她吧,一定是她太多心误会人家了。

两人对瞪片刻,饶是秦悠悠向来胆大皮厚也有些受不住,同时也想起了自己的计划——她要装弱势博同情求保护哎。

"呃,是、是你救了我吗?这里是什么地方?"秦悠悠马上收回目光,低头抱着盖在胸前的锦被怯生生问道。

声音有气无力,加上她这副柔弱可怜的姿态,满分!

严棣盯着她的发心,一字一字道:"你不认得我?"

秦悠悠一愣,她该认得他吗?

她飞快抬起眼睛瞄了严棣一眼,没印象啊!他们以前见过吗?

见过这家伙也不该认得出她,她平时不是易容就是戴面具,根本没几个人见过她的真正容貌。

还是这个男人很有名,是个人都该认得他?

秦悠悠虽然没答话,不过茫然的神情已经给了严棣答案。

严棣心中腾地生出一股怒气。

一年了,整整一年时间,他几乎动用了一切力量调查追寻面前这个小女子,而她对他竟然毫无印象!

她怎么敢如此轻忽于他?!

还是这一切都是她装出来的?以为这样就能把她一年前干过的好事赖得一干二净?

严棣眉心的褶痕不自觉地深了几分,秦悠悠在他的目光之下莫名其妙觉得有些发冷。可是她真的不认得他啊!

她认人的本事向来很差劲,对方身上如果没有什么明显特征,她一般都记不住。从前她与师父隐居之处附近的那个小村子也不过一百多口人,她能清楚认得记住的一半都不到,这还是经常接触的。

如果是偶然打交道的人,她基本上一转身就会把人忘得干干净净。

师父说她这是天生的没心没肺外加识人不清,秦悠悠只能自我安慰,她的脑袋是用来记住一些更有价值的东西的,惦记那些路人甲乙丙丁做什么?

她根本意识不到她这个"小缺陷"将会为她带来多大的麻烦……

"请问恩公高姓大名?"秦悠悠楚楚可怜地问道,摆出一副诚心悔过的姿态。

我之前没认出大名鼎鼎的你是我的错,我现在知错马上就改,你大爷该满意了吧?

严棣冷冷看着她,直接跳过她的问题:"你吃过化元丹?你的仇家是什么人?接下来有何打算？"

完全是审问犯人的语气腔调。

秦悠悠其实也不是真的关心恩人的身份姓名，他不想说那就让他继续保持神秘好了，反正她也没打算替他立长生牌位。

她很感激对方的救命之恩，有机会也想报答，可如果对方觉得无所谓，她也不会太坚持就是了。

眼前这个男人能够看出来她是被化元丹废去了修为，可见本身修为不弱，自己在他面前说话要小心一点，不然牛皮吹破了可不好玩。

"恩公好眼力。这是我师门的事，恩公救我一命已经无以为报，怎么好再给恩公添麻烦？至于打算……"

秦悠悠把苦情戏演得淋漓尽致，事实上不用演她也真的很倒霉很可怜了。

要说明她的仇家，不可避免要提及她被毒害追捕的原因，她无法确定这位恩公是否值得信赖，自然不想把自己的事情抖出去。

这一招以退为进也是要看看严棣的态度，等闲男人见美人落难还如此替自己着想，一定会逞英雄拍胸膛要替美人承担一切，就算不夸下海口，也会主动提供一些帮助。

可是严棣硬是面无表情，一言不发只瞪着她看。

看看看！没见过美女啊！

秦悠悠心里很是怨念，想吊胃口结果人家不上钩，只得长叹一声道："待寻回我的两只灵兽，找个地方隐居避祸就是了。"

"两只灵兽？"严棣挑了挑眉头。一般修炼武道之人都可以与灵兽结伴修炼，不过一生顶多只能与一只灵兽定下伴生契约。

"嗯，其中一只是师父留给我的，与我并没有定下契约。"秦悠悠解释道。

"你落难，它们都不在你身边。"严棣的语气里隐隐透着质疑不屑。

伴生灵兽与武者之间的关系虽然还不到同生共死的程度，但比起骨肉至亲也差不了多少，秦悠悠被人害成现在这副模样，那两只灵兽竟然跑得不见踪影，这算什么见鬼的灵兽？

"它们帮不上什么忙，与其陪我倒霉，不如各自逃命。"秦悠悠自己倒不觉得有什么。

她发现食物中被人加了化元丹之后的第一件事，就是让身边两只灵兽尽快逃跑，风归云的主要目标是她，那两个家伙耍嘴皮子、逃命都是一把好手，生死搏杀它们可一点儿不专业。

"你打算怎么找，它们有什么特征？"严棣继续盘问。

这是有意思帮她的忙吗？不错不错，人长得好果然就是人见人爱。秦悠悠心里暗自得意，面上迟疑片刻才道："我约了它们在相月国边境的八塞镇会合，它们一只是迷踪雪兔，一只是圣音八哥。特征……擅长吃、话多、跑得快算不算？"

"……"严棣和梁令无语，这是什么废物灵兽？！

迷踪雪兔的名声他们听过，除了跑得快之外还真的没什么长处。至于圣音八哥的先祖倒是很有名气的，它们战斗力完全可以忽略不计，但是都有个非常强大的脑袋，有过目不忘的本事，而且高阶的圣音八哥更能预言未来，曾经是各国圣殿中供奉的珍贵灵雀。

只不过这些都是属于圣音八哥先祖的光荣传说，如今大陆上的圣音八哥早已经丧失了先祖的神力，除了口齿比普通八哥伶俐一些，再无其他用处。

这小丫头身边就带两只这么弱的灵兽，难怪被人害成这样。他们两师徒收灵兽的标准也太古怪了，这样的灵兽有跟没有差不多。

秦悠悠暗里吐了吐舌头。她没说谎，不过是表达得比较"概括"和"平淡"罢了。

房间里陷入一片尴尬的静默，秦悠悠偷偷打量着严棣的表情，小心道："我身上本来带着的那些东西在什么地方？"

她落水时身上的"装备"不少，尤其她现在身上一丝真气都提不起来，更需要那些东西防身。

严棣皱起眉头，沉声道："一个女子身上尽带那些东西像什么话？你在我身边我自会保你平安。"说完也不等秦悠悠反应，便起身带着梁令推门离开了。

秦悠悠被他说话时那副肃然严正的气势所慑，没想到反驳，等她想起来要据理力争对方已经不见踪影，顿时一阵气结。

她一个弱女子落难于此，身上带些防身的东西，哪里就不像话了？！

再说这家伙就算是她的救命恩人，也没道理随便没收她的私人财物吧？简直不可理喻！

可是她现在连坐起来都吃力，就算不服气也没能力追出去理论，只能咬牙切齿在心里咒骂一番。

船上除了她只有船娘一个女人，连续几天都是由船娘负责照顾她的饮食起居，秦悠悠从她嘴里大概只知道救自己的那个男人应该很有钱，来历神秘，甚至连什么船娘两夫妻都不知道。他身边还带了十几个一看就很厉害的手下，在多丽国某个边陲码头花了几十片金叶雇他们两夫妇的这条大船与一众船工，只让他们顺着江河流向行驶，也没说明要到哪里。

可救了秦悠悠那日之后，却忽然吩咐大船改道回头，路上遇到了几批多丽国的官兵截查，竟也让他们轻轻松松过关了。

船娘对于江上忽然出现大批官兵感到十分担忧，唯恐有江匪水贼在附近作案，更怕这些官兵趁机对他们敲诈为难，幸好一路有惊无险。

秦悠悠知道眼下的情形多半与自己有关，看来那个整天毫无表情的严肃男人确实很有办法，幸好自己是被他救了，否则此刻肯定已经落入风归云的手里。这么一想，心里对严棣的感激又多了几分，勉强压过对他随意没收她私人财物的怨气。

自从那日"不欢而散"之后，她接连几日没再见到严棣，只好安下心来养伤，反正她现在的情况除了乖乖吃药睡觉，什么都干不了。

等秦悠悠终于可以下地走路，船也将到达终点——位于多丽国与相月国边境的三台码头，从这里改行陆路进入相月国国境，不到百里就是她与两只灵兽约定的会合地点八塞镇。

一想到马上就要脱离险境，也许很快就可以与两只灵兽相见，秦悠悠心情大好，盘算着合适时机再次开口向严棣讨回自己的东西，然后去找师父的老朋友，那个号称"医圣"的老头子，看是否能够替她解去化元丹的药力。

她身上的真气并没有消失，只是丝丝缕缕散在各处经脉骨骸中，无法凝聚运用，这种情况算是不幸中之大幸。不过解药一定要尽快找到，否则零散的真气不能重新汇聚归入丹田温养，一年之内就会渐渐消散，到时候就真的回天乏术了。

"那位爷让俺请姑娘到甲板上去，船很快就要靠岸了。"船娘笑眯眯道。严棣一行下船后，这一趟行程就算结束，那几十片金叶子就安安稳稳落到他们的口袋了，足以抵得上他们两个月的收入了。

而且船娘两夫妇连同手下的船工们心里都有些害怕严棣等人，每次看到他就觉得双脚发软，大气不敢喘一口，这些天来憋得他们够呛。

"好啊！"秦悠悠笑着应了一声，她正想找机会向严棣讨回自己的"装备"呢。

她三步并作两步走到甲板上，远远就见几个身形高大的男人正在说话，然后她就猛地想到一个大问题——她认不出哪个才是她的"恩公"了。

她只记得那是个看上去很高很壮很严肃的年轻男子，可是面前这几个在她看来都是差不多的一个款型……

秦悠悠心里迟疑，脚步就慢了下来，万一打错招呼，那就太失礼了。

严棣看着秦悠悠走近，她纤细的身子套在船娘肥大粗陋的衣裙里，不显落魄憔悴，反而被一身荆钗布裙衬托得越发显眼，如同沙砾堆上的珍珠，格外惹人珍爱注目。

这样娇滴滴的美人儿，谁见了都会觉得她应该被绫罗绸缎、琼浆玉液娇养在富贵温柔乡中，而不是流落乡野承受外间的风风雨雨。

严棣忽然有些后悔，他不应该把她叫出来的，就算出来也得把她遮得严严实实的才是——他身边这几个亲卫竟然都在偷看她。

不过她看他的这是什么眼神？！

秦悠悠并不知道严棣在注意她，她正忙着从这几个人的衣着与举止姿态中找端倪，好把自己的"恩公"认出来。

正好这时梁令也上了甲板，走到严棣身边微微躬身低声说了几句话。

是他了！

一群人里最牛气冲天的那个，虽然这几个个都是面瘫脸，但论气势都不如他，而且梁令满头白发特征很明显，秦悠悠一眼认出他是恩公身边的跟班。从船娘口中她知道船上白头发的就这么一个。

秦悠悠确认目标，心下大定走上前去。

"你不认得我？"严棣想到她刚才陌生的眼神就心生不快。

秦悠悠准备好一大篇狗腿问候的客气话被这天外飞来的一句吓了回去，怔了怔之后心里忍不住吐槽：你谁啊？！是个人都必须认得你？！想出名想疯了吧！

面上却一副腼腆歉然的小白兔表情垂头不语，吃定了严棣一个大男人不好意思当着众人的面前跟她计较这种小事。

严棣对梁令摆了摆手道："去取一顶帷帽来。"

梁令马上照办，不过片刻就寻来一顶黑布帷帽。其实就是船娘平日常用的斗笠边缘蒙上一层薄薄的玄色布片，与秦悠悠现下这身打扮倒是相配得很。

"戴上。"严棣示意梁令将帷帽送到秦悠悠手上，语气是命令式的，没有半分质疑商量的余地。

秦悠悠明白自己现下的情况要尽量低调，就算严棣不提她也会主动请他们帮忙找些遮掩面目的面纱斗篷之类，可是严棣这副颐指气使的态度让她打心底里不爽起来。

不过人在屋檐下，她忍。

秦悠悠乖乖接过帷帽，不忘细声细气道谢："恩公费心了。"

装得很像！不知道她打算装到什么时候？严棣扫了她一眼，吩咐船公把船靠到码头上。

从秦悠悠落江的地方到三台码头，水路五六天就可以抵达，严棣不知道出于什么原因，硬是让船在江上滞留了好几天，今日距离她出事那一日已经过去了整整十天。

码头一带依旧有多丽国的兵士截查过往客商，不过明显松懈多了，都忙着呼呼喝喝借机敲诈经商船的竹杠。

秦悠悠戴着帷帽老老实实跟在严棣、梁令身边一起下船，看起来就像是贵公子带着老仆由一个瘦小的船娘引路到码头上透透气。

重新脚踏实地的感觉真好！秦悠悠还来不及舒一口闷气，忽然听见渡口前那一片空地上传来一阵急骤的铜锣声，接着那边的人群更骚乱起来，五匹通体乌黑的骏马从人群中直冲过来，一路跑到码头边才踏步停下。

马上五名骑士黑衣黑裤，为首之人面上一道刀疤从左眼角延伸到右边耳根，鼻梁塌陷容貌十分狰狞恐怖，秦悠悠一见这人就暗暗叫苦。

是风归云手下的第一强者夜如年！他脸上那道刀疤太醒目，是有限几个秦悠悠一眼就能认出来的人。

夜如年的实力无限接近七品武尊，秦悠悠如果装备齐全而且没受伤倒还不怕他，

上 / 9

可如今的她完全就是个手无缚鸡之力的弱女子，对方一根指头足够把她碾死十遍八遍。

风归云这混蛋阴魂不散的要缠着她到什么时候？夜如年早不来晚不来，偏偏赶上她上岸的时候来，她怎地这么倒霉啊！

码头那边已经被夜如年等人封住，她要逃跑就只能再投一次江，而且凭自己现在这体力跳江都不见得能够跑掉。

何况她身边还有恩公两主仆，人家好心救她总不好反去连累人。

秦悠悠无奈地侧头对严棣道："待会儿你记得装作不认识我……"说着就打算迈步离开他们身边。

不过她一步都没能迈出去就被严棣圈住肩膀扯了回来，一头撞进他怀中。

"噢！"秦悠悠低叫一声泪流满面，不是因为感动，是因为鼻子差点被撞歪了。

夜如年突然到来原本也只是例行巡视，时间已经过去整整十日，主人要找的那个女子如果没死也早该逃得不见踪影，不过才踏上码头他就感觉到有些不对劲。

他的目光穿过人群，准确无误地落在了严棣身上，自然也顺道看见了被他搂在怀中的秦悠悠。

秦悠悠戴着帷帽而且脸朝严棣方向，夜如年看不见她的容貌，不过就算看见也不认得，秦悠悠从来不是易容就是戴着面具示人，可是她的身形夜如年太熟悉了，他在暗处见过无数次，更亲自随同风归云追踪了她整整一夜，只一眼就能确定她定是主人急着要找的人。

秦悠悠也感觉到他的视线，顿时身体僵硬心头冰凉，一时忘了鼻尖传来的痛楚，更忘记了严棣与自己过度亲密的姿势。

"别怕。"严棣的呼吸轻轻拂过她的耳边，温热的手臂圈住她的肩膀，抬头漠然望向夜如年。

夜如年面沉如水举起马鞭指了指秦悠悠冷声道："她是我多丽国皇上亲自下令通缉的重犯，阁下请将她交给我们，本官一定会重重酬谢。"

他虽然勇悍过人，但也不想轻易与面前这个看不清深浅的男人为敌，所以说话中留了余地，希望对方可以顺着台阶下来，免却一场激战。

严棣的手掌仿佛无意识地慢慢摩挲着秦悠悠的肩膀，语调平淡得听不出任何情绪："她现在在我手上，就是我相月国的人。"

秦悠悠不知道该松口气还是该吸口气，从刚才严棣忽然把她拉入怀中起，她就感觉到这个男人想保护她，不管来的人是谁都不会将她交出去的。

可问题是，他有这个实力吗？

夜如年那边除了他本人，其余四个黑衣人看上去都不是弱者，很有可能都是三品以上的武者。

修武之人一般分为九品，一至六品都称为武者，突破晋入七品即被奉为武尊，传闻九品之外尚有更高的层次，不过那样的人凤毛麟角，几乎都只是传说。

三品以上武者已经不弱，称得上是高手，民间有个别号叫"百人敌"，顾名思义那就是有对战百人不落下风的实力，至于夜如年这类无限接近七品武尊的人物，等闲应付数百人合击都不成问题。

身前这个男人看年纪不过二十五六岁，以一敌五外加带上她这个累赘想安然脱身，可能吗？秦悠悠深表怀疑。

夜如年沉下脸色道："阁下是相月国人？未请教高姓大名。"一边说一边向他身后的四名黑衣人摆了摆手，四人纵马将码头进出的道路封住，其中一人更向天发出一枚信号焰火。

严棣搭在秦悠悠肩膀上的手顿了一顿，秦悠悠敏感地察觉到他似乎在打量她，心里很是莫名：别人问你名字你看我做什么？人家都招呼同伙来这里增援了你怎么一点儿反应没有啊？

她真的不认得我……严棣心里说不出是失望还是恼怒。

"痛……"秦悠悠忽然觉得肩头上那只温暖的大掌变成了大铁钳，捏得她骨头都要碎了，忍不住失声低叫起来。

严棣怔了一下收回手替秦悠悠把被撞掀了一半的帷帽扶正，然后理所当然拉着她的手臂就往前走去，仿佛完全无视夜如年的存在。

秦悠悠心惊胆战被他拖着往前走，不过片刻就走到了距离夜如年不足一丈的地方。

"挡我者，杀！"严棣语气平淡如故，仿佛在说一句无关紧要的话，甚至脚步都没有半分停歇。

砰！重物落地的声音从不远处传来，仔细听似乎是四五件重物同时落地，不过因为同时发生，听起来似乎只有沉重缓长的一声。

码头上忽然静得出奇，秦悠悠忍不住好奇稍稍掀起帷帽一角的黑布，结果见到无比血腥的一幕——夜如年左手边的两名黑衣骑士被人一刀腰斩，鲜血喷涌。马匹旁边不知何时各多了一名幽灵般的青衫男子，手握长刀，刀光如雪，雪刃上血痕斑斑。

不必扭头秦悠悠也知道另外两个黑衣骑士也遭受了同样的命运。

夜如年狰狞的脸孔惨白扭曲着，瞪大眼睛死死盯着拖住她一步一步往前走的男人，似乎连出手攻击的勇气都消失得一干二净。

秦悠悠很理解他的感受，换了她在他的位置上，只怕比他更尿十倍不止。

那四个不是普通人，都是修炼多年的强者，竟然连对手的样子都没看清楚就被斩瓜切菜一样全数腰斩，下手对付他们的人境界比他们高了至少三品！

从衣服上看，秦悠悠认得出来这些光天化日之下动手杀人的高手，正是刚才在船上站在她恩公身边的人。

她忽然觉得握住自己手臂的那只手掌变得如蛇蝎般可怕，她的恩公很强大而且一定大有来头，不过好像不是什么好人……

不知道是谁率先惊呼一声，人们从眼前的恐怖血案中回过神来，尖叫着四散奔逃，码头顿时乱作一团。

在江面上巡查的多丽国兵士也反应过来了，纷纷大声吆喝，却没有一个敢将船驶回码头来协助缉凶。

"回去跟你的主人说，她是我相月国的人，如果不服，尽管到子夜城来。"严棣就这样拖着秦悠悠大模大样扬长而去，夜如年直到他们走得远远才颤抖着抬手抹了一把冷汗。

附近驻守的官兵见煞星离开，连忙跑过来表忠心献殷勤，其中一人道："夜大人，我们是不是要派人跟上去？"

夜如年死里逃生，见了他们的嘴脸更觉厌烦，摇头道："不必了，跟上去也是送死，除非我们有七品以上武尊级别的高手坐镇……"

"武尊？！"吸气声此起彼伏，对他们这些普通人而言，武尊跟神仙几乎是同义词。如果说三品以上的武者是百人敌，那真正的武尊就是千人敌，寿命据说最长的可以活到两三百岁，这样的人他们一辈子不见得有机会接触。

其中一名官兵结结巴巴道："夜大人您、您的意思是，刚才那个后生是、是武尊？！"那个年轻人气势很吓人，不过看上去顶多三十岁不到，这样年纪就成了武尊？不会是夜如年怯战故意夸大对手的实力吧。

不止他这么想，旁边的官兵不少也是类似想法。

夜如年哪里不知道他们的心思，气恨道："如果他不是武尊，老子会这么怂包看着自己的兄弟被杀了屁都不敢放一个？！"

另一边，同样推测着严棣实力的还有秦悠悠。

严棣刚才并没有亲自动手，但经过夜如年身边时瞬间散发的气势十分可怕，以秦悠悠的见识看来，至少也是武尊级别。

可是这么年轻的武尊……秦悠悠的心理严重不平衡起来，他从娘胎里开始修炼也不可能二十来岁就成了武尊吧？一定是自己想太多了。

略过严棣本身的表现不说，就今日他派去动手的那些手下，看上去也至少是五六品的武者，能够让这样的人心甘情愿听他驱使，要么他本身身份高得吓人，要么就是他的实力极其强大。

听他的口气是相月国人，而且言谈中似乎相月国就是他家的一般，那很有可能是相月国皇族中人，难怪视人命如草芥，说杀便杀。

秦悠悠不会同情追捕伤害她的人，不过对于出手血腥狠辣的严棣，同样心生戒惧疏远之意。

自己才在多丽国吃了大亏，别到相月国再倒霉一回，想到这里秦悠悠更加庆幸自己先前没有对严棣吐露身份。

这家伙分明是个杀人王，她还是尽快找回自家两只灵兽，闪得越远越好。

秦悠悠一路打着自己的小算盘，直到前面的严棣停下脚步。

"你会不会骑马？"严棣忽然转身问道。

"啊？马……马？！"秦悠悠元神归位，听清楚严棣的问话，也看清楚面前多了一匹很高很壮的红马，声音顿时高了八个调。

她小时候曾经贪玩去骑别人送给师父的一匹小马，结果被直接从马背上摔下来，差点把脖子摔断，在床上躺了整整一个月才伤势痊愈，从此再不肯靠近马这种恐怖的生物。

严棣不明白她在激动什么，也懒得再征询她的意见，径自翻身上马然后一手把她拎起来放到自己腿上。

秦悠悠被吓得几乎要放声尖叫，她讨厌马，尤其害怕这种坐在马背上离地好几尺随时会被摔下去的可怕感觉。

"我、我、我不要骑马！"秦悠悠用力挣扎要回到平地上去。

严棣沉下脸色冷喝道："闭嘴，不许动！"这个女人一点不明白她坐在男人的腿上乱扭乱动对男人的自制力是多大的挑战。

严棣不知不觉散发出的威严令人打心里害怕，秦悠悠被定在原地，理智稍稍回笼马上逼出几滴眼泪呜呜哭道："我怕，我不要骑马……"

严棣皱了皱眉头不理她，一手圈住她的腰一手提缰，身下的红马如离弦的箭一样往前奔跑起来。

秦悠悠大惊失色，也顾不上装哭了，几乎四肢并用地揪紧了严棣，唯恐下一刻就会被抛到马下。

眼前这个哪里是什么恩公，分明是个恶棍！

秦悠悠不知道自己是怎么下马的，她身体伤后本来就很虚弱，惊吓之下全身紧绷，在马上颠簸一阵终于支持不住晕了过去。

再醒来已经躺在床上，身上的骨头仿佛散了架，好半天才费力地推被坐起。

远处依稀传来狗吠声与更夫敲打竹梆子的声音，大概是三更了。秦悠悠扶着床头想下床点灯找水喝，眼前忽然火光一闪，明亮了起来。

严棣的身影出现在昏黄的灯光之中，秦悠悠迟疑了片刻，试探着道："恩公，这么晚了，你……"严棣仍穿着白天那身衣袍，秦悠悠靠着这点迅速肯定了他的身份。

三更半夜潜入女子的房间，他想干什么？！

严棣默然给她倒了一杯茶递到她手上，道："你就这么怕骑马？"

他原本以为她是装的，直到她在他怀里晕了才发现她是真的害怕，看到她那张惨白的脸，他竟产生了一些类似后悔愧疚的情绪。

幸好她只是惊吓紧张过度，伤势也并没有受到太大影响。

"我小时候从马上摔下来过，我很怕很怕骑马。"秦悠悠老实道，希望恩公大人放她一条生路，别再强迫她骑什么见鬼的马。

"喝完茶吃些点心继续睡，你太弱了。"

公事公办甚至带着嫌弃的口吻，把秦悠悠对他深夜潜入女子房间的质疑打得粉碎。

这样一个不苟言笑的家伙你说他半夜进入女子寝室欲行不轨……秦悠悠觉得自己想太多，说他半夜去杀人还像样些。

一口暖暖的茶喝下去感觉好多了，秦悠悠抬眼瞄了瞄发现灯下空无一人，严棣已经不知去向。

她还想问他这里是什么地方，离八塞镇有多远，还有接下来的行程安排呢。

真是个怪人！莫非半夜特地来看她有没有踢被子？

梁令伺候严棣洗漱后退出房间，经过秦悠悠房门前不自觉停住脚步，深深看了一眼。

主人竟然要亲眼看见这女子醒来，确认无事才回房休息，这等"殊荣"从来没有人能够享受，主人对这女子什么心思，已经很明白了。

次日清晨，秦悠悠张开眼睛终于看清了自己身处的房间，不由得暗暗吐了吐舌头，这样豪华的房间别说客栈不可能有，就算在普通富豪之家也难得一见。

大到她昨夜睡的那张沉香雕花床，小到窗边花盆下的白瓷托盘都颇有来历。

那位恩公恐怕真的是相月国皇室中人，自己被这样的人救了，不知道是祸是福。

门外传来敲门声，恭敬的问安之后走进来两名小丫鬟。

"主人命奴婢前来伺候姑娘更衣梳洗。"两个小丫鬟身上穿的也是绫罗绸缎，比秦悠悠这位一身粗布衣裙的贵客像样多了。

她们带来了从里到外全套新衣还有钗环脂粉等等，看上去素雅却没有一件俗物，秦悠悠在这方面研究不多，但也看得出来这一堆东西肯定不是便宜货。

秦悠悠自忖不过是严棣随手从江里捞起来的倒霉鬼，他是钱太多了不当回事还是对她有所图谋？哼哼，她还是快些脱身的好。

"这里是什么地方？离八塞镇远不远？昨天我是什么时候到的？"秦悠悠问道。

"这儿叫八归镇。奴婢们今早才被送到这儿来，其他事情都不太清楚呢。姑娘等会儿见了主人就知道了。"两个小丫鬟笑眯眯的，有问必答，不过以废话为主。

秦悠悠问了几句就懒得再问了，闭起嘴巴任由她们摆布打扮，她们不是真的不知道，只是得了命令不许多说话罢了。

算了，他们喜欢玩神秘就随他们去吧！她等会儿见到严棣就向他提出要离开的事。

你这么笨也敢出门？

秦悠悠离开的借口都是现成的——她要去八塞镇与她的灵兽会合，不便再叨扰了，咱们有缘再见吧！

当然，还要记得把自己的装备都要回来。

至于欠严棣的救命恩情和这些身外之物，就先欠着吧。恩公大人看起来就很有钱，应该不会好意思跟她计较这些，实在要计较的话，从她那些小东西里挑一两件作为谢礼也绰绰有余了。

"天工圣手"所制的机关暗器随便一件都足以开出天价。

秦悠悠如意算盘打得劈啪作响，异常合作地跟着两个丫鬟去见严棣。

严棣正在花厅中准备用早膳，梁令就站在他身边，桌上放了至少二十多碟款式不同的精致早点，秦悠悠进门时正好听见一个管家打扮的中年人一脸惭色对严棣道："老奴无能，仓促之下就只能备下这点东西。"

这已经很夸张了好不好？！他一个人吃得下这么多吗？秦悠悠觉得这管家是在变相邀功。

今天她终于准确无误地在第一时间找到了目标人物，要感谢厅上有限的几个男人特征差异明显。

严棣目光落在秦悠悠身上，眼里有什么一闪而过，似乎是对她的盛装打扮比较满意，点了点头道："坐下来用饭。"

时下风气开放，倒不似前朝把男女有别、授受不亲之类的话挂在嘴边，不过秦悠悠也没觉得自己跟严棣已经熟悉到可以同席吃饭把酒言欢的份上。

她很想有骨气地拒绝，偏偏肚子不合作，她从昨天下午下船前那一顿至今，只有昨晚半夜醒来硬塞下去的几块严棣留下的点心，现在饿得两眼发花。

师父从小教育她饿死事最大，其他什么事都可以过后再谈，所以在满桌美味的诱惑下，秦悠悠只是犹豫了片刻就老实坐下了。

食不言寝不语，严棣那张没表情的脸着实让人压力很大，秦悠悠决定不冒险在餐桌上提及一些可能让他不快的话题，一言不发非常乖巧地在丫鬟的伺候下用早饭。

至于她为什么会觉得自己提出离开会惹来严棣的不快……秦悠悠根本没注意到这个问题，纯属一种诡异的直觉。

严棣静静看着面前小猫一样细嚼慢咽的秦悠悠，心里有些意外。

以一个会跟土匪山贼厮混的女子而言，眼前这个在举止礼仪方面好得出奇，虽然达不到皇族的水准，但这身打扮加上这等容貌教养，比他见过的世家千金也不遑多让。

转念一想便又释然，这丫头很可能是"那人"的传人，世外高人的嫡传弟子又怎么会粗鄙失礼。

也好，这样回到子夜城后，不用太多时间就能够把她规矩礼数调教好。

秦悠悠如果知道严棣心里曾把她看得这么扁，只怕当场要掀桌骂人。

她隐隐感觉到严棣在打量她，不过她很自恋地认为是自己长得太过美貌的缘故，不但不以为忤，反而颇有几分沾沾自喜。

用过早膳，秦悠悠趁着严棣闭目品茗之际主动开口道："日前多得恩公相救，这些时日更得您庇护，给您添了许多麻烦，如今我已无大碍，打算今日动身到八塞镇去寻回我的两只灵兽，不好再继续叨扰了。"

严棣张开眼睛望着她："你打算走了？"

他语气平淡，脸上一丝表情也无，秦悠悠在他的目光下感到一阵心虚，一句普通问话也让她听出几分讥诮之意，仿佛自己的一点小心思尽数被他看破了。

一定是幻觉，一定是我想太多了！

秦悠悠点了点头，继续自己准备好的标准台词："是的，恩公的救命之恩，我铭感于心，将来有机会一定好好报答。"

"既然如此，我也不强留。"严棣答应得十分爽快，侧头对梁令道："去把她之前身上带的东西取来。"

简直比预想的还要顺利啊！

秦悠悠喜出望外，心里忍不住暗暗自嘲：我果然想太多了，人家根本就没有要为难我的意思嘛……都是我小人之心度君子之腹，疑心生暗鬼。

梁令很快取来一个包袱，里面除了有秦悠悠先前所穿的衣物，还有她所带的全部机关暗器以及面具、钱银等杂物，一件不少。

严棣的好商量让秦悠悠生出几分歉意。

她犹豫片刻，取了一个钢制的盒扣送到严棣面前道："这个是师父送我防身的小东西，名叫'玲珑扣'，里面可以装一百零八支钢针，只要顶一下这里，就会射出其中三十六支，一丈之内劲力足够射穿七品武尊的护身罡气，一共可以发射三次。按照这支针的长短大小请普通工匠就能制作合适的钢针，针上浸泡迷药之类效果会更好。"

秦悠悠一边说，一边示范如何打开盒扣安装钢针，如何触动机关发射。那个小小的玲珑扣只有婴儿手掌大小，面上有繁复华美的花纹，背后有带钩，扣在腰带上便如一个别致的装饰品，谁也不会想到这是足以瞬间夺命的可怕暗器。

秦悠悠展示完了，抬头对严棣道："恩公修为不俗，多半也用不到这种小东西，不过这是我一点心意，请您不要嫌弃。"

这玲珑扣其实是秦悠悠自己做的，若论价值，上万片金叶子都不见得能换到，不过她不敢招摇，所以只得托词是师父送的。严棣收下这件礼物，她也算还了人情。

严棣点了点头，没有多话，吩咐梁令送秦悠悠出门离开。

梁令将秦悠悠一路送到院子门口，叹了口气向她拱拱手转身返回花厅复命。

花厅之内，严棣正坐在窗边心不在焉把玩着秦悠悠送的玲珑扣。

梁令上前道："秦姑娘已经离开……"

"嗯。"严棣看了眼梁令道，"你是不是想问，我为什么让她离开？"

梁令点头称是，他确实觉得很奇怪。

"不让她跑几次，她怎么会认命，知道自己跑不掉？"严棣将玲珑扣收入怀中。

一个小小的玲珑扣就想把他打发了，这小丫头未免太天真了。

上天将她送到他手上，他又怎会真的松手让她逃离？她很快会知道，她唯一该去的地方就是他的身边。

梁令听了严棣的话，不由得有些同情起秦悠悠来，希望她快些认清现实，不然主人的手段，绝对会让她毕生难忘。

秦悠悠离开前就向梁令打听过，她现在所在的八归镇距离八塞镇不过二十里，从这个镇子往西直行就是了。

她出了严棣的府邸，马上拐到一条小巷中把自己重新装扮一遍，再出现时已经变成了一个皮肤黑黝黝，一身土布短衣的瘦弱小厮。

她背着包袱先到镇上针线铺子把所有能买下的绣花针搜刮干净，然后去铁匠铺转了一圈，买下最好的钳子铁锉，回到妖怪恩公府邸附近找了家客栈住进去，关起门来折腾了大半日，终于把所有粗细合适的绣花针裁切打磨成标准长度——装入身上的机关盒中。

如此一来她身上的机关暗器勉强有两三件能用，而且这八归镇太小，能采购到的绣花针数量有限，更无法配出合适的药水浸泡，遇上敌人能派上多大的用场秦悠悠自己心里也没底。

可是眼下也只能如此了，如果不是那位"恩公"行为诡异杀气浓重，她真的不想冒险离开。但愿风归云手下那些人胆子小一些，别真的死心不息跑到相月国的地界上继续纠缠她。

秦悠悠准备停当，在客栈里过了一夜，次日一早到西边镇口找了辆过路的牛车，以几个铜板的代价坐上顺风车往八塞镇而去。

牛车摇摇晃晃走出八归镇没多久，忐忑不安的感觉便一阵一阵冒出来。

"该死的！不会真的那么倒霉吧……"秦悠悠摸着扑腾乱跳的小心肝，知道可能要糟糕了。

她天生识人不清而且在大部分事情上都迷糊得很，但对危险的预感从来敏锐准确得吓人，她几乎已经肯定自己是被人盯上了。

"大爷，停车！我想起来有些东西忘在八归镇了，我回去取，你继续赶路吧。"

秦悠悠不想连累无辜，风归云做事从来是不会留活口的。

"老头子不赶时间，这里离八归镇也没多远，你就坐老头的车回去吧。"赶车的老农十分厚道，呵呵笑着就要驱赶拉车的老牛拐弯掉头。

秦悠悠摇头摆手制止："不用了，真的不用了！我回去取东西主人还要唠唠叨叨，不知道天黑前能不能出发，那岂不是耽误大爷你的事？"

"小哥别客气，老头子就是明日再出发也没关系。"老农一意孤行。

秦悠悠傻眼了，两人正僵持，忽然路边丛林传来一声轻笑"悠悠你还是这么好心肠，怕连累人。"

随着话声，一名身穿白衣面如冠玉的翩翩公子轻摇折扇从斑驳的树影中漫步而出，八名黑衣人无声无息把老农的牛车围住，刀疤男夜如年赫然也在其中。

这突然出现的俊雅公子正是秦悠悠避之唯恐不及的风归云。

秦悠悠能够一眼认出他，得归功于他那一身白得刺眼的衣袍——风归云对于白衣有着莫名其妙的偏执，每次出现都是一身的白。

赶着奔丧似的，秦悠悠心里很是不以为然。

她看了一圈，十分干脆地跳下牛车，指指老农道："我跟你走，放过他，他什么都不知道。"

她的声音忽然恢复了少女的清脆娇柔，被那些凶神恶煞的黑衣人吓傻了的老农呆呆看着她，完全忘了反应。

"爽快！把瓶里药水喝了，我自会放他离开。"风归云从袖中取出一个小瓶抛到牛车上。

秦悠悠皱眉道："我吃了你的化元丹，你还有什么好担心的。"一边说一边主动向风归云走去。

风归云脸色一变，一旁的夜如年喝道："停步！否则我马上先杀了这老头。"

说着甩手挥出长鞭，卷住老农一把将他拖到身边。

秦悠悠心下暗恨，这风归云果然对她提防得很，要想偷袭他难度不小。

风归云盯着秦悠悠笑道："悠悠，昨日你在镇上买了那么多绣花针，我可不想尝试钢针穿身的滋味。乖乖把瓶里的药水喝了，然后我们再好好说话不迟。"

他们昨日就盯上她了，却等到她离开城镇才动手……

秦悠悠眼珠子转了转，忽然跺脚发脾气道："我不喝！天知道那是什么鬼东西，你的化元丹害我修为尽失，这一瓶药水喝下去，我成了聋子瞎子哑巴瘸子怎么办？"

她如今易了容，看上去皮肤黝黑五官平凡，但是声音娇滴滴的，加上那一双漂亮的杏眼波光流转，令曾经偶然见过她真容的风归云一时有些心神荡漾。

风归云脑子里闪过一个念头：如果她恢复本来容貌，对我这么娇嗔生气，那该如何迷人？

不过他素来冷静，念头很快就被勉强压下，笑道："我怎么舍得令你伤残？不要拖延时间了。"

见她迟疑不动，夜如年用匕首在老农臂上狠狠划了一刀，鲜血喷涌，老农又怕又痛惨叫起来。

秦悠悠没办法，现在这副模样要用美人计看来不太现实。

她一手捡起车上那个药瓶扭头对风归云恨恨道："我喝了药，你就要放这位大爷平安离开，如果食言，别想我会替你做任何事。"

风归云瞥了那哀声惨叫的老农一眼，摇了摇手上的折扇道："放心，一个无关紧要的乡野之人罢了，你听话我自会放人。"

秦悠悠拔开瓶塞，仰头当着风归云的面把瓶子里的药水一饮而尽，然后一手把瓶子扔回去。

风归云直至此刻依然小心保持着与秦悠悠的距离，两眼没放过她的任何一丝反应举动。

秦悠悠身子摇摇晃晃，忽然捂着腹部跌倒在地："你、你给我喝的是什么？！好疼……"她的脸色几乎瞬间惨白，一缕鲜血从唇角流了下来。

风归云脸色一变，很快又冷笑起来："悠悠，你想骗我过去是不是？我给你喝的不过是迷药罢了，你骗不过我的。"

秦悠悠没有答话，整个人不住颤抖，鼻孔、耳朵慢慢流出血丝，血色带着诡异的暗黑，分明是中了剧毒！

噗！一口血雾从她口中喷出，接着她就这么仰天倒在了地上。

风归云终于笑不出来了，七窍流血这样的症状绝不可能是装出来的，秦悠悠对他意义重大，万一就这样意外死去……他再不犹豫，一闪身冲到她身边将她抱起，伸手去摸她颈上的脉搏。

她的脉搏微弱无力，紊乱不堪，确实是中了剧毒！

怎会如此？！他给她喝的明明只是迷药"长醉散"，莫非她先前曾服下什么与长醉散药性相冲的药物？又或者是救她的那个神秘的相月国高手在她身上动了手脚？

千百个念头自风归云心中一掠而过，他忽然想到一点……

救了秦悠悠的那人虽然未必知道她的身份价值，但肯定见过她的容貌，前日在码头上为了她公然动手残杀多丽国官员特使，可见对她十分看重，又怎么会舍得昨日一早就放她独自离开？

正当他惊疑不定之际，眼前银光一闪，他只来得及挥扇挡住头颈，急急倒退近丈，可惜仍是无法完全避过，身上一阵一阵剧痛，不知有多少银针刺入体内。

如果他不是有六品武者的修为，反应比常人快百倍，如此近距离的攻击足以把他整个人扎成筛子。他身体要害部分都有护身甲抵挡，但手掌手臂却是避无可避。

原先在他怀里装晕的秦悠悠一击得手张开眼睛飞快翻身滚开。

风归云虽然怒极，但却还是忍住了没向她动手攻击，夜如年见此突变惊怒不已就想拧断老农的脖子，其他人也想一拥而上。

却听秦悠悠大喝道："别动！他死了你们的主人也要陪葬！"

夜如年等黑衣人曾参与追捕秦悠悠，对她层出不穷的古怪手段印象深刻，被她一喝，竟真的停了手。

秦悠悠扶着牛车车板坐直身子，看着风归云冷冷道："你不会以为我自己服毒引你过来就为了在你身上试试八归镇的土制绣花针吧。"

风归云运气一抖手臂，扎入他体内的绣花针一支支倒飞出去插入地上的沙砾泥土之中。

他看了眼地上毫无异状的银色小针，沉声道："莫非你的针上还有毒不成？"

"不然我这么大牺牲就扎你几针，回头还是要被你抓走，我何必花这个力气？"秦悠悠嫣然一笑，抬手将一枚小药丸抛入口中，顺势擦去口鼻耳朵里滴下的黑血。

她刚刚是真的中毒了，不过中的是她自己准备的毒，她看准了风归云不会轻易上当但也不会舍得让她死，所以才敢这么干。

这毒发作起来可怕，但从毒发到身亡至少得一炷香时间，足够她暗算完风归云，再吃下刚刚那枚解药。

至于风归云逼她喝下的药水，早趁着刚才吐血的时候混着血水喷了出来，一滴都不曾下肚。

风归云并没有感觉到身体有什么中毒的症状，可是秦悠悠说的也不无道理，他冷哼一声道："中毒也罢，你在我手上，不愁找不出解药。"

"我身上没有解药，解药的方子在我脑袋里，你今日不放我和这位老大爷平安离开，我只好跟你同归于尽。我也可以让你死个明白，你中的毒名叫'子午穿肠'，是师父用'天魔蝶影'向万毒武尊换来的，不知你有没有本事去向万毒武尊讨解药？"

"这种毒在体内潜伏半个月才会开始发作，平时无踪无影，到了每日的子时午时就会突然汇聚于丹田，令人腹痛如绞，一次胜于一次，恨不得把肠子挖出来才痛快。中这种毒的人不是毒死的，都是活生生疼死的，也有些是自己挖开肚皮把肠子内脏扯出来自残而死的。"秦悠悠笑盈盈道，虽然整个人虚弱无比，却掩不住眼中的得意，一番话说出来阴风惨惨，就算冷静如风归云也不禁脸色铁青。

夜如年等听了万毒武尊的名号已经心头惴惴，再听秦悠悠一番有板有眼且恐怖无比的描述，更是面面相觑不敢妄动。

风归云举棋难定，秦悠悠的师父确实与万毒武尊有些交情，万毒武尊也曾对天魔蝶影这种厉害的暗器甚感兴趣，他拿不准秦悠悠是虚言恫吓还是真有其事。

这小女子如今修为尽废，日后要抓她的机会很多，不值得拿自己的性命冒险，可要就这么放她离开，他又极不甘心。

双方互相对峙，再次陷入僵持……

秦悠悠脸上淡定自信，心里已经急得几乎要再吐两口血，她虽然及时吃下解药，但先前服下的毒依然对她的身体造成不小的损伤，如果是以前她修为尚在，自然没什么好怕的，现下她连普通弱女子都不如，这么僵持下去，先撑不住的肯定是她。

万一风归云思前想后发现什么漏洞，不肯上当，那更是糟了个大糕。

幸好风归云也不是个婆婆妈妈的人："我放你们离开可以，但是解药药方呢？"

秦悠悠暗里松了口气，面上笑容不变道："我平安后自会请人送到你那里，你不过是想抓我罢了，如果我害死了你，奉神教还不与我不死不休吗？我不会傻得自寻死路。"

风归云定定看了秦悠悠一眼，道："好，一言为定。悠悠，好好保重自己，我们很快会再见。"

秦悠悠被他看得头皮发麻，心里暗哼：倒了八辈子霉才跟你再见！

风归云一扬手，带着八名黑衣人如来时一般飞快消失在路旁的树林之中。

其中一名黑衣人忍不住道："主人，我们真的就这样放过那丫头？！"

风归云抿唇不语。

"刚才附近有人！是前两天码头上那个高手！"夜如年沉声道，提起严棣他的声音忍不住有些发紧。

风归云也是感觉到了有厉害的高手在附近窥视，这才不得不痛快放手。

这里是相月国的国境，他们行事远不如在多丽国时便利，再说以他们九人的实力也无法正面对战夜如年口中那位神秘高手以及他的一众手下。

若非如此，他们也不会耐着性子等秦悠悠离开八归镇才动手。

秦悠悠觉得自己浑身发软，头昏脑涨，连站起来的力气都没有，而那名死里逃生的老农更是被吓得只会抱着手臂伤处坐在地上发抖。

她揉了揉太阳穴，从荷包里取了几片金叶抛到老农面前道："老大爷，害你虚惊一场又受了伤，着实抱歉，你拿了金叶子赶快离开吧。"

老农傻傻地捡起金叶子，看了看明显状态极差的秦悠悠，想到她刚才对自己的维护，有些不忍心就此离开，可想到那些恶人的凶狠，又害怕不已，最终一言不发爬上牛车飞快跑了。

牛车还未走远，后面八归镇方向又传来一阵车马之声，十数名骑士簇拥着一辆华丽的马车出现在官道拐角处，转眼就走到了秦悠悠面前停下。

车上走下一名青衫男子，皱眉望着坐在地上的秦悠悠，道："这是怎么了？"

秦悠悠没吭声，抬头看了他好一阵，直到看见随后上前的满头白发的梁令，才终于确定了他的身份。

真倒霉！她前天才跟人家告别，隔天再见就罢了，偏偏是自己这么狼狈落魄的时候。

不过还好，自己如今易了容，他应该认不出她。

秦悠悠暗暗庆幸，转念一想又有些气馁，难怪风归云走得这么痛快，大概是感觉到这男人在后面。自己现在这个样子，万一风归云杀个回马枪就惨死了，看来还是赖着这位恩公比较安全。

杀神凶神也管不了这么多了，好歹他对她没什么恶意，事实证明，暂时待在他身边比自己一个人安全。

师父曾经说过，在生死大事面前，什么面子里子都是浮云。

"恩公，我是秦悠悠，可不可以麻烦你再帮我一次忙？"秦悠悠楚楚可怜道。

这丫头倒是很识时务，严棣心里泛起一丝笑意，不过想到刚才秦悠悠好一阵没认出他，又感到有些不快，静静盯着她没说话。

秦悠悠被他的眼神看得几乎要装不下去了，毒药的后遗症一波接着一波涌上来，一时没忍住又是一口鲜血吐出来，眼前的男人连同周围的景物开始在摇晃打转。

一双温暖的手臂环住她的身体，她整个人被横抱起来，严棣没有起伏的声音在头顶上方响起："你弄成这个模样，让人怎么认得出来？"

这是耻笑她倒霉落魄还是赞美她的易容术厉害？秦悠悠昏昏沉沉，只觉得自己依靠着的怀抱很温暖很舒服，一时竟忘了自己是被一个大男人当众抱住的事实。

很快秦悠悠被抱到了马车上，车里垫了厚厚的褥子，还有好些软绵绵胖乎乎的靠枕，秦悠悠陷身其中简直就像从地狱一下子进了天堂，让她完全不想动弹了。

胸前传来暖洋洋的感觉，秦悠悠眯着眼睛舒服得差点想舒一口气。

不过……胸前？！

她猛地睁开眼睛，果然看见严棣的一只手掌正稳稳贴在自己胸前！另一只手好巧不巧将她圈在怀中。

这、这、这算什么？！秦悠悠嘴巴张了张就想拨开他那只公然占她便宜的狼爪子外加严正谴责他的色狼行为。

可是目光触及严棣那张毫无表情的脸，她顿时蔫了，人家很正经地在替她疗伤，根本没有轻薄她的意思吧？所谓医者父母心，在治病疗伤这样的要命问题上，不应该纠缠于男女之别。

自己是不是又想多了？人家好心救她，她反而诬蔑人家是色狼，这也太不知好歹了。

"感觉如何？"严棣状似关心地问道。

"啊？哦……好多了。"你如果把你的爪子挪开换个位置替我疗伤，我会更好！秦悠悠心里哀怨又无奈。

严棣看着秦悠悠那双闪烁不定的眼睛，明明心知她的羞恼尴尬却像没看见一样，过了好一阵子，享受够了掌下柔软迷人的触感，才依依不舍收回手掌，不过却没有松开抱着美人的另一只手。

他忽然很想看看她抹去伪装后的可人模样。

"梁令。"严棣忽然开口道。

车门被应声拉开，梁令亲自捧了一个盛满清水的铜盆送到车内，严棣取过干净的帕子沾了水十分自然地要替秦悠悠擦去脸上的易容之物。

主人亲自伺候女子洗漱？！

梁令的眼珠子差点掉出来，反应很快地缩了回去顺手把车门无声掩上。

秦悠悠这次终于忍不住了，伸手拦住严棣道："我可以自己来！"

"你有力气？"严棣皱眉。

"有！"秦悠悠二话不说抢过他手上的帕子飞快把脸上的东西卸了个干干净净。

低头一看，不止那张帕子脏得看不见本来颜色，连铜盆里的水都变得如同泥水一般。

擦过脸精神恢复了一点，秦悠悠才看清她身下垫着的不是普通褥子，而是一张洁白的动物毛皮，可惜现在已经被她身上的泥尘污染出好几大块灰黄。

"幸好今日遇上恩公路过惊走了贼人，不然我肯定要遭遇不测了。"秦悠悠定了定神，马上狗腿地用力化解尴尬，一边装作无意识地扭了扭身子，暗示严棣把那只圈着她的手收回去。

"嗯。"严棣还是一副面瘫表情，不过终于大发慈悲地收手退后一些，与秦悠悠拉开安全距离。

"恩公这是打算到哪里去？"秦悠悠松了口气问道。

"八塞镇。"严棣慢慢吐出三个字。

秦悠悠呆了呆，差点忍不住再吐一口血，她严重怀疑这家伙是在故意气她，以报复她先前坚持要求离开。

她白白折腾出一身伤，又是易容又是服毒，还差点落到风归云手上，结果人家跟她根本同路，她只要乖乖跟着走就什么事都不会有……

秦悠悠满肚子怨念但却只能哑巴吃黄连，心里又气又怨，扭过头去抱着膝盖缩成一团装死不说话了。反正她什么倒霉狼狈的样子都被这位恩公人人见识过了，也没必要再在意仪容形象。

脾气还挺大的么，严棣看着受伤小动物一样躲起来不理人的秦悠悠，有些好笑又有些心软，天知道他有多少年不曾出现过心软这类被他划归为妇人之仁的情感。

"我到八塞镇去，你不高兴？"严棣慢条斯理问道。

"高兴，简直高兴坏了。"秦悠悠瓮声瓮气哼道。

"本来想正好与你同路，没想到你却急着离开。"

好吧，都是她的不是了！秦悠悠郁闷到极处，连哼一声都省了。

"要对付你的是什么人？"严棣继续问道。

他的口气太严肃，秦悠悠想起自己现在是求人家保护，根本没资格发小姐脾气的，而且严棣严格说来已经救了她两次，也有资格知道咬着她不放的是什么人。

"多丽国的奉神教你一定听说过吧，要对付我的是奉神教的旭光圣子，我师父从前得罪过奉神教的人，如今他失踪了，奉神教的人就想把我抓回去，逼我师父现身。"秦悠悠有选择性地说了部分实话。

"你师父是什么人？"严棣不依不饶，一句直指核心。

奉神教乃是多丽国的国教，教中高手如云，教主江如练座下有三名亲传弟子，皆被奉为"圣子"，而旭光圣子正是江如练最小的弟子，同时也是多丽国国君的七皇子。

如果不是有这样的身份，他的手下风归云也不可能轻易调动多丽国的军队对秦悠悠围追堵截。

能够让旭光圣子亲自劳神惦记的，肯定不是普通人物。

秦悠悠没办法了，只得装傻装可怜："不说可不可以，师父不许我对人说。"

"可以。不过你以为不说，别人就不知道了？"严棣又岂是这么好打发的人？他伸手像逗小猫小狗一样摸了摸秦悠悠的脑袋，道："天工圣手齐天乐的弟子怎地这么没用？"

他的动作太过流畅自然，秦悠悠被人占了便宜正想抗议，就听到严棣一口道破她的身份，吓得瞪大眼睛戒备道："什么天工圣手？"

"你这么笨，你师父怎么放心让你出门？"严棣说这话的时候依然是那副面瘫表情，看起来格外认真严肃——足以气死秦悠悠的认真严肃。

"你才笨！"不经大脑的气话冲口而出，骂完了才发现自己又说了傻话——她明明是要讨好这个凶神的，怎么被人家随便一吓一激就失了理智乱说话呢？

"我不知道你在说什么。"秦悠悠决定接下来不管严棣说什么都坚决保持沉默。她很想有骨气地要求下车自己走，但是身体不配合。

这里离八塞镇至少还有十里路，她现在的状态都不知道能不能撑住走两里，这还是在风归云不回头来找她麻烦的前提下。

这个小丫头就是被她师父惯坏了的，严棣暗暗摇头，聪明是聪明，不过年纪小阅历不足，管不住自己的脾气。

"没人告诉过你，你身上那些机关暗器有多值钱？就算是皇族巨贾也不可能随身带几十件到处乱跑。"严棣伸出一根手指点了点秦悠悠的鼻尖，继续道，"更不可能随便拿出来送人。"

我不是好心好意想报答你的救命之恩吗？秦悠悠心里暗暗反驳，不过硬是忍住了当没听见。

严棣也不在意她的反应："得到天工圣手所制暗器机关的人没有一个不是珍而重之视若至宝，找最好的工匠精心制作相配的飞针等暗器，唯恐使用不当破坏其中机关零件，绝不可能随便在边陲小镇买几支土制绣花针就往里面装。"

土制绣花针？这说法怎么好像有点耳熟？

秦悠悠终于忍不住："刚才风归云对付我，你一直在旁边偷看？"她生气了，这个混蛋看着她倒霉很痛快是不是？

严棣点了点头，没有丝毫愧疚或者不好意思的表情。

他亲眼目睹秦悠悠中毒，一时乱了心绪气息才让风归云察觉他的存在。

"说你笨，你也没笨彻底。风归云真的中毒了？"

秦悠悠深呼吸好几口气才勉强压住怒火，现在不是跟这个混蛋翻脸的时候，要忍！

"没有，我吓唬他的。"秦悠悠闷声道。

"我想也是如此，如果你真有什么子午穿肠之毒，此刻一定想用到我身上了。"严棣换了个舒服的姿势靠在车壁上。

"恩公言重了，我怎么会做这种恩将仇报的事？"秦悠悠的表情真诚又无辜，心里却恨恨道：你真是太有自知之明了！

"你师父有'天魔蝶影'，又与万毒武尊有些交情，不是天工圣手又是何人？"严棣天外飞来一句。

秦悠悠合紧嘴巴，不再说话了。

她好像真的有些笨……不对！是敌人太强大太狡猾了。

"把这颗药丸吃了，对你的毒伤有好处。"严棣从怀中掏出一个小瓶子递到秦悠悠面前。

又是要她吃药！秦悠悠现在对严棣救自己的目的正深表怀疑，哪里肯随便吃他给的药丸，用力挪了挪身子闪得更远些，干笑道："恩公救我已经是大恩大德，怎好浪费恩公的灵药？"

严棣定定看了她一眼，秦悠悠明知道自己的话说服不了他，在他了然的目光下忍不住有些心虚气恼，干脆垂下头来装死。

严棣拿着药瓶的手慢慢收了回去，正当秦悠悠以为自己耍赖成功的时候，忽然下巴被一只大掌托起，她吃了一惊嘴巴微张，一枚药丸准确无误地飞入她口中撞在咽喉处。

秦悠悠不由自主吞了口口水，那枚药丸连同口水一并被吞进了肚子里。

"你、你、你……"秦悠悠又惊又气，一手指向严棣就想骂人。

严棣握住她伸出的手指冷冷道："无谓的反抗一点意思没有，我要害你确实不需要浪费灵药。"

他说的很有道理，秦悠悠现在人就在他手上，他要杀要剐随时可以，不用骗她吃药这么麻烦。

秦悠悠恼羞成怒，用力收回自己的手，缩到马车角落里生闷气去了。

那枚药丸确实是治毒伤的灵药，头晕目眩浑身发软的难过感觉渐渐消退，秦悠悠心里的怒气也消退了一些。

这个混蛋应该是真的想替她治伤，虽然态度很让人讨厌……眼皮好像越来越重，秦悠悠晃了晃脑袋终于抵不过汹涌的睡意，慢慢倒在厚厚的褥子上沉睡过去。

严棣轻轻拨开她鬓边的碎发，伸指敲了敲车壁，对外边的梁令道："慢些走。"

等她好好睡过这一觉，身体里的毒素应该会被彻底清除。

"是！"梁令应了一声，马车的速度很快便放缓下来，而且专挑较为平坦的路面走，减少马车的震动。

秦悠悠这一觉睡得很沉，醒来时窗外落霞满天，已经是黄昏时分。身体轻松了许多，除了肚子有些饿之外再没有任何不适。

这次她睡的房间依然富丽豪华，守在房门外的两个小丫鬟听见房间里的响动连忙进来伺候，又是送衣服又是准备热水让秦悠悠沐浴，殷勤恭敬之极，不过嘴巴紧得像蚌壳一样，十问九不知。

秦悠悠见严棣已经猜到她的身份，更是笃定他对她有所图谋，反倒心安理得享受他的招待了。

这回严棣倒没要秦悠悠去陪他共进晚餐，只是指派人送饭菜到秦悠悠所住的房间，梁令见左右无事便亲自走了一趟。

有些话主人不会说，他却觉得很有必要让秦悠悠知道。

秦悠悠见有人送饭菜过来，偷偷松了口气，她现在有些害怕面对严棣了。先前也有点儿怕，不过那更多的是觉得他绷着脸面无表情的样子很是吓人，习惯了其实也没什么。

现在却是怀疑他有不轨企图，不知道接下来会怎么对付自己，这已经是实实在在关系到她的切身安危了。

梁令指挥丫鬟把饭菜上桌，侧过头来对秦悠悠温和道："秦姑娘身子现在可好些了？"

他第一次在秦悠悠面前说完整的一句话，秦悠悠也曾随同师父与皇宫的人打过交道，一听便反应过来这个没有胡子的白发老者原来是一名太监！

不过她也只是错愕片刻便恢复如常："好多了，谢谢你家主人的药。"

有太监在身边伺候的，九成以上是皇族中人了，秦悠悠不禁发愁，自己是不是跟天下的皇族都犯冲，刚刚惹上了多丽国那个，转头又撞上一个相月国的。

梁令将她的反应看在眼里，心中暗暗生出几分好感，他的权势再大地位再尊崇，始终无法改变他身体残疾的事实，虽然他已经这把年纪，但对旁人异样的态度始终很难熟视无睹。

秦悠悠猜到了他的身份，却还把他当普通人一般的态度让他觉得很是顺眼。

主人的眼光真是不错！

"其实我家主人原本可以前日就启程到这八塞镇来，不过想到姑娘不愿骑马，特地命人从附近调来一辆马车，这才延迟至今日出发，幸好还是赶上了。"梁令笑眯眯道。

"有劳他费心了。"秦悠悠笑得温婉客气，心里却不以为然：果然是一早算计着不让我走的，这算是优待俘虏？

"姑娘的两只灵兽有何特征？叫什么名字？"梁令问道。

秦悠悠心下凛然，糟了！如果风归云那混蛋抓住它们威胁我那怎么办？

她不答梁令的问题，反问道："不知道你们打算在八塞镇停留几天？如果为了我的事耽误了你们的时间，那就不太好了。"

梁令似乎感觉不到她的回避，笑得很是热心："没关系，我家主人时间多得很，姑娘的事就是眼下最要紧的事了。"

这是什么话？秦悠悠听了觉得怪怪的，正考虑是不是应该问清楚严棣的身份，外边一名小厮来传话，说是主人有事吩咐，把梁令叫走了。

秦悠悠担忧两只灵兽的安危，对着满桌佳肴也没太多胃口，草草填饱肚子了事。

窗外月色明媚，秦悠悠推开门走到外面的花园中，晚风送来阵阵草木幽香，四周静得只有虫鸣之声，闭起眼睛感觉就像回到了她与师父隐居的小冲山。

那个时候什么事情都有师父撑着，她每天简简单单只做自己喜欢做的事就好，山边小村子里的人也对她很好，没有人会想害她算计她。

从前觉得平淡如水的生活，到如今失去了才知道有多值得珍惜，可是师父已经不见了，可能就如他笔记上所说的，他终于回到自己遥远的故乡，永远都不会再出现。

秦悠悠心里难过，呆呆看着天上的月亮出神。

一只温热的手掌轻轻抚过她的脸颊，严棣的声音在耳边响起："怎么一副要哭的样子？"

秦悠悠心神恍惚，根本不知道自己现在是什么模样，甚至连严棣走到面前也一无所觉。

"悠悠，你不愿意做的事，我不会勉强你。"严棣沉声道，几乎是没经过考虑就冲口而出。

看到站在月光下孤孤单单一脸落寞的秦悠悠，他忽然感到很不舒服，想把她难过的神情全部抹走，想看她恢复那副狡黠任性却假装乖巧柔弱的有趣模样。

"真的？"秦悠悠忽然想起，这好像是他第一次叫她的名字，从前也有很多人这么叫她，包括她的师父，小冲山下那些村民，甚至是她的敌人风归云。

但是从来没有一个人叫她名字的时候，会让她觉得这么……特别，简简单单的两个字仿佛变成一道咒语，在她心上回荡，让她心跳不由自主受到牵引般快了几拍。

"真的。"严棣肯定道，这样的承诺有些太过冲动，将来会为他要做的事平添很多麻烦，不过他却不想在这个时候让秦悠悠失望。

尤其在看到秦悠悠望向他那双晶莹明亮的眼睛满满倒映着他的身影的时候，他更觉得这个承诺虽然麻烦，但很有价值。

月光仿佛为两人布下一道暧昧的迷咒，可惜横里插进来的一声不屑的冷哼狠狠把这美好的一刻敲成一地碎渣。

"没用的女人！"

"咦？"秦悠悠望向发声处，当场吓得倒退两步。

她天不怕地不怕，偏偏就是怕马。

说话的是一匹马，高壮健硕得让人头皮发麻的红色大马！马身上的红毛并不是常见的棕红色，而是真真正正的火红，即使在月光下也依然不减半分艳色。

这样的毛色太罕见了，罕见到秦悠悠可以一眼认出，先前严棣硬拉她骑的就是这匹可怕的红马。

大红马的表情生动之极，正一脸鄙夷地斜睨着秦悠悠，显然刚才那句话就是评价她的。

秦悠悠忍不住又退开数步，直到觉得距离比较安全了才反唇相讥道："你才没用，除了被人拖着到处乱跑你还会什么？"

"臭女人，我咬死你！"大红马生气了，鼻孔里不断喷出红色的雾气，犹如一团一团烈焰，脑袋一甩就探向秦悠悠的方向。

秦悠悠吓得低叫一声，反应迅速地躲到严棣身后。

严棣伸手抚拍两下马脖子，道："驻云飞，你跟个女孩子计较什么？你先去休息吧，明日我带你到附近去跑个尽兴。"

"哼！"那匹叫驻云飞的马打了两个响鼻，一脸不快地听话扭头走了。

"它是你的灵兽？"秦悠悠问道，一匹臭马也敢给她脸色看，主人肯定也不是好东西！

不听话就倒霉

"嗯，它刚刚认我为主不到半年，从前在山野里自由自在、顽劣放任惯了，性子难免有些野。"严棣的声音表情与平时并无异样，但是秦悠悠总觉得他话里有话，看她的眼神也很是诡异。

他不会是在指桑骂槐吧？秦悠悠又开始疑神疑鬼。

严棣的承诺很动听，不过她还没有天真到人家随口一句话就傻乎乎地信以为真，她依然抱着小心防备的心理，决定先看清楚再作打算。

严棣大概听过梁令的回报，知道她不想透露灵兽的特征名字，甚至不太乐意他们替她寻找，所以也没有再主动提及此事。

次日一早，秦悠悠趁着早饭过后的空当，对严棣道："我想到附近逛逛，不知道方不方便呢？"

严棣头也没抬，回了言简意赅的两个字："随便。"

这么大方？真的假的？

"奉神教的人应该不敢到镇上来捣乱吧？"秦悠悠的意思是，恩公你可不可以好人做到底派两个手下跟我一起出门啊？

严棣放下手上的茶杯，起身走到秦悠悠身边很顺手地揉了揉她的脑袋道："想我陪你出门就直接说，不用拐弯抹角。"

这家伙当她是小猫还是小狗？干吗老是不经许可就随便摸她的脑袋？！真是太过分了！

而且，她什么时候说过要他陪了？自作多情！

不过……秦悠悠不否认，严棣虽然整天绷着脸让人压力很大，而且说话可以把死人气活了再死一次，但是有他陪在身边，确实让她觉得很安全。

她最近一直处于被追捕的噩梦之中，正好很缺安全感。

在生死大事面前，什么面子里子都是浮云，秦悠悠暗暗重复一遍师父的名言，把肚子里的怨气用力压下去，乖乖跟着严棣大爷出门。

五年前，秦悠悠的师父曾经带她到八塞镇拜访友人，并在镇上留了好段日子，所以她对此地算是颇为熟悉，逃避风归云追捕时与两只灵兽就近约在这里重聚。

八塞镇很小，统共只有四条大街，呈井字形分布，小半个时辰可以全部走完。今日正好是赶集的日子，不少附近农家猎户还有行商小贩带了各种土产杂货在街上摆卖，人头涌涌热闹非常。

秦悠悠顺道发现了带严棣出门的一大好处，这位大爷那张脸足够吓人，不但恶灵退散，连活人都退避三舍，所以她半点不用担心被人挤到。

早知如此她也不用戴帷帽遮住自己的脸了，自己就算天仙绝色倾国倾城，有这样一尊凶神在侧，也保证没人敢往她身边凑。

她一边走一边东张西望，对什么都十分感兴趣的样子，严棣对于她的蜗牛速度没有半句怨言，由着她花了一个多时辰才终于把四条大街仔仔细细逛完。

"我们回去吧。"秦悠悠撩起帷帽边缘的白纱对严棣道。

"看清楚了？你的灵兽没给你留下标记？"严棣瞥了她一眼，忽然开口道。

什么叫语不惊人死不休？这就是了。

秦悠悠被他的明察秋毫吓得不轻，瞪大眼睛无辜道："什么标记？"

"你不会想告诉我,你对那些陈谷子烂芝麻很感兴趣,又或者没见过麦秆草叶织的箩筐玩偶觉得很新奇?"语气是平淡无味,语意是充满讥诮轻蔑。

秦悠悠被噎得无话可说,干脆不说话了。

她刚刚在心底里赞了他一句有耐心的……她错了!她不该被坏蛋的假仁假义蒙骗。

"你认识镇南文家的人?"听着像是问句,不过显然问话的人心里已经有了肯定答案。

秦悠悠继续无语,她刚才经过镇子南边好像就多看了两眼文家的府邸而已。

她觉得身边这个男人一定是妖怪变的,否则不会轻易看透她一举一动背后的意图,跟这样的妖怪在一起,感觉真是糟透了!

"文家的背景很复杂,你没事别去招惹他们。"严棣仿佛只是出于好意提醒。

秦悠悠心中一凛,依稀记得师父也曾对文家作过类似的评价,甚至比这位妖怪恩公说的还要可怕,所以她由始至终都没有考虑过去找文家的人帮忙。

镇上没有两只灵兽留下的任何标记,那就是说它们应该还没到,她现在靠妖怪恩公保护,一举一动都瞒不过他的耳目,很难在他不知道的情况下与自己的两只灵兽接头。

妖怪恩公看起来暂时不会对她干什么不好的事,那是不是干脆大方一些请他帮忙寻找那两个家伙呢?还是保险一点,想办法留下信息,通知它们换个集合地点,等过阵子她脱离了妖怪恩公的掌握,再去找它们?

秦悠悠犹豫了一路,回到严棣在镇上的大宅时终于下定决心。

"我的两只灵兽,迷踪雪兔名叫逸小灰,圣音八哥名叫鸹大嘴……"秦悠悠咬了咬唇对严棣道。

严棣停下脚步侧头望向她,这小丫头算是认清现实不再对他隐瞒了?

"它们身上混了别的灵兽的血脉,小灰不像普通迷踪雪兔那样浑身雪白,它身上毛色半灰半白,耳朵很长,没有尾巴。大嘴长得不太像八哥,比较像乌鸦,个头有这么大。"秦悠悠一边说一边比划,想了想补充道,"它最喜欢老气横秋自吹自擂。它们都喜欢吃肉,而且食量很大。"

严棣对前来迎接的梁令点了点头,示意他派人按秦悠悠所说的特征去找。

听秦悠悠的形容,这两只所谓灵兽除了会说话之外,根本与普通飞禽走兽没什么差别,山上灰白的野兔与长得像乌鸦的鸟儿多得数都数不过来。

"驻云飞呢?"说到灵兽,严棣忽然想起今早被自己放了鸽子的大红马。

"它已经回来了,说是在山上捡到一只撞在树桩子上晕了过去的呆兔子,嚷嚷着要拿去给十二郎加餐。"梁令提起那匹大红马,脸上现出几分笑意。

他口中的十二郎是严棣手下的侍卫,最大的爱好就是吃野味下酒,平日也替严棣照料大红马,一人一马关系颇为亲近。

梁令说到这里顿了顿,像想起了什么,顿了顿道:"那只兔子……长得倒挺像秦姑娘形容的……"

梁令还未说完,秦悠悠已经吓得面无人色:"那只兔子在哪里?!"

"后院厨房。"梁令指了指方向,不太明白她紧张什么,不过是长得像罢了,灵兽再弱总不至于自己撞到树桩上还被另一只灵兽顺口叼回来加餐吧?

秦悠悠不及解释三步并作两步往他指的方向跑去。

后院厨房里,水已经烧开了,大红马驻云飞与侍卫十二郎正守在门前流着口水等吃野味,忽然见秦悠悠狂奔而来。大红马想到今日早上就是因为这个女人把他的主人"勾引"了去,害它一匹马独自出去散步,别提多无聊了,主人明明先答应它会跟它一起去兜风跑个痛快的!

仇人见面分外眼红,驻云飞一闪身挡住秦悠悠的去路,龇牙咧嘴道:"臭女人!你还敢跑到我面前来?"

"让开!"秦悠悠心急如焚就怕自己晚了一步灵兽小灰会有意外,驻云飞这个"罪魁祸首"还来挡路,她情急之下也顾不上自己对马的恐惧,一手扯下帷帽就往马脸上扇去,想把它赶开。

驻云飞虽然是以速度见长的灵兽,但速度都在四条腿上,而不是在头颈上,厨房前的道路本来不太宽,它也没想到秦悠悠一上来就攻击它,结果变成了它主动把脑袋探过去挨了秦悠悠一记大耳光。

秦悠悠如今气虚力弱,这一帷帽打在驻云飞脸上比挠痒痒还轻,但是却重重挫伤了这只灵兽高贵的自尊,驻云飞气得长嘶一声向着秦悠悠张嘴就咬。

严棣到来时正正看到驻云飞差点就要咬到秦悠悠的手臂,自家灵兽的厉害他知道,这一口下去,把秦悠悠整条手臂咬下来都不奇怪。

千钧一发之际,严棣动作快如鬼魅,一闪就到了这一人一马之间,一掌扫开驻云飞的马脸,一手把秦悠悠扯到身后护住。

驻云飞先被秦悠悠打了,接着挨了自己主人这一下,又是愤怒又是委屈,嘶吼一声放开四蹄横冲直撞地跑了。

秦悠悠根本没心情去关心它的情绪问题,趁着严棣分神挣脱了跑进厨房,正好看见掌厨大叔提着尖刀往厨房大门方向探头探脑,想看看外边究竟发生了什么事,而一只身上皮毛半灰半白、耳朵长长的肥兔子正瘫在砧板上一动不动。

"小灰!"秦悠悠扑上去一把将兔子从砧板上抢救下来。

还好,小灰的身体是暖暖的,还有呼吸心跳,证明它还活着。她再晚到片刻,就要跟小灰阴阳相隔了。

严棣皱眉走进厨房,看见秦悠悠怀里那只毛发凌乱脏兮兮的肥兔子,不由得一阵无语。

"你确定这就是你的灵兽?"严棣觉得十分不可思议,这只兔子哪里像迷踪雪兔了？分明是一只伙食太好，吃得脑满肠肥的迟钝野兔，当灵兽太勉强，当野味下酒倒是真的很合适。

秦悠悠用力点头道："我确定，小灰它晚上看不清东西，经常乱冲乱撞，从前也好几次撞到树桩上晕倒。"

随后赶上来的梁令也无语了，原来同样的蠢事这只呆兔子竟然还经常干，难怪秦悠悠一听说撞树的兔子与她的灵兽模样相似，就这么紧张，一口认定它的身份。

果然不愧是灵兽！换了别的兔子有这样的蠢毛病，早死了一百几十次了。

被一连串变故搞得有些摸不着头脑的侍卫十二郎听了主人与秦悠悠的对答，顿时吓得直冒冷汗，梁令私下里暗示过他们，眼前这个娇滴滴美得像花骨朵一样的小姑娘是主人看上的人，自己竟然差点把她的灵兽当野味吃了，以后还怎么混？！

"属下不知道这是秦姑娘的灵兽……"眼见严棣的目光掠过，十二郎连忙开口认错，心里暗叹倒霉。

这真的不关他的事，是驻云飞把他拉来说要请他吃野味。

秦悠悠想起梁令的话，马上反应过来就是这个男人差点把她的小灰吃了，忍不住瞪大眼睛恨恨剜了他一眼。

一场混乱过后，严棣挥挥手打发各人散去，秦悠悠把小灰抱回房间细细检查了一遍，幸好除了脑袋上那个撞树桩撞出来的大包，再没有其他伤处，于是将它暂时安置在一个竹篮里，等它自己醒过来。

黄昏时分，昏迷了大半日小灰终于清醒，一见眼前的主人便一叠声道："悠悠，大嘴出事了，被文家的混蛋抓走了，你快去救它！"

"文家？怎么回事？"秦悠悠又是诧异又是着急。

"昨天傍晚我和大嘴到了八塞镇附近，经过村子里最大最漂亮那个院子，大嘴说里面有灵药的香气把它馋得不行，让我在外边等，我等了一阵子就听见院子里闹哄哄的，有人发现了大嘴要抓它，还有个人说'这是天工圣手的灵兽，我不会认错'。这个人的声音我以前在文家听过，是当时负责招待师父的管家。"小灰呜呜咽咽地哭诉起来。

"我知道坏了，可是又没办法救它，只好等天全黑了偷偷钻狗洞进去打听消息。院子里有七品武尊坐镇，我不敢靠太近，依稀听到书房里几个人商量说要把大嘴秘密送回文家，想办法逼它交待师父住处还有机关图谱所在。文家这些人真是太坏了！师父当年还帮过他们呢，如今知道师父不在了竟然就来害大嘴！我怕他们把我也一起抓了去，所以小心退出来到镇外的林子里躲着等你来，可是天太黑了，我、我不小心撞到一棵大树……"

小灰说到这里，把脑袋凑到秦悠悠面前要求主人安慰，秦悠悠心乱如麻，不过见它毛茸茸的脑袋上那个大包又忍不住有些心疼，低头替它吹了吹，伸手顺毛安慰道："我刚刚给你擦过药，很快就不疼了。你昏迷了好久，差点就被人剁了下酒，吓坏我了。你要快些好起来，我们尽快想办法救大嘴。"

小灰眨了眨眼睛惊恐道："我今早就醒了，结果一睁眼，看见一只好丑好怪的血红色妖马想吃我，吓死我了，呜呜呜……然后我就又吓晕了。"

说起早上所受惊吓小灰犹有余悸，委屈又惭愧地大哭起来。

"你才好丑好怪，你才妖马！你这只该死的母兔子！"门外忽然传来一声怒喝。

秦悠悠的房门就被一只硕大的马蹄狠狠踹开，驻云飞的大脑袋出现在房门前，严棣就在它身边站着。

"啊！怪兽来了，悠悠救命！"小灰尖叫起来身子缩成一团钻进秦悠悠怀里瑟瑟发抖。

秦悠悠其实比它好不了多少，不过她身为主人自觉有责任保护自己的灵兽，所以硬撑着没有退后躲闪。

她紧紧护住小灰，心里给自己打气：妖怪恩公就在旁边，应该不会让这匹可怕又丑怪的大红马伤害她。

"驻云飞，你忘了自己先前说过的话？"严棣拍了拍马脖子道。

大红马的气焰明显一下子小了许多，嘟嘟囔囔道："你也听见她们怎么说我的……"

严棣淡淡看了它一眼不说话，大红马终于熬不住打了两个响鼻，哼道："我不知道这只蠢兔子是你的灵兽，对不起。"说完仿佛一刻都不愿意留在这里，飞快缩了出去远远跑开了。

秦悠悠没想到这只凶巴巴的大红马竟然会突然跟自己道歉，恩公这主人当得真是太有权威了，哪像她？身边两只灵兽一只比一只大牌，要她哄着伺候着，不高兴了还给她脸色看。

严棣并没有随大红马离开秦悠悠的房间，反而非常自在地走进来在她面前坐下，又指了指她身后的座位道："坐。"

秦悠悠默默听话坐下，深深吸一口气道："我想请你帮我救大嘴，有什么条件你可以直接告诉我，只要我能办到的我都会尽力。"

不用耳朵特别灵光的小灰提示，她都知道妖怪恩公一定听到了大嘴落在文家人手上的事，她现在自身难保，哪有能力去救被文家视作重犯的大嘴？万一她失手了，把自己也陷在文家，下场不见得会比落在风归云手上好多少。

可是她真的怕了领妖怪恩公的情，所以一开口就直接请对方提条件。

"你可以替我办什么事？"严棣语气平淡，当即把秦悠悠问住了。

太简单的事，妖怪恩公用不到她，自己就能办成，太复杂的事，她不见得能替他办到。

"陪我下盘棋。"严棣忽然道。

"嗯？下棋？"这话题跳跃得是不是有点太快了？秦悠悠怀里的小灰探出脑袋竖

起两只长长的耳朵盯着严棣看,同样一脸疑惑。

"我的条件。"严棣轻敲桌子,外边飞快走进来一个小丫鬟,手脚利落地在两人之间摆好棋盘棋子。

就这么简单?陪他下盘棋就可以?秦悠悠如获大赦,不过马上又为难起来:"我不会下棋。"

"你师父据说棋盘上从无敌手。"

"他喜欢不一定我也喜欢啊。"秦悠悠懒得挣扎抵赖了,人家已经把她的底细看清楚,她再装也没有意义。

"我教你,什么时候学会了,我就什么时候去救你的灵兽。"严棣把玩着手上的棋子道。

小灰感觉危险远离,从秦悠悠怀里蹿出来,熟门熟路爬到她的肩膀上,抬起后腿挠了挠耳朵,小声问道:"悠悠,他是什么人啊?很厉害吗?可以打败文家那些坏蛋?"

它这一问,秦悠悠才想起自己都不知道恩公高姓大名。

"严永乐。"严棣一看就知道她的心思,自动报上字号。棣是他的名,永乐是他的字,天下间知道他姓名的人极多,但知道他的字的却只有寥寥几个。

秦悠悠心里转了转,姓严,果然就是相月国皇族啊。真糟糕,自己好像一年前才收拾过一个什么圣平亲王,应该也是他的亲戚,可千万别倒霉撞上才好。

"它就是我的灵兽小灰,逸小灰。"

严棣扫了小灰一眼:"名字很贴切,果然是个临阵脱逃的坏子。"

小灰愣了愣,大颗大颗的泪珠就从黑溜溜的圆眼睛里掉出来,一头埋进秦悠悠颈上呜呜大哭起来。

秦悠悠对严棣怒目而视:"你怎么可以这样说小灰?!"

"我说得不对?"严棣不气不恼,平静坚定得过分的神情更让人气绝。

秦悠悠把小灰抱到怀里又是顺毛又是哄劝,好一阵子小灰才勉强平复情绪,趴在她腿上不肯再跟严棣说话。

严棣还是第一次看到这样诡异的组合,从前他所见的灵兽,无一不是对主人忠心耿耿而且勇悍非常,对主人的命令更是言听计从。

眼前这一只,娇气爱哭胆小笨拙,秦悠悠却把它当宝贝一样哄着顺着,甚至有危险的时候竟然让灵兽先跑,自己独自抵挡强敌,导致修为被废几次险些遭遇不测。

一年前,他与秦悠悠第一次交锋,当时她修为不弱,以她的年纪而言,绝对是他见过的女子中天分最高的一个,怎么会要一只这么没用的灵兽?

天工圣手齐天乐是闻名诸国的强者,他的灵兽也是弱得过分,竟然让文家的人轻易抓住,他们两师徒的眼光真让人不敢恭维。

秦悠悠安抚好小灰,想到另一只灵兽大嘴现在不知道有没有被文家的人折磨,要救它还得看妖怪恩公的脸色，所以也顾不上计较他一句骂哭小灰的恶劣行径，乖乖转到棋盘旁低眉敛目道："请恩公赐教。"

严棣心下莞尔，不冲动乱发脾气的时候，这个小丫头聪明又识时务。

他没有刻意为难，言简意赅地开始讲解下棋的规则，然后让秦悠悠试着与他对弈。

事关自家灵兽的生死，秦悠悠知道自己早一刻学好，大嘴就能少受一刻的折磨，所以全神贯注地记忆思考，大概只用了一顿饭功夫，竟就能有模有样地落子求胜，不到一个时辰，秦悠悠举一反三，已经不再需要严棣任何规则上的提示指点。

严棣面上平静，心里暗自震惊不已，先前对秦悠悠产生的一点小视之心被彻底抹去，难怪她会成为天工圣手齐天乐的入室弟子，在某些方面，确实有着常人难及的悟性机巧。

不过再聪明也不可能一下子就胜过老手，秦悠悠第一次在没有任何提示的情况下独自与严棣对弈，毫无悬念惨败告终。

她心里根本不在意这点胜负，抬起头两眼闪闪道："是不是可以帮我去救大嘴了？"

严棣被她那双漂亮的眼睛看得心神一荡，不由自主便点了点头。

秦悠悠欢喜地抱起小灰对严棣道："我可以跟你一起去吗？小灰耳朵很灵的，只要进了文家一定可以找到大嘴被关在哪里，而且文家很多机关的。"

小灰伏在秦悠悠怀里，眼角都不肯扫过严棣一下，一副拒绝跟他打交道的倔犟姿态。

严棣懒得跟一只小灵兽计较，沉吟片刻不置可否。

梁令前来禀报一切已经准备妥当，听闻秦悠悠也想同去，劝道："文家虽然是天下三大机关世家之首，不过这里只是他们在相月国的一个小小边塞分支，机关再厉害也有限。秦姑娘还是留在此处安全一些。"

秦悠悠摇了摇头，为了平安救出大嘴，只能把自己知道的事说出来，道："我五年前随师父来过这里拜访友人，那人名叫文风盛，正是出自文家旁枝，也是文家在这里的主事之人。师父曾经对我说，论机关术文家没有一个人可以跟文风盛相比。文家在镇了南边的人宅就是文风盛一手设计，里面伤人的机关并不多，但是文风盛所住的院落藏了许多他的秘密，等闲人难以进入，如果大嘴被他们关到那儿去了，你们要救它出来只怕不容易。"

文风盛能够得到天工圣手齐天乐如此高的评价，自然不是普通人物，可是严棣与梁令确实不曾听闻过他的名声，而且……

梁令奇怪道："我已派人查探过，文家在这里的主事之人并不是文风盛。"

"唔？莫非他们换人了？难怪会想对付师父。师父说文风盛人很不错的……"秦悠悠还以为师父和她被伪君子骗了，原来使坏的不是文风盛，幸好幸好。

"文家与文风盛的事你还知道多少？"严棣问道。

秦悠悠担心大嘴的情况，道："我路上——跟你说好么？"

严棣点了点头，接过梁令送来的两个面具，一个自己戴上，一个递给秦悠悠，道：

"等会儿别乱跑,乖乖待在我身边。"

"我知道了。"严棣的话听起来很熟悉……小时候师父带她出门就常常会这么交代。秦悠悠想到消失无踪的师父,心里有些黯然。

严棣对她的乖巧听话很满意,顺手握住她的手臂就往外走,秦悠悠沉湎往事竟然没注意这个过分亲近的举动。

就算她注意了,以她在某方面的迟钝估计也不会想歪,严棣那张冷肃庄严的脸,让人完全没办法把他跟登徒子色狼之类的联想到一起。

严棣带秦悠悠走到院子里的时候,十二郎等一众侍卫已经换上黑色的夜行衣戴上面具准备妥当,众人齐齐向严棣行了一礼,悄然无声消失在茫茫夜色之中。

今夜月黯星稀,特别适合"打家劫舍杀人放火"。

秦悠悠暗暗咋舌,这十二个侍卫的身手,看上去最弱的都至少是五品以上武者,先前在三台码头只见其中四个出手,还有点怀疑严棣是不是派了四个最厉害的出去,现在可以肯定,人家平均水准就这么高!

世上一般练武之人,六品及六品以下都是武者,可不同品级武者之间的差别却大得吓人。

如今各国百姓加起来至少亿万之众,一至三品武者合起来至少数以百万计,许多高级士兵本身就是武者,一人可对战数名至数十名普通壮丁。

四品及四品以上的武者"百人敌"之称,修炼到这个阶段即可称高手,武者数量以百万计,但能够达到四品以上的只是其中百分之一不到,满打满算不足万人。

四品以上武者是各国争相延请的人才,优厚的官职薪俸几乎唾手可得,五品以上更加稀罕,这样的人却心甘情愿替这个严永乐效力……秦悠悠暗想,这不会也是个什么亲王吧?

一件厚厚的黑丝绒披风忽然罩在了她的肩膀上将微凉的夜风隔绝在外,严棣十分自然地替秦悠悠把披风系好,然后重新牵起她的手慢慢往院子外走。

"你现在可以说说文家的事了。"严棣道。

秦悠悠心里觉得有些怪怪的,妖怪恩公怎么可以不问她意见就对她做这么亲近的举动?不过……人家好像纯粹出于好意,应该不是在占她的便宜。

莫非是她看起来年龄很小很惹人怜爱?让他想起他的妹妹或者其他女性亲属,所以爱屋及乌?

"怎么不说话?"严棣见她沉默不语,又问道。

好吧,人家一心谈正事根本没有歪念,是她想太多了。

秦悠悠努力忽略心底里的诡异感觉,整理了一下记忆,道:"文风盛是文家旁枝子弟,他们那一房原本也是文家的一大势力。二十多年前,文家家主用了些不正当的手段,在家族的比试中大败文风盛的父亲,文老爹连同几个出色的弟子后来更不明不白地死了,他们那一房随即失势，文风盛也被赶到八塞镇来算是变相流放。"

　　说到这里，秦悠悠叹了口气："师父说，还好文家老爹聪明，一直教导文风盛收敛锋芒，文家其他人都认定他资质平平，否则他一定会像他的那些师兄一样，被人赶尽杀绝。"

　　"所以你师父也一定教过你没事不要展露他教你的本事，不过你没听话。"严棣一开口，又是一语中的。

　　真是妖怪！秦悠悠扁了扁嘴巴，几乎要怀疑自己是不是想什么都写到脸上了。

　　"继续说。"

　　"你不是什么都能猜到吗？"秦悠悠话里透出一股怨气，不过很快在严棣的目光下投降。

　　人在屋檐下，她继续忍！

　　"文风盛想替他爹和师兄们报仇，但是仇人已经成了文家家主，势力日渐巩固，他单凭一人之力很难逆转乾坤，后来他就想到了三大机关世家十年一度的'圣手擂台'，他要在擂台上堂堂正正胜过文家所有人。只要他在擂台上夺冠，对付文家家主就会有更多的筹码，而且也比较好争取文家长老堂的支持。他这些年都在培植自己的势力和研究机关术……"

　　秦悠悠忽然想起一件事，抬头问严棣道："恩公，圣手擂台大会是不是再过两个多月就要举办了？"

　　"嗯，就在子夜城，由圣平亲王主持。"月光下，严棣的表情显得格外诡谲迷离。

　　"这样啊，我还是不凑这个热闹了。"秦悠悠咕哝道，一听"圣平亲王"的名号就头大，她已经够倒霉了，没必要明知山有虎还偏要送上门。

　　严棣慢慢移开目光，唇角微勾，露出一个近似微笑的森然表情，不过天太黑秦悠悠什么都没看见，只是觉得附近好像忽然变得冷了，厚厚的丝绒披风都没能挡住那股寒意。

　　秦悠悠不想继续圣平亲王相关话题，低声推测："文风盛他一定离开去准备参赛了，五年前师父来这里跟他讨论了好些天，他好像说过已经准备得差不多，要参加下一届圣手擂台大会。难怪这里会换了人，不过文家的人怎么知道他离开了还派了高手来接管呢？"

　　"去看看就知道了。"

　　说话之间，他们已经走到文家宅子门前，只见大门洞开，宅子里静悄悄的什么声音都没有，严棣就这么牵着秦悠悠的手径直往里走。

　　"我们就这样进去？"秦悠悠吃惊道。万一文家的人在里头设了陷阱怎么办？

　　严棣没理她。

　　秦悠悠走进文家大门就恍然明白自己说了句蠢话。

院子里灯光通明，大厅上横七竖八躺满了文家的人，一个个全身瘫软神情惊恐万状但是却静悄悄的什么声音都没有。

秦悠悠彻底了悟："你对他们下药了？"

严棣点了点头，一名黑衣侍卫上前道："文府上下重要的人物都在此处，不过没发现七品武尊，也不见圣音八哥的踪迹。后面一座宅院已经包围，暂未搜查。"

后面的宅院原本是文风盛的居处，秦悠悠先前曾道里面机关十分厉害，所以这些侍卫没有贸然闯入，只是暂时在外围监控着。

一直躲在秦悠悠怀里的小灰听说已经到了文家，马上精神一振爬到秦悠悠肩上竖起一双长得离奇的耳朵侧头细听，片刻便尖叫起来："院子下面地道里有人，正往外跑！"

地道？侍卫们面面相觑，文家乃是天下三大机关世家之首，他们已经尽力在对方不及防备之际动手，以极短的时间控制住宅子里所有人，可是如果对方原先就在地道密室内，他们也没办法。

秦悠悠咬了咬嘴唇道："他往哪个方向跑？你能跟上去吗？"这里没能找到大嘴，那它多半就在这个外逃的人手上。

"嗯，他已经走到宅子后面地底了，再走我就听不见了！"小灰一跃跳到地上，一只长长的耳朵贴着地面，努力辨析着地底传来的隐约声响。

秦悠悠侧头对严棣道："可不可以派人跟着小灰去？"

"快些快些！那人跑得好快！"小灰望着宅子后方一边跑一边大呼小叫。

严棣挑了挑眉毛，一闪身追上小灰道："哪边？"

小灰一见是他就有些不高兴，不过想到大嘴的安危，还是勉为其难指了指方向。

"两个跟我去，其他人留在这里保护她。"严棣扫了秦悠悠一眼，长臂一伸揪住小灰颈后的皮毛将它拎到自己肩膀上，往宅后快步走去。

小灰又惊又气，大叫起来："我要悠悠，你放我下来！"

秦悠悠知道现在自己修为尽失，硬要人家带上她去追漏网之鱼只会成为负累，所以只得努力安抚道："小灰听话，把大嘴救回来再说！"

小灰刚被抓到严棣肩上时就想反抗跳开，但严棣身上散发出来的那一股凛冽气势太过吓人，竟然把它震慑得只能趴在他肩头大叫，秦悠悠的话提醒了它，想到还在敌人手上的大嘴，算了……它忍！

严棣带着两名侍卫眨眼间就到了镇外，前面就是大片树林。

"方向。"严棣冷然道。

"那边。"小灰甩了甩耳朵指向东南方，依旧一肚子不甘不愿。

严棣懒得理它，他不是秦悠悠，没兴趣安抚这种娇气的灵兽。

一行三人在夜色中随着小灰的指点一路跑到一个土坡上，借着微弱的星月之光仔细看看，这里分明是个乱葬岗，荒坟处处阴风阵阵。

小灰心里有些发冷，不由自主扒紧了身边唯一的活物严棣，哆哆嗦嗦往他颈上凑。

"那个人快要出来了，就在那边。"小灰指了指前面几丈外的一个坟包，声音压得极低，终于对严棣说了一个长句。

"那是文家出来的七品武尊，你对不对付得了啊？"小灰感觉到严棣有意上前，连忙提醒道。

不是它瞧不起人，严棣看起来顶多二十来岁，修为再高也有限，对方是文家的人，手上可能握有厉害的机关暗器，万一严棣对付不了，连带它也会一起倒霉。

"你确定他只有一个人？"严棣边说边向两个侍卫挥了挥手，两人当即敛了气息潜伏到一旁布置。

"确定，大嘴就在他手上。"小灰紧张道，暂时忘了对严棣的不满。

仿佛应和它的话，坟包方向传来一阵机关开动的声响，然后一名高大的灰衣人一手倒拎着一只黑不溜秋个头跟小母鸡差不多的鸟儿，从坟包下一跃而出，就往南跑去。

眼看着灰衣人一闪身已经在十数丈外，小灰急得差点尖叫起来。

说时迟那时快，严棣的两名侍卫从暗处扑出，一前一后将那灰衣人拦在正中，一言不发向他抛出一团灰蒙蒙的药粉。

灰衣人好不容易从文家逃出，没想到如此隐秘的地道出口外竟会有人埋伏，人惊之下提气急闪同时一掌挥出，将两团灰色的药粉逼退，气急败坏喝道："你们是何人，竟然敢对我文家下手，吃了熊心豹胆不成？！"

他能说的也就这么多了，两名侍卫修为不及他，但有心算无心，早就准备好陷阱在他的退路上。灰衣人被两人合击又向一侧闪开两步，惨叫一声跳起三尺有余，接着便摇摇晃晃倒在一旁。

严棣带着小灰走过去，只见地上一尺高的野草中隐约乌光闪动，夹杂了无数尖刺，显然是两名侍卫刚刚在这里布下了暗器机关。

可怜那灰衣人堂堂一名七品武尊，又是出身机关世家文氏，出其不意之下竟就这么不明不白地被一个毫无技术含量的简单机关给暗算了。

灰衣人手上的大黑鸟也随着他跌到地上，动也不动。

小灰从严棣肩上飞扑而下跳到大黑鸟身边，抬起前脚用力推了推它，颤声道："大嘴？你、你别吓我，你怎么了？醒醒啊！"

严棣低头看了地上那只大黑鸟一眼，第一次有向天翻白眼的冲动。这么一只比乌鸦还丑的黑鸟，竟然好意思自称是圣音八哥？还是天下第一机关宗师天工圣手齐天乐的灵兽？

秦悠悠坐立不安等了好一阵，终于见严棣带着自己两只灵兽平安归来，只是大嘴昏迷不醒，让人很是担忧。

严棣随意检视了一下大嘴的情况，道："它被人下了迷药，大概明日中午就会醒。"

他笃定的态度让秦悠悠放下心来，联想到他先前一眼看穿自己中了化元丹的毒，给她疗伤解毒的药也十分有效，他的手下对付文家人用的药更是厉害无比，忍不住猜测道："恩公你似乎很了解药性？"

"还可以。"

"我身上化元丹的毒可有什么办法解去？"秦悠悠满怀希望问道。反正人情已经欠得足够多，也不多这个了，师父那号称"医圣"的老朋友一年到头行踪飘忽，都不知道何年何月才能找到。

眼下修为全失的感觉糟糕透顶，她虽然不介意装成弱女子，但不代表她真的愿意当弱者。

"有，但很难。"

"难在哪里？"秦悠悠很狗腿地摆出洗耳恭听的诚挚姿态。

"解药的主药是我相月国皇族禁地内的圣泉水，非皇族人员靠近禁地杀无赦，圣泉水只要离开泉眼片刻就会失效。"严棣的回答直截了当。

秦悠悠听得目瞪口呆："除了圣泉水，就没有别的东西可以解毒吗？"

那个见鬼的皇族禁地她听说过，师父曾经不止一次说，他最遗憾的事就是不曾亲自观摩相月国皇族禁地内的机关布置，还说那个地方的机关很可能是他的"同门"设计的，精妙无比云云。

连师父都对那里的机关推崇备至，她现在这个状况想摸进去偷圣泉水，简直是痴人说梦。更别说禁地之外少说有上万皇家禁卫看守，高手如云，师父那样的修为都只能望而却步。

"没有。"斩钉截铁两个字把秦悠悠所有希望打得粉碎。

严棣那张面瘫脸依旧毫无表情，不过秦悠悠感觉他好像在幸灾乐祸，忍不住低声反驳道："或许有的，你不知道罢了。"

严棣瞥了她一眼，没有反驳，指指后院方向道："你要不要看看文风盛的院子？"

"哦，好啊！"秦悠悠对所有跟机关有关的东西都有兴趣，尤其文风盛称得上是这一行当里的高手，他精心布置的院子定然不错。

两人相偕走到后面的宅院，秦悠悠站定了左右一看，不由得大失所望："这里的机关被全部拆除了。"

她根据院子格局默默计算了一下方位，信步走到院墙脚下的假石山旁一手拂开角落里的一丛兰草，现出后方一道凹陷的石槽，石头上已经长出了不少青苔，严棣也看不出半点特别之处。

秦悠悠道："这里原本应该是这院子机关阵的一个阵眼，安置了一套轮轴带动附近一丈范围内的各个关窍，不过已经被人拆了，而且还破坏了原本的形状，好让人无法发现。看这些青苔的样子，至少是几个月前的事了。"

"文风盛不想被文家的人发现他的秘密，走之前会做这些布置并不奇怪。你的机关术比文风盛如何？"严棣伸手把秦悠悠拉起来问道。

秦悠悠惯性地想自吹自擂一番，不过话到嘴边，想到凶神恩公不知道对她打着什么主意，连忙忍住了含糊道："不太清楚，没比过。"

严棣打量着她古怪的表情，心中好笑，小丫头还太嫩，不太擅长掩饰。

文风盛年纪比她大得多，她就算机关术不如对方也是十分寻常的事，一点儿不丢脸，相反，把她与文风盛相比较，其实已经是高估她的实力了，毕竟文风盛出身第一机关世家，又是连她师父都赞誉有加的人。

可是她却不愿说个肯定答案，只说没比过，那就是说在她心中自信自己的机关术比文风盛强，不过不想在他面前暴露罢了。

"既然这里没什么事，就回去吧。"

"文家的人怎么办？"秦悠悠有些担心，虽然他们都戴了面具掩饰容貌，但文家不是那么好得罪的，她想打听一下文风盛的事，又怕连累后者被文家人发现不妥。

严棣不愧妖怪之名，几乎马上就知道秦悠悠心中所想，道："放心，文风盛的事我会让人问个清楚，文家的人他们自会料理。"

也许是他这些天来展示的实力太过强大，所以秦悠悠很容易就相信了他的话，乖乖跟他回到原本的住处。

才进门不久，忽然听见远处传来阵阵呼喊声，秦悠悠奇怪地望向发声处，是镇子正南方向，那边的天空不知何时已经被烈焰浓烟占满。

是文家的宅子着火了，那里面的人……秦悠悠悚然而惊，扭头正对上严棣平静的面容，一股寒意从心底直往上冒。

"早些休息。"严棣的态度一如寻常，将她送到房门前便转身离开。

他知道她害怕，不过他既然认定了她，她就只能尽快适应他的性情与行事习惯。

秦悠悠抱着怀里的灵兽袋定了定神，慢慢走进房间。

她必须尽快想办法恢复修为尽快离开！妖怪恩公太可怕了。

次日早上起来，秦悠悠只觉得昏昏沉沉好像不曾睡着过一般，昨夜梦里反反复复的都是一群被烧得面目难辨的恶鬼追着她，哭号着"还我命来"之类的话，身上的寝衣都被冷汗浸湿了。

梳洗过后，丫鬟来请她到花厅去用早饭，小灰撒娇不肯跟严棣见面，大嘴还未苏醒，正好以照顾同伴为由赖在房间。

秦悠悠暗里很羡慕它还有撒娇任性的机会，她却得去陪凶神吃饭。

今早一切与昨日并无不同，唯一的差别是秦悠悠比昨日更加食不知味心不在焉。

好不容易吃完一顿气氛沉闷的饭，严棣捧起茶杯问道："你的灵兽都找到了，接下来有什么打算？"

我想马上离开,离你这个大凶神远远的!秦悠悠心里大喊,不过却不敢说出口,而且现实情况也不容她随心所欲。

"我想找'医圣',看他是否有办法替我解毒。"

"也好。"严棣点了点头,态度之随和合作令秦悠悠又一次疑神疑鬼起来。

表里不一的禽兽

梁令忽然有些同情起秦悠悠来,她一定不知道,主人所说的"也好"后面还有半句,完整地说应该是——也好,就让你彻底死心。

仿佛为了验证严棣说话的权威性,大嘴在中午时分准时醒来,第一件事就是要吃肉,小灰见同伴平安无事,也跟着喊饿,秦悠悠请厨房做了五大锅红烧肉,被这两个家伙吃得精光。

两个临时派来伺候秦悠悠的小丫鬟都看呆了,没见过这么能吃的!那些装红烧肉的锅子,随便一只都是它们个头的五六倍大,它们竟然将满满的五锅肉一扫而光,这些肉是整个院子里所有人几天的分量了。

尤其那只兔子,兔子不是吃素的吗?怎么吃肉吃得比那只大黑鸟还凶?!

两只吃货吃饱喝足,慢条斯理清理干净身上沾满油腻酱汁的皮毛,小灰凑到大嘴身边迫不及待开始告状,几乎声泪俱下地把严棣言辞刻薄、恃强凌弱、阴险奸诈、不爱护小动物等等系列恶形恶状数落了一遍。

秦悠悠很有先见之明地在它开口之前就把两个丫鬟打发出去,不然刚享受完主人家的美食招待就大肆说人家的坏话,她都觉得脸红。

大嘴听完小灰一番血泪控诉,又听秦悠悠说了别后的经历以及与严棣结识的经过,抖了抖身上乌黑的羽毛,老气横秋地哼道:"无事献殷勤,非奸即盗。这姓严的肯定有阴谋!"

"我知道,可是我现在一点儿真气都动用不了,风归云那个混蛋又阴魂不散。"秦悠悠苦笑道。

两只灵兽大眼瞪小眼也是毫无办法,静默了半晌,大嘴昂首挺胸道:"兵来将挡水来土掩,没什么好怕的,他如果敢对你不利,我跟小灰就……"

小灰兴冲冲地蹲坐起身,激动附和道:"就是就是,他如果敢对你不利,我跟大嘴就……就怎样?"小灰扭头望向大嘴,征询它的意见。

大嘴嘎嘎嘎仰天大笑数声，森然道："吃穷他！"
……
秦悠悠无语了，她就知道，这两个家伙是指望不上的！要它们救命还不如自己找块豆腐撞死求个痛快。

严棣答应了秦悠悠会陪她去找医圣，次日便果真带着她启程出发。

大嘴站在秦悠悠肩上打量了严棣片刻，趁着他转身去交代梁令事情的时候，凑到秦悠悠耳边压低声音道："这家伙身上煞气好重。"

秦悠悠觉得这就是一句废话，就她所知所见的这一个月不到的时间里，眼前这个男人已经下令杀了超过三十人，煞气不重才怪！

"天乐说过，人品有问题的男人长得再好看也不能要，悠悠你可不要被他骗了！"大嘴语重心长道。它口中的天乐指的正是秦悠悠的师父，大名鼎鼎的天工圣手齐天乐。

大嘴是齐天乐的灵兽，两者之间一直同辈相称。

"什么啊，他长得算好看吗？我觉得很凶……"秦悠悠有些受不了大嘴的天马行空，对于妖怪恩公，她怕都来不及，而且她对人的外貌向来没什么感觉。

在她眼中，人的外貌只有两种：普通的跟有特色的。

普通的就是五官形状对称正常，都长在该长的地方，有特色的就例如佼如年脸上那条大刀疤，梁令的白眉白发。妖怪恩公那张面瘫脸其实也算，可是他身边好几个身材高大又同样面瘫的属下，如果穿着差不多的衣服站在一起，她就有些分不清了。

"马马虎虎，比起天乐来差得远了！"大嘴不屑道。

"哦，我想也是，师父最好看了。"秦悠悠对师父的推崇是不需要理由的。

齐天乐不知道出于什么心理，从小就给她灌输师父是天下第一好男人的思想，直接导致唯一的女徒弟看待异性的标准诡异非常，甚至连经常跟他们师徒接触的两只灵兽也中毒不浅。

一人一鸟低声私语，却不知道字字句句被耳聪目明的严棣听在耳里，甚至连他身边的梁令也听得清清楚楚，

梁令看着主人拧紧的眉心，想笑不敢笑，他还是第一次听到有人对主人的容貌评价如此负面。公平地说，如果主人不是整天绷着脸面无表情，绝对可以迷倒天下女子……后面那个到现在都还不太能认住主人容貌的怪胎除外。

"启程。"严棣硬声道，一拂衣袖转身走回马车旁。

秦悠悠迅速换上一脸乖巧垂首不语，肩上的大嘴扑打双翅飞到车顶上左顾右盼，只剩小灰大模大样睡在她怀里打呼噜。

简直不知所谓！严棣心中冷笑，面上依旧不动声色。

舒适的马车内一男一女默然相对，中间夹了只睡得人事不知的胖兔子。秦悠悠觉得气氛有些尴尬沉闷，于是主动开口解释道："小灰它年纪还小，所以每天睡觉的时间

有点儿长。"

"这是灵兽还是宠物？"平平淡淡一句话从严棣嘴里说出来显得异常尖锐。

秦悠悠决定终止这个话题，否则她会忍不住对严棣发火，现在人在屋檐下，要忍！

严棣显然也没兴趣继续讨论一只在他眼中除了能吃会睡一无是处的灵兽："文家的人对文风盛的了解不多，他们会派高手到八塞镇，是因为得到消息，知道你师父与文风盛私交不错，所以想控制住文风盛好逼问你师父的事。结果他们到来的时候，发现声称闭关的文风盛其实早已失踪，他们到附近打听消息，才意外抓住你师父的灵兽。"

"师父带我来看文风盛，并没有表明身份。"秦悠悠想不通的是这点，五年前师父只是以普通富商身份前来拜访，文家分支上上下下就文风盛一人知道他们的身份，师父从来不是个高调人，经常借着高超的易容术以不同的面目示人，文家的人怎么会知道那个带着一个小姑娘出门的普通商贾就是大名鼎鼎的天工圣手齐天乐呢？

"大概一年多前，奉神教绘画了你师父的图像，秘密派人四处搜寻他的下落，文家前段时间偶然得其中一幅，而且临摹了暗中散发到各地分支。八塞镇这边也收到了画像，文风盛声称闭关，管家代管分支事务时看到画像。"严棣说到这里，后面的事已经不用多言。

严棣的侍卫从文家宅院搜到了那幅画像，他昨夜也亲眼看过，正因为看过才格外生气，就齐天乐那副尊容，这没眼光的小丫头竟然说"最好看"，还跟那只眼睛有问题的笨鸟一样认为齐天乐长得比他好看！

简直岂有此理！太侮辱人了！

严棣从前觉得太在意自己容貌美丑的男子就算不是娘娘腔也是绣花枕头之流，但是这一回，他很难不在意。

秦悠悠根本不知道自己"侮辱了严棣的美"，兀自恼恨奉神教的人太可恶，同时也替故人松口气："这么说文风盛的情况，文家的人还蒙在鼓里了？"

"不错。奉神教的人找你师父是为了什么事？"严棣问道。

秦悠悠眨了眨眼睛，不想回答这个问题，她想说谎敷衍过去，但想到妖怪恩公的厉害又犹豫起来。

严棣也不追问，只是静静看着她，直把她看得寒毛倒竖。

"多丽国皇帝想我师父替他修建皇陵。"秦悠悠决定按照老规矩，说一半藏一半。

严棣不是那么好忽悠的，他慢慢摇了摇头道："多丽国国君今年九十六岁，八品武尊修为，长居宫中无伤无病就算活不满三百岁，至少也能活到两百五十岁。他两年前才选定宝穴开始筹建皇陵，皇陵规模宏大，至少需要五十年时间才能完工，论理光开山凿穴至少需要十年，何必如此紧迫地找寻你师徒的下落？"

妖怪！秦悠悠被严棣的明察秋毫逼得无可奈何，想装傻充愣对方却极有耐性，完全没有丝毫放弃追问的意思，小小一个车厢气氛压抑非常。

秦悠悠想到之后相当长一段时间都要跟他共乘一车，更觉得气闷气馁。

"他们挖掘皇陵的时候无意中发现了一座上古武圣遗下的宝库，其中有三份大型攻城器械的图纸，可惜已经残破不堪，关键几处无法辨认，根据图纸附带的说明文字记载，这些攻城器械威力无与伦比，所以多丽国皇帝亲自请求奉神教不惜一切代价把我师父找出来，好替他们复原这三份图纸。"秦悠悠见瞒不过，干脆把事情简单说了一遍。

换个角度想，妖怪恩公救她也是自救，如果真让多丽国的人把她抓了去，万一她熬不住替他们复原了那三份图纸，到时候多丽国肯定会大规模制作这些机械来对付老对头相月国。

严棣对这个答案比较满意，终于大发慈悲不再以势压人。

舒舒服服躺在秦悠悠腿上睡大觉的小灰忽然翻了个身，四脚朝天蹬踢几下，哑巴哑巴三瓣嘴喃喃道："红烧海羊肉、金瓜炖紫冠鸡……悠悠，我要吃清蒸银龙鲤，还有百珍蜜酿……"

这个吃货！秦悠悠大感丢脸，干笑两声徒劳地解释道："小灰还小，要多吃些东西好长身体。"

"你平时就让它吃这些东西？"严棣不以为然。

真是太奢侈了！就算是在皇宫大内，这些东西也不是平时能吃到的，更不要说拿来喂一只这么没用的灵兽。

"是啊，小灰跟大嘴都很喜欢。"秦悠悠一点儿不觉得这有什么问题，他们两师徒从来不曾缺过钱财，更把两只灵兽当家人，只要大家高兴就好，根本不会考虑价值高低。

严棣的目光落在那只既不好看又没用的肥兔子身上，精确地给出了两个字的评价："浪费。"

秦悠悠磨了磨牙，但是还是那句话，人在屋檐下，忍吧！

"手给我。"严棣忽然道。

秦悠悠还在生闷气，迟迟没有反应。严棣十分直接地一手握起她纤细的手腕，替她把起脉来。

鉴于之前很多次被严棣"动手动脚"，且每次严棣都是一脸公事公办的端庄严肃姿态，秦悠悠已经渐渐忘记在这种情况下应该大叫"非礼"并且积极反抗，十分认命地任他把脉把个痛快。

"把这药吃了。"又是一枚不明药丸送到秦悠悠面前。

"你不是说我身体里的余毒已经清干净了？"秦悠悠不肯接。

严棣不容商量道："你的经脉太弱。"

她的经脉怎么弱了？没吃下化元丹之前好好得很，就算吃了，散去的也不过是真气，经脉好好的啊。可是上次被严棣逼着吃药的一幕还记忆犹新，秦悠悠扁扁嘴巴无奈地接过药丸吞下去。

她很怀疑严棣给她的药是迷药,因为刚吃下去片刻,她又开始眼皮打架,不过几个呼吸就倒下昏睡得人事不知。

严棣伸手将她扶靠在车壁上,一手握住她的手腕脉门,将自身真气顺着她的经脉游走了好几圈,不由得皱了皱眉头。

她的经脉在他看来确实太弱,他必须在三个月内令她的经脉强度至少提升到九品武尊的级别,否则他的计划恐怕难以实施。

阳光透过窗纱洒在秦悠悠身上,她看上去仿佛一个玲珑剔透的完美玉娃娃,显得无限圣洁纯美,车厢内静悄悄地弥漫着丝丝缕缕少女特有的甜美气息,严棣心中一动忍不住俯身在她的脸颊上轻轻亲了一口。

唇下的肌肤细滑温软,透着暖暖的迷人馨香,严棣第一次真切感觉到什么叫软玉温香,脑海里不由闪过秦悠悠淡粉色的唇,似乎更加娇嫩诱人,正想试一试,耳边不到两尺的地方忽然传来一声娇声娇气的咕哝:"悠悠,我饿……"

满腔绮念被这突如其来的一声喝破,严棣没好气地低头往发声处望去,小灰正扭动着肥胖的身子一边揉眼睛一边往秦悠悠怀里乱拱。

过了片刻,小灰见主人毫无反应,晃了晃脑袋蹲坐起身,十分熟练地在自己肚皮位置天生的袋子里一阵掏挖,摸出一包油纸裹着的点心大嚼起来。

它吃了两口抬头就见严棣正一脸漠然盯着它看,当即抖了抖往秦悠悠身上靠,不过很快就发现主人正在昏睡,根本没办法保护它。

严棣以为它会被吓得惊慌失措,哭哭啼啼,没想到小灰不但不怕,反而昂起脑袋跟他对瞪。

"你想打悠悠主意是不是?!"小灰声音里透着浓浓的质问,不可一世。

"是又如何?"严棣有些意外,这只笨兔子原来跟它的主人一样,平时装出一副可怜相,实则十分胆大难驯。

就算是他那匹以凶悍暴躁著称的麒麟赤血马驻云飞,还有相月国里诸多杀人如麻的武将,也不敢在他的目光下如此放肆。

"你死心吧!你不会有机会的。"小灰个子小气势不小地哼道。

严棣不以为然,懒得与一只废物灵兽斗嘴,如果不是秦悠悠把它当宝贝,他早拿它去喂自家灵兽了,驻云飞对这只兔子怨念得很,想必很乐意"亲口"解决它。

小灰恨恨道:"对我不好的人,悠悠都不会喜欢!"

"拭目以待。"不知道是不是幻觉,严棣有一刹那仿佛看见眼前蹲坐着的不是一只弱小痴肥的笨兔子,而是一只领地被侵犯正择人而噬的上古凶兽。

"哼!"小灰放完狠话,见对方似乎不放在心上,它也没有继续再说什么,捧起一块足有它脑袋大小的甜糕,啊呜一口吞了下去,那恶狠狠的姿态仿佛一口吞下的是严棣的脑袋。

小灰正如秦悠悠所说,非常擅长吃,食量之大连自认见多识广的严棣都叹为观止,同时也发现了这只看上去一无是处的兔子,竟然是只天生有空间异能的灵兽。

从睡醒起小灰就没停止过吃东西,至少吃了它身体体积十倍八倍的食物,而这些食物竟然都是从它肚皮上的袋子里掏出来的!它的肚皮虽然圆滚滚,但正常而言也绝无可能放下这么多食物,更离谱的是,它吃了那么多,不但没被撑死,连肚皮都没见鼓胀多少。

迷踪雪兔中的雌兔天生腹部就有一个育儿袋,但是严棣从不曾听闻这个育儿袋能够具备空间异能,也许是某些变异导致这只兔子有了一样长处。

不过如果只是这点,也算不得多稀罕,有空间储物功能的法器异宝虽然罕见,却也不至于稀缺到世间难寻的程度,至少严棣本人就有须弥戒指、乾坤袋等五件类似的法器。

数下来这只兔子无非就耳朵灵一些,天生有个空间袋,算不上如何特异。

被这只该死的胖兔子一打岔,他也不好再继续对秦悠悠做什么,干脆不再理会小灰,靠在车壁上闭目假寐。

中午一行人停在一片树林边休整用餐,秦悠悠睡了一个多时辰爬起来,正好见严棣的几个手下正打算到林子里去猎些小兽雀鸟,想起一事,开口对其中一人道:"你叫十二郎对不对?"

"是。"十二郎心惊肉跳回道,他好像听梁令提过,秦悠悠记不住人的,怎么一眼就认出他了?莫非是记恨他先前差点吃了她的灵兽?

"可不可以帮我多采些蘑菇回来?越多越好,有毒的都没问题。"秦悠悠语气温和,一点儿没有找人晦气的意思。

就这样?十二郎松了口气,脸上不禁现出几分笑容,连声道:"是,是!没问题。"说着躬了躬身,转身与同伴快步离开。

秦悠悠侧头对趴在她肩膀上的小灰道:"待会儿人家把蘑菇带回来给你吃,你不要再生人家的气啦。"

"好吧。"小灰甩了甩长长的耳朵,不情不愿道。

"你认得出十二郎?"严棣的声音忽然在秦悠悠耳边响起。

"嗯。"秦悠悠突然觉得有些冷,妖怪恩公似乎不太高兴……

严棣确实很不高兴,这小丫头记得住一个只跟她打过一次交道的侍卫,却记不住他这个救了她好几次而且几乎是朝夕相处的恩公,这算什么?!

"就因为他差点吃了它?"严棣的目光落在小灰身上,小灰故意亲热地蹭了蹭秦悠悠的脖子,向严棣龇牙瞪眼示威。

秦悠悠看不见它的小动作,以为它蹭自己是害怕,顺手摸了摸它的脑袋以示安抚,一边很老实地回道:"也不是,他是你们这些人里头表情最多的,而且会笑。"

严棣没想到会是这样的答案，不知道该生气还是该松口气。

梁令听了俩人的对话，马上决定等十二郎回来，就严厉警告他嬉皮笑脸的坏处，让他尽快学其他侍卫一样"沉稳冷静"些。

秦悠悠不知道自己无意中又得罪了严棣一回，想起自己昏睡了一个早上，最重要的事情都不曾问清楚，连忙问道："我们这是要到哪里去？你知道医圣在什么地方？"

"去子夜城，我已经吩咐人放出消息，医圣他自己会找上门来。"严棣提起"医圣"两个字的时候，似乎有些不以为然。

秦悠悠忍不住心里嘀咕，妖怪恩公真自信得可以，医圣那个老头子行踪不定，各国不知道有多少权势人物想见他一面都难如登天，到了妖怪恩公嘴里，简直当是自家手下一般。

不过子夜城，那不是相月国的都城吗？妖怪恩公既然是出身相月国皇族，家在子夜城很正常，可是那个要命的圣平亲王也在那儿吧。

"我们换个地方见医圣可不可以？"秦悠悠小心翼翼打商量道。

"不可以。"严棣的拒绝干脆利落，没有半点商量余地。

"为什么？"秦悠悠不死心道。

"两个多月后子夜城要举行圣手擂台。"

"你要参加？你懂机关术？"秦悠悠奇怪道。

"不懂，不过也不想错过盛事。"

还好，如果妖怪恩公连机关术都懂，那就强得太没天理了。秦悠悠知道自己如今没有讨价还价的余地，还好圣平亲王虽然跟她打过照面，但她当时易了容，声音也刻意改变过，就算当面撞上应该也认不出她。

等她恢复了修为，就再也不用看妖怪恩公的脸色了，现在……忍吧！

十二郎有心洗净自己在未来女主人心里的恶劣形象，带回来大大的一包新鲜蘑菇，小灰由始至终只对恐怖的大红马驻云飞印象深刻，对十二郎其实不太记得，大口大口吃着美味蘑菇的时候就很大方地决定原谅他了。

严棣看着小灰接连吃了好几个色彩鲜艳得让人心惊肉跳的毒蘑菇都浑若无事，不由得暗暗称奇，看来这只笨兔子身上也有些门道。

十二郎采集回来的蘑菇有不少都是带有剧毒的，一个可以毒杀一只大型灵兽，可是小灰却是越吃越开心，片刻就把足有它体积三四倍的一大包蘑菇吃光。

秦悠悠伸指拨了拨它与体型全不相称的长耳朵，笑道："吃饱了没有？没吃饱也不要乱跑，不然迷路了就糟了。"

言者无心，听者无语。迷踪雪兔名为迷踪，是指它们天生善于利用地形地势逃避天敌追踪，怎么到了这只兔子身上却成了迷路？

小灰不答，忽然一跃而起扑到主人怀里惊叫起来："妖马！那只丑怪妖马来了！"

话音刚落，就见驻云飞火红的身影一闪从林子里窜出来跑到众人面前，口中大呼小叫："主人，后面山谷里有一株金色的小草，味道好香，一定是了不起的灵药！我让大嘴守着，你快跟我去看看！"

大嘴能说会道，一个早上就把脑筋简单的驻云飞哄得服服帖帖，把它引为知己。驻云飞嫌跟着马车跑得慢，于是与大嘴先行一步到附近打猎游玩，没想到却有意外收获。

这种地方能生出的灵药顶多四五品，严棣的兴趣不是太大，不过见驻云飞兴冲冲地，便不想太过打击它。这几天为了秦悠悠而疏忽了它，它正憋着一肚子怨气。

秦悠悠与小灰面面相觑，有些尴尬地干咳一声道："不用去那么急……那株草药多半……已经没有了。"

驻云飞瞪大一双赤红的马眼向着秦悠悠喷气道："你什么意思？！"

秦悠悠退开两步道："大嘴它很喜欢吃灵药，所以……"

她一句话没说完，远处驻云飞所指的山谷方向忽然传来一声惊天动地的巨响，夹杂着妖兽狂暴的嘶吼，令人色变。

"糟了！"秦悠悠猛地想到一件事，驻云飞与大嘴发现的那株灵药可能级别不低，附近有妖兽看护，好等灵药成熟了据为己有，大嘴把灵药吃了，被那些妖兽发现，不把它生吞了才怪。

她想到的，严棣自然也想到了，扔下一句"你在这里别动"便与驻云飞一起往传出巨响的山谷跑去。

驻云飞脚程极快，片刻就跑到山谷之中，眼前一片狼藉，遍地都是被拦腰撞断的巨大古树，飞扬的砂石尘土中，一条足有人身粗细、背上生了双翼的碧绿巨蟒嘶吼着正追击一只黑色的大鸟。

那只大鸟不用说就是大嘴，它一边拼命拍打着翅膀躲闪巨蟒的攻击，一边嘎嘎怪叫道："救命啊！悠悠救命！"

远远看见驻云飞与严棣赶到，大嘴二话不说就飞扑过来，那条带翼的碧绿巨蟒哪肯放它离开，双翼一振就跟着飞了过来。

五阶的翡翠翼蛇！

严棣面对来势汹汹的巨蟒，身上的气息忽然变得凶戾非常，整个人散发出一股浓烈的血腥杀气，冷哼一声自马鞍上腾空跃起，双臂一伸闪电般抓住巨蟒大张的上下颚用力一撕。

嘶！皮肉被暴力撕裂的恐怖声响中，巨蟒的嘶吼瞬间变成了一声短促的哀嚎，漫天血雨纷飞，前一刻还凶暴生猛的一条巨蟒顿时没了生机，巨大的伤口延伸到蛇身一丈有余！巨蟒一时还未气绝，跌在严棣脚下不住痉挛抽搐。

严棣浑身浴血，犹如一尊杀神立在原地，徒手在蛇头正中一插，直接挖出一枚血淋淋散发着淡淡青光的妖丹往后抛去。

驻云飞回过神来欢呼一声，跑上两步一口把妖丹咬住吞下。

大嘴停在附近一株半倒的大树上，看见如此血腥的杀戮场面，忍不住狠狠哆嗦了一下。

"好重的杀气……奇怪，他在压抑自己的修为？"大嘴眼里闪过一丝异色，秦悠悠先前说起严棣杀人不眨眼的事，它的感触远没有现在亲眼所见的深刻，此时此地的严棣，简直不像一个人，分明是无数凶神恶煞聚合而成的杀神化身。

不过他的情况似乎有点不对劲，大嘴侧头看了静立不动的严棣片刻，若有所思。

大概过了十个呼吸左右，严棣忽然浑身一震，身上的血污肉碎化成一团血雾从他身上弹射开来，一身蓝色锦衣变得洁净非常，掌上一丝血迹都没有，整个人干净清爽仿佛先前一切都只是幻觉。

严棣冷冷望向树梢上呆若木鸡的大嘴，招呼了驻云飞打算离开，大嘴猛地醒过神来，叫道："等等！"

"你还想再等几只妖兽过来？"严棣寒声道。看这里的环境，附近肯定不止翡翠翼蛇一只妖兽，虽然他的实力就算再来一百几十只也不构成威胁，但没必要平白无故为了这么只贪吃的蠢鸟浪费时间精力，尤其是他现在的情况并不适宜频繁动手见血。

大嘴翅膀一振飞落在巨蟒头上，就着严棣挖开的那个大洞，把嘴巴探进去用力吸了几口，心满意足飞回驻云飞背上，得意地嘎嘎大笑几声："好了，走吧走吧！蛇脑可是好东西啊，浪费了多可惜。"

驻云飞不爽地甩了甩尾巴，生气道："那株金色的小草被你吃了？"

"是啊，我正想跟你说，你就急着跑回去报信了。'金丝蕨'不过小小五品灵药也不是什么稀罕货，你喜欢的话这山谷里还有一株五品的'阴司藓'，我带你去找好了。"大嘴不以为意地抖了抖身上漆黑的羽毛，半点歉意都没有。

"哼！"驻云飞还是有些不高兴，不过它也不是小气的马，今日意外得了一枚五阶妖兽的妖丹，它的心情也不错，很快就把这件小事放下了。

大嘴眼珠子转了转，飞到驻云飞脑袋上抬头对严棣道："你修炼的法门与杀气有关是不是？"

严棣的心猛地跳了一下，终于正视这只看起来除了多嘴贪吃别无特色的大黑鸟："你怎样看出来的？"这件事就是随他在沙场征战数年的亲信部下都不曾发现，这只大黑鸟不过见他出手一次而已。

大嘴知道自己猜对了，摇了摇头寂寞苦恼地长叹一声道："智者的锐利目光，不是你们这些凡俗之人可以理解的。"

严棣握住缰绳的手忽然有些发痒，很有冲动一掌把这只装模作样的黑鸟拍扁了事。

秦悠悠坐立不安等了好一阵，终于见严棣带着大嘴平安归来，心中高兴，暂时忘了对驻云飞的恐惧，几步跑上前去紧紧抱住大嘴，怨道："你让我和小灰担心死了！"

大嘴笑道："虽然天妒英才，不过一只两只小小妖兽还奈何不了我。"

被晾在一旁的严棣心中不快，漠然下马，拍了拍驻云飞的脖子示意它自行去休息进食。

赶上来的梁令暗暗向秦悠悠使眼色，秦悠悠醒过神来，走上两步对严棣甜甜一笑，讨好道："谢谢你。幸好你在。"

"嗯。"严棣淡淡点了点头，心情当即多云转晴。

秦悠悠不觉得有什么，梁令却是长长舒了口气，他还是第一次看见主人为别人的事如此着急出力，也是第一次见到有人能对主人的情绪产生这么大的影响。

平日里就算皇上亲自吩咐的事，主人也是视乎心情不紧不慢，今日的事要是发生在别人身上，主人肯吩咐一两个亲卫去看看就很不错了，绝不会二话不说亲自出马。

一行人安定下来用过午饭再次启程，大嘴和小灰吃饱喝足，腻在秦悠悠身边呼呼大睡，秦悠悠睡了一个早上了无睡意，想起一件事，翻出纸笔眉开眼笑地就着车上的小案几写写画画。

"你这是在干什么？"严棣虽在闭目假寐，但秦悠悠的一举一动他都清清楚楚，他有些好奇什么事情能让她开心成这样。

"我在给风归云写信，我吓他说他中了剧毒，答应会给他解毒药方，总要给他一封信让他安心。"秦悠悠笑得狡黠而欢快。

严棣心里忽然有些不舒服，给那个男人写信有什么值得她这么开心的，那个男人又凭什么让她如此记挂还要亲笔去信？

秦悠悠低头把纸上最后几笔画好，双手拈起信纸的两角展示给严棣看。

她画的是一个大大的猪头，模样呆愣形象滑稽，一柄折扇半掩猪脸，上书一个"笨"字。旁边附注六字——毒不至死，笨死！

这小丫头嘴巴真够损的，严棣心中好笑，不过面上还是木无表情。

秦悠悠没有得到应有的捧场反应，扁扁嘴巴在心里暗自吐槽一句"木头人"，悻悻然将信纸折好收起，铺开另一张白纸继续描画。

严棣扫了一眼，发现她似乎是在绘画某些机关安装的小箭以及叶状刀片之类的小件暗器，下笔干净利落，画出来的东西仿佛用尺子圆规量过的一般，更在每个关键处标上了尺寸，分明是打算请人制作这些东西好补充到她身上的暗器机关之上。

"普通铁匠只怕做不出这样精细的东西。"严棣拈起一张她画好了放在一旁的图纸道。

"差不多就行了，回来我再加工一下。你可以帮忙找人做吗？"他一开口，秦悠悠马上顺着杆子往上爬，一脸期盼地问道。

"可以。到了子夜城，能工巧匠多的是。信可要我命人替你送到奉神教去？"

"不用麻烦了，等大嘴醒了，让它去找一只鸽子之类的鸟儿送去就行。"

看来那只乌鸦似的鸟儿还有控制其他雀鸟的能力，严棣点了点头，取了丝帕很顺手地擦掉秦悠悠鼻尖上的一点小小的墨滴。

以两人无亲无故的关系而言，这个动作过度亲昵了，不过严棣做起来太自然，表情又严肃正经得过分，秦悠悠愣了愣，想抗议时人家已经把手收了回去，取过一本书册看了起来。

好像是她想多了？秦悠悠眨眨眼睛，把溜到嘴边的谴责闷闷地吞了回去。她到现在还分不清严棣的某些举动究竟是无意为之还是存心揩油。

从八塞镇往子夜城，一走就是一个多月，严棣几乎日日与秦悠悠同车，有时会要她陪着下棋，有时各自静静地看书或假寐，秦悠悠不知不觉习惯了与他朝夕相对。

她从小就被师父带在身边到处云游，这样事事有人安排照顾的日子倒是一点儿不陌生。严棣虽然不似师父那么风趣多话，不过对她也相当关照，在某些方面甚至称得上有求必应。

秦悠悠离开师父的这一年里，都是自己一个人带着两只灵兽辗转找寻师父的下落，风餐露宿吃过不少苦头，后来更被奉神教追捕，再没有享受过清静闲散的生活，渐渐地不免对严棣生出几分自己也不曾察觉的依赖，对他偶然一些过分亲近的动作也习以为常了。

唯一让秦悠悠不安的是每晚睡前严棣都会让她服食一颗据说强健经脉的丹药，服下之后除了睡得特别沉之外倒没什么其他不适。她如今无法凝聚真气，对于自己身体的状况只能够凭感觉，她也不确定自己吃的是真的补药还是慢性毒药之类。

严棣每次都会亲眼看着她把药服了确定药效发作才会离开，她连扣下丹药让大嘴偷偷验一验那究竟是什么东西的机会都没有。

晚上在药力作用下沉睡不醒，白天又在严棣身边轻易脱不了身，秦悠悠好不容易乘隙与大嘴小灰商量都猜不透严棣究竟在打什么主意，只能心头惴惴地过一日算一日。

至少严棣目前看起来不像要对她下毒手，要害她也用不着每天盯着她吃药这么麻烦。不过如果说严棣这纯属一番好意，似乎又不太说得过去。

俩人萍水相逢，他一厢情愿甚至强行对一个陌生人这么好干什么？

秦悠悠不止一次想带着大嘴小灰告辞，自个儿去找医圣，不过根据大嘴沿途从其他雀鸟那里打听到的消息，医圣依然行踪不明，反而他们附近有不少奉神教探子活动的踪迹。

风归云或者说奉神教，显然对她志在必得。

严棣言之凿凿放出了消息，几个月内医圣定会到子夜城去找他，他已经不止一次展现过他可怕的实力，秦悠悠别无他法，只得暂且寄望于他。

这日一行人终于抵达相月国国都子夜城，秦悠悠掀起车帘远望前方高耸的城楼、巨大的城门，还有城门附近川流不息的各色人等，心里隐约升起一股朦胧的不安。

妖怪恩公种种诡异的行径背后究竟有什么目的，应该很快就要揭晓了……

秦悠悠收回目光，一侧头见严棣正静静看着她，眼神里有些她形容不出来的诡异意味，让她莫名地有些害怕。

她猛地想起一事，谄笑着打商量道："我的身份不便公开，你可不可以替我保守秘密？"

严棣点了点头，干脆道："可以。"

"那个……我跟圣平亲王有一点点小误会，他是你的亲戚吧？你千万不要在他面前提及我，好不好？"秦悠悠进一步明确要求道。

严棣瞥了她一眼，忽然笑道："好。"

他不笑还好，一笑当即把秦悠悠吓了一跳。认识妖怪恩公两个月了，还是第一次见他笑，真是……真是……太可怕了！

怎么会有人笑起来这么阴森恐怖的？

果然他绷着脸面无表情是对的，否则多吓人啊！

秦悠悠摸了摸活蹦乱跳的小心肝，吓得忘记了去深思妖怪恩公突然发笑的原因。

马车进城后走了好一段路终于停下，秦悠悠戴上面纱，提起装了小灰和大嘴的大篮子，在严棣的搀扶下走下马车跟着他往前走去。

眼前是一个白石铺就的小广场，广场尽头气派不凡的黄铜大门两旁站满了侍卫家丁，衣甲鲜明精神抖擞。

秦悠悠目光上移看见大门上方的匾额，大吃一惊差点一个趔趄跌倒。

乌黑的玄铁匾额上书五个鎏金大字，在烈日下熠熠生辉——圣平亲王府！

"怎么不走了？"严棣的声音仿佛传自幽冥。

秦悠悠干笑两声，不太抱希望地问道："呃，这个府邸……你是不是要走亲戚，我、我到车上等你……"

严棣慢慢回过头来，一字一字道："这是我的府邸。"

他脸上还是那副面瘫表情，但是秦悠悠觉得他在笑，比先前更阴森可怕的冷笑。

她脖子一缩几乎想马上掉头逃跑，但是……

严棣的手掌不知何时握住了她的，严严实实将她的手包裹住，不紧但也绝不是她可以挣脱的。

此情此景，秦悠悠也没勇气出力挣脱。

还没进圣平王府，她已经可以清晰感觉到王府周围那一股浓烈的杀气，除了门前站着的那些，附近不知道埋伏了多少守卫，只要她有什么异动，绝对会马上成为众矢之的。

更别提抓住她的人是严棣，她就算没服下化元丹也万万不是他的对手。

"恭迎王爷回府！"大红朱门前众侍卫家丁问安的声音轰然响起，震耳欲聋，秦悠悠却觉得那声音离自己很远很远，飘渺而不真实。

严棣拉着她不容拒绝地一步一步走进王府大门，所过之处问安之声不绝于耳。

轰隆！两扇比板砖还厚的铜铸大门在身后牢牢合上，那声音听在秦悠悠耳朵里，跟一个活人躺进棺材听到棺材盖被钉上全无二致。

她是猪！

傻乎乎把仇人当恩人，自投罗网还以为找到救星的笨猪！

秦悠悠想到接下来可能发生的惨剧，几乎想蹲地大哭。现在这样根本比落在奉神教手上还要糟糕，奉神教的人虽然变态，但与她往日无怨近日无仇，而且还算是有求于她，而抓着她的手把她往虎穴火坑里拖的男人却是她一年前狠狠得罪过的。

这王府地牢里就算有十大酷刑等着她，她也不会觉得奇怪。

她为什么就这么倒霉！

严棣对秦悠悠的"束手就擒"十分满意，就这么牵着她的手一路穿过前院直入后堂，最终走进一间书房。

秦悠悠定了定神，偷偷松了口气——还好是书房不是地牢，那就是说应该还有缓和的余地。

也对，自己这样的弱质女流，而且还是一名绝世美女，是个男人都很难狠下心肠对她下毒手吧？妖怪恩公要害她也不用一路对她那么好……秦悠悠想着想着不由得生出几分侥幸。

"我们可能有点儿小误会……"好女不吃眼前亏，秦悠悠决定趁着对方还未发作马上认错服软。

到了这个时候，她再傻也不会奢望对方不知道她就是一年前与他有重大过节的人。

"嗯？你确定只是小误会？"严棣的声音冷冰冰的，充满了威严。

秦悠悠眼珠子转来转去，努力思考该怎么样才能把大事化小小事化了，最重要的是让面前这个大凶神不念旧恶，忘记她先前无心的冒犯。

"勾结山贼盗匪，对抗朝廷官军，背信违诺，公然侮辱皇族，是小误会？"严棣步步紧逼，字字如刀。

"上天有好生之德……他们洗手不干很久了，明明是你图谋山寨后面的前朝宝藏。再说，两军对阵用计不是很寻常吗？我、我也不是有心的，我不知道那个手势是、是那个意思啊……"秦悠悠小声辩驳道。

"你的意思，这还是本王的错？"

"不是不是，都是我的错。那……你想怎么样？"秦悠悠无奈道。

严棣把她从头到脚看了一遍，道："本王以德报怨救过你还有你的灵兽很多次，要你替本王做事也是理所应当。"

秦悠悠警惕起来："你要我替你干什么？"

"王府花园底下有一座库房，本王打算找个信得过的人重新布置其中机关。"

"就这样？"这也太简单了吧？秦悠悠简直不敢相信自己的好运气，不过转念一想又觉不对！

"你不会想等我把机关布置好了，就杀我灭口吧？"秦悠悠胆战心惊道，严棣杀人不眨眼的手段她一路上见了不止一次，这些帝王公侯最喜欢干的就是卸磨杀驴的事。

"放心，留着你还有别的更大用处。"

"什么用处？"秦悠悠问道。

严棣怎么看都不像个宽宏大量的人，不问清楚他的打算她无法安心。

你一定想以身相许吧？

虽然害怕，但是秦悠悠心里却止不住地冒出一个奇怪的念头——他不会真的伤害她。连她自己都不知道这样的信任源自何方。

严棣没有回答秦悠悠的问题，只是指了指桌上的茶壶茶杯，秦悠悠会意，乖乖替他斟了杯茶，想想有些不服气，又替自己斟了一杯。

严棣看着她的小动作，心里有几分好笑，喝过美人亲手送上的香茶，随手从一侧的书架上取出一个卷轴递过去道："这是库房的图纸，不过没有标注原有的机关设置，你且拿回去好生想想，明日本王带你去库里亲眼察看。"

他的态度已经表明不打算再透露更多，秦悠悠咬了咬嘴唇，问道："你说替我找医圣，是真是假？"这对她很重要。

严棣伸手摘下她的面纱，沉声道："要带你回来很简单，不需要骗你。"

听到这个答案，秦悠悠心中莫名松了一松，然后才发现自己内心深处竟然很怕严棣承认骗了她，至于原因，她也不是太明白。大概是因为，师父失踪后她第一次遇上让她感到安全和依赖的人。

她现在脑子里一片混乱，完全不知道该不该再继续相信他，想到严棣先前对她自称严永乐，不由得一阵叫苦"你说你叫严永乐……"你一路隐瞒身份难道还不算是骗？！

严棣伸手拈住她的下巴，看着她的眼睛道："本王姓严名棣，字永乐，你要好好记住了。"

"还有一个月圣手擂台就要举行，子夜城里的人品流复杂，没事就不要到外边去了。"严棣说完这话，抬手示意梁令进来，带秦悠悠去休息。

她这算是被软禁了？秦悠悠心情复杂地跟着梁令走出书房，走了片刻就听梁令笑道:"到了,姑娘先看看这院子还缺些什么,我去命人送来。"

秦悠悠"嗯"了一声抬头去看自己的牢房,一看之下不由得愣住了——这牢房也太豪华了吧!

她现在站在一座漂亮花园中,眼前繁花似锦,竹林假山掩映下是精巧别致的亭台楼阁,院子一侧荷塘中盛开着一朵朵足有汤碗大小的玉色荷花,清香四溢。

这种荷花名叫"九子玉瓣",秦悠悠与师父隐居的院子里也有一株,是医圣所赠,据说本身是一味稀有的灵药,价值连城,妖怪恩公竟然把它随便种在一个软禁犯人的院子里,这是不识货还是存心摆阔啊!

这样的院子用来招待贵宾都显得有些过度隆重了。

梁令见秦悠悠盯着池子里的荷花,笑着介绍道:"这是主人路上特地传信吩咐府中的药师移植到这儿来的,说是这香气日日闻着对姑娘身体有好处。"

妖怪恩公对她身体健康的关心程度已经到了令人头皮发麻的程度,秦悠悠木木地点了点头,不但没有如梁令所想那般感动欣喜,反而更加忐忑怀疑起来。

梁令也不失望,继续引着她往院子正中的绣楼而去。楼前站了一名健硕的中年妇人带着一个只有十岁左右的小姑娘,正瞪大眼睛打量着她。

梁令上前向她们介绍道:"这位秦悠悠秦姑娘,是王爷的贵客,暂时有劳韦娘和小庭花照管了。"

说完又对秦悠悠道:"这位夫人姓杜名韦娘,是王爷的乳母,小庭花是她的孙女儿,秦姑娘有什么需要的可以对我说也可以请她们帮忙,韦娘是王爷十分信重之人。府里一直没有女主人也不曾准备丫鬟,怠慢姑娘了,稍后王爷会再作安排。"

秦悠悠回想起来,似乎从进入王府起就真的不曾见过半个丫鬟仆妇,不是家丁侍卫就是太监,奇了怪了,普通小富之家都至少会有几个丫鬟伺候,怎么堂堂一座王府,就只有两个不主不仆的女子?

小庭花眨了眨眼睛大声道:"悠悠姐姐很漂亮,是不是王爷要娶的王妃?"

"我只是来做客……"秦悠悠连忙澄清误会,她分明一个待罪囚犯,不过梁令这么给面子她没道理自己揭自己疮疤。

小庭花看看秦悠悠又看看自己奶奶,满面狐疑:"王爷都没带过姑娘回来……"

"碰巧碰巧,你们王爷有些事情要我办。"妖怪恩公莫非是和尚托生的?

"悠悠姐姐,你怕不怕王爷?"小庭花一个问题接一个。

"……"秦悠悠现在怕得很,不过拉不下脸来承认。

"好了,你悠悠姐姐刚刚到来,奶奶先带她到处看看,晚点儿你再来找她玩。"杜韦娘意味深长地看了秦悠悠好一阵,终于开口替她解决尴尬。

小庭花平时所见的人除了奶奶之外都是男子,突然见到秦悠悠正稀罕得很,不过她很听奶奶的话,果然没有再继续追问。

秦悠悠想到自己的处境,也有心跟这祖孙二人搞好关系,把自己手上的篮子捧到小庭花面前道:"我的两只灵兽在睡觉,等它们睡醒了可以陪你玩。"

篮子里一只兔子一只乌鸦样的鸟儿虽然看不出什么特色,不过都是灵兽啊!小庭花眼睛一亮,用力点头蹦蹦跳跳地走了。

梁令把秦悠悠交托给杜韦娘,韦娘一边带她走进绣楼一边笑道:"这个院子尚未命名,府里的人见这院子就在王爷所住的石院旁,干脆就私下里叫这儿小石院。"

秦悠悠直到此刻也不曾感觉到王府内有人对她带有敌意,心情放松下来终于有兴致打量自己的豪华牢房。这栋绣楼雕梁画栋不说,楼内的家具器物雅致大方,透着一股清华富贵气象,而且全是簇新的。

杜韦娘看上去性子直爽,见秦悠悠目光落在家具摆设上,得意道:"王爷写信回来说会带一位女客回府,让我准备准备,这些东西都是我从宫里器匠处挑选的,全是御匠新造的。"

"你真是太客气了……"秦悠悠心里苦笑,这位大娘肯定搞错了妖怪恩公的意思,以为来的真是贵客,不过能够便宜她白白享受一番也是不错的。

妖怪恩公应该一段时间内不会对她不利,可是秦悠悠总觉得有什么阴谋在前面等着她。

"难得王爷带客人回来,还是个这么漂亮的小姑娘,哦呵呵呵……"杜韦娘的神情看上去兴奋得有些让人发毛,笑声高亢犹如刚下蛋的老母鸡,笑得秦悠悠寒毛倒竖。

这笑声好熟悉,就像……就像师父当年带她经过一处青楼,某个身上脂粉味可以熏死人的老鸨发出的笑声一样。

杜韦娘带着秦悠悠把绣楼逛了一遍,也把她与严棣相识的经过追问了个清清楚楚。

秦悠悠自然不会彻底交待,至少两人一年前的过节绝不能说,至于自己是天工圣手齐天乐弟子的事,根据刚才梁令的暗示,倒不必对杜韦娘隐瞒。

杜韦娘听完后态度越发热切,笑得也更让人害怕:"原来是英雄救美,你还不远千里一路跟王爷回府,哦呵呵呵,一定是想以身相许吧?"

秦悠悠吓了一大跳:"不是不是,我身上中了毒,你们王爷说可以找医圣替我诊治,所以我才跟他回来的。"

"不用不好意思,大娘支持你!"

"真的不是,我跟你们王爷的关系不是你想的那样。"

杜韦娘笑吟吟地拍了拍秦悠悠的手臂,敷衍道:"好好好,不是不是。小姑娘家就是脸皮薄!你身子骨太瘦了,得好好补一补!以后有什么想吃的只管来找我,我跟小庭花就住在你院子后面那座小楼。"

秦悠悠很无语,不过转念一想,把她当未来王妃总比把她当羞辱过王爷的犯人强,至少待遇就要好多了,反正她解释过了,人家不信她也没办法,不算是她骗人。

送走了杜韦娘，秦悠悠顺手提起放在门边的竹篮，却见大嘴抖动羽毛鬼鬼祟祟睁开一只眼睛偷偷张望外边的情形。

"不用装了，人都走了！"秦悠悠没好气道。这个家伙明明早就醒了，却装睡让她一个人应付妖怪恩公，真是太没义气了。

大嘴一跃而起拍打双翅飞到秦悠悠面前的博古架上，左右顾盼一点儿不惭愧地道："深藏不露，适当时候隐藏实力才是智者取胜之道。"

"你藏得那么深，确定还能露出来？"秦悠悠不屑道。

"你要理解我的境界有难度，先说说你什么时候得罪那个煞星的？"大嘴一副兴奋又八卦的口气。果然这家伙至少在她与妖怪恩公进书房"恳谈"的时候就醒了！

秦悠悠叹了口气道："你记不记得一年多前，乔叔叔写信跟师父提起，说在他们山寨北边的瀑布后发现一个石洞，里面有很厉害的机关，怀疑洞头有前朝宝藏的事？"

"记得啊！后来你还救了乔木查山寨所有人的性命……嗬！这里是圣平亲王府？！"大嘴回想起当初秦悠悠跟它说过的往事，顿时恍然大悟。

一年多前，齐天乐与大嘴出门多日未归，秦悠悠正好无聊，于是留下小灰看家，自己一个人跑到乔木查的山寨去打算看看他口中的厉害机关。她在那个石洞里研究了十数天就把里头的机关尽数破解，可是她带着山寨的人进入宝藏才发现里面空空如也，什么东西都没有，也不知道是宝库建好未及使用，还是早早被人光顾过。

大家满怀希望又失望，倒也没有太放在心上，秦悠悠打算回家，整座山寨却被突然出现的相月国官军团团围困，带队的正是凶名在外的圣平亲王严棣。

秦悠悠从小生活在山上，对外间的人事物不太关注，但乔木查等人深知其中利害，个个心情沉重。

他们早年都是山贼土匪，劫过的贪官奸商不知道有多少，乔木查以下五个当家连带他们的一百多名忠心手下都是相月国以及附近周边众多大小国家的通缉要犯，被抓住了后果不堪设想。

他们金盘洗手多年，老小家眷全在山寨上，一旦官军杀上来，他们性命不保就罢了，妻儿爹娘也要跟着遭殃，多年积攒下的财富肯定会被全数没收，山寨里的老弱妇孺就算侥幸能活下来，日后也是衣食无着。

乔木查派人去见严棣，希望能够协商出一个双方可以接受的投降条件，结果发现严棣态度强硬而且根本是冲着石洞里那个前朝宝藏而来。乔木查知道他就算说出宝藏内空无一物对方也不会相信，多半认为他们私吞了宝藏，他们的下场只会更惨。

相月国的官兵来势汹汹，只待集结完成就要发兵攻山，乔木查他们的山寨地形险要易守难攻，但毕竟是在相月国的眼皮底下，对方对那个所谓宝藏志在必得，铁了心要攻下他们的山寨，他们撑得了今日，撑不过明日。

幸好秦悠悠发现宝藏内另有密道出口，而且正好在官军的包围圈之外，只要拖住官军让他们暂不发兵，山寨里所有人都可以借助宝藏密道从容退走。

于是她与乔木查等几个山寨当家合计，由二当家出面，假装打算出卖山寨以求一己富贵平安，暗中与严棣协商三日后里应外合引官兵攻山，保证能够以最小的代价一举攻陷山寨。

所有人都认为山寨被围，里面的人上天无路入地无门，被攻下只是早晚的事，所以严棣相信了二当家的话，按兵不动，等三日后动手。

三日很快过去，结果可想而知，严棣左等右等没等到二当家出现，山寨那边静得出奇，探子稍微靠近即遭遇机关伏击，鬼影子都没看见一个就损兵折将。

严棣大怒挥军攻山，一路上除了机关竟没碰到半个活人出面抵抗，就这么势如破竹一路打到山寨上，发现偌大的寨子人去楼空，连阿猫阿狗都没留下一只。

大嘴想起往事不以为然嗤声道："这圣平亲王也太小气了，堂堂一个大男人，这么输不起。"

秦悠悠心虚道："其实我当时还做了一件事……"

"什么？"大嘴一听就知道别有内情。

"我当众向他竖了一下中指。"秦悠悠又是懊恼又是惭愧。

大嘴瞪大眼睛对秦悠悠道："你哪里学来的这么下流猥亵的动作？！"

秦悠悠很委屈："我怎么知道那个手势是那个意思……"

当日秦悠悠把山寨里的人全部送走，自己留在最后打算放下宝藏洞口的千斤闸阻止官兵追踪，她想到乔木查口中的严棣如何狠辣嗜杀冷面无情，想到整个山寨几千口人为了他鸡犬不宁，不得不放弃家园远避他方，于是生出临走前气气他的心思。

严棣带着大批官兵走到山洞下，就见易容成为一名干瘦少年的秦悠悠一个人站在洞口，当着数千官军面前向他大咧咧竖起中指，大笑三声扔下一句"什么见鬼的军神，不过如此"，然后便转身闪入洞中。

这才是严棣对秦悠悠"念念不忘"的主要原因！

"我看见乔叔叔跟人吵架，做了这个动作，很威风的样子，就问他什么意思，他跟我说是表示鄙视对方的，我怎么知道他会骗我！"秦悠悠越想越觉得自己很冤。

大嘴稍稍一想就明白了，乔木查是典型的粗人，做这下流手势被"单纯"的小侄女秦悠悠撞见，还一直追问他手势的含义，他哪里好意思说明？只得随口敷衍，结果秦悠悠信以为真，还有样学样地用到严棣身上，平白惹下了大麻烦。

在相月国，竖中指的含义不但充满侮辱性而且十分粗鄙下流，严棣身为皇族，堂堂地位崇高战无不胜的圣平亲王，估计长这么大从未被人要得如此彻底，更没有人敢当面对他竖中指，这样的侮辱足以让他"铭感五内"。

"你出门都易容的，他怎么认出你的？"大嘴一想又觉不对。

"我也觉得很奇怪。"秦悠悠打算有机会就向妖怪恩公打听一下，免得她下回又被人认出来。

"我就知道这个圣平亲王肯定对你心怀不轨！不过至少短时间内不至于对你不利，他让你吃的那个丹药，你尽快找机会让我看看究竟是什么东西！"大嘴哼道。

另一边，严棣放秦悠悠去休息之后，便直接进宫去见太后与皇帝。正巧皇帝正在太后宫中，两母子聊得正是兴起，听说圣平亲王求见，交换了个眼色，吩咐太监快快把人请进来，又挥退左右只剩母子三人说话。

太后一见严棣也不等他行礼就抢先问道："听说你带了个姑娘回来，还亲亲热热牵手走进王府。那小姑娘是哪家的女孩儿，长得好看不？性子怎么样？"

"待事情定下来了，儿臣带她来让您亲自看看。"严棣早知他带秦悠悠回京不免会被母后盘问。

他想起秦悠悠一副被押上法场的惊恐模样被他硬拖进王府的情景，何来的亲亲热热。不过他这些年来都是面无表情，从不接近女性，而秦悠悠又戴着面纱看不清楚神态容貌，那些前来报告的探子会误会也不奇怪。

太后急不可耐，恨不得即刻起驾到圣平亲王府去把秦悠悠从头到脚仔仔细细看一遍："还等什么？马上就定下来，这就让人去接她进宫！"

严棣望向一旁笑着看好戏的皇帝老兄，皇帝连忙干咳两声劝道："母后还是稍稍等一下吧，难得永乐开窍知道要带个女人回府，你要把人吓跑了可就糟了。"

太后哼道："就他那张阎王脸都没把人家姑娘吓走，本宫哪有这么可怕？！"

两母子一唱一和没半句好话，严棣早已习惯木着脸毫无反应。

太后大感无趣，哼道："你府里连个丫鬟都没有，可别怠慢人了，挑几个伶俐的宫女你带回去吧，再选两个经验老到的教习女官去伺候着，暂时应该差不多了。"

"不必了……儿臣已有安排。"严棣的反对几乎是冲口而出。

不可否认，先前他也曾想过安排教习女官教导秦悠悠皇家礼仪规矩，但是这段日子相处下来，他发现自己更喜欢任性狡黠却也直率纯真的她，不太愿意她变得如同其他高门贵女般一板一眼，端庄没趣。

太后瞪了他一眼："怎么，还怕母后派去的人把你的心肝宝贝吃了不成？"

"是的。"严棣面无表情认真无比地答道，当场把太后噎住，皇帝笑得威仪全无。

"白生养你了！"太后气结道。

皇帝笑过一轮，正色道："你决定就是她了？会不会太仓促了些？"

严棣认真想了想，点头道："就是她了，两个月后我会带她到禁地去祭拜先祖正式成婚。"

"什么？！"太后也顾不上生气了，一下子坐直身子望向严棣，神情说不出的凝重凛然，也只有这种时候可以轻易看出她与严棣的容貌气质其实非常相似。

皇帝的脸色同样也不太好看："禁地就算是严氏后裔也只有极少部分可以进入，

更不要说她了不起是你的妻子而已,就算是母后,也是在……那之后才允许进去一次,我相月国传承三十六代,至今只有三位皇后一位王妃是在禁地内由列位先祖见证完婚,你带回来的那个女子……凭什么?"

皇帝的问题问出了太后的心声,她为严氏生下两个如此出色的后裔,都只是在确定次子严棣的特殊身份后,才母以子贵,被允许破例进入禁地祭拜祖先,严棣带回来的女子凭什么享受历代大部分皇后和几乎所有王妃都无法享受的殊荣?

太后不否认自己心里发酸,儿子就算再迷恋那个女子也不该如此乱来。

面对至亲的不以为然与质疑,严棣依旧心平气静:"你们可记得一年多前我前去寻找前朝宝藏之事?"

"自然记得,不是说有人捷足先登,关闭了宝藏入口,甚至利用宝藏内的密道把原本盘踞在山上的土匪尽数带走?"太后道。

皇帝却已经明白过来,眼睛一亮道:"那个女子就是破解宝藏机关的人?竟然是个女的?"

严棣点头道:"不错。"

太后沉吟片刻,忽然道:"你是为了这个要跟她成婚?"

"不是。"严棣的回答斩钉截铁,"她……是个意外,让我很惊喜的意外。"

皇帝的指尖轻轻敲打着玉椅的扶手,皱眉道:"两个月后……你是打算让她替你把那个隐患也一并解决?她受得住?"

"应该可以。我手上的易经丹已经用完,正想问你再要两个月份的。"严棣对皇帝说话态度与面对普通人并无差别,而太后甚至皇帝本人似乎都不觉得有什么不对。

皇帝几乎想吐血:"你说得轻松,易经丹炼制一枚需要花多少工夫、耗费多少珍贵灵药,两个月份的易经丹几乎要耗掉皇家私库三年的进项,到你嘴里倒像要几十颗糖似的简单!"

"药炼出来不就是吃的?还是,你没钱了?"严棣那副波澜不惊的表情可以把人活活气死。

皇帝却忽然收了怒气,笑道:"算你狠,现成的丹药只有二十多枚,炼丹的材料倒是还有一些,等会儿我就让人一起送来,你反正闲得很,回去自己炼制就是了。"

严棣暗暗警惕,皇兄这么好说话肯定是准备了什么狠招来让他难过的。可是皇兄不出招,他也猜不透他会干什么好事。

他留在宫中与母兄一起用过晚膳,返回王府时已是深夜。远远望见秦悠悠所住绣楼里透出的融融灯光,心里不自觉平添几分温柔。

秦悠悠与杜韦娘、小庭花一道用过晚饭,洗漱过了正准备就寝,大嘴和小灰还在为瓜分一朵从荷塘里摘下来的大荷花而争持不下,秦悠悠怕它们闹出的动静惊动其他人,很自觉地坐在窗边替它们把风。

三个正在做坏事的家伙见到严棣突然无声无息出现在门前，都是一阵心虚。

秦悠悠与严棣有过节在先，如今还是戴罪之身，现在趁着主人离开就偷偷摸摸辣手摧花，那花儿还是十分珍稀的灵药名花九子玉瓣，人赃并获想赖都赖不掉。

小灰呆了一下，反应极快地啊呜一口把整朵汤碗大的荷花吞了下去，一头钻入秦悠悠怀里装死。

大嘴辛辛苦苦把荷花从池里摘下来弄回绣楼里，结果只吃到两瓣花瓣，气急败坏飞到秦悠悠肩上就想找小灰晦气，不过瞄了眼神色不善的严棣……算了，把花吞下去也算毁灭罪证的一种方法，它堂堂一名智者，没必要跟只笨兔子计较，更不可以在外人面前内讧。

秦悠悠吞了口口水，努力假装什么都没发生过，谄笑着对严棣打招呼道："你、你回来啦，吃了晚饭没有？"

明知道她言不由衷，严棣却还是因为她虚假的关心消了火气，不过语气仍是冷森森的："荷塘里的九子玉瓣是给你养身疗伤的，它们再吃，本王只好把它们炖了让你补身。"

刚刚吃了一朵九子玉瓣荷花的小灰哆嗦了一下，可怜巴巴地更出力往秦悠悠怀里缩，一边却偷偷扭过头去狠狠瞪了严棣一眼。

秦悠悠只道它被吓到了，连忙轻轻抚摸安慰它。

"进里屋去。"严棣不理那只两面三刀的兔子，径自挽起秦悠悠的手臂把她带回寝室床边。

这样的事发生过太多次，秦悠悠连反抗介意的兴致都提不起来了，甚至已经不记得一个大男人跑到她寝室来，还大模大样站在她床边有什么不妥。

严棣自袖中取出玉瓶，倒出一枚丹药递到秦悠悠面前道："吃了。"

又是那种用途不明的丹药！

秦悠悠一手接过丹药，当着严棣的面递给大嘴道："你不是最了解灵药吗？看看这是什么药？"

她算是想明白了，以严棣这些时日以来对逼她吃药的坚持，她不可能瞒过他留下丹药给大嘴验看，既然如此干脆大方一些，反正她也不是第一次得罪严棣了。

大嘴把脑袋凑到丹药旁用力吸了几口气，咕哝道："龙血芝、凝雪天参、玄武石乳、天罡藤……"它一口气数了至少数十味灵药的名称，最后总结道："好东西啊！这是易经丹！"

说着口水滴滴就想学小灰啊呜一口把丹药吃了。

严棣却似早就防着它这一口，手指一弹，一道无形气劲直接打到了大嘴的鸟喙上，"笃"一声把它从秦悠悠肩上打了下去，那一枚丹药自然也没吃到。

秦悠悠急道："大嘴，你怎么样？"

大嘴在床上缩成一团，展开翅膀掩住鸟喙，呜呜呼疼。

"别装了，本王根本没有出什么力。"严棣冷冷道。

大嘴哼一声翻身跳起来，果然什么事儿都没有，秦悠悠稍稍放心，却听严棣道："这是易经丹不是毒药，你可以放心吃了。"

易经丹是天下闻名的灵丹，走火入魔又或是受了内伤经脉寸断，只要人还有一口气，服下丹药就能迅速将伤势缓和，不足一个月经脉就能恢复如初，对于修炼者而言，简直就是救命的仙丹。

因为炼制这种丹药需要的灵药太过珍贵罕有，就算是医圣身上也拿不出几枚，更不可能像严棣这样拿来给她每天吃。

秦悠悠悻悻然道："我中的是化功丹的毒，经脉没事，你让我天天吃这易经丹做什么？这不是浪费药吗？"

不管怎么说，自己误会人家逼她吃毒药总不是太好。

"把你的身体养好些，将来修炼可以少走弯路。"一句充满温情关怀的话，从严棣嘴里吐出来冷冰冰地一丝人气都没有。

"你可不像个不念旧恶还以德报怨的人……"秦悠悠迟迟疑疑地还是不肯干脆吃药。

刚刚被打了一下的大嘴也插话吐槽："说得好听，猪都是喂肥了再宰的！"

严棣淡淡瞥了它一眼，这只鸟儿倒是不笨，不过就凭它也坏不了他的事。

秦悠悠很幽怨，大嘴说话就说话，怎么可以把她比成猪……可是她心里也赞同它的看法，严棣这么关注她的经脉甚至不惜大量耗费这样珍贵的丹药，是在算计她什么？

"你是想本王亲自喂你服药？"严棣的口气很认真。

"吃就吃，这么凶巴巴的做什么？"秦悠悠无奈地小声咕哝了一句，把掌上的丹药送到嘴边吞下。

熟悉的昏沉感觉一阵一阵涌上来，她慢慢软倒在床上陷入沉睡，压根忘了王府里没有丫鬟这种生物，不会有人在她沉睡后替她收拾残局，脱鞋盖被……

严棣低头看了她恬静的睡脸片刻，十分自然地上前替她脱了绣鞋将她整个人抱到床上。

秦悠悠的手臂无意识地松开，怀里的小灰翻滚几下掉下来瘫在她身边，显然比主人更早一步睡死了，难怪刚才一声不吭。

小灰每次大吃一顿之后就会陷入沉睡，就算把它扔到地上也不会醒，严棣早已经见惯不怪，伸手扯过锦被盖在秦悠悠身上，顺道也把那只胖兔子整个盖住，不管它会不会被闷到——这么好吃贪睡一无是处两面三刀的废物兔子，闷死了最好！

大嘴侧头打量着他的动作没有制止，直到严棣做完了，才抖了抖身上乌黑的羽毛，哼道："你喜欢悠悠对不对？没用的，她有喜欢的人了。"

"哦？"严棣依然面无表情，但大嘴却清晰感觉到一股寒意从爪子底下直往上冒。

它嘎嘎两声，翅膀一展飞到房梁上，故意不再继续话题，闭目装睡。

严棣也不追问，转身大步离去。

不管这只鸟儿说的是真是假，秦悠悠以后喜欢的人都会是他，而且只能是他，不会有别人。

直到他走远了，大嘴才慢慢睁开眼睛，意味深长地喃喃道："自以为是的家伙，以后有的是苦头让你吃！"

次日一早，严棣亲自带了秦悠悠去看花园下的库房。

镇守库房的竟然是一名身具九品武尊实力的中年太监，九品武尊啊！再进一步就是超凡入圣的顶尖人物，竟然在这里给人家看门！

这太监看上去弯腰驼背神情木然，只是那一双眼睛睁开看人时，似能把人彻底看穿一般。

秦悠悠被他看得心里发毛，心中不爽就想狠狠瞪回去，不过一想到妖怪恩公就在旁边，马上改变策略，装出一副柔弱模样就往他身后躲。

她一番故意示弱的举动落在严棣眼中，不知道该气该笑，捏捏她的手道："老卓职责所在，要记清楚每个进入库房重地之人的容貌气息，你不必在意。"

"怕有人易容混进去吗？他记得住每一个进去的人？太厉害了！"秦悠悠真心道，她好羡慕这项强大的认人本领，如果她能学到几成，就不会错把仇人当恩人，被人骗进狼窝前途难料。

"嗯，宝库建成至今，进去过的加上你就五个，要一一记住并不难。"严棣看透她的心思，不过也没有点破。看着小丫头郁闷的模样，让他心情大好。

那个叫"老卓"的太监把秦悠悠看清楚了，躬身推开库房大门请两人进入。

严棣经过他身边时道："她之后一段时间会经常进出，重新设计库房内的机关。"

老卓木然的神情微微泛起一阵涟漪，低低应了一声"是"便不再言语，投向秦悠悠的眼神多了几分诧异。他原本就很奇怪向来不近女色的主人为什么会带个女子进入库房重地，没想到她竟然是个机关师！

大门之后是一条长长的往下延伸的楼梯，老卓用火石点燃门旁一盏油灯，就见一条火线从油灯延伸往下，整条通道壁上每隔三尺便有一盏油灯，片刻便全数亮了起来。

秦悠悠扁扁嘴巴，难怪要找她重新布置机关，光看这样的点灯装置要时时更换引线，麻烦程度只比用人力逐盏点灯稍好一点，从机关设计上说根本就是华而不实。

严棣把她不以为然的模样看在眼里，挽着她一步一步往下走。

昨日给她的图纸只是库房大致的平面图，并没有提示机关究竟有多少，各自安装在何处，这是有意考究秦悠悠的本事。

虽然先前已经知道她一个人用很短的时间就破解了前朝宝藏的全部机关，可毕竟没有亲眼看见,他打算让秦悠悠做的事关系重大,必须亲眼验证过她的实力才能放心让她去。

秦悠悠也没有让他失望,一路走来几乎不费吹灰之力就把通道上所有机关都一一破解,与严棣轻轻松松走进了宝库正中的圆形大厅。

"不错,果然有几分本事。"严棣伸手摸了摸秦悠悠的发心,并不掩饰自己的欣赏。当初替他布置宝库机关的乃是宫中供奉的第一机关大师,他曾经放话说除非天工圣手齐天乐亲临,否则天下无人能够在不惊动机关的情况下进入宝库。

如果他今日看到秦悠悠的一番表现,估计会惭愧得想找根绳吊死算了。

秦悠悠因为严棣亲昵的举动愣了一下,笑容慢慢淡了下去。

"怎么?"严棣问道。

"从前我破解了师父做的机关,又或者做了什么让师父开心的事,他都会这样夸奖我……不过师父夸奖我比你有诚意多了。"秦悠悠扁扁嘴巴道。

果然还是个小丫头!严棣淡然道:"本王不是你师父。"更是绝对没兴趣当你的长辈。

"当然不是,你想得美。"秦悠悠转过身取出了桌上放着的夜明珠,又从随身的皮袋中取出一面水晶镜反射珠光照向地面。

以汉白玉铺就的光滑地面上顿时显露出一根根如蛛网般纵横交错的细丝,这些细丝几乎与白玉砖块的缝隙重合而且通体透明,如果不是秦悠悠这样特意以光束照射,就算是再厉害的高手也很难发现。

只要一步踏足其上,库房内的绝杀机关会马上启动,到时无数带毒的弩箭足以把闯入者射成刺猬。

"这个'天煞地网'还算有点儿水平。"秦悠悠难得地夸奖了一句。

"你能破解吗?"严棣见秦悠悠轻易识破了库房中最厉害也是最隐秘的一道机关,知道再没有什么能够威胁到她,便安然坐下由她自行在库房内走动。

"没有难度。"涉及到秦悠悠最擅长的领域,她自信得接近自恋,得意洋洋的小脸在夜明珠的柔和光线下显得神采照人,比平时那副故意装柔弱的模样要美丽无数倍。

严棣望着她明亮的笑靥,第一次因为一个女子而心醉神驰:"你试试把这库房里的全部机关都破解了,看需要多久?"

"两刻钟都嫌多!"秦悠悠兴奋道,她有好段日子没玩过这样成规模的机关了,手正发痒呢。

她从皮袋中摸出一把银色的小剪刀,忽然又犹豫起来。

"我都破解了,大半机关就再不能用了,万一有人闯进来……"秦悠悠道。

"本王这些时日都会在府中,没人可以不惊动本王就进入这库房之内,你安心动手就是了。"

"哦!"主人如此自信,她就不客气了!

秦悠悠借着夜明珠的光线把这个圆形大厅扫了一遍，已经轻松找到了维系这个天煞地网的关键之处，弯下腰身手起剪落，毫不犹豫地剪断身边特定的几条细丝，而库房内的机关静悄悄的一点儿反应都没有。

她很快地踏出一步往外走去，一边走一边不时弯腰剪断一条条细丝，不过片刻，她已经把整个圆形大厅走了一圈，而库房内所有可怕的机关依旧毫无动静。

"好了，现在怎么走都没关系了。"秦悠悠站在大厅边缘连接其他库房的一道大门前，笑眯眯抬头对严棣道。

严棣站起身，大步走向她，看都没看脚下那些足以牵动致命弩箭攻击的细丝，抬手捏了捏她的鼻尖道："不用得意，这个大厅相连的八个库房还有不少机关。"

秦悠悠奇怪地看了他一眼道："你就不怕我骗你？万一我没有把这个天煞地网的机关彻底切断，你一步踩上，很可能没命了。"

"你应该没那么笨。"严棣施施然道。

秦悠悠轻哼一声，咕哝道："我就是手段太出类拔萃，心地太善良了。"说着扭过头去继续破解其他机关。

她昨天就大致看过库房图纸，整个库房形状按照八卦形状排布，只有一条进出通道直达八卦中心的圆形大厅，从阶梯通道到大厅再到环绕大厅的八个库房她整整发现了三十六重机关陷阱，从外边硬闯进来的话，普通不懂机关之道的九品武尊也很难全身而退，算得上是相当厉害了。

不过在她眼中处处是破绽，她就算如今功力全失，只要能够搞定守门的老卓，照样可以畅行无阻，从进入库房到完全破解所有机关，她确实只花了不到两刻钟。

严棣看着她干净利落地拆解机关，嘴上没说什么，心中叹为观止，他真的得到了一个绝顶的宝贝。

今日亲眼所见，秦悠悠对机关之道的精擅程度远远超出了他的预想，他无法想象齐天乐是如何培养出这么个机关天才，尤其秦悠悠如今不过不足二十的小丫头一名，宫中供奉的那些所谓顶尖机关大师与她相比，简直望尘莫及。

秦悠悠同样很震惊，这个地下库房里的机关没什么出奇，不过库房中的藏品丰富得令人咋舌，她从小跟在师父身边，见过的好东西多得她数都数不过来，可是这是第一次在同一个地方见到如此多的稀世珍宝，随便一件拿出去都足以令无数人疯狂，有些宝物秦悠悠甚至记得曾经在某些国家见过皇榜上列明愿意以整座城池交换。

这些珍宝只有极少数是金银珠宝、古玩字画之类的俗世珍品，其余大部分都是各种各样的炼器、炼丹材料以及功法、丹药、神兵利器。

八个库房内每个都备有数量庞大的避尘珠、夜明珠、避火珠以及避水珠等保存珍宝的灵珠，这些灵珠都是大富之家用作显示身份地位的，家财千万也不见得能随便拿出一枚，在这里却像普通石头一般随意摆放。

有三个库房里存放的都是大大小小的玉盒，看盒子上的标签，皆是珍稀的灵药，动辄六品、七品，甚至九品灵药也不在少数，还有一个库房中摆放了炼丹药鼎以及一架子的丹药，最差的都是五品以上。这四个库房的价值比起另外四个库房的珍宝又更高得多。

难怪路上大嘴吃了一株五品灵药金丝蕨，严棣都不痛不痒，原来是看不上这种低级货色。

"你好富！"秦悠悠叹道，相月国不愧是天下一等一的大国，当相月国的亲王真是太富有了。

转念一想又感到有些不对："你说这库房至今只有五个人进来过，你就不怕我泄密又或者趁着替你设计机关的时候监守自盗吗？"

"你不会。"严棣肯定道。

"你对我的人品很有信心嘛。"秦悠悠忍不住自恋起来，她就长了一张让人信任的脸。

严棣不予置评。

直到后来，秦悠悠才知道严棣不是对她的人品有信心，根本是吃定她逃不出掌心罢了。

严棣亲自验证过秦悠悠的本事，对自己的计划更是笃定，秦悠悠感觉到他心情似乎不错，于是趁机问道："你可不可以告诉我，你是怎么认出我的？"

"不可以。"严棣的回答从来简单直接，当场能把人噎住。

这个混蛋！

"把剪子收起来，你就算功力未失靠它也不可能伤到我。"严棣平板的声音硬是让秦悠悠听出浓浓的取笑之意。

她先是大恨继而悻悻，这个混蛋怎么知道她很有冲动想拿剪子扎他几个透明窟窿的？！

严棣仿佛看不见她纠结的神情，伸手握住她的左手道："走吧，回去好好想想怎么重新布置这里的机关，没完成之前你就乖乖待在王府，哪儿都别去了。"

他那张脸还是一如既往的呈现面瘫状态，但是秦悠悠感觉他在笑，很得意很恶意的笑。

虎落平阳被犬欺啊！如果她修为仍在，就算打不过他也能发动身上的机关暗器让他好看，但是现在，她的动作反应比之前慢了十倍不止，这个时候向一个实力高得令人发指的混蛋发难就是自寻死路。

不知道医圣什么时候会到，从前事事有师父顶着，武道修为对于她而言不过是让她耳目聪灵，动作更加迅速精准有力罢了，师父失踪后她才深切感受到，修为实力是保障自身性命尊严的利器。

"研制化元丹的缺德鬼！我咒他一辈子娶不到老婆！"秦悠悠咬牙切齿恨恨低语，她就被这该死的小药丸害惨了！

严棣脚步一顿，眼中闪过一丝古怪的神情。

"怎么了？"秦悠悠一脸莫名望向他。

"没什么。"严棣面无表情，但秦悠悠肯定，他分明"有什么"。

柳下惠或吸血鬼？

严棣不愿多说，秦悠悠也没办法，两人相偕走到小石院门前，一道灰白的影子闪电般撞入后者怀中，正是小灰。

"悠悠你到哪里去了？大嘴也不见了，我害怕！我饿！"小灰一边说一边撒娇地往她怀里蹭。

小灰这一闹，秦悠悠马上想起一事——她不能出门，那小灰和大嘴要吃的东西怎么办？好不容易到了相月国都城，物资最是丰富，她还打算给它们弄点好料补一补呢。

"我想出门替小灰和大嘴买它们爱吃的东西，可不可以？我保证不会乱走的，你可以派侍卫跟我一起出门。"秦悠悠努力摆出最柔弱可怜的模样恳求道。

如果是从前，严棣听到这样的要求会觉得秦悠悠在找借口想趁机逃跑，而且找的还是非常低级幼稚的借口。不过经过这一个多月的朝夕相处，他很清楚知道她说的是实话。

她对她身边这两只没用的灵兽爱护非常，每日都在费尽心思给它们找新鲜的食物，而且声称它们修炼的方式就是吃。

大嘴还好一些，它喜欢吃灵药和蛇虫类的脑髓，一般都会自己与驻云飞一起去觅食。

小灰却是各个方面都充分展示了它的娇气无能，唯一出类拔萃的特色就是很能吃，一天等闲要吃十名壮汉的口粮。而且完全不挑吃，有毒的没毒的、带刺带壳的、甚至石头木头金铁等等，它什么都能往肚子里塞。

有一次秦悠悠服药后在车上睡着了，小灰醒来与严棣互看不对眼，一言不合示威地把车上那张足有它十多倍大的檀木小案几一口吞了下去，更扬言总有一日把严棣也吞了。

严棣不得不承认在吃这个问题上，小灰绝对是个天赋惊人的强大存在，他从不曾见过哪种灵兽能够跟它相比的。

不过这并不代表他愿意让秦悠悠为了满足这两个家伙的口腹之欲随便违逆他的命令擅自出门去。

"它们要吃什么，你列了单子让梁令替你采购。"

"小灰和大嘴要吃很多东西，而且都不便宜……"严棣一路与小灰相看两相厌，也不太喜欢大嘴，要他花钱去替它们买那些昂贵的口粮恐怕有难度，最重要的是，秦悠悠也不想再欠他的人情。

严棣冷冷扫了眼缩在秦悠悠怀里正偷偷向他龇牙咧嘴瞪眼的小灰，道："你身上那点钱莫非就够它吃了？"

秦悠悠磨了磨牙，现在炫富对她没有好处，她不能因为一时之气就把自己的老底都展示给严棣看。

这个有眼无珠的混蛋！也不想想她师父是谁，世上数不清的强者权贵捧着金山银山求天工圣手齐天乐的作品，随便一件可以漫天要价，更不要说师父私底下拥有的遍布整个大陆的产业。

她长这么大从没缺过钱花！只要她能够离开王府到子夜城里，要多少钱都能随时从鑫山钱庄里调出来，供小灰大嘴吃个千百年不成问题。

严棣没去理会她憋得几乎内伤的表情，摆摆手道："你只管去找梁令就是了。"

秦悠悠深深吸一口气，假笑得很真诚："如此，小女子就厚颜让王爷破费了。"你坚持要当凯子，姑娘我要还拦着你就太不善解人意了。

严棣离开后，梁令和韦娘带了工匠来，按照秦悠悠的意思，把一楼空置的两个房间布置成她的工作室。这个工匠一看就是王府里的亲信——那张脸跟浆过的一样木无表情，见到秦悠悠这样的美女也只是略略露出一点异色，很快就恢复正常。

他仔细问过秦悠悠的要求，当天下午就选了尺寸合适的架子箱笼和桌椅送来。

秦悠悠另外开出的两张老长老长的单子，一张是她设计机关需要用到的工具材料以及特殊纸笔，另一张是小灰和大嘴的食单。梁令不知道见惯了大场面还是事先得了严棣的父代，看到那张恐怖的食单，竟然淡定如故。

那是两只灵兽一个月的口粮，数量庞大不说，而且全是珍贵食材，就那张单子上的东西，换成普通粮食足够一个两千兵丁的军团吃一个月。

秦悠悠心里暗暗吐槽，反正圣平亲王殿下有的是钱，她就不客气了！她替他的库房重新布置机关，也完全值得这个价还有余。

晚上，出去打听消息的大嘴在吃饭时间准时飞了回来，吹嘘了半天子夜城的繁华热闹，却没有打听到太多有营养的消息。

等到用过晚饭，绣楼里只剩秦悠悠小灰和它三个的时候，大嘴才开始爆真正的大八卦。

"你们有没有发现，这座圣平亲王府很不正常？"大嘴神神秘秘道。

秦悠悠和小灰不约而同以鄙视的目光回敬它。

大嘴卖关子失败，干咳两声道："你们没发现这座王府里除了杜韦娘和小庭花，再没有别的女人？"

"然后？"这点确实挺奇怪的。

王府里不能说完全没有女子，据韦娘说，府后另有一个相连的小院子住了十多名仆妇，专职替王府上下干洗衣缝补一类的活计，除此之外，王府里都是侍卫家丁还有太监。连韦娘和小庭花都是最近才特地搬到这个院子后面住的，据说是为了方便照顾她。

"我听这京城里的人说，那家伙修炼邪功，月圆之夜就会忍不住吸食年轻女子的鲜血，从前府里那些丫鬟歌姬都被他吸干了精血，尸首就埋在花园里的花圃下，所以那些花儿开得格外漂亮……"大嘴阴森森道，努力营造恐怖气氛。

秦悠悠不以为然："我们一路同行快两个月了，都没见过他跑来吸我或者其他女人的血。"

大嘴见没能吓到秦悠悠，甚至连小灰都没上当，抖抖羽毛没趣道："还有一种说法，说那家伙修炼的武道至刚至烈，不能近女色！所以干脆眼不见为净。"

"这个多半也是假的，他要眼不见为净，怎么会带我回来？我这么漂亮他都没动心，你说他不喜欢女人还差不多。"这么自恋的话，秦悠悠说起来一点儿不脸红。

小灰与大嘴对望一眼，不约而同咕哝道："你又知道他不动心？"它们两个都觉得严棣分明对秦悠悠怀着狼子野心。

"也有说他命太硬，会克死身边的女人。"大嘴坚持要把严棣彻底抹黑。

"我觉得他那个样子吓死身边的女人还差不多……"秦悠悠实事求是道。至少她跟严棣朝夕相处这段日子，她没有被他克到的迹象，化元丹的药力没解除，但也没有其他危及性命的事情发生。

公平地说，妖怪恩公还救了她不止一次，如果不是她老在他手底下吃瘪加上有那一段旧怨，她会觉得他是她命里的福星。

"反正不管怎么样，这个家伙一定不是正常人，在他身边待久了肯定有危险！"大嘴总结陈词。

小灰用力点头，大声附和："就是就是！他不是好人！"它有强烈的危机感，这个讨厌的男人会抢走它的悠悠。

身边最亲密的两只灵兽都对严棣没有好感，秦悠悠虽然还没有搞清楚自己内心对严棣的想法，不过也决定听从它们的意见。

"大嘴，你明天出去打听打听医圣的消息吧，我现在这个样子，想跑也跑不了……"秦悠悠烦恼道。

"你想跑到什么地方？"严棣的声音冷冷自房门方向传来。

大嘴、小灰与秦悠悠面面相觑……这已经不是第一次了，以小灰强大的听力，竟然都没发现严棣靠近,这人的武道修为究竟高到什么程度了?简直比鬼还要可怕。

秦悠悠再次被抓了个现行,干脆破罐子破摔,道:"莫非你希望我当囚犯当得心悦诚服欢天喜地?还得感激你把牢房设在这么豪华的王府庭院里,没有把我扔到地牢里去?"

严棣一步一步走到秦悠悠面前,低头盯着她愤愤不平的小脸,道:"你确实应该感激我。还是你其实比较喜欢住在地牢里?"

他的表情很严肃,没有故作凶狠也没有疾言厉色,一句充满威胁恐吓的话说得无比认真,震慑力反而愈加强大。

好女不吃眼前亏!

秦悠悠就这么威武了片刻,马上很识时务地低头认怂。

"不是,王爷您不念旧恶盛情款待,小女子铭感五内,遇到您这么宽宏大量的贵人,实在是我的福气。"秦悠悠摆出一副楚楚可怜又不胜感激的柔弱姿态,大眼睛水汪汪的无比真诚。

严棣几乎要被她这副模样惹笑了,伸手揉了揉她的发心道:"你想跑也没关系,跑出去吃亏了别后悔就行。"

秦悠悠心里不服,不就是奉神教风归云他们吗?她要准备充分了,就算武道修为没恢复也不见得就对付不了他们。况且她又不是要与他们一决高下,凭她易容藏匿的本事,只要甩脱了他们,保证他们再也找不到她。

严棣知道她没把自己的话放心上,也不去强求,照例盯着她吃了易经丹,药效发作才起身离开。

他其实可以放她出去吃吃亏长点记性的,就像他先前在八归镇轻易放她离开,又在她差点落入风归云等人手中时突然出现将她救回来一样。

类似的经历再来几次,这小丫头就算铁打的意志也会彻底屈从于他。

不过想起她中毒倒地时那副苍白荏弱的模样……他舍不得。宁愿任她不知天高地厚地继续反抗他,也不愿意再放手让她落到那样凄惨狼狈的境地。

他以为自己根本不知道心软为何物,直到见到秦悠悠之后才发现,他从前不过是没有遇上能让他心软的人罢了。

扪心自问,他更喜欢这样狡黠天真又任性冲动的秦悠悠,既然如此,就多花点力气让她尽快投入他的怀抱好了。

他已经快等不下去了……

次日一早,先是韦娘带了几名太监送来大批奇珍美味——样样都是秦悠悠昨日单子上列出来的食品,然后是梁令带人将她指定要的一应笔墨纸张以及制作机关核心部分需要用到的材料尽数送来,连秦悠悠在路上所画的那些安装在暗器机关内的小针小箭也做好了整整三套送到她手上。

秦悠悠又是惊喜又是意外，她根本没想到严棣会这么快命人把这些东西做好，更想不到他明知道自己口服心不服，时刻想着反抗逃跑，还会替她准备这些潜逃用的利器。

梁令看到她眉开眼笑的模样，自然抓紧机会替主人说好话："这些图纸王爷在路上就命人十万火急送到京城来，由最好的工匠精心制作，好不容易才赶制出来，姑娘看是否合适？"

秦悠悠点了点头，终于忍不住问道："你知道一年多前，呃，那件事吧……"

"知道。"而且亲眼看着王爷费尽心力查探你的身份下落，梁令心中暗道。

"你就不怕我用这些东西对付你家王爷又或者找机会离开王府？"

梁令微微一笑道："我只是按王爷的吩咐办事，王爷这么做自然有他的深意。"王爷对你这么好，明知道你心怀二志还对你有求必应，你应该好好珍惜这份心意——后面这一句目的性太强，他忍住了没有说出口。

秦悠悠听在耳里马上想到严棣昨夜说的话，当即就怒了……

这是示威！

明明白白告诉她，她那点小把戏他不放在心上！

叔叔可忍，婶婶不可忍！

混蛋你继续得意，总有一日我会让你知道我的厉害！不过是我的手下败将，我能耍你一次就能耍你第二次！

秦悠悠在心里恨恨咒骂，面上却一副温柔乖巧的模样，活脱脱就是小灰的白化瘦身版——小白兔一只。

梁令还待继续替主人说话，却望见严棣正往绣楼这边而来，连忙起身恭迎。

韦娘一见严棣便喜道："王爷可用过早饭了？姑娘刚起来不久，王爷不如就在这边用饭吧？"说着不等严棣点头便指挥几个小太监重新开一桌。

秦悠悠一肚子火气见到"罪魁祸首"现身，偏偏碍于形势比人强发作不得，只得咬牙切齿不吭声。

韦娘似乎没察觉她的僵硬神情，一手拉住她用所有人都听得到的声音"耳语"道："你不是想对我们王爷以身相许吗？可要抓紧机会了。"

秦悠悠只觉得一口血卡在喉咙里差点想喷一地。

她什么时候想对妖怪恩公以身相许了，就算她真的这么想不开，一起吃顿早饭算什么机会？莫非韦娘认为她饥渴到不想吃早饭，只想对妖怪恩公献身吗？光天化日啊！

她感到自己的名誉被严重侵犯，但是想也知道，任何辩解只会得到韦娘理解的目光，外加一句"小姑娘家就是脸皮薄"之类让她更吐血的话。

所以她干脆跟严棣学习，假装自己是块木头，什么都没听见，面无表情坐到桌旁埋头吃早点。

韦娘目的达成，向梁令使个眼色，带了其他人离开，厅上只剩二人无言相对埋头苦吃。

梁令走到院子里默默运功动用秘法隔绝身周一丈内的声音，原本在王府内无需如此小心，不过秦悠悠身边那只兔耳朵灵得很，不可不防。

他苦笑一下对韦娘道："我知道你是为王爷好，不过秦姑娘的事还是不要操之过急。"

韦娘不以为然道："难得王爷动心带个姑娘回来，可不能让她跑了。"秦悠悠的事其实她早就跟梁令打听明白了，不过为了王爷的终生幸福，她决定装糊涂装到底把秦悠悠"屈打成招"了再说。

"这事王爷自有主张，我们还是顺其自然的好，免得坏了王爷的事。"梁令就怕韦娘太过迫切把秦悠悠与王爷送作一堆，反而会激起前者的反感抗拒。

秦悠悠并不像表面上看起来那么柔弱好说话，她如今与王爷和平相处，不过是因为修为被废不得不咬牙忍耐罢了。王爷要让她动心，还有相当长的路要走。

韦娘摆了摆手道："王爷看上的，从没有跑得掉的，这个我放心得很。我就是着急，王爷如今也老大不小了，皇上那儿皇子都生了七八个了，公主也有四五个，王爷却连个王妃都没影儿……"

为着某些缘故，严棣这些年甚至不曾亲近过任何女子，他在韦娘内心深处既是主人也是吃自己奶水长大的孩儿，见他至今还是孤家寡人一个未能成家立室，如何不急？

如果不是怕他不高兴，韦娘恨不得马上把秦悠悠打晕了送到他床上去让生米煮成熟饭。

梁令沉吟片刻，终于道："依我看半年之内定能成事……这话你听过就算了，事涉……决不可让任何人看出端倪。"

韦娘只是样子看上去直爽没心机，在宫里伺候过当今太后、皇帝与皇子的人，又怎么可能真的头脑简单，对于严棣的情况，她心里早有些猜测，梁令稍稍露几分口风，她就心领神会了，当即点头道："成，有你这话，我就放心了。"

说着又从怀里掏出一张单子，叮嘱道："昨日姑娘给你的单子上的食物多是替那两只灵兽准备的，你别替王爷省钱，把姑娘哄好了要紧，这张单子上的东西是给姑娘补身，她瘦瘦弱弱的模样儿，将来怎么替王爷生儿育女？你快些把单子上的东西买齐送到厨房去，最多两三个月，我就能把她养得白白胖胖。"

韦娘眼中闪耀着资深养猪专业户畅谈美好职业前景的雄心壮志，仿佛已经看到秦悠悠生出一窝小王爷小郡主，在花园里嬉戏欢笑的情景。

被人当成母猪的女主角半点不知道王府上下早就众志成城算计着要把她跟严棣凑成对，还天真地以为大家只是一时误会了她与严棣之间实是阴险债主与倒霉欠债者的纯洁关系。

严棣用过早饭，喝过美人不甘不愿送上的杏茶，宣布道："本王来之前收到消息，向天盏最晚今日午后会到。"

"向天盏？呃……你是说医圣、向伯伯？"秦悠悠顿时精神一振，喜出望外，"真的？你不早说？太好了！他现在在什么地方？不知道满子哥哥会不会跟他一起来……"

"满子哥哥？"严棣心中一动，马上想到先前大嘴宣称的秦悠悠已有意中人的话。他不否认自己很介意秦悠悠用这么思念又快活的语气提起另一个年轻男子。

秦悠悠一无所觉，自顾自道："满子哥哥会做很好吃的草药点心和灵花、灵果糖。"

小灰一直暗暗注意这边的动静，闻言也大声附和道："满子哥哥最好最厉害了！"

严棣淡淡扫了它一眼，果然是只养不熟的，吃着他王府的饭却还敢时时挑衅惹他不快。

小灰仗着严棣刚好挡住了秦悠悠的视线，对他龇牙咧嘴做出一副凶狠模样，然后不等严棣反应，便闪身跳跃几下扑入秦悠悠怀里佯装害怕。

秦悠悠看不见这一人一兔的交流，以为它被严棣那张棺材脸吓到了，伸手温柔地顺了顺它的毛，抱着它走开几步，故意离严棣远一些。

严棣暗暗恼怒，不过并不打算在这个时候追问什么"满子哥哥"的事又或者费事揭穿那只该死肥兔子的真面目，只道："等向天盏替你看过了，便再没有别的杂事，本王会闭关半个月炼制易经丹，希望出关之时，你已经把库房的机关图纸完成。"

秦悠悠正是高兴，也没多想笑眯眯地就点头答应了。既然人家真的找来医圣替她治伤解毒，她替人家设计库房机关也算是还了一份人情，很公道，她会好好用心的。

等严棣走远了，大嘴才忍不住提醒她："你觉不觉得他好像很笃定医圣也驱除不了化元丹的药力？"

"有吗？"秦悠悠迟疑起来。

"有！不然他还惦记什么易经丹？更不可能这么安心去闭关。"大嘴哼道。

是啊！如果不是认定她不会跑，严棣绝不可能在这个时候去闭关炼丹，她不逃跑的原因自然就是医圣对化元丹也无可奈何，那样她要恢复修为就只能想办法求严棣带她进入皇族禁地去找圣泉水，还怎么跑？

秦悠悠越想越不对，摇了摇头道："等向伯伯来看过了再说吧！向伯伯好歹是医圣不是么？"

一人一鸟一兔面面相觑，心里不约而同升起十分不妙的预感……

医圣向天盏果然在中午时分准时出现，那个时候秦悠悠正心不在焉地与严棣坐在花厅里准备用午饭。

医圣名声响亮，在各国都是权贵们争相交结的对象，加上天生的狂傲性情更加导致他不知礼仪客气为何物，上门拜访也是一副"老子肯来是看得起你，你还敢计较什么时候"的随意态度。

秦悠悠听梁令说他到了，开心得差点忍不住从椅子上跳起来，不过面对严棣那双充满威严压迫的眼睛，还是勉强忍住了，努力露出一副可怜兮兮的无辜模样无声求情。

严棣想起她先前提及什么"满子哥哥"时的欢快神情，冷冷道："让他在外边等着，午膳过后再来通传。"

秦悠悠急了，这话传到医圣耳朵里，他一生气掉头走了怎么办？

梁令不太清楚自家王爷为什么故意吊秦悠悠的胃口，只得向秦悠悠送上一个少安毋躁的安慰眼神，转身去安置不速之客。

秦悠悠正要开口，就听严棣道："放心吃饭，他有求而来，赶都不会走的。"

明知道秦悠悠那副可怜柔弱的模样是装的，严棣还是不舍得让她太难过。

"我这样怎么安心吃饭？"秦悠悠小小声地抗议道。

严棣不理她，示意太监们伺候用膳，秦悠悠知道再没有讨价还价的余地，只得捧碗举筷，希望快点儿吃完。

砰！一声巨响从王府大门方向传来，然后便是一串暴吼："严棣你个臭小子，十万火急把大爷请来，不列队欢迎好饭好酒伺候着就罢了，竟然让大爷等你吃完饭，去你姥姥的！马上滚出来！"

好像是医圣的声音！秦悠悠辨认声音的能力比辨认人脸要强一些，从这人说话的语气腔调，很快想起了他的身份。

严棣慢慢抬起头向着王府大门那边，吐出四个凉冰冰的字："大胆无礼！"一字一顿，恍如四支利剑划破虚空向着暴吼发出的方向激射而去。

"哎哟！"远处传来一声大叫之后，便彻底清静下来。

秦悠悠现在修为全废，感知能力变得与平常人无异，但武道见识还在，妖怪恩公这一手分明是七品以上武尊才能动用的凝音攻击之法！

师父说过医圣本身乃是八品武尊，妖怪恩公能够仅凭这手凝音攻击就令他吃亏，那本身的修为必定在八品以上！

他才几岁？竟然就已经有这么高的修为，果然就是大妖怪一只！

严棣突然露了一手之后，就像什么事情都没发生过般继续专心用饭，秦悠悠心里发毛，更加不敢多说半个字。

一顿饭工夫，秦悠悠心里七上八下，美味的食物吃在嘴里都不知道是什么滋味，好不容易对面的严棣终于放下碗筷，接过太监送上的帕子香茶，秦悠悠差点儿想扑上去喵喵叫两声表达感动之情。

严棣这一顿饭吃得舒心之极，光看面前小丫头那副百爪挠心偏却只敢装可怜暗暗着急的可爱模样，就让他胃口大开。

"吃饱了？"他故意慢条斯理地问道。

"嗯嗯！"秦悠悠用力点头，那双水汪汪的眼睛让严棣恨不得将她拉入怀中用力亲吻。

可惜时机未到，严棣不肯定自己一亲芳泽之后是否还有自制力停下，所以只好狠心移开目光……还有两个月，先忍忍吧。

睽别数年后，秦悠悠再次见到师父的老朋友、人称医圣的向天盏。

在她的印象中，向天盏是个黄发红脸身材粗壮，精神健旺说话像吵架的凶恶老头子，虽然师父说他是只纸老虎，不过看上去还是很有威慑力的。

今日再见，向天盏却是十足一只被打败了的倒霉老虎，他盘膝坐在王府大门前的空地上，颔下胡子以及胸前衣襟上血迹斑斑，一张红脸黯淡非常，显然受伤了。

一名身穿灰色短褐衫的文秀青年凝神聚气坐在他身后替他行功疗伤，大嘴和小灰就蹲在他身边。

这个青年正是向天盏的徒弟何满子。

先前向天盏闹出那么大的动静，正在秦悠悠绣楼里大吃大喝的大嘴和小灰听闻，连忙跑来相见。它们赶到时向天盏已被严棣所伤，何满子忙着照顾他，虽然很意外在这里见到齐天乐师徒的灵兽，不过也来不及叙别情。

向天盏察觉有人靠近，咳嗽两声恶狠狠睁开眼睛，瞪着缓步而来的严棣就骂："好你个臭小子，果然心狠手辣，老子技不如人没什么好说的，你用赤霄仙草把老子骗来，究竟存的什么心？"

"赤霄仙草可以给你，不过得看你有没有那个本事。"严棣道。

向天盏想起严棣给自己传话的内容，顿时抖了起来，拍拍屁股站起身道："哈哈哈！臭小子你竟然也有求到老子的一日，说吧，要老子救谁？"

秦悠悠走上两步，从严棣身后转出来笑眯眯打招呼道："向伯伯，满子哥哥……"

向天盏"咦"了一声道："小丫头你怎么跑到这儿来了？你师父呢？"

何满子也微笑道："悠悠妹妹，好久不见了。"他人长得秀气，眉心一点红色的小痣，配上一身恬静温文的气质，就如画中之人，纵使一身简朴布衣也难掩风华，轻轻一笑更让人感到有如春风拂面。

"师父不见了，我也在找他。"秦悠悠苦笑道，走上几步站到向天盏两师徒面前。

她与何满子"哥哥妹妹"的亲热称呼听得严棣眉头一皱，再看他与秦悠悠站在一处如金童玉女般相配，更是让他心里莫名烦躁。

"她就是本王要你医治的人。"严棣不想再看他们叙旧情，冷然对向天盏道。

向天盏有些意外地斜眼打量秦悠悠，诧异道："你怎么把自己搞成这副样子？你的修为呢？"说着伸手就探向秦悠悠的手腕。

他性情狂傲暴躁，但修炼的功法却刚好相反，秦悠悠感觉一股温和的真气凝成一线顺着她手腕上的经脉流入她体内……

真气在她体内游走片刻，向天盏的脸色忽然变得难看非常，一手甩开她的手腕，瞪着她怒骂道："臭丫头你跟这小子合伙消遣老子？！你分明是吃了他研制的化元丹！"

秦悠悠被向天盏猛力一甩跌开数步，差点摔倒之际腰上突然多了一双大掌将她稳稳扶住，整个人靠入一个温暖的怀抱之中。

秦悠悠如遭雷击，呆呆扭头去看，抱着她的正是严棣……他就是研制化元丹的人？！

严棣森然望着向天盏，寒声道："你治不了就滚，不必多言。"

向天盏气极，指着他道："老子承认研制这些破药丸的本事不如你，这化元丹老子确实无可奈何，这事你早就知道，偏偏语焉不详把老子引来，老子还不能发脾气？！"

秦悠悠用力挣扎站直了扭头瞪向严棣："你骗我！"

"我骗你什么了？"严棣反问道。

秦悠悠语室，回想一遍严棣说过的话，纠结地发现他确实没有骗过她，只是没说清楚他就是研制化元丹的人。

想起自己不久前当面诅咒他一辈子娶不到老婆……好吧，以妖怪恩公爱记仇的性情，肯定心里又给她加了一笔。

"化元丹的药方我只给他看过，至于为什么奉神教的人会有这种丹药，你不妨问他。"严棣平静地指着向天盏道。

向天盏听了俩人简单几句对话，也隐约明白了事情的因由，再被严棣这一说，猛地想起一事，顿时心虚气短起来。

"小丫头，这化元丹是奉神教的人对你用的？"向天盏挠挠头上乱糟糟的黄发问道。

"是，是奉神教一个叫风归云的人暗算我下的药……"秦悠悠垂头丧气道，化元丹这名号还是风归云得手后对她提及的。

"那个该死的混账！我就知道奉神教那些家伙没安好心！"向天盏既觉得气愤又感到讪讪的不太好意思，自己贪图奉神教的东西将化元丹的药方给了他们，结果却害了自己老朋友的徒儿。

"反正这药是这臭小子研制的，老子解不了他总该能解吧。"

"向伯伯，你真的没办法吗？"秦悠悠很无奈，严棣确实知道解除化元丹药性的方法，也毫不隐瞒地对她说过，但是她不是严氏皇族的人，根本进不了皇族禁地，就算严棣有办法替她解决问题，她也要欠下老大一笔人情债。

数下来她已经欠了严棣不少东西，加上这次，卖了她都还不起了。

"没有！"向天盏几乎恼羞成怒，他被严棣骗到子夜城，没得到后者承诺的赤霄仙草让自己白跑一趟不说，还受了点伤，又被逼不得不在小辈面前认怂，偏偏还发作不得，憋得他内伤又重几分。

秦悠悠静了片刻，抬头望向严棣苦笑问道："你真的有赤霄仙草？"

赤霄仙草的名头她早就听过了，世间罕见的八品灵药，向天盏寻觅多年，甚至曾经公开宣称谁能给他一株就可以得到他一个承诺。他本人修为虽高但就整个天下无数武道强者而言还称不上绝顶，可是曾经得过他恩惠的厉害人物多不胜数，只要他肯开口马上就会有数不清的顶尖人物愿意为他效劳。

他对赤霄仙草志在必得,严棣亮出这样的皇牌,难怪如此肯定他会自己找上门来。

"有。"严棣点头。

"可不可以送给向伯伯?"

严棣盯着她看了一阵,终于弯了弯嘴角道:"好。"近乎笑容的神情看得秦悠悠头皮发麻,差点想反悔收回这个要求。

梁令不等严棣吩咐便走入王府,不过片刻就送来一个玉盒。

秦悠悠冷眼旁观,心里更加郁闷:这点时间绝对不够梁令进出一趟花园下的宝库,他能这么快取来赤霄仙草,证明严棣早有准备,就等她开口了。

这种自己一举一动被人全数掌握的感觉难受极了,偏偏秦悠悠毫无办法。

她师父当年也欠过向天盏的情,如今眼看着他为了自己的事白跑一趟还受伤了,无论如何也说不过去。

向天盏一把夺过梁令手上的玉盒,小心翼翼打开了确定里头装的确实是赤霄仙草无误,顿时什么羞恼气恨都扔到九霄云外,小孩子一样高兴得手舞足蹈起来。

"阿满,我们回去!哈哈哈!小丫头,老子承你这份情,有空就来浣沙溪玩儿。"向天盏眼里只剩手上那株仙草,扔下一句话就想走。

浣沙溪是他的老巢,平日他游走天下寻找奇药异草行踪不定,如今最想要的灵药到手,接下来好一段时间都会蹲在老巢研制新药。

何满子上前拦着他提醒道:"师父你答应了替忠勇侯治疗痼疾……"

"这种小病小痛你去打发了就是了,别来烦我。"向天盏不耐烦道,说完纵身几个起落就跑得不见踪影。

何满子看着手里他扔下的那封忠勇侯亲笔所书的信函,一阵无语。自从师父发现他医术学成之后,便常常随手把事情推给他,顺便心安理得把患者送上的报酬收归己有。

这些他都并不在意,毕竟连他性命都是师父捡回来的,但这次忠勇侯信中描述的症状十分怪异,他思考了许久都没什么头绪,这可是人命关天的大事啊。

一轮扰攘之后,何满子也告辞离开,因为师父扔下的任务,他还要在京城停留一段日子替忠勇侯治病,暂时就住在忠勇侯府。

小灰依依不舍地告别了答应替它做灵果糖的"满子哥哥",钻进秦悠悠怀里,冲着严棣恨恨道:"坏蛋,都是你做那种缺德的药害了悠悠!"

大嘴抖了抖身上乌亮的羽毛,斜睨严棣哼道:"出来混,迟早要还的。"

"向天盏你见过了,回去吧。"严棣不想降低自己格调去与两只禽兽计较,今日的结果尚算满意,至少秦悠悠已经开始认命了。

先前她一直小心算计着不肯多欠他的情,时刻准备着抽身离开,今日她主动开口替向天盏讨要赤霄仙草,那就是放弃跟他划清界限的妄想,接受他的"好意"了……虽然其中有那么点破罐子破摔的意味。

"你是故意的对不对?"秦悠悠的质问有气无力。

"是你坚持向天盏能够帮你治伤疗毒,非要见他不可。"严棣淡淡道。

"好吧,是我有眼无珠,竟然不知道大名鼎鼎的圣平亲王还是一位在炼药之道上更胜医圣的高手。"秦悠悠郁闷道,话里忍不住夹枪带棍。

她感觉严棣会替她解决化元丹的问题,但代价恐怕会很吓人……

她觉得自己就像掉进了蛛网的小飞虫,自以为还有希望拼命地挣扎,严棣就是那只可怕的大蜘蛛,等着她挣扎得精疲力尽了,再上来施施然把她拆解入腹。

至少现在自己势孤力弱,肯定斗不过他,与其徒劳折腾让他看笑话,倒不如假装顺从,找机会出其不意反扑。

"你现在知道了,不过要替你解除化元丹的药力,确实不容易。"严棣语带深意。

秦悠悠打定主意要虚与委蛇,努力调整心情谄媚道:"你这么厉害一定有办法的,我不能进你们的禁地,你可以啊!你一定能够想到办法把圣泉水里的药力提炼出来的对不对?"

严棣大方地点点头道:"本王再修炼个十年八载,应该可以用秘法吸收凝练圣泉水中的神力,融入丹药之中。"

十年八载?!秦悠悠讨好的笑容僵在脸上,要等这么长时间足够她重新修炼一回了!

思前想后,秦悠悠一咬牙一跺脚道:"要不我改姓严,认你做义兄,那也算你们严氏皇族的人了,这样可不可以?"

她本来就是孤女一名,秦这个姓氏是她自己还不识字的时候随便在书本上点中的,现在改了也没什么大不了。

严棣看着她不知道该气还是该笑,他确实有意引导她主动提出与他成为一家人,从此冠上他的姓氏,但绝不打算让她当什么见鬼的义妹。

秦悠悠被他看得心虚,讷讷道:"你不会想当我的义父吧……没有这么占人便宜的,你都没比我大多少……"

严棣彻底僵在原地,瞬间很有冲动敲开这个丫头的脑袋,看看里头都装的什么,竟然可以不解风情到这个份上。

大嘴抬起翅膀盖着脑袋不想说话了,自家主人收的这个徒弟在某些方面简直就是个笨蛋!

小灰埋在秦悠悠怀里差点儿想大声呻吟:混蛋已经忍不住暴露狼子野心了,悠悠怎么可以一点儿感觉都没有呢?

不过瞄瞄严棣僵硬的模样,小灰忍不住幸灾乐祸起来,他想骗走它的悠悠,哈哈!他还差得远呢!

严棣留下整整大半个月份的易经丹，便宣布闭关，他已经用事实证明自己的能耐，倒不需要再盯着秦悠悠每晚服药了。

他只告诉她，这药是她恢复修为的最后手段，如果她不按时按量服药，就只能将来自个儿想办法重新修炼了。

秦悠悠想着这药吃了对自己有益无害，便乖乖遵从了。

严棣闭关的日子，除了无法离开圣平亲王府，其他一切自由，秦悠悠过得相当惬意，既不用每天面对严棣那张冰山脸，又可以做自己最喜欢做的事。

衣食住行有杜韦娘、小庭花照料，两只灵兽眼见山中无"老虎"，更是上蹿下跳把王府当成自己的家一样尽情撒欢。

大嘴能言善道见人说人话见鬼说鬼话，小灰擅长卖萌装乖，加上王府里头除了秦悠悠自个儿，所有人都已经认定了她将会是严棣的王妃，对她的两只灵兽自然十分爱护照顾，它们在圣平王府说是人见人爱也不为过。

秦悠悠每日在绣楼和花园下的库房两头跑，认真绘画图纸，她想只要自己的用处越大，严棣应该就越不舍得害她。

而且她也确实很喜欢设计制作机关，经常不知不觉就忙到深夜，还是杜韦娘与小庭花提醒了她才记得该去就寝。

转眼过了三日，这天秦悠悠睡到日上三竿，起来发现绣楼外多了好几个陌生人。

具体地说是多了六名宫装女子，为首两个大概四五十岁的模样，衣饰与身后四个大概十六七岁的少女格外不同。

秦悠悠打着呵欠揉着眼睛慢吞吞挪下楼去开门，正想问问她们是什么人来干什么，就见小庭花拖了梁令跑进院子里。

梁令见到那六名宫装女子也是一愣，上前笑着向年纪较大的两女打招呼道："何女使、周女使别来无恙。"

这两人是宫中淑贵妃身边的红人，怎么会跑到圣平亲王府来？淑贵妃的手虽然伸得很长，但圣平亲王府不比别处，主人更不是普通皇族成员，人人皆知在圣平亲王府，就是皇上的面子也不见得好用，何况不过是宫里一个新近得势的贵妃？

梁令知道皇室向来有规矩，亲王皇子大婚前宫中会派女官前来教导王妃皇子妃各种宫廷礼仪，更会送数名宫女前来侍候。

严棣先前也曾提过，不过一直没有下文，他还道主人另有打算，没想到今日会有人突然杀上门来。就算宫里派女官前来，按常理也应该是仪礼处的女官才对，怎么会是淑贵妃的人？

秦悠悠不明就里，听梁令的称呼才想起她们应该是宫中的女官，她曾跟师父在一些小国皇室做客，知道一般后宫女官三品以上在外都统一称之为"女使"，三品以下的则称为"书女"。大陆之上的大小国家在朝廷以及后宫的品级设置上都是大致相同的。

那两名年长女官目光炯炯，分明是颇有些修为的武者，再加上那副皮笑肉不笑的表情，秦悠悠心里忽然生出浓浓的不妙预感……这两个女人来意不善！

何女使、周女使恭恭敬敬回了梁令一礼，何女使道："见过梁公公，皇上听闻王爷府上缺几名女官宫女，特地吩咐娘娘亲自挑选合适的人选，我们姐妹二人有幸奉命前来，日后还请梁公公多多照顾。"

周女使侧过头来对秦悠悠淡淡点了点头，道："这位姑娘如何称呼？"

秦悠悠此刻鬓发凌乱脂粉不施，一看就知道是刚刚起床，只不过美女就是美女，周何二人即使用最挑剔的眼光来评价，也不得不承认，她确实美得惊人。

马上滚！

难怪以铁面无情著称的圣平亲王也会为这女子着迷，破例将她带回府中，这等美人就是宫里也难得一见。

可是如果她以为凭着那张狐媚子脸蛋就能当上亲王王妃，那就大错特错了！光是她现在这等轻浮散漫的举止，就足以把皇家的脸面丢光！

周何二人神色不动，心里却更加认定淑贵妃先前的判断有理，对秦悠悠的轻视更甚。

梁令在宫中多年，闭起眼睛也能猜到两人的心思，他特意向秦悠悠微微躬了躬身才介绍道："姑娘姓秦，闺名悠悠，是王爷的贵宾。"

他的态度带着明显的谦卑，就是为了提示这两个女官，这个女子在王爷心中地位很高，连他都要礼敬三分，别把她们在宫里对付嫔妃宫女的派头用在秦悠悠身上。

两个女官都是人精，对望一眼整了整神色，重新向秦悠悠行礼，本来傲慢的姿态去了三分。倒不是改变了对秦悠悠的看法，只是梁令的身份地位不是她们可以比拟的，尤其这圣平亲王府是他的地盘，所以要给他面子。

秦悠悠不懂她们心里那些弯弯曲曲，只是直觉地不喜欢她们，所以随便回了礼就对梁令道："王府有客人，你不用理会我了，尽管去招待她们就好。"

说着就想缩回绣楼里把门一关，彻底隔绝这些麻烦人物。

周女使与何女使一愣，她们见过权贵人家的女眷多不胜数，敢这么随意打发她们的，除了宫里那位太后娘娘绝对再没有第二个，一个来历不明的野丫头，她凭什么？！

还没成为王妃就这般傲慢无礼，真让她当了王妃，只怕就是太后娘娘她也不放在眼内了。

她们完全没想到，秦悠悠只把自己当成王府的过客，招待应对宫里来使的事跟她有什么关系？她对这两个女人没好感，自然就直截了当闪人了。

周女使反应较快，笑眯眯上前一步堵住绣楼的大门，道："慢！"

何女使也醒过神来，笑道："我们姐妹奉命到圣平王府来，可不是做客的。"

秦悠悠一脸莫名地看了她们一眼，恍然道："哦！你们是来帮忙干活的，我这里不需要人，你们找梁公公安排吧。"

这口气就是把她们当成王府里的普通侍婢仆妇了。

周何二人的笑脸差点儿挂不住，梁令心中暗自好笑，正要说什么，忽然一名小太监飞跑过来行礼道："宫里太后娘娘传旨，请公公入宫觐见。"

这时间未免太过巧合，梁令一抬眼正好看见周女使眼中一闪而过的得意之色，顿时头大起来……今日的事不是淑贵妃自作主张，不但是皇上暗中授意，甚至连太后娘娘都插了一脚。

他们究竟想做什么？他们不会不知道秦悠悠对王爷的重要性，却故意挑了王爷闭关的时候出手，还有意调开自己。

梁令想起宫里那两位，只觉得一个头两个大，可是却不能抗命，而且他就算对秦悠悠有再大的好感，也不敢坏了太后和皇上的事，只希望她们两位适可而止。

梁令无奈地对秦悠悠送去一个自求多福的眼神，向周何二人简单作别便转身随小太监走了。

"梁公公向来得太后看重，这趟进宫去陪太后说话，没有三五天是不会回来的。姑娘还是跟我们合作的好。"周女使与何女使自觉得到太后的支持，态度越发强硬起来。

秦悠悠奇怪道："我跟你们有什么好合作的？我也只是客人，不好安排指派你们做事的，要不你们去找杜韦娘吧。"

周女使脸上笑容尽褪："到了这个时候，姑娘还要装傻吗？客人？哪有女客未得王妃许可就随便住进王府里的道理？！"

秦悠悠也不耐烦了："你们觉得没道理就去找王爷理论，跟我啰唆什么？"她是被软禁在这里的好不好？！

这话听在周何二人耳中，却听出了另一重含意——她有王爷撑腰，不把她们放在眼内。

何女使冷了脸孔道："皇家有皇家的规矩，就算你再怎么得宠，也得乖乖按着规矩来，王爷再怎么样也不可能为你逆了皇上、太后的意。"

秦悠悠对在院子门前探头探脑的小庭花道："小庭花，去找你奶奶来帮忙把这几个莫名其妙的女人领走。"

"奶奶被宫里的人叫走了……"小庭花两眼闪闪，露出几分不安的神色。

今日一早宫里就来了人把奶奶请了去，所以这几个女人手持宫中令牌直入王府时，她只好去找梁令，现在连梁令都被叫走了，府里就只剩外围的侍卫与一些太监，根本拦不住这几个女人。

小庭花小小年纪，也能依稀感觉到阴谋与危险，她眼珠子转了转，跺脚道："我、我去找驻云飞！"

大红马是王爷的灵兽，在武者的惯例里，伴生灵兽相当于主人的一部分，甚至能够代表主人。驻云飞虽然是刚刚进入王府不久，但论地位比梁令和她奶奶只高不低。

一听说小庭花要找那只恐怖的大红马来，周女使、何女使不明就里也不害怕，秦悠悠反倒先怕了，偏偏她被人拦住没办法去追小庭花，叫了几声小庭花都没有理会，只能眼睁睁看着她跑了。

周女使误会了秦悠悠脸上的着急害怕，冷笑道："叫谁来都没用，我们姐妹身负皇命而来，姑娘还是合作一些的好，学好了规矩，对姑娘有益无害，将来在太后面前也能被高看几分，不至于失了皇室的体统、丢了王爷的脸面。"

双方彻底陷入鸡同鸭讲的状态。

周何二人认定秦悠悠出身低微来历不明，仗着圣平亲王的宠爱目中无人不服管教。

秦悠悠却觉得她们没头没脑缠夹不清，莫名其妙针对她不知道想干啥。

"你们有完没完，皇帝和太后派你们出来没事找事的吗？你们有什么不满意去找圣平亲王，缠着我做什么？我不过是被抓来干活的，跟你们没什么可合作的也不想学什么规矩。你们哪边凉快哪边去，不送了！"

秦悠悠噼里啪啦说完，转身就往自己的工作室走去，懒得继续在这些神经病身上浪费时间。

周何二人平日在宫里就是普通嫔妃见了她们也不敢造次，偶然派到宫外办事，所遇到的官家女眷无不是把她们当祖宗一样供着，被人这么毫不留情地数落驱赶，这还是大姑娘上花轿头一回。

周女使首先忍不住了，冷冷喝一声"不知好歹"，抬手就向秦悠悠肩膀抓去，她能够得到淑贵妃的倚重，武道修为实力也不弱，已经达到四品武者境界。

她感觉得出来秦悠悠的气息只是个毫无修为的普通女子，自忖要对付她易如反掌，更存心要让她吃些苦头，这一抓如果抓实了，表面上看毫无异常，却能将她的关节筋腱震伤，让她难过上十天半月，而且等闲大夫也看不出端倪。

她不知道用这一手对付过宫里多少不听话的宫女嫔妃，自以为十拿九稳，唇边不由得露出一丝冷酷的笑容。

秦悠悠早就觉得这两个女人来者不善，尤其在梁令和杜韦娘都被相继调开之后，更觉得危机逼近，她不懂这两个女人为何针对她，但却已经暗暗提防。

可惜她的修为全失，俩人相距不远，对方突然出手她也无法躲避，只来得及启动身上的机关暗器……

周女使的手刚刚触及秦悠悠的肩膀，就见眼前金光一片带着森寒杀意扑面而来，她大惊失色急忙一边倒退一边拂袖抵挡，却还是晚了一点点，胸腹间同时中了至少十数针。

秦悠悠不想伤及人命，动用的是身上威力最小的机关暗器，小针的力道不大入肉不到半寸，未沾毒药也不是太疼，却足够把周女使惊出一身冷汗。

她这些年来一直在宫中养尊处优，甚至从她修炼武道起就不曾跟人真正生死搏杀过，更是从未受伤，这一下变生不测，当场把她吓愣了。

秦悠悠也不好过，肩膀被她触及的地方一阵隐隐作痛，还好她不及施力就被自己发出的暗器逼退，否则估计好段时间手臂活动都会受影响。

她从小喜欢设计制作机关，对她而言双臂受损比废了她的修为还要难过得多，当下也被激出了真火，瞪着周何二人冷声道："马上滚！否则等下就不是几支针不痛不痒扎你们几下了事。我手上有许多小针小箭都是泡过见血封喉的剧毒的，你们要想亲身试试就尽管来！"

何女使回过神来一手扶住周女使退到绣楼外，离秦悠悠足够远了才敢色厉内荏道："反了反了！我们姐妹一片诚心奉皇命而来，你都敢对我们动手，你且等着，这事不会就这么算了！"

放完狠话，头也不回带着同来的四名小宫女疾步离去，一边下定决心，非要到皇上与贵妃面前狠狠告一状。

秦悠悠揉着肩膀，扁了扁嘴巴，她还以为妖怪恩公坐镇的地方百邪不侵呢，原来一样会有疯婆子滋事。

她到如今都不是太搞得懂为什么那两个女人专盯着她发作，看她好欺负不成？不过她们是相月国宫廷内派过来的人，只怕跟着还有麻烦接踵而至……她是不是该趁乱跑掉？

秦悠悠正在犹豫，忽然间院子里传来一阵马蹄声，接着就听见驻云飞的大嗓门在外头叫喊："什么人在王府里捣乱？！出来！"

楼上酣睡不醒的小灰被这一声雷鸣般的大喝惊醒，见主人不在身边，吓得惊叫起来："悠悠！悠悠！你在哪里？！有人来捣乱！我怕！呜呜呜！"

同样被吵醒的大嘴拍打着翅膀好奇地飞到院子里，正好看见驻云飞喷着粗气在院子里踏步张望。

秦悠悠跑到楼上去安抚了小灰，然后挪到窗边对下面的小庭花和驻云飞道："没事了，那些奇怪的女人被我赶走了。"

她知道驻云飞不会跑到楼上来，双方隔着一段距离，加上先前相处了一个多月，她对驻云飞的忌惮远不似开始时那么浓重。

只要不靠近，更不要让她骑上马背，一切好说。

"就凭你？骗谁啊！小庭花说她们都是武者！"驻云飞很看不起秦悠悠这个怕它怕得要命的女人，连带她那只胆小没用的灵兽也一并鄙视了。

小灰缩在秦悠悠怀里，发现恐怖的妖马在楼下，威胁不了它的安全，顿时心下大定。它不怕严棣，但是每次看到这只大红马就忍不住发抖。

据大嘴说，这是因为它认了悠悠为主，所以受她影响，什么时候悠悠破除心魔不再害怕马，它也就不会再怕驻云飞了。

"与人比试靠的不一定是武力，我手上暗器多的是，随便一种就能让她们站着进来，横着出去。"秦悠悠哼道，她不愿意无故伤马罢了，否则哪轮到这家伙嚣张？

小庭花很喜欢秦悠悠，也喜欢驻云飞，不想他们吵架，于是主动道："阿飞它一听说有人来王府对付你，就急急赶来了。"

"哼！我是看不过有人在我的地盘上撒野！而且主人说过要保护这个没用的女人。"驻云飞嘴硬道。

"你、你才没用，悠悠她会做很厉害的机关，没人比得上！"小灰压下恐惧，大声护主。

两只灵兽你一言我一语隔空斗起嘴来，秦悠悠与小庭花相顾无语，最后还是大嘴出面当和事佬才暂时止息纷争。

王府里能够管事的人不是闭关就是被召入宫，驻云飞出身山野与秦悠悠她们同时抵达子夜城，对于尘俗世界的事，了解得甚至不如小庭花多。

最后还是大嘴出谋划策，让驻云飞以严棣伴生灵兽的身份命令王府内的侍卫紧守门户，任何外来人等未经它与驻云飞的许可，就算手持皇令也不得入内，一切等严棣出关再说。

秦悠悠肩膀的伤势未明，为免留下后患，大嘴干脆让人去忠勇侯府把何满子请来替她诊治。

他们刚刚安排好，果然皇宫那边又派了人来，直接就被挡在王府大门外。

秦悠悠见王府内暂时还算安全平稳，想想自己还指望严棣替她恢复修为，于是彻底打消了趁乱逃跑的念头。

周女使何女使急急赶回宫中，遣退四名小宫女往淑贵妃宫中告状去了，四名小宫女返回仪礼处，其中一人走到半路就被太后宫中一名年长女官带走。

片刻之后，这名宫女已经站到了太后面前，细细讲述今日在圣平亲王府的所见所闻。

而太后宫中不止有刚刚退朝就赶来看热闹的皇帝，连被召入宫的梁令与杜韦娘都被传唤过来，侍立在太后身边一同听那宫女说话。

那宫女原是太后一系的亲信，口齿伶俐，将双方对话举动记得分毫不差，却没有掺杂丝毫主观评价，对说话人的语气神态也模仿得惟妙惟肖。

太后听完了大摇其头,挥退那名宫女与殿上伺候的其他人,对梁令道:"那小姑娘怎么回事?永乐没跟她提过亲事?"

从那宫女的复述之中,太后很快就发现了问题所在,秦悠悠根本毫无一丝将为王妃的自觉。

梁令低头答道:"还不曾……"

"永乐做事什么时候这般缩手缩脚了,这可不像他。"皇帝的指尖轻轻敲击着龙椅一侧的赤金龙首,淡淡笑道。

"永乐这是怎么了?就这么不明不白把人带回来,这小姑娘竟然也愿意!"太后不满道。

梁令清了清喉咙,有些不自在道:"秦姑娘跟王爷……从前有些小过节、小误会,所以……"

"嗯?说清楚。"太后和皇帝都来了兴趣。秦悠悠当年坏了严棣的事,让他白跑一趟没能得到前朝宝藏的事,他们都知道,也知道那一次有个大胆山贼不怕死地当众对他无礼挑衅,但却并不清楚两者是同一个人。

梁令刚刚把前因后果说完,外边小太监来报,称淑贵妃另派了一批人前去圣平亲王府,这回连大门都进不去,守卫王府的侍卫声称圣平亲王正在闭关,未得上头许可,不管谁来了都不得进内。

皇帝脸上的笑意慢慢敛去:"永乐带回来的这个女子,真是好威风、好气魄。"那神情语气绝非赞美。

小太监吞了口口水,继续道:"淑贵妃宫里的人现在在殿外恭候圣驾……"这是明摆着要告御状了。

皇帝摆了摆手,有些意兴阑珊道:"知道了。"小太监飞快退了下去。

杜韦娘憋了许久终于忍不住了:"皇上,秦姑娘只是不太懂规矩又不清楚王爷的心思,并非有意冒犯,您可别往心里去。"

皇帝笑了笑道:"你也是个偏心永乐的,跟母后一个鼻孔出气。"

"这不是王爷一把年纪才开窍,好不容易动心么……"杜韦娘急急解释道。

太后瞪了皇帝一眼哼道:"你对淑妃说了什么,她派去永乐那儿的都是些什么东西?不像去伺候未来王妃的,倒像是去给下马威的。"

皇帝无辜道:"孩儿真的没说什么,定是她想太多的缘故。"

他只不过随口说了几句圣平亲王偷偷带了女子回府,还为了那女子顶撞母后,同时对这位皇弟的任性妄为与狮子大开口表示了一点点无奈,至于心思太多的淑贵妃发挥想象力想了些什么,可不在他控制范围内。

淑贵妃手下的人真是太没用了,他和母后替她创造了大好机会,竟然都这样乌龙收场,亏她还好意思告状。

太后哪有不知道自己儿子心思的，板了脸道："你好歹堂堂一国之君，永乐不过向你讨要几枚丹药，你也好意思计较。"

"孩儿这不是替母后出一口恶气嘛？"皇帝装不下去，干脆撒赖。

太后皱了皱眉头道："你安分一些，这丫头对永乐很重要，永乐既然有计划，那一切等事成之后再说……到时候再慢慢教她规矩不迟。"

太后的最后一句话隐约带了几分寒意，秦悠悠的行为虽然是无意，但确实冒犯了皇家威仪，太后再如何疼爱儿子，也不会容忍一个接二连三挑衅严氏皇族权威的媳妇。

她先前默许甚至帮助淑贵妃的人去骚扰秦悠悠，是有心想探探这个女子的品性和处事手腕，软弱可欺她固然不喜，但太过强硬率性却也让她感到十分不满——无欲则刚，这强硬率性背后，显示的是秦悠悠对皇族权威的不在乎，甚至是对她儿子的不在乎。

杜韦娘伺候太后多年，深知她的性情行事，闻弦歌而知雅意，明白她对秦悠悠的印象不太好，连忙偷偷向梁令使眼色。

秦悠悠这个女孩子她挺满意的，重点是王爷满意得不得了，她不想太后对她生出偏见，让王爷难做。

梁令也是聪明人，马上露出一副欲言又止的神态。

果然，皇帝懒洋洋瞥了他一眼道："你想说什么就说罢。"

梁令呵呵一笑道："咱家忽然想到，秦姑娘这性子，不是跟王爷挺像的么？难怪王爷喜欢。"

太后与皇帝一怔，想起严棣那直来直去，谁的面子都不给的桀骜性情，不由得相视苦笑，这还真的是天生一对，心里对秦悠悠的芥蒂也淡去了一些。

杜韦娘偷偷向他比了比大拇指——还是你厉害！

既然决定暂时不再为难秦悠悠，梁令与杜韦娘也没必要继续留在宫中，当日下午就送了他们回圣平王府。

秦悠悠不太清楚这桩风波背后的因由，不过经过这一番折腾，何满子可以用替她疗伤的名义随时进出王府，她能有个熟人说话聊天也算是好事。

而她和小灰对驻云飞的恐惧感觉也淡去了少许，驻云飞分享过厨房为大嘴和小灰准备的美食之后，大方地决定原谅这两个胆小没用的"母的"，双方的关系不知不觉就亲近好些。

除了秦悠悠未得许可不能离开王府之外，三只灵兽与小庭花已经商量好结伴出去玩了。

次日宫里又送了四个宫女过来，这次并无女官随同，梁令对她们叮嘱一番之后送到秦悠悠那儿。

秦悠悠因为先前的不愉快经历对"宫中出品"很有些偏见，不过这四个宫女性情温柔大方，又是梁令亲自送来的，她接触过一阵觉得都是正常人，也就安然接受了。

圣平亲王府石院后的密室中药香弥漫，严棣端坐丹炉之后，感觉到最后一炉易经丹在炉中渐渐成型，脸上凝重的神色慢慢散去。

终于完成了！

严棣抬手一招，五枚浑圆火烫的丹药自丹炉中弹射而出，落入掌心，丹药之上还带着淡紫色的丹火光晕，过了片刻才逐渐熄灭冷却。

将五枚丹药送入玉瓶收入怀中，严棣起身推开石门就往秦悠悠所住的院子而去。

十多日不见，不知道那小丫头现在在做什么？有没有那么一点儿想他？

严棣不自觉感到有些心跳加速，敛了气息慢慢靠近绣楼……

他其实并不真的指望秦悠悠会像个乖巧痴心的小妻子那样坐在窗边为他犯相思病，但也绝对没想到他才不过闭关十数日，回来就见到一副红杏出墙的景象。

秦悠悠正坐在花厅窗边一张玫瑰椅上，一个俊秀温柔的青年男子"状甚亲密"地站在她身侧，一手搭着她的肩膀，一手握住她的纤纤玉手，两人"含情脉脉"对视，那画面落在严棣眼中真真刺激之至。

"这是在干什么？"严棣平静的语调里酝酿着风暴雷霆，把厅内众人吓了一跳。

如果不是看到秦悠悠身边还有杜韦娘与两名侍女，料想这种情形下她不会与别的男子有什么苟且之事，严棣可能会一言不发先动手把那个胆敢碰他的女人的家伙打杀了再说。

那名与秦悠悠姿态亲密的男子也松开了秦悠悠的手，转身望了过来，正是那个该死的"满子哥哥"！

秦悠悠脸上笑容一僵，扭过头来看见严棣一脸漠然站在厅门前，眨眨眼睛才迟迟疑疑地笑了笑："你、你出关了？"

这个应该是妖怪恩公没错吧？！她记忆中自从住进圣平亲王府，貌似就没见过梁令之外的异性未经传唤出现在自己的院子里。

她对严棣还是很有印象的，不过鉴于她向来对人脸缺乏辨认能力，所以不敢一下子完全肯定。

她脸上闪过那一丝不确定落在严棣眼中，比任何无情的言语还要伤人，胸口刚刚压下去那一团怒焰腾地再次爆发开来。

杜韦娘一见势色不对，连忙上前来解释道："姑娘的肩膀前些天受了伤，何大夫特地来替她看看伤势是否复原。"

"嗯？怎么受的伤？"严棣听说秦悠悠受伤，也不顾上生气了，走上几步伸手搭到她的肩膀上，缓缓输入真气小心试探。

他身上散发的气息太过可怕，何满子不由自主退开几步，将位置让给了他。

暖洋洋的真气入体，肩膀那一片舒服得像被泡入温水般，秦悠悠差点儿忍不住叹息一声:"满子哥哥说已经好了,不碍事。"

严棣的真气在秦悠悠肩膀附近盘旋一阵,确实没感觉到什么异常,才收了回去。杜韦娘很知趣,趁机带了厅中两名侍女将何满子客气地送了出去,等秦悠悠回过神来,整栋绣楼只剩下她和严棣俩人。

她终于觉得有些不对劲,微微出力挣扎了一下躲开严棣的手就想站起身,偏偏严棣仿佛没察觉俩人过分亲近的距离,站在玫瑰椅前牢牢挡住她的路,低头俯视着她一言不发。

秦悠悠站起来就等于主动贴到严棣身上,不站起来的话,整个人在严棣的目光之下压力也很大。双方默默僵持片刻,她终于忍不住道:"库房的机关图纸我画好了,你让一让我去拿给你看。"

"不急。"严棣不动如山。

"呃……我坐得腿都麻了,想起来走一走……喂!你干什么?!"秦悠悠盯着突然落在自己腿上的一双大掌,差点惊跳起来。

"你不是说腿麻了?"严棣神情很严肃,但是双手放的位置很离谱。

秦悠悠忍无可忍一手挥开他的手掌怒道:"男女有别,你怎么可以随便对我动手动脚?!"

"你也知道男女有别。"严棣的声音冷冰冰的,没有心虚尴尬,只有浓浓的不满讥诮。

秦悠悠愣了一下,慢半拍地想起先前何满子替她检查肩臂的情景,莫非妖怪恩公是指这个?

"满子哥哥是替我看病的大夫,那怎么一样?"他真以为自个儿是她亲爹了不成?这个都要管。

严棣没有说话,定定看了她片刻,终于退开两步从怀中取了四个玉瓶放在桌子上,道:"这里一共四十枚易经丹,加上你手上还剩那几枚,每日一枚应该够了。"

"谢谢你……"秦悠悠想到人家闭关十几天特意替她炼丹,她这个态度似乎有些太过分,而且吃完这些丹药,还指望他帮忙替她恢复修为,把他得罪狠了自己一点儿好处没有,连忙低头服软。

严棣面无表情,仿佛没听见她的道谢,转身大步走了出去。

何满子被杜韦娘一路送到绣楼外,眼见她们一副要彻底把他送到王府大门的架势,终于忍不住道:"悠悠妹妹她与王爷非亲非故,不宜独处,夫人与两位姑娘还是回去吧,我认得出王府的路。"

杜韦娘嘿嘿两声直接道:"你是真不懂假不懂?秦姑娘早晚是我们的王妃,有什么不宜不妥的?"

何满子心里暗叹一声果然如此,正了脸色道:"悠悠妹妹与别的女子不同,她虽然无父无母,但从小备受师父宠爱,性子散漫随心所欲惯了,适应不了皇家那一套,并非王爷良配。"

他也听秦悠悠说过与严棣相识的经过，也只有她会感觉不出来严棣的真正企图。杜韦娘一听就不高兴了，暗暗决定要暂时把何满子列为拒绝往来户，至少秦悠悠成为王妃之前，不能让他们两个经常接触，省得他对秦悠悠胡说八道坏了自家王爷的事。

何满子打量她不以为然的神色，心里暗暗叫苦，看来要跟大嘴小灰说一说，让它们提醒秦悠悠才行。

他与严棣两次见面都感觉对方对自己隐约带有敌意，如今他出关了，估计也不会乐意自己再见秦悠悠，他就是想当面警告多半也不会有机会了。

何满子忧心忡忡回到忠勇侯府，正巧看到侯府的大管家正客客气气送一名白衣青年出门。

这名青年发如墨染面如冠玉，气质温文尔雅，手持金缕竹素面折扇，一身白衣在阳光下亮得晃眼。就在他身后，跟着个身穿黑衣，面上带了一道长长刀疤的高大随从。

风归云和他的手下夜如年！

何满子脑子里猛地闪过秦悠悠对这两主仆的形容——一年到头穿得跟奔丧似的，喜欢作翩翩公子状，专干阴险下流的勾当，常带一个黑衣刀疤丑男在身边好衬托他那张小白脸。

当日向他师父交换化元丹药方的奉神教使者并非风归云，他们之前从来没有接触过，不过秦悠悠形容的仇人不正是眼前这两主仆的模样？

他们竟然死心不息跟踪悠悠到相月国京城来了。

何满子心中发紧，面上不露声色，默默盘算要尽快给秦悠悠报讯。

双方在侯府大门前错身而过，风归云忽然侧头来对他微笑点头道："替我向悠悠问好。"

何满子一震，还不及答话，风归云已经带着夜如年扬长而去。

侯府大管家回头对何满子道："何大夫，你认识风先生？呵呵，你们师徒人脉真广。"

先前他们还对这个年纪太小的医圣弟子充满怀疑，结果他在侯府住下数天，竟然就有圣平亲王府的人来邀请他前去替贵宾诊症。

圣平亲王是真真正正的天家贵胄，相月国除了皇帝太后之外最顶尖的权贵人物，忠勇侯平日想巴结都巴结不上，眼见王府的人对何满子恭敬又客气，不免对他高看几分。

没想到他连奉神教的重要人物都认得，虽然风归云在奉神教的地位还没有到举足轻重的地步，但也不是什么人都能结交得上的。

侯府大管家不由得庆幸没有慢待这个医圣弟子。

何满子知道他误会了，也无心接下这个话题，随便笑笑便罢。侯府大管家却有意跟他结交，笑呵呵一路送他回客院。

"风先生今次乃是与西河风氏的机关师一起前来参加十年一度的圣手擂台赛,他系出名门,难怪如此年纪就在奉神教拥有超然地位,成为旭光圣子的左臂右膀。也只有何大夫这样出类拔萃的青年才俊才好与他平辈论交。这次西河风氏高手尽出,看来是对擂台赛冠军志在必得了。"大管家一边好话不断,一边也想套何满子的话。

奉神教乃是多丽国的国教,多丽国与相月国并列当世大国,向来不太和睦,忠勇侯府自然不是想去结交奉神教的人,但风归云背后的另一座靠山西河风氏却是各国政要权贵甚至武道高手都争相结交的对象。

当今天下若论机关一道的顶级宗师自然是非天工圣手齐天乐莫属,但他从来不与任何势力深交,也没有什么宗门家族背景,成名更只是最近这十多二十年的事,所以论权势与整体实力,就不如大陆上有数百年积淀的三大机关世家了。

这三大机关世家分别是西河风氏、夏云峰文氏和鬼三台金氏,其中风氏财力最大,文氏实力最强,金氏最为神秘。

西河风氏与各国权贵明里暗里都颇有些交情,设计制作的军用器械历来都是战场上攻守制胜的顶尖利器。他们信誉超卓,但做起生意来却是出了名的只认钱不认人,不少国家的政要对他们又爱又恨,偏偏毫无办法。

风归云在武道之上是有名的天才人物,二十岁时就突破成为六品武者,可惜在机关方面却天赋不足,所以才决定加入奉神教。

随着他在奉神教的地位以及武道修为越来越高,风氏的人也对他越发重视起来,所以他才会有机会在圣手擂台赛这么重要的场合作为风氏的代表人物出现。

何满子听了大管家一番说辞,心中暗道:还好,他出现在子夜城倒不是全为了悠悠妹妹,不过风氏对悠悠妹妹的兴趣只怕会比奉神教更大。悠悠妹妹在圣平亲王府也好,风氏的人就算吃了熊心豹胆也不敢在相月国京城重地对付她。

次日,他一早便写好书信准备让大嘴小灰它们带回去给秦悠悠,结果大嘴未到,风归云信使就送来了一份措辞恭敬的请柬,约他明日晚上到城中著名的酒楼"最高楼"相见。

何满子心中惊疑不定,不知道风归云这时候找上自己是打的什么主意,考虑一番之后还是婉拒了。

信使离开不久大嘴就到了,听何满子说完前因后果,带着他的亲笔书信急急飞回了圣平亲王府。

大嘴飞到绣楼里时,秦悠悠正在窗下向严棣"汇报工作"。

花园地下库房的图纸铺展在书桌上,秦悠悠聚精会神地讲解着每一处机关的位置与特性,雪白的指尖在图纸上指点移动,甜甜软软的声音也因为专注而显得格外利落清脆。

严棣看上去还是面无表情的老样子,似乎已彻底忘记昨日的不快。两人站得很近,秦悠悠根本没发现严棣的身影几乎将她整个人圈在怀中。

大嘴满心恨铁不成钢：笨悠悠豆腐都要被人吃光了，还一点儿自觉都没有！

它没有小灰对秦悠悠那种独占欲，不过却同样看严棣不顺眼，尤其见不得他那副理所当然吃定了秦悠悠的态度。

于是它故意等到秦悠悠解说到一个段落时飞过去插到两人中间，十分高调地举了举脚丫子，亮出爪子上系着的小竹筒暧昧道："悠悠，有你的信，满子说有重要的话要对你讲！"

一边说一边故意嚣张地斜了严棣一眼。

"哦，你等一等。"秦悠悠头也不抬对严棣道，伸手解下大嘴爪子上的竹筒，自顾自走到一边看信去了，完全没注意到严棣眼中掠过的怒意。

还有一个多月……严棣在心中近乎恶狠狠地将日子又算了一遍。

"真是阴云不散。"秦悠悠看完信，叹了口气道。

"你在本王身边，别说一个风归云，就算西河风氏倾巢而出也动不到你一根头发。"严棣冷冷道。

秦悠悠瞪大眼睛看着严棣，他站的角度根本不可能看到信上的内容，怎么知道满子哥哥跟她说的是风归云和西河风氏的事呢？

严棣懒得解释，秦悠悠绝不可能说她的"满子哥哥"阴云不散，结合探子回报来参加圣手擂台赛重要人物势力的动静，要知道她厌恶的对象不是什么艰难的事。

他不想再谈她跟其他男人相关的任何事情，指了指书桌上的图纸问道："这些机关的中枢芯盒什么时候可以做好？"

机关之道对于所有机关大师而言都是至高机密，而牵引启动机关的最最精密关键之处就是中枢芯盒，每组机关不论规模大小，所有动作都由大大小小的中枢芯盒操控引导。

为了保守技术秘密，绝大部分高级的中枢芯盒都有特别设计，如果被暴力拆解当场就会彻底毁坏。

严棣虽然对于机关之道所知有限，但这些常识还是比较了解的。

"我前些天已经请梁令去准备了，他说今天就可以把零件材料送到，十天左右可以赶制出来。"秦悠悠扁扁嘴巴道。

严棣听了她的话不由得心生疑窦："你把零件图纸随便交给外人，就不怕旁人窥探其中机密甚至仿造？"

说到这个，秦悠悠得意起来："他们仿造不了的，我送出去的图纸除了芯盒形状规制是标准的，其余内里零件都不过是粗坯，那些小零件还要经过我的加工才能组合安装，只要有一丝一毫的差异，都无法使用。他们拿到图纸研究一百年也研究不出个所以然来。"

严棣心下恍然，难怪她先前会让梁令找普通工匠打造机关暗器，甚至在八归镇随便购买普通绣花针装入机关中使用，想来她那一双巧手才是关键。

想到这里不免想起梁令与杜韦娘向他禀报的事，幸好当日宫里那两个该死的女官不曾真的伤到她的手臂，否则……简直不堪设想。

秦悠悠见严棣沉默不语，咬了咬嘴唇低声下气央求道："十五天后就是圣手擂台大赛了，我可不可以去看看？我保证不会乱跑的。"她紧赶慢赶就是希望能够在圣手擂台大赛举办之前交差，好求妖怪恩公大发慈悲放她去看看热闹。

"好。去换身衣服，本王带你出去走走。"严棣本来就打算带她去的，所以也不刻意为难。

抵达圣平王府整整半个月后，秦悠悠终于有机会出门放风。

以严棣的身份自然不可能在相月国的京城陪秦悠悠步行逛街，秦悠悠也只好隔着车帘看看街景听听大嘴与小灰吹嘘京城里的各种轶闻趣事。

两个围着秦悠悠你一言我一语说个不休，不知是有心还是无意地就把严棣晾到一旁。

小灰的话题句句不离吃，到子夜城这些天以来，除了睡觉以及在王府协助秦悠悠工作之外，绝大部分时间它都跟着大嘴、驻云飞和小庭化几个在城里溜达。

严棣虽然不太喜欢它跟大嘴，但看在秦悠悠分上，对它们仍是十分大方，所以这几个家伙日日拿着王府的银子花天酒地，几乎把京城最好的酒楼吃遍了。

而大嘴最大的爱好则是打听各种豪门大宅内的狗血八卦。

它有控制普通雀鸟的天赋，可以毫无障碍地与使用不同鸟语的雀鸟沟通，要知道什么消息简直毫无难度。

严棣听着听着也不得不对它们刮目相看，小灰这么一点点个头，仅花了半个月时间，吃过的奇珍美味比他二十多年吃过的都要多，大嘴所说的许多权贵人家的隐私秘闻，连他都不曾听过。

要知道他可是京城里一等一的天潢贵胄，跟在他身边的梁令并不只是王府的总管太监，还曾经是皇室密探的首领。

这鹆大嘴在打探消息方面绝对是他见过的第一高手！

在两只"禽兽"的聒噪声中，第一个目的地终于到达。

马车进入城西一座庄园，小灰蹲坐起身用力吸吸鼻子，失望道："不是去吃饭吗？怎么没有酒菜香味？"

大嘴抖了抖翅膀哼道："就知道吃，这里是京城里最大最好的绣庄彩丝坊。"

小灰竖起耳朵从篮子里立起身，兴奋道："要做新衣服吗？好啊好啊！"

大嘴一阵无力，咕哝道："要做也不是给你做，高兴什么啊。"

严棣已经习惯性地自动过滤掉它们的废话，非常自然地握住秦悠悠的手将她扶下马车。

车前候着一名衣衫素雅眉目清秀的中年妇人，带了八个俏丽的小丫鬟齐齐躬身行礼："小妇人汪氏拜见王爷。王爷第一次光临敝坊，真真蓬荜生辉，东西都准备妥当了，里面请！"

严棣"嗯"了一声，并没有松开握着秦悠悠的手，就这么带着她随同汪氏走进庄园内。

"这位姑娘生得真俊，不知道该怎么称呼？"汪氏看着秦悠悠笑问道。瞎子都看得出来圣平亲王对这个小姑娘有多在意。

汪氏在彩丝坊见多了豪门大户家的夫人贵女，可极少见权贵男子愿意亲自陪同家眷前来的，今日上门的这个却是京城内第一等的权贵。

圣平亲王不近女色的名声响亮得很，汪氏很久以前就听说过这位活阎王的名号，饶她见多识广在这位亲王面前也感到一阵脚软，根本不敢多看他半眼。

再看一副娇滴滴模样儿的秦悠悠轻松地站在活阎王身边，好奇地打量着庄园，完全没有被圣平亲王身上凛冽的煞气影响，汪氏心里忍不住暗暗敬佩……胆子真不是普通的大啊！

前些时候京城里就在传说圣平亲王公然接了个女子进府，多半就是她了，生得一副好容貌，难怪活阎王都化成了绕指柔。

秦悠悠听她问起自己的名字，不由得有些犹豫，要不要说真名呢？虽然秦悠悠这个名字说出去人家也不认得，但她现在没易容……

正在她犹豫不决之际，严棣淡淡看了汪氏一眼，一个字没说甚至没有表露半分不满之意，当场就把汪氏吓得噤若寒蝉，不敢继续说话。

高洁又高尚的灵兽

秦悠悠忽然有些羡慕，看来装弱不如凶相外露来得省事，不过谁让她现在没有凶狠的实力呢？

尴尬的沉默之中，一行人走进一座以竹子修建的别致花厅之中，花厅四壁都是巨大的窗子，午后的日光斜照进来，满室明亮温暖的光华让人心情舒畅。

花厅正中的檀木大案上放了好几叠至少数百张五颜六色不同质地的帕子，汪氏指了指那边笑道："这些都是小店精选的上等衣料，姑娘看看可有合适的？"

"就这个吧。"秦悠悠随手翻了翻，选出一片颜色顺眼的，就不再细看了，速度之快让汪氏错愕不已，她连茶都未上，这就选完了？

她在彩丝坊这么些年，第一次看到有女人面对如此多华贵衣料不为所动的。

"哈哈，美人儿这是替我三皇兄省钱吗？"一个男子的声音忽然自花厅外传来，接着声音的主人便搂着一个娇媚女子大摇大摆走了进来。

这名男子一身耀目生辉的孔雀绿锦缎衣袍，论相貌称得上俊美非凡，不过眉梢眼角带着明显的阴鸷淫邪，看在对容貌审美不太正常的秦悠悠眼中，只剩坏人、淫贼之类的负面印象。

听口气这也是妖怪恩公的兄弟，秦悠悠看看这个又看看那个，忽然觉得妖怪恩公那张棺材脸顺眼多了，这个突然闯进来的孔雀男分明长了一张让人很想反复抽他耳光的脸。

孔雀男不请自来，严棣的脸色依然没什么变化，但秦悠悠明显感觉到他的不悦。

汪氏脸色全变，强笑着上前躬身作福道："颐亲王突然光临，未及远迎实是小妇人的不是，还请王爷多多恕罪。"

其实在场人人皆知，这颐亲王分明是仗着彩丝坊无人敢拦他，硬闯进来的。

汪氏一边赔笑一边暗自打量颐亲王身边那女子，容貌艳丽但妖妖娆娆的一看就不是什么好出身，心里不由得暗暗叫苦。

彩丝坊的幕后老板来头很大，从来只做皇亲贵族、世家豪门的生意，一般商贾之流就是钱再多也买不到坊里的绣品衣料，更不要说青楼女子之类。旁人因为顾忌彩丝坊幕后老板的身份，也不敢找她们麻烦。

但是今日，颐亲王公然带着一个出身不正的女子前来，要说他不是存心砸场子，汪氏把桌子上那些布样全吃下去都行。

颐亲王仿佛看不见严棣那张棺材脸，自顾自挽着那娇媚女子走到檀木大案旁，伸手摸了一把女子的脸蛋，笑得轻浮浪荡："娇娇，你不是一直想在彩丝坊做几身衣裳吗？今日本王就让你如愿，看上什么只管吩咐下去，看有谁敢说个不字。"

那女子一脸惊喜，媚笑道："娇娇谢过王爷了，嘻嘻，楼里其他姐妹要知道了一定羡慕死了，果然还是王爷您最疼人家。"

汪氏一听脸色更白，这女子的容貌加上举止言谈，分明就是京城里最近声名鹊起的望仙楼花魁百宜娇。这生意做下来以后哪位大户人家的女眷还肯光顾彩丝坊？谁家夫人小姐愿意跟个青楼花魁用同一家绣坊做的绣品？更不要说穿同家绣坊做的衣裙了。

但颐亲王也不是她们能够随便得罪的，怎么办？！

汪氏忍不住求救地望向严棣，她是聪明人自然明白颐亲王这样的身份不可能特意来为难彩丝坊，他的真正目的只有一个——皇平亲王严棣。

颐亲王仿佛还嫌不够刺激，以有色眼光上下打量着秦悠悠，轻佻道："娇娇做的衣裙每款多做一套,送到圣平亲王府上,算是我送给小美人儿的见面礼。"

这话无疑是把秦悠悠的身份与一个青楼女子等同起来,严棣慢慢抬起头冷冷看着颐亲王,一股恐怖的杀气令整个花厅上所有人尽皆色变。

只有颐亲王依旧笑得浪荡,而不幸分到严棣几分注意力的百宜娇吓得浑身哆嗦,差点软倒在地。

"我不认识你,不会收你的礼。不过衣裙多做一套也好……"秦悠悠娇娇软软的声音忽然插进来,在众人错愕不已的目光中一字一字道:

"反正你不是男人,多做一些裙子留着你自己穿正合适。"

她不出口则已,一出口就毒辣非常。

颐亲王猛地扭头瞪着她怒喝道:"大胆!你敢侮辱本王?!"

秦悠悠不屑道:"你要是男人,就该知道冤有头债有主,为难其他人算什么东西。还是你自忖力不如人,所以才只敢挑软柿子捏?你还是赶紧面对真实的自己吧,没出息的人妖!"

这种渣渣不但没资格当男人,秦悠悠也耻于跟他同性别,只好将他打上人妖标签。

秦悠悠看得明白,颐亲王从一进门起,注意力就一直在妖怪恩公身上,话里夹枪带棍的也是冲着他去的,自己不过倒霉成了无辜被牵连的池鱼。

她被妖怪恩公所救,处处被他压制得死死,但不代表随便是个人都可以欺负她。

她的话显然正正刺中了颐亲王的痛处,就算是他那位皇帝大哥和严棣都不曾这么当众辱骂过他,当下怒火中烧抬手向着秦悠悠就是一掌扇过去。

有严棣在,自然不可能让秦悠悠被人伤到,颐亲王的手在半空就被他捏住了,那一只手看似没用什么力气,却像铁钳一样牢牢钳住颐亲王的手臂,任他如何使力也无法挣脱。

颐亲王脸色憋得通红,眼神也越发阴鸷,僵持片刻之后似乎知道今日无论如何教训不了秦悠悠了,咬牙切齿收了力气缩回手臂恨声道:"好!好!好!圣平亲王好威风,看来是不把本王这个皇弟放在眼内了。"

"嘎嘎嘎,人必自侮然后人侮之!"

这么有哲理的话出自一只从窗外飞进来的大黑鸟口中,一道灰白的影子从窗口跳进来,闪电般钻进了秦悠悠怀里。

这自然是大嘴和小灰到了,刚才下车的时候它们跑到庄园里玩,跑回来找秦悠悠正好看了半场戏。

颐亲王没想到连一只鸟儿都敢奚落自己,偏偏大嘴聪明得很,故意躲在严棣身后,让他连动手的机会都没有。

"你要继续在这里胡闹?"严棣这话问得平淡,配上那张严肃的面瘫脸,仿佛颐亲王所做的一切在他眼中都是小孩子无理取闹甚至是一场末流戏子自编自演的无趣闹剧。

越是这样的态度便越伤人，颐亲王脸色变了几变，忽然哈哈一笑道："算了，有三皇兄护着，本王今日也不跟这无知女子和扁毛畜生计较。"说着挽起百宜娇就往外走。

走到花厅门前却像想起了什么，转头猥亵地盯着秦悠悠道："三皇兄，你的美人儿牙尖嘴利很够味道，不知道伺候男人的本事比本王的娇娇如何，你玩腻了就送到小弟府上，小弟也想尝尝她的滋味。"

严棣不近女色是出了名的，他破例将秦悠悠带在身边，对她的重视可想而知，颐亲王确实奈何不得严棣，只好用她来刺激严棣。

秦悠悠斜了严棣一眼，鄙视之意昭然若揭：你家的兄弟就这个德行？你不管管？

严棣浑不在意地捏了捏她的手，问道："你想我动手还是你自己动手？"

"我动手你不介意？"秦悠悠哼道，这颐亲王再怎么渣也是妖怪恩公的弟弟，天家无情，可是都死要面子，私下里你死我活，表面上都装得一副兄友弟恭的模样。

严棣却出乎意料的爽快："不介意。"

秦悠悠心花怒放，当场亲手报仇什么的，她最喜欢了！

"穿绿色衣服那个人妖你站住！"

颐亲王一怔，正要发火就见秦悠悠竟然主动从严棣身边走到他面前，这是不知死活送上门来让他教训？！

"怎么？美人儿你这么着急想到王府伺候本王？"他说着伸手就搂向秦悠悠的腰肢。

他的武道修为不如严棣，但同样师出名门，而且有皇家的种种丰厚资源栽培，论身手也是六品武者，以他的年纪而言算是相当不错的了。

他刚才就察觉到秦悠悠的呼吸气息完全是个普通弱女子，现在她人正止在他面前，严棣就算想救也来不及。

哼！严棣真以为他不敢动手不成？

他唇边浮起一个恶意的笑容，正想着要如何趁机好好羞辱这个胆敢冒犯他的女子，情况却发生了翻天覆地的变化……

他的手还未碰到秦悠悠，忽然一股极度危险的预感涌上心头，他想也不想收手就躲，却没料到真正的危险等在他退避的方向，手上猛地一阵钻心的疼。

"啊！"颐亲王发出一声凄厉惨叫，狠狠甩开身边的百宜娇，抱着手臂脚步踉跄差点跌倒在地。

他探向秦悠悠的那只手已经变成了黑色，几支乌黑的小针扎在掌上，黑色的血水一滴一滴从针口渗出，手掌比原本肿大了一倍有余。

"你、你敢用毒？！"颐亲王不敢置信地瞪着秦悠悠嘶声道。颐亲王府侍立在厅外的侍卫闻声慌忙一拥而入，将他护在中间。

颐亲王挑衅圣平亲王也不是第一回了，反正圣平亲王不会把他怎么样，皇家兄弟之间的恩怨也不是他们可以随便插手的，所以大家也就由着他去闹。

没想到这次竟然会真的出事！在自己的护卫之下，亲王中毒受伤这可是渎职大罪，侍卫首领脸都青了，硬着头皮就要上前捉拿秦悠悠。

秦悠悠一击得手马上退回严棣身边，笑得天真无邪："你给我的毒针机关果然好厉害！我就这么按了一下，他就不行了。"

一句话把所有事情全部赖到了严棣身上。

她现在是弱女子，什么都不会的弱女子！

这事本来就是妖怪恩公惹来的，她出口气，然后黑锅由他来背，完全公平合理。

"殿下，这、这……"颐亲王府的侍卫首领听了这话脸色更是难看，如果是秦悠悠擅自出手，那可以抓住她办一个弑害皇族宗亲的谋逆大罪，可如果是严棣指使而且提供毒针机关，那这事就要上报到皇帝那里去裁决了。

"严棣，你敢指使这贱人来暗算我？！"颐亲王又惊又怒，他被刺伤的那只手剧痛之后知觉全失，甚至整条手臂也开始麻痹僵硬。

他这些年来明里暗里挑衅严棣的次数多得他自己都数不过来，严棣虽然也会反击压制他，但从不曾公然下这样的死手，他究竟想干什么？

严棣看了看秦悠悠那副小人得志的模样，也没有辩解，反而顺着她的话道："本王给你的解药呢？"

秦悠悠眼珠子转了转道："我忘记带了，你不是说童子尿也可以解毒吗？让他把手泡个十天八天一定会好的。"

颐亲王气得脸色都快要跟衣服一样绿了，这个时候他反倒硬气起来，呀了咬牙一转头便大步离开。

秦悠悠暗嗤一声，这是吃定了妖怪恩公肯定不会真的让他中毒身亡。

颐亲王府的侍卫首领急得满头大汗，如果颐亲王有个万一，他全家老小都要陪葬。

"用一两墨心黄连加上两枚乌线蝮蛇胆，加三碗水熬成一碗，每日早午晚各喝一碗，十日后就可以解毒。"严棣无意为难他，挥了挥手示意他离开。

那侍卫首领得了解毒药方如获大赦，深深行了一礼转头追赶颐亲王去了。

秦悠悠吃惊不小，妖怪恩公怎么会知道她飞针上毒药的解毒之法？！她根本没跟他提过。

严棣仿佛看不见她眼里满满的疑惑震惊，伸手将她按坐到那张放满布样的檀木大案旁："好好挑选你喜欢的。先做十套正式的冬衣长裙，两件披风，其他日常衣裙你看着办。"后面一句话是对汪氏说的。

汪氏回过神来，大喜过望，这可是一笔大生意啊！自家的衣裙做工精良价钱也高得吓人，一身精制的春夏衣裙就抵得过普通小康之家大半年的开销，冬衣长裙的价钱更是翻番，就算是京城里世家名门的夫人太太，每季也不过做一两套应景罢了，圣平亲王为了这小姑娘竟然一开口就是十套，还不算其他，这单生意做下来，这一季她们的收益至少能多添一两成！

这还只是客人第一次上门，做好了日后定然财源滚滚。

霎时间，对颐亲王秋后算账的担忧都被抛到了脑后，汪氏满心只想如何将秦悠悠这个圣平亲王的新宠伺候好。

秦悠悠没去注意汪氏的反应，反而走到被颐亲王遗弃在一旁、满面惶恐尴尬的花魁百宜娇身边。

"你还好么？要不要人送你回去？"

百宜娇吓了一跳，颤声道："不用、不用，我、我马上走！"先前颐亲王利用她公然羞辱秦悠悠，她虽然不知道秦悠悠的身份，但看圣平亲王对待她温和纵容的态度，就知道她在圣平亲王心中的地位之重，光这点就绝不是自己这样任人亵玩的青楼女子可比。

这小姑娘连颐亲王都敢当众出手刺伤，要把她也收拾了，实在是太简单的一件事。

看百宜娇那副惊恐的模样，秦悠悠就知道她误会了，干脆对汪氏道："可不可以派人送她回去？"

汪氏笑得有些勉强："姑娘心肠真好，这等低三下四之人着实不值得……"她一点儿不想跟这种青楼女子扯上关系，万一让人看见彩丝坊的人跟百宜娇一道，生出什么误会污了彩丝坊的名声，损失未免太大。

"如果可以选择，没人愿意……算了！"秦悠悠隐约有些明白汪氏的顾虑，回头望向严棣。

严棣面无表情挥了挥手，花厅外进来一名随行的小太监，扶起百宜娇送她离开。

汪氏神情有些复杂尴尬，唯恐惹秦悠悠不快，马上笑着尽力引开话题。

所有人都没注意百宜娇眼里闪过的水光……

看着檀木大案上花花绿绿的绫罗绸缎，秦悠悠为难地对严棣咕哝道："你应该让绿意她们来，这么多我要选到什么时候啊？好麻烦！"

绿意是如今伺候她的四名宫女之一，负责替她打理衣饰妆容。因为她之前只能在王府里宅着，而且大部分时候都在工作室里绘画图纸制作机关芯盒，为了方便工作，身上从不戴钗环首饰，甚至连脂粉都省了，所以绿意发挥所长的机会十分稀罕，都快闲置成怨妇了。

汪氏脸上殷勤的笑容一僵，几乎要怀疑秦悠悠是不是男扮女装的了，怎么会有女人不爱绫罗绸缎、华衣美服？

严棣不理秦悠悠的抗议，安然坐在一旁，显然她不老实听话就别想离开这彩丝坊了。

"我给你挑，我也要做衣服！"一直被忽视的小灰在桌子上蹲坐起身搭着秦悠悠的肩膀娇声道，转头就开始兴奋地在一堆布样里东翻西找，还像模像样地提起一匹织了银色兰草图案的紫蓝锦缎在身上比划起来，那可爱的模样惹得一屋子女人掩唇轻笑。

这兔子长得有些痴肥滑稽，没想到竟然是一只会说人话的灵兽呢！

灵兽在各国都是十分稀罕的东西，它们绝大部分生活在大陆西南的横云山，那里是一片广袤无边的原始山林，内里生活了数不清的凶禽猛兽，就是七品武尊进入其中也随时可能丧命。

世人所见的灵兽，主要就是极个别高阶武者从横云山历尽艰险驯服的伴生灵兽，偶然一些顶尖权贵府中也会供奉上一两只。

彩丝坊里都是些普通女子，对于灵兽从来只闻其名，而她们听说过的灵兽无一不是凶猛厉害又彪悍健硕的，何曾见过这么小巧娇憨的？

一时间大家的心情都轻松起来，暂时忘记了花厅里还有严棣这个位高权重的凶神在。

秦悠悠对小灰向来千依百顺，见它兴致勃勃，也不想扫了它的兴，便耐着性子陪它挑。一群女子加上一只母兔子，叽叽喳喳地扬起满桌锦绣，花厅内先前剑拔弩张的紧张气氛一丝不剩，只余一室明媚。

汪氏与一名彩丝坊的管事低声交代几句，也压下担忧打点精神指挥一众娘子军招待贵客。

严棣耐性极好地坐在窗边喝茶，汪氏本来就怕他，听他明确表示想一个人清静一下，如获大赦地就退了开去。

大嘴也不屑跟一群女人凑热闹，抖了抖一身漆黑的羽毛飞到严棣身边低声道："还算你不错，没让悠悠吃亏。"

严棣淡淡扫了它一眼，没有说话。

"不过你如果想用这些绫罗绸缎、胭脂花粉把悠悠骗走，我劝你还是早早死心吧。这些东西悠悠见得多了，根本就不在意。"大嘴不屑道。

"千年青龙髓。"严棣口中这五个字一出，大嘴猛地扭头两眼发光望向他，露出一副垂涎欲滴的神情。

这半个月严棣虽然在闭关，但并不代表他对外边的事情一无所知，更不代表他对秦悠悠身边这两只哼哈二将的认识还停留在原本的粗浅阶段。

有梁令、杜韦娘与小庭花在，明里暗里早就把这一双禽兽的性情喜好打听得七七八八。

鸦大嘴特别喜欢吃高阶蛇虫类的脑髓与珍稀灵药，记忆力好得惊人，过目不忘而且能够把见过的东西原样描绘出来。按照梁令的评估，如果它把这份厉害的记忆力用在博览群书之上，恐怕当世学者无人能与之媲美。

可惜，它的记忆力全用在记录绯闻八卦、奇谈怪事之类不靠谱的东西之上……

只要有偏好，就是可以利用的，严棣并没有打算用华衣珠宝诱惑秦悠悠，但他不否认自己很有兴趣知道更多关于她的事。

大嘴很快收起一脸馋相，义正词严拒绝诱惑："你想收买我？哼哼！我这么性情高洁品德高尚的灵兽怎么会为你这点小恩小惠出卖悠悠？你也太小看我了！"

严棣端起茶慢慢喝了一口，不再多言。

过了片刻，大嘴干咳两声："再加上焚海火蟒的脑髓我就告诉你。"

果然很高洁很高尚！

严棣不理他，靠在椅背上闭目养神。

"喂，漫天要价落地还钱，你堂堂一个圣平亲王，要不要这么小气？！"大嘴悻悻然道。

"再加一个问题，悠悠喜欢的人是谁。"严棣终于开口道。

"嘎嘎嘎！我就知道你肯定想问这个！"大嘴抖了起来，先前严棣不肯拉下面子来追问，这回终于忍不住了吧！

严棣由着它笑个过瘾，大嘴没有从他那张面瘫脸上发现分毫尴尬羞恼之色，笑着笑着也没劲了，哼道："好吧！成交。"

"先回答你第一个问题，悠悠她只喜欢两样东西——机关和那只笨兔子。"大嘴虽然努力做出一副神秘的姿态，但说出来的却是明明白白的废话！

严棣漠然将手上的茶杯放回小几上。

大嘴能感觉到严棣的不满，抖了抖翅膀补充道："你别觉得我在骗你的东西，我是说真的，机关估计你也拿不出让她觉得新鲜的，嘎嘎！精致的小玩意她也喜欢的，价值不是重点，手工精细设计别致最重要。"

这样的答案也只比没有好一点点，严棣眯了眯眼不予置评。

"身为智者的我奉送你一个忠告，不要得罪小灰那只笨兔子，否则你会非常非常后悔。兔子急了……会吃人的！"大嘴阴森森地沉声道。

看小灰那副没用的样子，稍微有点正常思考能力的人都不会相信它能吃人，不过严棣心里却忽然想起之前在车上小灰偶然散发出的那种属于上古凶兽的强大气息："它身上混的是什么灵兽的血统？"

大嘴心中一跳：这家伙还真能抓住重点！嘴上"嘎嘎"笑两声摇头晃脑道："不可说、不可说！"

"你的答案不值那个价。"严棣不想再跟它浪费时间。

"悠悠是天乐亲手养大的，天乐对她疼爱得很，她也对天乐十分依赖信任。"大嘴忽然扯出一个不相干的话题。

"然后？"严棣冷冷道。

"我是天乐的伴生灵兽，如今天乐不在，我就是悠悠最信任的长辈，你懂了么？"

大嘴抬头挺胸嘚瑟道。

言下之意，它的意见对秦悠悠有举足轻重的影响，就算它不回答严棣任何问题，严棣也该好好孝敬它。

"如果你要说的就这些，千年青龙髓和焚海火蟒你再不必想了。"严棣从来不是个会接受威胁的人。

大嘴哼道："你不想知道悠悠最喜欢谁了？"

"不需要了，悠悠她只喜欢两样东西——机关和那只笨兔子。"严棣重复大嘴先前说过的话，他已经明白，从这只不靠谱的鸟儿口中很难得到什么有价值的东西。

这家伙看似疯疯癫癫口没遮拦，实际上真正重要的事情，它从来很警醒，看来光靠利诱不行，必须试试其他方法。

大嘴无语，暗暗后悔自己一时得意就让对方抓住话柄，不过它还是有些不甘心。

"你知不知道我是什么品种的灵禽？"它用力挺起胸膛，趾高气昂道。

严棣没有配合它的兴致，大嘴等不到他的反应，气哼哼道："我是圣音八哥！可以预言未来的圣音八哥！"

"虽然我没有祖先的能耐可以一语成谶，有出言成咒之力，不过也能预见一点点未来之事，我在晋级入定时曾经见过悠悠未来的幻象，也看到了与她长相厮守那人的模样。"大嘴一口气道。

严棣却还是老神在在不为所动。

大嘴气极，仰头"嘎嘎"大笑两声道："我看到那个男人跟你长得很像，不过可惜……那个人并不是你！"

"既然长得很像，你又怎么知道那人不是本王？"严棣不动声色，仿佛完全没把大嘴的话当回事。

大嘴哼一声，毫不客气道："就你这张笑起来跟僵尸似的棺材脸，一眼就能认出来，那人温柔和气，比你顺眼多了。"

严棣听了这话，心中微微一动，怡然道："悠悠会一直陪在本王身边，你这点本事就不必显摆了。"

"行啊！那就走着瞧！"大嘴怒道。

好不容易选好衣料，天色已经暗了下来，严棣带着秦悠悠乘坐马车离开，回城中最有名气的酒楼"最高楼"用晚膳。

车上秦悠悠忍不住打听："你怎么知道我那些毒针的解药药方？"

"说说你今日用的暗器机关是什么来历？"严棣不答她的问题，反问道。

"那个是我最近新改造的，叫'两面夹击'，其实是两套机关组合而成，正面攻击用'雷霆锁魂钉'，加上'无影回环针'无声无息绕到退路去等着。嘻嘻，对付个把没有防备的六品武者易如反掌。"说到自己的强项，秦悠悠两眼发亮得意非常。

"确实不错。"严棣忍不住伸手捏了一下她的鼻尖,投桃报李替她解惑:"你这些天让梁令替你采购的药方就那几张,再对比一下症状,本王要知道那是什么毒、该如何解毒并不难。"

"我都忘了王爷殿下配药的手段连医圣向伯伯都甘拜下风呢。"秦悠悠酸溜溜道,心里却是一凛,她让梁令采购的药方妖怪恩公竟然都看过,果然自己的一举一动都被他盯得紧紧的。

妖怪恩公对她花的时间心思完全到了恐怖的程度,他到底想干什么?

俩人有一句没一句地闲聊,一边暗自互相试探,直到马车抵达用晚饭的地方。

"最高楼"设在一座前朝大文豪的旧宅中,宅子里有颇具规模的亭台花园,而最高楼的名字则是得自花园正中巨大假石山上的一栋两层高的精致小木楼。

据说这是京城里建筑位置最高的一座小楼,站在楼上可以俯瞰整个宅子内的风景。

作为京城里名声显赫的大酒楼,能够进入这座小楼宴客用餐的非富则贵,而且还得提前预约,驻云飞它们先前到来都没有机会进那座小楼,只有大嘴飞上去看过。

对于几个大吃货来说,在哪里吃从来不是重点,重点是吃什么、吃多少。

严棣这样的身份地位,只派人说一声,那座小楼便腾空出来专门招待他们了。

他与秦悠悠随着大掌柜分花拂柳走到假山下,忽然听见一侧的岔路上传来人声,一名男子朗声笑道:"真没想到今日竟然能在此遇上圣平亲王,殿下别来无恙,可还记得金某?"

秦悠悠侧头望去,只见两男一女带着五名随从已经走到面前,刚才开口招呼的那个自称"金某"的男子看上去大概二十来岁的样子,身材普通面目普通(在秦悠悠眼中除了非常有特色、特征异常明显的之外,其余都是普通的模糊的)。

倒是他身边那名身穿灰蓝色长衫的中年男子看上去有几分眼熟,可是秦悠悠对自个儿认人的本事不抱任何信心,所以迟疑片刻就放弃辨认了。

那名中年男子骤然看见秦悠悠,眼里闪过一丝异色,不过很快掩饰过去。

与他们同行的唯一一名女子长得明艳照人,顾盼之间透出几分高傲清冷。她的目光触及秦悠悠,眉头轻轻一挑,虽然没说什么,但秦悠悠感觉到她对自己莫名地有些敌视甚至鄙夷。

美女见美女,不自觉地生出些比较之心那是很正常的,虽然秦悠悠完全分辨不出面前的女子究竟算是美貌还是一般,但对自己的容貌自信十足,所以很自然地把对方的敌意归结为妒忌,半点没放在心上。

那个姓金的男子见到站在严棣身边,状甚"亲密"的秦悠悠也是一怔,他好不容易打听到圣平亲王今日会驾临最高楼招待贵宾,特意前来"偶遇",怎么也没想到严棣身边会带了个极美的少女。

这圣平亲王不是生性严谨、杀气浓重不近女色的吗?

"金明池先生乃是鬼三台金氏年轻一辈里的精英弟子，本王怎会忘记。"能把寒暄客气的句子说得这么冷漠平淡的，除了严棣真不多了。

不知道的还以为他说的是反话，甚至跟这个金明池有仇。

鬼三台金氏？那不就是三大机关世家里头最神秘的那一家吗？秦悠悠左看右看没看出来这几个金氏的人哪里神秘了。

金明池哈哈一笑，指了指身边的美女道："惭愧惭愧，舍妹金明春在机关之道上的造诣就胜过金某多多，是我金氏年轻一辈里的第一高手。"

说着扭头对那名蓝衫中年男子笑了笑："便是这位楚云深楚先生也不在金某之下。"

楚云深客气道："金先生谬赞，楚某愧不敢当。"

严棣淡淡点了点头："听闻贵府今次请出了三位闭关十年之久的长老光临子夜城，想必圣手擂台上定有一番龙争虎斗。"

金明池笑着谦逊了几句便识趣地告辞离开。

严棣与秦悠悠登上小楼坐定，酒菜上齐，身边除了圣平亲王府的亲信再无旁人，小灰忽然道："真没想到文风盛会混到金氏那些人身边。"

"咦？刚才那个是文叔叔？！"秦悠悠总算反应过来，为什么会觉得那个楚云深眼熟了。

大嘴抬起翅膀掩面无奈道："我就知道你肯定不记得了，亏得在八塞镇时他对你那么好。"

秦悠悠大感惭愧，心虚气短道："我有觉得他很眼熟的。"

严棣的心理彻底平衡了，秦悠悠说当年曾在八塞镇文家住过好段日子，竟然都没能记住文风盛的模样，那她不记得一年多前只匆匆见过一面的他也是正常的。

不过这小丫头将来会不会不见他几日就不记得他长什么模样？严棣想到秦悠悠陌生的眼神，心里一阵不快，看来不能让她离开自己身边太久。

"文叔叔掩饰身份，还故意不跟我们相认，看来是不想惊动文氏的人。他用普通机关师的身份参赛就好了，何必找上金氏那些人？"秦悠悠奇怪道。

严棣的目光投向秦悠悠面前的一碟炙酥羊肉丝，秦悠悠马上很识趣地夹了一箸送到他碗中。人在屋檐下日子真的很不好过，她都不记得从什么时候开始在妖怪恩公的"淫威"之下开始习惯这么狗腿地替他端茶夹菜了。

他明明带了小太监在身边伺候的，为什么偏偏就要使唤她呢？这个混蛋！

严棣吃过羊肉，慢条斯理道："圣手擂台赛明面上欢迎天下机关师参加，实际上无门无派没有势力靠山的普通机关师很难进入决赛，文风盛要想十拿九稳在决赛上与文家的人一较高下，金氏是他最好的选择。"

"三大机关世家中金氏实力最弱，尤其年轻一辈中出类拔萃的人才几乎挑不出一个，也只有他们会积极地拉拢一些野路子的机关师加入。"

严棣一边说一边投桃报李夹了好些菜到秦悠悠碗中，秦悠悠的心思都在他的说话之上，不知不觉地就把他夹来的菜吃得干干净净。

旁边伺候的小太监个个低头垂眸，只适时送上餐具茶水巾帕，小心翼翼不去打扰两人互相"投食"的和谐一幕。

梁令公公吩咐过，要配合王爷与秦姑娘多多相处培养感情。

大嘴和小灰忙着在另一桌上抢食，也没注意到这边渐渐变得有些暧昧的气氛。

另一头，金氏兄妹回到住处，马上一起去见他们的父亲金浮图，禀报今日与严棣"偶遇"的经过。

金明池刚刚说完，金明春已经忍不住冷笑："我看这圣平亲王根本没把我金家放在眼内，若不是个狂妄自大之徒，就一定是跟文家又或者风家勾结上了。"

三大机关世家虽然并不参与各国朝廷政局，但是他们手上握有机关秘术，从来都是各国掌权者以及武道高手争相结交的对象。

金明春往日只要亮出身份，就算是一国宰相也要会对她客客气气，今日严棣平淡的态度在她看来简直就是蔑视。

想到严棣身边的秦悠悠，金明春更是满心鄙夷，男人就是男人，什么不近女色都是装模作样，一只小狐狸精就把他迷得忘记了他们这些真正对他有用的贵客。

"你怎么看？"金浮图摇了摇头问儿子道，他这个女儿在机关之道上天赋出众，但权谋心术就差太远了。

"妹妹说的也有些道理，探子回报近日相月国皇家辖下的几家工坊都在赶制一批机关零件与中枢芯盒，圣平亲王府更大手笔采购了不少制作机关的材料送回府中，应该是有机关匠师正在王府内主持机关设计。皇宫里供奉的几位机关大师最近时常出现与各地赶来子夜城的机关师聚会交流，都不可能有空闲常驻王府之内。王府里的机关师另有其人，而且很得圣平亲王信任。"金明池的推断有理有据。

金浮图摸着胡子，沉声道："你们大概还不知道，就在一个多时辰之前，圣平亲王与颐亲王在彩丝坊发生冲突，圣平亲王指使身边的女子用机关暗器刺伤了颐亲王，这个女子应该就是你们先前在最高楼见到的那一个，她并无修为，而颐亲王外传修为至少在六品以上。"

一个没有修为的普通女子能够靠着一件机关暗器伤到一名六品武者，这简直骇人听闻。

六品武者的力量速度与反应至少比普通人强数十倍，这样都无法躲过暗器暗算，可见发射这些暗器的机关有多厉害。

"什么？！怎么可能？"听到这个消息，金明春也忍不住变了脸色。就算是她的师父、金家鼎鼎有名的第一圣手金错刀也不见得能够做出这样的机关暗器。

机关暗器的杀伤力有多大，除了看它本身的设计之外，很大程度要看使用它的是什么人，启动机关暗器的手法速度与力道技巧对其杀伤力有极大影响。

一般机关师制作的机关暗器落在普通人手里，只能勉强对付二、三品武者，遇上四品高手，便多半会被对方迅速避过甚至正面击退。

而圣平亲王身边那女子用的机关暗器竟然能够无视普通人与六品武者之间天差地别的实力差距，证明她发射暗器的速度力度简直已经达到可怕的程度，而且反应灵敏度惊人，操控也绝对很简单。

这是怎么办到的？！

金明春皱着眉头想了好一阵，不太确定道："师父制作的'飞雪寒霜'大概勉强能达到这个效果……真有'飞雪寒霜'那个级别的机关暗器，严棣他怎么舍得把它交到一个没有修为的女子手上？不可能！我看是那个什么颐亲王贪好美色，才意外中了暗算。"

她越想越觉得这样解释才合理，颐亲王是相月国有名的花花公子，被那小狐狸精迷住了也不奇怪。

金明池与金浮图两父子对望一眼，后者慢慢点头道："这也不无可能，不过严棣他能够将机关暗器这么贵重的东西随便交到身边一个弱女子手上，肯定是因为不缺这样的珍品，他确实很有可能在最近招揽了别的厉害机关师甚至与文氏的人搭上线。"

金明池不安道："如此我们的计划怎么办？多丽国那边有奉神教把持，跟风家走得极近，相月国这边又情势不明，莫非我们真的要与文家或者风家合作？"

金明春忽然想到什么，涨红了脸恨恨道："我们金家成名多年，就算一时失利，也没到要向人摇尾乞怜的地步，不说文家与风家那些混账，就是这严棣又有什么了不起？一个好色自大的莽夫罢了！"

说完跺了跺脚转身就冲了出去。

"妹妹她太任性了！"金明池苦笑道。

金浮图叹气道："也不怪她，她从小在家中是何等地位，如今却要为了家族利益委身于人，难免心里不痛快。其实这圣平亲王论身份实力也完全配得上你妹妹，如果为父得到的消息属实，你妹妹嫁给他，武道修为之上还能得到极大的好处……"

"就怕他对妹妹无意，都说他不好女色，但今日他身边所带的女子，似乎与他关系十分亲近。"金明池与金明春兄妹感情极好，自然见不得妹妹受委屈，而且连他都必须承认，秦悠悠的容貌胜过金明春多多，绝对有让男人为之神魂颠倒的能力。

金浮图不以为然道："他是亲王，有几个妻妾宠姬有什么奇怪？皇族婚配，讲求的是门当户对，互惠互利，他若娶明春为妃，相月国便有我金家数千机关师的全力支持，何乐而不为？一个普通女子又算得了什么？我们要担心的是他是否已经与文家勾结。"

"文家这十年来不断扩充势力，行事越发蛮横跋扈，不见得愿意与严棣合作。"金明池安慰道。

世人皆道当今天下三大机关世家，西河风氏财力最大，夏云峰文氏实力最强，鬼三台金氏最为神秘，实则三家各有各不足为外人道的难处。

风氏一族嫡系人丁单薄且先天在武道修为上远逊于其余两族，文氏实力雄厚但分支众多内斗不休。

金氏有举世知名的顶尖机关暗器"天罡星域"，可惜这件震慑天下的宝物在十多年前意外损坏，制作"天罡星域"的图谱早已失传，金氏上下无人有把握修复这件宝物，此事秘而不宣，成了金氏最大的隐忧。

金氏已经多年不曾出现过机关术上的真正天才，随着族中顶级机关师的老去，加上族里最大的倚仗"天罡星域"又已损坏，金氏如今面临着风氏与文氏的挤压，族长以及族里的长老不得不认真考虑寻求某个势力合作以保护金氏不被其余两大世家蚕食压制。

如今天罡星域损坏的消息在金氏里头只有极个别人知道，就算是金明池、金明春两兄妹也并不知情，而风氏与文氏在如此情况下心有顾忌也不敢太过。

万一哪天这个秘密泄露了，只怕金氏马上要大祸临头。

金氏兄妹无法理解父亲与众位长老为什么非要自降身价与圣平亲王交好，金浮图又不能对他们说明真相，只得长叹一声道："过儿日严棣会在圣平亲王府内宴请我们三大机关世家的代表，到时候看看情况再说吧。你也去劝劝你妹妹，别闹脾气。"

求婚的与骗婚的

另一边，严棣与秦悠悠用过晚膳，带上小灰和人嘴就准备返回王府，最高楼的人掌柜捧了一对晶莹剔透的水晶瓶恭恭敬敬送到严棣面前，道："这是我家主人半年前偶然得到的'百草千花露'，特意替王爷留了两瓶，请王爷笑纳。"

百草千花露？听起来好像是很不错的东西！

小灰首先来了精神，用力吸吸鼻子道："好香好甜的味道！悠悠……"尾音拖得长长，显然是嘴馋了。

大嘴也露出一副陶醉的表情："百草千花露乃是依照四时五行阴阳平衡之道，取三百六十五种时令灵草、一千零九十五种盛放灵花的精华，融合它们叶尖花蕊上的露水酿制而成，酿制一次至少需要三四年的采集时间，窖藏九年方成。这味道闻起来……啧啧，销魂啊！"

秦悠悠虽然对这稀罕的百草千花露很感兴趣，但看到严棣这个受贿对象还没有表示，自家两只灵兽就先垂涎欲滴了，不由得尴尬又惭愧。

带两只吃货在身边，真是太丢脸了！

最高楼的大掌柜听了大嘴如数家珍地点出百草千花露的来历，惊异之余暗喜不已，他正想着怎样不着痕迹地让圣平亲王知道这两瓶百草千花露的珍贵，好让他承主人的情，没想到就有一只鸟儿这么善解人意地配合他了。

严棣看了看眼巴巴望着他的秦悠悠，点头示意身后的小太监将两个水晶瓶收下。

大掌柜见严棣这么轻易收下礼物，欢喜得嘴巴差点裂到耳后，抖着一身肥肉屁颠屁颠送他们出门上车。

秦悠悠刚刚在车上坐定，大嘴已经忍不住盯着小案几上的水晶瓶吞口水，小灰可怜巴巴望着她，只等她答应一声就扑上去畅饮一番。

这两瓶百草千花露是妖怪恩公的好不好？！秦悠悠很无奈，可是她不习惯拒绝身边这两个家伙的要求，只好谄媚地对严棣道："你想不想试试这百草千花露？"

你有兴趣的话，我们陪你一起喝吧！秦悠悠两眼闪闪，企图十分明显。

那两只没用的灵兽就是这小丫头的最大软肋……

严棣心里淡淡泛起几分酸意，不过这种小事他也不屑于拿来为难秦悠悠，于是点了点头，大方地等美人来伺候倒酒。

秦悠悠欢喜地取了四只水晶杯，先倒一杯讨好地双手送到严棣手上，然后再倒另外两杯给自己的两只灵兽，最后才是自己的。

大嘴小灰不等招呼就自动自发扑上去一口把杯里紫红色的美酒全部喝光，大嘴啧啧有声赞叹不绝："妙啊妙啊！"

小灰拱了拱秦悠悠的手臂，娇声道："悠悠，我还要！"

秦悠悠偷偷瞄了眼严棣，见他只是静静品酒，没有不快或反对的意思，连忙趁机给它们又添了一杯，然后才捧起自己那一杯轻轻呷了一口。

酒液酸酸甜甜，带着花草的芬芳与纯净青涩的味道，仿佛有一道清泉从嘴巴到咽喉一路流入腹中进而浸透全身，说不出的舒服清爽。

秦悠悠忍不住又喝了一口，没有丝毫酒味，却难以言述地醇厚醉人……不知不觉一整杯就这么喝完了。

然后又是第二杯、第三杯……

"别喝了，这酒后劲有些大。"严棣终于忍不住出声制止，眼前的秦悠悠脸蛋泛红眼波迷离，分明已经有了醉意。

"哦。"秦悠悠晕晕乎乎地应了一声，勉强定睛一看，手边那只水晶酒瓶空空如也，竟已经喝光了。她好像才喝了三杯还是四杯？

再看大嘴东倒西歪，站都站不住，而且开始胡言乱语大声吟诗，什么"抽刀断水水更流，举杯消愁愁更愁"，"五花马、千金裘，呼儿将出换美酒，与尔同销万古愁"……

它有什么好愁的？分明是喝多了在发酒疯！

小灰倒是很清醒，所以它一不做二不休迅速跑到另一瓶百草千花露跟前，啊呜一口连瓶子带酒全吞了，秦悠悠阻止不及，眼看着它打了个饱嗝，砰一声瘫倒在檀木小几上睡死过去。

严棣目光不善，秦悠悠一手把小灰抱入怀中，对着他心虚解释恳求："小灰还小，你不要跟它计较好不好？"

正在这时，马车轮子压到一个凸起的小土墩狠狠颠簸了一下，秦悠悠醉意迷蒙重心不稳，加上双手抱着小灰无处借力，连人带兔子一头栽入严棣怀中。

这送上门的艳福严棣自然不会拒绝，双手很自然地就把她整个圈住。

秦悠悠本来就迷迷糊糊的，被这一晃更觉得天旋地转，在严棣怀里挣扎了几下都没能爬起身。

嗯，今日赶车的车夫必须重赏！

香香软软柔若无骨的少女贴在身上的感觉比什么百草千花露醉人得多，如果把中间那只该死的肥兔子扔开就更美妙了！

严棣花了极大的自制力才没有将秦悠悠抱紧了狠狠亲吻……时机未到！他再一次努力说服自己。

"你还好么？"严棣几乎咬牙切齿地强迫自己把秦悠悠从自个儿身上扶起。

秦悠悠晃了晃脑袋，觉得整辆马车都在胡乱翻滚，严棣的声音似在耳边又似在天际，她想让自己清醒一些，可是却止不住地越发眩晕，终于嘤咛一声彻底阵亡。

严棣看着再次倒入怀中的小美人，不知道该高兴还是该无奈。

马车很快抵达圣平亲王府，严棣把大嘴小灰拎起来扔进竹篮吩咐小太监送去秦悠悠所住的院子，自己取了披风将秦悠悠裹好抱出马车。

理智告诉他，这个时候应该远离诱惑，把怀里太过迷人的美人儿送回绣楼去眼不见为净，但是身体却非常不配合地叫嚣着要将人带回自己的领地去狠狠占有再不放手。

等严棣痛下决心依照理智办事的时候，发现自己不知不觉竟已经抱着秦悠悠走到了他所住的石院门前，他无奈地暗自苦笑一声，转身在梁令等人失望的眼神下改道把秦悠悠送回了小石院。

没人警告过这个小丫头不可以在男人面前喝醉吗？还是她真的感觉不出他有多想对她做尽各种很不君子的事？

严棣看着怀里睡得恬静安然的秦悠悠，莫名生出一股怒气。

"师父……"沉睡中的少女咕哝一声，依恋无比地在他怀里蹭了蹭。

严棣更感郁闷，是了！她大概把自己当成她的师父了。

一想到她对另一个男人如此依赖信任，甚至移情作用地把自己当成那个男人的替身，他喉头就像噎着什么似的难受。

该死的天工圣手齐天乐！

严棣抱着秦悠悠回房间，杜韦娘带着四名侍女闻讯前来伺候。

秦悠悠人被放到床上却忽然不安分起来，一把揪住严棣的手臂喃喃道："不要走……"说着更将他的手臂抱入怀中。

杜韦娘原本见严棣放着美人不碰正觉得可惜，一见秦悠悠竟然主动留人，顿时大喜过望，向着身后四名侍女努努嘴，示意她们快快退出去，自己也跟着蹑手蹑脚离开，还十分体贴地替房间里两个人把房门掩上。

严棣明知道秦悠悠只是将他当成是她的师父，但还是硬不起心肠来抽身离开，由着她小猫一样在他手臂上挨挨蹭蹭。

睡得迷迷糊糊的秦悠悠不知梦到什么，闭着眼睛皱眉恳求道："师父帮我……打坏蛋！"

严棣顺着她的话问道："打哪个坏蛋？"

"严棣、妖怪恩公是坏蛋！"

他就知道！

这个小丫头一直对他口服心不服，不过他不舍得对她下重药。现在这样也挺有趣的，每次看她想发作又咬牙切齿地忍耐的可爱模样，都让他觉得心情格外舒畅。

心上人香香软软的身子贴着他的手臂无意识地磨蹭，像一只依恋主人的娇气小猫，臂上传来的销魂触感令他止不住浑身发烫。

这个时候他不做些坏蛋该做的事，似乎就不太说得过去了。

慢慢低头吻上那两片诱惑了他许久的樱唇，唇下是言语无法形容的幼嫩柔软，像最细滑的豆腐脑，带着甜甜的酒香与美人儿身上迷人的气息，美味得超乎想象，瞬间将他的理智击溃……

一股充满着刺激战栗的热流自两人相触之处引爆，严棣心跳加速，既想狠狠碾磨吞噬又有些担忧会不小心伤害到身下迷人的小女子，只好小心翼翼含住她的唇细致无比地慢慢吸吮品味。

如此甜美诱人、如此让人沉醉！她的一丝一毫他都不想错过。

秦悠悠含含糊糊咕哝几声，大概是觉得好梦被骚扰，不适地扭动身子想埋进严棣怀里躲闪唇上麻痒热烫的不明攻击。

严棣才刚刚尝出好滋味哪里肯就让她这么躲起来？他干脆抽回手臂将秦悠悠整个压到床上捧着她的脸蛋尽情亲个痛快。

秦悠悠咽咽呜呜地无力挣扎着试图甩开不断干扰她好眠的"东西"，可是身上却像被压了一座大山，徒劳的扭动犹如浇在烈焰上的火油，严棣几乎被她诱惑得彻底失控，本来的轻吻也变成了深吻，而且一路从樱唇延伸到脸颊、耳朵、颈项……

迷乱之中，严棣的手忽然碰到一个与秦悠悠柔软身子截然不同的硬物，他愣了一下定睛一看，是一只圆形的金属盒，位置正好在秦悠悠胸口。

不用问这就是她的防身暗器之一。

严棣勉强恢复些许理智，发现自己不知何时已经扯开了身下美人的层层罗衣，纤细雪白的肩颈之下酥胸半掩，那动人的情态比他先前想象的更要令人喷血。

但是，他不可以现在就放纵自己继续下去……

严棣费了九牛二虎之力强迫自己把视线从那峰峦起伏的美景中挪开，起身盘膝坐在床边努力调匀气息好让头脑冷静一些，不要干出让自己后悔莫及的事。

丝丝缕缕的女儿香气却像故意要跟他作对似的，不住往他鼻孔里钻，惹得他心浮气躁根本静不下来。

这丫头就是他命里的魔星！

他开始以各种理由努力说服自己，今晚就此为止，一切等一个多月后，与这小丫头进入禁地内正式成婚后再连本带利讨回来。

来日方长，她迟早是他的，今日时机、地点都不对。

她现在喝醉了什么都不知道，他堂堂一个圣平亲王，不该乘人之危，对一个不清醒的小丫头下手。

她是他认定的妻子，他应该给予她足够的尊重，尚未成婚就与她圆房对她的名声不好。

最重要的是，他根本没把握能够控制住自己体内随时要满溢而出的真气，万一激动时发生什么意外，可能会危及她的性命……她的经脉还太弱了。

他不可以为了一时之欢去冒这样的险。

严棣用力闭了闭眼，终于将满腔绮念暂时驱离脑海，他不敢多看床上因不再受到骚扰睡得像猫儿一样的罪魁祸首，起身斟了杯冷茶一口灌下，站在窗边吹了好一阵冷风，整个人渐渐恢复平静。

了夜城此时中秋已过，夜间颇为寒冷，严棣想起秦悠悠衣衫不整就这么倒在床上昏睡，只怕会着凉。他可以去叫杜韦娘等人来照料她，但是又有些不愿意别人看到她那副桃花一般甜美惑人的醉态，更有些舍不得就此离开。

他慢慢走回内室，伸手替秦悠悠褪去外衣鞋袜，拉过锦被盖到她身上，喂她服下今日份的易筋丹，又过了好一阵才依依不舍起身离开。

秦悠悠一点儿不知道自己差点被人吃干抹净，更不知道严棣的一番艰难挣扎，糊里糊涂一夜甜梦到天明。

早上醒来第一眼看到的是杜韦娘那张笑得十分诡异的脸，然后就是她送上的一大碗黑乎乎味道很恐怖的药。

"这是什么？我没病啊。"秦悠悠抱着被子往床里缩，那碗药光闻起来就苦得吓人，她才不要碰。

"姑娘别任性，这可是好东西，宫里的秘方，娘娘们养胎都靠它。"杜韦娘如果不是怕把手上的药洒了，一定忍不住仰天大笑三声。

就秦悠悠颈上那几个淡粉色的红印子，昨夜一定是被自家王爷好好"疼爱"过了，她就知道王爷忍不住的。

眼前几乎已经可以看见一群小王爷小郡主嬉戏欢笑的热闹场景，等了这么多年，可算让她等到了！

秦悠悠呆呆看着她，好半天没反应过来，过了片刻才茫然道："养胎？养什么胎啊？"

"你跟王爷都那样了，还想瞒过我？呵呵，不用不好意思，王府上下人人都心里有数，你跟王爷不过是迟早的事。快把药趁热喝了，凉了效果就没那么好了。"杜韦娘说着又把药碗往秦悠悠那边送。

"我跟你们王爷怎样了？我们什么都没有……"秦悠悠脑子里还是一团浆糊，没把杜韦娘话里的要点联系起来，更不明白怎么一觉醒来就有人神经兮兮地要灌她喝什么养胎药。

她好端端的黄花小闺女一个，这都什么乱七八糟的啊？！

杜韦娘挤眉弄眼道："就算昨夜没有，很快也会有的，你和王爷都年轻，怀个孩子还不是眨眼的事，先把药喝了补补身体准没错。"

她误会秦悠悠的意思是春风一度没那么容易怀上，心里很是不以为然，以王爷对秦悠悠的"浓厚兴趣"，开了荤哪里还能收得住？三年抱俩都是正常的。

双方僵持片刻，秦悠悠终于清醒了一些开始找这一场误会的根源。

"我跟你们王爷的关系不是你们想的那样，我们什么都没做过哪里来的什么胎啊？"为了迅速澄清误会，秦悠悠顾不上含蓄，说得十分直白。

"昨夜王爷明明留在你这里过夜了！"杜韦娘一脸的不信。

"昨夜？"秦悠悠用力回想，可惜所有记忆终止于马车上她倒在严棣怀里昏睡过去那一刻。

她好像不小心对妖怪恩公投怀送抱了……她朦朦胧胧想到那一幕，忍不住有些脸红。

不过她现在衣服还在身上，除了头晕头疼也没什么其他不适症状，应该昨夜里没有啥离谱的"后续"才对。

虽然她对严棣满肚子怨念恶评，但在她印象中，严棣就是个不近女色严肃得要死满肚子阴谋诡计的黑心冷面大妖怪，说他暗中对她下毒下蛊她会信，可说他趁她醉酒对她做出什么无耻荒淫的事情……她有些想象不出来。

可惜她刚刚建立起来的脆弱信心被杜韦娘一句话打得粉碎……

"对啊！昨夜我们亲眼看见王爷抱你回来，你还抱着王爷不肯放他走。"

"你是不是看错了？"秦悠悠傻了，她怎么可能色胆包天去抱妖怪恩公？

杜韦娘看她那模样就知道她不信，气急之下终于砰一声把药碗搁到一旁的小几上，一指身后四名侍女道："我一个看错就罢了，莫非她们四个人八只眼睛也看错？！"

四名被点名的侍女连连点头，举袖掩面窃笑，打量秦悠悠的目光暧昧之极，眼里全是一个意思：你不用不好意思，我们懂的。

秦悠悠捧着脑袋忽然觉得自己的头更晕更疼了，昨天那瓶该死的百草千花露究竟是什么东西，她才喝了几杯，怎么就发起酒疯跑去对妖怪恩公下手了？

不会是掺和了春药之类的下流东西吧？

没道理啊，如果掺了别的，大嘴一定能闻出来。

就在一屋子女人大眼瞪小眼的时候，关键人物到了。

"这是怎么回事？"严棣皱着眉头直接走到秦悠悠的寝室中，自在得像走回自己的房间一样。

他堂而皇之登堂入室的事情做了太多次，导致秦悠悠根本没想到这大大的不妥当，只庆幸来了救兵，终于可以把误会澄清。

杜韦娘凑上去神情暧昧道："王爷你来了正好，劝劝姑娘别任性了，那药对她身子大有好处，赶紧趁热喝了。"

"你快跟韦娘解释一下，我、我们什么事情都没发生过⋯⋯"秦悠悠想到杜韦娘她们说昨夜她竟然色胆包天把妖怪恩公非礼了，忍不住有些尴尬。

一个大男人就算真被她这样的美女抱一下，那也是大占便宜的事，有什么好介意的？应该高兴都来不及吧。

不过妖怪恩公那张脸⋯⋯好像跟高兴有很大距离。

对了！师父说过，有些男人天生不喜欢女人，据说他不近女色，很有可能就是这个缘故。

换了她被一个女人莫名其妙乱抱一通，也会介意的吧⋯⋯秦悠悠越想越心虚气短，在严棣森然的目光下，脑袋越垂越低，差点一头埋进被子里。

她真的不是有意的，她也不想发生这样的误会的，他又不是三贞九烈的深闺女子，被她抱一下又怎么了，又不会少块肉，这么恶狠狠地瞪她干什么？应该介意的是她才对！

他们昨晚其实发生了很多事，可恨这个小丫头放了火让他辗转反侧大半夜，自个儿却什么都不知道睡了一个好觉，还一副恨不得跟他马上撇清的嘴脸，简直可恶透顶。

"你们替她洗漱更衣，喝药养身的事不急于一时。"严棣压住怒气对杜韦娘等人道。

这句话听在秦悠悠耳朵里总觉得有些怪，不过她脑子乱糟糟的也没有去细想，这话的意思其实是她早晚得喝这种苦得要命的养胎药，现在是暂时不用罢了。

杜韦娘素知严棣决定的事不容变更，只得让侍女端了药离开，心里甚是不甘不愿，低声咕哝道:"怎么不急了,皇上那儿皇子公主满地跑了……"

大嘴和小灰还在酣睡,秦悠悠梳洗过后与严棣一起在绣楼内用早饭。

餐后,严棣起身对秦悠悠道:"你的酒量差酒品更差,以后不要随意喝酒了。"

刚刚努力恢复平常心的秦悠悠顿时尴尬了,难怪师父一直不让她喝酒,果然不是个好东西,她才喝了几杯就在妖怪恩公面前出糗。

不用妖怪恩公提醒,以后再好喝的酒她都不喝了!

不过今早的误会也严重敲响了警钟,秦悠悠觉得有些问题必须说清楚,吞了口口水鼓起勇气道:"那个……你是不是对韦娘解释一下,她一直以为我们是那种关系……总是这样误会,不太好。"

"什么不太好?"严棣淡然道。

"你将来总要娶王妃,我、我也可能会嫁人。"秦悠悠觉得这么简单的问题,是个人都该懂的。

"你现在才想到名声避嫌的问题,不嫌太晚?"严棣平静如故,但话里的讥讽之意再明显不过。

秦悠悠很纠结,这能怪她吗?她一直想介意的,不是看他一副道貌岸然的德行,觉得自己以小人之心度君子之腹吗?

严棣慢慢走到她面前,伸手拈起她的下巴,定定看着她的眼睛道:"悠悠,装傻并不能够解决问题。"

"我怎么装傻了?"

严棣的眼睛仿佛直直看到她内心深处,秦悠悠感到有些害怕,直觉地摇头否认。

严棣忽然笑了笑,猛地伸手将她扯入怀中,做了件自己很想做的事——对着她的樱唇重重吻下去!

美人温馨的体香混合着先前喝下的花茶清香,滋味同样妙不可言。

秦悠悠这回是真的傻了,直到严棣不满足于表面接触,探出舌尖意图深入探索时才突然惊醒,用力撇过脸挣扎起来。

严棣只是表明态度不想让秦悠悠继续迟钝下去,倒并不想一次把她吓到,顺势松开她道:"你想告诉我你是真傻,不是装的?"

秦悠悠一边擦擦嘴巴一边转身就跑,跑到花厅另一边才敢回头恨恨骂道:"你是混蛋!色狼!"

到了这个地步她终于肯定,严棣先前对她的种种亲密行径都是极不纯洁的!存心揩油的!她从来没有"想多了",应该说是她把他的人格想得太高尚了!他果然如大嘴小灰说的那样,是个对她怀着狼子野心的色狼坏蛋!

"好好想一想,当我的王妃吧。"严棣随口吐出一声惊雷,没事人一样转身离开。

秦悠悠捂着嘴巴呆了一阵,转身躲进工作室整整一个早上没出来。

以前她心情不好，只要去画画机关图纸又或者加工一下零件，拼装出几组机关，很快就会把烦恼的事情忘在脑后。

这个万试万灵的法子今日竟然都没效了，她坐在工作台前脑子里回荡的还是严棣那一句话——当我的王妃吧！

怎么办？秦悠悠梦游般走回自己的房间，靠在窗边的贵妃椅上缩成一团，心乱如麻。

中午时大嘴和小灰两个终于醒了，秦悠悠像看见了救星，把早上发生的事详细说了一遍，只省略掉那个让她不知所措的吻。

两只灵兽顿时激动了，七嘴八舌质疑起来。

大嘴气哼哼道："你怎么可能会去抱那个家伙？韦娘跟绿意她们合伙骗你的吧？你眼光有那么差？"

小灰紧紧抱着秦悠悠的脖子十分紧张："我就知道他是个坏蛋，不安好心，悠悠你不能被他骗了！"

大嘴瞄了一眼秦悠悠露在衣领外的一个淡淡的红印，严重怀疑起来："他故意灌醉我们好对你下手吧？悠悠，昨晚你确定真的没被他占便宜？"

秦悠悠顺着它的目光顿时想起早上起来在镜子里看到的这几个古怪的红印子，她开始以为是喝酒导致的，现在忽然感到不对劲了。

她勉强定了定神道："应该没有……"

身体的感觉不会骗人，就算自己的豆腐被糊里糊涂吃掉很多口，但严棣应该还没有无耻地做到那一步。

床上也没什么痕迹……秦悠悠想起杜韦娘指挥几个侍女替她收拾床铺时露出的失望表情，更加确定自己顶多就被人亲了几口。

心里不住自我安慰，秦悠悠想到早上那个突如其来的吻，想到昨夜里严棣不知道还对自己做过什么，就忍不住一阵阵的脸上发烧。

那个混帐的假正经的臭色狼！

"现在要怎么办？"秦悠悠身边只有这两只不靠谱的灵兽，所以也只能选择跟它们商量对策。

"凉拌！"大嘴摇头晃脑道。

小灰咬牙切齿："我去咬死他！"敢跟它抢悠悠的混蛋都该死！

它可不是在开玩笑，它除了食量大，牙齿也锋利得很，有它在身边的时候，秦悠悠根本不用工具，只要靠着主人与灵兽之间的心灵感应，就能指挥它用牙齿切割出最精密的机关零件，比起秦悠悠自己动手打磨的分毫不差。

连坚硬的精铁都能随口切割，要咬人几口绝对威力强大。

大嘴哼道："前提是你能近他的身，一口就把他咬死。现在我们在他的地盘上，悠悠还指望他帮忙恢复修为呢，咬死了他悠悠怎么办？而且他的身份那么高，就算能干掉他，我们也跑不掉。我们不值得为了这么个混蛋把自己也搭上。"

小灰抱着秦悠悠的脖子抽抽噎噎哭起来："那怎么办，呜呜呜！悠悠是我的！不可以去当坏蛋的王妃！"

"其实我觉得先答应他不妨……"大嘴还没说完，小灰已经开始放声大哭。

秦悠悠连忙抱住它安慰道："小灰不哭，我不会扔下你不管的，我最喜欢你了！"哄了好一阵，小灰才止住山洪暴发，让大嘴继续往下说。

大嘴白了小灰一眼，道："你真笨！悠悠先答应他婚事，让他替她恢复修为，他不是说皇族禁地外人不得内进吗？悠悠与他订婚，就算是严氏皇族的人了。哼哼！他先前不就想用这点骗悠悠自己提出嫁给他吗？"

说到这个，它就忍不住鄙视悠悠的迟钝，它和小灰都看穿了严棣的歪心，只有悠悠还以为他是什么正人君子。

悠悠也想起那天的事，抱着小灰无语了。

"等悠悠的修为恢复了，嘎嘎嘎！只要悔婚就好了，我们跑得远远的，他还能拿我们怎么办？！"大嘴得意道。

"万一他要先跟我成婚然后再替我恢复修为，那怎么办？"秦悠悠很担心，现在她对严棣的人品充满怀疑。

"这当然很有可能，你就推说要找到天乐替你送嫁才能举行婚礼。皇族的婚礼，尤其是混蛋这种身份很高的皇族，至少得准备个一年半载。"

"你去探探他的口风，如果他不见兔子不撒鹰，那我们只能想办法逃跑了。不管怎么样，你先表面上答应与他订婚，降低他的警惕性。"大嘴发表权威意见。

"他毕竟救过我们，骗婚是不是……有些不太好？"秦悠悠犹豫道。

大嘴理直气壮道："是他先挟恩利诱，我们骗骗他又怎么了？再说，你替他设计建造地下宝库的价值也不小，顶多到时候再留些机关图谱给他得了。"

"嗯……好吧。"秦悠悠压下心里的愧疚，是严棣见色起意在先，她就算要报恩，也不能把自己一辈子卖断给他的对不对？

大嘴见她接受自己的意见开心地抖了抖身上的羽毛，忽然它想到什么，严肃提醒道："婚期什么的要尽量延后。哼哼，你可得小心那家伙这段时间内要逼你先把生米煮成熟饭！"

"大嘴！"秦悠悠有些恼羞成怒。

大嘴瞄了瞄她颈上的红印子，咕哝道："我说的是实话！"它家悠悠长得这么漂亮，那严棣舍得放过才怪了。

它一直不曾对秦悠悠提起曾经见到过她未来幻象的事。

确实如它所言，幻象中那个男人长相很像严棣，但神情却判若两人，它在那人身上感觉不到肃杀之气，只有温柔平和。

其实它先前一直记不起幻象中那人的容貌，直到见到严棣才开始觉得眼熟。

这事透着古怪，它自个儿都怀疑是不是严棣那张面瘫脸让它印象太深，才导致它把他的面孔套到幻象中那个男人的头上。

它虽然一直自称智者，但圣音八哥与它意外得到的另一半血统中的能力，它能发挥的只是非常微末的一点点，它又怎么敢拿自己都完全不确定的事去左右秦悠悠的选择呢？

这毕竟是关乎她一生幸福的大事。

应对方案暂时就这么定下来，小灰确定秦悠悠不会被混蛋拐走，心情放松开始嗷嗷喊饿。

秦悠悠想到要对严棣骗婚就心里发毛，妖怪恩公是那么好骗的吗？她怎么觉得自己很有可能反会被他骗个精光？

但如今她就在严棣眼皮底下，除了走一步算一步，好像也没有别的法子。

严棣"提亲"之后，再没有什么特别举动，既不来逼婚也没有特意避开让秦悠悠静心考虑，一切就如从前一样，好像根本没有发生过那日早上的事情。

他这样的态度反而让严阵以待的秦悠悠摸不着头脑，事先想好的应对谈判手段一个都用不上，严防死守的心思也从一鼓作气到再而衰直奔三而竭去了。

莫非妖怪恩公其实只是想逗逗她玩？秦悠悠心怀侥幸地松口气，可是少女的虚荣心却忍不住泛起几丝她自己都不愿意承认的羞恼与……失望。

扪心自问，严棣提出让她当他的王妃的时候，她除了害怕，还有一点点兴奋，她将之归为虚荣心作祟，完全不敢往下深想。

妖怪恩公太厉害了，如果她跟他一起岂不是一辈子被吃定了翻不了身？傻子才会这么想不开呢。

而且天天对着一张面瘫脸，就算她胆子大不会被吓到，可也太没劲了。

秦悠悠列举出各种严棣与她不合适、必须尽快摆脱他的理由，越想越觉得自己的决定英明而且正确。

"我几日前提的事你考虑得怎么样了？"严棣的声音忽然插进来。

当时他们两个正在用早膳，秦悠悠心不在焉道："什么事？"

"你当本王王妃的事。"严棣突然出击当场把秦悠悠打了个手忙脚乱。

"我、我、我……没想好。"不对！她应该答应下来然后冷静地跟他提出系列条件，秦悠悠后悔不迭。

严棣依旧是那副打招呼的平淡语调，说出来的话却可以把秦悠悠生生气爆："本王认为这事根本不需要考虑。"

秦悠悠怒从心上起恶向胆边生，抬头瞪着他道："是啊，根本不需要考虑，直接拒绝就是了！"

"真是个傻丫头。"严棣平板的语气透着一股无奈慨叹的意味，仿佛在看一个不懂事的小孩子在无理取闹。

"我是傻，不傻就不会被你骗回来做牛做马要挟利用！"秦悠悠想到师父失踪后自己经历的种种不如意，喉头像被什么哽住了，也不再顾及礼仪礼貌，更不想再对着严棣那张总是居高临下俯视她的可恶面孔，腾地站起身就往自己的房间走。

走了几步忽然发现走不动了——腰上多了一双手臂，将她紧紧圈住带入一个温暖的怀抱。

混蛋又想占她便宜，秦悠悠大怒，生气地想掰开他的手臂，结果可想而知。

"你不要以为在你的地方我就不敢对你动手！"秦悠悠动了真火，不再徒劳挣扎，抬手按向腰间的机关暗扣。

"你真要对我动手早就动了，悠悠，这段日子你过得不开心吗？只要你答应婚事，以后每一日都可以这么快活自在。我会好好照顾你爱惜你，让你做自己想做的事，不用再担心外边的风风雨雨，再没人能伤害你。"严棣的声音犹如魔咒，一字一字钻入秦悠悠的耳朵，软化她的意志。

不得不说，虽然两人相处不过几个月，但严棣对秦悠悠的了解甚至比她自己还要深。

她是个被师父宠爱娇惯长大的小孩子，习惯了依赖她的师父，过惯了简单平静的生活，她想要的不过是安安稳稳在家中研究机关，偶然出门游山玩水的闲散日子。

当她的师父突然失踪，她也陷入虎狼环伺的危险境地，这个时候她落在了严棣手上，在严棣一番有计划的安排之下，她见识到了他强大的实力，也感受到了他对她的温柔纵容，不知不觉间就把从前对师父的依赖转移到了他的身上。

严棣正是利用这一点步步进逼，以看似温和却无比强硬的手段一点点将她掌握在自己的手上。

而如今，就是他决定收获战果的时候了。

他已经有些迫不及待了……

怀里女孩子紧绷的身体在渐渐软化，严棣的目光也变得柔和起来，低头亲了亲她的耳朵道："答应我，当我的妻子。然后……我就不用为难怎么带你进入我严氏的禁地了。"

他不否认用这种威逼利诱的手段对付秦悠悠太过阴险也太不公平，不过距离那个限期已经只剩一个多月，他等不下去了。

反正他有一辈子的时间跟这小丫头慢慢纠缠，先把她的所有权定下来，至于她的心，总有一日也会完完全全变成他的。

他会是她的丈夫，她的天地所有，而不再仅仅是她移情依赖的对象、她那个该死师父的替代品。

严棣在心里微笑着等待他可爱的猎物乖乖走进他精心布下的温柔陷阱。

小灰与严棣天生互看不对眼，可以体现在很多事情之上，例如小灰总能在关键时刻让严棣的计划落空。

"悠悠、悠悠！你在哪里？"

眼看着秦悠悠就要松口答应婚事，小灰的叫声从楼上寝室传来，顿时将俩人之间温柔无限的好气氛冲散。

秦悠悠一手挣开严棣的手臂，道："我在下面花厅，小灰不用怕。"

自从小灰发现严棣的攻势越发猛烈，危机感猛增，只要清醒时候就黏在秦悠悠身边不肯稍离。

严棣牙根发痒，如果当初驻云飞直接在野外就把这只该死的笨兔子吃掉多好？！

他一手捉住秦悠悠的手臂，在她耳边低声道："晚上府里宴请这次参加圣手擂台的三大世家代表，你也一起来。"

"哦。"秦悠悠想到刚才自己被他哄得七荤八素的场景就脸红，根本不敢在他面前停留，严棣一松手她马上就以小灰的速度落荒而逃。

看来是时候让那两只碍事的灵兽消停一阵了，至少在他得到秦悠悠之前，他不想再有任何意外插在俩人之间。

严棣弯了弯唇角，转身离开小石院。

另一边秦悠悠抱着小灰，好一阵才把脸红心跳等等不良反应压下去，还好小灰还没到真正睡醒的时候，确定主人就在身边，翻了个身咂巴咂巴三瓣嘴又睡了过去，也没有发现她的异状。

秦悠悠觉得很惭愧，她一直以为严棣是个面冷心黑的木头人，没想到他竟然也这么会诱哄女孩子，她看人的眼光真的有待加强。

要说她这段日子过得开不开心，她也说不上来，除了行动不太自由，似乎一切就与从前师父在的时候一样，甚至王府上下对她的照顾比师父都还要周到细致。

至于自由，其实她也不是个喜欢天天往外跑的人，如今子夜城里不说明处的风归云与西河凤氏，暗处不知道还有多少奉神教的人在打她的主意，她也确实不宜随便外出。

虽然严棣处处将她压制得死死，可是对她的照顾纵容是无法否认的。有他在身边，她觉得安全又放心，还有一些说不清道不明的紧张甚至是兴奋。

她不会形容那种感觉，只是害怕往深处想。

她该怎么办？如果师父在就好了，他一定可以告诉她答案……

又一个上午就这么浑浑噩噩地过了，午膳严棣并没有来小石院，据说忙着准备晚上宴请三大机关世家以及几名来自各国的机关高手，一时抽不开身。

秦悠悠如获大赦，现在她很怕面对严棣，唯恐他又提婚事。她有种强烈的感觉，如果她依照计划答应下来，那最后的结果绝对会超出她跟大嘴小灰的预算。

饭后彩丝坊送了两套新衣来，据说是她们动用了最好的十名刺绣师傅加上近三十名绣娘合力才在这么短的时间内赶制出来的，而且送来之前就很细心地洗烫好，正好赶上今晚的宴会。

秦悠悠不是很懂为什么严棣特别交代要她一起去，她对机关很感兴趣，不过对制作机关的人就没太大兴趣了……她都记不住谁是谁。

她忙着研究两套衣服上精致绣工的时候，绿意等四个宫女已经开始兴奋地讨论要给她搭配什么发式、首饰与妆容了，绿意到圣平亲王府这些时日以来一直没有发挥所长的机会，自觉郁郁不得志，今日终于等到了，只把她兴奋得两眼都有了"绿意"。

彩丝坊那位汪氏娘子特地附送了一身别致的小衣裳给小灰，她大概看得出来秦悠悠对华服兴趣缺缺，为了拉住这个贵客，不惜在小灰身上下功夫。

反正小灰再胖，那一身小衣裳也用不了几尺布，就算用最昂贵的衣料都没关系。

果然小灰穿上那一身小衣裳对着镜子左右照照，马上决定下回要主人再带它到彩丝坊去玩。

被这些事情一搅合，秦悠悠也暂时忘记了严棣给她带来的困扰。

傍晚时分，王府渐渐热闹起来，就算秦悠悠在后院深处，也能依稀听到前面传来的鼓乐笙歌之声。

绿意等四名侍女刚刚替她打扮妥当，前面就有小太监来请她到前堂去。

两个小太监看着打扮得如同仙子一样美丽动人的秦悠悠，竟也呆了好一阵才回过神来，秦悠悠没什么感觉，倒是负责替她打扮的绿意虚荣心得到极大满足。

等到秦悠悠真正进入前堂宴会大厅，引来满场雄性动物惊艳不已的目光，绿意更是抬头挺胸走路都带风了。

严棣高高坐在主位上看着太监侍女簇拥下缓步向他走来的秦悠悠，冰山脸上也难得露出几分欣然自得。

如此冠绝天下的美人，是属于他的！

秦悠悠的位置就在严棣身边，几乎是与他平起平坐。

圣平亲王尚未立正妃是许多人都知道的事，而秦悠悠所坐的位置，大概只有他的王妃才有资格坐，这个女子是什么身份？！

这个美人儿怎么看都是个没有修为的普通人，她除了生得一副倾城美貌之外，还有什么了不得的背景足以让圣平亲王如此礼遇于她？

而且，就算她是王妃公主，这样的场合，似乎也轮不到她出面吧。

一个妇道人家，身份再尊贵都不该掺和到宴请机关师的聚会中来。

下面的宾客都在心里暗自嘀咕，不少人很介意一个不相干的弱女子突然出现在主位上，可是又拿不准她是什么来头，所以就算心中不满，也都没有贸然发作。

最重要的是，这里是圣平亲王的地盘，这位王爷冷血嗜杀铁面无情的名声不是开玩笑的，武道修为更高得吓人，非常不好得罪。

两个"严棣"？！

今日宴会的客人共分八席入座，三大机关世家的人各占一席，其余来自各地的机关大师坐了四席，每席都有相月国的高级军官相陪，还有一席是相月国的知名机关大师以及相关官员。

秦悠悠扫了一眼西河风氏那一席，果然见风归云就在其中，那一身白得让人想泼脏水的衣服实在太过显眼了！

风归云的目光与她一对，神情颇为复杂，看上去都不像有什么恶意，反而似是有些着急担忧。

怕她趁机灭了他吗？哼哼！

虽然秦悠悠很想很想，不过也知道今日绝对不是报仇的好时机。

秦悠悠有些不忿地挪开目光转到鬼三台金氏那边……没有一个认得的，唯一比较突出的是他们那一席上有一个年轻女子，有可能就是先前在最高楼见过的那一个金什么的妹妹，她记得当时那个金什么的声称自己会机关术，而且很厉害的样子。

这里满眼所见除了自己与身后几个侍女都是男人，这个女子能够堂而皇之列席，多半也是个不错的机关师。

这里有不少夏云峰文氏的人，估计化身楚云深混到金氏队伍中的文风盛文叔叔是不会出席的，所以秦悠悠也没有再刻意留意金氏那边。

秦悠悠刚刚坐定，一名大胡子相月国武官就站起身对严棣行礼道："敢问王爷，这位姑娘是？"

他叫苏台新，乃是严棣的老部下，性子向来直率，不像其他人，明明满肚子疑问，却考虑半天还不敢直言探询。

"她是本王的贵宾，姓秦。"严棣淡淡道。

贵宾？下面不少机关师面露不虞之色，他们也是贵宾，这女子凭什么公然越过他们坐到严棣身边去，严棣这是在表示她的身份比他们还要尊贵吗？

所有人里头，只有风归云心里有数，论身份价值，秦悠悠确实完全有资格与严棣平起平坐，如果她不是女儿身，只怕就算是多丽国、相月国这样的顶尖强国国君也会对她礼敬有加，用尽手段将她供奉起来。

不过严棣真的只是把她当贵宾吗？风归云绝对不相信。

正因如此，所以他才越发着急，偏偏身边耳目太多，他急得头发都白了，还是想不出什么好主意去扭转局面。

有些脾气比较火爆的机关师觉得受了侮辱就想当场发作，却听严棣施施然继续道：

"也是本王即将迎娶的王妃。"

未来的王妃？那也算是王府的主人了，这还差不多。那些高傲惯了的机关师们冷哼一声作罢。

更多人却在羡慕，这圣平亲王当真艳福无边啊，也不知道是哪个高门世家竟生出这等美貌的千金便宜了他。

鬼三台金氏那边，金明春拳头紧握一言不发，金明池眼中闪过不忿之色，而两人的父亲金浮图手握酒杯沉吟不语，也不知道在想什么。

风归云垂下眼睛，掩住眼中的阴沉——好个圣平亲王，手脚真快！

秦悠悠没想到严棣会当众这么说，一张脸涨得通红——不是害羞，是生气气的。

她都没答应，他凭什么自作主张？

严棣感觉到秦悠悠"火辣辣"的视线，侧头对她微微一笑。

那恐怖的笑容直把秦悠悠吓得如坠冰窟，什么火气都消了。

这是赤裸裸的恐吓，警告她不许坏了他的事。

在旁人看来，这是美人含羞凝望，冰山王爷回眸温柔一笑，好不缠绵甜蜜。

大家都觉得，这位秦氏未来王妃，一定是极得圣平亲王欢心的，从来面无表情的冷面杀神面对美人竟然会笑了，简直就是奇景啊！

虽然这笑容看起来，有些吓人……

因为秦悠悠出现而变得十分诡异的气氛，很快在相月国官员的妙语如珠下化解于无形。

严棣点了点头宣布宴会正式开始，负责陪客的相月国官员客气而恭敬地逐一介绍宴会的各位贵宾，介绍到鬼三台金氏那一桌的时候，秦悠悠竖起耳朵听了一遍，果然没有楚云深这个名字，同时也终于记住那席唯一的女子原来名叫金明春。

酒菜上来，宴席气氛逐渐热烈……热烈得透出些许火药味了。

这次宴会原本就是让参赛各方互相初步了解彼此有哪些参赛者、实力如何的，宴席上难免会提出些机关之道上的疑难，名为探讨实质互相考究一番。

探讨着探讨着，几个脾气比较火爆又各有背景的机关师便忍不住吵了起来。

严棣稳坐钓鱼台，压根不闻不问，秦悠悠听了一阵觉得他们吵的问题没什么意思，也懒得再听，专心埋头苦吃。

风氏与文氏两个年轻机关师吵得最凶，到后来几乎忍不住离席掐架，双方长辈也不拦阻。

一名来自外地的机关师笑着劝道："两位且消消气，不是还有鬼三台金氏的高手在吗？不妨请他们评说一番。"

金浮图原本不愿掺和到文氏与风氏的争端之中，所以一直约束弟子们尽量多喝酒吃菜少废话，保持神秘感。最好让风、文两家先打一架再说！

没想到还是有人把事情往他们这边扯。

这两家小辈争辩的问题原本就是机关之道上有名无解之题，便是他们三大世家中的顶尖机关师也不见得能辩出个是非曲直，他不管偏向哪家都可能会惹来另一家的诘难争辩，可是如果只是和稀泥，又不免被人瞧扁了。

正当金浮图犹豫着该如何敷衍过去的时候，一直默不作声的金明春忽然笑着插话道："数日前小妹听闻一事，圣平亲王身边这位贵客秦姑娘仅凭一件机关暗器便在城西彩丝坊击伤了一名六品武者，想来亲王府上定是供奉了一位了不得的机关大师。"

金明春很聪明地故意不提那名六品武者其实是相月国的颐亲王，免去了相月国众人的尴尬。

她环顾脸色各异的众位宾客一圈，接着道："今日乃是圣平亲王主持设宴招待众位前辈同道，不如就由王爷府上这位大师现身说法，替两位世兄评个高下如何？"

厅上顿时静了下来，一道道目光纷纷转移到严棣身上。

秦悠悠神经再粗壮都能感觉得出来气氛有些不对劲，似乎是一场酝酿已久的好戏终于走到了高潮，人人都在等待着接下来会发生什么。

果然忍不住露出狐狸尾巴了？严棣心里冷笑，彩丝坊发生的事，金氏的人能知道，文氏与凤氏的人又怎会收不到风声？

这些人吵架是假，一唱一搭想摸清楚他手上那名机关大师的底细是真。

严棣不理他们目光，好整以暇地侧头望向秦悠悠，以十分认真严肃的语气道："你明白本王为何让你少出门惹事了？"

这是什么话？！

秦悠悠很愤怒，明明是你惹的人渣祸及我，应该少出门惹事的是大爷你才对吧！

但是那个人渣确实是她用机关暗器所伤，而且之前严棣还特意"体贴"地问她"我动手还是你动手"，如果让严棣出手，自然就没有今日的事了。

好吧，说到底又是她的不是了！

在众多宾客眼中，秦悠悠现下不用装都是一脸的委屈兼有口难言。

严棣将她有趣的神情收入心中，对下面翘首以盼的宾客淡然道："本王最近确实得了一位机关师，五日后她将作为我相月国的代表担任圣手擂台大赛的裁判。各位有什么疑难争执，不妨留到五日后于擂台上公平决战论个高下。至于她的身份，时候到了各位自然会知道。"

言下之意，他没打算让自己新招揽的"高手"参与圣手擂台的竞争，这些人可以安心了，不过他也不会现在就让他们知道这名神秘"高手"的身份。

秦悠悠暗暗咬牙，妖怪恩公这是又擅自做她的主了！

不过能够当圣手擂台的裁判也不错，她有机会仔细看清楚每个机关师的作品。

只要她到时候易容出现，这些人也不会知道她的身份。

想到过几日就能看到很多很多很多机关作品，秦悠悠心情大好，就没有再去计较严棣的自作主张了。

确定不会突然冒出什么意外的高手与他们几家争夺圣手擂台冠军宝座，三大世家的人都大感心安，宴席上很快恢复了一片歌舞升平的欢快气氛。

只有金浮图面上欢笑，心里暗自焦急。

严棣今日对待三大世家的人完全是差不多的态度，既不刻意亲近也不故意疏远，仿佛真的只把他们当成一样的贵宾款待，越是这样反而越显出一副置身事外的冷淡姿态。

如果相月国不是有足够的筹码在手，绝不会对他们这么冷淡的，严棣口中新招揽的机关师究竟什么来头？莫非是天工圣手齐天乐？

除了这个足以傲视天下所有机关师的绝世宗师之外，金浮图根本想不出还有什么人能有这样的价值。

他想到的，其余两大世家的人同样在心底里盘算。他们都是各国争相结交的人，相比起平日接触的高官政要，这圣平亲王对他们的态度确实有些冷淡了。

可是天工圣手失踪已经一年多，就算不曾失踪，此人的性情之高傲难搞也是十分有名的，分毫不比他在机关之道上的造诣差，严棣又是怎么跟他结交上的呢？

还好五日之后，谜底就会揭晓，文氏与风氏的人只要确定对方不是来跟他们争夺圣手擂台冠军的就好，倒并不是非要马上知道对方的底细。

一场宴会大概在戌时就散了，严棣并未刻意留客，吩咐负责接待的官员亲自送他们回各自的住处，就挽着秦悠悠返回后院去了。

风归云深深望了一眼秦悠悠身影消失的方向，转身与风氏此次参赛的领队风家二太爷一起乘车离开。

风二太爷敲了敲车壁，示意风家随行弟子注意莫让人靠近窃听，然后便对风归云道："你比我们先到子夜城，可曾听闻关于严棣新得的那名机关师的消息？"

同行里莫名其妙冒出个自己不知道的高手，风二太爷很难不好奇。

风归云不动声色地摇了摇头道："不曾。"

"旭光圣子派你从多丽国一直追到子夜城，究竟要追缉的是什么人？值得他花费这么多心思？"风二太爷追问道。他并不知道来龙去脉，但却已经隐约怀疑两者之间的关联。

"他要找一名年轻女子……瑶姬姑姑的女儿。"风归云说一半藏一半。

风二太爷脸色微变："十多年了，他们还惦记着她们母女？一个小小女子而已，惊动了奉神教这么多的高手，竟然都没能得手？"

风归云目光一闪道："那女孩子就在严棣身边。"

"什么？那个姓秦的小丫头？！她是瑶姬的女儿？！"风二太爷甚是吃惊，沉吟片刻责怪道，"你怎么不早说？难怪我觉得那小丫头看起来有些眼熟。"

"此事旭光圣子讳莫如深，事涉他师父的隐私，我身边一直有奉神教的人，如果不是二爷爷你亲自发问，我怎么好随意谈论？"风归云苦笑道。

风二太爷点了点头，算是揭过此节，轻叹一声道："没想到瑶姬的女儿都这么大了……嘿嘿，她们母女倒是天生一副好容貌，难怪有这么许多厉害人物对她们念念不忘。那小丫头很快就会是严棣的王妃，这事你能不掺和就尽量别掺和，奉神教虽然重要，但也不值得为了他们去跟严棣结下死仇。"

风归云见他不打算继续深究此事，暗暗松了口气，面上恭敬地应声道："是。"

圣平亲王府内，严棣拉着秦悠悠的手正在月下漫步，秦悠悠努力想把手收回来，结果严棣不但不肯放，还变本加厉地故意将她的手合在两掌之中揉了几下。

"你放手！"秦悠悠恼了，站定了不动，出力想把手拔回来。

严棣伸出另一只手扶了扶她鬓边的金钗道："别闹小孩子脾气。"

什么叫闹小孩子脾气，她这是被坏人非礼了想反抗！

跟坏蛋讲道理是没用的，秦悠悠咬牙切齿坚决不肯屈服于恶势力，一副你不放开我我就不走了的倔犟姿态。

严棣叹了口气，松开了她的手，秦悠悠还来不及为自己的胜利高兴，忽然觉得身体一轻，整个人就被横抱起来。

"这么大了还要人抱，又懒又娇气。"严棣语气平淡，话里似乎还带着宠溺无奈，但是抱她的双手完全不是那么回事！

一股热流自他的手臂渗入她体内，所过之处她只觉得一阵酥麻，连尾指尖都动弹不得。

秦悠悠大惊失色，张嘴惊呼道："坏蛋，你干什么？"

可惜她嘴里吐出来的声音绵软无力，没有半分威势倒像在撒娇。

眼角余光看到身后随侍的绿意等宫女与小太监们一个个眼带笑意低头假装什么都没看见，秦悠悠又气又羞又怕，恨不得在严棣身上狠狠咬两口出气。

妖怪恩公怎么可以这样欺侮她？！

严棣似乎有意要让她尝到教训，就这么一路抱着她走回绣楼，更大摇大摆走进寝室将她放到床上。

秦悠悠一得自由，不等力气恢复就连滚带爬躲到床尾去，双手按到身上的机关暗扣之上，瞪大眼睛恨恨道："你不许过来！"

要不要干脆趁今日就让这小丫头知道，她身上那些小针小箭对他根本毫无威慑力呢？严棣认真考虑起来。

如果刺激太大，把这小丫头彻底惹毛又或者让她怕了自己，似乎就不那么有趣了。可是就这样放任她继续顽抗，严棣又感到有些不耐。

正当他犹豫不决之际，外边传来一阵喧哗之声。

依稀听到驻云飞的大嗓门在吆喝:"你是谁?怎么长得跟我主人那么像?!"

"大胆!"几声暴喝伴随着一阵刀剑出鞘的声响。

"悠悠,悠悠!"这是小灰的尖叫声。

发生了什么事?秦悠悠最紧张小灰的安危,当下也顾不上严棣了,跳下床就跑到窗边往声音发出的方向张望。

绣楼外不远处的竹林边,一群衣甲鲜明的侍卫正手持刀剑簇拥着一名身穿紫色锦袍的男子,与气势汹汹的麒麟赤血马驻云飞对峙,大嘴在半空中拍打着翅膀左右观望,小庭花抱着小灰站在驻云飞身后。

那架势分明是王府里来了外敌,然后驻云飞跳出来准备打架了。

秦悠悠不担心那匹凶暴恐怖的大红马,却有些担心小庭花与小灰。

小灰跑得很快,就算有意外应该也能脱身,但小庭花只是个普通小姑娘,万一打起来很容易伤到她。

严棣不知何时走到她身边,望了一眼那边的情势皱皱眉头,也不问她的意见,伸手揽住她的细腰穿窗而出,脚下一点屋檐,带着她如离弦飞箭一般落在了双方之间,抬手轻轻抚拍了一下驻云飞的脖子,道:"没事,这是我皇兄。"

就着院子里的灯光,秦悠悠也看清楚了对面那个紫衣男子的容貌,果然如驻云飞所言,长得跟妖怪恩公很像!只不过这人笑容满面,神态温和,看着看着又觉得不太像了。

"不知皇兄突然驾临,臣弟失礼了。"严棣随意行了一礼,语气里并无太多恭敬之意。

那名紫衣男子笑笑挥了挥手道:"好了好了,不用紧张,都退下吧。"

簇拥在他身边的侍卫齐刷刷把兵器一收就退了开去,动作整齐划一,从他们散发出的气息看来,没有半个平庸之辈,估计随便拎出一个都至少是七品以上的武尊级别。

什么时候武尊变得这么不值钱了?秦悠悠心里暗自嘀咕。

小灰一见秦悠悠就飞扑过来紧紧黏着她告状道:"坏蛋的马也是坏蛋!它骗我跟大嘴喝酒,把我们灌醉了!悠悠,你没事吧?"

难怪从下午起就再没看见大嘴与小灰出现,原来是被驻云飞骗去灌醉了!

哼,她还以为那匹恐怖的大红马只是脾气暴躁些,本质还是不错的,结果也是一匹外表耿直内里奸猾的马。

果然物似主人型!秦悠悠壮起胆子狠狠瞪了大红马一眼。

驻云飞竟似有些不好意思,撇过脸不敢看秦悠悠与小灰。它也觉得很冤枉,主人吩咐它做的事它就算不愿意也不能不干啊。

而且大嘴和小灰哪里需要它灌醉?这两个家伙都是酒鬼,它什么都没说它们就已经痛快地喝了几坛子烈酒了,它想拦都拦不住。

紫衣男子被晾在一旁也不生气,笑眯眯地看了看小灰道:"这是弟妹的灵兽,挺可爱的嘛。"

有人夸奖小灰，秦悠悠身为主人与有荣焉，不过他话里那个"弟妹"的称呼，她着实不敢苟同。

小灰被夸奖了，竖起耳朵从秦悠悠怀里探头看看谁这么有眼光。

它晚上看不清楚东西，直到此刻距离近了才看明白紫衣男子的长相，它回头疑惑地看了看严棣，终于十分高傲地撇过脸宣布："你长得跟坏蛋太像，我不喜欢你！"

他叫自己主人作"弟妹"那就是坏蛋的哥哥了，跟坏蛋不但长得像而且是一伙的，它才不要被他一句赞美就收买了呢。

"无礼！"几个站得比较近的侍卫听了小灰的言语都沉下脸色大喝起来。

小灰被一群神情凶狠，个子高大的男人一喝，愣了愣就想发脾气，不过很快就换上一副委屈害怕的表情一头埋入秦悠悠怀里。

紫衣男子笑哼一声道："行了，你们都闭嘴！别吓着朕的弟妹。阿棣，你要朕站在这里跟你说话？"

朕？这家伙是相月国的皇帝严櫎？

秦悠悠有些诧异地看了他一眼，她还没见过这么嬉皮笑脸的皇帝呢。

不过师父说过，皇帝都不是好东西，伴君如伴虎，这家伙笑眯眯的那就是一只笑面虎。

那边厢严棣淡淡做了个请的姿势道："皇兄这边请。"

严櫎向秦悠悠招手道："弟妹也一起来，都是一家人，不用见外。"

谁跟你是一家人啊？！秦悠悠心里反驳。

不过这里是人家的地盘，公然驳一国之君的面子，对自己一点儿好处都没有，更别说还有妖怪恩公在一旁虎视眈眈，她没必要自讨苦吃对不对？

就让他们自说自话好了。秦悠悠自我安慰着，不情不愿跟着他们一起去了。

这时候大嘴从半空中飞下来停到她肩膀上，歪着脑袋盯着严櫎，神情充满震惊疑惑。

秦悠悠听见它低声喃喃自语："怎么会这样？莫非会是他？不是吧……"

"怎么了？"秦悠悠奇怪道。

"没什么。"大嘴用力摇头。

过了片刻大嘴又侧头打量严棣，咕哝了一句："如果是这样，还不如便宜这混蛋……一定是我搞错了。"

鉴于大嘴经常疯疯癫癫说些别人不懂的话，所以秦悠悠也没有太放在心上。

倒是严棣瞥了它一眼，心里马上想到了当日它在彩丝坊气愤之下说的话，眼角轻跳了一下。

圣平亲王府严櫎已经光顾过太多次，熟悉程度比他的皇宫也差不了太多。

一行三人很快就到了严棣居住的石院书房，屏退所有闲杂人等包括三只灵兽，仅余梁令与严櫎身边一名老太监伺候。

严櫕长吁一口气坐没坐相地歪在严棣常坐的椅子上，喝过梁令亲自送上的清茶，抬眼笑望秦悠悠道："永乐不给朕介绍一下未来的弟妹和我们相月国的第一机关大师吗？"

"我不是！"秦悠悠不满道。这里没什么人，她也没必要再忍着了。

严棣仿佛没听见她的反驳，抓住她的手将她拉到身边道："悠悠，这位是我相月国的国君，也是我的兄长。"

好吧，这个介绍还算正常，秦悠悠扁扁嘴巴向严櫕行了个正式的见面礼："拜见皇上。"

严櫕笑呵呵道："弟妹免礼，初次相见，等闲宝物估计永乐多的是，这是宫里传下的一幅机关图纸，据说是替我严氏设计禁地机关的那位大师所留，就算是朕的见面礼吧。"

他身后一直保持沉默的老太监捧起一个卷轴送到秦悠悠面前。

秦悠悠一听严櫕的话就已经两眼发亮，眼见卷轴唾手可得，忍不住纠结起来。

这是人家给弟妹的见面礼，她接了就表示承认身份，可是……可是设计严氏皇族禁地机关那位大师留下的图纸啊！她很想很想看！师父都没见过呢。

看完了还给他们就是了！对！就是这样！

秦悠悠一手接下那个卷轴，也顾不上什么礼貌不礼貌，小心翼翼地就展开了就着桌上的灯光仔细观看。

严櫕也不去干扰她，懒洋洋凑到严棣身边，向着秦悠悠那边扬扬下巴得意道："永乐，哄女人的本事，你还差很多，要不要为兄传你两招啊？"

严棣想起大嘴所说的话，脸色一沉，毫不客气一手推开他道："把你那一套省下来留着对付你后宫那些女人吧。"

秦悠悠是他的，用不着别人多事讨好，就算是他的亲兄长也不行。

"啧啧啧，看不出来你还是个醋坛子，我这是帮你哪，就你这慢吞吞的速度，你不急母后都急了。"严櫕不以为然道。

那边秦悠悠看得心满意足，总算想起书房里还有另外两个人，依依不舍收起卷轴决定等回去了再仔细研究。

"多谢皇上厚赐。"她再次起身行礼道谢，这次是真心诚意的了。

卷轴上的图示并不复杂，但看在她眼中却觉得巧妙非常，对于好几个她还没想通的问题很有启发意义。

对于她而言，这小小一个卷轴比什么稀世奇珍都要可爱多了。

严櫕"状似"随意地笑道："弟妹客气了，这是我严氏的绝密，如果外人看了，那就是我严氏的死敌，不惜一切也要将他杀了灭口，不过弟妹你嘛……呵呵，总归是我严氏的人，那就没关系了。"

秦悠悠脸上欢喜的笑容一僵,这话的意思是不是如果她不嫁妖怪恩公,就等着被他们追杀到天涯海角?!就算她把卷轴还回去都没用?!

严橚见她听明白了,笑得格外温和可亲,可在秦悠悠看来,这家伙的笑容分明比严棣还要可怕。

她真傻!妖怪恩公的兄长能是什么好东西!都是一般的阴险奸诈,不过一个假正经,一个笑面虎的区别罢了。

严棣看到秦悠悠那副欲哭无泪的表情,心里忽然有些不高兴。

他的女人,怎么可以让别人欺负了去?

他握住秦悠悠的手,抬头对严橚道:"人你见过了,礼也送了,如今子夜城里来路不明的修炼者与机关师极多,皇兄还是保重龙体,早些回宫去吧,这一两个月内少些出宫的好。"

"算了吧,你明知道朕不会有事,就别学那些老头子打官腔了。你也不肯把弟妹带到宫里让母后瞧瞧。朕如果不来,母后就忍不住要来了,你说朕能怎么办?"严橚一点儿不"严肃",言谈举止里带着些漫不经心的懒散戏谑,看上去很好说话,跟严棣的那副冰山姿态简直就像两个极端。

严橚乃是先皇次子,严棣排行第三,可是因为两人的脾气不同,严棣反而像是年纪比较大的兄长。

严橚见严棣沉吟不语,笑道:"你不是说要带弟妹到禁地里去?在这之前总该先让母后见一见未来的媳妇儿吧?她等这日等了许久了。"

禁地?!

秦悠悠一听到这两个字,顿时来了精神。她想到了大嘴的缓兵之计与骗婚计划。

既然他们步步紧逼,她干脆就听大嘴的话,先虚与委蛇,等修为恢复了再说吧。

只要她能恢复昔日的修为,凭她的本事,小心一点的话要潜出这圣平亲王府甚至离开子夜城都并非太难的事。

想到这个,秦悠悠只觉得雄心万丈。妖怪恩公如果真以为能够靠这些小手段让她屈服,她会给他一个大大的"惊喜"的。

严棣不想严橚继续在秦悠悠面前晃,示意梁令送她回绣楼去休息,秦悠悠也无心应酬他们,只想快快回去仔细研究新得的这个卷轴,闻言如获大赦地就跟着梁令走了。

严橚问了严棣几句关于圣手擂台大赛的安排与三大世家的动向,见天色差不多了,伸了个大懒腰站起身。

他在严棣面前压根不在意什么国君威仪,抬手拍了拍兄弟的肩膀道:"就这圣手擂台之后,带弟妹入宫去见母后好了。丑媳妇终究要见公婆的,何况弟妹也不丑,有什么不能见人的?只怕她一进宫,宫里那些女人的牙都要酸掉了。"

严棣一点儿不给面子地拂开他的爪子,冷冷道:"别拿她跟你宫里那些女人比。"

"好好好！为兄失言，弟妹天上地下独一无二。"严櫆大笑两声带着亲信老太监走出书房，在众多侍卫的簇拥下扬长而去。

只不过没人看到，他的笑容在踏入马车中那一刻就淡了下去……

严棣送走了严櫆，忽然想到秦悠悠很有可能沉迷于新到手的机关图纸，忘记吃易经丹甚至忘记休息睡觉，于是挥退身边伺候的小太监决定往她住的小石院去看一看。

小石院外静悄悄地，大红马驻云飞正闷闷地在院子外晃荡。

"这么晚了怎么不去休息？"严棣拍拍它的脖子问道。

"那只该死的笨兔子又去找那个没用的女……找她主人告状，我就闻了它几下，又没有要吃它，它一副见鬼的模样干什么？我长得很丑吗？没眼光的笨兔子！"驻云飞忍不住向主人诉苦。

它觉得自尊心受到严重伤害，它长得这么神骏威武，从前不知道有多少漂亮的母马追着它想跟它亲近，它都不屑理它们。

偏偏到了那只笨兔子嘴里，就整天"丑怪的妖马"，"恐怖的大怪物"那样乱叫。

它以为经过这阵子相处，笨兔子应该会扭转偏见，正确看待它的美，结果今天它不过靠过去好奇地嗅了笨兔子两下，它就像受了多大惊吓一样放声哭叫起来。

不知道的还以为它要吃了它呢，哼！那只胆小没用、没眼光又爱告状的笨兔子！它都没嫌弃它又肥又丑又没用，它倒好意思先嫌弃它了。

严棣啼笑皆非："你没事去闻它做什么？"那只兔子很香吗？还是驻云飞其实很喜欢吃兔肉？这个爱好不错啊。

"它身上有种奇怪的味道……它可能有某种上古凶兽的血统。"驻云飞晃晃大脑袋，有些疑惑一只不起眼的胖兔子能跟上古凶兽扯上什么关系，不过它相信自己没错，它自个儿身上就有神兽麒麟的血脉，对于同级别的神兽、凶兽甚至魔兽的血统气息最是敏感。

严棣抚拍它脖子的手一顿："你闻出来是哪种凶兽了？"他虽然心里早有猜测，不过始终未能证实。

驻云飞摇头气愤道："我才闻了两下，它就又哭又叫……"

它先前就曾经闻到过小灰身上有那种特别的凶兽气息，不过很淡很淡，它以为是自己的错觉，最近却感觉那股气息在渐渐变浓。

"我感觉，它大概跟我一样快晋级了！我只是想确定一下，告诉它这个好消息。"说到这个，驻云飞更郁闷了，它明明是有心想跟那只笨兔子搞好关系的。

灵兽身上的气息突然变得浓郁，正是它们体内灵气凝聚预备突破晋级的表现。

主人说了他会娶那个没用的女人做老婆，以后她就是它的女主人了，它希望她跟她那只笨兔子可以真正接受它，就像它和大嘴一样亲近和睦，偏偏这两个母的胆小没用还很不合作。

"那只兔子也要晋级了？"严棣有些意外，不过这对于他而言绝对是个好消息。

灵兽晋级前少则数月，多则数年都会处于沉睡休眠状态，他正在考虑该如何让秦悠悠身边这两只碍事的灵兽消停一下，上天就送来一个这么好的机会。

"嗯，不止它，大嘴应该也快了。大嘴那么弱，竟然也是九级灵尊。"驻云飞想到自己这么厉害也才刚刚五级，不由得大感沮丧。

那只只会多嘴八卦的鸟儿竟然是九级灵尊？这个消息连严棣都大感意外。

按说天工圣手齐天乐九品武尊的身份有一只九级灵尊作为灵兽，倒也不算是什么出奇的事。奇就奇在，鸹大嘴从头到脚就没半根寒毛有跟九级灵尊这么高级别的顶尖灵兽相匹配的特点。

驻云飞能够轻易感觉到严棣的情绪，它也觉得难以置信，不过它跟大嘴相处的时间很多，它百分百确定大嘴绝对是九级灵尊，灵兽中的顶尖强者。

至于它究竟是自己故意隐藏实力还是其他什么原因导致看上去这么弱，就不得而知了。

驻云飞性情坦率，也不懂得拐弯抹角那一套，问过大嘴没得到靠谱的答案之后就没有再继续追问。

其实它能发现大嘴奇高的级别，也是因为大嘴最近跟小灰一样，开始有晋级的迹象，气息外泄的缘故。

如果驻云飞不是身为灵兽感觉格外敏锐，也不可能发现这些。

"大嘴身上也有上古神兽的气息，它应该也有神兽血统，而且跟我血缘很近。"驻云飞最近都跟大嘴、小灰、小庭花以及十二郎几个厮混，反而比较少亲近自己这个忙碌的主人，难得有机会跟他说话，便忍不住滔滔不绝地说个不休。

"与你的血缘很近？那是什么？"严棣问道。

驻云飞眨眨大眼睛迟疑道："可能是狁。"

传说中的狁生于东海，乃是麒麟的先祖，形状像一只巨型的马，身上生有鳞片，不但能飞还会喷火，凶猛异常，以龙为食，尤其爱吃龙脑。

这世间别说狁，连麒麟都早已成为传说，像驻云飞这样身上带有麒麟血统的灵兽几乎也是绝无仅有的。而那只跟乌鸦似的多嘴贪吃鸟儿，竟然有狁的血统？！

就算严棣早有心理准备，还是觉得十分不可思议。

他随手顺了顺驻云飞火红的鬃毛，安慰道："给你准备的灵药已经齐全，一个多月后待我身体再无问题，就可以帮你晋级，以你的潜力一举跨过灵尊晋升成为圣尊也并非绝无可能，无须气馁。"

所谓圣尊那至少是十级灵兽了！

驻云飞很清楚知道主人的底细，也绝对相信他的能力能够帮自己创造这个奇迹，当下欢啸一声，把大脑袋往严棣怀里拱了拱，兴奋道："好啊好啊！真太好了！"

这一人一兽都没发现，不知不觉间他们也受了秦悠悠与小灰的影响。一个懂得替自己的灵兽顺毛安抚，一个晓得挨挨蹭蹭向主人撒娇了。

"哼哼，等我晋级圣尊可以化身人形，我去把那只该死的笨兔子抓起来一顿好打！看它还敢说我丑怪不？！"

驻云飞恶狠狠地打了两个响鼻，开始幻想自己变成人之后，一手揪住小灰长长的兔耳朵把它拎起来好生教训一顿的英姿，恨不得这一个多月时间眨眼就过。

打发走兴奋的大红马，严棣转头望向秦悠悠所住的绣楼，果然二楼窗子还透出暖暖的灯光——小丫头定是在研究那个卷轴上的机关图纸了。

她要等杜韦娘与小庭花去休息之后再爬起来看图纸，绿意等几个小侍女根本不敢管她。

严棣皱了皱眉头，足下轻点数下，悄然无声掠到二楼寝室外的长廊上，里面的秦悠悠半点不曾察觉，他无声无息已经走到了她的身边。

橙黄的灯光下，秦悠悠穿着淡绿色的寝衣披散长发坐在床上，微微低头凝望着铺在膝上的图纸卷轴，认真沉醉的神态宁静而美好，满室飘满温暖馨香的女儿气息，让严棣如饮醴泉，不由自主地感到身心放松。

小灰四仰八叉地摊在秦悠悠身边呼呼大睡，房间里只有它的呼噜声与秦悠悠轻浅的呼吸声，还有梁上大嘴偶然不知所云的梦呓。

严棣不想承认，他有些妒忌那只天天黏在秦悠悠身边、可以大模大样跟她睡在一张床上的笨兔子。

"怎么还不休息？"严棣静静看了一阵终于开口道。

秦悠悠正看得入神，猛地听见人声吓了一大跳，抬起头来就见严棣不知何时已经站在了床边。

她呆了呆想起自己身上只有单薄的寝衣，顿时大窘，一边手忙脚乱把被子扯到胸前一边往床里缩了缩道："你、你、你怎么可以一声不吭走进我房间来！"

其实之前几个月里，类似的事情严棣做过许多次，秦悠悠一直没往暧昧的方向想，这几天他直言摊牌之后，再有类似作为，她才开始突然介意起来。

从前以为他心无邪念，如今知道他根本不是什么正人君子，自然不能等同对待。

"今日的易经丹你还没吃？"严棣的问句语气肯定，一脸的"刚正不阿"。

直到此刻秦悠悠还忍不住有些怀疑，他跟几天前突然强吻她的色狼、还有今天早上抱着她甜言蜜语一顿哄骗的混蛋，真的是同一个人吗？

"还没有，我等下就吃了。"秦悠悠都搞不懂自己究竟怎么了，妖怪恩公还没对她做什么呢，她就忍不住先紧张害怕了，小心肝扑通扑通好像要从心窝里蹦跶出来似的。

握在手上的卷轴被一下夺了去抛在一边的小案几上，秦悠悠还来不及抗议，严棣就大马金刀直接坐到她床上执起她的手腕替她把脉。

他掌上的热力透过手腕的肌肤一直渗入她的身体，秦悠悠用力想夺回自己的手，不过一点儿用处都没有,只能咬牙切齿任他把脉把个痛快。

"你心跳太快了,静心。"严棣忽然沉声道。

丢死人了!秦悠悠窘得几乎想在床上挖个洞把自己埋进去。

"你半夜三更摸进来,我差点被你吓死了,怎么静心?!"秦悠悠恨恨道,坚决不承认自己心跳加速其实并不完全是因为惊慌害怕。

还好严棣也没有继续说出什么刺激人的话,缓缓收回手道:"你有没有每天服药?药呢?"

"有的,药在这里。"秦悠悠无奈地从枕边取了小玉瓶,倒出一枚易经丹在严棣的虎视眈眈之下将药吞服。

算了,她斗不过恶人,而且人家盯着她吃药应该也是为了她好。

药丸刚刚滑过喉咙,秦悠悠忽然想起一事——这药吃下去她马上就会陷入沉睡,万一妖怪恩公趁机对她做什么,那怎么办?!

"你、你不可以……"她的警醒来得太晚,警告的话还未说完,眼皮已经忍不住一路往下掉,人也软软地往后倒去。

他不可以什么?亲她吗?或者……更进一步?

严棣扯过锦被替她盖好,低头轻吻一下她红晕未散的脸颊。她一定不知道,刚才她红着脸蛋眼睛水汪汪不敢看他的模样是如何迷人。

顿了顿,严棣意犹未尽地亲了亲她的眼睛和淡粉色的唇瓣,然后才吹熄了灯火起身离去。

计划至今很顺利,再过一个月零两日,他就可以光明正大地拥有她了……现在就先放过她吧。

你到底算几级?

不知不觉,又是三日,秦悠悠在严棣的督促下终于协同梁令与看守宝库的老卓,把整个地下宝库的机关全数装好。

之后严棣秘密找宫中供奉的两名机关大师来走了一趟,据说两人都是在进入宝库的楼梯上就铩羽而归了。

严棣也亲自试了一趟,回来后摸摸秦悠悠的脑袋赞了一句:"还算有点用处。"这就是满意收货了。

秦悠悠觉得他的赞美非常没有诚意，不过看着宝库的机关全部完工她还是很有成就感的。

原本几日前就能完成的事拖到今日，说起来都是严棣之过。

先是他突然提亲把她弄得心神大乱，其后他那个皇帝哥哥又送来一卷机关图纸把她搞得无法专心，幸好有梁令与老卓这样的高手帮忙，加上小灰还算配合，这才赶在圣手擂台大赛之前全部完工。

眼看着明日就是圣手擂台大赛开锣的日子，秦悠悠让梁令准备了各种易容要用的东西，盘算接下来几日用什么形象出现在擂台赛上比较好。

严棣晚上到小石院用餐的时候，就见秦悠悠的绣楼里走出一名瘦小老者，一拐一拐走到他面前躬身行礼道："小老儿见过王爷。"

老者声音沙哑低沉，两眼无神，一副有气无力的样子。

跟随严棣前来的梁令大吃一惊，他敢肯定王府中绝无此人，这个老头子是怎么潜进来的？竟然还潜到了小石院里！

严棣走上前，一手拉过老者抬起他的下巴，皱眉道："怎么把自己弄成这个样子？"

一个大男人对另一个老头子做这么暧昧的动作，那情景真的让人有很严重的违和感。

梁令瞪大眼，瞬间明白过来——这个瘦小老者是秦悠悠假扮的！

秦悠悠被人一眼识破，挣扎着退开两步，不忿道："你怎么认出我的？韦娘、绿意还有小庭花她们都没认出来。"

严棣不答她的问题："你身上这是什么味道？！"好像在柴房马厩里滚过一圈似的，那股令他厌腻的气味完全盖过了她身上原本清新温暖的馨香，让他十分不惯。

秦悠悠扁嘴道："我让大嘴去找来的，可能是伙夫或者厨工的衣服吧。你快告诉我，你怎么认出我的？"

她觉得自己的易容术就算称不上冠绝天下，也应该是顶尖高手的水平了，为什么妖怪恩公每次都不费吹灰之力就能认出来？

一定要打探清楚自己的破绽在什么地方！

"去换掉。"严棣一手抓住她就往绣楼里走。

"喂喂，你先告诉我破绽在哪里，我才好改进啊。不然我明天被人认出来就麻烦了。"秦悠悠知道自己根本挣脱不了，所以也不挣扎，努力试图跟他讲道理。

她感觉得出来妖怪恩公很不满意她这副装扮，是嫌形象太猥琐了丢了他相月国的面子？就算不满意好歹也说个明白，他到底想要什么样的嘛。

她让梁令准备的东西很齐全，只要他提要求，她马上可以去换个让他满意的形象。

"明天你不需要易容。"严棣的回答斩钉截铁，也不多解释，直接将她塞给绿意等几个侍女，面无表情道："去给她收拾干净。"

绿意她们在严棣面前除了答应领命，绝不敢有半点多余的动作说话，偷偷扯了扯秦悠悠的衣袖，以眼神哀求她希望她能够合作一些。

她不怕王爷，她们很怕啊！

不过这回秦悠悠不打算轻易就范："我不易容难道躲在帘子后面当裁判？其他人愿意？"

圣手擂台的事她也知道一些，裁判一般由三大世家各出一名机关大师，主办国出一名机关大师，再请三名武圣级别的武道绝顶高手共同组成。

每一名裁判都要有足够服众的实力或名气，其中代表主办国出席的机关大师要求相对低一些，但也不是什么人都可以担任的。

连脸都不露就想当裁判，估计就算其余六位裁判不计较，前来参与擂台赛的机关师们也会鼓噪抗议。

严棣对秦悠悠的追问，只是淡淡回了句："洗干净了下来用过晚饭再说。"

"现在说不行吗？"秦悠悠真的很好奇。

"你太臭了。"严棣毫不客气地批评道，说完转身往花厅而去，明摆着不会再搭理她。

秦悠悠差点儿被他这句简单直白的评价气晕，她也觉得自己现下的味道不太好闻，她不是为了形象逼真一点嘛，他一个大男人至于这么挑剔计较吗？比较难受的是她自个儿好不好？！

眼见严棣走开了，绿意她们紧绷的神经放松下来，想起他最后说的那句话，都忍不住掩嘴窃笑。

"姑娘你还是听王爷的话跟我们去沐浴更衣吧，你身上的味道，确实有点儿……嘻嘻！"绿意忍俊不禁。

这段时日相处下来，她们都知道秦悠悠很好伺候没什么架子，在她面前说话举止也不自觉轻松了许多。

秦悠悠哼了一声还是上楼去梳洗更衣了。

嫌她臭？那她就洗得很彻底一些，混蛋你就在下面慢慢等吧！

于是，秦悠悠这一梳洗硬是折腾了大半个时辰才算完。

严棣看见她恢复娇美鲜妍的可人模样，身上再没有什么怪味道，终于算是满意了，也没有计较她故意拖延时间，点了点头示意小太监传膳。

晚饭过后，严棣什么都没说就起身离开，秦悠悠忍不住追上去问道："明天到底要怎么办？"

"你就这么去，无须易容隐瞒身份。"严棣似乎罕见地有些不耐烦。

"那怎么行？被人认出来怎么办？"

"你是本王的王妃，谁敢对你不利就是与本王为敌，甚至与相月国为敌。"严棣觉得这根本不是问题。

从前秦悠悠要掩饰身份是因为她势单力孤，就算加上她师父也不过是两个人罢了。她马上就要成为他的王妃，旁人就算知道她是天工圣手齐天乐的嫡传弟子又如何？知道她在机关术之上的造诣足以称雄天下又如何？

她是他圣平亲王的王妃，胆敢动她，就要有面对他狠绝报复的准备，就算是三大机关世家甚至是多丽国的国君，也没这个胆量去承担彻底将他激怒的可怕后果。

更何况，秦悠悠在他身边，也不会有人有机会对她不利。

"我、我还不是！"秦悠悠气结，她都没答应。

严棣慢慢抬头看了梁令一眼，梁令马上会意地带着屋里其他人飞快退出去。

秦悠悠发觉形势不对正想说什么，就见严棣已经走到她面前，她慌忙想退后拉开俩人的距离，结果被严棣步步紧逼一路逼到了墙角。

"你要做什么？"秦悠悠色厉内荏地低叫道。

"你的意思难道不是想今晚就成为本王'真正'的王妃？"严棣那副表情完全不像是在开玩笑。

"你胡说！我没答应你的，你不可以乱来！"秦悠悠慌乱地想发动身上的机关暗器好把意图变身色狼的坏蛋逼开，但是摸摸这个好像是有毒的，那个好像劲度有些太猛，旁边那个都是往要害去的，下面那个威力大概又太弱……

正当她手足无措之际，严棣的手已经稳稳握住她的，以轻柔但不容拒绝的力气反折到她的腰后，低头吻住她的唇，毫不客气地肆意品尝起来。

严棣很满意甚至是得意，虽然这个小丫头身上的机关暗器不可能对他造成什么伤害，但是她的慌乱迟疑还是大大取悦了他。

她在心软，她不舍得伤害他，所以才会轻易受制于他，他刚才甚至并没有动用一丝真气，就轻松地将她掳入怀中。

不管她不愿伤害他的理由是她已经为他心动，还是害怕伤了他就无法恢复自己的修为，他都觉得高兴。

天知道她刚刚带着一身沐浴过后的馨香水汽出现在他面前的时候，他多想将她抱入怀中狠狠亲吻，她慵懒娇嫩的模样看上去太过美味，让他对满桌佳肴都失去了兴趣。

他只想好好品尝她。

他急着离开就是怕自己忍不住……

可是这个小丫头偏偏完全不体谅他的苦心，非要将他留下来，还不怕死地出言挑衅，那他也只好不客气了。

秦悠悠只觉得自己的身体好像忽然贴到了一个火炉子上，那种几乎将她整个人烧起来的热烫令她由衷地感到害怕。

坏蛋的脸孔离她很近很近，近到她可以数清楚他长而浓密的睫毛，贴在她唇上的唇柔软温润偏又带着不可一世的热烈霸道，仿佛下一刻就要将她吞噬……

那双向来冷漠平静的眼睛变得幽深暗沉,黯黑深处似乎燃烧着可以将她融化的火焰,秦悠悠被吓得紧紧闭起眼睛,努力想转过脸躲开这令她畏惧的眼神与热吻,却发现不知何时紧紧圈住她身体的男人已经腾出一只手来按住她的后颈,令她无从躲避。

双唇被一下接着一下地用力吸吮,她的呼吸与气息都被尽数掠夺。

秦悠悠慌乱中勉强想开口发声制止,结果只是给了对方发动更凶猛侵略的机会。火热的舌尖趁机强行攻入她的双唇,在她口中肆意翻搅,甚至得寸进尺地挑弄厮磨起她的舌尖。

欺人太甚!秦悠悠的惧怕惊慌累积到某个临界点反而生出一股无名火气,猛地一口咬下想让这个胆敢侵犯她的男人试试她锋利的牙齿,结果严棣却像早就料到了似的迅速无比缩了回去。

如果他以为秦悠悠的攻势仅止于此,他就大错特错了!

"嗯!"严棣一声闷哼,终于脸色铁青地退开几步,脚步罕见地带了些许踉跄不稳。这个小丫头竟然不声不响突然抬膝撞向他的要害部位!

以她如今的气力速度根本无法对他造成伤害,不过满腔激情之际挨了这么一下也绝对不是什么愉快的事。

秦悠悠趁着严棣松手的片刻就想从他身边快步溜走,结果步子刚迈出去就被他抓住,一股酥麻的热流自他手上涌入她体内,她毫无反抗之力地就当场软倒。

感觉身子被严棣横抱起来往楼上寝室而去,秦悠悠这回是真的怕了,大眼睛转来转去拼命想还有什么方法可以制止混蛋做坏事。

可是她如今连开口都办不到,哭的话不知道会不会有效,据说有些混账男人看到女人哭会越发兴奋,她不敢确定严棣是否其中之一。

大嘴和小灰不知道跑到哪儿去了,就算它们在,大概也帮不上什么忙……怎么办?!

秦悠悠又急又慌,闭紧了眼睛不敢去看严棣,无力反抗的身子忍不住微微发抖。

身体终于被重重放到软绵绵的床铺上,严棣热烫沉重的身躯紧接着压了上来,秦悠悠几乎想放声尖叫。

过了好一阵,预想中的可怕事情没有发生,只不过严棣的身体也并未离开。

秦悠悠大着胆子睁开眼睛,眼前一片朦胧,模模糊糊只见一张脸孔离自己很近很近。

温柔的轻触落在脸上,她似乎听到一声无奈的叹息:"对本王又咬又踢,还有脸哭。"

她哭了么?秦悠悠用力眨眨眼睛,把泪水眨掉,果然视线就清晰起来了。面前的严棣还是那副面瘫表情,但她感到他好像有些郁闷,嗯……看样子是没打算继续对她做什么坏事了。

"你说过我不愿意做的事,你不会勉强我的,你不讲信用。"秦悠悠发现自己似乎恢复了说话行动能力,马上壮起胆子指责并提醒他。

"是啊，所以我没勉强你亲我。"严棣的气息渐趋平稳，支起双臂微微抬起身体，没有再继续压着她。

秦悠悠气极，这是什么话？！混蛋当日的承诺原来都是带了陷阱的。

"我不要嫁给你！你放开我。"秦悠悠一边说一边用力想推开他。

严棣翻身坐起，抓住她的手一扯，秦悠悠收势不住就直接整个扑到了他怀里，被他紧紧抱住。

"你最好别乱动，不然本王不确定是不是忍得住。"严棣轻轻抚拍她的肩背，语气淡然地警告道。

隔着彼此层层衣物，秦悠悠都能感觉到严棣身体带着些不同寻常的紧绷，她虽然没经历过真正的男女之事，但女儿家的直觉告诉她，严棣不是在开玩笑，自己如果不听话，后面会发生什么事就很难说了。

严棣低头埋在她颈间满足地呼吸着她香甜的气息，稍稍安抚自己快要抑制不住的躁动。

还不是时候……只能如此了。

两人这么相拥而坐了好一阵子，本来绷紧了精神与身体随时戒备的秦悠悠终于也撑不住渐渐软化下来。

肩背上一下一下温柔的抚拍，让她想起小时候师父哄她睡觉，也是这样抱着她轻轻抚摸……

她心里闪过一个让她很惭愧的念头：混蛋的怀抱其实挺舒服的，在这样初冬微寒的日子里靠着暖洋洋的，比什么暖炉都好用。

小灰毛茸茸软绵绵手感更好，可惜个头有些太小了。

严棣如果知道她把他跟小灰进行类似暖炉功能对比，真不知道该作何感想。

"小灰和大嘴不知道跑到哪里去了……"秦悠悠觉得这样安静又暧昧的气氛很不妥，于是决定选个安全的话题引开严棣的注意力好脱身。

"驻云飞带了它们去看聘礼。"严棣的声音就在耳边，热气呵在她的耳朵上痒痒的，让她觉得很别扭。

她侧过脑袋把耳朵靠到他的脖子上，避开他的唇，一边无意识地问道："什么聘礼？"

"本王要娶正妃，自然要有聘礼。你师父既然不在，就让鸱大嘴作为代表去看看。"

"你想收买它们？！"秦悠悠警醒起来。

如今她已经发现，妖怪恩公几乎是从来不做多余的事的，所谓看聘礼什么的，肯定有阴谋！

严棣不答，只是平静道："说起来它们也该回来了。"

话音刚落，就听见外边梁令道："王爷，驻云飞急报，王妃的两只灵兽在城外别院昏迷不醒……"

秦悠悠大惊失色，猛地瞪大眼睛看着严棣颤声道："你、你对它们做什么了？！"

"你以为，本王会对它们做什么？你要不放心，换身衣服，随本王去看个明白。"严棣慢慢松开秦悠悠，神情镇定地从床上站起身。

秦悠悠理智上觉得严棣不会平白无故伤害大嘴和小灰，但是它们偏偏就在这个关键时刻出事。

在她心里，大嘴和小灰就是她身边仅余的至亲，如果它们有个什么意外，她都不知道自己该怎么办。

她飞快换好外出的衣服，走到院子里，就见驻云飞正站在严棣身边，她猛地想起先前梁令所说，前来报讯的就是这匹大红马，于是也顾不上害怕，几步走上前去问道："大嘴和小灰怎么了？"

"我今天早上带它们去看聘礼，它们见到聘礼很高兴，大嘴当场忍不住吃了起来，笨兔子原本不想吃，可是后来看见一块古木就忍不住了，我都数不清它们吃了多少东西，吃饱了它们就睡着了，一直到天黑了都不醒，而且气息越来越微弱……我怕出事就赶回来报个信。"驻云飞道。

秦悠悠不知道该松口气还是该更紧张，如果只是吃撑了那还好，可是它们两个从来都是越吃越精神的，怎么会气息微弱呢？

她不敢多看驻云飞，于是也没发现大红马眼中的闪烁与歉然。

它没有说谎，只不过隐瞒了一点点信息。它其实很清楚知道大嘴和小灰究竟发生了什么事。

"快带我去看看它们，好不好？"秦悠悠对严棣道。她总觉得事情有些不寻常。

大嘴对于各种奇花异草以及灵兽妖兽的辨识能力极强，什么能吃，什么不能吃，它比谁都清楚，而小灰更是不管有毒没毒都没所谓，天下就没有它不能吃的东西。

它们平日饱餐一顿，睡半天就会生龙活虎醒来，怎么会不但不醒还变得虚弱？

除非它们要晋级了。

前几日大嘴和小灰跟秦悠悠提过，如无意外　年之内就会准备晋级，它们当时估计最快也是明年夏天的事，不应该是现在的。

严棣翻身坐到驻云飞背上，低头对她道："上马。晚上马车出城很麻烦费事。"

他说的确是实情，这个时候京城四门紧闭，凭他的手令可以叫开城门，但是如果带上马车，不免要按规矩接受详细检查，这是铁律，就算他身为亲王也不能随意违背。

要尽快赶到城外别院，骑马是最好的选择。

但是，马……

秦悠悠咬了咬牙将手递给严棣，对两只灵兽的担忧终于暂时战胜了她对马的恐惧。

身子一轻，眨眼她已经到了马背上正正坐在严棣怀中。

"抱紧我，放轻松，不会有事的。"妖怪恩公的语气还是那么平淡无味，不过其中的镇定平静不知不觉安抚了秦悠悠紧绷的心神。

她努力让自己冷静下来,忘记正骑在一匹可怕的马背上。

"好了,驻云飞,走吧。"严棣伸手扶住秦悠悠的腰肢,替她拉好披风的帽子,吩咐驻云飞往城外而去。

驻云飞脚步一起,秦悠悠抱着严棣身体的手就不由自主一紧,就算驻云飞已经尽量走得平稳,那种上下起落的感觉还是让她全身僵硬头皮发麻。

"不用怕,有我在,你不会掉下去的。"严棣的声音一字一字传来,充满了安抚镇静的力量。

"嗯。"秦悠悠勉强点了点头,现在也只能相信他了。

驻云飞的速度极快,转眼已经出了王府一路跑到南边城门之下。

"开门!"月光下驻云飞火红的身影显眼非常,守城的兵将一眼认出这是圣平亲王的灵兽,再看清楚马上所坐的正是圣平亲王本人,连忙飞报值守官员。

严棣也不愿拖延时间,示意秦悠悠转头露出面孔望向城楼上方,亮出金色令牌大声道:"本王与王妃有急事需要出城一趟。"

值守官员看清楚就他们两人一马,也不敢多话,当即吩咐打开城门让他们出去。

出了南城门,驻云飞打了个响鼻道:"坐稳了,我要快跑啦。"

秦悠悠有气无力道:"好吧。"天知道刚才从王府到城门那一路,她已经吓得手脚冰凉,不过既然已经势成骑"马",那长痛不如短痛,快跑就快跑吧。

妖怪恩公说要娶她做王妃的,应该不至于看着她摔死在马下……

不过等驻云飞真正跑起来,她就后悔了。

这哪里是什么马?

这分明就是一只速度很快的巨型蚱蜢,她感觉自己就像在腾云驾雾,一下高一下低地往前飞蹿。

严棣见她着实怕得厉害,整个人都几乎缩到他怀里了,有些心疼又有些好笑地松开握住缰绳的那只手,双手将她抱紧了安慰道:"悠悠乖,不用怕,放松,没事。"

"你说得轻松!"秦悠悠低叫起来,抱着严棣的双臂又收紧了一些。

美人儿投怀送抱,还紧抱着他不放的滋味销魂得很,如果美人儿身子别绷那么紧就更好了。

"要不要我帮你放松一下?"严棣问道。

"嗯?"秦悠悠无意识地哼了一声,然后……她的唇就被人紧紧吻住了。

混蛋!这时候了竟然还来占她的便宜?!

秦悠悠气极,可又不敢挣扎,唯恐手一松就会从马背上掉下去,只能就这么任由严棣亲个痛快。

不得不说,因为这个分了心,好像就暂时忘记了害怕,只剩下满肚子羞愤与一丝丝她坚决不肯承认的甜蜜与刺激。

"到了。"驻云飞的脚步不知何时停了下来,吭哧吭哧喘息道。

秦悠悠一惊,手忙脚乱就想推开严棣下马去。

这个过桥抽板的小丫头!

严棣抱着她的腰轻轻一踢马镫就稳稳落到了地上。

秦悠悠终于脚踏实地,眩晕脚软等种种不适反应还未消退,已经忍不住连声问道:"小灰和大嘴在哪里?快带我去。"

他们如今身处的是一个花木扶疏的大庄园,驻云飞走在前面七拐八拐来到一座以巨大麻石建造的库房之前,顶开钢板铸造的大门,道:"它们就在里面。"

就着库房里夜明珠的淡淡光华,可以看清楚大嘴和小灰正并排瘫在库房正中的一张白玉案上,气息微弱得近乎于无。

白玉案周围一片狼藉,各种玉盒、木盒、玉瓶、瓷罐四散,简直像遭了洗劫一般。

秦悠悠走上几步去细看大嘴与小灰的情况,她如今修为尽失,只能靠着与小灰之间的感应去推断两者的情况。

"它们在准备晋级……怎么会早了这么多?"她很快确定两只灵兽并无性命之忧,确实只是准备晋级而已,松了一口气的同时也很疑惑。

"它们这么能吃,会提前晋级也不奇怪。"严棣瞥了眼地上那一本列明聘礼种类数量的大红描金册子。

黑暗中一个身影闪过,地上的聘礼册子就被一名紫衣太监双手捧起送到了严棣与秦悠悠面前。

严棣接过了随手递给秦悠悠道:"你看看就明白。"

秦悠悠瞄到册子上那个醒目"聘"字就感到脸上发烧,这是妖怪恩公要给她的聘礼……

不过看样子大嘴小灰就是吃了聘礼才吃成这个模样的,她又不能不看看究竟什么东西威力这么大,直接导致它们两个提前至少大半年晋级。

册子翻开第一页,看清楚上面写的内容,她就呆住了……

九种九级以上的天材地宝,九十九种七级以上妖兽的妖丹、骨角爪牙、皮鳞等珍贵材料,九百九十九种七级以上灵药。

这是开玩笑的吧?这样的聘礼就算拿去聘个仙女回来都够了,随便拿到任意国家一送,要把所有皇族公主一次打包娶回家都不成问题,甚至要让皇后改嫁都是完全有可能的。

大嘴和小灰如果是因为吃了上面那些灵药珍宝而提前晋级,那是一点儿不奇怪的事。

秦悠悠完全拿不准它们到底吃了多少,也不知道自己能不能够赔得起。如今它们把聘礼都吞下肚子了，她还哪来的立场说不嫁？！

严棣的聘礼要是金银珠宝还好，就师父给她准备的金山银山，要赔多少都没问题。

可是偏偏他聘礼单子上的主要物件，全是有钱都很难买到的天材地宝，有些根本就是传说中的神物奇珍，她就算想赔也赔不出来。

耳中听见严棣问那紫衣太监道："上面列明的东西它们吃了多少？"

紫衣太监深呼吸一口气道："除了一百二十五种灵药，七种妖兽材料之外……"

还好还好，一百多种七级以上灵药加上七种七级以上妖兽材料，她应该还能凑得出来。秦悠悠长呼一口气，不由得暗自庆幸这两个家伙还知道节制，没动那些最贵的东西。

她的一点点侥幸之心在下一刻被紫衣太监接下来的话打得粉碎。

"除了这些之外，其余都被它们吃光了。"紫衣太监压抑不住一脸震惊道。

其余都被它们吃光了？！！！

大嘴和小灰就一个上午，吃了九种九级以上的天材地宝，九十二种七级以上妖兽材料，外加八百七十二种七级以上灵药？！

秦悠悠双脚发软差点被吓得口吐白沫晕死在地。

死定了！卖了她都赔不起！这两个家伙要不要这么能吃啊？

严棣虽然是有意设套对付那两个吃货，但这样的结果仍是大大出乎他的意料——真是太能吃了！

这是他调出皇家私库的多年积存以及禁地内不少珍宝，再加上他这些年来征战历练所得而成的一份聘礼，论价值几乎相当于相月国整整五年的国库收入，竟然一日不到就被这两只吃货吃去了九成。

原本他还担心准备的东西太少，不见得有足够的吸引力打动这两个家伙，所以特意准备了这么许多，没想到它们竟然完全不挑食。

就算严棣这样见惯了风浪的人也不由得大感肉痛，不过更重要的是，秦悠悠跑不掉了！

她的两只灵兽吃下了他这么多东西，她还怎么好意思跑？

紫衣太监与驻云飞在严棣的示意下无声无息退了出去，偌大的库房内只余他与秦悠悠二人。

严棣走上前去扶着失神的秦悠悠坐下，道："今晚先在庄园里休息，明日一早再带上这两个家伙回京去。"

"你故意的是不是？"秦悠悠有气无力道。

聘礼单子上好几样东西都是大嘴与小灰一直垂涎但没能吃到的好料，不难想象它们为什么忍不住。

听驻云飞所言，小灰开头还是有些抗拒的，不过大概是看到单子上列出的那枚传说中的"建木"神树果，才会最终破功。

既然都已经开吃了，吃多吃少区别都不大，所以那两个家伙干脆放开肚皮猛吃。

武道修炼者的规矩，灵兽与主人是一体的，大嘴小灰吃下了严棣给她的聘礼，那就等同于她师父齐天乐与她本人接受了聘礼，她无法退回就只能答应婚事。

赖都赖不掉了……

"不错。"严棣也懒得狡辩。

秦悠悠慢慢垂下头，低低道："我不喜欢这样……师父说，婚姻之事要你情我愿，真诚以对。"

严棣伸手将她揽入怀中，亲了亲她的眉心："你真的那么不愿意嫁给本王？嫁给本王有什么不好？"他是真的想不明白，这小丫头哪来的这么多别扭心事。

他从来不曾对一个女子花这么多心思，更从不曾如此将一个人放在心上，偏偏这小丫头一提起婚事就一副要逃跑的惊惧模样，仿佛他是会吃人的老虎。

虽然，他确实挺想将她吃下去的……

"你太厉害，会欺负人，我嫁给你就要被你欺负一辈子了。"秦悠悠想到这段日子以来在妖怪恩公手下频频吃瘪，就觉得一股怨气涌上心头。

"你当了我的妻子，我自然就不会欺负你了。"严棣受不住诱惑地捧起她的脸蛋又亲了亲她的眼睛。

"我不喜欢你对我使手段。"

"以后能不使就不使。"严棣不太有诚意地承诺道。

"哼！"秦悠悠捶了他一下表示不满，不过并没有像先前那样坚决抵制他的亲近。

其实她已经认命，心里没有什么难过的感觉，反而有些轻松。

如果他是真心对她好，她也好像并不讨厌他，那……就试试安心依靠他好了。

反正将来发现不合适，他们分手就是了，秦悠悠在心里打着自己的小算盘。

严棣并不知道她真正的想法，只感觉到怀里少女态度软化，心中忍不住暗暗得意。她终于乖乖投入他的怀抱了，不枉他这些时日为她花的许多心思。

直到后来，他才发现自己当时得意得确实太早了一些……

庄园里早就安排好秦悠悠的住处，连伺候的丫鬟都已经随时待命。

秦悠悠本来有些害怕严棣会像大嘴说的那样趁机要求生米煮成熟饭，结果严棣却只是抱着她亲了几口就克制地让她服药休息。

她心里不禁对这个男人又多了几丝好感，至少他很尊重她。

不过后来她也发现了，事实根本不是那么回事……

一夜无话，第二日清晨，秦悠悠是在马车上醒来的，大嘴和小灰就窝在她身边的篮子里。她揉揉眼睛爬起身，车窗帘子轻晃，严棣的面孔出现在马车之外。

"怎么不多睡会儿？"

"睡够了，这是在回子夜城吗？"秦悠悠问道。

"是，圣手擂台赛今日巳时举行。"

对哦，昨天夜里大嘴小灰出事，她慌乱之下都忘记了这件大事。还好现在天色未明，估计还不到辰时，应该还来得及。

圣手擂台赛的举行地点就在皇宫一侧的西校场内，从王府过去就算坐马车也不过一刻多钟就能到。

秦悠悠才回到王府绣楼内，发现绿意她们已将洗漱梳妆要用到的东西全数准备好，不用一个时辰就把她打扮得花枝招展重新送上严棣的车驾同往西校场而去。

这次他们所坐的马车乃是亲王的正式车辇，前前后后摆足了亲王的排场，秦悠悠与严棣并排坐在车内，透过窗纱看着道路两旁观望欢呼的百姓，觉得甚是新奇。

马车抵达西校场时，就见场边旌旗招展，正前方一座高台，上面六位裁判已经就座，台下三大世家的席位上也已经坐满了人。他们前方是来自各国的机关匠师座位，校场两侧另有贵宾席位，招待前来观看圣手擂台赛的各方宾客。

这其中有来自各国的使节官员、名人士绅、武道高手以及机关匠师，至于平民百姓就只能在校场外远远看个热闹了。

严棣的马车一直驶入校场大门才停下。他大步走下车辇，回身将秦悠悠扶了出来。

一旁的司礼官员高声道："圣平亲王、王妃驾到！"

场边侍卫官兵同时高举刀枪呐喊："恭迎亲王、王妃。"声如惊雷直冲云霄。

秦悠悠一阵郁闷，她还没嫁的，他们要不要这么急着高调地大声嚷嚷。

被妖怪恩公握着的手微微一紧，严棣侧头看了她一眼，眼中似有淡淡的暖意。

好吧，王妃就王妃，聘礼都吃了九成了还能反悔不成？秦悠悠眨眨眼睛，乖乖任他挽起自己的手臂缓步走过校场登上高台。

高台上主席位置只得一张典雅的玉石大椅，严棣看也不看，先将秦悠悠送到旁边的裁判席上，昂然向所有人宣布："本次圣手擂台赛，由本王王妃代表我相月国担任裁判一职。"

此言一出，台上台下一片哗然。

三名出任裁判的武道高手同时将目光移到了秦悠悠身上，其中一个身材高壮铁塔一般的大胡子站起身冷冷道："圣手擂台赛并非儿戏，恕我大胡子眼拙，不知道圣平亲王王妃是九品以上的武尊武圣还是四级以上的机关大师？"

他叫君不悟，乃是赫赫有名的十一品武圣，无门无派，全靠年轻时一段奇遇加上自身的天赋与刻苦才成就今日顶尖强者的地位。

也只有这样的人才特别无所顾忌，不平则鸣，管严棣是什么身份也照样当众出言质疑。

他问出了在场所有人的疑问，而那些曾经参加过五日前圣平亲王府夜宴的机关师们却忍不住面面相觑——莫非当日严棣所说的机关大师指的就是他这位新王妃？一个十来岁的小丫头？！

风归云脸色微变，他没想到严棣竟然如此肆无忌惮地在所有人面前公开秦悠悠的身份，不过转念一想顿时恍然。

越是如此，秦悠悠反而越安全，人人都明白她身份地位对于严棣甚至相月国的重要性，谁想动她都要考虑再三。

而且，秦悠悠一旦走到了明处，她还能轻易离开严棣的势力范围吗？除非她不要命了。

风二太爷目光如刀，冷冷投向风归云，显然是疑心他知情不报。

风归云心里暗自苦笑一声，他现在先要考虑如何过自家人这一关了。

台上严棣并未因为君不悟的直言质疑而发怒，好整以暇地侧头问秦悠悠："本王一直忘记问你机关之道上算是几品？"

秦悠悠努力想了想道："我十一岁那年，师父说我应该比五级机关师厉害了。"

真是大言不惭，吹牛不打草稿啊！她以为五级机关师是什么？田间野地里的小乞丐吗？十一岁就敢吹嘘比五级机关师厉害，究竟是她师父无知乱夸徒弟，还是她无知自吹自擂？

台上台下这成百上千名机关匠师，公认五级以上的只得七个，随便一个的岁数都可以当她爷爷有余。如果说她十一岁就比他们厉害了，那他们的年纪是活到狗身上了不成？！

君不悟几乎被她气笑了："请教王妃娘娘那位师尊高姓大名？是哪一家哪一派的绝顶高手？真是好眼光啊！"

"我师父叫齐天乐。"秦悠悠声音不大，语气里充满了崇敬之情。师父对于她而言并不是世人眼中高高在上的天工圣手、一代机关宗师，而是她的至亲，是父亲甚至也是母亲，是长辈也是朋友知己，是她这一生最重要的人。

满场寂静，六名裁判连同三大世家等离她比较近的人都听见了，全数陷于吃惊呆愣状态。

"咳咳，天工圣手……齐天乐齐大师？！"君不悟干咳两声问道。

齐天乐有弟子不奇怪，不过这个弟子……怎么会是个如花似玉又没有武道修为的小姑娘呢？

"对啊。"秦悠悠点头道。

君不悟僵硬地转过头道："如此，我没意见了，没想到我活到这把年纪，口还有眼无珠了一回。请王妃恕罪。"

说完一声不吭地坐回自己的座位，再不吱声。

天工圣手齐天乐的弟子不是随便一个人就能冒认的，不过秦悠悠今日乃是顶着相月国圣平亲王王妃的身份出席，在这种师门传承的事情上绝不可能信口开河，否则不但圣平亲王名声扫地，连相月国也会因此成为各国的笑话。

更严重一点，如果她敢拿天工圣手这个天下机关师的偶像来开玩笑，一旦被揭穿将再没有机关师会愿意为相月国效力。

她说话的声音不大，可是一传十、十传百，很快整个校场内外的选手、宾客乃至看热闹的百姓们都知道了这个爆炸性的消息。

相月国的普通民众自然是兴奋不已，他们或许不了解机关圣手齐天乐的嫡传弟子能够给他们带来什么，但是齐天乐公认天下机关第一人的名声所有人都知道，他一个人比里面那些鼻孔朝天的机关师们都要厉害。

这样厉害的人物，他的弟子嫁给了他们相月国的亲王，这是多么值得自豪的事？

相比于场外的一片欢腾，校场内的气氛就显得有些诡异了。

相月国的人自然是喜出望外，但是三大机关世家以及来自其他国家与特殊势力的人心情很复杂，羡慕嫉妒恨的有，惊疑不定的有，纯粹景仰的也有。

不过大家一看秦悠悠那副柔柔弱弱娇滴滴的模样就忍不住怀疑，这小丫头真有她师父说的厉害？

如果自家有个这么漂亮可人的女弟子，估计夸大其辞地赞她几句逗逗她开心也是有的。

这么一想，好些人对秦悠悠的景仰戒慎之意就去了大半。

事实上，一个手无缚鸡之力的弱女子，在制作机关上就要比有武道修为的人吃亏许多，如果齐天乐真的有心栽培自己的爱徒，又怎么会让她弱成这样？

这位圣平亲王王妃，估计顶多也就是画图设计方面出色一些罢了。

但是齐天乐让弟子嫁到相月国，那确实是个很危险的信号，他失踪这一年，不会是在为相月国研究什么秘密武器吧？

这么一想，代表其他国家出席的使节官员都觉得坐立不安起来。

风二太爷也是七名裁判之一，他的位置不方便有什么动作，否则只怕他此刻已经扑到台下去质问风归云怎么最重要的事情偏偏对他隐瞒起来，究竟存的什么心。

同为裁判的金浮图心中一叹，千想万想没想到向来不依附任何势力的齐天乐竟然会来这么一手，难怪严棣看不上自家女儿，对三大机关世家的人也淡淡地毫无表示，天下机关第一强者已经被他拉拢到手，旁人在他眼中还有何价值？

台下金家人的位置上，金明春瞪着裁判席上的秦悠悠，心里不知道是什么滋味。

她眼里花瓶一样的女子，竟然是所有年轻机关师的偶像齐天乐的弟子……情何以堪啊，亏她还一直对她百般鄙夷不屑。

不管其他人怎么想，反正严棣与相月国的人很满意这个震撼效果。

吉时一到，司礼官员请严棣主持揭幕仪式，祭拜过天地以及工匠始祖，即宣布擂台大赛开始。

擂台大赛开头三日乃是初赛，欢迎所有机关师带同自己的机关作品前来接受品评考验，最终会由七位裁判加上严棣这个主持人公开选出其中四十名机关师进入准决赛。

因为是初赛，参加人数较多，七名裁判与严棣会在场中分开四个席位，各自观看各个机关匠师的作品，从中各选出十名最出色的机关师，加上三大机关世家以及主办国的一共十个名额，能进入准决赛的选手实际上是五十个。

七名裁判原则上都是一位武圣搭配一位三大世家派出的代表，严棣与秦悠悠则正好组成一席。

简单而隆重的开幕仪式结束后，校场上马上摆开四张大案，七名裁判加上严棣分别列席，参赛的机关师们则根据号牌顺序到他们面前展示自己的作品。

严棣与秦悠悠的组合最是出众，一个绷着脸吓死人，一个俏生生迷死人，有幸轮到他们面前的参赛者不是被吓得直打哆嗦说话不利索，就是被迷得七荤八素呆若木鸡。

幸好秦悠悠在这方面确实专业程度非常高，一般只要把对方的作品摆弄几下，再问几个问题就能知道他的水平到哪里。

虽然绝大部分参赛者的水准在秦悠悠看来初级得不能再初级，但也偶有几个野路子的机关师确实有些不错的想法与创意。

秦悠悠难得有机会与这么多同行谈论机关之道，心情好到极点，全程笑眯眯的压根忘了严棣的存在。

严棣面无表情心里忍不住暗暗后悔，他也许不该把秦悠悠带到这儿来。

在这个小丫头心里，第一位的毫无疑问是她的师父，其次是机关术和那两只只知道吃的灵兽，再次才也许可能或者是他。

不过如此神采飞扬又专注快乐的秦悠悠，真是迷人得很，如果不是环境不对，他真想将她抱起来好好亲吻一番。

而那些轮到秦悠悠面前展示作品的机关师们，不管先前对她抱持什么看法，交谈几句之后，都不由得对她刮目相看。

果然不愧是齐人师的弟子！句句切中重点，只要简单听过他们对自己作品的特点功能描述，再看几眼，基本上就能将他们设计时的想法困惑，以及设计制作过程中遇到的困难，乃至他们无法解决的问题与缺陷都全数点了出来。

简直像是从一开始就跟他们一起制作机关的伙伴一般，真正的了如指掌。

不知不觉间，秦悠悠以及她师父齐天乐的名声在他们口耳相传之中又上了一个台阶。

日影西斜，秦悠悠除了中间用餐休息之外，几乎没怎么停过，严棣看得直皱眉头，眼见时间差不多了，当即宣布今日到此为止，明日再继续。

秦悠悠从位置上站起身才发现自己累得够呛，喉咙又干又痒难受得很，严棣将她扶入马车内，塞了好几枚作用不明的药丸让她服下，沉声道："明日本王另派两名机关师接替你的位置,你在王府里休息,别来了。"

圣子的一笑倾城

秦悠悠乖乖吞下药丸,任他将自己抱在怀里,小猫一样蹭了蹭道:"我想来。"

她记得从前向师父这么撒娇,基本上绝大部分事情师父都会答应她。

严棣确实被她蹭得心肠发软,不过还是坚持己见:"你声音都哑了,而且你是本王的王妃,也不该如此抛头露面。"

天知道他今日好几次有冲动想把那些瞪着她露出一副色授魂与神情的机关师眼睛挖下来。

秦悠悠偷偷翻白眼,明明是你让我来的,现在又嫌弃我抛头露面,哼!

妖怪恩公利用她师父的名声震慑其他国家甚至是三大机关世家以及一些武道高手的心思,她并非毫无感觉,不过这些事她从来懒得计较在意。

他如今目的达成,铁了心不让她再当裁判,那该怎么办?

按照她对付师父的经验,讲道理是没用的,她一般讲不过,最好的方法是撒娇耍赖,师父不好意思又或者不舍得跟她计较,她就赢了!

"我想来,你答应我好不好?"秦悠悠放软身子甚至伸手主动抱着严棣的腰恳求道。

这小丫头还会对他用美人计了……严棣心中一动,低头吻上她的唇。细嫩的唇上还带着先前绿意等送来的润喉蜜露的香甜味道,让他的心不自觉化作一池春水。

"明天不许说那么多话,让她们多给你准备蜜露茶水,如果明天你又累成这样,后面几天你都不许来了。"严棣终究退了一步。

让她以为她的小诡计有用,以后多多用,对他也有好处,严棣为自己的退让行为找理由,安心享受软玉温香抱满怀的美妙滋味。

少了那两只灵兽从中作梗,果然小丫头很快就投入他的怀抱了,他早该下手的,不过如今也不算晚。

等它们几个月甚至数年后醒来,悠悠已经完全是他的了。

秦悠悠回到王府用过晚饭,到花园内的地下宝库去看了看完全进入休眠状态的两只灵兽,确定并无异状,才放心地回绣楼休息。

花园地下宝库的机关是她自个儿设计的,还有老卓这个九品武尊镇守,大嘴和小灰在里面待着她会比较放心。

只是晚上睡觉身边少了小灰毛茸茸暖洋洋的身子，让她觉得一阵难过不惯。

子夜城北，西河风氏的分部之内，风二太爷正对着风归云大发脾气。

"你加入奉神教大受重视，翅膀硬了也不把我们这些本家人放在眼内了是不是？那小丫头的身份你倒真是瞒得好紧，只怕日后江如练和旭光圣子吩咐你对付我风氏，你也定会严守机密，替他们作先锋打头阵了！"

风归云早料到回来之后定会受到严厉质问，一个白天的时间足够他准备好一套完美无缺的说辞。

"二爷爷言重了，如果我早知此事，拼着与旭光圣子翻脸也会想办法将人截下，又怎会让她落到严棣手上，甚至还成了他的王妃。"风归云苦涩无奈的神情绝对发自真心。

其实他不是不想截下秦悠悠，只是棋差一着，不过这点到如今却是他开脱嫌疑的最好理由。

"旭光圣子就没告诉过你那丫头的身份？"风二太爷想了想，如今的境况对于风归云确实也没什么好处，不过他还是有些半信半疑。

"旭光圣子只说那是瑶姬姑姑的女儿，态度暧昧，我又怎敢多问？如今想来，他是故意让我想歪，他也是防着我这个风家人啊。"风归云长叹一声道。

风二太爷冷笑两声道："好！我就当你什么都不知道，你从多丽国一直追踪她到相月国，就没发现她有什么异常？她真的是瑶姬的女儿？她的生父是何人？为何她会成了齐天乐的弟子？"

"她是瑶姬姑姑女儿之事应该确实无疑，至于生父，肯定不是江如练，要说异常……她身上原本有不弱的修为，只是似乎被奉神教的人用药废了，她会留在严棣身边，大概也与此有关。至于其他，我会小心查证。"风归云小心翼翼道。

风二太爷神情森然看了他片刻，慢慢点头道："好，你去吧。"

风归云躬身行礼退出，风二太爷望着他远去的背影，哼道："小兔崽子，一个二个都不省心。"

暗影里慢慢走出一名身材瘦小的黑衣汉子，低声道："是否要盯着他？"

风二太爷慢慢摇头道："不必，他这点微末本事还翻不出大浪，我倒指望他能做出什么大事来，我风氏缺的就是一个有能耐的继承人。"

"他在机关之道上，天赋太差，难以服众。"黑衣汉子语带不屑道。

风二太爷默然片刻，喃喃道："看看吧，再看看吧。"

风归云回到住处，夜如年刚好匆匆从外边赶了回来。

风氏这处分部，暗处的窃听装置不知道有多少，夜如年十分谨慎地凑到他耳边道："昨夜严棣带了秦姑娘半夜出城的事已经查明，说是秦姑娘一双灵兽突然提前晋级，在郊外王府别院陷入昏迷。"

风归云缓缓握紧拳头，心中默默道：严棣啊严棣，果然厉害！

他这几日终于找到机会说服了暂住在忠勇侯府的何满子替他联络秦悠悠，没想到秦悠悠的灵兽就突然晋级休眠，没有了它们从中牵线，何满子要亲自去见面跟秦悠悠打交道只怕千难万难，更不要说找机会将他的事跟秦悠悠说明白。

　　他又迟了一步……

　　京城的另一边，鬼三台金氏所住的宾馆之内，金明池与金家几名也参加了今日初赛的弟子门人正和化名为楚云深的文风盛说起今日的盛况。

　　其中当然少不了那位美若天仙的天工圣手弟子兼圣平亲王王妃了。

　　文风盛一脸惊叹地听他们吹嘘着秦悠悠的美貌以及猜测着她的真实实力究竟是几级，心里不由得暗自好笑。

　　其实当年他与齐天乐请教机关之道时，就听齐天乐说过，他的弟子几年之内在机关学上的造诣就会超越他。几年过去了，他也很好奇秦悠悠的真正实力究竟到什么程度了。

　　文风盛完全没想到会与秦悠悠在这次的圣手擂台赛相遇，不知道这算不算是一种运气。

　　凭他的实力加上有秦悠悠在，最后决赛时的结果应该会比较公平，他距离自己的目标又近了一步。

　　对面的金明池端起酒壶亲自替他斟了一杯酒，笑道："楚先生，预祝你两日之后的准决赛旗开得胜。"

　　文风盛淡淡一笑道："承你吉言。此次圣手擂台赛强者如云，不过楚某一定尽力而为。"

　　为了争取到金家一个直入准决赛的席位，他花了许多心思赢取金家的信任，一切就看两日之后的准决赛了。

　　两日眨眼即逝，今日已是初赛的最后一天，先前被淘汰的参赛者如果对裁判结果不服，可以另找一组裁判对自己的作品重新评估。

　　当然，提出这个要求是有相当大风险的，一旦另一组裁判也判定这件作品应该被淘汰，那就要剥夺参赛者下一次参与圣手擂台赛的资格。

　　圣手擂台赛每十年举行一次，一般人除非武道修为能够踏入武尊境界，否则生命就只得百年，被禁赛一次的后果太严重了，所以若不是对自己的作品自信十足，没人会轻易作出这样的要求。

　　参加初赛的各国机关师至少有上千人，最后要淘汰九百多人，要求重新评估的虽然只是少数，也有整整十六个。

　　这十六个人可以自己选择要哪组裁判对其作品进行重新评估，结果其中竟然有十二个都指名要秦悠悠验看。

　　严棣那张面瘫脸也忍不住黑了一下。

这几天秦悠悠的名声在那些参加初赛的机关师传扬下，已经迅速超越了另外三大机关世家派出的裁判代表，被她点评过的参赛者不管是否能够进入准决赛，几乎都是众口一词地对她赞誉有加。

她本身就是机关师们的偶像齐天乐的弟子，这三天又用实际表现证明了自己在机关之道上的造诣，再无人因为她年纪小没有修为又是女儿身而小看她。

一个胡子眉毛白花花的参赛者甚至直言："老头子不知道还有没有那个命来参加下一次圣手擂台大赛，既然如此，能够得天工圣手的嫡传弟子亲自指点一二，也是不枉此生了。"

眼看着一个小姑娘风头轻易盖过自己几十年的艰辛努力，三大机关世家的裁判代表满肚子不是滋味。

偏偏他们还真不敢去挑战秦悠悠，赢了的话自己一大把年纪又是前辈那是应该的，输了的话以后还怎么见人？

现下其余三组裁判面前再无参赛者，终于可以竖起耳朵听秦悠悠究竟是如何评价这十二个人的作品的。

只听了几个他们就忍不住脸色微变：这小丫头真的只有十来岁？齐天乐就比我们强那么多？一个小徒弟的机关术造诣也那么强？！

代表夏云峰文氏担任裁判的文家三长老暗暗打量着秦悠悠，眼里闪过一丝阴狠之色。

这位文家三长老正是如今文家家主的亲伯父，同时也是其派系势力里的重要一员。

文家家主先前得了齐天乐的肖像图形，暗地里派出高手四处找寻他的下落。几个月前八塞镇传来消息说文风盛那处分舵几年前曾有一位客人带了个小姑娘在那里暂住，那个客人与图像上的人十分相似。

他们派人去找文风盛质询此事，结果派去的人一去不复返，八塞镇分舵被一把火烧得干干净净。他们后来再派人前去查找也没发现任何线索。

这事究竟是文风盛所为，还是齐天乐或者圣平亲王所为没人知道，甚至文风盛是生是死也不得而知。但是文氏与齐天乐早有旧怨，不得不防。

以前齐天乐孤身一人，手段再出众也成不了什么气候，如今他的弟子嫁给相月国圣平亲王为妃，那就再不能等闲视之。

他们三大世家被区区一个齐天乐压得抬不起头的日子，他一日都不想再过了，想必其余两大世家对齐天乐也同样没什么好感。

相月国得了齐天乐之助，早晚有一日也会来对付他们。在这件事上头，他们三大世家与其他例如奉神教之类的势力，倒是有合作的可能……

三长老抬头望向金浮图与风二太爷，两人神情都是晦暗不明，也不知道心里在盘算着什么。

夜幕降临，四组裁判商议过后终于最后确定了明日进入准决赛的全部四十名参赛者名单，由司礼官员抄录好了贴在校场外的公告板上，同时各个进入准决赛的参赛者姓名及作品介绍也一一贴到校场外的围栏上供所有人参阅。

能够进入准决赛，对于许多机关师而言已经是人生中非常值得骄傲的成就。

秦悠悠今日平白多验看了十二个参赛者的作品，才上车就累得歪倒在椅子上坐都坐不直，不过心情依旧兴奋非常。

"我在那四十个进入准决赛的参赛者名单里，没看到文叔叔的名字呢，莫非他是金家那三个直入准决赛的代表之一？不知道其余几家都挑了什么人？"

严棣将她拉到怀里抱着："亲本王一下就告诉你。"

秦悠悠瞪大眼睛神情诡异地看着他不说话。

"怎么？"

"你是怎么办到的？可以道貌岸然说这种不正经的话？"秦悠悠哼道。

光看妖怪恩公那张八风吹不动的面瘫脸，绝对没人能想象他会开口调戏女人，而且是这么正经地调戏女人！

跟戴了面具似的，表情跟语言行为是完全的两回事。

严棣抬手轻抚她的发丝，平淡的语调里似乎藏着无限深意："你很快就会知道了。"

秦悠悠忽然生出一股不太妙的预感："知道会怎样？"

严棣不答，抱紧了她深深吻上她的唇，直到将她吻得喘不过气来才稍稍松开，意犹未尽地轻轻啄吻她的樱唇、眉心、眼睛、鼻尖、脸蛋、耳朵……

秦悠悠被他亲得脸红耳热，低头把脸埋到他怀里拒绝骚扰，严棣也没有继续索求，只是伸手抚拍着她的肩背。

秦悠悠舒服地咕哝一声，睡意渐生，朦胧中似乎听见严棣的声音道："知道了你就永远是我的了……"

圣手擂台准决赛总共分三轮进行，一是根据擂台赛主办方给出的材料在指定时间内现场设计制作一套机关，二是根据要求设计绘画一幅机关图纸，三则是由主办国出题，形式不限，三轮比试中总分前十名进入总决赛。

比起之前三日从初赛中脱颖而出的四十名参赛者，更惹人瞩目的是三大世家以及主办国派出的十名直入准决赛的代表。

这十个名额中，三大世家各占三个，剩下一个是主办国的。

按照过往惯例，能够进入决赛的绝大部分都是三大世家的代表，最终获得三甲位置的更几乎都是三大世家的人，就算偶然有一两个例外，在擂台赛结束后不久，他们也会加入三大世家的阵营。

至于主办国派出的代表，无非两种。

要么是本国最出色的年轻机关师，要么是重金礼聘的"外援"。

为了照顾主办国的面子,这个代表只要表现不太差劲,都能进入决赛,不过想争前三,那是太难了。

今年相月国派出的代表乃是原本宫中供奉第一机关大师的大弟子,今年四十多岁已经是顶尖的三级机关师,也算是相当出色了。

不过与其余三大机关世家的代表相比,只能说勉强过得去。

可是相月国已经有一个天工圣手的嫡传弟子坐镇,风头隐隐压过三大世家,也再没有必要在代表选手身上做文章了。

夏云峰文氏、西河风氏派出的选手都是熟面孔,鬼三台金氏派出的人却只得金明春一个是大家先前见过的,她身边另外两个人,一个身穿灰蓝色长衫的男子,戴着铜面具遮住了鼻子以上的脸庞看不出真正容貌,另一个黑衣老者倒是把脸全露出来了,可是在座其余两大世家的人没有一个见过他。

风二太爷不阴不阳地对金浮图笑道:"金贤侄,贵府这次派出的代表很面生啊,看来金氏近年来人才辈出不是虚言,呵呵。"

金浮图心中大恨,他金氏近年来没出几个新秀精英,这是三大世家心知肚明的事,这风二太爷故意这么说分明存心讥刺。

文氏二长老哈哈一笑也道:"除了明春那丫头,另外两位金贤侄替我们两个老家伙介绍一下可好?同为三大世家的栋梁之材,我们两个老家伙竟然不认得他们,说出去也惹人笑话。"

金浮图被他们两人联手挤兑,冷下脸孔淡淡道:"这位乃是小侄的堂兄金字经,这位是我金家的外姓弟子楚云深。"

他一个字不肯多说果然很符合鬼三台金氏的神秘风格,风二太爷和文氏三长老对望一眼,暗自提防。

金字经身为金浮图的堂兄,怎么说也是金家嫡系,这么多年来从不曾听闻他的半点声息,多半是真正醉心机关术的高手,这样的人他家中也有几个,平日从不出头露脸,但若论机关术,那绝对比声名在外的那些长老们还要厉害。

鬼三台金氏虽然这些年来人才凋零,但瘦死的骆驼比马大,真要拼起来也不太好对付。

至于另一个什么外姓弟子楚云深,多半就是最近传闻的,金氏新招揽的客卿了,这种野路子机关师他们倒不是太担心。

毕竟不是每个人都能有天工圣手齐天乐那种逆天的天赋的,有无家族底蕴与庞大的资源栽培,很大程度上决定了一个机关师的发展与前途。

秦悠悠听了他们的对答,忍不住多看了那个"楚云深"几眼,果然在他眼中看到一丝温和的笑意。

虽然她对文风盛的形貌印象很模糊了,但是这种温和带笑的眼神她记得很清楚。

校场内已经排好了五十张木案，每张木案都隔了好一段距离，确保参赛者之间无法互相窥视。

木案上放了一个竹筐，内里装了数量一致的铁片、铁丝、铁钉、木板、牛筋绳索等物件，钟声一响，五十名机关师就要用这些东西在两个时辰内造出一套机关组件。

秦悠悠看着台下各自忙碌的机关师们，忍不住叹了口气。

准决赛一开始，她就被严棣叫到身边落座，离其他裁判远远的。严棣听见她叹气便猜到她心中所想，握住她的手道："一个月之内本王会为你恢复修为。"

她没有了修为，如今制作机关多有不便，速度据说比从前慢了十倍不止，精确度也不如从前。再看别人动作利落，随手一捏便把铁片当纸片一样折出各种形状，当然更感难过。

"真的？"秦悠悠将信将疑地侧头望他。

妖怪恩公先前从未明确提及什么时候会替她恢复修为，她正暗暗担心他会不会非要两人成婚了才肯动手呢。

一个月内……按理说无论如何来不及举行正式婚礼的，秦悠悠突然觉得自己好像占到了便宜。

"真的。"严棣的回答简单明确，不过秦悠悠不但没有放心，反而更觉得担心——不会又有什么陷阱吧？！

算了，反正她现在斗不过妖怪恩公的，就算有陷阱又怎样？两只灵兽都押在他手上了，他要算计她，她也只能老老实实被算计。

秦悠悠郁闷地努力把注意力放回到校场中那些参赛者身上。

这一看，却慢慢看出点不对劲来。

"那个人，第五排最靠左边的那一个，很不简单。"秦悠悠低声对严棣道。

严棣凝目望向秦悠悠所说的那个人，眉头慢慢皱了起来。

他看不出来这人在机关制作上有什么特别之处，但是从他一举一动之间的韵律，这人绝对是一个了不得的武道高手，一个在刻意掩饰修为的武道高手。

"梁令。"

梁令不愧是严棣的心腹，根本不需要他吩咐，就将今日台下各个位置对应的参赛者名单资料送了上来。

"王孙信，东仙国人，三十八岁，四品武者，是文氏三长老那一组挑选进来的人。难怪我对他没有印象。"秦悠悠凑到严棣身边瞄了瞄纸上信息咕哝道。

"你对谁有印象？"严棣很严肃地问道。

与他朝夕相对几个月还不能准确认住他的女人，敢说什么对谁有印象？！

秦悠悠扁扁嘴巴，灰溜溜地道："我对他的人没印象但是他在机关之道上的造诣很深，这个我总会记得的。"

"哦？与你比如何？"严棣极少听秦悠悠夸奖谁机关造诣深的。

"那是肯定比不上我的。"秦悠悠仰起小脸得意洋洋地道，仿佛恨不得生出一条尾巴来翘一翘。

"你与你师父比又如何？"严棣忍不住问道，他并不太关心答案，只是看见秦悠悠这副有趣的样子，忍不住逗逗她。

秦悠悠忽然沉默下来。

严棣有些奇怪，抬手替她理了理鬓边的发丝，安慰道："怎么了？就算你不如他也没什么大不了的。"反正他对见鬼的齐天乐没有兴趣。

秦悠悠闷声闷气道："师父说我拆解开'黑盒子'那天，机关之道的造诣就真正超越他了，他会亲手做饴糖蛋糕跟我庆祝。可是我真的做到了，他却不见了……"

严棣放在她肩上的手一顿，有些后悔自己不该平白无故提及她的师父，同时又忍不住嫉妒齐天乐在她心中的位置。

可是他也明白，自己与秦悠悠相识相处不过数月，很难轻易取代齐天乐这十多年来对于她比生父更加亲近的感情与深刻影响。

没关系，他有之后无数多年可以跟她磨！

"这个王孙信多半是某个高手假扮的，只是不知道潜到这次大比擂台赛上是想做什么。"严棣不想秦悠悠继续惦记她的师父，于是故意引开话题。

"嗯，他在机关术上的造诣，可能不比文叔叔差……"秦悠悠有些为文风盛担忧起来。

两人坐的位置离裁判席隔了一段距离，加上严棣暗里动了手段，其余六名裁判都没能听到他们的对答，更不知道场中竟然出了"黑马"。

不过当第一轮比试结束，他们逐一检视作品并将各人的评分结果统计起来之后，所有人的脸色都难看了起来。

第一名王孙信，第二名楚云深，第三名金子经……

他们三人机关山家的正牌门人弟子，竟然只能排到第三名！

为了显示公平公正，所有送上来的作品，并未标注制作者姓名，他们直到最后结果公布的一刻才知道每套机关作品的真正制作者。

虽然他们能够看到各个参赛者动手制作机关的过程，但是只看几眼就看出门道的，显然只有秦悠悠一个，其他人更多都在关注自家弟子，根本没想到这个王孙信会无声无息突围而出。

楚云深就罢了，好歹名义上还是金氏的外姓弟子，这王孙信是什么东西？听都没听过！

这样的结果简直是把他们三大机关世家的面子都扔到地上去踩了！

评选结果公布后，无数道意味不明的目光齐刷刷落到了这个外貌平凡浑身上下挑不出分毫特色的王孙信身上,暗暗揣测这究竟是哪方势力派来的高手。

王孙信仿佛看不见那些诡异的目光,静静地坐在自己的位置,等待第二轮比试开始。

三大世家中,只有金浮图心情不错,金家第一轮能够同时得到第二、第三名简直是出乎他意料之外的好成绩。

他果然没有看错人,这个楚云深之前只怕还隐藏了一些实力,幸好他如今已经是他金家的人,看来今后要多花点力气笼络住他,好让他死心塌地为他金家效命。

先前质疑秦悠悠裁判资格的大胡子君不悟呵呵笑着向金浮图道喜:"金先生,前三甲里头两位都出自金氏,可喜可贺啊!依我大胡子看,贵府这两位高手与那王孙信制作的机关也是在伯仲之间,看来贵府今次有望问鼎擂台桂冠了。"

他说这些话倒是发自真心,并不是刻意向金浮图拍马屁,所以金浮图听了格外高兴,不过文氏和风氏的人,心中不忿,脸上的假笑都淡了几分。

"不知道王妃娘娘怎么看?"君不悟转头问秦悠悠道。

他的态度十分诚恳,只因秦悠悠这几日已经彻底证明了自己当日所言不虚。

虽然她没有半点武道修为,但是明显高于其他人的机关学造诣也值得他这份敬重。

秦悠悠想了想道:"王孙信制作的机关作品确实不错,这个第一名实至名归,不过这第一轮比试有时间限制,他的修为高于别的参赛者,速度之上就占了便宜,只论机关术,并不见得比前六名的其他参赛者高出多少。"

她这番解释倒是切中要害,其他人回想起王孙信的作品,内中繁复精巧程度胜过其他人,但自家派出的高手如果有足够时间,确实不见得就会输给他。

这么想来顿时感到面子里子都好受了许多。

第二轮比试乃是设计画图,因为无须动手制作,武道修为高低带来的差距被缩小了许多。

黄昏时第二轮的比试结果也出来了,楚云深第一,风氏的人第二,文氏的人第三,王孙信到了第四位。

三大世家终于扳回一城,脸色稍稍好看了一些。

第三轮比试明日继续举行,金氏的人欢天喜地簇拥着楚云深等几个离开,王孙信却主动走到了西河风氏的人面前,也不知道他对风归云说了什么,很快他就与风氏的人一起离开了。

文氏的人面面相觑,莫非这王孙信竟然是西河风氏的人?!

文氏三长老脸色阴沉,恨声道:"好啊!金氏和风氏的人这是留了一手要让我文氏下不来台。嘿嘿!走着瞧罢。"说完带了文氏一众门人子弟拂袖而去。

文氏和金氏的人绝未想到,突然得到神秘高手加盟的风氏,其实此刻并没有多少欢欣之意。

他们回到子夜城内的分部之时，一名身穿银灰色锦袍的俊美青年正坐在大厅主座上悠然品茗，四名白衣如雪的美丽少女随侍在一旁，好不风流旖旎。

王孙信与风归云双双上前行礼，风二太爷干咳两声勉强上前招呼道："未知圣子驾临，有失远迎，惭愧惭愧！"

他面上在笑心里发苦，这个煞星不好好待在多丽国京城，跑到相月国来想干什么？！

被称作"圣子"的这名青年正是多丽国的七皇子，奉神教教主江如练的第三个亲传弟子旭光圣子贺熙朝。

他抬起头来对着风二太爷微微一笑道："是我冒昧打搅才是，风二太爷无须客气。"

他说话之时笑容温和如春风，初冬的阴寒都被他这一笑驱散大半。人们常说美人一笑倾城，却不知有些男子笑起来同样能颠倒众生。

就是深知他性情的风二太爷在他这一笑之下也差点走神，心中暗自惊骇，不过一两年不见，这旭光圣子的"长春诀"显然又精进了许多，不知道实力比那圣平亲王如何。

不过这里毕竟是相月国的京城重地，旭光圣子就算再厉害十倍，一旦被发现也很难脱身。风二太爷其实并不太关心他的死活，可是西河风氏与奉神教关系非同一般，如果旭光圣子在他们的分部出事，他于情于理都很难向奉神教交代。

"圣子此来不知所为何事？"风二太爷小心地问道。

多丽国的情况与相月国不同，相月国内严氏皇室掌握真正实权，而多丽国的贺氏皇族则要听命于奉神教，奉神教甚至有权决定皇位由何人继承。

据传如今的多丽国国君能够在众多兄弟之中脱颖而出登基为帝，不是因为他本人有多出色，而是因为他的第七子也就是这个贺熙朝天资出众，被奉神教教主选中收为亲传弟子，连带他也被江如练高看一眼，才平白成了一国之君。

由此可见，奉神教的圣子地位可比什么皇子值钱多了，所以风二太爷对贺熙朝的称呼也是"圣子"。

贺熙朝似笑非笑地斜了风归云一眼，道，"归云他不舍得把他的悠悠小表妹带回奉神教，说不得我只好亲自来一趟了。"

风归云脸色微变道："属下无能，请圣子恕罪。"

风二太爷一怔，很快反应过来旭光圣子口中的"悠悠小表妹"乃是指瑶姬的女儿，如今的圣平亲王王妃。

"你不是无能，只是存了怜香惜玉的心思罢了。"贺熙朝拂了拂衣袖对王孙信道，"这几日去参加圣手擂台赛，感觉如何？"

王孙信微微欠身答道："获益匪浅，三大世家确实底蕴深厚，属下怕是极难夺冠。"

风二太爷等一众风家门人子弟算是被夸奖了，但是没人有心情笑。

"那位圣平亲王的新王妃又如何？"显然这才是贺熙朝真正关心的事。

"属下没能亲身向她请益，就听别的机关师所言……深不可测。"

贺熙朝笑了笑站起身，对风二太爷道："天色已晚，我就先告辞了，归云随我去吧。"

说着也不等风二太爷有所表示，就带了四名白衣美人扬长而去。

风归云默默与风二太爷交换了个眼色，跟着他出门离开。

直到他们一行人走远，风二太爷才长吁一口气，总算送走这煞神了，只要他不在风家的地盘上惹出事就好，别的他也管不上了。

风归云跟着旭光圣子坐上马车，面上平静而恭敬，心里焦急不已，时间紧迫他根本来不及联络夜如年去给何满子通风报信。

"想给你的悠悠小表妹通风报信么？"坐在他对面的旭光圣子忽然道。

风归云苦笑道："属下不敢。"

"我好不容易设计让那小丫头中了化元丹的毒，原想教中派出了那么多高手定能将她擒下，结果你'热心'插了一手，反倒将她送到严棣手上了，你还有什么不敢的？"旭光圣子语气柔和，一点儿不像是在兴师问罪，倒像是在跟朋友谈天说地。

"既然你一心要为我出力，我就给你一次机会。再过三个月就是师父他老人家的生辰，到那时我要将这小丫头献给师父作寿礼，机会只有一次，如果你让我失望，我会很遗憾。"

"是，属下明白。"风归云沉声道。

上次让旭光圣子遗憾的人，是死于剧毒发作的奇痒之中，就在奉神教的刑堂之内，痒得把身上的皮肉一块块抓下来，死状之惨烈，就是风归云想起来也不由得一阵心寒。

他在风家备受重视不错，但是注重实际利益的风家是不会愿意为了他这么一个旁支弟子去得罪奉神教的，就如当年瑶姬姑姑……风家最后一声不吭就将那事揭过了。

风氏嫡系人丁单薄且先天在武道修为上就天赋有限，但是他们掌握这家族的财力与实权，可以轻易请到武道高手为他们效力，他这样的旁支弟子即便武道修为出众，要想接近实权也千难万难。

原本加入奉神教是希望提升自己的实力以及在家族中的地位，没想到进了奉神教才知道很多事情比自己预想的复杂太多。

旭光圣子显然已经对他不再信任，他绝不愿意将秦悠悠交到他们手上，他该怎么办？

"我在子夜城缺跑腿的人手，夜如年已经来了一段日子，应该比较熟悉情况，我已经命人将他叫到我那边几日，没别的事，你可以走了。"旭光圣子笑得依旧和煦温柔。

风归云只得下车离开，王孙信与他一道，也不知道是意在监视还是只想混在风家众人之中继续参与圣手擂台赛。

风归云回到风家分部，勉强应酬了风二太爷几句就回房休息了，脑子里乱纷纷的几乎是睁眼到天明。

一座华丽的小楼内，旭光圣子沐浴过后一个人懒洋洋坐在窗边，白玉一般的手指无意识地敲打着窗棂。

圣平亲王府应该就在这个方向上，那个女人果然不简单，师父那样的人物为了她至今不能忘情，她生的女儿也不一般，轻而易举就让风归云这等野心勃勃的男人为她软了心肠。

不知道这个小丫头尝起来滋味如何？

那个不近女色的圣平亲王想必还不曾与她有夫妻之实，否则她不会好端端地活着，是动了凡心不舍得她死，还是看上了她的机关绝学想先把她利用彻底了再说？

"严棣，当年我大师兄折在你手上，希望你真有那么强，值得我亲自动手。"旭光圣子微笑自语道。

圣平亲王府中，秦悠悠吃过易经丹，早早睡下了，并不知道危机已经步步逼近。

次日一早，圣手擂台准决赛最后一轮比试如期进行，不过地点却不是在西校场而是改成了京郊一座特意为此次大赛准备的库房之中。

库房内布满各种大小机关，所有机关师必须在不破坏机关的情况下，以最快速度取得其中的一个青玉酒杯。

裁判的席位设在库房内高处，可以俯瞰参赛者在期间的种种表现。

这一场显然是受秦悠悠先前所言启发，特别规定所有机关师不得动用武功，这就大大增加了过关的难度，不过也同样使武道修为高低带来的差异降到最低。

秦悠悠幸灾乐祸地看着那些参赛者们紧张不已地在重重机关中穿行，几乎忍不住坏心地大笑起来，总算有人也试试她吃的苦头了！

严棣坐在她身边见她嘴角不住往上翘，两眼亮晶晶的，忍不住捏了捏她的手，真是个小丫头。

他生于皇室，虽然与母亲兄长关系亲近，但身边所见，总是心思复杂的人居多，就算是他自己也是一样。

秦悠悠这样的女孩子在他眼中犹如无瑕璞玉，单纯有趣却也聪明狡黠，处处与别人不同。

他喜欢看她谈论机关术时神采奕奕的自信模样，也喜欢看她明明被气得蹦蹦跳吱吱叫却咬牙切齿装柔弱小绵羊的可爱模样，喜欢看她在他怀里红着脸蛋两眼水汪汪的动情模样……

最先令他产生兴趣的不可讳言就是她的机关术与美丽容貌，但是相处下来，他却越来越为她着迷、越来越不愿放开。

他很喜欢上天送给他的这份大礼！

五十个参赛者一个接一个地走进库房，重复着差不多的观察避让机关步骤，秦悠悠看了六七个，慢慢也觉得有些腻了，察觉到严棣正握着她的手腕似乎又在替她把脉，不由得奇怪道："你怎么那么喜欢替我把脉？我的身体有问题吗？"

这个问题她问过好几次了，每次得到的回答都语焉不详。

"经脉还是太弱了一些，不过等易经丹全部吃完，应该就差不多了。"严棣认真确认过了，才慢慢道。

"你觉得经脉怎样算强？"秦悠悠决定换个问话角度。

"至少能承受九品武尊级别的真气吧。"严棣的语气轻描淡写，好像达到九品武尊的级别也只是勉强合格，而且简单得像吃饭喝水一般。

"我才五品的修为，要那么强的经脉做什么？"秦悠悠很纠结，觉得自己当初引以为傲的修炼天赋与进境被人明确鄙视了。

严棣板着脸不予置评。

"你究竟是几品的修为？"秦悠悠讨好地主动抓住他的手臂摇了摇，这个问题她已经好奇了很久。

"十八品。"严棣明确地给出答案。

得到的是秦悠悠的嗤之以鼻："你干脆说你是陆地神仙好了！"

这明显是敷衍她嘛！

如果是以前，她会被吓一跳，严棣那副端庄严肃的表情会让她忍不住信服。

但是自从发现这家伙表情跟语言行为根本没有关系之后，他的说话可信度马上被打了个巨大的折扣——既然这家伙可以正气凛然地调戏她，那严肃认真地说个谎吹吹牛一定也没有难度。

"那你几岁？"秦悠悠继续问道，如果妖怪恩公说他今年其实已经三百岁，她会考虑相信他的鬼话。

"二十四。"

"大我七岁……"秦悠悠在严棣的目光下，果断决定不再讨论年龄问题。

妖怪恩公明明比她大了一截，还不许她说。

不过他应该不会无聊到连年纪都说谎，二十四岁即使是九品武尊也是天才中的天才了，妖怪恩公那副拽得要命的德行好像不止九品，不过十八品什么的就太夸张了，简直不可想象。

她依稀记得听人说过万年以来最早踏足十八品武圣境界的纪录是七十九岁，创造这个纪录的好像就是相月国严氏皇族的祖先。

啧啧，原来是祖先就这么变态，那妖怪恩公的变态也是有根源的。

"回去后把生辰八字写下来交给韦娘。"严棣忽然道。

要她的生辰八字……那是要定亲用了,秦悠悠忍不住脸上发烧,过了好一阵才努力压下羞窘道:"可不可以等大嘴小灰它们醒了我们再……再……"

"不可以,天知道它们什么时候才完成晋级。"严棣根本没打算等几个月甚至几年那么久。

"但是,我师父不在。"秦悠悠据理力争。

严棣淡淡瞥了她一眼:"本王等不及。"

秦悠悠被他的直接搞得不知道该羞恼还是吐血。

算了,走一步算一步,等她恢复了修为,哼哼!

日落时分最后一轮比试也结束了,竟又是王孙信夺冠,第二名是文氏的人,而第三名则是楚云深,最后结果统计出来,除了王孙信与楚云深以及另外两名成名已久的机关师,其余六名进入总决赛的全是三大世家的代表。

其中金家只得金字经一人,风家两人,文家三人。

在外人看来王孙信也是风家的人,金家幸好楚云深与金字经排名靠前,面子上倒也过得去。

不过到了总决赛,就不是那么好说了。

总决赛采取抽签对决方式,十个人中五人抽中红签,五人抽中白签,红签上有数字,参赛者依照数字顺序以此从抽中白签的人之中挑选自己的对手,比试方式由抽中白签的人决定,只要合理,同样不限形式。

因为每个抽中白签的人都只能被挑战一次,所以抽中数字为一的红签者最是幸运,抽中数字为五的红签者最是倒霉。

第一轮优胜劣汰后胜利的五人留下,然后继续抽红白签,这次的红签只得两支,也就是说,其中一名抽中白签者可以无须比试直入前三。

前三名一共比试三场,最终决定名次。

能够最后胜出,既需要实力也需要运气,事实上,这也是三大世家操纵赛果的最后关卡。

只要把两个不属于自己家族的强者凑到一起决战,那自家人最后胜出的机会就会大大增加。

文风盛曾经身为文家核心子弟,对于圣手擂台赛上这一套暗箱操作的手段自然清楚得很,所以才会与金家的人一道,防止自己因为表现出众而成为被牺牲倒霉鬼。

虽然他隐忍多年潜修机关术,但是天下间奇人异士极多,他还没有自大到认为自己能够力压天下英才。

他的目的,只是要在擂台上堂堂正正胜过当年那个用卑鄙手段赢了他父亲的文五郎、文家现任家主的同胞弟弟。

居心不良的师父

总决赛第一轮抽签，秦悠悠眼巴巴看着台前的玉盘以及玉盘里圆滚滚的十枚一模一样的珠子，又看看缓步上前围在木盘边上的十名参赛者，紧张道："不知道文叔叔这回能不能如愿？"

"文家的三名代表都尽数入围，他要撞上一个应该不难。"严棣其实对这次圣手擂台大赛兴趣已经不大。

先前相月国为了此次大赛着实花了一番心力，希望能够借机拉拢三大世家之一，又或发掘出一些出色的机关师留作己用，但是自从发现了秦悠悠，这些就变得不那么重要了。

三大世家能够拉拢自然好，可是已经不值得花血本。

出色的机关师他们倒是还有些兴趣的，只不过如今相月国有秦悠悠这个机关天才在，就算他们不开口，也会有不少机关师主动留下。

"你记不记得哪个是文五郎？"秦悠悠问道，反正她识人不清的事，妖怪恩公已经知道了。

"身穿褐色袍子系蓝色腰带那一个。"严棣不介意甚至很愿意她记不清楚别的人，专心记清楚他就好。

他们说话之间，开始抽签的钟声敲响，台前十个人同时出手在盘子里各取了一枚珠子捏碎，露出其中的签牌。

文风盛运气不错，抽中了红色的二号签，而文五郎却是抽中了白签。

抽中红色一号签的是一名成名多年的机关师，他犹豫片刻，主动选了另一名同他一样并非出身三大机关世家的参赛者为对手。

这一轮一战定胜负，人人都希望能够遇上最弱的对手，那名被选中的机关师论水平与文家派出的另一名代表相仿，不过他没有三大世家的背景，即使把他淘汰了也不会有什么不好的结果。

秦悠悠却大摇其头："他输定了！"

"为什么这么说？"严棣在这方面很相信她的眼力。

"他选的对手我记得，初赛时我看过他的作品，对于轮轴传动中的损耗计算得精妙绝伦，这方面是我初赛里见过最厉害的一个，嗯，单论这点，他甚至比文叔叔都强，他自己也很得意于这一点，如果他提出比试这个，抽中红签这家伙估计会输。"

"你记得他？"严棣语气有些古怪。

"嗯，他手上有一大块黑色的胎记。"秦悠悠很为自己记住一个只见过一次面的家伙感到自豪。

严棣一阵无语——果然记住的不是脸。

结果第一场果然如秦悠悠所料,抽中白签而又被选中进行第一场比试的那名机关师提出以轮轴组合机关,制作一个可以将一斤铁球抛射到一丈距离的机关,抽中红签那名机关师制作的机关发射十次,不是太远就是太近,而这人制作的机关却几乎都准确落在一丈位置,前者最终惨败。

秦悠悠得意地看了严棣一眼,马上转过头去看文风盛究竟会不会选文五郎作为对手。

文风盛握紧了手上的红签,慢慢抬起头望向对面一派从容的文五郎,大声道:"请文先生赐教。"

他这话一说,除了早有准备的秦悠悠与严棣,其余众人吃惊不小。

文五郎论实力乃是文家这次派出的第一高手。他在文家,是公认的除了常年闭关的那位大长老之外的第一机关高手。

之前准决赛时,最后一轮比试排名甚至还在这个"楚云深"之上。在进入决赛的这十个人之中,文五郎的真正实力排名绝对在前三之列。

三大世家乃全其他前来参赛的机关师,对进入决赛有绝对把握的参赛者,都会在准决赛适当隐藏实力,如果谁以为准决赛的成绩就代表了这些机关师的真正实力排名,那决赛时一定会眼珠子掉一地。

五个抽中白签的参赛者中,除了第一局胜出的那名机关师之外,其余四个至少有两个实力明显不如文五郎,大家都不能理解文风盛为什么会干这种蠢事。

金浮图坐在裁判席上急得几乎想跳起来大声喝止,文家三长老冷笑道:"金贤侄,贵府这位外姓弟子,真是好气魄啊!"

他心里压根不认为楚云深有挑战自家文五郎的实力,只不过忍不住怀疑这种不合常理的选择会不会暗藏阴谋。

金浮图心中大恨,面上还是笑着随意道:"能够跟文氏顶尖机关高手切磋,机会难得啊。"

文五郎原本以为以自己的实力,至少前面三个抽中红签的机关师是不会敢选他做对手的,没想到这不知道什么来路的楚云深竟然如此大胆,真当他的名声都是吹出来的不成?

他抬眼冷冷打量着面前这个戴了面具的男子,虽然看不清楚五官,不过越看越觉得似曾相识。他大步走上前道:"奉陪,文某便与楚先生比一比拆解'百珍匣'。"

"百珍匣"乃是文家先辈百年前发明的一种存放珍宝的机关匣,如今天下间大部分技术过硬的机关师都能制作,不过品质却大差地别。

文五郎虽然对自己很自信,但也很谨慎,这是一场定胜负的淘汰赛,只要有一分疏忽，就可能败北，直接失去竞争三甲的机会，所以他果断选了自己最擅长的一项作为比试项目。

秦悠悠轻叹一声道："果然让文叔叔猜中了。当年文叔叔的阿爹就是与文五郎比拼拆解'百珍匣'，然后被文五郎的哥哥，如今的文家家主动用手段算计成功的。师父与文叔叔都认为，文五郎此后一定会特别钻研这种机关的，果然他如今最有把握的就是这个，不过他这回输定了！"

正因为当初赢得不光彩，所以文五郎才会格外注重，花费大量心力钻研，不想留下把柄。

所谓"百珍匣"类似现代的密码箱，盒子表面上有十个活动的旋钮，每个旋钮上有一至十的刻度，将每个旋钮旋至正确的刻度，百珍匣自然可以打开。

厉害的机关师可以根据旋转旋钮时，百珍匣内发出的轻微机关响动以及自身经验判断出正确位置，从而开启百珍匣。

拆解百珍匣从来只有极高级的机关师才能办到，以拆解百珍匣作为考核机关师能耐的方式也相当多见，谁能最先破解百珍匣的"密码"谁就是胜者。

这种百珍匣，负责筹备圣手擂台大赛的官员自然早就有所准备，一声令下就送了两只过来。

放到台上。

双方各自设定了开启百珍匣的"密码"之后，互相交换两只匣子，裁判钟声一响就开始拆解。

两人不约而同将耳朵贴在两个足有三尺高的铜质匣子上，一边小心翼翼地拨动旋钮，一边闭目静听箱中传出的每一声轻响。

台上台下所有人屏息静气，不敢发出分毫杂音打扰他们。

时间一点一滴过去，两人的手几乎同时放到了最后的第十个旋钮之上。

咯！文风盛耳中聆听到一声犹如天籁的轻响，他毫不犹豫坐直身子，伸手按向开启匣子的活扣。

百珍匣的盖子嘭地弹开一条小缝——他成功了！

台下一片惊叹之声，竟然是楚云深胜了！

文家上下怫然变色，这不止是文五郎与楚云深之间的胜负问题，文五郎输在文家先祖发明的百珍匣机关之上，这对于文家的声誉是极为严重的打击。

裁判以及台下众多嘉宾呆呆看着这个出人意料的结果，陷入短暂的诡异沉默。

咯！文五郎的百珍匣也打开了，比楚云深的整整慢了近半刻钟。

文五郎如释重负地坐直身子，忽然感觉周围的气氛有些不对，他先前全神贯注在面前的百珍匣之上，根本不知道外界发生了什么事。

他猛地转头望向不远处楚云深的方向……

楚云深站得笔直，冷冷地看着他，而他身后的百珍匣，竟然已经打开了。

我输了？！我竟然输了？！文五郎几乎不敢相信自己的眼睛，这怎么可能？！

他在这百珍匣上耗费了二十多年的精力心血，自认就算是天工圣手齐天乐，在这个方面都不见得能比他强，他怎么可能会输给一个不知来路的机关师？

文五郎死死盯着楚云深，越看越感到熟悉。

"你究竟是谁？！"文五郎嘶声道。

台上同样意外的文家三长老很快冷静下来，侧头对金浮图道："金贤侄，贵府这位外姓弟子究竟是什么来路？"

他虽然认不出多年未见的文风盛，但是同样对他的身份产生了严重怀疑。

文氏制作各种用途的机关名声极响，但最有名气的就是这百珍匣，同样地，拆解百珍匣的技术也是公认最高超的。如今族里数一数二的高手，竟然在这个项目上败给一个外人，而且他们出战的还是整个文家上下最擅长此道的文五郎。

自家的看家本领被人轻松超越，换了谁都很难淡定。

金浮图的意外不比他们少，不过这个时候，当然不能露怯，所以只是矜持一笑道："我金家收录弟子的事，不必向文长老交代吧？胜负乃兵家常事，文长老何必介怀？"

台上文五郎的目光如箭，恨不得射穿楚云深的面具，好将他彻底看清楚。

"五郎！"文家三长老怕他激动之下做出什么不恰当的事反而更加不妙，连忙扬声提醒。

文五郎咬了咬牙，转身大步走下台去。

文风盛看着他的背影，心中道：这不过是个开始！你当年对我们父子以及我的师兄们做的事，我会一件一件与你们清算清楚。

总决赛才刚刚开始，就出了这么令人意外的赛果，文氏这次派出的三个参赛者中公认最厉害的一个第一轮就被金氏一个名不见经传的外姓弟子淘汰了，大新闻啊！前来观战的宾客们都兴奋起来。

可惜后面三场却再没有这样的惊喜，王孙信、风氏与义氏各有一人获胜。

文家人聚在一起商议过后，决定由文五郎取代原本入围的那名文氏弟子继续出战决赛。

这也是圣手擂台的一项有利于三大世家的规定，必要时可以临阵换将，但机会只有一次。

秦悠悠听闻他们这个决定，忍不住暗中窃笑，这分明是虐一次不够，还要送上门让人虐第二次啊！想必没人能比文叔叔更高兴了。

第二轮抽签，文五郎抽中一号红签，他心有不甘地看了文风盛那边一眼，却没有选择与他对战扳回一城，而是十分理智地选择了王孙信。

事实上经过第一轮决赛，大家都隐约看出来了，王孙信在准决赛时风光无限，不是他本人真的如此厉害，而是三大世家的人都有意隐藏了实力，如今到了总决赛，大家再无保留，他立刻成了比较弱的一个。

另一个抽中二号红签的机关师正是秦悠悠记得的手上有黑色胎记的那个，他看看风氏的选手又看看文风盛，最终咬牙选择了后者。

因为决赛方式是由抽白签者决定，文风盛很轻松地就将这个机关师淘汰了。

天工圣手齐天乐亲口夸赞的人，又怎么会普通。

最后三甲将在文五郎、文风盛与风氏的代表之间产生，三大世家的人暗自松了口气，好歹自家人能进三甲。

心情比较复杂的是金浮图，自家进总决赛靠的是一个"外姓弟子"，都怪他们自家这些年人才凋零啊！

秦悠悠笑眯眯地等着看文风盛在最后一轮总决赛里好好再虐一回那个文五郎，梁令却脸色凝重将一封加急密信送到严棣手上。

严棣将目光自秦悠悠身上收回来，展开信纸一看，信上密密麻麻记录了多丽国及奉神教所有重要人物最近三个月的动向，第一条就是：

旭光圣子疑似离开京城，目标下落暂未明。

在这个时候，奉神教教主江如练最厉害的三弟子忽然失踪，严棣几乎可以百分百确定他是冲着相月国来的。

只不过不知道他要下手的对象会是谁，是自己还是秦悠悠。

旭光圣子消失，多丽国那边的密探至少要花上数日才能得到消息，再把消息传到他这里……极有可能旭光圣子人已经在子夜城内。

严棣放下密信，低声交代梁令几句，便将注意力转回秦悠悠身上。后者正瞪大眼睛全神贯注看着擂台上三名参赛者的表现。

最后的三甲之战一共分三场进行，为表公平题目由三名参赛者轮流提出，最后裁判们视表现一起决定排名。

一般到了此时，参赛者们都会拿出自己的得意之作互相比拼。

风氏进入最后决赛的代表乃是一名老者，名叫风入松，头发胡须雪白，至少年过七十，不过精神极好。

他站到擂台正中，向台下的侍从挥了挥手，马上有人抬出一个一尺见方、四面布满小孔的金属箱子放在校场正中，然后又飞快在距离箱子一丈左右的位置架设了一圈盾牌。

所有人都看出来这个金属箱子应该是一件会发射飞箭毒镖的厉害武器，至于那些盾牌，多半就是为了展示这件武器的威力。

秦悠悠盯着那个箱子看了一阵，忽然道："这个箱子的图纸我见过……"

"嗯？"严棣有些意外，机关设计图纸对于机关师而言都是最高机密，尤其风氏会拿到圣手擂台上来展示的，定然是他们最新最强的作品，图纸外泄的可能性几乎为零。

秦悠悠如果见过这图纸，最大的可能就是，这个机关箱子本来就是她师父设计的。

"我在师父那里见过这个箱子的草图，师父说……是我娘亲留下的东西。"秦悠悠的脸色有些发白。

严棣只知道她从小被齐天乐收养，从未听她提及自己的亲生父母，闻言不由得心中一动："你确定草图上画的就是这个机关箱？"

"外形很像……如果真是的话，这个机关箱子应该是靠火力引动的，箱子上方有引线，点燃之后，可以连发三轮毒镖，每次四百八十发，一丈之内可穿透三十斤铁甲……"秦悠悠低声道。

所谓三十斤铁甲，指的是以三十斤生铁铸造的标准护甲，战场上至少要百夫长以上级别才有资格配备，防御能力可以与五品武者的护身真气相媲美。

当然，以五品武者的反应速度，等闲机关兵器根本不可能射中他们。

可是战场上的兵将，五品的只是极少数，绝大部分有一品就很不错了，这样的机关箱子对他们的杀伤力会异常惊人。

秦悠悠的话刚刚说完，台上风入松正好开始描述自己这件得意之作的特性，所说的与秦悠悠相差无几。

唯一不同的是，他的这个机关箱子，只能发射一轮毒镖。

严棣这样的外行也知道发射一轮毒镖与发射三轮毒镖之间的差异，只发射一轮毒镖的话，设计制作会简单许多。

机关箱子空间就只有一尺见方，每次要发射四百八十枚毒镖，光这些毒镖就会占去相当部分空间，发射装置还要保持足够的威力就会艰难许多。

在场的裁判嘉宾听了风入松一番介绍，都是大感兴味，等着风家的人演示效果。

风入松从擂台上一跃而下取了火折子走入场中点燃机关箱上方的引线，然后便飞身急退，一下子退到四五丈外。

过了二三十个呼吸之后，机关箱忽然发出"嘭"一声轻响，数百道乌光从箱子四面激射而出，周围丈外的盾牌发出连串金属猛烈撞击的急响，足有半寸厚的铁盾牌竟被打出一个个明显的凹洞。

校场内的人看清楚这可怕的效果，都不由自主深深吸一口气。

这样可怕的东西如果埋伏在行军路上，或由死士战马带着闯入军阵之中，瞬间就可收割数以百计的性命。

不少来自别国的官员都忍不住两眼发亮，西河风氏果然善于经商，这等利器放到这等场合上公然展示，就算不能助他们夺取圣手擂台的桂冠，会后也会为他们带去巨量订单。

只有相月国的人很淡定，他们如今有秦悠悠这个天工圣手的弟子，日后要什么厉害的机关武器没有？"

严棣握住秦悠悠的手问道："你娘亲也是机关师？跟西河风氏有关系？"

秦悠悠摇摇头道："师父也不太清楚，只是在她留下的东西里头发现了那张草图。"

她顿了顿，还是把自己知道的事情简单说了一遍："当年师父发现我娘带着我受伤昏迷在路边的草丛里，就把她救了。她养好伤后，留下一个包袱还有我，一声不吭消失了。"

"你不难过？"严棣有些奇怪秦悠悠的平静态度。

秦悠悠摇头道："我只是担心她，不知道她发生了什么事，是不是还平安。师父说她很疼我的，一定是有不得已的理由才会离开。她把我留下托付给师父，也是知道师父人品可信心地善良，会好好照顾我。"

这话怎么听着比较像齐天乐自吹自擂？严棣心里不以为然，随口问道："后来你师父发现了你的机关天赋所以收你为徒？"

"才不是，师父说我娘亲长得很漂亮，我长大了一定也会很漂亮，他想有个漂亮的弟子。结果后来他发现我不但漂亮，还很聪明，他那些机关书籍图谱，看几眼就能记下来，比他还厉害。"秦悠悠得意洋洋道。

严棣皱眉，他开始严重怀疑齐天乐的人品居心了。这家伙收徒弟不看资质光惦记长大了漂亮不漂亮干什么？！

"如果可以，你帮我打听一下我娘的消息好不好？"秦悠悠道。

严棣点头道："回去后把你知道的详细说一说。风归云一直对你纠缠不休，可能并不仅仅是因为奉神教，或许还有其他缘故。"

秦悠悠肯主动开口求他办事，那就是说，她心里已经开始依赖信任他，不再将他当外人推得远远的了，这一点小事，他又怎会不答应？

擂台上，风入松这件秘密武器一出，文五郎的脸色都凝重了起来，文风盛戴着面具，旁人也看不出来他有何感想。

按照擂台赛惯例，他们两人必须要证明自己制作的机关能够超越风入松的作品，方能获胜，证明的方法有许多种，最直接的就是取出一件同类作品，而且在设计与威力上胜过风入松的，也可以当场指出风入松这件作品的核心原理，甚至画出设计图纸等等。

太过专业的东西一般嘉宾都不会懂，全靠台上七名评委判断。

秦悠悠望了一眼擂台那边，摇头道："这风入松的运气不太好。"

"文风盛从前见过这个东西的草图？"严棣一听就猜到了八九成。

"是啊，几年前我和师父在八塞镇住的时候，画过一幅改进过后的草图，文叔叔也见过的。"

"你的机关草图可以随便给人看？"严棣感到有些不平衡起来，他还以为秦悠悠是信任他才会让他随便看她画的图纸，原来这根本不算是他的特权。

秦悠悠无辜道："这个东西很简单啊，而且文叔叔请我和小灰吃了很多很好吃的甜糕……师父后来把我骂了一顿。"

严棣忽然很想看看，如果下面风入松等人知道在秦悠悠心目中，他们的得意之作只值几块甜糕，他们会是一副什么表情。

"你师父为什么骂你？"严棣估计她那个不靠谱的师父绝对不是因为她泄露了师门绝学而骂她。

这两师徒都属于想法与正常人完全不同的品种，不可以常理推断。

"师父说这种大规模杀伤人命的东西，就算想到也不该做，不小心做了也绝对不能流传出去。机关术应该造福于人而不是用来杀人害人。"

严棣一怔，不以为然道："那你身上数不清的小针小箭是做什么用的？"

"自保啊，别人不来害我，我自然就不用了。"

"造这些机关武器一样也是为了自保？如果今日有个国家拥有这种武器，用来攻打我国，莫非边境上那些兵将军士就站直了任他们屠杀不成？"

秦悠悠哼道："我可以管好我自己不会无故主动伤人，但是那些皇帝大臣将军管得住自己吗？今日说是自保，哪天觉得自己的实力足够强大，就会想着去侵略了，师父说过，别人杀来杀去我们管不着，但是至少该管好自己不去推波助澜给这些人的野心提供工具。"

严棣定定看了她好一阵，摇摇头没有再说话。

天工圣手齐天乐在机关术上的名声，其实是由一件意外事件得来的。

据说他年轻时在外游历借宿在一座山村，碰巧遇上恶名昭著的"血魔七剑"路过，这七名魔头修炼邪功每日都要吸食新鲜人血，齐天乐为救村民而出手，发动身上机关一下子就将七个人废了。

这七个魔头修为最差的一个是六品巅峰，其余五个是七品武尊，老大甚至是八品武尊，竟然被他用机关在眨眼间全数收拾了，在当时简直不可想象。

正好追杀这血魔七剑的一批武者随后赶到，听村民说起有这样的高人，连忙追上去想看个究竟，发现村民口中的机关高手只是个五品武者，不免起了歪心想仗着人多势众逼他交出杀伤血魔七剑的暗器机关。

齐天乐被他们惹火了，发动机关又放倒一批，不过却并未伤及他们的性命。

这批人之中有不少出身名门，回去对师长一说，不到一个月时间，齐天乐成了无数武者追捕的对象。

追杀齐天乐这些人来一批完蛋一批。他十分擅长易容藏匿，而且每次被人发现，戴在身上的机关暗器必然升级换代，威力越发强大。

最后二大机关世家的人都出动了还是铩羽而归，这一场风波整整持续了五年才逐渐平息，齐天乐也从一个无名小卒成了家喻户晓的顶尖机关大师。

不过正如秦悠悠所言,他确实从来不曾替哪个国家制作军用机关,也不肯投靠任何势力,甚至他制作的机关暗器都难得一见,倒是一些内含精妙机关的活动摆设,又或者一些用途诡异的机关用具偶然会流传出来。

也有一些人曾求得他的机关暗器,但每一个都必须立下重誓不得主动伤人。

如今严棣听了秦悠悠这番言论,顿时有些明白其中的缘故。他心里不以为然,不过也没有去与她争辩。

擂台上,文五郎一跃而下走到场中那个机关箱旁仔仔细细观察了一遍,最终回到台上沉声道:"风先生这个机关箱精妙非凡,文某自愧不如。今日机会难得,就厚颜请各位品评一下文某新近制作的轻型投石机。"

他一挥手就有台下门人推出一架长约一丈宽约两丈的投石机。虽然比起寻常投石机,校场上这一架确实设计精妙得多,但与风氏的机关箱一比不免相形见绌。

文五郎之所以将它展示出来,纯粹是想压过文风盛所假扮的楚云深一头,三场比试的表现都很重要,就算输也决不能做垫底的那一个。

文风盛岂能不知道他的心思,他抬眼歉然望了望秦悠悠的方向,请金家的人送上纸笔。然后对风入松道:"楚某不才,就画一幅图纸请众位品评一番。"

风入松脸色微变,嘿嘿一笑道:"楚先生客气了。"

楚云深提出要画图纸,那就只有两个可能,要么他能画出这个机关箱的核心设计草图,要么他另有更厉害的机关兵器,只不过因为某些原因没有带来,只能画图示意。

金家根本没有可以跟机关箱与投石机相媲美的军用机关,金浮图正急得满头大汗,没想到楚云深竟然会提出画图纸,不由得一阵忐忑。

一个多时辰后,楚云深的草图完成送到裁判席上,风二太爷一看脸色就变得难看非常,猛地抬头瞪着楚云深,一副想把他生吞活剥的吃人表情,不过却硬生生忍住了没有当场发作。

金浮图与文氏三太爷看了同样脸色诡异,图纸传到秦悠悠手上,果然就是她当日所画的改进过的图纸。

三位受邀前来的武圣也并非完全对机关之道一无所知,他们看清楚图纸上的说明,再看看另外三名裁判包括秦悠悠都毫无异议,至少也清楚确认按照图纸上所说的制作另一个机关箱,性能绝对会超越如今台下的那一个风家出品。

楚云深甚至没仔细看过风家的机关箱,就能现场画出这样一张图纸,这太骇人听闻了。

如果来的人是天工圣手齐天乐,大家或许还会相信,可是这个楚云深……他有可能有这么深不可测的造诣吗?

几个裁判同时沉默了,他们都想到一个可能——楚云深曾经见过风家这件秘密武器的图纸,甚至还研究改进过。

他能够改得比风入松的更好，也证明他的水平至少比风入松高。

最终在一片诡异的气氛中，几个裁判一致认可，第一场楚云深第一，风入松次之，文五郎再次。

严棣问秦悠悠："文风盛盗用你的图纸获胜，你不生气？"

秦悠悠摇了摇头道："大赛规定了，如果出现这种情况，所有看过机关草图的人必须保密，而且文叔叔赢了风入松，又让他们见过自己的图纸，风家的人再不能够制作这种机关箱了，这是好事。文叔叔当年就立下重誓，绝不会造这类机关的。"

严棣微不可察地皱了皱眉，淡然道："那就好。"

他其实很想问，如果我相月国受到这样的机关威胁，你是不是依然两不相帮？

但他还是忍了下来。

他很清楚如今俩人的关系还未稳固，至少在秦悠悠心目中他还没有重要到可以跟她的师父相提并论，一定要她做选择的话，唯一的结果就是令她好不容易靠近的心再次退得远远的。

还要再等等……严棣慢慢吐出一口气，暂时将这事放下。

擂台上文风盛第一场胜得太过漂亮，不但文氏、风氏的人对他起了强烈的戒慎之意，连金浮图都忍不住开始怀疑他的真正身份与目的。

他是借着金家要对付风氏、文氏？还是根本对他们三家都图谋不轨？这么一个深藏不露的人加入他们金氏，只怕所图不小。

没搞清楚他的底细之前，还是先提防着的好，金浮图暗自警惕。

第二场比试，出题的乃是文五郎，他先在准决赛被楚云深淘汰，总决赛第一场又被他压了下去，心里对这个人简直痛恨又妒忌到极点。

不过这一场他准备充分，自忖绝不会让这楚云深再占半点便宜！

夏云峰文氏最为闻名的机关有两种——百珍匣与孔雀开屏，前者为收藏珍宝的箱子，后者则是一件十分厉害的机关暗器。

之所以叫孔雀开屏，乃是因为引动机关之际，万千暗器暴射而出的景象绚丽如孔雀开屏，这种暗器的级别据传可达到七品，也就是说一个普通人可以凭借它杀伤七品武尊。

不过文家已经多年无人能够造出这么高级别的孔雀开屏，文五郎这次取出的也不过是六品罢了，而且是他在家中那位有文氏第一机关大师之称的大长老指导下制作的。

这就是出身世家的优势，每一个世家代表都不是一个人在战斗，他们身后有同级高手甚至隐世强者给他们提供支持，光这一点就是普通机关师无法企及的。

当文五郎在校场上展示过自己带来的那一个孔雀开屏的强大威力之后，所有嘉宾乃至裁判都忍不住倒吸一口冷气，断定文五郎此局必胜。

秦悠悠身上随便一件机关暗器，论级别都在六品以上，所以严棣很淡定，全不似其他人那么震惊激动，反而想起了之前问过的一个问题。

"你算是几品的机关师？"严棣伸手揽住秦悠悠的纤腰，悠然问道。

秦悠悠正等着看文风盛再虐一回文五郎，闻言侧过头来斜了严棣一眼，学着他先前那副平板语气道："十八品。"

她那副狡黠中透着挑衅的得意表情，让严棣忽然有些手指发痒，如果不是这里人太多，他真想捏一捏她那翘得高高的雪白鼻尖。

抱她腰的手有案桌挡住，旁人看不见，可是他如果再想做什么亲昵动作就不免太过明显，这小丫头是他的王妃，人前他要给她足够的尊重。严棣忍了忍终究没动手。

"哦？那你恢复修为后，就给本王做一件十八品的机关暗器，就当是你的嫁妆。"严棣顺着她的话道。

秦悠悠的牛皮被戳穿，还被顺带调戏了一把，哼一声撇过脸去不理他了。

她顾着跟严棣拌嘴，再回头去看，擂台上的气氛已经紧绷到极点。

原因无他，只为楚云深竟然也取出了一件机关暗器要与文五郎的一决高下。

这就罢了，最严重的是，他取出的这件暗器是孔雀开屏——七品的孔雀开屏！

文五郎仰头哈哈一笑，寒声道："七品的孔雀开屏？你以为你是何人？！笑话！"

孔雀开屏同样是文氏先祖所创，这么多年下来，制作方法天下间许多机关师都知道，也有人仿制，但是因为核心技术一直是文氏的顶尖机密，所以外间机关师能够做出的孔雀开屏连三品都是极难得一见的，更别说七品。

楚云深不理他，只是走到场中，用与文五郎一样的方式展示了一次他手上那个孔雀开屏的威力。

绚丽如梦的一片光影之后，满场陷入一片死寂，人人瞪大眼睛看着楚云深，仿佛他是从地缝里突然蹦出来的恐怖妖兽。

过了好一阵，裁判席上的文氏三长老回过神来，一跃而起指着文风盛大喝道："你、你究竟是什么人？为何、为何……"

孔雀开屏的制作之法乃是文氏绝密，只有极个别核心精英知晓，如今文氏上下知道的绝对不超过五人，连他都不知道。

就算知道，也无人能够制作出七品的，家族中那位潜修多年的大长老，穷毕生之力也只能制作六品巅峰的孔雀开屏，这楚云深是怎么办到的？

最重要的是，一个外人造的孔雀开屏竟然超越了文氏嫡系，这让人情何以堪？

文氏三长老脸色发白，眼里闪过一丝厉色，这个楚云深必须死，不过在他死之前，无论如何要逼问出他制作孔雀开屏的诀窍！

其实第一场决赛时，风二太爷也有跟他类似的想法，不过风家的机关箱意义始终不如文氏的孔雀开屏来得重要，所以他虽然惊骇震怒，也忍住了没有表露出来。

文氏三长老与文五郎气恨不已之际，文氏的席位上却有两名老者神情诡异地对望一眼，眼中的神情惊讶之外暗藏欣然。

楚云深对文氏三长老的暴怒毫无反应，也不理会他的呵斥责问，神情宁定地回到擂台上等待风入松出场。

风入松见到楚云深竟然取出了七品暗器，同样意外至极，不过他很快定下心神，取出了自己这些年来的心血结晶，六品机关暗器"玄针天网"。

玄针天网施放起来没有孔雀开屏那么华丽夺目的声势，但是同样威力惊人，五尺之内就是一只苍蝇飞过也会被射死，每支乌黑的钢针都有穿透六品武者护身真气的力度。

裁判们一番讨论之后，这一场仍是楚云深大胜，文五郎与风入松并列。

最后一场轮到楚云深出题，不过明眼人都知道，只要他发挥正常，冠军几乎是十拿九稳。

楚云深站在台上沉默片刻，忽然抬起头对秦悠悠道："最后一场，楚某想请王妃出题。"

秦悠悠都没想到他会忽然拉上她，严棣看了他一眼，忽然道："这个文风盛，倒是有点儿意思。"

说到底文风盛第一场赢得并不光彩，所以最后这一场，他宁愿放弃主动出题的优势，愿意与其余四人公平一战。只不过他自视极高，台上其余的裁判在他看来根本没资格出题考他，所以他指名要秦悠悠。

他心里也很好奇，当日天工圣手齐天乐说这个弟子会超越他，如今她究竟到哪个层次了呢？

秦悠悠想了想也明白他的意思，不由得粲然一笑，师父果然没看错人，文叔叔的人品真不错呢。

其他人却是大惑不解，这楚云深是吃错了药不成，十年一度的圣手擂台大赛冠军唾手可得，他竟然把最好的机会往外推。

要知道让别人出题，变数会很大，很有可能把先前好不容易得来的优势一次清零。

金浮图虽然对这个半路加入的"外姓弟子"心存疑虑，可也忍不住暗暗心急，金氏已经有四次与圣手擂台桂冠失之交臂，如果这次再输，只怕他们在三大世家中的地位都会受到威胁。

你不想要第一，我们金家很想要啊！

秦悠悠欣赏完文风盛的人品，马上又开始为难起来，出什么题好呢？

"让他们试试王府花园下的宝库。"严棣略一沉吟给了她一个建议。

对哦！那个正是现成的试炼场地！

秦悠悠看看其余几名裁判，大胡子君不悟首先赞成道："只要他们三人无异议即可，我们也正好有机会见识见识王妃娘娘的机关术！"

由秦悠悠出题，对于文五郎、风入松而言简直就是绝处逢生的好事，而且他们也确实好奇秦悠悠的机关术究竟强到哪种程度，从她出的题目，应该也能看出点端倪。

所以两人毫不考虑就点头答应了，其余几个评委也纷纷露出期待之色。

秦悠悠低声问过严棣，然后道："既然如此，请诸位移驾到圣平亲王府，花园下宝库内有我新近设计完成的一套机关，三位就以那机关为题，看哪一位的机关术更加出众。"

她一个十来岁的小姑娘出题考几个岁数足可以做她父亲甚至爷爷的机关师，那场景实在有些荒谬，但是在场众人没有一个意识到这一点，反而对接下来的最后一场决定性比试充满了期待。

校场内宾客众多，自然无法全部放他们进入王府去观看比试，只能选出其中五十人作为代表，随同七位裁判以及三名参赛者一起出发前往圣平亲王府。

严棣事先让梁令赶回去安排一切，等到全部人抵达花园宝库入口外时，宝库大门已经打开，一切也都准备就绪了。

秦悠悠对文风盛、文五郎以及风入松三人道："宝库内的机关都暂时关闭了，几位进入其中以下面的圆形大厅为终点，一炷香之后返回此处，发现最多机关布置且看出其原理者获胜。"

三人点头答应，鱼贯走入宝库之内。

君不悟忍不住哈哈一笑道："王妃娘娘好大方，就不怕这宝库的秘密泄露出去？"

秦悠悠对这个大胡子倒没有什么恶感，望了严棣一眼道："王爷不介意，回头我重新设计就是了。"

"圣平亲王好福气。"君不悟叹道。这倒是其他同来见证的裁判嘉宾的心声，别人要请顶尖机关师设计藏宝库千难万难，人家娶了个机关师做老婆，不但信得过，而且随时可以将宝库内的机关设置变来变去。

严棣觉得这话尤其顺耳，难得地点了点头道："如蒙君先生不弃，将来本王大婚之日请来饮杯薄酒。"

"一定一定。"君不悟虽然性情不羁，不过也乐于跟严棣与秦悠悠这样的顶尖人物结交。他对权势兴趣不大，可是严棣本身的修为极高，连他都看不出深浅，而秦悠悠的机关术显然也厉害非常，说不准哪天他也会有事相求。

秦悠悠想起当日严棣心安理得让她随便参观宝库，又放手让她全权设计宝库内的所有机关，任她自由进出，她还天真地以为他是信得过她的人品，原来这家伙根本吃定了要娶她为妃，难怪这么大方了。

这个从一开始就见色起意、心怀不轨的家伙，她就是被他那张正儿八经的面瘫脸给骗了。师父说长得漂亮嬉皮笑脸惯会甜言蜜语的小白脸信不过，没想到连不苟言笑整天顶着一张僵尸脸的男人同样也是信不过的。

她跟妖怪恩公的牵扯好像越来越深了，如果将来她赖婚跑掉，妖怪恩公不知道会怎么样呢？

想到这个问题，秦悠悠顿时觉得一阵头疼。

秦悠悠所说一炷香乃是二刻香，宾客们才喝过两杯茶，时间就到了。

文风盛与另外俩人鱼贯而出，分别在三张案桌上写下自己发现的机关数量、位置及大致发动原理。

文五郎最先完成，不过他抬头一看其余两人还在低头奋笔疾书，顿时迟疑了起来，莫非他们两人看到的比我更多？！

他皱眉苦思冥想可惜依旧一无所得。

很快风入松、文风盛二人也相继完成，三人书写的白纸被铺展开来，其中文风盛与风入松发现的机关数目同是七处，而文五郎发现的仅仅六处。

梁令送来秦悠悠的部分设计图纸，展开一比对，在场所有人的脸色都变得精彩非常——从库房入口到下方圆形大厅这一路，机关一共十六处，其中用作攻击的十三处，还有用作照明、示警、监察的机关三处。

进入总决赛的这三个人，最厉害的也不过发现了其中二分之一不到，这还是在人家关闭了机关任他们看的情况下，如果机关尽数开启，只怕他们还未走到下方大厅，就小命都坑完了。

秦悠悠的设计图纸上也有简单的机关设计标注，宾客中那些懂行的越看越是着迷，一个个瞪着图纸恨不得将它吞进肚子里去。

就是三大世家的人也暂时忘记了胜负，呆呆看着图纸出神。

梁令与负责看守宝库的老卓肉痛地望着那些明摆着在偷师全力记忆图纸的家伙，忍了又忍终于忍不住道："王妃，你就不怕他们偷学你的机关术？"

秦悠悠无所谓道："随便他们学吧，就怕他们学不好。"

"你师父说的？"严棣一听就知道这么嚣张自大的话肯定不是秦悠悠的风格。

秦悠悠嘻嘻一笑，默认了。

严棣见无人注意这边，伸手揉了揉她的发心道："既然你不介意，干脆让他们抄录一份回去慢慢看，别在这里浪费时间。"

"哦。好啊！"秦悠悠觉得有道理也没想其他。

严棣扬声道："各位今日乃是为了圣手擂台大赛决赛而来，先定下胜负，稍后本王王妃会将图纸送到西校场，有兴趣者到时候可自行抄录。"

把机关设计图纸公开？！花园里几十个人回过神来，心里忍不住又是羡慕又是妒忌。

秦悠悠毫无所谓把图纸公开，那就是说，这个东西对她而言不值什么，她随时可以设计出更好的。

今日的事传出去，日后还有哪个不长眼的敢来打圣平亲王府宝库的主意？三大机关世家的顶尖高手仔细观察都只发现了一半不到的机关，普通只懂皮毛或甚至连皮毛都不懂的去了还不是只有死路一条？！

来自其他国家，尤其是多丽国的官员暗暗看了一眼秦悠悠，只觉得头皮发麻，这样的机关高手竟然跟敌国亲王成婚，不说她那个天下闻名的师父，光她一个就已经太难对付了，必须要尽快想出对策才是。

秦悠悠是看到众人脸色不对，才后知后觉地发现自己又被严棣利用了替他以及相月国立威。

开始有些生气，不过转念一想反而淡定了——就让他利用吧，到时候万一自己要离开，也不用那么愧疚。

她至今都还不是太有信心会像其他夫妻一样，与严棣相守到老；只是消极地想着走一步算一步。

皇帝在妒忌

这最后一场的胜负很好判定，大家只要将三名参赛者所给出的答案与秦悠悠的图纸一比对便知分晓。

这回文风盛是实实在在地略胜了风入松一筹，而文五郎却比他二人又逊色了一些。

一众人等回到西校场上宣布比试结果，金浮图以及金氏上下喜出望外，而得了第三的文氏却个个面色阴沉，其中两名老者意味不明地向楚云深方向多看了好几眼，相视而笑。

风氏得了第二，算是不过不失，但是先前准备靠着"机关箱"发一笔大财的庞大计划，却被楚云深这个半路杀出的程咬金搞得胎死腹中，他们预先投下的人力物力全数白费，看见金家上下欢天喜地，更感刺眼。

"金贤侄，贵府的这位'外姓'弟子收得真好真妙，通晓我们三家机关绝学的天才真不多了。恭喜，恭喜啊！"文氏三长老同样看见金浮图就来气。

这次栽得最彻底的就是他们文氏，自家引以为豪的两大机关绝学都被一个外人死死压制，简直就是当着天下人的面拆他们文氏的招牌。

"这等人才就是我们风氏也看着眼热，呵呵，但愿贵府留得住他的人，也留得住他的心。"风二太爷说话夹枪带棍。

风二太爷怎么也想不明白，自家机关箱的图纸是怎么漏出去的。

他承认楚云深在机关术上确实胜过风入松一筹，但是如果没有事先研究过机关箱的图纸构造，绝无可能随便就画出来。

金浮图自家人知自家事，他对楚云深同样心存疑虑，可是难得金氏大胜一回，他又不愿弱了气势，正要回话就听身边的儿子金明池笑道："楚先生的机关术确实不凡，不过晚辈觉得比起圣平亲王王妃，那是远远不如了。"

一句话祸水东引，果然风二太爷和文氏三长老都沉下了脸色。

表面上这次圣手擂台赛三大机关世家有人欢喜有人愁，楚云深力压群雄脱颖而出，不过真正大出风头的却是秦悠悠以及她背后的天工圣手齐天乐。

一个才十来岁又没有武道修为的女弟子就厉害成这样，师父就更不用说了。

风二太爷等三人望着围在台下那幅"王府花园宝库机关设计图"前密密麻麻的人群，二十多年来三大世家在齐天乐阴影下积累的怨气几乎压抑不住。

他们三家争来争去，人家派个娇滴滴的小弟子出来轻易就将他们比到了天边去，他们就算得了圣手擂台赛桂冠又如何？

天下人公认的第一机关宗师是齐天乐，就算齐天乐失踪，还有他的弟子秦悠悠。

他们三大机关世家千百年来的积累，与人家一比，除了子侄众多财势惊人，再没有其他足以自傲的地方。

文氏三长老眼神阴鸷地盯着秦悠悠的方向，冷然一笑道："如此厉害的圣平亲王王妃……呵呵，自然有人比我们更着急。"

风二太爷知道一点点秦悠悠的底细，再想到突然出现在子夜城的旭光圣子，顿时心里发寒。

他们三大机关世家表面上向来超然于列国争端之外，旭光圣子要做的事，他们能不沾边还是尽量不要沾的好，否则惹来相月国的雷霆之怒，以举国之力对付他们，他们的机关术再强也没有用处，千年世家毁于一旦是完全可能的事。

想到这里，风二太爷再没有心情停留，一切事情等回到风氏府里与其余几位长老以及家主商议过再说。

至于金氏与那个楚云深的账，日后再算也不迟。

金氏与文氏虽然不知道旭光圣子准备对秦悠悠下手的消息，却也感觉到子夜城山雨欲来，不宜久留，决定擂台赛结束第二日就带领弟子门人离开。

回到金氏的临时住处，金浮图宣布了明日就离开的计划，楚云深却提出要留在子夜城向圣平王妃请教机关之道。

对于真正醉心机关术的人而言，楚云深的决定十分正常，不过金浮图却满肚子不乐意。

他如今最想做的事就是马上查清楚云深的底细，如果没有什么问题，就出尽全力拉拢，将他永远留在金氏，如果发现这人有问题，也要尽快决断该怎么对付他。

不管如何，都要先把他带回金氏的地盘他才能放心，可是他提出的要求又不能轻易拒绝。

金明池知道父亲的心思，笑道："说到这个，我也想留下多结交一些同行。"

金浮图想了想，对女儿金明春道："既然如此，你们兄妹二人都留下吧，就算不能向圣平王妃请益，能够跟楚先生多学学也是好的。"

他将儿女留下有两重心思，一是监视楚云深，免得他被其他势力拉拢，又或用金氏的名义做出什么不恰当的事，另外也是希望女儿能够跟楚云深发展出点儿什么。

虽然楚云深年纪足以当金明春的爹了，可要是能够拉拢住他，牺牲一个女儿算什么？金氏如今太缺人才了。

楚云深并不关心金浮图的心思，对于多两个拖油瓶留下也没有意见，事情就这么定了。

秦悠悠为了圣手擂台赛的事忙了几日，到今日终于结束，想到文风盛终于得偿所愿，心里也替他高兴，而且文风盛已经正式送来拜帖，说明日会来王府见她，能够跟故人再见，还是一个有共同兴趣爱好的故人，秦悠悠自然心情极好。

"明日见过文风盛后，你准备一下随本王入宫去觐见母后。"严棣与她一起用过晚饭后提醒道。

"啊？"这么快？秦悠悠的笑容一僵，心里忐忑起来。

因为之前的事，她对宫里那些人着实没什么好印象。她还记得，就是太后故意将杜韦娘和梁令调开，好让那几个莫名其妙的女人跑来对付她的。

"母后只是心急想知道本王选的王妃是个什么样的女子，并非有意为难你。"严棣猜她的心思几乎百发百中。

秦悠悠扁扁嘴巴低声抱怨道："皇宫里的人礼仪心眼都特别多，好麻烦。"

"你又知道？别胡思乱想。"严棣捏捏她的手道。

"我从前跟着师父见过好几个皇帝，还有他们宫里那些妃子什么的，一个个笑得好假。"秦悠悠哼道。

如今天下最强大的国家自然是相月国与多丽国，除此之外，大大小小的国家还有十一个之多，秦悠悠见过其中一些国家的国君也并不算多奇怪的事，不过……

"怎么不曾听闻你师父与哪国的国君有交情？"严棣明明记得齐天乐出了名的不爱跟其他势力扯上关系。

"他们不知道师父是天工圣手啊。"

不知道齐天乐的身份，还将他们师徒请入皇宫奉若上宾，那就是说齐天乐还有另外一个身份是颇有分量的，严棣瞥了旁边的梁令一眼，梁令便心领神会，知道接下来要好好查清楚齐天乐这另一重身份了。

秦悠悠并没意识到自己无意中又泄露了某些重要的事情，只是继续烦恼于要入宫去见太后的事。

她从小跟在师父身边，见识过的东西比绝大部分人都多，再加上深受师父影响，心里根本没把什么皇帝太后放在心上，不过一想到那个是妖怪恩公的娘亲，自己这个王妃娘娘的婆婆，就不由得有些不自在起来。

严棣伸手轻抚她长长的发丝，淡然道："宫里的人除了太后与皇上，其余人等你无须理会，如果谁敢冒犯你，你也不必客气。你是本王的王妃，不用看他们的脸色。"

"好吧……你跟你皇兄关系很好？"秦悠悠想起上次那个笑面虎皇帝来，严棣也只是让她行普通的见面礼，并没有要她行大礼。

"我们兄弟二人亲如一体。"

秦悠悠觉得妖怪恩公说这话时非常认真，心里觉得怪怪的。

好吧！是她小人之心，但是她明明记得师父说过，当皇帝的人疑心很大的，整天防范着唯恐兄弟夺权、臣子篡位，发现兄弟儿子里头有人太过出色都会忌惮防备。

妖怪恩公也不是什么单纯正直的人，他就这么放心皇帝不会疑忌他？

严棣捏了捏她的鼻子道："你不必多想，皇兄与本王的关系不同旁的皇家子弟。"

"哦……"秦悠悠拖长声音应了一句。

反正她进了皇宫不用当磕头虫，不用看别人的脸色，这就很好了。

"上次派人来跟我为难的那个什么贵妃又来烦我的话，我可以动手收拾她？"她不放心地再次确认。

严棣淡淡道："她没那个胆子，她已经被降为嫔，上次对你动手的那两个女官也被杖毙了。"

杖毙？！秦悠悠脸色一变，她虽然痛恨那两个女人差点伤了她的手臂，但也绝没有想要她们死，这样的处罚太重了。而且她分明感觉她们会找上门来，是因为那个笑面虎皇帝。

严棣发现她手心冰凉，低头亲了亲她的鬓边道："她们以下犯上在先，你不必多想，早些休息。"

"你们都不把人命当回事。"秦悠悠有些心寒地退开两步。

从严棣派手下在三台码头杀死前来追捕她的四个武者那次起，她已经不止一回见识过他的狠辣冷酷，也不止一次因此感到害怕难安。

她从小跟在师父身边，去过很多地方也见识过许多血腥厮杀，但无论是她师父还是她自己，都从来不曾真正伤及人命，就算是遇上杀人不眨眼的强盗凶徒，师父也只是把那些人打伤了然后送给当地官府处置。

师父对她说过："我们只是普通人，无权决定别人的生死。不要因为自己有能力，就轻易剥夺别人生的权利。"

严棣捉着她的手将她拉回怀中:"不过是两个狐假虎威的奴婢罢了,就她们在宫中做过的腌臢事情,也够她们死几次了,别闹脾气,乖乖吃了药然后睡觉。"

秦悠悠默然片刻,垂头道:"我想去看看大嘴和小灰。"如果它们醒了多好,她可以抱着小灰说心事,可以听大嘴不着边际的唠叨,虽然它们很多时候并不能够给她什么有用的建议,但是明白她的心思。

严棣心中忽然涌起一股怒气,他很清楚感觉到秦悠悠又开始抗拒他,不过他忍住了没有发作,淡淡说了一个"好"字,牵着她的手往花园宝库而去。

他不会放手任她逃开,他会让她明明白白认清一个事实——他才是她最值得依靠信任的!

大嘴和小灰依旧沉睡在花园宝库里其中一个库房之内,严棣依照秦悠悠的要求,把剩余的"聘礼"以及许多珍贵的灵药、珍稀的蛇虫类脑髓存放在其中,以防它们体内储备不够时可以醒来再吃一些补充。

秦悠悠伸手轻轻替小灰顺了顺身上的皮毛,抬头问严棣:"可不可以请满子哥哥来看看它们?我不是很放心。"

"何满子不是兽医。你如果不放心,让驻云飞来看看就好,它们都是灵兽,最能感觉彼此的状况。"严棣绝不可能这个时候让什么"满子哥哥"上门。

秦悠悠想到小灰和大嘴曾经说过驻云飞闻到它们的味道发现它们要晋级的事,于是点点头道:"好吧!你让它不要靠小灰太近,小灰很怕它的……"

"你为什么对这只没用的兔子这么好?"严棣绝不承认自己是在吃醋。

"小灰哪里没用了?!"秦悠悠不满地瞪了他一眼。

严棣抱着她在一旁坐下,故意道:"它哪里有用了?一天到晚只知道吃和睡,跟猪差不多。嗯,应该说比猪都不如,猪不会像它那么挑食,而且吃那么多都不见多长几两肉。"

秦悠悠气得用力捶了他几下道:"小灰会帮我做机关,而且它救过我的命!"

严棣抓着她手挪到自己肩膀的位置:"捶这里,捏也行,多用些力气。"

秦悠悠气极,可是也明白自己如今的力气,给他挠痒痒差不多,捶肩膀都要被嫌弃力道不够。

严棣轻轻亲了她气得泛红的脸蛋一口:"说说看它怎么救你了?"

秦悠悠生了一阵子闷气,终于道:"我八岁的时候有一次跟师父闹别扭,一个人跑到山林里迷路了,饿得头晕眼花走都走不动,又害怕又后悔,幸好遇到小灰。它也是独自跑出来迷路了,它把自己的食物分了给我吃我才没有饿死。"

严棣暗暗摇头,八岁的小姑娘就知道跟师父吵架还离家出走,可见她师父平时对她多娇纵,才会把她惯得那么倔犟大胆。

"小灰陪着我在林子里相依为命过了三日,它什么都能吃……后来我师父靠着大嘴终于找到了我，小灰不舍得离开我，就认了我为主人跟我回家。我答应过会保护它，会一直陪着它的。"秦悠悠低声道。

严棣觉得秦悠悠隐藏了这个故事之中很重要很关键的一段，她会这么纵容那只兔子绝对不仅仅是因为他们曾经在林子里相伴三日，这三日里头肯定还发生过什么特别的事。

这事可能与笨兔子身上的血统秘密有关，不过他并不是太关心小灰，所以也没打算刨根问底。

"本王也救过你不止一次。"他顺着她的话道。

秦悠悠扁扁嘴巴不说话，心道：你救我不过是举手之劳，说不定还另有目的，小灰救我却是差点儿把自己的性命都搭上了，那又怎会一样？

一夜无话，第二日一早，文风盛与金明池相偕到访。

金明春独自留在住处没有同来，按照金明池的想法，她与秦悠悠都是女子，更方便讨教机关术，不过因为父亲金浮图之前的打算，金明春对秦悠悠始终有心结，不愿意面对她也在常理之中，所以也就没有勉强。

小太监来通传的时候，秦悠悠与严棣刚刚用过早膳，秦悠悠拉着他打商量："我想跟文叔叔单独说话，你帮忙把那个金明池带开好不好？"

几个月来的相处经验，秦悠悠发现自己只要好言好语主动提要求，不太过分的话严棣都会答应。

果然这回也是如此，严棣只考虑片刻就答应下来。

以圣平亲王如今的身份地位，要把金明池叫去说话，后者于情于理都无法拒绝，而且金明池想秦悠悠也不可能纡尊降贵去拉拢一个机关术远不如她的楚云深，反而金氏几位尊长都很希望能够跟相月国搞好关系，所以听到小太监来传话，马上受宠若惊地就跟了过去。

花厅内转眼便只剩文风盛与秦悠悠二人，外加梁令在一旁伺候。

简单说过彼此别后发生的事情，秦悠悠问文风盛道："文叔叔，你已经赢了那个文五郎，接下来打算怎么办？"

"我在参加擂台赛前，曾经想办法联络过文家的大长老，他派来的人昨夜里就跟我接触过了，过几日我就随他们暗中去见大长老。你这次在圣手擂台赛上露了脸，日后行事要多加小心。你师父曾让我替你打听你娘亲的身份下落，我一直没有头绪。昨日风入松亮出那个机关箱，倒让我想起一桩风氏的秘闻，可能与你娘亲有关。"文风盛说着有意无意看了静静站在秦悠悠身后的梁令一眼。

向来千伶百俐善解人意的梁令仿佛一下子变成了愣木头，硬是没看懂文风盛希望清场，单独跟秦悠悠说话的暗示。

秦悠悠顺着文风盛的目光望向梁令，有些无奈地摇了摇头道："文叔叔只管说吧。"

梁令分明是奉了严棣的命令守在她身边的，她就算开口请他离开，他也会有无数理由拒绝，既然如此，何必自讨没趣？

文风盛是聪明人，一想便明白秦悠悠的身份对于严棣甚至相月国而言非同小可，估计是绝不会轻易让她与人独处的，这个太监就先前所见似乎一直跟在严棣身边，应该也是他的亲信，于是便直言道："风氏多年前便与奉神教过从甚密，不少有武道天赋的旁支子弟都会加入奉神教拜师学艺，当年便有一位名叫瑶姬的风氏女子被送入奉神教，而且她资质甚好，被一位江姓长老看中收为入室弟子。这位江长老就是如今奉神教教主江如练的父亲。"

"这位瑶姬姑娘说是容貌生得极美，奉神教内许多弟子都对她有意，包括江如练也是她的裙下之臣。后来她不知道因为何事叛出奉神教，而且被她的师父重金悬赏要将她活捉回奉神教。据传江如练曾单枪匹马闯到风氏的老宅向当时的族长要人，还打伤了不少风氏的门人子弟，事情闹得极大。"

"后来似乎是风氏从奉神教得了某些好处，双方达成协议，风氏不再插手瑶姬姑娘之事，算是彻底放弃了她。当年奉神教为了找瑶姬姑娘出动了无数高手，可是她却像石沉大海再无消息。这么多年过去了，这事再无人提起，估计记得的人都不多了。江如练大闹风氏老宅的事，还是我被驱离夏文峰之后数年，无意中从昔日友人那里得到的消息。"

文风盛原也没想到将秦悠悠与这桩传闻中的核心人物联系在一起，几年前他初见秦悠悠的时候，她还是个没长成的小孩子，如今再见已经变成一个足以倾城的美丽少女，再加上那张据说是她娘亲留下的机关草图，马上就让他联想到当年那个无数风氏弟子口中貌若天仙的风瑶姬。

"你的意思是，我娘亲可能就是出自风氏的这个瑶姬姑娘？"秦悠悠咬唇道。这是她第一次得到自己娘亲的消息，虽然并不确切，但也足够让她忐忑不已。

"我不敢肯定，这事损及风氏的颜面，消息被压得很严，除了三大世家之间有些传闻，外边几乎无人得知。我所知道的也非常有限，只是有这么一个猜测。"文风盛歉然道。

"我知道了，谢谢你。"秦悠悠振作起来，能有个方向追查下去总是好的。

"我得你师父多番指点，说来勉强算是你的师兄，你我之间无须如此客气。日后如果有什么为难的，只管来找我帮忙，不管是否能办到，我也定会尽力。"

文风盛如今要办的事情不少，留下日后联系他的详细方式，便起身告辞离开。

金明池在严棣那边同样得了好消息，他压根没想到相月国有了天工圣手师徒这样的顶尖机关师加入，竟然还有意向与金氏合作，而且条件相当不错。

不过在他兴冲冲将消息传回金氏之后几天，原本安分得很的楚云深却忽然神秘失踪了。

秦悠悠送走了文风盛之后，便一直处于神思游离的恍惚状态，与严棣一起用午膳也没吃几口。

严棣皱了眉头挥退一旁伺候的侍女太监，亲自夹了一大碗她喜欢吃的菜送到她面前道："统统吃完。"

秦悠悠有些茫然地抬头看了他一眼道："我没胃口。"

"要本王喂你？"严棣神情严肃完全不接受拒绝。

"我心情不好，你还凶我。"秦悠悠扁了嘴巴不高兴道。

"乖乖吃饭，你娘亲的事，本王会替你查明。"严棣干脆将她抱起放到自己膝上，抬手夹了一箸菜送到她嘴边。

秦悠悠大窘，她又不是小孩子，他还真喂！

偏偏她力不如人，不得已只好夺过碗筷完成任务似的迅速把饭菜吃光。

严棣把她当小娃娃一样，抱在怀里轻轻抚拍："这样才乖，下午进宫多半要在里面用晚膳，你要吃不惯就只能饿着了。"

秦悠悠哼一声不说话，心里却明白，严棣是真的关心她。

"奉神教的消息本王这里就有不少，刚才已经命人去调当年的相关卷宗，你乖乖听话，晚上回来说不定就看到了。"虽然严棣那张脸表情平板，声音也毫无起伏，不过秦悠悠听在耳朵里还是觉得心里甜甜软软的。

"嗯。"秦悠悠第一次心甘情愿主动抱着他，飞快地在他脸上亲了一口。

她小时候高兴了就会这样抱着师父亲一下，师父会开心得哈哈大笑，妖怪恩公虽然没有哈哈大笑，不过她觉得他心情也很好。

饭后秦悠悠换了正式的宫装衣裙，让绿意等仔细给她打扮一番，然后便随严棣进宫去见太后。

这回是真切感受到严棣在相月国皇室的身份地位有多高了，从圣平亲王府上车出发到太后所住庆春宫，就没停下来接受任何检查，简直就像在自家里一般自在无拘。

"他们就不怕有刺客跟着你的车子混进宫？又或者你带什么违禁物品入宫？"秦悠悠觉得太不可思议了。

严棣淡淡看了她一眼，秦悠悠马上发现自己又说傻话了。

妖怪恩公那是什么修为？哪有刺客能瞒过他的感知混在他的车队里？他要入宫做什么坏事，还需要特别带作案工具吗？那根本多此一举。

真是个变态的家伙！秦悠悠愤愤不平地暗中腹诽。

庆春宫外停了皇辇，显然皇帝已经先一步到了太后这里等着了。

几个太监女官一见他们的车停下立刻迎上前来，连通传求见都省了，簇拥着他们直入宫内，那副架势好像唯恐他们跑掉一样。

才踏入正殿，就听见里面莺声燕语阵阵，严棣的眉头慢慢皱起，秦悠悠一脸莫名望着他，太后宫里这也太热闹了吧。

庆春宫内今日人确实有些多，太后与皇帝端坐上首，旁边或站或坐了至少二三十个环肥燕瘦各色美人，香风阵阵环佩叮咚，万紫千红色彩悦目，美人们头上身上戴的珠宝首饰宝光流转，晃得人眼晕。

秦悠悠先前还觉得绿意给她打扮得够隆重了，对比之下发现自己这一身还算是清雅的。

宫里头打扮得花枝招展的年轻女子，不用问就是妃子之流。秦悠悠心里嘀咕，莫非今天除了见太后，还要把宫里所有沾亲带故的女眷都见了？

皇帝一个人要应付这么多美女，日子一定过得很忙。

严棣带着秦悠悠上前行礼，笑面虎皇帝依旧笑得人畜无害，太后盯着秦悠悠好一阵打量，那目光恍若有形，好像恨不得把她一次从里到外看个透彻清楚。

秦悠悠不太喜欢这样的眼神，不过对方算是长辈，她也就乖乖随她看个高兴，反正不会少块肉。

大殿上其他人也在明里暗里观察着这个圣平亲王的心肝宝贝、刚刚在圣手擂台赛上大出风头的顶尖机关师。

看上去柔柔弱弱，娇怯怯地风一吹就倒，估计对她说话声音大一点都会把她吓到，原来冷面冷心的圣平亲王喜欢这一款？！

这就是闻名天下的机关宗师齐天乐的弟子？除了长了张令人羡慕嫉妒恨的绝美脸蛋，好像也没什么特别嘛，不少嫔妃心里挑剔。

可是所有人都明白，不管是秦悠悠的容貌，还是她震惊天下的机关术，都有让男子倾心的能力。

一个出色机关师能够为相月国带来的利益实在太过诱人了，别说秦悠悠长得如此美丽，就算她是个丑八怪，单凭着师门绝技也配得起圣平亲王有余。

"快过来让本宫好好看看。"太后嫌隔着一段距离看不过瘾，抬手要严棣把秦悠悠带到她身边。

太后算年纪四五十岁，但是保养得宜看起来顶多不过三十左右，容色端庄里带着一股说不出的柔和温婉，让人见了就忍不住想亲近，高高端坐在一众青春靓丽的美女之中也毫不逊色。

难怪能够击败众多美人成为后宫里最终的胜利者！秦悠悠虽然看人认人不怎么样，但从小听师父讲床边故事，对于某些特种人群不免带了强烈的戒心。

皇宫里头没有一个简单货色，能混得好的都是人精等等类似的观念已经根植在她心里。

尤其她没忘记太后跟皇帝合伙派人来"试探"自己的事，这三母子就没有一个好惹的，如果她早知道严棣的身份，宁可再跳一次河也不会傻乎乎跟他回子夜城自投罗网。

还好他对自己确实不错。

"阿棣跟本宫说过你叫悠悠,今年十七岁对不对?"太后拉着秦悠悠的手笑得温柔,一旁的小太监连忙送上小凳子让秦悠悠坐到她身边。

"是的。"秦悠悠笑得比她更温柔,装模作样什么的,她也很拿手。

"阿棣真是,把你带回来这么久了,才肯带进宫来让本宫看看。"太后另一手拉过严棣,左看看右看看越看越觉得满意。

身为母亲,她自然希望儿子能够得到最好,秦悠悠至少容貌上就很不错,将来生下的孙儿也定然玉雪可爱。

后宫嫔妃虽然也替她添了好些孙儿孙女,不过严棣是幼子,又蹉跎到如今都没有成婚,他的孩子在太后看来就稀罕得多了。

严棣还未说话,皇帝就插了过来,笑道:"母后就是偏心阿棣,有了新媳妇儿,就忘了朕还有天天伺候您的人了。"

太后笑哼一声,扫了眼殿上不敢轻易开口说话的嫔妃们:"你就记得替她们出头说话。也罢,趁着今日人多,正好一次见见。"

一群莺莺燕燕连忙堆起笑容整整衣裙就要依照品级前来见礼,严棣皱起眉头轻握了一下太后抓着他的那只手,太后便懂了:"都是一家人,在本宫这里就不用太拘礼了。"

太后发话,领头的两个贵妃会意,笑盈盈坐在原地,自有太后宫里的女官逐一介绍她们的身份品级。

对于秦悠悠而言,这纯属浪费时间,她根本记不住谁是谁,严棣面无表情看了她一眼,秦悠悠清晰感觉到自己被鄙视了,扁扁嘴巴不理他。

太后瞄到他们两个"眉来眼去",心里更觉得满意。

皇帝笑吟吟等殿上的嫔妃都被一一介绍过了,才道:"论理阿棣是亲王,到如今才完婚也有些晚了,正妃之外依例可再立两名侧妃,母后你那边不是正好有合适人选吗?干脆让她们也来见见阿棣与弟妹。"

他这话一说,殿上的气氛顿时冷了下来,太后与严棣的目光不约而同落在秦悠悠身上,秦悠悠眨巴眨巴眼睛,一脸的天真无辜,好像压根不懂皇帝这是有意要让她难堪难过。

立秦悠悠为圣平亲王王妃的圣旨都还未下,就弄出两个侧妃还打算安排与她一起成婚,换了谁家的女儿都要难过。

何况今日还是秦悠悠首次进宫,皇帝突然当面提起这事,根本就是存心打压。

太后也很意外,她今日召见秦悠悠,根本没打算让宫里其他人掺和,在她眼中,皇帝那些嫔妃她就没几个看得上眼的。

结果皇帝不但自己来,还故意招来大批妃嫔,明里是说给她请安,她也不好拒绝。

还好淑贵妃被降为嫔的事余波未平,那些嫔妃们都不敢多话,但没想到皇帝竟然自个儿亲自动手了。

太后有些搞不明白自己儿子闹的是哪一出，他明知道秦悠悠对他弟弟的重要性，为什么偏要选在这个时候发难？

她正想开口回了皇帝的提议，严棣已经从她身边站起身，对皇帝道："臣弟只打算娶悠悠一个，侧妃之事，皇兄不必费心了。"

严棣那张面瘫脸配上身上冷肃的气质，本来就很吓人，说这句话之时心情显然不太好，殿上的嫔妃、女官、太监被震得噤若寒蝉，连呼吸都小心翼翼。

只有皇帝还好像没事人一样，吊儿郎当笑道："母后可等着你开枝散叶呢。你看弟妹都不发话，可见也是不介意的。"

秦悠悠心里火大：这只该死的笑面虎不惹她就浑身发痒是不是，她哪里得罪他了？

"臣弟介意。"严棣平板直接地一句顶回去。

秦悠悠看见皇帝那张瞬间有些笑不出来的脸，差点想为妖怪恩公鼓掌叫好，真是太帅了！

太后素知惹急了严棣他是不会顾虑什么场合，该不该发作要不要给皇帝留面子之类的事的。当下一手拉了严棣，笑道："皇儿你明知道阿棣是直性子，怎么就偏爱开他的玩笑？"

皇帝迅速换回那副嬉皮笑脸的模样道："谁叫母后你偏心阿棣？"

两母子一唱一搭，很快便将先前的尴尬抹了去，殿上恢复一片欢乐祥和。太后见差不多了，便示意皇帝那些嫔妃们告退离开，只留秦悠悠与严棣说话。

其实主要是太后在说，秦悠悠装出一副认真聆听的乖巧模样，时不时嗯啊两声就是了。太后兴致不错，说的都是严棣小时候的趣事，倒也并不无聊。

不过秦悠悠越听越感到奇怪，妖怪恩公的性格怎么好像跟孩童时彻底换了个人似的，太后口中那个活泼开朗得过分的三皇子，真的是他？太后确定半路中途没有被人把儿子换了？

秦悠悠偷偷打量严棣那张毫无表情的面瘫脸……完全找不到一丝顽皮好动、开朗爱笑的痕迹嘛。

严棣对于秦悠悠怀疑中带着隐约笑意的目光恍如不见，只是静静坐在太后身边，即使被皇帝从旁插嘴揭了童年时的糗事也依旧是那么一副无知无觉的木头模样，没有半点尴尬羞恼。

太后正说得兴起，小太监来报："淑嫔在太后宫外候见。"

秦悠悠根本没反应过来淑嫔是什么人，只想到皇帝娶了那么多老婆，自己很忙就罢了，连太后都跟着一起忙了，这三不五时有人找上门来，究竟是来请安的还是来骚扰蹂躏人的啊？

太后的目光扫过皇帝那边，这次连秦悠悠都能看出来她的不悦。

皇帝笑道："既然来了,正好让她向弟妹赔个礼,也好让阿棣消消气。"

秦悠悠有些茫然地望向严棣,赔礼?淑嫔?她这下子总算想到来的是谁了,先前派了两个女官去圣平亲王府骚扰她的那个女人,原先是贵妃,结果被降成嫔的,难怪她没想起来。

她都搞不清楚贵妃和嫔之间差了几级,不过想来这种原本位高权重的,一下子从高处摔下来的感觉一定非常不好。

皇帝发话,太后也不好拂了他的面子,只得由着太监将淑嫔带入庆春宫。

秦悠悠不知道先前淑嫔还是淑贵妃时是什么样子,今日的淑嫔却是一身素雅端庄,神情沉静带了几分忧郁,风姿楚楚甚是动人,至少她对她的印象要比对先前那一大群莺莺燕燕要深得多。

皇帝看了这般模样的淑嫔,眼中也闪过一丝光彩。

淑嫔向上首四人行过礼后便静静站在一旁,并没有如秦悠悠所想凑上来发表情真意切的致歉感言。直到皇帝发话提起,她才上前向着秦悠悠深深一福:"露华御下不力,让两个不懂事的女官到圣平亲王府上失礼,冲撞了王妃,请王妃恕罪。"

"哦。"秦悠悠点了点头没再说话,她都不知道该说什么好。

这个淑嫔根本不是来向她道歉的,她接受与否也并不重要,只要身边这三个可以掌握她生死的严氏皇族高层原谅她那就够了。

皇帝摆了摆手道:"既然王妃不介意,你也可以安心了。"

两边的太监会意,过去扶起淑嫔将她送出庆春宫。太后深深看了一眼淑嫔的背影,心里对她添了几分好感。

"看来适当时候给她提个醒也好,如今她行事说话便聪明多了。"

皇帝凑趣道:"那是太后教得好。"他们都能看出来,今日淑嫔从衣着打扮到一言一行都是深思熟虑过的,处处恰如其分,可见果然是个聪明人,不过先前地位权势来得太快,才一时冲昏了头脑。

如果淑嫔今日也打扮得张扬华丽肯定会让人觉得她不知悔改傲慢难驯,可如果她打扮得太过寡淡朴素,又会让人觉得她心存幽怨,博取同情。

她由始至终态度不卑不亢,得体大方,反而让太后高看了她几眼,而那身别致的装扮,也成功勾起了皇帝的注意,可谓一举数得。

秦悠悠不懂这些门道,干脆老老实实装乖巧,有事没事反正少说少错。

太后对皇帝与严棣道:"本宫与悠悠说几句私话,你们两兄弟自己去说话,晚膳时回来就是了。"

秦悠悠心道:重点终于来了,不知道她想跟我说什么,是威逼还是利诱?

严棣看了她一眼,似有安抚之意,不过最终还是听话地起身告退。太后为了他绝不会在这个时候为难秦悠悠,而他也确实有些事必要跟他的皇兄"好好谈谈"。

太后把秦悠悠带到自己的寝殿，挑了许多漂亮的钗环珠宝给她，又将她当娃娃一样让女官宫女们好生装扮一番，直到她看着满意了才挥退寝殿里伺候的宫女太监，拉着秦悠悠的手，轻叹一声道："本宫当年也有个小女儿，可惜三岁的时候就夭折了，如果她还在，多半已经选了驸马出嫁。"

秦悠悠不知道该怎么安慰，只能老老实实听着。

"本宫只剩这两个儿子，心里将你当亲生女儿一般看重。永乐他很喜欢你，他如何对你，你今日也看到了，日后不管发生什么事，你都不要辜负他好吗？"

这要求有些太高了！秦悠悠心道：如果他将来辜负我怎么办？

可是在太后毫不放松的目光下，秦悠悠也只能默默点头，太后满意地笑了起来。

秦悠悠回想严棣那番只想娶她一个的宣言，再对比一下皇帝那一大群女人，不得不承认，妖怪恩公比那个笑面虎皇帝有觉悟多了，师父如果见到他应该也会初步满意吧？

想到这个，秦悠悠心里一突，她竟然已经不再想赖婚的事，想真的留在严棣身边了？！甚至开始想，师父对他满意不满意之类的了。

大嘴醒来之后一定会责怪她吧，小灰可能会大哭大闹……

仔细想想，她愿意留在严棣身边不是因为他对她有救命之恩，也不是因为欠了他巨额聘礼，更不是因为被他那番只娶她一个的言论所感动。

仅仅只是因为，她想留在他身边，她喜欢那种安心依赖他信任他的感觉。

太后让秦悠悠在偏殿里休息一阵就到了用晚膳的时分，皇帝与严棣也一起过来，两兄弟不知道说了什么，皇帝虽然还是那副笑得让人想揍他一顿的轻佻模样，不过至少没有再故意对秦悠悠挑衅。

太后想到秦悠悠第一次进宫，怕她不习惯，早就命人问过她的饮食喜好，也有意将一切礼仪简化了一些，总体而言这一顿饭吃得还算不错，没有想象中的难熬。

晚膳之后，秦悠悠带了一大堆太后送她的珠宝首饰、胭脂花粉还有衣料补药等等满载而归。

这一趟皇宫之行虽然有点儿小小的风波，不过秦悠悠看得出来太后与严棣都在护着她，皇帝出于不明原因想膈应她也被他们两个挡了回去。

严棣这样她可以理解，但是太后爱屋及乌的程度就有些太夸张了，简直好像怕一不小心将她吓跑了一样，而且言谈之中不止一次明示暗示要她好好真心对待严棣，不要辜负了他。

虽然她之前一直有盘算赖婚，不过她有表现得这么明显吗？莫非她长着一张很冷血无情的脸？

一副冷心冷情模样的明明是妖怪恩公才对！

她歪着脑袋若有所思的模样很有趣，严棣一伸手将她搂在怀里，替她拔下两支看上去就很沉的金钗，问道："在想什么想得这么入神？"

"想你的娘亲还有哥哥啊！"秦悠悠看着面前严棣那一身华丽的黑色亲王袍服，有些蠢蠢欲动想把脸凑过去蹭一蹭。

她现在脸上都是脂粉，不知道能不能在他的袍子上印上一个脸形粉印子？

严棣察觉她的意图，捏了捏她的鼻尖警告她不许捣蛋，一边问道："想他们什么？"

他的娘亲与哥哥？很少人会这么指代当朝太后与皇帝的。

"你娘亲对我太好，我觉得她跟你一样有阴谋。"秦悠悠扁扁嘴巴直言道。

师父一直说，没有无缘无故的爱，也没有无缘无故的恨。她与严棣相识不过几个月，之前还有旧怨，但是严棣对她却好得过分，甚至费尽心思要与她成婚，这已经不是简单的见色起意可以解释的了。

虽然她觉得自己这么优秀出色的美人，有人喜欢甚至爱上都是很正常的，但是严棣对她，似乎是从初见面起就已经决定要将她娶作妻子，这也太奇怪了。

她不是没想过严棣在算计她的机关术，但就她的感觉，严棣生性高傲，是不会为了得到一个机关师而拿自己的婚事做筹码的。

他如果想利用她的机关术，多的是别的方法控制她。

秦悠悠不止一次旁敲侧击，想搞清楚严棣的真实意图，可惜都以失败告终，到了如今的地步，她干脆破罐子破摔明白说出自己的怀疑。

"嗯，你倒也没有笨到底。"严棣淡然赞了一句……如果这算是称赞。

秦悠悠气呼呼瞪着他，等他的下文，结果严棣什么都没说，只是继续问道："我哥哥又如何？"

"你哥哥一定是在妒忌，不是妒忌你就是妒忌我。"秦悠悠有些失望，不过他不肯说她也毫无办法。

"哦？"严棣示意她继续发表高论。

"妒忌你遇到我这么漂亮厉害又有趣的女子，他却要应付后宫里头一大群想法复杂又没劲的女人。"秦悠悠趾高气扬地自吹自擂。

严棣定定看着她，他这副高深莫测又冷漠严肃的模样可以轻易吓哭小孩子，不过秦悠悠却一点儿不怕，反而扬起小脸得意洋洋任他看个过瘾。

严棣忽然很想问问齐天乐，究竟是怎样教养出这么自恋的徒弟的，不过一想到秦悠悠嘴巴里转述过的那些"师父名言"，他就恍然了，这根本就是有其师必有其徒。

"说说看，他为什么要妒忌你？"他承认他有些不能理解这小丫头离奇的思路。

"妒忌你对我好啊，觉得我抢走了他的兄弟……"秦悠悠说到这里迟疑片刻，换上一副神神秘秘又有一点儿八卦的表情道，"你确定你哥哥对你的感情只是兄弟之情？"

严棣莫名道："什么意思？"

"师父说，有些男人天生喜欢男人！"秦悠悠两眼闪闪道。

严棣不说话了，如果齐天乐现在出现在他面前，他一定毫不犹豫把他痛打一顿，他是怎么为人师表的，都教给弟子什么乱七八糟的东西了！

直到后来，严棣才发现，秦悠悠那些天马行空的不靠谱推论，竟然有相当部分很接近真相。

秦悠悠因为这番奇谈怪论，被严棣按住拍了两下屁股，她恼羞成怒，一直到回到自己的绣楼都不肯再理严棣。

接下来的几日暂时恢复了平静，严棣依旧只让秦悠悠留在府中重新修改花园宝库入口处的图纸，自己则忙于处理圣手擂台大赛的后续事宜。

除了与金氏的合作之外，严棣命令手下官员将有意留在相月国的其他机关师组织起来，让梁令去找秦悠悠收集一些她愿意公开的机关图纸，由相月国本国的机关大师主持研究，借此吸纳更多人才。

有秦悠悠这个活招牌在，不少野路子出身的机关师都愿意留在子夜城，只要时不时能够见识到真正机关大师的作品就好。

从来机关师之间除非父子师徒，否则都是敝帚自珍，极少有像秦悠悠这样会轻易公开设计图纸的。

就是一些原本有师门来历的机关师，也忍不住心动不已。子夜城短短时间内成了天下机关师汇聚之地。

一片欣欣向荣的景象之下，危机也无声无息逐步靠近。

你跑不掉的

"打猎？打猎不应该选秋天吗？现在都入冬了还打什么猎？"秦悠悠一脸莫名地问道。

杜韦娘笑眯眯道："王妃你不知道，那雪狼只有这个季节才会大规模出现在庆东原，每年相月国所有皇族成员都会到那儿猎狼。"

"雪狼好好的为什么要去猎它们？这么多年下来，雪狼没被猎光吗？"秦悠悠的思路在大部分人看来总是格外诡异。

小庭花抢着道："雪狼太多了，庆东原那一带的百姓都会有麻烦，牛羊牲畜也会损失很多，而且相月国的传统，每次只猎满九十九只成年雪狼就会发出信号停止捕猎。猎到雪狼的都有奖赏，猎到第一只与最后一只雪狼的人会主持最后的祭天仪式，往年第一只雪狼不是皇上猎到的就是王爷猎到的，他们都好厉害呢！"

秦悠悠对雪狼没什么概念，不过如果要成为所有人里头第一个捕猎到雪狼的，要么是动用权势让别人不敢抢先，要么是运气太好，还有一种可能就是实力太强。

武者修为越深，对于周围环境的感应也会越清晰，据说到了十品以上的武圣级别，不但耳聪目明，而且神魂会异常强大，神识一扫方圆几里内的动静都心中有数。

到了这个程度，要第一个猎到雪狼就完全不是一件难事了。

严棣有这样的实力很正常，听起来似乎连那个嬉皮笑脸的皇帝都有这样的实力。

秦悠悠对于打猎兴趣不大，尤其打猎就要骑马，这一点她更是万分抗拒，所以听杜韦娘与小庭花说起几日后的相月国皇族的冬猎活动也就听听罢了。

结果她们介绍完这项规模盛大而且对于皇族子弟很重要的家族活动之后，就开始用同情的目光望着她。

秦悠悠升起强烈的不妙预感："你们不会想跟我说，我也要去参加吧？"

一老一少用力点头。

"这不是他们皇族子弟的事情吗？关我什么事？"

"悠悠姐姐你是王妃了啊，你也是皇族的人。"小庭花忍不住鄙视她。

悠悠姐姐有些事情聪明得很，有些事情却又笨又迟钝，真是个奇怪的人。

这样都算？！秦悠悠顿时纠结了，不过很快又燃起希望："那我去做个样子，看他们打猎好了。"

就算要求每个皇族成员都必须猎到雪狼，她也可以让妖怪恩公帮忙作弊，她就老老实实窝在角落里做观众好了。

而且总共就猎九十九只雪狼，估计严氏皇族那么多人不够分。

秦悠悠还没搞清楚究竟严棣除了皇帝与那个人妖颐亲王之外，还有多少兄弟姐妹，不过如果连她这种还没正式成婚就被称为王妃的都算在内，那前几日在宫里见到的那几十个嫔妃估计也跑不掉。

整个严氏皇族算下来保守估计至少得有几百号人，九十九只狼一人一条狼腿都不够分。

杜韦娘同情道："别人或许还可以混一混，王妃你只怕不行。"

"为什么？"

"皇家成员十五到三十岁都必须离开营地参加狩猎，而且王妃你最近风头太盛，会有许多人注意你。王爷他是皇上的同胞兄弟，向来是皇族子弟的表率，你是他的王妃，自然就要为皇族女眷们做个榜样。我相月国民风尚武，最是敬重强者，皇族里头上至太后，下至公主、嫔妃、王妃等，个个都修炼武道。不过王妃你也不用太担心，有王爷在，一定会好好照顾你的。"杜韦娘安慰道。

秦悠悠苦笑，如果是从前她修为尚在，自然没什么可担心的，可是现在她就是个普通弱女子，要她上马打猎去给人家做榜样，简直会要了她的小命。

不过杜韦娘说得不错,有妖怪恩公在嘛,他一定可以替她解决问题的!

晚上严棣照常到小石院绣楼这边与她一起用膳,秦悠悠主动提起这事,问他要怎么办。

严棣将她拉过去道:"亲一下就告诉你。"

自从他答应替秦悠悠查探母亲的消息,得到后者一个主动的亲吻之后,他食髓知味,时不时要求她主动亲近,不过多数时候这丫头都是不肯的。

今日秦悠悠见左右无人,却真的主动凑过去,然后在他下巴上用力……啊呜咬了一口。

"坏蛋!就想占我便宜,哼!"秦悠悠得意地看着严棣下巴上那一圈清晰的牙印,快活的笑声如银铃。

一张毫无表情的冰山脸上多这么个印子,看起来好不滑稽。

严棣伸手拈起她的下巴,将她的笑意深深吻住。

带着惩罚意味的吻很快变得缠绵热烈,他尽情搜刮着怀里美人儿口中每一点每一滴甜蜜,故意挑弄追逐她羞怯退避的舌尖。

果然,很快他的小美人儿火气就被撩拨起来,开始奋勇反击……天知道他多喜欢她狡黠刁钻又大胆泼辣的"反击"。

怀里玲珑曼妙的身子柔软如水,可以融化他自控意志的冰,严棣觉得他想要的越来越多,恨不能将这迷死人的小女子一口吞下去,恨不得剥开她身上碍事的衣裳对她做尽一切亲密的事,可惜……

严棣懊恼不已地勉强结束这个差点儿令他彻底迷乱失控的吻,依依不舍地将手从秦悠悠胸前散乱的衣襟中收回,有些不甘心地抱紧了她,低头在她颈上轻咬了几口才遗憾地停住了攻势。

秦悠悠被他咬得嘤嘤呻吟了几声,只顾着大口大口喘气,一时没力气指责他的放肆过分。

自她答应了亲事起,妖怪恩公对她的亲密举动越来越多,再不肯满足于以往揉揉发心、摸摸脸蛋、拉拉手之类的小动作,拥抱亲吻爱抚等等羞人的事情越做越自然。

更糟糕的是,她发现自己渐渐地根本忘了反抗,有时甚至很堕落地忍不住主动配合,如果不是严棣每次到某个程度都会主动停下来,她糊里糊涂被吃干抹净了都不奇怪。

这才不过几天而已,真是太丢人了!秦悠悠恢复点力气与理智,胡乱拉拢衣襟就想躲开,腰上严棣的手臂却像铁箍一样牢牢套着她不肯放人。

"就这样乖乖地让我再抱一会儿。"严棣灼热的气息喷在她颈上,细嫩敏感的肌肤顿时浮起兴奋的小疙瘩。

她可以拒绝吗?还好这坏蛋还算有分寸,不会把坏事做绝。秦悠悠知道他不会再进一步,扁扁嘴巴安心地任他抱个高兴。

他的身体暖洋洋的，靠着也挺舒服的。

从前修为还在，体内真气充盈寒暑不侵，并不觉得冬天有多难过，现在却彻底不一样了，房间里四个暖炉再加上厚厚的被子她都还是觉得从骨子里发冷。

这才入冬不久就这么难受了，再过一两个月真不知道会冷成什么样子。

"你之前说过一个月内替我恢复修为的，那是什么时候？"秦悠悠懒洋洋问道，语气里带着几丝娇嗔埋怨。

严棣的手掌留恋地在她不盈一握的细腰上摩挲："你的易经丹还剩几颗？"

"十一颗，是不是吃完就可以了？"秦悠悠开心地直起身子问道。

"嗯，十一日后，你吃完所有易经丹就跟我到禁地里去。"严棣抬手替她理了理发鬟。

"真的？太好了，我都快等不及了。"

"我也是……"严棣语带深意。

不知从什么时候起，他再不在她面前自称本王，只是你我相称。

慢慢站直身子，严棣抬手想替秦悠悠整理好方才激情中被扯乱的衣裳。

秦悠悠太过兴奋没注意到他说话时眼里闪过的幽深火焰，一手拍开他的爪子背过身去嗔道："我自己来。"

严棣待她整理好衣裙，吩咐绿意送来厚厚的狐毛披风将她严严实实包好，一手挽起她就往自己住的石院而去。

"到我的院子去看看，日后你就住在那边，要如何布置，有些什么要增加删减的，好好看清楚。"

住到那边？跟妖怪恩公住在一起，甚至……睡在一张床上？！秦悠悠的联想力开始往儿童不宜的方向跑，如果不是被严棣牢牢抓住，只怕马上臊得转身溜回房间躲起来。

严棣所住的石院与秦悠悠现在住的小石院并排位于整座圣平亲王府中部，石院是正中，小石院略偏。

这种亲王府邸建造的规制都十分相似，正中心的院子是亲王起居的主院，旁边则是亲王正妃所住的侧院，王府东侧的几个小院子是日后小王爷们的住处，西侧住的是小郡主以及王爷其他侧妃。

严棣这里人口简单到极点，如今除了石院与小石院，其他地方大多空置。

秦悠悠也是后来才发现小石院位置所包含的意义，而现在严棣显然是想成婚后与她住在同一个院子，想到他先前在宫里所说的只想娶她一个，不由得心中甜蜜。

她在王府里住了一段日子了，石院只进去过两次，第一次是刚刚被骗进来的时候，第二次是皇帝突然到访那一回，看到的也只是书房，这次严棣带着她把院子前后仔细看了一遍，就是其中的密室暗格也一个个让她看清楚了。

书房下方就有一个密室，里头收了不少珍贵的天材地宝，秦悠悠看了一圈，得意道："你以后如果对我不好，我就把这里的东西搜刮干净跑掉，让你亏得吐血！"

严棣握住她的手一紧:"你跑不掉的。"

秦悠悠不以为然地向着他做了个大鬼脸,等她恢复了修为,看他还能得意不?!

送她返回小石院的路上,严棣认真交代道:"后日到了庆东原,你要一刻不离跟在我身边,知道吗?"

"为什么?那里的雪狼很厉害吗?还是有人会对付我?"秦悠悠警惕起来。

"我怀疑旭光圣子到了子夜城,他一直潜伏不曾动手,一旦动手必然部署周密,令人防不胜防。"严棣眼中看得上的对手不太多,旭光圣子正好是其中一个,两人虽然还不曾正面交过手,但就他得到的资料看来,江如练这个最小的弟子,比他的两个师兄都要厉害难缠。

放在平时他也不至于如此小心谨慎,但这个关键时刻,又是事关秦悠悠,他不能接受一丝疏漏。

这段日子秦悠悠在严棣身边,再没有什么厉害人物找过她的麻烦,如果不是因为从文风盛口中得知娘亲的消息,她都几乎要忘记什么风归云、旭光圣子和奉神教了。

"如果我们抓住旭光圣子,是不是就可以知道我娘的确切消息了?"秦悠悠忽然道。

严棣皱了皱眉头:"你想做什么?"

"后日确实是他们动手的好时机,如果用我做诱饵……"

"不行。"严棣不等秦悠悠说完,便一口拒绝她的提议。

"但是……"

"没有但是,奉神教的做事风格你明白,万一有个疏漏你落到他们手上,下场会如何我不说你也知道。"

她是知道,否则当日不会为了躲避风归云失足坠崖。

奉神教最可怕的是各种攻击控制人神魂的妖邪手段,他们有些秘法干脆是直接把人弄成活傀儡的。

小时候秦悠悠不听话,齐天乐偶然会拿奉神教吓唬她,类似的话听多了不免留下童年阴影,想到奉神教就毛骨悚然。

严棣从她嘴里得知她对奉神教的种种错误认知与偏见,为着某些不可告人的目的,不但没有试图纠正,反而不着痕迹努力加深她的这些负面印象,导致秦悠悠更是谈奉神教而色变。

秦悠悠知道严棣是怕她出意外,但还是很难过:"可是我担心我娘亲。"

严棣沉默片刻,道:"那几年奉神教的动静,你在卷宗上都看得明明白白,虽然不知道你娘亲最终下落如何,不过也无非是被捉住或者……不管哪一样,她若是无事,那你晚几日早几日找到她都是一样,若是有事,现在不管做什么都迟了。"

这种推测,理智到近乎残酷,可是秦悠悠知道确实是这个道理。

奉神教忽然停止了对她娘亲的搜捕行动,大概是在她从师父齐天乐那里离开之后的半年，以奉神教的风格不可能放过她，那停止搜捕的理由只有两个，她死了或者她已经被抓到。

因为想着可能会遇上奉神教的人，秦悠悠特地把厉害的机关暗器都清点了一遍，决定到时候带在身上，严棣揉揉她的脑袋也没有阻止。

庆东原子夜城足有五十里，所有年龄在十五到三十岁的皇族子弟都要参加，大多数人都是约好了早上从京城骑马出发，中午冬猎活动开始之前抵达。

冬猎活动有专人记录，如果没有合理的理由而不到场，就是亲王之尊也要受申斥处罚。

秦悠悠还是很怕马，只能坐马车，如果要准时抵达她必须一早起来赶路，严棣不想折腾她，于是在冬猎前一夜就带着她到庆东原上的皇庄内过夜。

秦悠悠到了才发现严棣竟然吩咐皇庄上的人将两人安排在同一个房间住！

"这怎么可以？！"秦悠悠抗拒道，虽然他到目前为止还算比较克制，但在一个房间里过一夜，而且床只有一张，这、这、这怎么行。

"明日就要开始冬猎，皇庄里现下闲杂人等极多，你不在我身边，我不放心。"严棣的态度理所当然。

秦悠悠郁闷了，原本她听了严棣提前出发的要求，很为他的体贴感动，但是现在这样，她忍不住很小人地怀疑他的用心了。不过严棣要对她干什么，在王府就可以，不需要大老远跑到这里来。

这么一想，她又安心了一些。

倒是绿意等人非常不纯洁，她更衣就寝的时候，竟然不知道从哪儿找来一套半透明的胸衣与寝衣，说什么穿这个睡很舒服！

最终秦悠悠绷着脸以怕冷为由，选了最厚的寝衣穿上，她如果穿绿意送来那一身，就算妖怪恩公本来没想干什么只怕也忍不住要动手了。

严棣大概也明白她的尴尬，坐在外间打坐调息，让她先服药就寝。

一颗易经丹吃下去，秦悠悠直接倒下就睡，倒免了许多别扭。严棣听着她呼吸渐渐变得规律缓长，才挥退了屋里的太监宫女慢慢走到床边。

他这其实是在自讨苦吃，明知道现在不能动她，却还是不舍得远离诱惑，甚至为了可以亲近这个可怕的诱惑一整夜而暗暗期待。

刚才她吃下的是最后九颗易经丹之一，距离那一日，很近很近了。

严棣掀被上床，低头轻吻秦悠悠的眼睛、鼻子、脸颊与唇，沉睡中的美人儿发现身边温暖的热源，主动靠了过来。

寝衣再厚也只得那么一层，严棣清晰感觉到怀里少女衣服下柔美玲珑的线条，鼻中闻到的都是她甜蜜的香气，一股热流几乎瞬间爆炸开来向某个地方汇聚而去。

该死的！严棣恨恨咒骂，翻身坐起，有些粗鲁地用锦被紧紧裹住秦悠悠，自己转过身去在床边打坐，不敢再多看一眼。

再忍几天，再忍几天就好！严棣咬牙切齿地安慰自己。

秦悠悠一夜好睡，次日起来精神奕奕，严棣调息打坐一整夜也很精神，看见秦悠悠起床时那副慵懒娇美的模样，顿时更"精神"了。

秦悠悠更衣换装时有些奇怪地问绿意道："王爷他是不是心情不好？发生了什么事？"

严棣的面瘫脸依旧，但是身上散发的阴霾暴烈气息，再迟钝的人都能感觉到。

绿意等人偷偷翻个白眼，欲求不满足能心情好吗？王爷真奇怪，王妃跟他名分都定下了，他还忍什么呢？要做君子等这个迟钝的小王妃开窍，真不知道要等到什么时候，她们都替王爷急了。

冬猎活动中午才开始，营地就在皇庄外两里处，秦悠悠与严棣可以慢慢用过早膳，待时间差不多了再过去。

原本以为早膳之后的时间可以悠闲地在皇庄里逛一逛，结果一路上前来打招呼寒暄的皇族中人多得超乎想象，果然闲杂人等许多。

就是严棣那张面瘫脸也没能吓退这些皇族成员的热情，他们不敢多招惹严棣，便只好向着看上去柔柔弱弱很好说话的秦悠悠去。

尤其是几个带了妻女在身边的，那些女子更是一心一意与秦悠悠说话交好，可惜她们都不知道，这根本是浪费力气。

许多人与秦悠悠说话时她觉得不错的，转身就忘记得一干二净，那些人自以为在圣平亲王王妃面前混了个熟脸，结果人家其实对她们毫无印象。

"我们回去了好不好？"秦悠悠一路被人抓着说类似的应酬话，已经有些装不下去了。

严棣"嗯"了一声，挽起她正要回去，忽然前方传来一阵孩童嬉笑之声，然后就见三个小孩子跑了过来，他们身后跟了一群太监侍女，还有衣饰华贵一男一女。

小孩子跑得快，转眼间就来到秦悠悠与严棣面前，领头的小少年一边跑一边扭头回望身后追他的两个同伴躲避他们扔过来的雪球，也没有看清楚路，脚下不知道踩到了什么重心不稳就往秦悠悠身上撞。

梁令斜里伸出手去快如闪电一把扶住那个小少年，暗中施力带着他连退好几步退到离秦悠悠两三尺之外，微笑道："小公子小心。"

几个小孩抬头看见严棣那张脸，吓得一个个瞪大眼睛不敢吭声。他们身后的太监侍女中走出一名老太监躬身施礼道："奴婢拜见圣平亲王、王妃。"

后面那衣饰华贵的一男一女也快步上前来见礼。

这一男一女中男的是严棣的堂兄和亲王世子，女的是世子妃刘氏，三个小孩都是他们的儿女，跑在前面的是他们的长子，后面的是他们的次女与幼子。

三个小孩眨巴眨巴眼睛看看这个又看看那个，好奇的神情十分可爱。小姑娘大着胆子摸到秦悠悠身边扯扯她的裙裾道："王妃姐姐好漂亮，我的花花送给你戴。"

小姑娘手上举着一朵粉色的山茶花，娇艳欲滴的鲜妍姿态在一片冰天雪地中显得尤其引人。

刘氏有些不好意思地上前摸摸小姑娘的脑袋，柔声道："我们刚刚从前面暖房过来，英儿顽皮，看见暖房里茶花开得漂亮就硬是摘了一朵。"

秦悠悠看着小姑娘大眼睛闪闪的期待模样，伸手接过那朵花别在衣襟上，微笑道："谢谢你啦，这朵花真好看。"

小女孩得意地扬起头望向娘亲，为别人懂得欣赏她的礼物而高兴。

和亲王世子生性恬淡，只想当个富贵闲人，所以也并不太刻意与严棣攀交，招呼过后就带着妻儿告辞走开了，倒是那个被太监抱起的小姑娘一直回头张望，似乎想多跟秦悠悠说几句话。

直到再看不见严棣与秦悠悠等人的身影，小姑娘才慢慢放软身子伏在太监肩头上，她的目光与先前差点撞到秦悠悠的那个小少年一碰，两个孩子眼里不约而同流露出不该属于孩童所有的阴沉与得意，还有几分空洞迷茫。

和亲王世子夫妇正在谈论着稍后冬猎的事，并未注意到一双儿女的异样。

远处暖房内，一名身穿白色锦袍的俊美青年微笑着摘下一朵雪白的牡丹花，喃喃道："严棣，你这么在意那个小丫头，简直出乎我意料之外，你心里在打什么主意？我可不信你是因为动了真心……我既然决定亲自动手，你再如何防备都是没用的。"

他的笑容如春风般温柔和煦，指间那一朵足有瓷碗大小的雪白牡丹却在顷刻之间枯萎凋零化作枯枝败叶。

他的身后，两个太监气息全无倒卧在地，背心上是两个恐怖的血窟窿，他们的容貌竟与和亲王世子身边的两个太监一般无二……

近午时分，严棣带着秦悠悠以及四名侍卫再加上梁令一起前往皇庄两里外的冬猎营地。

庆东原上竖起了一圈九个巨大的帐篷，帐篷正中是一座高台，台上摆设了龙椅及祭祀用的祭台，一侧还有一面比人还高的大鼓，台下旌旗招展，皇宫派出的侍卫亲军列阵在营地周围。

营地内众多严氏皇族宗亲云集，有男有女，个个精神抖擞身穿轻便的猎装，牵着自己的爱马站在高台附近等待典礼开始。

一眼望去至少有数百人之多，其中不乏五品、六品的武者，甚至有个别七品武尊，大家聚在一处大声谈笑，好不热闹。

严棣与秦悠悠相偕而来，引起了一阵骚动，大家都很奇怪，圣平亲王与王妃同来，身后怎么只跟了一匹毛色火红的大马？

在相月国，许多普通平民女子都会骑马，所以根本没人想到，秦悠悠竟然会害怕马害怕到不敢独乘的程度。

咚、咚、咚……连续九通鼓声之后，皇帝在一众官员、侍卫簇拥下登上高台，亲自主持祭祀宣读祭文。

相月国武风鼎盛，仪式上文绉绉的东西也不多，不到半个时辰就干净利落结束了冬猎开场庆典，随后即由负责管理皇室族人的宗嗣院官员开始点名。

皇帝的名字自然没人有资格点，按照嫡庶主次亲疏顺序，第一个被点到名字的就是严棣。随后就是那个人妖颐亲王，接着还有整整四名亲王，再然后才到公主，后面的则是其他直系支系子弟，点下来要参加今日冬猎活动的整整有六百多人。

要搞清楚严氏皇族繁杂的亲戚关系对于秦悠悠而言是不可能的任务，她只勉强弄明白了严棣他老爹至少生了八个儿子六个女儿，严棣排第三，皇帝不知道排第一还是第二，奇怪的是宗嗣院提都没提排在严棣前面的另一个兄长的名字，也不知道是夭折了还是出了什么事故。

秦悠悠心里瞬间根据师父从前说过的那些宫廷秘史八卦故事推演出无数个狗血的版本，想来笑面虎皇帝坐上皇位的过程也不怎么顺当。

按说笑面虎皇帝今年也不到三十岁，这么年轻当上皇帝代表他老爹死得很早。

这个秦悠悠倒听说过，相月国的先帝乃是几年前在与多丽国的一次交战中染上怪病不治身亡——这死法也挺蹊跷的。

秦悠悠浮想联翩，忽然听闻鼓声隆隆，皇帝自龙椅上站起身大声宣布道："冬猎开始！"

严棣足下一点跃到驻云飞背上，长臂一伸将秦悠悠也抱了上马，驻云飞一马当先就往营地外的茫茫雪原奔去。

秦悠悠被吓了一大跳紧紧抱住严棣的腰差点儿放声尖叫。

混蛋！动身之前就不能先跟她打声招呼吗？明知道她害怕，还故意吓她。

严棣先前就说过会带她去猎第一、第二只雪狼，只要猎到雪狼就可以选择返回营地休息，这是冬猎活动里一条不成文的规定。

驻云飞乃是一只五级妖兽，光速度就不是别的所谓骏马可比，几乎营地大门一开，它就化作一道红光消失在众人面前，背上骑了两个人对它根本没有分毫影响。

随后打马离开的皇族宗亲过了一阵才反应过来，圣平亲王竟然跟王妃共骑，至于这么公然秀恩爱吗？娶了个漂亮王妃也不用宝贝成这样啊！

不管如何，第一个猎到雪狼的荣誉，旁人是想都不用想了，往年圣平亲王还没有那匹大红马之时，他们已经望尘莫及，如今真正如虎添翼，就不知道这回圣平亲王打算用多长时间猎回第一头雪狼？

秦悠悠前些天就见识过驻云飞那可怕得要命的速度，这回虽然害怕，但算是有经验了，紧紧趴在严棣身上就是了，反正这一人一马肯定不会让她摔下去的，就是颠簸起来有些难过。

嗷！前面不远处传来一声凄厉的狼嚎，严棣指挥着驻云飞不过片刻就找到了距离营地最近的雪狼活动地盘。

附近几只雪狼发现了人迹，纷纷嚎叫起来召唤同伴围剿入侵者。

秦悠悠睁开眼睛回头一看，就见前方小山坡上，一只足有人高的巨狼正龇牙咧嘴目露凶光准备扑击上来。

巨狼浑身雪白，几乎与雪地融为一体，只有尾巴末端与颈上有一圈灰毛，黄褐色的眼睛里闪烁着凶残暴虐的光芒。

就算是秦悠悠胆子很大，与那巨狼目光一对，也有些心寒。

驻云飞长嘶一声，脚步不停飞跑到山坡上，正面迎上那只恶狠狠飞扑而下的巨大雪狼。

"啊！"秦悠悠惊叫起来，驻云飞狂奔之中突然跃起，将她整个人往卜抛去，那种骤然失重的可怕感觉就像她小时候被那只该死的混蛋马甩下地时一般无二。

嘭！

一声巨响伴随着雪狼撕心裂肺的短促惨嚎声，秦悠悠感到腰肢被一双铁臂紧紧圈住，身体稳稳落回原处，驻云飞重重踏下蹄子停下脚步，四脚稳稳站在地上，吭哧吭哧打两个响鼻，不屑道："没用的女人，叫什么叫，雪狼都要被你吓跑了。"

秦悠悠简直觉得死里逃生，埋在严棣怀里好一阵连话都说不出来。

"别怕别怕，没事了。"严棣的手一下一下地轻抚她的肩背安慰道。

秦悠悠慢慢回过神来，大怒道："混蛋驻云飞，你好端端地又蹦又跳干什么？！"

"什么又蹦又跳，我一脚蹬死了那只该死的雪狼，正想追第二只，它们就被你的鬼哭鬼叫吓跑了！"驻云飞同样气愤不已。

秦悠悠扭头去看，先前杀气腾腾的巨狼倒卧在几丈远的雪地上，狼头被驻云飞踹出一个巨大的血洞，整个头颅都变了形，已经死得不能再死。

狼的头骨最是坚硬，竟然抵不过驻云飞一脚，其他雪狼哪里是被她的叫声吓跑的，分明是被驻云飞的凶狠暴烈吓破胆了。

"好了，驻云飞，我们再去猎一头狼，这回你不忙动手，跑过去让悠悠用暗器射死它就是了。"严棣打断一人一马的互相叫骂。

小丫头平日最喜欢装柔弱，一旦被刺激过度，马上露出本来面目，那泼辣的模样真是有趣得很。

如果不是她的脸蛋上犹带泪珠，肯定没人能想到先前受惊小猫一样缩在他怀里瑟瑟发抖的弱质少女与现在怒发冲冠的母老虎会是同一个人。

"哼！"一人一马同时冷哼一声，悻悻然停下口角。

驻云飞按照严棣指定的方向奔跑了一阵，果然很快就追上了另一只雪狼。

这雪狼刚才远远目睹驻云飞一脚踹死自己的同伴，吓得掉头就跑，如今一见这可怕的红色恶魔追上来拦住它的去路，也知道自己今日多半要完蛋。

狼性中的狠辣亡命本色被激发出来，那雪狼反而站定了不跑了，一边低声咆哮，一边死死盯着驻云飞想寻找最佳攻击角度。

就算死，它也不能让这只红色恶魔好过！

严棣摸了摸秦悠悠的脑袋道："让驻云飞见识见识你的厉害。"

秦悠悠轻哼一声，回身向着雪狼抬起手……

雪狼全部注意力都在驻云飞身上，根本没注意到它背上两个"弱小"的人类，直到秦悠悠抬手的瞬间，才忽然感到致命的危险，它凭着对危险的直觉毫不犹豫向侧前方飞窜而去。

秦悠悠听了严棣的话，存心要在驻云飞面前示威，她的机关暗器就是六品武者也能轻易击伤，何况一只没有品级的普通雪狼。

嗷呜！

雪狼身在半空，被三道乌光洞穿身体，头颅上、身上飞射出三道血箭，砰一声重重倒在雪地上，当场没了气息。

"咦？你是怎么瞄准的？"驻云飞看得明白，那三道乌光的去势十分古怪，它想了想，发现那条雪狼不管怎么躲都躲不过。

它原本以为秦悠悠会用大片飞针来确保射中那头雪狼，没想到她只用三支乌黑的飞镖就搞定了。

"不用瞄准，差不多就可以了，我做的机关暗器还用瞄准那么麻烦吗？"秦悠悠得意洋洋道。

那三道飞镖并不是直射出去的，它们的轨迹经过特殊设计，射出之后，前面一丈范围内不管怎么躲都很难躲过，除非有六品以上的武道修为，才有可能及时脱离攻击范围。

严棣低头亲了亲她的眉心，道："好了，我们回去吧。"他自指上的须弥戒指中取出一个折叠铁架抖开，连上铁索钩在马鞍上，让驻云飞拉着铁架走到雪狼尸体旁，随手虚空一抓，那只至少三四百斤重的巨狼仿佛被一只无形大掌抓住了稳稳提起放到马后的铁架上。

就这一手已经看得秦悠悠目瞪口呆，她没有了修为但见识还在，能够做到这个，可以肯定妖怪恩公绝对是十品以上的武圣……他究竟怎么修炼的？真是太打击人了。

严棣根本不觉得这种手段有什么稀奇，指挥驻云飞跑回先前的山坡上，将另一只雪狼的尸体也这样弄到铁架上，然后便启程返回营地。

驻云飞意犹未尽，路上嘀嘀咕咕抱怨秦悠悠累事，不然它一个就可以干掉九十九条雪狼等等。

秦悠悠生气了反唇相讥："你厉害，你有本事把九十九条雪狼运回营地吗？哼！四肢发达头脑简单的笨马。"

严棣懒得再劝他们，捧起秦悠悠的脸蛋低头重重吻上去，小丫头就不会多把注意力放到他身上吗？他带她出来不是看她跟一匹马斗嘴的。

秦悠悠被他吻得气喘吁吁，再没力气跟驻云飞吵架，驻云飞看不见马背上发生了什么，只是奇怪那个没用的女人怎么忽然不说话了？它抱怨了几句没人理会，也就懒得再说什么了。

眼看着前面营地已经在望，严棣忽然示意驻云飞往左前方疾行，停在一个小土墩之前。

"怎么了？"秦悠悠奇怪道。这里也有雪狼吗？不是说猎两只就够了？

严棣点了点她的唇示意她噤声。

过了片刻他突然抬手一抓，一道白影从土墩下一个小洞里飞入他手中。

严棣把那东西往秦悠悠怀里一塞道："带回去。"

秦悠悠抱住那团白色的东西定睛一看，是一只白白胖胖的兔子！

蓬松柔软的绒毛，暖暖的身子，一双红眼睛满是惊惶地瞪着秦悠悠，显然被吓得不轻。

秦悠悠有些心痛地摸了摸它，严棣的意思她明白，这些日子没了小灰在身边，她很是不惯，有时画机关图画累了，习惯性地伸手一摸却摸了个空，想到小灰还在沉睡不能陪她，心里难免寂寞失落。

妖怪恩公对她很体贴呢！秦悠悠心里感动，不过……

"还是放它回去吧，小灰醒来看到它，会生气的。"

"到时候再送它走就是了。"严棣有些不以为然。这只兔子除了不会说话不通人性之外，各方面都比小灰好太了。长得雪白可爱不说，吃得也简单而且量少，最重要的是不会跟他捣蛋争风。

"它有父母孩子，离开了它们也会难过，我有小灰了，不能爱惜照顾它一辈子，何必将它带走？"秦悠悠弯下腰，小心翼翼放开那只小白兔，看着它跳到地上，一溜烟钻回洞里。

"随你。"严棣有些不高兴。

他看得出来秦悠悠对这只白兔很心动，但是为了怕惹小灰不快就把它放了，她什么时候对他这么用心在意过？

因为这个小小的插曲，他们回到营地的时间稍晚了片刻，不过也不差多少。

营地里头还有一些人才刚刚准备上马出去，见他们已经拖了两只雪狼回来，除了惊叹都不知道该说什么好。

人跟人怎么就差那么远？！

严棣将两只雪狼的尸首抛下，自有侍卫太监去处理，他带着秦悠悠走上台去见皇帝。

皇帝主持仪式时正儿八经神情肃穆，现在又恢复了嬉皮笑脸的样子。

他走上来捶了严棣的肩膀一下，哈哈笑道："阿棣，有你的！一炷香都还没烧过三分之一你就回来了，比去年又快了不少。看来得等你年满三十，不再参加冬猎了，其他人才有机会。不愧是朕的好三弟！"

他眼珠子一转落到秦悠悠身上："便是朕的三弟妹也出众得很哪。"

"是他的马太快。"秦悠悠依旧对严棣的这个皇兄没什么好感，不过她还是很尊重事实的。

她靠机关暗器可以轻易杀死雪狼，但要想在这么短时间内找到它们，将它们的尸首带回来，这完全不是她能办到的事。

"弟妹不必过谦，你的机关术冠绝天下，我相月国军中不知道有多少将士殷殷期盼着用上弟妹设计的兵器军械在战场上扬我相月国国威，为我相月国开疆拓土。"

秦悠悠眉头一皱，垂下头没有说话，她根本没想过要去做那些攻伐作战、大规模杀伤人命的军事器械，如果妖怪恩公与他的皇兄、还有相月国的人打着这个如意算盘，那她恐怕要叫他们失望了。

严棣握住她的手微微用力，面上毫无表情对皇帝道："悠悠她有些乏了，臣弟带她下去休息一下。"

说完也不等皇帝答应便拉着秦悠悠下台往其中一座大帐走去。

皇帝笑了笑，并不在意他的无礼，只把声音凝成一线，在他耳边意味深长道："弟妹的心不在你身上，你要好好努力了。"

严棣仍是一张面瘫脸，但握着秦悠悠的那只手却忍不住忽然用力。

"疼！"秦悠悠低叫一声，就想收回自己的手，可严棣的手掌就如一把铁钳，任她如何挣扎都无用。

远处忽然传来一声尖利的巨响，秦悠悠抬头望向声音发出的东北方向，只见那边的天空不知何时多了一道赤红的烟柱，从地平线直冲半空，仿如一条血线，透出浓浓的不祥之意。

发出这等信号的地方，不用问都知道肯定是出了什么意外事故。

严棣猛地回头与皇帝对望一眼，他们都认出这是最严重的告急信号，代表着发出信号的地方已经出现重大伤亡！

今日来参加冬猎的每一个人都是严氏皇族宗亲，且不说彼此之间是否有多少亲情，就是为了宗族国家的体面，也万万不能容许严重伤亡事件发生。

严棣几乎片刻之间已经做下决定，他拉着秦悠悠一跃返回台上，将她带到皇帝身边沉声道："她交给你，我去看看。"

皇帝神情凝重，脸上半点笑意皆无，迅速点了点头道："你放心去，她不会有事。"

"乖乖听话待着，我去去就回。"严棣伸手揉了揉秦悠悠的发心，转身就往营地大门快步走去，中途驻云飞赶到会合，一人一马几个呼吸之间就消失在雪原远处。

秦悠悠连一句话都来不及说就被扔到皇帝手上托管，她这些时日几乎都是在严棣的保护下过日子，心里已经将他当成最放心可靠的依赖对象与保护者，如今他突然离开，她呆了呆竟有些不知所措起来。

是奉神教出手了吗？将严棣调开，然后就来对付她？

秦悠悠觉得头皮发麻，尤其身边这位皇帝陛下跟她实在相看两相厌，真有危险，她有些怀疑他就算不趁机向她背后捅刀子，也会想方设法见死不救，好借敌人的手收拾了她。

皇帝仿佛看透她的心思，皮笑肉不笑道："弟妹大可放心，就算是为着我严氏的面子，今日也决不会让你出事的，不然阿棣回来，我可不知道要怎么跟他交代了。"

秦悠悠斜了他一眼不予置评。

皇帝身边伺候的都是最亲信死忠的侍卫太监，大臣们被隔开在一段范围之外，俩人的对话也不怕其他臣下听到。

冬猎活动上发生意外甚至是国君遭遇刺杀之类的事情，这么多年来都数不清发生过多少次了，大臣们连同外围守护大营的皇宫亲卫虽然担心，却并不慌乱。

很快就有大臣来恭请皇帝暂时到台下的大帐内休息，这种时候再留在高台上当靶子，那是傻子才做的蠢事，所以秦悠悠也随着众人步下高台，进入其中一个大帐。

这个大帐至少能容纳上百人，秦悠悠作为重点保护对象被留在皇帝身边。一些重要的大臣也留在帐内。

大家刚刚坐下没多久，外边就隐隐传来孩童的哭闹声。

你难道不是我家的人？

"去看看是哪家的小孩儿。"皇帝挥挥手对身边的小太监道。

营地里头绝大部分人都外出去猎雪狼，剩下的都是些随行伺候的太监侍女又或者来看热闹的家眷。

很快太监就来回报："是和亲王世子的三个儿女。"

秦悠悠还记得早上收到的那朵娇艳欲滴的粉色山茶花，自然也记得送花给她的那个小姑娘,今天她只见到一家人是带了三个儿女同来的,就是和亲王世子夫妇,她对这个还是有点印象的,虽然她已经不太记得那一家人长的什么模样。

皇帝听闻扬了扬眉道:"伺候他们的人呢?"

"英郡主身体不适,一直叫肚子疼,请了御医去诊症却没发觉病因,英郡主一直哭闹,两位小爵爷心里害怕,加上父母不在,也跟着闹起来,如今伺候他们的乳娘太监宫女也十分着急。"小太监说得极有条理。

说到这里,他忽然有些欲言又止。

"还有什么?不要吞吞吐吐。"

皇帝说话听上去很和气,不过小太监跟在他身边已经有好一段日子,自然听得出他语气中的不耐烦,连忙道:"乳娘道英郡主哭闹时好几次提及'王妃姐姐'、'花花'。"

他说这话时眼角不着痕迹扫了一下秦悠悠的方向。

"哦?跟弟妹有关?"皇帝笑着望向秦悠悠。

秦悠悠觉得一阵头疼,虽然她不太记得英郡主是什么模样,但她确实挺喜欢那个小姑娘的,可今日时机不对,如果她要去看英郡主,就要离开皇帝身边,营地里不知道有没有暗藏奉神教的人正要趁机对她发难。

如果狠下心置之不理,又好像说不太过去。稍后和亲王世子夫妇回来,知道这事心里也会有疙瘩。

"将那三个小家伙带过来,让朕看看。"皇帝笑了笑,大方地替秦悠悠解决了难题。

三个小孩子很快被太监宫女送了过来,皇帝身边不是什么人都能靠近的,所以只有一名乳娘,两个小太监跟着走了上前。

这名乳娘与两个小太监进门之前都被仔细搜过身,而且也有高手亲自探过他们都是武道修为在二品以下的。

三个孩子见到这里许多神情严肃的陌生人,吓得不敢再大哭大叫,英郡主与最小的男孩分别趴在一名太监一名乳娘肩头上抽抽噎噎。

另一名太监则小心牵着最大的那个男孩的手,一行六人走到皇帝面前低头行礼。

英郡主看见坐在皇帝身边不远处的秦悠悠,马上用力扭过身子向着她伸手娇声道:"王妃姐姐抱!"

小姑娘一张小脸哭得通红,楚楚可怜实在让人难以拒绝。

秦悠悠点了点头,那名太监连忙抱着英郡主走过去,大男孩可能是不放心妹妹,也跟着牵住身边的太监跑了过来。

四个人眼看着离秦悠悠越来越近,两名太监忽然同时发难!

一个将英郡主砸向秦悠悠,另一个也一甩手臂将男孩凌空带起甩了过去。

两名太监动作快得超乎想象,扔开两名孩童的同时,双双扑向同样近在咫尺的皇帝,四只手如铁爪抓向皇帝的要害。

虽然事发突然，但秦悠悠还是来得及启动身上的机关暗器的，可是飞过来的两个都是不满十岁的小孩子，她怎么下得去手？！而且就算打中他们，也抵消不了他们身上所带的巨大冲力。

就这一迟疑，两个孩子已经像炮弹一般撞了过来。那两个太监不知道如何逃过帐外高手的检查的，这一扔的力气极大，根本不是二品以下的武者可以比拟的，九品武尊还差不多！

如果让他们撞上秦悠悠，那三人定会同时筋骨尽碎殒命当场。

就在惨剧即将发生之际，秦悠悠只感到身后传来一股大力将她硬生生往后拉住急退近丈，一个原本站在她身后的影子稳稳挡在了她前面，双臂一边一个拎住两个孩子的腰带原地转了一圈，卸去他们身上的巨力，将他们放回地上。

这人不用问就是梁令，秦悠悠一直知道他也是个高手，究竟有多高她不太清楚，不过就这一手轻松自如举重若轻的手段，估计十品武圣跑不掉了。

妖怪恩公身边都是些什么人？真是太变态了！

另一边，攻向皇帝的那两名太监也都被解决了，伺候严棣的梁令至少十品武圣，伺候皇帝的只会更强！

两个太监不过与皇帝身边的两名高手对了一招就被打飞出去。

帐子暗处同时闪出四个鬼魅一般的影子，很快围在了两人落地之处。

其中一人蹲下身子观察片刻之后，回身禀报："两人全身精血枯竭，已经死去，他们是别人易容改装的，应该是奉神教的'枯荣诀'。"

皇帝听了顿时恍然，不过眉头却皱得更紧，淡淡扫了眼秦悠悠的方向没作声。

梁令另外叫了太监看住两个被吓傻了的孩子，走上前将秦悠悠扶回原处安坐，一边低声解释道："枯荣诀据说是奉神教死士修炼的一种魔功，修炼者的修为再高，看上去也与没有武道修为的普通人无二，一旦全力激发，可瞬间达到九品武尊的修为，但是全力一击之后，就会马上精血耗尽化作枯骨。用这种人来实施刺杀，几乎都是一击即中。不过这种魔功修炼的条件非常苛刻，一千个人里不见得有一个能成功，修炼失败者修为尽废寿命也不会超过一年，据传奉神教里成功练成的只有不到二十人。"

秦悠悠悚然而惊，这奉神教果然变态得很。这种方法对付一般高手或国家政要，自然百发百中，可对付相月国皇帝，她觉得太过勉强了。

皇帝身边的护卫不说，他自己的修为估计同样深不可测，两个突然发作的九品武尊能够伤到他的可能性，还不到三成。

这不是故意送死吗？

奉神教这样的死士不到二十个，一下子就"浪费"掉两个，是不是太笨了些？

皇帝显然也想到这一点，就这两个死士，在梁令面前要对付秦悠悠都千难万难，分明是寿星公上吊嫌命长。

两名死士伏尸之处忽然传来一声大喝："小心！这两个是人蛊！"

皇帝一凛，大喝道："所有人等即刻退出去！"

嘭！嘭！两声低沉诡异的闷响，地上那两条干尸突然爆开，无数黑色的小虫从他们尸体内飞射向四面八方，惨叫声此起彼伏。

那些小虫一沾人身便迅速咬开人的皮肤钻进人身体之内，那情景就是七尺大汉见了都要毛骨悚然。

地上两具干尸先前还是活蹦乱跳的人，就在死后片刻之内，身体内部竟已被这些可怕的小虫吃空，变成两个养满蛊虫的皮囊，可想而知被这些蛊虫入体会是什么下场。

幸好先前那两名死士跌落地上，附近的人都散开了一段距离，而相月国这边的高手也确实反应迅速，纷纷出掌虚拍向那些漫天飞舞的蛊虫，掌风或冰寒如霜或炽烈如火，那些小虫几乎都是一碰即死。

明里暗里的侍卫高手拳掌如风，很快就将那些可怕的小蛊虫杀灭九成九。

剩下那一点点漏网之鱼也造成了十分惨烈的结果：三名文官，十数名侍卫躲避不及被蛊虫入体，其中几个当机立断斩断了被蛊虫咬破的肢体逃过一劫，剩下的要么是头脸颈部遭遇蛊虫，要么是反应太慢，蛊虫顺着四肢进入胸腹要害，被帐内侍卫果断下手杀死，且当场以烈焰掌一类的霸道功法将尸身迅速焚毁。

帐内局势被控制住，但是死伤那么多人，血腥味、尸体被焚烧的焦煳恶臭令人作呕。

秦悠悠看着这血腥的一幕，只感到手脚冰凉，奉神教的人分明就是丧心病狂的疯子！

如果让这些蛊虫蔓延开来，整个营区一带都会化作人间地狱，能够逃过的只会是极个别武道修为足够高的修炼者。

这还是因为现在是冬天，气候寒冷，蛊虫脱离人体无法找到新鲜血肉马上就要被冻死的缘故，如果是阳春三月，又或是盛夏初秋，那结果秦悠悠想都不敢想。

这是刺杀，也是示威。如果多丽国与相月国交战之际用上如此疯狂的手段，相月国哪里还有还手之力？

不过仔细一想，秦悠悠便明白这事多半不可能发生。

要控制这些蛊虫专门去攻击什么特定对象估计很难很难，一旦放出这么可怕的蛊虫，最后可能是两国兵将同归于尽，一起惨死在这些蛊虫不分敌我的咬噬之下。

梁令极小心地将秦悠悠护在皇帝身边，一边使眼色示意太监将和亲王世子的三个儿女连同剩下那个已经吓得面无人色的乳娘带到远处。

这个大帐是没办法再待了，皇帝神情平静地吩咐近侍迅速清理出另一顶大帐，然后带着劫后余生的部分官员与太监侍卫移师过去。

他走在秦悠悠身边，笑得从容淡定："觉得害怕？我相月国与多丽国如今虽然并未正式开战，但是我们都知道，两国已经是不死不休，不是他们与奉神教一并灭绝，就是我相月国严氏完蛋,没有第二种可能。"

秦悠悠没作声,过了一阵才慢慢道:"何必呢,本来是你们这些皇族的恩怨,却要这么许多无辜百姓将士在战场上牺牲。"

皇帝漫不经心道:"从古至今国与国之间的争端不都是如此?我们兄弟倒是愿意与江如练本人一决雌雄,问题是,这只缩头乌龟他愿意吗?"

皇帝这口气,倒像是对自己与严棣的实力极有信心,江如练如今年纪也不大,却是天下公认的第一武道强者,据说他的修为已经达到武圣的至高境界,距离陆地神仙也不过一步之遥,真不知道皇帝的自信打哪儿来。

秦悠悠想到江如练的年纪,顿时对严棣的奇高修为淡定了一些,江如练也不过五十岁左右,已经号称天下第一武圣,严棣今年二十四,与江如练相比,这个武圣修为倒还勉强可以接受。

她听师父说过,武道修炼的至高境界乃是十八品,从十品到十八品均被称为武圣,中间差异却是极大。

江如练当年大闹西河凤氏,也不过三十岁左右,据她所看的卷宗描述,修为已经达到十二品。既然有人这点年纪能够达到十二品,那妖怪恩公能达到也不算奇怪。

皇帝见她一副若有所思的模样,淡淡说了句:"况且什么叫我们这些皇族的恩怨,你如今是阿棣的妻子,莫非就不是我严氏的人?"

秦悠悠一怔,她虽然迟钝,也听得出来皇帝语气中的不满,她确实因为严棣对相月国产生了亲切感,但是这并不代表她能接受他们那一套,所以只能低头不语。

她忽然想到这些时日以来,严棣与金氏的频繁接触以及在她面前绝口不提要让她设计军械之事,也许他是不愿意勉强她,所以才转而花费工夫去跟金氏的人打交道……她心里一时间不知道是甜蜜还是无奈。

天下间所有人包括金氏自己,估计都认为相月国得了她以及她师父的支持,已经不再需要与任何机关世家攀交了,没有人会想到她在这方面,其实根本不会给严氏皇族带来多大的实际好处。

难怪皇帝会对自己不满。她坚持了原则,却让严棣为难了,只不过严棣却从没有在她面前说过半句,甚至王府上下所有人也依旧将她当公主一样小心伺候着。

比起严棣为她做的,她好像有些过分,秦悠悠有点儿惭愧起来。

和亲王世子的三个儿女连同他们的乳娘,在皇帝的示意下,被两名武圣级的绝顶高手牢牢看住,远远跟在一行人的最末端,与皇帝及秦悠悠隔了老大一段距离。

皇帝对他们已经起疑,故意不将他们送走也是为了就近监视,奉神教的手段层出不穷,让他们几个离开众人视线,天知道他们会去干什么更可怕的事。

和亲王世子的三个儿女最大一个还不足十岁,皇帝已经让御医以及负责看管他们的两名武圣仔细观察过,暂时没发现什么异样。

不过他还是不能放心,正考虑要怎么处置他们,忽然听到远处接连传来几声巨响,几个方向都可以看到一道道血红的烟雾信号腾空而起。

一片野兽怪叫声由远而近,数不清的野兽联群结队向着营地这边狂奔而来,其中有数不清的雪狼、豹子、老虎、野猪等等,杂沓的脚步声加上一声声凄厉的嘶吼,那声势完全不亚于万马千军列阵冲锋。

营地周围驻扎的皇宫亲卫部队虽然人数不少,但在这些不要命的野兽面前也显得弱了一头。

秦悠悠看着这等可怕的情景,心里再次浮起同样的疑问——奉神教折腾出这么大的阵仗,究竟是想干什么?就为了一个她至于么?

她瞄了一眼身边笑得从容镇定的皇帝……加上这个家伙,估计就差不多了。

野兽群转眼已经杀到营地外围,一直在众多侍卫太监簇拥保护下的皇帝忽然一闪身掠到营地大门前,也不等其他人说什么,举掌向着营地外狂奔而至的野兽们虚拍去。

嘭、嘭、嘭……一连串巨响夹带这野兽们死亡前绝望的嘶吼响成一片,营地大门外三丈范围内的野兽无一幸免全数筋骨碎裂被打得倒飞出去,撞上后来的野兽,又是一连串的哀鸣。

来不及劝阻皇帝疯狂冒险行为的大臣与太监侍卫们急得跳脚,一窝蜂跟着冲过去护驾,其他负责守护营地的皇宫侍卫眼见他如此勇武的行径,纷纷大声高呼喝彩。

皇帝哈哈一笑扬声道:"区区野兽何足惧,朕与你们一起守营!"

本来被无数野兽的突袭围攻吓得有些心头惴惴的侍卫们顿时精神大振,高高在上的皇帝陛下身先士卒,他们还有什么好畏惧胆怯的,天性中的勇武血气被激发到极点,侍卫们口中高呼万岁,个个精神抖擞提起刀枪与杀到面前的野兽搏斗起来。

皇帝就站在大开的营门前,每次出掌野兽立时死伤大片,后来的野兽被前面尸横遍野的情景吓得四散走避,再不敢往这边冲击。

皇帝所展露的修为不过相当于九品武尊,但对于普通修为顶多二三品的皇宫侍卫而言,这已经足以让他们心悦诚服,敬佩得五体投地。

如果不是秦悠悠最近见识到的猛人太多,估计也会忍不住被这个站在营门前威风八面的家伙搞得心情澎湃不能自已。

平时看他嬉皮笑脸,一副吊儿郎当的模样,没想到在关键时刻,他倒是很会鼓舞士气收买人心。

相月国民风尚武,此刻就是那些紧随在皇帝身后的文臣也激动得两眼发红,恨不能冲上去与侍卫们一起抵抗野兽保护大营。

先前帐内被刺客暗算,死伤惨重带来的沉郁惧意,尽数化成了同仇敌忾、与敌人决一生死的汹涌怒火与勇气。

秦悠悠只激动了片刻就冷静下来,侧头问梁令:"你知不知道用什么手段能够驱使这么多野兽向这边攻击?"

"也许是奉神教的'兽笛',这种笛子吹出的声音只有野兽能听到,他们教中的驭兽高手可以依靠兽笛吹出独特的无声曲子,驱使野兽攻击。"梁令不愧是曾经的皇室密探首领,几乎就是一个活生生的万事通。

秦悠悠观察了一下前来攻击营地的野兽群,很快认同了梁令的猜测,那些野兽们在远处行动井然有序,越往营地这边靠便越显得没有章法,应该是有人在远处以兽笛操控它们,不过当野兽们跑到营地前,兽笛的声音变得越来越小,野兽们失去指挥无所适从,攻击也只是依循本能,看见异类在跟前,就扑击一番以求自保。

秦悠悠马上想到的是用其他巨大的声音干扰兽笛发出的指令,至少让营地更远一点的野兽也无法听清楚兽笛的声音,那样跑到营地前攻击的野兽便会大大减少。

她回想刚才侍卫们齐声呐喊万岁时,兽群中出现的一阵混乱,更肯定自己的想法,不过现在侍卫们忙于与野兽搏斗,再不可能齐声呐喊,七零八落的呼喝声影响便大大降低了。

她左看右看,正好看到高台上那个足有人高的大鼓,马上眼前一亮,她对梁令道:"可否找高手去台上击鼓?尽量把声音传得更远更响一些?最好让那些野兽再也听不清兽笛的声音。"

梁令还未回答,就听站在她身前不远处的皇帝对身边一名亲卫道:"听到圣平王妃的话了?去吧!"

皇帝看似专注在营门外的野兽身上,实质注意力一直在秦悠悠这边,听了她与梁令的对话,觉得提议不错,便马上吩咐侍卫照办。

很快,高台上传来鼓声轰鸣,果然野兽们马上便阵脚大乱,有些更互相撕咬起来,对营地的攻势也缓了下来。

远处躲在兽群后吹兽笛的人不得不往前走一些好使野兽们听清楚笛声继续攻击。

皇帝冷冷看了两百多丈以外那几个身影一眼,吩咐身边的太监道:"去取朕的战神弓来!"他要亲手射杀这些该死的贼子。

秦悠悠想了想,解下于臂上一个黑黝黝的箭筒,递给他道"用这个吧,不那么明显,你的修为加速一下,这个距离射杀九品以下武尊应该不成问题。"

她觉得皇帝应该还是隐藏了一些实力,不过就算他只以九品武尊的实力配合她的机关暗器,效果也绰绰有余。

箭筒体积小发射速度快,不似弓箭明显,如果皇帝动作够快,估计那几个在远处吹兽笛的人还未反应过来就会被全数射杀。

当然,前提是他们只是九品以下的修为。

皇帝呵呵一笑接过箭筒道:"多谢弟妹了。"简单问清楚瞄准方法,便马上转过身去对付那几个驱赶控制兽群的人。

秦悠悠极目远眺，心中想起前去救人的严棣，不知道他现在怎样了？

她觉得他不会有事，不过还是忍不住一遍一遍地想。

"美人儿，想不想知道你娘亲的消息？"温柔带笑的男声忽然在耳边响起。

秦悠悠悚然一惊，游目四顾想找出发声之人，但是周围没有半个人看上去像是有嫌疑的，不期然间，她看到了站在队伍末端的英郡主。

小姑娘冲着她甜甜一笑，脸上不见半分惊惶之色，反而显得无比阴森得意，她向着秦悠悠道："王妃姐姐，我送你的花花你怎么不戴在身上？"

隔着这么远，又是在这样兵荒马乱的时候，英郡主就算大喊大叫，秦悠悠都不见得能听到，但是她偏偏就听到了，清清楚楚一字一字仿佛是小姑娘伏在她耳边说的悄悄话。

那朵茶花？！

早上秦悠悠随手将英郡主送的茶花别在衣襟上，后来回到房间换猎装到营地这边来的时候，那朵花就被绿意取了下来插到花瓶中没有带来。

莫非那朵花上还有什么古怪不成？

秦悠悠想开口叫梁令，可是忽然感觉自己什么话都不想说，只想看着英郡主的眼睛，一直看……

"贺熙朝，鬼鬼祟祟对付个女流之辈，你就不嫌丢脸！"皇帝的声音突然插进来，恍如暮鼓晨钟，一下子将神智渐渐被英郡主眼神操控的秦悠悠震醒。

她摇摇晃晃只觉得好像连续熬了三晚通宵一般，整个人昏昏沉沉只想倒下就睡。

梁令扶着她，惊出一身冷汗，秦悠悠自己感觉看着英郡主的眼睛看了很久很久，实际不过是短短片刻，甚至连梁令都还不曾发现不妥。

队伍末端，英郡主直接应声倒下，昏迷不醒。

而她身边的哥哥看都没看她一眼，脸上流露出与他年纪完全不符的温柔魅惑笑容，抬起头来直视皇帝道："严樆，我小看你了，呵呵。不过，你发现得迟了一些。"

小男孩说完这句话，神情忽然变得空洞迷茫，仰头倒在地下。

有了先前两个死士体内藏蛊虫进行最后攻击的经验，负责看管他们的两个武圣级高手严阵以待，轻易不敢触碰他们的身体。

方才旭光圣子趁着皇帝射杀几个驭兽高手的时候，突然借着英郡主出手对付秦悠悠，皇帝虽然发现，但确实迟了片刻。

他皱眉看了眼被梁令勉强扶住已经陷入半昏迷状态的秦悠悠，也顾不上避嫌，抬手摸向她颈后位置，直接灌入真气试探，过了片刻才慢慢收手，对梁令道："好好看住她，等阿棣回来。"

"是。"梁令心里暗叫惭愧，对方竟然就在自己眼皮底下伤了秦悠悠，他都不知道该如何向王爷交代。

营地外的兽群无人指挥，远一些的很快便一哄而散，近处的被侍卫们枪挑箭射，不过片刻也被吓得掉头飞奔，侍卫死了几十个，大部分都受了或轻或重的伤势，外边的雪原被鲜血染红了，数不清的野兽尸体横七竖八倒在地上，空气里全是浓浓的血腥味道。

皇帝带着众人回到大帐内，在座位后设了屏风软榻，让秦悠悠暂时休息。

过了片刻，就有守营侍卫来报，外出猎狼的皇族宗亲陆续归来，这些人看到营地外的情景都吓了一大跳，他们虽然有人负伤，但情况并不严重。

皇帝问他们究竟发生何事，要放出最高级别的求救信号。那些人面面相觑，都说毫不知情。

很快严棣也回营了，他带回来好几个同样昏迷的族人，四面八方升起的求救烟讯就是他们放出的。

他听闻秦悠悠出事昏迷，什么都没说就直奔找人去了，连皇帝都没搭理。

"如何？"皇帝挥退众人，让他们自去准备返京之事，自己走到严棣身后问道。

"无大碍，看来江如练并没有把他的来历底细告诉贺熙朝……否则他不会用这种手段对付悠悠。"严棣声音平静，但皇帝听得出来他心中怒火沸腾。

在他的保护之下伤了他的女人，这是对严棣最严重的挑衅。

"这里杀气太重，你还是先带她回京城吧。"皇帝神情凝重。

"好！"严棣干脆利落取了披风将秦悠悠裹好，抱着她出了营帐，骑上驻云飞往京城疾奔而去。

秦悠悠再次醒来，已经是三日之后，脑子里虽然还是觉得有些昏昏沉沉，不过比起先前轻松得多。

她微微一动，就发现身边竟然有人！

"醒了？感觉如何？"一双温热的大掌拂过她的额头，替她拨开散乱的发丝，严棣那张没有表情的脸出现在她面前。

他、他、他竟然跟她睡在一张床上，还靠得这么近，她整个人几乎都在他怀里。

"说话，觉得怎样？"严棣有些不满意她的沉默。

"你、你……我怎么了？发生了什么事？"秦悠悠想质问他为什么会睡在自己床上，不过话到嘴边就觉得问了也是白问。

"你在庆东原上被旭光圣子暗算了，中了他的'夺魄牵魂'，你想想，还记得之前发生过什么事？一件一件告诉我。"严棣一边说一边将她扶坐起身，让绿意送温水来亲自喂她喝下去。

秦悠悠抱着脑袋慢慢回想，庆东原那日发生的事她倒是还记得，不过那段记忆却像蒙了一层纱，影影绰绰的不是太清晰。

严棣之前就让梁令详细说过经过，又曾亲自看过营地的情形，再听秦悠悠说一遍，只不过是想看看治疗效果如何，发现她还记得不少，也放下心来。

"英郡主和她的哥哥现在怎样？"秦悠悠知道这两个孩子定是被旭光圣子用某种手段控制了，才会帮着对付她。

严棣沉默片刻，道："他们两个前天就醒了，不过……都成了痴儿。"

旭光圣子的手段何等厉害，秦悠悠如果不是因为皇帝及时发现，打断了他的施术过程，只怕也会变成英郡主那样表面正常，关键时刻所有举动都被人控制的傀儡。

旭光圣子这次是太贪心了，严棣与兄长事后分析，他估计是想控制秦悠悠对付他们兄弟二人，又或者想留下她的性命去讨好他的师父江如练，所以才会如此大绕圈子对她用夺魄牵魂之术，如果是动用其他必杀手段，只怕秦悠悠此刻连性命都保不住了。

让严棣与皇帝心生警惕的是，旭光圣子由始至终都是堂而皇之在他们眼皮底下对付秦悠悠，这不能不让他们对这个新冒出来的对手心生警惕。

秦悠悠听了这个消息，就算心里早有准备，还是忍不住一阵难过，那个男孩子与英郡主本来都是聪敏可爱的小孩子，如今却失去神智，成了两个白痴，和亲王世子夫妇该如何难过啊。

"没有办法医治吗？"秦悠悠低声问道。

"没有，他们被旭光圣子完全控制，这样已经算是比较好的结局了。"严棣摸了摸她的发心，没有多说。

"那朵茶花究竟有什么问题？"秦悠悠想到英郡主多次提及"花花"，就知道那朵花有问题，可是她收花的时候严棣就在身边，他也没发现什么不妥当。

"那朵花本身并无问题，不过是被贺熙朝选作药引，配合后来在大帐内大量蛊虫的气味，再加上首先攻击营地的那些野兽也被特制的药物喂养过，它们血里散发的气味混在一起，所以英郡主才能轻易以眼神控制你。"

"你怎么知道得这么清楚？"秦悠悠奇怪道，既然知道为什么开始时毫无防范呢？

"我没想到，他会用我严氏秘传的手段对付你。"严棣这次确实是疏忽了，而且旭光圣子可能用的所有手段他都有考虑过，唯独没有这一招夺魄牵魂。

"你家的手段？！"秦悠悠的声音一下子跑了调。

严棣亲亲她的眉心道："先吃东西，慢慢告诉你。"

他一提，秦悠悠才发现自己昏沉虚弱的状态，至少有一半以上是饿出来的。

现在正是天色微明，这几日严棣不放心秦悠悠的情况，一直与她同寝，绿意、杜韦娘等看她的目光又更暧昧几分。

秦悠悠一边喝粥一边听严棣告诉她谜底。

"江如练本来应该姓严，他的祖先原本也是我严氏的子孙，不过当年因为在储君之争中落败，改而研习邪功，杀害了不少同族，被族里几位长老一同出手重创，本来打算将他擒下处死，结果此人诡计多端，最终逃去无踪。"

"不过经此一役他受创极重，修为受损，于是隐姓埋名加入奉神教。他对我严氏不少绝学了如指掌，他的子孙中并无特别出众之辈，直到这一代，终于出了个江如练。"严棣说话向来简略。

这也解释了，为什么自从江如练成为奉神教教主，多丽国与相月国的关系会变得越发紧张，甚至到不死不休的程度。

秦悠悠忍不住鄙视道："你家还有夺魄牵魂这种邪功？"

严棣淡然道："功法本身并无正邪，要看什么人用。"

秦悠悠算明白了，旭光圣子这门功法得自江如练，不过不知道什么原因，他大概不清楚师父与严氏的关系，竟然拿来对付她，所以严棣才会没想到，也因此皇帝才能及时发现喝破，救她一命。

旭光圣子一定不知道自己干了件班门弄斧的傻事。严棣与皇帝也没料到一个这么厉害的对手会在关键时刻犯这么低级的错误，所以正好缺了防范。

不管如何，旭光圣子这次唯一的意外失误，成了秦悠悠有惊无险逃过一劫的关键。

而严棣也简单解释了为何救不了那一对小兄妹，秦悠悠是在被施法过程中得皇帝及时发现救治，而且由始至终神魂未受严重损伤，而那兄妹却是在被完整施法后，由施法者亲手破坏了神魂。

人的神魂乃是最玄妙脆弱的东西，一旦被损伤，修复的可能性微乎其微。

秦悠悠很失望，而且也不太认同严棣的话，杀人不过头点地，但是这门功法根本是将人变成傀儡奴隶，比直接杀人更加残忍可怕。

严棣看出她的不以为然，只是伸手摸了摸她的脑袋，换个话题道："宫里送了礼服过来，吃饱了就去试一试。"

"礼服？"秦悠悠不明所以。

"你初次进入禁地与我一道祭拜先祖，这是大事，自然要穿礼服。"

"哦，好吧。"

就在秦悠悠清醒之前的三个时辰，京城外某座官家别院密室之内，青铜祭坛上其中一个小小的雪白人形剪纸忽然无端自燃，眨眼间就化作一堆灰烬。

祭坛边的旭光圣子长眉一挑，伸指拈起些许纸灰，喃喃自语道，"这两兄弟竟然能破师父的秘术……秦悠悠，你倒是命大。"

一名白衣少女推开密室大门，躬身道："圣子，裘长老到了，正在客厅等您。"

"嗯。"旭光圣子微微一笑，站起身就往大厅而去，出门前忽然想起什么，回头对那少女道，"将祭坛上的小纸人都烧了吧，已经没有用处了。"

"是！"

"厅上的兰花开得可好？"旭光圣子问了一句不相干的话。

白衣少女浑身一颤，低声道："很好，是奴婢今早亲手换上去的。"

旭光圣子伸手抱着她的腰肢，低头吻了一下她的唇，笑道："你刚从厅上过来，裘长老没对你做什么吧?"

"他、他在我腿上捏了一把。"少女想起裘长老那一双鸡爪子般干枯的手摸在她身上的恶心感觉,心里忍不住生出几分怒意与恶寒,一点点畏惧不安顿时去了七八成。

大厅上,一名须发花白的灰瞳老者正烦躁地来回踱步,一见旭光圣子现身,便是一连串的炮轰:"你一次牺牲我教两名核心死士、五名顶级兽使,却连严櫖、严棣那两个小贼一根汗毛都不曾伤到,就是那齐天乐的弟子也活得好端端的,你作何解释?"

旭光圣子微笑道:"这次的事,我稍有失算,裘长老不必动气,我自会去向师父解释。"

"向教主解释?"裘长老几乎气笑了,"你根本是看教主正在闭关,万事不理,趁机胡作妄为排除异己,你以为我们这些老家伙都是瞎子?!这次死的都是昊光圣子花费近十年光阴千辛万苦埋在子夜城的心腹强者,你敢说这是偶然?"

旭光圣子依旧笑得无辜:"确实是偶然,我也很遗憾。"

裘长老几乎怒发冲冠:"你们两个要怎么斗,我们这些老家伙不管,可是那些人是神教耗费无数人力物力培养出来的,岂可任你作儿戏般牺牲,你如此胡作妄为,就不怕寒了神教上下的心?日后谁还愿意效忠神教?"

"为神教效忠乃是本分,心存异志计较个人利益得失之徒,死不足惜,神教耗费人力物力培养他们不就是为了让他们替神教出力吗?"旭光圣子随意道。

他说的话句句让人难以反驳,否则就要扣上对神教不忠的大帽子,裘长老被他气得指尖发颤,怒道:"你莫以为教主不理事,教中弟兄就要任你摆布,老夫回去就召集众位长老联名削你圣子之位,待教主出关再来治你的大罪!"说罢就要拂袖而去。

旭光圣子懒洋洋道:"裘长老何必这么着急,且听我一言。"

裘长老原也不愿彻底得罪他,当下迟疑片刻,回过头来,正正对上旭光圣子那双灿若星辰又幽深如海的乌黑眸子。

"我侍女身上的脂粉香气,裘长老可还满意?"旭光圣子语调平缓温和,带着浓烈的魅惑之意。

裘长老只觉得脑子像被烧红的钢针狠狠扎了一下,他心知不妙,但是却提不起半分反抗的力气,渐渐地连反抗的意识都被抹杀。

旭光圣子慢慢走到他面前,笑道:"你不该如此好色,一把年纪了还来轻薄一个小小侍婢。可惜了。"

裘长老呆呆点头,过了好一阵,神情慢慢恢复自然,只是眼底深处多了一丝空洞惘然。

旭光圣子如打发手下般向他挥挥手道:"回去吧,嘴巴闭紧些,不该说的话别说。"

"是。"裘长老躬身行了一礼,转身大步离开,那神情姿态与他到来之时并无不同,一般人根本看不出来他已经成了旭光圣子的又一个傀儡。

旭光圣子从袖中取出一张白纸，一柄银色小剪，很快剪出一个雪白的小纸人封入玉盒之中。

他抬起头皱了皱眉，有些困惑地自言自语道："我的夺魄牵魂明明已经大成，严氏这两兄弟究竟是如何破解的？真是太没意思了……"

他心里明白，错过了这一次，短时间内再想动秦悠悠那是绝无可能了。他始终觉得，严楀与秦悠悠之间藏着某些他不知道的秘密。

甚至连严櫶、严楀两兄弟的修为到底在哪个境界，他也有些摸不准，可惜当年大师兄出事之后就陷入昏迷，要想从他身上得到什么有用消息都很难。

旭光圣子忽然想到风归云，也许从他身上能知道点什么也说不定。

他正打算将风归云召来，却听手下来报，风归云突然失踪……

天色大亮，宫里派来的四名小太监合力抬了一个檀木箱子进秦悠悠的绣楼。

秦悠悠也很好奇这宫里头特地送来的礼服是什么模样，于是饶有兴致坐在一旁看绿意她们小心翼翼把箱子里的东西一件件搬出来。

最先取出的是一顶黄金打造镶嵌满各色珠翠宝石的龙凤冠。秦悠悠数了数冠上的龙凤数目，整整十二龙九凤！

以她有限的对皇族冠服的了解，凤冠许多皇族女眷都可以戴，但是上头的凤凰一般不可以超过八只。

九凤是皇后的衣饰礼服上才可以用的，也有极个别德高望重又或者有特殊贡献的皇族女眷获得特许戴九凤冠。

严楀的身份地位，太后与皇帝允许他的妻子戴九凤冠不算奇怪。

可龙冠那绝对是皇后、太后才有资格戴的，不管是谁，天下间会在冠上同时以龙凤为饰的，就只有皇后和太后两个。

秦悠悠看得很仔细，每条金龙都是五爪的，不是蟒、蛟之类。

不止秦悠悠，就是绿意、杜书娘等的神情在看清楚冠上的装饰之后也变得古怪起来。

严楀却完全不觉得意外，淡定非常地吩咐绿意她们继续。

接下来是一大盒子配套的耳环、珠串、手镯、压裙的环佩等等，加上那顶霸气侧漏的十二龙九凤冠，映着满室日光，简直可以闪瞎人的眼睛。

礼服放在最下一层，从里到外也是九层，连内衣都一一齐备，绿意她们无意间抖开了那件绣工华美的胸衣，秦悠悠呆了一呆，差点想挖个地洞钻进去，根本不敢看严楀是什么表情……虽然她估计他多半依旧是面无表情。

"怎么我看着觉得像婚服？"秦悠悠努力无视那几件被绿意收起的内衣，低声嘀咕道。

四个小太监对于这件差事慎重至极，反复交代了绿意她们替秦悠悠试衣时要注意的各种大小事项，要记录清楚需要修改的地方等等。

秦悠悠将这一大箱子衣饰穿戴上身，差点连站都站不稳。还好严棣声明只是首次进入禁地祭拜祖先需要如此隆重，否则她好不容易软化决定嫁给他的想法恐怕会因为这一整套可怕的服饰而彻底改变。

她才发现，嫁个有皇族背景又位高权重的夫君，是这么可怕的事。

这一折腾就是大半天，秦悠悠前几日才被损伤了神魂，换下那一堆冠服首饰，直接倒在床上就睡了。

就这么吃吃睡睡过着猪一样的生活，几天眨眼便过。

这一夜准备吃下最后一枚易经丹之前，严棣终于在她期待的目光下宣布，按照原定计划，明日会带她到皇族禁地祭祖，然后带她到圣泉替她恢复修为。

计划是早定下来的，不过秦悠悠还是开心不已，主动抱着他送上好几个香吻以示感谢。

严棣轻抚着她的长发，意味深长道："待我替你恢复了修为，你可以准备更丰盛的谢礼报答我。"

小丫头此刻毫无防备地伏在他怀里，这好几个月下来，她已经渐渐习惯了他的亲近，对于他许多亲密的举动也从一开始的扭怩抗拒变成习以为常，到了禁地之内，他估计不用花多大的工夫就能让她心甘情愿与他成为真正的夫妻了。

他低头吻住她的唇，辗转吮吻……过了今夜，他再不必忍耐压抑，可以完完全全彻彻底底拥有她。

浑圆的易经丹在热吻中被哺喂到秦悠悠口中，很快她的眼神变得迷蒙起来，然后整个人软软地沉睡过去。

"是上天把你送到我手上的，悠悠……"严棣看着她静谧安详的睡容，低头亲了亲她的眉心，将她放倒在床上盖上软被，握住她的手腕细细把脉，确定效果一如自己所料，这才露出满意之色，起身离开。

次日一早，秦悠悠起床用过早饭就与严棣一起乘坐马车出发往严氏皇族的禁地而去。

禁地在京城正东方一百多里外，严棣此次出行是以祭祖为名，先到皇宫前拜别皇帝，然后才带齐整套仪仗离开京城往东进发。

整个队伍绵延十数里，声势极为浩大，不少京城百姓都跑到街上看热闹。

一名身穿简朴青衫、神情落寞的青年坐在街口一间小茶居二楼雅座上，定定看着严棣与秦悠悠所坐的马车从下方经过又渐渐远去消失不见，轻叹一口气无声道："何满子说，他也给你吃了数不清的易经丹，想来他也一样不愿你有损伤，如果他是真心待你，你也愿意留在他身边，那我也无话可说……愿你一生平安喜乐，莫要像你娘亲一般不幸。"

他仰头一口饮干杯中茶水，放下几枚铜钱，再不看楼下热闹的景象半眼，下楼大步离开，很快消失在茫茫人海之中。

禁地内的神秘婚礼

整队人马行进速度相当慢，下午才抵达皇族禁地所在的思帝乡，此地名为"乡"，实际上是一座周边驻扎了上万皇家禁卫的小山，山下有河水环绕，要进入禁地的唯一通道只有正门前一条足有三丈宽三十多丈长的大型木桥。

木桥旁矗立着两座石堡，平时估计都是作看守瞭望之用，今日却都空了出来，整饬一新，还放置舒适的桌椅，备好了丰盛的饭菜还有沐浴的香汤，方便二人各自换装休息。

秦悠悠那身浮夸到极点的礼服也被送到了石堡中，随同前来的侍女们伺候她用过饭菜，带她到隔间内沐浴更衣，将整套隆重的九层礼服加上那顶十二龙九凤冠，还有各种环佩首饰全数穿戴好。

绿意仔仔细细检查过她的妆容衣饰完美无瑕，才满意地低声道："奴婢们不能进入禁地，进去之后就只有靠王爷好好照顾您啦。"

秦悠悠被那一身至少几十斤重的装备压得几乎喘不过气来，瞪了绿意一眼，靠着她们几个的搀扶才稳稳地一步一步挪出去。

严棣也已经更换好礼服等在外边，他的礼服冠带繁复程度丝毫不输于秦悠悠的，不过男子至少不用画妆也不用戴那么多累赘的首饰，所以还是比秦悠悠快了许多。

他身材高大挺拔，九层礼服穿在身上也不见臃肿，倒是秦悠悠看上去犹如一个被层层叠叠裹得紧紧的胖娃娃，越发显得一张脸小得可怜又可爱。

两人的外袍都是纯正之极的黑色，这是相月国皇族的正式礼服，领袖及衣袂处用淡金色的丝线绣了无数弯月纹饰，在日光下显得异常耀目。

九重礼炮响过，严棣挽起秦悠悠走上那条通向禁地大门的木桥，所有人都止步于木桥那一端，只得他们二人相偕前行。

严棣手上传来一股暖暖的热力，透过秦悠悠的手臂流遍她全身，她几乎不用花什么力气，只要放松了靠着他就好。

桥上的积雪在阳光的照射下只剩薄薄的一层，脚下的木板传来水流拍击桥墩的微微震荡，耳边是潺潺流水之声，天地仿佛只余他们二人，桥那一端的无数禁军随扈都被隔绝在他们的世界之外。

如果可以一辈子依靠着他慢慢走过，应该是很不错的事情吧……

不知道这算不算是师父那些闲书上所说的"爱情"？

数十丈的距离，不过片刻就走完了，秦悠悠对严棣的心态却在不知不觉中发生了许多变化。

木桥尽头是一个巨大的石洞，石洞前两扇黄铜所铸的大门洞开，禁地里头黑黢黢静悄悄的，石洞门怎么看怎么像一只洪荒巨兽的大口，让人忍不住心里发毛。

"不用怕，这是我严氏祖先留下的福地，你是我的妻子，也是他们的至亲晚辈，在这里很安全。"严棣捏捏她的手安慰道。

千辛万苦终于来到这里了，秦悠悠也想不出自己有什么理由退缩，而且万事有妖怪恩公顶着，她怕什么呢？

严棣从手上须弥戒指中取出夜明珠，拉着秦悠悠走入石洞。

借着朦胧的珠光，秦悠悠看清楚两侧洞壁上都是一些黑黢黢的石板，上头刻了许多文字图形，似乎是各种各样不同的功法图谱，她小心翼翼观察着整条通道，发现机关之多简直已经到了叹为观止的程度，只不过……显然都是年久失修的，已经完全无法使用。

即便如此，让她仔细研究一下，估计也能获益匪浅。

可是她如今身上累赘太多，全靠严棣助力才能走得轻松平稳，他没有停步让她细看的打算，她也只能老老实实任他牵着走。

反正进出都是这条通道，妖怪恩公说过，只要祭拜完祖先，就可以换掉这一身要命的冠服，她完全可以等之后离开时一身轻松了再看个过瘾。

现在先尽快完成所有繁文缛节，让妖怪恩公带她去那个什么圣泉是正经。

通道的尽头，又是一对黄铜大门，严棣伸手轻轻一拂，两扇大门缓缓开启，露出后面一座空旷的大殿。

大殿顶上镶嵌了无数面反光极好的水晶镜，只等严棣点燃大殿正中的火盆，整座大殿顿时光如白昼。

大殿前方立着一面高三丈宽五丈的玉璧，玉璧上从上到下刻了不少人名，应该是族谱一类的东西。

玉璧前立着一双与人等高的玉像，是容貌姣好的一男一女牵手并立。

这对玉像雕刻得栩栩如生，线条灵动细腻，也不见这两人举止如何亲密，但却让人一看便觉得他们心意相通，犹如一体，每一丝神情动作都带着缠绵无限的亲昵之意。

"他们就是我严氏的先祖，悠悠，随我焚香祭拜。"严棣将她带到玉像前，扶她跪倒在地。

秦悠悠长这么大还没随便跪过什么人，不过想到这两个都是仙去不知道多少年的长辈，自己还要靠人家的圣泉救命，又得严棣无数次救命大恩与悉心照料，他们也当得起自己的大礼，所以很老实地乖乖跪好了。

她学着严棣的动作将点燃的香烛举至眉心，诚心诚意向着两尊玉像三叩首。

严棣望着玉像一字一字道："严氏三十六代孙严永乐携妻秦氏悠悠，拜见列祖列宗。自今日起，当与妻相守，互相扶持，至死不渝。"

他的声音低沉而坚定，仿佛凿在石上的誓言，话声回荡在大殿之内，余音不绝。

与妻相守，互相扶持，至死不渝……

他缓缓将目光移向秦悠悠，来之前他就说过，要她按着他说的说一遍，秦悠悠原以为多半是些祭拜祖先的通用词句，没想到却是这样的誓言，一时间心里发虚，竟然一个字都说不出口。

严棣并没有催促，只是握着她的手就这么静静地看着她，秦悠悠脑子里闪过先前两人一起从木桥上走过的情景，想起相识以来他为她做的每一件事，心里的犹豫退缩终于被突然涌上来的冲动所扑灭。

"秦悠悠随夫严永乐拜见列祖列宗。自今日起与夫相守，互相扶持，至死不渝。"

她不知道将来会发生什么，她只知道，此刻她真心诚意，愿与这个男人厮守终生。

严棣心满意足将她从地上扶起来，挽着她绕过那对玉像走到它们背后的巨大玉璧面前，他的名字就在所有名字的最后一排，奇怪的是皇帝生了那么多儿女，他的名下却没有刻上任何一个子女的姓名。

"并不是所有严氏子弟都有资格留名在这玉璧之上。"严棣一看她的目光就把她的心思猜了个全中。

秦悠悠定睛一看，果然，与严棣同辈同父的兄弟只有四人列名其上，除了皇帝严欟，还有严栋、严楠俩人，严栋的排名甚至还在皇帝之前，照这个排名看来，严栋才是长子，不知道他如今是死是活，秦悠悠又开始浮想联翩。

严楠秦悠悠很有印象，就是那个人妖颐亲王！

这样的人都能够留名在玉璧上，看来这标准也没有多高嘛。

"你的名字在这里。"严棣点了点自己名字下方空白处，以指为笔，轻轻松松就在上面刻画下了"秦悠悠"三个字。

"呃，这个可以自己随便加？"秦悠悠彻底觉得这玉璧大概跟风景名胜的柱子石头一样，只要能够进来，就可以在上面随便留字到此一游。

妖怪恩公搞得这么隆重又神秘兮兮的，害她以为这东西有多神圣庄重呢。

"自然不行。"严棣将她的左手抓起来，以金针刺破她的中指指尖，然后按到她的姓名之上。

秦悠悠措不及防被他抓着放血，眼睁睁看着指尖冒出的血珠一点点渗入玉璧，不知道是不是幻觉，她觉得自己的名字仿佛突然活了过来一般。

严棣将她的指尖送入自己口中，舔去上面的血珠，沉声道："礼成了，从现在起，你就是我唯一的妻。"

秦悠悠觉得他说这句话的时候，语气很古怪，似乎藏着她不懂的非常危险的暗示，可是她又说不出来到底哪里不对劲。

"我们是不是可以换掉这么累赘的衣服了？"秦悠悠提议道，如果不是靠着严棣帮忙，她走过那座木桥都成问题，更不要说走到这禁地深处了。

"到圣泉边上再换，这里过去不远。"严棣突然伸手将她横抱起来。

秦悠悠低呼一声连忙伸手扶住头上那顶"贵重"得要命的十二龙九凤冠。

"你带我走过去就是了，摔坏这个龙凤冠怎么办？"

"你走得太慢了。"严棣理所当然道。

秦悠悠只觉得身边风声微动，一条条长廊，一座座大殿在眼前一掠而过，转眼就到了一个巨大的山洞之内。

洞顶嵌了许多不知名的发光宝石，山洞里光影朦胧，依稀可见前面就是一个直径至少有近十丈的巨大水潭，翠绿色的潭水艳丽得完全不像真的。

翠绿的水潭正中有一块漆黑的巨石凸出水面，巨石上雕刻着一个龙头，翠绿色的泉水正好从龙口中流出。

"这就是圣泉？"秦悠悠看得两眼发直。

严棣点点头，指着那个石雕龙头道："那儿就是泉眼，等会儿你随我过去喝圣泉水。"

"好。"秦悠悠想到自己马上就可以恢复修为，不用再当弱女子，开心得眼睛都笑弯了。

严棣双手替她摘下那顶十二龙九凤冠，放到一旁的石台上，解开她被紧紧盘在头顶与脑后的发丝，秦悠悠当场大大松了口气。

随后严棣又帮她摘下耳环、项链、手镯以及裙上挂着的环佩等饰物。

平日类似的亲昵行径他做了太多次，秦悠悠只庆幸终于可以抛弃这些累赘，倒没觉得有什么不妥。

当严棣的手探到她腰上，要替她解开腰带脱衣袍的时候，秦悠悠才终于警惕起来，一手排开他的爪子，嗔道："我会自己来。"

严棣盯着她，眼神里燃烧着她熟悉又陌生的幽暗火焰，不过他没有坚持，任由她背过身去解下一层层的袍服。

秦悠悠想到待会儿要进入圣泉内，衣服多了会很不方便，所以最后只保留了两层衣裙穿在身上。

这套九层礼服里面三层的衣料相对柔软舒适，装饰刺绣也较少，算是比较方便活动的。

她把一头长发理好转过身，才发现严棣一直在背后看着她。

秦悠悠顿时又羞又窘，这家伙怎么一点儿不知道要回避？虽然身上还严严实实穿着两层衣袍，绝无走光之虞，但是被一个男子看着更衣的过程总是让人尴尬。

"你、你、你怎么可以盯着我看？！"秦悠悠几乎被气得结巴了。

"你是我的妻子，有什么我不能看的？"严棣伸手将她拉到面前，定定望着她道："替我解衣。"

"啊？"秦悠悠愕然回望他。

妖怪恩公在说什么？！替、替他解衣？！

严棣捉起她的双手，引导她替自己取下发冠，解下腰上悬挂的玉佩等饰物，然后帮他松开腰带脱下外袍……

严棣那双从来表情不多的眼睛仿佛带着奇怪的魔力，秦悠悠傻傻看着他，手上不自觉地就依循他的提示，替他解开重重袍服。

眼看着他身上的衣衫越来越少，掌下已经可以感觉到他身体透出的热力，秦悠悠终于忍不住缩手涨红了小脸道："好、好了！"

再脱下去就全裸了，他脸皮厚不在意，她还是黄花小闺女一名呢。

严棣将她紧紧抱住，低头极不正经地舔着她的耳朵："还没有好，替我将剩下的衣物也脱了。"

"坏蛋，不要脸！"秦悠悠用力挣扎起来躲闪着他的唇舌攻击，不过心里并不太害怕，妖怪恩公之前也会这样逗着她玩，并不会真的对她如何。

不过她这回是彻底想错了，之前是之前，今日严棣已经不打算到此为止了。

"这个圣泉又叫'永生泉'，泉水有些特别。"他抱起秦悠悠走到水潭边，将一支金钗插入水中。

金钗触及泉水的部分在秦悠悠无法置信的目光中无声无息慢慢融化，不到十个呼吸的时间便彻底消失了。

金钗都玩完了，人下去还得了？！秦悠悠吓得猛往后缩。

严棣抱着她微笑道："永生泉内不容身外之物，你穿衣服下去，也不过是白白浪费一身衣裙而已。幸好如今你我已是夫妇，裸裎相对……也无不可。"

什么叫"也无不可"？秦悠悠傻在原地，脑子一点一点转过来，终于发现自己被人彻头彻尾地坑了，而且还是自己主动要求被坑的。

她满肚子憋屈，但是却说不出一句指责的话。

在八归镇时，她要离开，妖怪恩公就让她离开，然后她撞上风归云，很丢脸地主动求人家帮忙救命。

她要找医圣治疗身上化元丹之毒，人家答应了，不过最后医圣来了告诉她：我治不了，找你的妖怪恩公吧。

甚至她到京城王府自投罗网，都是她自己心甘情愿的。

更不要说求婚的事，乃至现在进入禁地喝圣泉水的事，由始至终，妖怪恩公都没有勉强过她，对她几乎算得上千依百顺，但是到后来不管她怎么选择挣扎，事情都会按着他设计的方向走。

她虽然没有亲身经历过男女之事，可也知道裸裎相对之后会发生什么。

妖怪恩公说了，他们已是夫妇……那就是说，他对她干什么都可以，秦悠悠就算再天真也知道这衣服一脱，他不可能像之前那样吃点小豆腐就放过她。

"我们还没正式成婚……"秦悠悠虚弱地反驳道。

严棣抱着她道："进入禁地祭拜先祖，将姓名刻上圣泉玉璧，就是我严氏最隆重的婚礼，即便是我母后当年也不曾有这样的机会。"

刚才那样就算？！难怪妖怪恩公会说什么"与妻相守，互相扶持，至死不渝"，好吧！她又自动自觉多跳了一个坑。

"但、但是……"秦悠悠觉得这是不对的，可是在脑子里搜刮半天，也没想出什么合理的理由。

妖怪恩公是正正式式向她求婚的，她也亲口答应了，聘礼收下而且被大嘴小灰两个吃货吃了大半，婚礼按他的话说还是以他们家族的最高规格举行的，现在人家就算明明白白说要行洞房之事，她又有什么资格反对。

"但是什么？悠悠，你真的那么不愿意跟我在一起？你明明是喜欢我的。"严棣低头吻住她。

这个吻很轻很柔，仿佛怕吓到了她一般的小心翼翼，充满怜惜甚至是虔诚，秦悠悠的抗拒很快融化在这无尽的温柔之中……

不知道什么时候，灼热的舌尖探到她的唇腔之中，一下一下撩拨吸吮着她的，诱惑着她的热情反应，秦悠悠的轻微反抗退缩在这甜蜜的诱惑之中变成了主动应和。

眼前这个男人一双乌黑的瞳仁里清清楚楚倒映着她的，那么专注、那么认真，仿佛她是天地间唯一能让他关注重视的宝贝。眼睛深处燃烧着的火焰引诱着她如扑火飞蛾不顾一切沉溺其中。

秦悠悠心里生出一种近似恐惧的战栗，她毫不犹豫闭上眼睛，不敢再去与严棣对视，但是眼睛看不见，唇上的感觉却越发的清晰强烈。

她觉得自己被怜惜、被珍视、被溺爱的同时也被吞噬、被淹没、被燃烧……各种各样令她无所适从的热烈感觉，将她的脑子搅成一团乱麻。

混乱中似乎有一颗药丸被哺喂到她嘴里，秦悠悠被严棣喂过太多不明来历的药丸，已经不太知道要防备，乖乖地就把药吞了进去。

身上忽然传来炽烈与冰凉两种截然相反的奇怪触感，秦悠悠一惊猛地睁开眼睛，发现自己不知何时竟已跟严棣身处圣泉之内。

炽烈的是他紧紧贴着她的身体，冰凉的是那一大池子诡异至极的泉水。

不知道是不是错觉，秦悠悠觉得身体深处似乎正在涌起一股浓浓的虚弱感，那种滋味与当初吃了化元丹之后的空虚无力几乎一模一样。

那颗药丸有问题？应该不会，严棣不可能在这个时候害她，秦悠悠努力把疑虑抹去，继而吃惊地看着自己与严棣身上最后一点衣物融化在水中。

俩人真真正正身无牵挂、不着片缕了。

长发在水中婉转交缠，黑发之下的身体肌肤在剔透的泉水中纤毫毕现，秦悠悠瞪大眼睛望向那个紧紧抱着她给她温暖的男人，忽然觉得那张没有表情的面瘫脸也充满着浓浓的魅感，说不出的迷人。

这圣泉水一定有问题！至少会影响人的视力……秦悠悠懊恼地把脸埋在严棣胸前，仿佛这样她就安全了，至少严棣没办法看清楚她的身子。

耳中传来低沉而得意的笑声，秦悠悠感觉按在她肩背上的那只大掌变得十分不老实，大模大样拨开她的发丝，细致地摸索着她光滑细嫩的肌肤。

冰凉的泉水中那一只手掌上传来诱人的温热令人不忍拒绝，敏感的肌肤上浮起一点点兴奋的小疙瘩。

秦悠悠软弱默许的结果就是那一只手掌的抚弄越发用力，似要将她整个揉入紧贴着她的那个男人的身体之内。

另一只本来停在她腰上的手掌也越发放肆，满意地在她的细腰上游弋了几圈之后，慢慢往下滑落，热烈的抚触一眨眼间变成了放肆抓握揉捏……

"停、停、停！"秦悠悠大惊失色，仅余的一点理智提醒她必须出声抗议制止。

她清楚感觉到，妖怪恩公已经蠢蠢欲动，再不制止她连圣泉泉眼都没碰到就要先被吃干抹净。

严棣抱着她低叹一声，面对这个小丫头，他引以为傲的自控能力通常会变得不值一笑。他确实太急了，差点儿忘了最重要的事。

他抬手掬起一捧泉水轻抹在秦悠悠的脸蛋上："把脸上的脂粉洗干净，我带你到泉眼去。"他比较喜欢秦悠悠细腻的肌肤与清新的体香，对吃她脸上那些胭脂水粉没兴趣。

脸上的脂粉碰到水，还是这种会融化一切死物的古怪泉水，只怕就算不是糊成一团也很是不成样子。秦悠悠懒洋洋地干脆把脸泡到泉水里，任由严棣抱着她的腰带她往水潭正中的泉眼而去。

越往那边去，强大的生命气息便越发浓郁，秦悠悠舒服地深深吸了几口，似乎那种讨厌的虚弱感也减轻了一些。

她没发现身边严棣愈发凝重的神情与逐渐变得紧绷的身体。

与秦悠悠相反，严棣越靠近圣泉泉眼，便越感到不适，身体内汹涌的真气受到周围无处不在的生命气息刺激，变得不安躁动，翻涌奔腾着似乎随时要突破某个玄妙而不可测的极限。

严棣拼尽全力压抑着体内汹涌的真气，一路将秦悠悠送到泉眼边，示意她直接去喝泉眼涌出的泉水。

秦悠悠勉强伸手去扶泉眼下的巨石，想把身体靠近一些，结果却手脚发软，差点儿没扶稳直接滑到水里去。

这一路过来一直都是依靠严棣的助力，此刻离开他身边才发现这泉水似乎没太多浮力，下面也不知道有多深，当场把秦悠悠吓得低叫一声。

幸好严棣的手及时从后方伸出扶住她的腰，才没让她一沉到底。

这圣泉处处透着古怪！秦悠悠心里发寒，仰起头张嘴吞下一口泉水。

"多喝几口。"严棣在身后提醒道。

秦悠悠很听话地又狠狠灌了几口，泉水带着一股清凉的气息一路滑到她的肚子里，慢慢渗透至全身。

脑海一片清明，连身体都仿佛被这泉水彻底洁净了，只是身体的虚弱感却没有任何好转，反而越发强烈起来。

秦悠悠甚至觉得原本存在于经脉之中散乱而无法凝聚的真气正在一丝一缕地迅速蒸发消失。

"你刚才给我吃的是什么药？"她直觉问题是出在那颗药丸之上。

严棣一言不发，抱着她飞快往后倒退，一路退到水潭边才停下，那紧张急迫的姿态几乎可以用落荒而逃来形容。

他转身将秦悠悠抵在池壁上，紧绷的神情也放松下来，伸手握着秦悠悠的手腕替她把脉，过了一阵才抬起头慢慢对她道："我刚才给你吃的是化元丹。"

"为什么？"秦悠悠大惊失色，原来她体内仅余的真气消失不是错觉！一颗化元丹打散了她多年修炼积累的真气，第二颗下去更彻底将她的真气全部抹除，她现在真真正正是个毫无修为的人，连重新凝聚真气的机会都没有了！

妖怪恩公一直好好的，为什么突然害她？！

严棣低头亲了亲她的眉心，温柔道："别害怕，我散去你原本的真气，是因为我想给你更多的。"

"更多的？"秦悠悠都不知道自己该不该继续相信他，但是到了这个地步她还有别的选择吗？

"乖乖听话配合我，我会给你很多很多。"妖怪恩公的话里充满诱哄的味道。

终于完成一切该完成的事，可以放心拥有他的小妻子了……

热情的亲吻从唇开始，不再温情脉脉循序渐进，像突然爆发的烈焰，一下子强行将秦悠悠燃烧起来，像要把她吞下去一般迫切。

严棣的舌尖不容拒绝地闯入她的领地肆意游弋，强迫她的唇舌接受响应他的野蛮侵略与疯狂挑逗。

秦悠悠靠着他手臂的支持才没有滑到水里去，而严棣却阴险地利用这一点更肆意地尽情碰触着她。

这对于秦悠悠而言太过刺激了，她开始惊惶地挣扎起来，甚至忘了自己随时会往下掉的险境。

她的负隅顽抗惹来严棣的不满，喉咙深处发出几声低低的咕哝，不由分说地紧了紧手臂，把她抱得更牢。

秦悠悠发现自己好像暂时安全了，不会再往下掉，连忙收回扶着严棣的双手掩护住胸口，更用力扭过小脸试图从他狂暴的热吻中挣扎开来，喝止他的过分行径。

可惜严棣稳住她的身子不是为了让她有机会反抗，而是要让自己的攻击更加顺利。

秦悠悠避无可避地，不知不自觉间，羞人的麻痒胀痛从头到脚一直扩散到身体深处，令她浑身颤抖。

疯狂的热吻中，严棣仿佛感觉到什么，终于大发慈悲暂时松开了秦悠悠的双唇。

秦悠悠准备了一肚子骂人喝止的话，到了此刻却只剩喘气的份，而且她隐隐明白自己身体的变化意味着什么，更害怕被面前这个欺负她的坏男人发现，心慌意乱之下，只知道可怜兮兮望着严棣发呆。

严棣忽然笑了起来，身体前倾将她紧紧压在潭边的石壁之上，低头咬着她软软嫩嫩的小耳珠，不怀好意地向着她的耳朵呵气道："我感觉到了……"

他感觉到什么了？！秦悠悠又羞又气，努力想让自己离他远一点。

天啊！

秦悠悠觉得身体仿佛已经不再是自己的了，她伸手想推开严棣伏在她胸前的头颅，但那种感觉却仿佛有销魂蚀骨的可怕魔力，让她既抗拒又渴望，既害怕又欢喜。

不是她没用，只是对手太强大了……秦悠悠低低呜咽着，被身体内汹涌的热潮淹没，整个人不自觉地紧绷着身子哆嗦起来，仿佛是极致的快乐，也仿佛是极致的恐惧，身体完全不再受意识的控制，只剩恍如脱体飞升般的无尽快感。

严棣没有放过她的任何反应。

怀里眼波朦胧，透出一股慵懒满足模样的娇媚小美人，是他的妻子，她此时此刻的美态是独属于他一个人的，而她马上就会完完全全属于他！

秦悠悠还没回过神，忽然觉得有什么不对劲，她还没反应过来那是什么，一股撕裂的痛楚从身体最脆弱敏感的部位传来。

"嗯！你、你……"虚弱至极又刚刚消耗不少的秦悠悠差点儿被这难以言述的巨痛击溃。

然而严棣花了这许多心思挑逗她，努力让她在这个过程中少吃些苦头，自己却已忍得差点儿要爆了。此时此刻再顾不上什么见鬼的怜香惜玉，双掌牢牢握住她的细腰，摆弄控制着她的身体配合他的动作。

身体一次一次被充满，疯狂的节奏中，痛楚渐渐麻木，只剩酸酸涨涨的诡异滋味在一点一点累积，酝酿成无法形容的快感。

同时，一股庞大的热流从严棣身体与她相触之处蔓延而来，将她身体内每一条经脉灌得满满的。

秦悠悠整个人处于半迷糊状态，先前是身体虚脱无力，精神出奇健旺，现在渐渐变成精神萎靡混乱，身体却像被灌满了的皮球般充盈无比。

秦悠悠眼神迷惘地看着严棣，他在她面前的那张脸终于有了表情——可以称之为喜悦、满足、舒畅、沉醉、妖魅的丰富表情。

她是眼花了吗？面瘫的冰山妖怪竟然有表情，因为她？！

如果是的话，她会很得意。

"嗯。"秦悠悠抱紧了严棣在他怀中瑟瑟颤抖，终于敌不过这种闪电般令人战栗麻痹的快感，彻底失去意识倒在了他怀里。

他才刚刚开始！严棣有些无奈地抱紧了她，累积多日的情欲与身体内决堤的真气叫嚣着要他继续下去。

他勉强分心探了探秦悠悠的脉象，确定她还远远没有达到极限，便安心地放纵自己尽情享受这来之不易的美味猎物。

中间秦悠悠醒过数次，不过很快又因为耗干了精力昏迷过去，等她真正醒来，发现自己已经离开了圣泉，身上裹着毛毯躺在圣泉边不远处的地上，身下还垫了厚厚的褥子。

身体没有什么不适反应，反而从里到外都有种焕然一新，圆满充盈的美妙感觉，就是从前武道修为晋级时也没有现在这么精神爽利。

对了！她的修为……秦悠悠心念一动，想起先前在圣泉中严棣与她欢好时身体里的奇怪现象，马上试着调动体内真气。

这一试将她吓了一大跳，她的真气比她未吃化元丹之前强大何止百倍！

这怎么可能？秦悠悠严重自我怀疑起来，会不会是自己失去修为太久，所以感知都开始发生偏差？

她将真气凝聚于指尖向着洞壁上一指。

嗤！

肉眼可见的一道真气凝成光柱破空而出，所过之处激起尖锐的嘶嘶风声，几丈之外的洞壁几乎应声被击穿了一个小洞，而且秦悠悠甚至能够根据那一道真气光柱反馈的感知推算出这个小洞至少深近五尺！

真气离体还能凝聚出这样的威力,这至少得九品武尊才能做到吧!

秦悠悠怔怔看着自己的手指。脑子里不期然想到严棣在圣泉中说的话——我散去你原本的真气,是因为我想给你更多的!

这些真气是妖怪恩公传给她的?

如果她没记错,这样把自己的修为转移到别人身上,不但有许多苛刻的条件,而且会严重损害传功者的修为。

今日之前秦悠悠还会单纯地以为这是妖怪恩公对她好,现在她严重怀疑这种无私奉献的行为背后究竟藏着什么不可告人的邪恶目的。

可是不管如何,她不但重新有了修为,而且比从前强了许多倍,是一件非常值得庆幸的好事。

秦悠悠满腔喜悦地静心感受身体的变化。

有了如此强大的修为,哼哼!就算妖怪恩公再有什么阴谋诡计,她也不怕!

奉神教那些坏蛋敢来找她麻烦,她会让他们死得很难看!

正当她兴致勃勃计划修为恢复后要干哪些大事之际,忽然被连人带毯子一并横抱起身,严棣的面孔出现在她面前,笑得温柔:"你醒了?感觉怎么样?"

妖怪恩公……会笑?而且不是那种阴森森比绷着脸还可怕的恐怖笑容。

夫君被换人了?!

秦悠悠瞪大双眼看着仿佛换了个人似的严棣,半天没敢肯定他的身份。

严棣被她陌生又讶异的眼神看得心浮气躁,新婚面对爱妻的满腔温柔顿时被气走了七八成,皱起眉头冷下脸色。

"嗯嗯,这样就对了……吓死我了!以为你出了什么毛病。"秦悠悠松了一口气,欣然道。

还好还好,妖怪恩公还是妖怪恩公!不对,其实是妖怪相公了……秦悠悠想到她睡着之前两人干过的那些亲密的事,终于泛起几分忸怩羞涩。

严棣哭笑不得,这是洞房花烛夜之后,妻子该对丈夫说的话吗?!

"你喜欢我对你板着脸?"他记得很多人很怕他板着脸的模样,为什么他好不容易拐到手的小娇妻口味这么古怪?

秦悠悠扁扁嘴巴哼道:"你现在……不像你,我不习惯你有这么多表情,好像换了个人。"

成婚之后发现货不对板,而且估计对方肯定会拒绝退货,秦悠悠慢慢回想起进入禁地之后发生的事,更觉得自己对严棣其实一点儿都不了解,却脑袋发热地嫁给了他,这个决定真不知道是对是错。

"这里只有我和你,你可以慢慢习惯。"严棣将她抱到石台边放下,伸手就要扒开她裹在身上的毯子。

秦悠悠死死揪着不肯放:"你要干什么?"

"伺候爱妻更衣,还是你想就这样跟我去吃东西然后看禁地里的机关?"严棣好笑地伸手摸摸她的脸蛋,似乎很满意那细滑的触感,一路往她纤细的颈项滑去。

之前两人没有亲密关系,严棣的许多小动作秦悠悠都没多想,现在她脑子里满满的都是两个人在圣泉里头疯狂放纵的画面,他的碰触顿时变得暧昧非常。

她努力裹紧毯子闪躲他的骚扰。

严棣眼里闪过促狭的笑意,故意假装没发现她的抗拒一般以拇指一下一下摩挲她敏感的颈侧。

"坏蛋!不许你碰我了!我自己会换衣服,不用你来。"

"真的不用?!"

"不用!"

"我都见过了,你不用不好意思……"

秦悠悠狠狠瞪他,直到他识趣地停下来不再继续说下去。

"好吧。"严棣退了一步,伸手揉揉她的脑袋,转身走到外边。

秦悠悠看着他的背影,再一次深刻怀疑起来,相公是不是被人调换了?怎么一觉醒来差那么多?!

她决定换好衣服之后去跟他好好谈谈,至少搞清楚他怎么像变了个人似的。她觉得这个跟自己有关,不过她再自恋也不会认为洞房后,夫君就会因为被自己迷得七荤八素而风格大变。

石台旁边就放了一个檀木衣箱,秦悠悠微微一弹指,指风扫过,颇有些分量的箱盖便轻松翻开,露出箱子里满满的各色衣物。

重新拥有修为,而且是九品武尊修为的感觉真不是一般的好!

可是当秦悠悠看清楚衣箱里头的衣物之后,就再也笑不出来了。

箱子里头从内到外的衣裙都准备齐全,一看就是绿意她们精心整理过的,不过她们给她挑的都是什么东西啊!

不是薄就是透,穿在身上跟第二层皮肤似的,就是青楼女子都不敢穿得这么奔放出来见人。更夸张的是那些亵衣,光看就让人忍不住脸红。

看来大家都很清楚妖怪相公把她拐进禁地来是要干什么,只有她一个被蒙在鼓里。

还好绿意她们大概不知道她会恢复修为，还是很有良心地准备了几件很厚的毛皮披风，好让她不至于因为穿得太少而患上风寒。

秦悠悠挑了半天，总算找到件比较不那么轻佻的衣裙穿好，外加披风把自己严严实实包起来，然后才关上衣箱出去找严棣。

"你还觉得冷？"严棣一见她的模样就忍不住奇怪，秦悠悠现在的修为他最清楚，根本已经是寒暑不侵之身，还穿那么多干什么？

秦悠悠气道："你都让绿意她们给我收拾的什么衣服？！没有一件能穿的。你是坏蛋，你手下的人都混蛋！"

严棣被她骂得莫名其妙，不过现在他心情极好，秦悠悠的一点小脾气他也不放在心上，只当她不忿上当受骗跟自己闹别扭。

"先吃饱了再说。"严棣伸手拉过她，态度依旧温和纵容。

倒是秦悠悠自己先不好意思了，她也知道这事多半与严棣无关，他还没有无聊到去关心女子的衣物该如何准备，多半是杜韦娘出的馊主意。

禁地之内就如严棣所言，只有他们二人，自然不会有丰富的点心热菜，不过是严棣带进来的简单干粮茶汤，没有一大群太监侍女在旁边伺候，两人相对进食反而更感轻松。

严棣毫不客气把秦悠悠拉进怀里，你一口我一口地互相喂食。这样放松的严棣，秦悠悠从未见过，努力把现在的他与之前的他对比一番，更觉得说不出的诡异。

"你是不是有些事情应该对我说明白？"秦悠悠哼道。

"你想我说什么？"严棣微笑道。

"你为什么会变成这个样子？是不是……跟你替我恢复修为有关？"秦悠悠大胆推测道。

"为什么会这么想？"严棣有些讶异于她的敏感。

秦悠悠不肯再被他牵着鼻子走，坚持道："是我在问你，你先回答我的问题。"

"你先吃饱了再说。"

"我吃饱了。"秦悠悠发现，妖怪相公不再面瘫之后，好像不那么可怕，加上现在她也很厉害了，于是态度便强硬了许多，不再接受他的随便打发与拒绝。

"真的饱了？"

"对！你不要转移话题，快告诉我。"

"你不觉得现在身体有些不对劲？"严棣轻笑着向她的耳朵呵气，然后更得寸进尺地轻轻咬着她娇嫩的耳朵。

秦悠悠忍不住低叫一声，耳朵上传来微微痛痒，妖怪相公竟然咬她，不是那种恶狠狠的啃噬，而是以牙齿细致无比地磨弄着她的皮肤。

"你、你、你……"秦悠悠想大声抗议，但是发出来的声音软软糯糯，更像是在撒娇。

她的身体确实有些不对劲，似乎只要严棣一靠近就忍不住紧张又兴奋，当他刻意对她调情挑逗之时，更是心旌摇动难以自持。

"你对我做了什么？！"秦悠悠质问道，声音听来就如一声妩媚的叹息。

"我没对你做什么，不过你的修为不稳，还要多行功几次才好。"严棣一手扯开那件碍事的厚实披风，终于见到裹在其中的绝妙惊喜。

"绿意她们选的衣服，我很满意。"他低笑抱起她往圣泉方向走。

秦悠悠身上穿的是一套全黑的丝质衣裙，光滑柔软紧贴着她的肌肤，一条火红的流苏腰带缠绕在她酥胸下方，将她胸前最动人的曲线勾勒得纤毫毕现。

隔着薄如蝉翼的衣料，他可以清晰感觉到衣料下的曼妙玲珑以及比最好的丝绸还要柔滑迷人的娇嫩肌肤。

对严棣而言，这身衣裙简直妙极了。

"你说吃完早饭带我去看禁地里的机关的……"秦悠悠抗议道，用膝盖想都知道严棣口中的"多行功几次"是指的什么。

绝对不会是正正经经盘膝坐着静心调息那一种。

"机关不会跑掉，待会儿看不迟。"严棣如今只觉得与小妻子"练功"才是第一要务。

秦悠悠被放到之前睡的那张厚厚的褥子上，严棣的身体紧接着压上来，一双炽热的手掌仿佛无所不在，专往她敏感的地方去。

腰带系结被一手扯开，黑色的上襦马上像盛开的花朵一般绽放开来。

秦悠悠里面穿着一件火红的胸衣，她挑上这一件是因为它唯一一件不透明、不在重点部位玩花样，也没有绣什么春宫图之类的可怕装饰的，却没想到在此情此景之下会被衬托得如此引人犯罪。

秦悠悠被他火一样的吃人眼神看得一阵害怕，收紧双臂挡在胸前，就想趁机溜开。

严棣将她那双碍事的手臂抓起，一只手掌稳稳扣住她纤细的双腕，将它们压向她的头顶上方。

"不要！"秦悠悠低叫起来，怎么可能？！她现在的修为明明很强了，为什么在妖怪相公手上还是毫无还手之力，跟一个没有修为的普通女子一样只能任他摆布？

他能够做到这一点，修为得有多高？！

在他火热的目光下，秦悠悠只觉得自己的身体也要跟着被点燃了，深处忽然生出一种难言的空虚与期待。

有了圣泉里的经验，她很清楚这种感觉代表着什么。

这个男人肯定是魔鬼！诱人堕落的、荒淫妖魅的魔鬼！

她并不知道，在严棣心目中，她才是最可怕的魔女。她甚至什么都不用做，就能轻松动摇他的理智，让他把原本的打算、重要的计划统统置诸脑后，眼里心里只剩一个她。

　　反正他与她确实需要多行功几次，才能把他体内满溢的真气散去，解决他的后顾之忧，这也非常重要。

　　严棣为自己的纵情找到了光明正大的理由，于是更加不客气了。

　　他俯身隔着那件炫目的火红胸衣轻轻吻上秦悠悠，耳边传来秦悠悠一声嘤咛，仿佛在嗔怪他的放肆，又仿佛在抱怨他太过轻柔的动作。

　　看着媚眼如丝软软躺在身下任他品尝的美人儿，严棣一刻都不想再等下去了，轻吟一声以原始疯狂的节奏，将两人一起拉入狂喜的巅峰。

　　秦悠悠又重温一遍昨天那种身体不断被注入真气的奇怪感觉，不过这一次不似之前在圣泉内那么激烈可怕，比较激烈可怕的反而是身上那个热情得过分的男人……

　　"永乐……"秦悠悠抱着身上的男人喃喃道，她也不知道自己为什么叫他，为什么用这个初相识时严棣就告诉她的名字叫他。

　　严棣"嗯"了一声，抱着她的手臂又收紧了一些，声音里透出浓浓的慵懒与舒畅，贴着她的耳朵诱哄道："再叫一次。"

　　"永乐。"秦悠悠听话地又叫了一遍。

　　严棣满足地把脑袋凑到她颈间，深深吸了几口气，抱着她翻了个身，让她躺在自己身上，轻轻抚拍着她的肩背，替她舒缓过度急促的呼吸。

　　秦悠悠的小心肝因为他的动作又是一阵乱跳，她哼道："你说，你是不是在用我来双修？"

　　"不是。"严棣不太专心地否认了她的推测，双手又开始不老实地在她身上摸索起来。

　　秦悠悠忙着制止他，只能分出一点点理智去思考。

　　这个可恶的大妖怪确实没骗过她，他顶多只是说一点藏大半，然后引导她想歪。他既然说这不是双修，那就一定不会是。

　　也对！双修是两人互相促进，她一个毫无修为的人，除了损耗严棣的真气替她恢复修为，根本不可能有什么东西能够让严棣在修为上获得提升。

　　"不是双修那是什么？"秦悠悠决定直接问他，免得自己在不知不觉中想歪了方向。

　　严棣似乎有意回避这个问题，只是笑得魅惑："是什么你多试几次不就清楚了？"说着以吻封缄，剥夺了她继续开口发问的权利。

　　他越是这样，秦悠悠越是疑惑不安，但是……不是她太弱，实在是对手太强大了，她的顽抗很快在严棣刻意的挑弄中化成了主动配合。

　　这个混蛋，太会诱惑人了……秦悠悠心里抱怨，身体却难以自禁沉迷其中。

　　一轮颠鸾倒凤之后，秦悠悠慢慢缓过一口气来，看清楚两人的状态，羞愤得差点儿想就地挖个洞钻进去把自己埋了算了。

两人的衣物大部分还在身上,她的还好,只是衣衫不整春光外露。

严棣的就比较惨不忍睹了——她刚才大概太过兴奋,加上还不太习惯控制比从前高了许多的修为,不小心用力大了一点,把他那身衣袍扯裂了好几处,背后更直接抓下了几大片……这情景就好像她对他暴力侵犯过一样。

丢死人了!虽然她承认自己有点色,不过也没到这个程度吧。

她还有什么脸指责妖怪相公是色狼混蛋?

秦悠悠纠结地背对严棣不肯搭理人。

严棣身心舒畅,对这个带给他巨大欢愉好处的小妻子有无尽的纵容宠溺。

"你不舒服么?要不要到圣泉洗个澡,圣泉对你的身子很有好处。"严棣从后面抱着她,温柔地亲了亲她颈后的那个枫叶形的小小胎记。

秦悠悠装死不理,其实颇为心动,身上黏黏腻腻的让她很不习惯,圣泉虽然有古怪,但是必须承认,泉眼附近散发的气息让她非常舒服。

严棣见她不答话也不催促,反正就这么抱着她静静躺着也很不错,他都不记得自己有多少年没这么放松过了。

倒是秦悠悠先耐不住,拍开他的爪子坐起身,一声不吭就想往圣泉而去。

严棣伸手勾住她的腰笑道:"何必浪费这身衣裙?脱了再下去。"

他不在意这区区一身衣裙,他是想看她在自己面前解衣的妖娆风情。

秦悠悠恶狠狠横了他一眼,道:"我偏不!反正你富得很。"

说完挣开严棣的手,二话不说就跳到水潭中。

她是存心要把这身衣裙"毁尸灭迹"的,上头太多让她脸红的痕迹,她绝对不想让任何人看到,圣泉这么方便就正好了。

她才进水潭没多久,身上的衣物就消失得无影无踪,她能感觉到不远处严棣炽烈的目光,不过她心里对这奇怪的圣泉有些恐惧,妖怪相公在至少她会觉得安全一些,至于被看光……反正她早就被看光了!

秦悠悠破罐子破摔,努力忽视严棣的目光在水潭里畅快地游了几圈。

这圣泉确实很古怪,先前她第一次进入其中,水的浮力很小很小,但是这次她几乎不用花半点力气,就能轻松地浮在水上,那浮力比正常的江河湖水都强大得多。

她胆子壮了,瞄了瞄水潭正中的黑石龙头泉眼,扭过头问严棣:"那里的泉水,我还可以喝吗?"

严棣点了点头:"可以,这泉水对你有益,你想喝多少都没问题。"

秦悠悠正好望见严棣身上那件不成样子的衣袍,忽然想道:最好把妖怪相公也骗下来,把他身上的罪证也彻底销毁!

"你不下来洗一洗吗?"秦悠悠"友善"地建议道。

"爱妻想邀我共浴?"严棣的笑容很邪恶。

秦悠悠为了消灭罪证，努力压抑住羞恼，假笑道："是啊，你来不来？"

按照秦悠悠对自家妖怪相公的了解，此情此景，他应该很热情地扑上来才对，不过结果却与她想的完全相反。

严棣看着她有些遗憾地摇了摇头道："这圣泉之水于我无益，要辜负爱妻一番美意了。"

咦？竟然不上当？！

秦悠悠没想到自己主动相邀还碰上个大钉子，不过妖怪相公说圣泉水对他无益……她忽然回想起昨日两人进入圣泉时他的表现。

他确实很不喜欢那个泉眼，在水潭边缘的时候还有心情轻薄调戏她，越靠近泉眼，他的身体与神情便越僵硬。

尤其是当她喝过泉水后，他那迅速带着她游回水潭边的举动，简直就是如临大敌。

莫非真如他所说，圣泉水对他有害无益？昨天他是为了她才勉强下水将她带过去的？

这非常有可能，以她昨日毫无修为的状态，先不说会不会直接沉底淹死在圣泉里，就算她有能力游动，只怕还没游到一半就先受不住潭水的低温耗干体力了。

这么一想，秦悠悠心里的怨气怒火顿时去了大半，默默游到泉眼下抬起头接连喝了好几口泉水。

泉眼附近洋溢着的浓郁生命气息让她身心舒泰，几乎想赖在泉眼边不走了。

不对！生命气息？

秦悠悠想起大嘴好像曾经说过，严棣的修炼法门与杀气有关，是不是因为这个原因，所以他体内的真气与泉眼附近的生命气息相冲突呢？

她心里有些什么一闪而过，还没来得及抓住，就听严棣的声音自岸上传来："洗好了就上来吧，不是说想去看机关？"

秦悠悠一听"机关"两个字，顿时把其他什么乱七八糟的想法全数抛到九霄云外，兴高采烈地游回了岸边。

她的手触到池边石壁之时才忽然醒起，自己这么上去，再当着严棣穿那些"见不得人"的衣服，不但自个儿丢脸，而且也太便宜他了。

"你也去洗洗换身衣服吧。"她决定过桥抽板，把严棣轰走再说。

严棣好笑地伸手摸了摸她的脸蛋，诱哄道："我想看清楚你，还有你着衣的样子。"

秦悠悠那张小脸因为他的直接瞬间红透，她瞄了瞄不远处那个衣箱，终于决定长痛不如短痛："绿意她们挑的衣服我没法穿，你去拿你的衣服来，我、我就穿给你看。"

她这算是一次性割地赔款免却后面的麻烦。她看严棣准备的东西如此周全，就有预感他们可能会在禁地里停留一段时间，她的衣箱里那些"色情服装"严棣早晚会知道，倒不如现在就说清楚。

她想梁令总不会也让府里那些小太监也替严棣准备一堆卖弄色相的衣物吧？

如果真有，为了开眼界，她牺牲一点色相也没关系。

不说严棣的身份地位，就他先前那张僵尸一样的面瘫脸，绝对没有一个正常人敢对他做这种事。

应该说，是正常人都不会想到这个方向去。

想到面瘫冰山状的严棣穿上薄露透的衣衫，那画面真是……太恐怖，太让人吃不下饭了。

秦悠悠在天马行空胡思乱想的时候，严棣也明白过来了，不用去翻看衣箱里的衣物都是什么样式，他都能猜出个大概。

自己的小妻子虽然某些时候热情大胆，但是以她现在对自己有怨气又充满疑问的态度，是不可能新婚第一日就穿上那样主动诱人的衣裙来面对他的。

想起她之前还莫名其妙对自己发脾气，那多半是整箱子衣服都是那样的，她没有选择了。

这么说来，那一身妖娆动人的黑色衣裙应该还是箱子里头最保守的才是……严棣不否认自己想到这个的时候心头十分期待。

不过那些等晚点儿再看也可以，现在有更让他热血沸腾的好东西可看。

严棣抬手从须弥戒指中取出自己的一身衣袍放在池边，笑道："那好，我等着看。"

秦悠悠扁扁嘴巴，她越是忸怩妖怪相公会越得意，她干脆大方一点快快穿好了是正经。

她很利落抬手一按池壁，身子就离水一跃落到了岸上，她也不必找布巾擦拭，稍稍催动体内真气，身体眨眼就干了。

几步走到严棣面前，秦悠悠虚张声势地狠狠瞪了他一眼，警告他不许乱来，然后便弯腰伸手去取他身边那叠衣袍。

严棣并不阻止，只是放肆地盯着她看，口中调笑："悠悠，你都不穿亵衣么？"他取出的只是一身外袍。

秦悠悠的身子他早就看得极是清楚细致，他不过想逗逗她，看她生气勃勃的娇蛮模样罢了。

来日方长，他有的是机会慢慢看她的每一面，慢慢享受她带给他的无尽快乐。

秦悠悠明知道他存心逗她，哼一声不搭理，披上衣袍后跑到衣箱那边取了一身还算勉强可以的亵衣背对着他飞快穿好。

靠着那件衣袍阻挡视线，严棣再没有看到什么让人激动的画面。

"你的衣服都在须弥戒指里？"秦悠悠问道，她穿上严棣的衣服，果然发现大了许多又长了许多，只能勉强凑合着了。

"嗯。"

"都拿给我。"秦悠悠理所当然地恶声恶气道。

严棣淡淡望着她,无声拒绝。

秦悠悠马上改变策略,温柔甜腻道:"替丈夫管理衣物,不是妻子的责任吗?"这么肉麻的话,连她自个儿都恶心了。

严棣却很吃这一套,弹了弹指尖,另一口衣箱落在了地上。

秦悠悠大大松了口气,终于算是解决衣服的问题了。

严棣大大方方脱了身上的衣袍,另外从须弥戒指中取出水囊布巾擦拭了一下身体,换上另一身衣物,整个过程都没有避开秦悠悠,也没有去碰近在咫尺的圣泉。

秦悠悠开始时还有些害羞,后来想到他也看过自己,不看回来太亏了,于是用力多看了几眼。

最重要的是,她终于找到机会把严棣换下来的衣服一手扔进圣泉里毁尸灭迹——早知道这么简单,她刚才就不用白白被调戏了。

两人这么一折腾,又到了该吃东西的时候,秦悠悠舒舒服服窝在严棣怀里大口啃干粮,脑子里想到了一个词形容他们现在的状态——除了睡就是吃!

她进来禁地之前,多向往这里的机关啊,结果进来了这么久,大部分时间是在这个那个,真是太堕落了。

这次严棣倒没有再干什么坏事,俩人吃饱之后就带着她在禁地里参观。

禁地几乎挖空了整个小山包建造,里面规模之宏大称得上鬼斧神工,除了他们进来时行礼的那个有玉璧与玉像的大殿之外,还有三十六座规模略小的大殿,里头分门别类放了各种典籍、丹药、天材地宝等等东西,王府里那个花园下的库房跟这里一比,完全是小巫见大巫。

相月国立国已有千年,底蕴果然非同一般。

最让秦悠悠惊喜的是,竟然有一座大殿里头全是各种机关图谱,图样保存非常完整。

不过上边标注与说明里夹杂着许多古怪的符号,要靠这些图纸去搞清楚如何制作,天下间没几个机关师能办到,也难怪这许多图纸放在禁地多年不见天日。

秦悠悠一见到那些符号,神情就变得很古怪。

"你知道这些符号的意思?"严棣一直注意着她,几乎立刻就发现了她的异常。

秦悠悠迟疑地点点头:"师父教过我……师父说的不错,当年建造这个地方的果然是他的'同门',天下间只有他们会用同样的符号标识。"

"同门?这些图纸乃是我严氏先祖所留,距今至少已经有上千年,如果不是因为制作图纸的纸质特殊,此刻早就尽数化作飞灰了。怎么我不曾听闻过有这样一个厉害的机关门派流传至今?"

如果真有,还哪里轮得到三大机关世家的人嘚瑟?

严棣原先根本没想过秦悠悠竟然懂得图纸上那些神秘符号的意义,他与太后以及皇帝只是认为秦悠悠在机关之道上造诣超群，也许有能力凭借图纸推敲出绘图者的设计原理，将图纸上的机关制作出来。

没想到她竟然可以彻底看懂这些图纸。图纸上所绘画的机关包罗万象，不少是威力非凡的军械，有些根据注解所说，是可以令普通人拥有秒杀十品武圣能力的神异机关。

如果这些都能够制作出来……就是严棣如此冷静的人，心中也不由得翻起滔天大浪。

秦悠悠捧着一幅图纸，有些茫然道："师父说他来自另一个世界，你们严氏的祖先很有可能跟他来自同一个地方，所以他说他们是同门。"

另一个世界？严棣皱了皱眉头，暂时放下这个问题，转而问道："这些图纸上的机关你能够制作出来吗？"

"部分可以。"秦悠悠的回答听起来就有些言不由衷。

严棣抽走她手上的图纸放到一边，抱着她捧起她的小脸道："悠悠，跟我说实话。"

"我可以做，但是不会做。"秦悠悠皱皱鼻子哼道。

"为什么？"

"师父说这些东西不适合现在出现，会带来很多无法预知的巨大变化，兵器军械就更不用说了，随便一件都可能杀伤无数人命。"她是个很听师父话的好孩子，虽然也会顽皮任性惹师父生气无奈，但是在一些原则性问题上，她绝对跟师父立场一致。

尽管师父给她说的那些故事她不是太懂，可师父从来不会在重要问题上骗她，她相信师父的决定。

严棣挑了挑眉，道："出嫁从夫，你怎么就不曾这么听我的话？"

"谁说的有道理我就听谁的。"秦悠悠不以为然，言下之意就是认为师父说的话比较有道理了。

"而且你家祖先多半也是赞成我师父的观点的。"秦悠悠指了指被严棣扔在一边的图纸道，"这些图纸与你哥哥送给我的那一个卷轴显然是出自同一人之手。卷轴上的机关图为了让一般机关师看懂，所以没有使用这些特殊符号，标注清晰明白，不过水准也跟这里的差了老大一截。"

"然后？"严棣淡淡问道。

"你不觉得当年你家祖先绘画这些图纸，是故意不想让人看懂里头的东西吗？不然他完全可以用一般机关师能懂的文字符号作说明。师父当年从我娘亲手里得到过一幅这样的机关图纸，他根据上面留下的印鉴知道这是相月国开国圣祖亲制，所以才会怀疑你家祖先跟他是同门。"

秦悠悠顿了顿继续道："他接触过许多机关师，试探过文叔叔甚至是相月国宫中供奉的高级机关师，非常确定这种特别的符号，当今天下除了他，就是公认拥有最强机关术、最多机关师的三大机关世家，乃至相月国皇室都无人懂得。你家祖先留下图纸，却没有告诉后人这些符号包含的意义，不就是不希望其他人利用图纸做出上面的东西吗？"

她几乎可以肯定，严氏的先祖跟师父一样，不想某些破坏力严重的东西太早由自己之手流传出来，但是又忍不住技痒，所以才会画下这些图纸却让它们无人能懂，永远尘封在这禁地之内。

"你师父既然跟我们的先祖看法一致，为什么又教会你去看这些符号？"严棣直指这个巨大的破绽。

秦悠悠道："因为师父想有个人跟他讨论，而又不想我们讨论的内容与画下的草图外泄啊。"

严棣有些明白齐天乐对秦悠悠倾囊相授的意图了。

无敌太寂寞，齐天乐的机关造诣确实高出同代机关师太多太多，甚至他已经找不到可以跟他切磋的人，幸好偶然得来的弟子足够天才，他才有了一个勉强能够交流的对象，但也只敢纸上谈兵。

从秦悠悠所转述的她师父的种种言论看来，这两师徒有许多足以惊世骇俗的绝顶机关都只停留在图纸设计甚至是臆想，根本不愿也不敢将它们变成现实。

他有些理解这种想法，但是站在他的立场却绝难认同。

悠悠我心

严棣到现在都不是太拿得准这两师徒的机关造诣究竟到了哪个程度。

相传天下间机关师最高不过九品，而如今纵观三大机关世家，连公认的八品机关师都没有，更不要说九品。

五品机关师已经足以横行天下，六品绝对是三大家族中的一流人物，而七品都是三大家族里的顶尖强者，每一个都是隐世不出的老怪，连他们是否还健在都无人知晓。

他的小妻子曾说，她十一岁就已经有超越五品机关师的实力，三大世家那些所谓的优秀机关师比拼，在她看来就好像小孩子的游戏一般，她一眼就能将它们看个通透彻底。

梁令曾说过亲眼见她一晚上就倒腾出一件至少六品的机关暗器，这还是因为她那时毫无修为，制作能力大打折扣的缘故。

如果能够说服她破译图纸，让工匠们制作出那些神兵利器、大型军械，那相月国一统天下的计划将会如虎添翼，就算在他大限之前未能完全达成，至少也可以扫除多丽国这个由奉神教把持的心腹大患。

不过眼见秦悠悠十分坚持的模样，这个时候想要她改变主意，她马上翻脸都有可能。

严棣垂下眼睛，掩住眼中变幻的神色，拉起秦悠悠道："走吧，禁地里还有许多地方你没去过。"

说着就把她硬拎到殿外反手合上大殿的石门。

秦悠悠听得出来严棣有意想让她破译图纸制作出上面的机关，现在是因为她不愿意，就连图纸都不肯给她看了吗？

"小气鬼！"秦悠悠恨恨道。

前面严棣脚步一顿，回身有些无奈地揉了揉她的脑袋道："我们会在这里留很长一段时间，这些图纸不会长翅膀飞走。"

秦悠悠顿时惭愧了，她好像以小人之心度君子之腹了。

"对不起。"她知错马上改，主动抱着他的腰道歉，她不该这么误会他。

严棣笑了笑抱抱她算是将此事揭过。

他这么大方，秦悠悠反而不好意思了，总的来说，严棣对她几乎是有求必应，虽然很显然在某些方面利用了她，但从没有过伤害她的意图，是世上除了师父之外对她最好的人，自己却因为某些原则眼看着他为难都拒绝帮忙，好像有些太过分。

"你说我们要在这里留一段时间？为什么啊？过几天我们吃什么呢？"她抱着严棣的手臂决定找些话题哄他开心。

以往她惹师父生气了，也是这么干的。

严棣感觉到她在讨好卖乖，心里好气又好笑，还有几丝暖意——这小丫头至少还是重视他的感受的。

他现在对齐天乐的感觉很复杂，既感激他教养出秦悠悠这么个可爱有趣的弟子，又妒忌他在秦悠悠心目中的地位。

他要完全得到这小丫头的心，让她全心全意向着他，只能一步步来。

他心里暗叹一声道："留下来做什么你等会儿就知道了。禁地之内一共有三处水源，其中两个都是我族的圣泉，还有一个普通水源，里头有许多鲜美的鱼儿，我们可以烤了吃。我也带了米面以及一些耐放的蔬果进来……你会做饭吗？"

"我做的饭一般般，不过我会烤鱼，师父说我烤的鱼很好吃！"秦悠悠扬起小脸很得意。

她忽然想到严棣提及的水源，好奇道："有两处圣泉？另一处在哪里？"

"两处圣泉紧挨着，不过到另一个圣泉要走的路径完全不同。那个地方你绝对不要靠近，它与你之前所见的'生泉'不一样，那里盈满死气，名为'死泉'。生泉可以消解死物，而死泉则会泯灭生机。死泉的气息对你伤害极大，这禁地里任何地方你都可以去，唯独那一处，绝对不要靠近。"严棣神情凝重，仿佛一下子又变回了原本那座面瘫冰山。

秦悠悠想起自己那支金钗无声无息融化消失在圣泉水里的情景，如果那个死泉也是一样的厉害，那是不是活人下去都会直接融化掉连渣渣都找不着？

她忍不住打了个冷颤，点头道："嗯，知道了。"

严棣微笑着低头亲了亲她的眉心道："乖。"

"你现在是要带我到哪里去？"秦悠悠又问。

"你不是对这里进出通道的机关很感兴趣吗？"严棣揉揉她的脑袋道。

秦悠悠顿时两眼发亮，开心地用力点头。那些机关她进来时只是简单扫了一眼，虽然似乎都已经年久失修不能再用，但那是师父的"同门"亲手做的，比光看图纸推敲想象的强多了。

不过她很快发现自己好像又上当了！

"这是什么意思？"秦悠悠吃惊地望着地上品种齐全的各种零件材料及工具，心里生出不妙的预感。

严棣好笑地亲亲她微张的唇，理所当然道："你是我严氏的媳妇儿，家里东西坏了，自然得帮忙修一修。"

"你把我带进来其实是想让我当修理工匠！"这个坏蛋把她利用得也太彻底了吧？！

她以为进来是为了替她恢复修为，原来这不过是目的之一，妖怪相公在新婚第一天就露出狐狸尾巴了。

严棣抱着她把她当小猫小狗一样顺毛抚摸，笑道："你不是很喜欢这些东西吗？我们会在这里留一段时间，等你把它们都修好了，我带你去看更有趣的东西。"

"还有什么东西坏了？"秦悠悠不肯上当。

"那个是完好的，是先祖亲自动手做的一件大型机械，以'乌金冰海檀木'所制。"严棣的语气里允满了诱哄。

秦悠悠一听"乌金冰海檀木"几个字差点忍不住当场流口水，她听说过这种木料，它的名字就已经明明白白点出了它的特色——生于冰海，色如乌金。

这种檀木最大的特性就是质地致密坚硬，可与玄铁媲美，而且万年不腐，以它制作的器物甚至比石器都还要经得起时间的考验。

这种神奇的檀木几乎只存在于传说之中，师父曾听闻某些上古帝皇陵墓中偶然会找到那么一件半件。拿它来做机关，这手段阔气得都不知道该怎么形容了。

这还是师父的"同门"亲手制作，可想而知一个机关宗师用这么贵的材料做的机关，绝对不会是一般货色。

"现在就带我去看好不好？"秦悠悠抱着严棣挨挨蹭蹭地卖力撒娇。

"不好。"严棣不管是面瘫状态还是现在的微笑状态，拒绝起人来都是这么直截了当。

"坏蛋！"秦悠悠所求不得马上翻脸，对着严棣的下巴就是啊呜一口。

严棣不跟她计较，抱着她的细腰道："快些开工，把这些修好了就带你去看。"

她就知道妖怪相公不是好人！

秦悠悠嘟嘟囔囔认命地开始去检修通道上各个破损腐朽的机关。

应该说，虽然是被人当苦工用了，但是这些机关确实精妙非常，所以秦悠悠也就意思意思抱怨一下，并不真的感到为难气愤。

他们现在就在进入禁地核心的那条通道之上，进出禁地的两扇黄铜大门已经紧紧合上，通道内全靠严棣带来的许多夜明珠、日光石之类照明。

秦悠悠从门后的机关开始检查，从机关零件上的锈迹与磨损程度看，至少已经有数百年不曾有人修整过，虽然看得出来各种精心保养的痕迹，但是这些机关主体都不过是上等精钢，哪有可能这么久了还不被腐蚀损伤。

这里的机关不愧是出自师父的"同门"之手，与外间那些所谓机关大师的作品压根不在一条水平线上，秦悠悠不知不觉沉迷其中，完全忘记了时间，甚至也忘记了静静在一旁看着她的严棣。

不知道过了多久，鼻子里忽然闻到一股香气，肚子反应迅速地发出咕噜一声，秦悠悠呆了呆，终于回过神来往散发香气的方向望去。

严棣捧了一盘子好几条烤鱼，正走到她身边不远处。见她的视线转过来，笑道："过来吃东西。"

"你会烤鱼？！"秦悠悠跳起身跑过去，很捧场地用力吸吸鼻子。

严棣放下烤鱼，取了水囊让她把满是铁锈油污的爪子洗干净，挑了一条最是肥美的鱼儿送到她嘴边。

秦悠悠不客气地接过了大口大口吃起来。

这鱼儿刺少也不怎么腥，肉质鲜嫩，本身味道就甚好，加上严棣烤鱼的本领当真不错，肚子又饿得慌，秦悠悠几乎觉得这是自己吃过的最美味的鱼。

饱餐一顿之后，秦悠悠忍不住问道："我刚才看到你带来的替换零件都铸造得很标准齐全，你是不是有这些机关的完整图纸？虽然我也能判断出要怎么拆装修理，但是靠我一个个去想会花比较长的时间，如果你把图纸给我，大概三四天就可以全部修好。"

严棣递了个红色的小果子给她吃，解释道："原本确实有完整的图纸，包括两部分，第一卷是零件的图样规格，第二卷是更换安装的详细说明以及设计详图。当年江如练的祖先偷入禁地，盗走了不少典籍宝物，其中就包括了这两卷资料图纸。"

"幸好当时皇家工坊留下了一整套全部组件的成品，后来才根据这些成品复原了

第一卷的内容，但是这些零件该如何装嵌更换就成了一个谜。"

秦悠悠奇怪道："你们多找几个厉害的机关师，总能研究清楚一两个吧。"

严棣一边继续喂她吃那些奇怪的小红果，一边道："这个自然也想到了，这么多年来也有一些皇室供奉的机关师被特许进入禁地内研究，但是始终无人能够将它们修复一二。"

秦悠悠顿时得意了，如果不是她，这些机关估计要等江如练那个老坏蛋和他的后人带着那第二卷图纸来修了。

她果然是出类拔萃的机关天才啊！

她得意了片刻马上想到一个问题，横眉竖眼质问道："既然机关师可以被特许进入禁地，你为什么非要我嫁你才肯让我进来？！"

"那些机关师的年纪都很大了，他们必须在此终老才能被允许进入。"严棣不紧不慢地解释道。

难怪这么多年没人能修好这些机关，原来都计行将就木的老年机关师来，他们经验虽然丰富，但是眼神不好脑子也慢，这里的机关对他们而言就是搞清楚架构都不知道要花多少年。

想来年轻力壮的机关师，也不愿意作此牺牲吧。高级的年轻机关帅在各国都被当宝贝一样供着，国君一般不舍得轻易浪费这等人才。

秦悠悠一连吃了五六个红果子，窝在严棣怀里打了个饱嗝才想到要问："你给我吃的这是什么果子？"

"绛珠果，好吃么？"

秦悠悠警惕起来："这个果子是不是有什么特别的用处？"

严棣大方道："确实是有些用处的。"他伸手探到她的小腹上慢慢抚揉，神情十分温柔。

秦悠悠被他的诡异举动搞得心里发毛："什么用处？你又想对我干什么？"

"别胡思乱想。只是替你调养调养身子，让你晚几年再怀上我的子嗣罢了。太早生育对你身了不好。"严棣笑着亲亲她。

"师父也这么说，不过韦娘知道了一定很失望。"秦悠悠想起杜韦娘那副恨不得把她塞到严棣床上好马上生出一窝孩子的殷切劲头，就感到头皮发麻。

严棣脸色一变："你师父怎么跟你说这个？"齐天乐就不知道对自己的女弟子避讳一些吗？

秦悠悠不懂他为什么不高兴："这是事实为什么不能说？"

严棣不说话了，还好这小丫头的师父已经失踪，最好永远失踪。

秦悠悠看着他冷冰冰的脸不但不怕，反而感到更亲切，嘻嘻笑着伸手戳戳他绷紧的脸皮道："我从前听村里的大婶说，有些人起名字是缺什么叫什么。你是不是因为老是绷着脸不高兴所以才叫'永乐'？"

她发现严棣对别人冷酷狠辣，但在她面前就是只纸老虎，不高兴了也顶多抱着她小小欺负一下，从不会真的伤害她，所以对着他那张严肃的冰山脸也生不起几丝惧怕的念头。

严棣摸着她的头发道："也许吧。你叫悠悠又是为什么？"

也许母后当初替他取这个小字，确实是希望他能够活得开心快乐，却没想到因为修炼之故他这几年连笑容都变得十分稀少。

"因为师父喜欢一首诗。得即高歌失即休，多愁多恨亦悠悠。今朝有酒今朝醉，明日愁来明日愁。"秦悠悠道。

又是她师父！严棣不想再听她嘴里提起那个在她心目中地位显然胜过他的男人，捧起她的小脸用力吻下去。

秦悠悠被他一轮热吻亲得气喘吁吁，听到他在耳边低语："我只想到一句诗……悠悠我心。"

妖怪相公好像越来越会甜言蜜语了，秦悠悠脸上发烧，伏在他怀里听着他的心跳声不说话。

秦悠悠以为就算没有图纸，她最多用七日就能将通道里的所有机关全部修好，结果发现还是少考虑了一个重要因素——严棣。

严棣大部分时候都在"监工"，不是怕她不努力，而是怕她太沉迷，每次看到时间差不多了，就会直接把她抱走，不让她继续。

据说是怕她太累，其实是把她骗回去，哄她穿上绿意等人准备的那些让人脸红的衣裳，然后花样翻新地让她更累。

偶然严棣也会用别的东西引开秦悠悠的注意力，例如拉她到禁地里的各个大殿里去参观。

严氏皇族的禁地几乎就是一座包罗万象的巨大藏宝库，秦悠悠觉得就是让自己在这里待上几年，也不愁无聊，光那一殿的机关图纸就可以让她消磨上大半年。

这日秦悠悠吃饱了被严棣拉着在禁地里散步消食，正好经过那座供奉了玉像、玉璧的大殿，秦悠悠指指玉璧上"严楠"的名字，直言道："这样的家伙都可以把名字刻到这儿来，看来你家这个族谱的标准也没有多高。"

话音刚落，臀上就被人拍了一下："什么你家？"

"我们家！"秦悠悠知道自己说错话了，马上谄媚地认真改过。

妖怪相公对于她毫无身为严家人的自觉非常不满，只要她不小心讲漏嘴，马上就要给她脸色看。

严棣对她的认错态度还算满意，脸色缓和了一些，终于为她解惑："严栋与严楠是父皇第一位皇后所出，严栋五岁时得病早夭，他的母后伤心过度也跟着薨了。她与父皇是青梅竹马的远房表兄妹，两人感情极深。她去了之后父皇十分伤心，曾有一度想立严楠为太子，后来作罢。他们两兄弟的名字，是父皇强行刻下的，族里的长老们都不赞成，后来严楠在十六岁那年突破成为六品武者，长老们才不再反对。"

严棣的语气平淡得像在说别人的事情，甚至也不称严栋、严楠为兄弟。

秦悠悠忍不住浮想联翩，严栋这名字，一看就明白皇帝在他出生之时已有意立他为储君。除去严氏这一辈弟子名字里的"木"字旁，就是"东"字，相月国以东为至尊之座。

严栋又是皇后所出的嫡长子，确实名正言顺。

这样一个几乎注定要做皇帝的家伙却没活过五岁，真太神奇太巧合了。严氏看起来就不缺高手，在他们家要病死也有点难度吧。

还有严楠那个没品的人妖王爷竟然是十六岁就晋级六品武者的厉害角色？比她还天才！真真人不可貌相。

他现在至少也二十出头了，怎么还是六品呢？他讨人厌的德行莫非是装出来的？怕笑面虎皇帝灭了他，所以才把自己搞成一副色狼败家子模样？

皇家的这些人，一个个都太复杂了。

秦悠悠有些怀疑地打量着严棣，他和他的笑面虎皇兄当年都是比严栋还小的毛孩子，但是他们的母后，看上去很不好惹……

严棣弹了一下她的额头："又在胡思乱想？母后不需要也不屑对付他们母子。"

好大的口气！莫非宫里那位太后娘娘还会未卜先知预见到自己的长子会成为皇帝，所以心安理得等着对手自取灭亡？

严棣说到这里，就没再继续，转移过话题，指了指玉璧道："你数数看这玉璧上有几个嫁入我严氏之门的外姓女子？"

秦悠悠早就在奇怪这个问题了，略略扫了一眼，连带他们那位先祖的妻子以及最新加入的自己，竟然只发现五个名字。其中三个是皇后，只有一个与自己一样是王妃。

"怎么只有这么几个？"秦悠悠问道。

"能够在此留名的每一女子，都是经过我严氏众多长老一致认可的，在族里地位更高于皇后又或是族长正妻。"严棣的态度一点儿不像在开玩笑。

秦悠悠记得，他曾不止一次明示暗示过，在相月国她除了要对他的皇兄与母后有足够的尊重，其他皇族宗亲包括宫中嫔妃、皇子公主都不必太客气多礼。

现在回想起来，他当时说话的语气傲然，分明是打心里觉得其他人的地位都不可与她相提并论。

"呃，我做了什么好事地位这么高啊？"秦悠悠受宠若惊，而且是很惊。

礼下于人必有所图，严氏的人把她捧得这么高，定是打算要把她利用彻底的。

严棣亲亲她的脸蛋，笑道："你好好伺候我，全心全意当我的好妻子就是了。"

这是什么话？！

秦悠悠不服气地捶了他几下，嗔道："自大狂！不叫你伺候我就不错了，还想我伺候你？哼！"

"爱妻想我伺候你？来，我们回去，为夫一定鞠躬尽瘁用力伺候好你。"严棣火热的眼神和暧昧的语气已经充分说明他是想怎么"伺候"秦悠悠了。

"好色的坏蛋！"秦悠悠抱着他的脖子狠狠啃了一口，不过并没有坚决拒绝坏蛋的提议。

因为……她好像也有点儿好色。

严棣一边抱着她往圣泉而去，一边向着她的耳朵呵气道："今天你只穿那身红色的纱衣，一定美极了……"

洞中无日月，全靠计时的水漏来判断时间，不知不觉他们进入禁地已经十日，进出通道上的机关终于全数修复调试好。

秦悠悠拉着严棣要他带自己去看那个传说中用乌金冰海檀木制作的机关，严棣一点儿不着急地从怀里取出一只黑黝黝的镯子套到她的手腕上，道："这个送你，你要乖乖地一直戴着。"

镯子的质地十分奇怪，秦悠悠抬手一看，镯子内侧刻了四个小字，正是"悠悠我心"。

她有些感动地摸了摸那四个字，忽然吃惊地抬头望向严棣："这是……"

"不错，这就是乌金冰海檀木，禁地里头剩下的也不多了。"严棣牵着她的手往禁地深处走去。

秦悠悠一路被带到禁地中的唯一一个普通水泉边，严棣几乎每日在此捕鱼，也带她来过数次，她很清楚知道这里除了这个盛产美味鱼儿的水潭再没有别的东西。

"那个机关在水底？！"秦悠悠记得一些古墓中的漆木器被封存于水中可以千万年不腐，但是乌金冰海檀木需要这么保存吗？

严棣道："进入存放机关的密室需要走水潭底下的水道。"

这处禁地外有重兵，内有数不尽的机关，竟然还要如此小心地掩藏存放那件机关的密室，可想而知对于严氏皇族而言，那件机关是如何珍贵。

秦悠悠的好奇心已经膨胀到无以复加的程度，所以当严棣建议她脱去外衣方便下水的时候，她完全没有犹豫地就照办了。

严棣将两枚最大的夜明珠装入网袋，分别缠在自己与秦悠悠腰上，然后便带她一起沉入潭中。

大概下沉了两三丈之后，秦悠悠跟着严棣钻入石壁上的一条通道之内，潜行整整近百丈，水道突然变得开阔起来，两人往上游了一阵终于破水而出。

秦悠悠暗自叹气，如果自己不是突然变成了九品武尊，只怕根本没办法一口气潜到这里。

眼前是一个漆黑的山洞,只有两人腰间的夜明珠发出淡淡的光晕,严棣取出火把点亮,秦悠悠终于看清楚山洞内的情景。

一尊形貌极似师父那些图纸中描绘的"大炮"的物体被安放在岸上的白玉高台上,炮架下带有轮子,可以方便移动,走近一看却发现炮身炮筒内空空如也,所有的零件被装在另一个小箱子里,里面还有制作炮弹的详细解说,唯一没有的是关于那些零件该如何装嵌的说明图纸。

秦悠悠看着这尊大炮呆呆出神,这是师父一直很想做又不敢做的大杀伤性武器,没想到她会在这里看到实物。

不过她知道这尊大炮其实只是一个昂贵的模型罢了,真正的大炮必须用精钢铸造,可是如果这大炮是用精钢铸造的话,早在无数年前就已经锈蚀毁坏了。

炮架之下的白玉高台上刻着密密麻麻的一大段话,看落款正是出自严氏圣祖的手笔。

秦悠悠就着火把的光线从头至尾看了一遍,大致意思与她推断的十分接近。

这尊大炮确实是严氏圣祖亲手制作的,他也认为自己不该做,但是却忍不住技痒。他终究只是人不是神,而且还是一个开国之君,所以不免怀有私心与野心。

他控制住自己以这种大炮大杀四方一统天下的欲望,却为自己的后代留了一个可能——只要有人能够破解他留在寿南山上的机关,严氏后人就可以考虑将那人带到此地观看这尊大炮的模型。

若那人的机关术好到可以将这模型装嵌完成,那就算是天意允许他严氏后人一统天下。他们可以大规模制作这种大炮完成他当年未完成之事。

寿南山,正是当日秦悠悠与严棣初次相遇之地!

秦悠悠脑子里乱纷纷的,似乎一下子想通了许多事,又似乎还有许多许多东西搞不清楚。

她沰然望向严棣,严棣抱着她亲了亲她的眉心道:"悠悠,你可以完成这尊大炮的对不对?"

按照圣祖留下的话,这尊大炮射程至少可达十里,炮弹落下即刻会引发大规模爆炸,就是武圣级别的强者也抵挡不住,有此利器,天下间还有哪个国家可与相月国为敌?

严棣每每想起这些就不由得心潮澎湃,相月国多年来一统天下的宏图大愿或许将会在自己这一代完成,严氏也将真正成为天下共主!

秦悠悠定了定神望着他道:"你知道我不会这么做的。"

严氏那位圣祖把这种满天下杀人放火的事推给自己的子孙去做,说这是什么狗屁的天意,她却没打算配合他给他当帮凶。

严棣确实早就预料到这个结果,在禁地里头的这段日子,他不止一次引诱秦悠悠去看圣祖留下的机关图纸，秦悠悠看是看了却没有半点儿打算将它们化作现实的欲望。

女子与男子天生不同，女子大多对于一统天下毫无野心，尤其是秦悠悠从小受她的师父影响，把图纸上那些机关看作是会令天下大乱的洪水猛兽，更不可能为了自己的好奇去违背师父的原则。

严棣定定看了她片刻，长叹一声道："也罢，既然你不愿意，那就算了。"

咦？！

秦悠悠眨眨眼睛，意外至极。她已经做好了会与严棣争执甚至翻脸的准备，结果他却如此轻松地就揭过此事。

她警觉起来，妖怪相公从与她相识起，确实不曾勉强过她做什么事，但是最后总会让她不知不觉乖乖走上他设定好的道路。

他越是好说话，她就越觉得害怕！

严棣仿佛看不见她的惊疑讶异，笑道："你是想继续在这里看看这个，还是想跟我回去练功？"

什么练功？！分明是满足他的色欲！

不过……谁怕谁啊！

"我们回去练功。"秦悠悠笑得妩媚又充满挑衅，坏蛋分明知道她待在这里久了会忍不住把那尊大炮的模型装嵌完成，所以故意用这样的选择逗她，她才不要上当！

"其实在这里也可以……"严棣的手不知何时已经滑到她的胸前，动作轻柔缓慢，却让她的呼吸马上急促起来。

秦悠悠想躲开他的狼爪子，却发现他的另一只手也早早绕到她的腰后，将她整个人圈入怀中，让两人几乎赤裸的身体紧密贴合。

"回去好不好，这里……我不习惯……"秦悠悠马上换上一副楚楚可怜的模样软语恳求。

"这儿不是挺新鲜有趣的吗？"严棣不上当，低头就想寻找那张让他着迷的小嘴，将它紧紧封住，然后好对它的主人为所欲为。

秦悠悠把脑袋埋在他怀里蹭了蹭，两眼闪闪地诱惑道："回去好不好，我有一个很有趣的主意……你一定会喜欢的。"

是时候让这坏蛋知道她的厉害了，不然真以为她好欺负了！

秦悠悠的主动诱惑，从来是严棣非常爱吃的一套，所以很快她就如愿回到了圣泉边。

秦悠悠慢吞吞地在严棣火热的目光中褪去外袍露出里面穿着的一套桃粉色亵衣，衣料只有很少的一点点，在火光下映衬得她的肌肤润白如玉吹弹可破，更将柔美玲珑的身姿表露无遗。

光这副模样已经足够让严棣血脉贲张难以自持，不过他却并不急于动作，只是笑得魅惑："你的有趣主意呢？我等着。"

"你乖乖站着别动，不用急……"秦悠悠走过去将他身上的衣服一件件脱下，只留下最后一点点蔽体之物。她像一条柔软的蛇儿一样贴上他的身体，缓慢地扭动着身子缠着他舞动起来。

秦悠悠整个人缠在严棣身上一边魅惑地扭动一边抱着他的脖子轻咬他的耳朵，吐气如兰道："好不好玩？"

严棣这些时日虽然也知道自己的小妻子十分热情大胆，不过基本上都是她在自己的挑弄诱惑下情不自禁地回应，从来不曾如此主动、如此妖娆。

她仿佛已经彻底化身魔女，令他意乱情迷乎所以，眼里心里只剩下她迷人的香气，冶艳魅惑的眼神与令他沉沦的妖娆身体。

他忍不住浑身火热收紧手臂想将她狠狠糅入自己的身体里。如此迷人的小妖精，让他恨不得一口吞下去。

"我说了你不许动！"秦悠悠嗔道，娇蛮地用力咬了他的耳朵一下。

他还来不及发作，一连串的轻吻已经落在他的脸上、唇上、颈上，每个吻都轻如羽毛，让他痒到了骨子里。

他想现在就将她压到褥子上尽情放纵自己，却又忍不住期待她接下来还有什么更迷人的小花招。

就是这个时候了！

秦悠悠眼里光芒一闪，指尖上三根长发顿时断裂化作三支细针，一下子刺入严棣的颈后。

严棣浑身一僵，投向秦悠悠的目光从火热瞬间变成了森冷——这个小妖女竟然趁着他动情之际暗算他！

秦悠悠既然已经动手就没打算停下，长长的发丝在她手中化成一支支只有寸许长的细针飞快刺入严棣身上各处特殊的位置。

她的动作迅疾如风，仅仅用了一个呼吸的时间已经在他身上刺入整整一百零八支头发化成的长针。

严棣的目光慢慢从最初的震惊森然恢复如常。

秦悠悠笑眯眯从他身上跳下来，抬手摸了摸他的脸庞得意道："好不好玩？你还可以说话，不过修为全部被封住了，而且身体四肢都动不了啦！哈哈！"

严棣只是淡淡看着她，一言不发。

秦悠悠狠狠捏了一下他的鼻子哼道："你想不到也有今日吧？终于让你落在我手上了！"

可以这么随便虐待妖怪相公的感觉真是太过瘾了！秦悠悠心花怒放，觉得憋了这么久的气，终于让她有机会发泄一番。

从她恢复修为起，她就一直在思考要怎么扳回一局，好好出一口恶气。再加上妖怪相公对她隐瞒了太多事情，她不拷问清楚，只怕以后睡觉都睡不安稳。

天知道他心里还在转着什么利用她的鬼主意。

他虽然看起来对她很不错，但没人会喜欢时时处处被人牵着鼻子走的感觉。

"你就不问问我想对你做什么吗？"猎物太过冷静，让秦悠悠的成就感打了折扣，她有些不高兴地捏了一下他的手臂道。

"你还能对我做什么？"严棣忽然笑起来，笑得很是暧昧。

她绝对不可能要伤他的性命，顶多对他施展一下花拳绣腿出口气，莫非还能强暴他不成？

如果她真的打算这么干，他很欢迎。

秦悠悠被他无所谓的态度激怒了，哼道："我问你什么你老老实实回答，不然……"

"不然怎样？"严棣好笑道。

打他？杀他？在他身上开几道口子给他放放血？挑断他的手筋脚筋？剁掉他的手指脚趾？

秦悠悠纠结了，她确实下不了手……她好像真的没什么可以威胁他。

她眼珠子转了转，忽然又笑起来："你还真以为我收拾不了你？！"

她的笑容说不出的妩媚狡黠，一双小手从严棣的脸上慢慢往下滑过他的脖子肩膀落到他的胸前，微凉的指尖顽皮地在他的胸口上画起了小圈圈。

严棣的呼吸顿时生出几分紊乱，秦悠悠的手指在他胸前慢慢打圈，得意洋洋地听着男人的呼吸变得越发急促。

"把你瞒着我的事情一件一件说清楚。"秦悠悠感觉到严棣动情的反应，故意凑到他胸前向着他呵了一口气。

严棣的身体止不住地微微颤了一下，深深吸一口气道："你想知道什么？"这小妖女确实很聪明，太聪明了！简直是他见过的学得最快最好的学生。

秦悠悠暂时停下诱惑挑逗的举动，傲慢得像个刚刚大胜而归的女皇："寿南山那次是怎么回事，你怎么认出我的？"

她整理了一下思路，决定从两人相识之初开始问。

"寿南山那处是圣祖设下的试炼之地，不过因为牵涉太多，所以故意在入口处留下痕迹，让人以为那里是一处前朝遗下的宝藏。每隔百年，族中长老就会取出图纸指派族中子弟带同机关师前去修葺一遍，以确保机关可以正常运作。此事只有极个别人知晓，便是我母后与皇兄一开始也并不知情。"严棣的合作态度目前看来还算不错。

秦悠悠恍然大悟，她当初还奇怪，为什么那个所谓的前朝宝藏机关状态如此之好？绝对不像有超过千年历史的东西。原来严氏那位圣祖一直有派子孙在维护。

而她却好巧不巧，赶在严棣准备前去维护机关之前，将里头的机关尽数破解了，成了第一个通过试炼之人。

让我好好虐诗你

"既然这是秘密行事,你带那么多人去做什么?"秦悠悠觉得还是讲不通。

"寿南山试炼之地附近聚居了一群草寇,自然要清剿干净才好方便行事。而且他们知道了那个洞穴的事,万一传扬出去,又或者趁着我们还来不及修复之前就硬闯进去大肆破坏,岂不麻烦?"

这些事在秦悠悠亲眼见过那尊大炮,读过白玉台上圣祖留下的真迹之后,就再算不上秘密,所以严棣回答得十分爽快。

秦悠悠想了想,接受了这个答案。

要修葺维护那个山洞里头的机关,不是一朝一夕可以办到的事,有乔叔叔那帮人在附近更是绝对无法瞒住他们秘密进行。

听严棣的口气,当日如果不是因为她横插一手救走了乔木查等人,以他的行事风格,极有可能将山寨里的人杀个鸡犬不留以图彻底将此事掩盖住。

想到这里,秦悠悠不敢再往下细想,转而追问另一个她更关心的问题:"我在寿南山之时是易了容的,你后来怎么会认出我?"

这是她百思不得其解的事。

"你颈后有个枫叶形的红色胎记,没人告诉过你吗?"严棣闭了闭眼睛,不着痕迹地吸气道。

秦悠悠探出爪子在他胸口上用力掐了一下,恶狠狠笑道:"你别玩花样,就算你真的是十八品,也解不开我的'锁筋凝肌术'的。哈哈,向伯伯如果知道我用这门秘术收拾了你,一定会很开心很解气。"

她口中的"向伯伯"自然就是医圣向天盏,她知道事后严棣稍微想想就会猜到这门秘术的来历,所以也懒得隐瞒。

天下间能够对人体如此了解,仅仅用细针就能镇压住武圣级别强者的,除了有医圣之称的向天盏,也没有几个了。

秦悠悠伸手摸摸自己的后颈,她知道那里有个红色的胎记,不过一直没有太注意,那个位置有衣领长发遮盖,一般人也不可能看到。

她回忆当初在寿南山的装扮,她好像是易容成了一个干瘦少年,把头发都束了起来。

对了!她带乔叔叔他们撤退的时候,被通道出口外的树枝挂破了后领,她赶着回去启动机关断后,顺道给带队的圣平亲王好看,结果就这样把自己的身份暴露了。

她满肚子怨气地又在罪魁祸首的胸口上掐了一下,恨恨咕哝道:"你眼神也太好了吧,这么远都看得见。"

当日她向严棣比完中指，马上转身启动机关阻止他们的追击，这个过程中她与严棣至少隔着几十丈远，他竟然连她颈后的小小胎记都认得清，确实眼力惊人。

解决了心目中长久以来的疑问，秦悠悠对将来再次易容时成功骗过他也有了信心。开始继续拷问其他问题。

"你把我哄进禁地里来，不是给我恢复修为、利用我的机关术这么简单吧？说说看，你还做了什么手脚？"

严棣淡然道："只有你暗算亲夫，我会对你做什么手脚？"

"你还想骗我么？我看起来有那么好骗？"秦悠悠的爪子不客气地探到他身上又掐了几把，妖怪相公的皮肤光滑而且充满了弹性，身材更是好得没话说，掐起来手感特别好。

不过这种级别的虐待对他而言当是挠痒痒都有些勉强，他根本不在乎，连哼都懒得哼一声。

受害人没有反应，秦悠悠这个施暴者体会不到施虐的快感，顿时有些恼羞成怒——她就不信她搞不定他！

"你乖乖说了，我有奖励……"秦悠悠改变策略，柔情似水地靠过去抱着他，低头轻轻亲过每一处被她虐待过的地方。

妖怪恩公不但皮肤不错，身上清爽的气味她也很喜欢！

秦悠悠心念一动，探出舌尖在他胸口舔了一下，明显的吸气声从她头顶上方男人的口中发出。

她对他的影响力很大呢！

秦悠悠更感得意，胆子也越发大起来，小猫一样埋在严棣胸前一阵浅吻轻舔。

医圣的这种"锁筋凝肌术"确实玄妙非常，它令人暂时失去操控自己肢体动作与真气的能力，却并不影响人的感官与本能反应。

严棣在秦悠悠一轮刻意挑逗引诱之下，身体的反应明显而强烈，紧贴着他的那个小魔女自然也感觉到了，不但不停手，心底里反而燃起了一股玩火的刺激快感。

"秦悠悠！"

严棣的胸膛急剧起伏着，呼吸粗重炙热得仿佛可以将人灼伤。

秦悠悠被他突然的一声低喝吓了一跳，有些心虚地抬起头望向他。

严棣那双向来平静冷漠的眼睛此刻仿佛燃烧起两团烈焰，无声叫嚣着要将她烧成灰烬。

"你乖乖告、告诉我怎么回事，我就不再作弄你了！"秦悠悠很想自己凶恶威武一点，无奈在严棣的吃人目光下忍不住一阵气短，一句威胁的话变成了打商量。

"现在放开我，我就不计较先前的事。"严棣脸上的神情很激动，但是说话的语气平静非常……暴风雨即将来临前的平静。

秦悠悠这几个月以来在他面前处处受制，心底里对他其实是有些怯意的。

可是她好不容易才抓住他，就这样放了他？那怎么行？

最重要的是，她还没有驯夫成功，放开了妖怪相公之后，他对她打击报复怎么办？

有了这次的经验，她下次再想对妖怪相公用这招就绝无成功可能了。

凭什么他对她为所欲为利用彻底，她却得忍气吞声听他的话？

秦悠悠咬了咬嘴唇，避开严棣的眼睛，小心翼翼在他身上摸索了片刻，确定自己以真气灌注进头发凝成的小针都稳稳刺在准确的位置，没有松动或者被破解的迹象，胆子又壮了起来。

"我就不放开你，你快老实回答我的问题，我高兴了就考虑放你一马。"重建信心的秦悠悠昂首挺胸道。

妖怪相公就算是大老虎，现在也不过是一只被她拔了爪牙锁得死死的大老虎，有什么好怕的？！

严棣重重喘息了一阵，总算勉强压住被秦悠悠挑起的狂暴火焰。

他似乎终于确信这回秦悠悠是铁了心非要把事情问个清楚明白才会放开他，再多的威胁恐吓也镇不住她了，沉默片刻终于定定看着秦悠悠一字一字道："我借了你的身体作为散功的引子。"

秦悠悠心里早有类似的猜测，只不过不太敢相信有人会自毁修为千方百计散去辛苦修成的真气罢了。

"详细说说怎么回事？"秦悠悠退开几步坐到衣箱上，不再继续作弄他。

"你应该听大嘴说过，我修炼的法门与杀气有关。"

秦悠悠点头："然后？"

"这门先祖传下的神功一旦修炼起来，便如脱缰的野马再难控制，我在另一处圣泉中将这门功法修炼成功之后，开始带兵出征。每次身体吸收到战场上的杀戮之气，修为便会不自觉地暴涨。"

"到了大概两年前，我的修为距离十八品已经只差一线。"严棣的口气里没有多少自得自傲，反而比较像是无奈烦恼。

两年前那就是严棣二十二岁的时候。二十二岁就达到了人间武道巅峰之境，难道不该欢呼雀跃不可一世吗？

秦悠悠心里酸得好像灌了两瓶子醋，她辛辛苦苦修炼了十多年才不过五品，师父已经夸她天资聪敏了，比比人家，她算什么啊？

"你家这门功法也太占便宜了吧？如果真这么厉害，你家岂不随便一个都是武圣？"秦悠悠质疑道。

严棣沉默地望了她一眼，没有继续往下说。

"好吧好吧，我一时忘了，是我们家。"秦悠悠几乎想翻白眼，她就一时口误嘛，这个时候还敢给她脸色看,哼!

她先问清楚了来龙去脉,再来跟他计较。

严棣稍感满意,继续道:"修炼这门功法对于资质的要求极是苛刻,我严氏至今三十六代数万子孙中,能够入门的,加上圣祖、我以及江如练这个已经被除名的外姓人也不过五人。"

"真是恭喜你了!看来再过几天你就能白日飞升,成为陆地神仙了。"秦悠悠悻悻然道。

难怪妖怪恩公这么拽,原来人家在严氏皇族中,是比皇帝都还要珍稀的存在,而且是家族最强武力。

"你的师父没给你提过天地法则?"严棣再一次怀疑齐天乐究竟都教给徒弟什么了?正常的常识没多少,那些乱七八糟的东西却是多得罄竹难书。

"什么天地法则?"秦悠悠与齐天乐两师徒总体而言都属于胸无大志的品种,更没有什么追求武道至高境界的坚定信念,所以这种高级武圣才会面对的问题他们也压根不关心。

"成为陆地神仙,按照天地法则,必须先经历三重生死劫。最重要的是,一旦我安然度过全部生死劫晋入那个境界,将再不能插手尘世纷争。有江如练这个大敌在多丽国虎视眈眈,我如何放心就此不顾而去?"严棣不得不就常识问题简要解释一遍。

"所以你就研究化元丹那种该死的小药丸?!"秦悠悠忽然想起这茬,气呼呼质问道。

严棣点了点头:"化元丹的作用开始还不错,我靠着大量服食这种丹药,硬是将修为疯狂暴涨的隐患暂时解决了。一年前,体内真气再次爆发,化元丹也再派不上多大用处,我只好另觅他法。"

正因为他担心自己再不能坚持多久,所以才会越发急着找秦悠悠,找到她才有机会让禁地内的那尊大炮为相father国所用,彻底解决多丽国、奉神教、江如练等等系列隐患。

这些秦悠悠也想到了,不过她更关心的是另一个问题。

"你刚才说用我作散功的引子……为什么是我?"

女的五品武者虽然不算多见,但以严棣的身份地位,要找半点不难。

只要他不嫌弃人家年纪偏大,七品女武尊、十品女武圣都不见得找不到。

直接找九品以上的武尊武圣,还能省了花费价值连城的易经丹与几个月时间来强化经脉。

平白快速提升武道修为,又能嫁给如此位高权重的年轻强者,再高傲的女修炼者也会忍不住动心。

既然话已经说到这个份上,严棣干脆一次坦白:"因为只有你有资格进入禁地,以'生泉'改造身体。不曾经过生泉改造的身体,只要一接触到我身上蕴含杀气的真气,马上就会化作枯骨。"

他也可以多找几个女修炼者来助他散功，只是那些女人都会死得惨烈无比，而且这种方法也只能治标不能治本。

每次都要用数不清的女人作为牺牲品解决修为暴涨的问题，且不说天下间修炼有成的女子本来就不多，不可能无限制地"消耗"，就算能，严棣自个儿也感到太过恶心。

他不介意杀人，但是以这种目的和方式杀害众多无辜女子……他还做不到如此丧心病狂。

秦悠悠的出现不但是意外，更是巨大的惊喜，他的所有问题似乎都可以在她身上找到解决方法。

严棣甚至觉得，这个女子就是特地为他而生的，是上天送给他的最美好的礼物。

秦悠悠坐在箱子上出神，许多从前感到疑惑不解的事情就像一块块凌乱的碎片，因为严棣的答案拼凑起来变得完整而清晰。

为什么妖怪相公从初见她起就对她百般重视千般在意？

为什么会花费心思设下一个又一个的圈套引她主动往里头钻，步步为营将她牢牢控制，甚至软硬兼施让她嫁他为妻？

如果不是自己今日发狠了非要逼问答案，这些事严棣也许就会一直瞒着她。

要说心里不难过那肯定是骗人的，眼前这个男人对自己一切的宠爱照顾背后都是有目的的，他将她充分完全利用彻底之后又会如何对她呢？

她一直想知道一切谜题的答案，但是真的知道了，却发现自己竟然有些后悔了。

还不如蒙在鼓里来得开心快活……

秦悠悠有些软弱地想，不过很快又推翻了自己的想法。

糊里糊涂地活着，哪天被卖掉了还替人家数钱，这样的事情发生一次都嫌多。

妖怪相公对她不好，不要他就是了，虚情假意有什么好值得留恋的。

拿得起放得下，得即高歌失即休，又有什么人不了的？

但是有些事情，她还是要先搞清楚。

秦悠悠跳起身走到严棣面前："现在你目的达到了，接下来有什么打算？哄我替你装嵌那尊大炮，把那些机关图纸上的特殊符号翻译出来好让你们两兄弟一统天下？"

严棣只是静静望着她："悠悠，我们已经是夫妻。我从前就答应过你，你不愿意做的事，我不会勉强你。"

"哼哼！你说得真好听！"秦悠悠双手抱胸斜睨着他，对他的话表示万分怀疑。

"你如果不愿碰那些东西，我们可以明日就离开禁地。"严棣似乎早已有此打算。

"我怎么总觉得你还有阴谋呢？"秦悠悠现在对他严重缺乏信任。

"悠悠，我不否认一开始确实存着利用你的心思，但是我很高兴那个人是你。"

秦悠悠一怔，慢慢明白了他话里的含义。

这个坏蛋平常好话没几句，可一旦说起甜言蜜语来，怎么就那么的动听呢？！

他确实在利用她，但是他也确实是真心喜欢她的。

有些东西有些感觉不是想装就能装出来，尤其严棣这种强大骄傲且已经处在俗世巅峰之上的人，更难委屈自己去讨好哄骗什么人，除非那个人是他心里很在意的。

她也真没见严棣对谁客气过，包括面对他的皇兄与母后，他也从来是有话直说，不带拐弯的。

他的实力地位，已经没必要对谁虚与委蛇。

如果不是喜欢她，用别的手段同样可以逼迫她合作，想来还要简单省事得多，根本不用把她当公主一样宠着哄着。

她好像忍不住倒向妖怪相公那边了，秦悠悠猛地觉醒，用力摇摇头。

混蛋这么利用她，怎么能就这么算了？！

轻易饶过他这一回，下次他变本加厉怎么办？

可是怎么收拾他好呢？秦悠悠觉得很为难。

偏偏严棣好像还嫌她不够烦一样提醒她道："悠悠，你要问的都问过了，先放开我。"

秦悠悠怒从心头起恶向胆边生："不放！就罚你站在这里站一夜，哼！我没罚你跪算盘，你就该满足了。"

"除非你打算谋杀亲夫，否则你早晚是要放的。"严棣心平气和道，语气笃定得让人十分火大。

秦悠悠恨恨瞪他，这个混蛋就不会多说几句好话哄她开心吗？现在他在她手上哎，真是吃定了她了。

她的目光不经意掠过严棣胸口几片先前被她掐出来的红痕，忽然灵机一动。

"是早晚要放，不过你真当我奈何你不得吗？"秦悠悠嘿嘿奸笑起来。

一步一步走到他面前，赤裸的双足站到他的脚面上，踮起脚尖在他的唇角亲了一下："我有的是办法收拾你。"

严棣看她的样子就知道她想做什么了，这个顽劣可恨、娇蛮任性、大胆得过分也迷人得过分的小妖女！

他不得不承认，小妖女确实找对了折磨他的方法，这种诱人又火辣的手段对他而言比严刑拷打都要可怕得多、难过得多。

偏偏他不但不害怕，反而忍不住心生期待……该死的！小妖女这些要命的手段都是谁教她的？！

玲珑起伏的曼妙胴体紧紧贴着他，以缓慢撩人的速度摩擦着，小妖女纤细雪白的双臂蛇一样缠上他的身躯，顽皮的纤纤玉指若有似无地抚摸着他赤裸的肌肤，无所不至尽情探索。

在秦悠悠眼中，妖怪相公的身体与她截然不同，现在完全无力反抗任她摆布，就像一个稀罕的大玩具，新奇又诱人。

她一个不经意的轻吻或抚摸都会激起这副完美身躯的强烈反应，她为自己对身前男人巨大的影响力而洋洋自得，本来小心试探的生涩动作很快变得越来越大胆放肆。

臀上被毫不客气地捏了一下，严棣绷得紧紧的身体骤然颤抖起来，耳中听到秦悠悠得意又快活的笑声，接着又被啪啪啪连拍了好几下。

"让你欺负我，今日一报还一报！"小妖女记恨着先前偶然被严棣打了几次屁股的事，马上趁机报复。

"秦悠悠，你会玩火自焚。"严棣低沉的声音带着浓浓的压抑。

秦悠悠已经基本确定他现在没有反抗的能力，哪里还会怕他几句口头威胁？

"我是玩火啊，不过要焚也是先把你焚了。"

抬手搂紧严棣的脖子，甜甜蜜蜜吻上他的唇，秦悠悠低笑道："亲亲夫君，欲火焚身的滋味好玩不？"

她不等严棣的回答，松开手臂退开两步，眉花眼笑将他从头到脚打量了一遍："我去睡个好觉，你干了那么多坏事，好好站着反省反省，冷静一下，我就不陪你啦。"

"秦悠悠！"身后传来一声暴喝，只惹来秦悠悠更加欢快恶劣的大笑声。

她就像个恶作剧成功的小顽童，根本不知道受害人有多么难过。

不过她的笑声没持续多久就戛然而止……

秦悠悠猛地发现腰上突然多了一双熟悉的强壮手臂，她还来不及吃惊，整个人就腾云驾雾般蓦地往后倒飞，落在了圣泉边那张厚厚的褥子上。

眼前一花，严棣健硕的身体紧紧压住了她的，那张熟悉的没有表情的面孔已经与她呼吸相融。

"现在，你可以好好试试欲火焚身是什么滋味了。"严棣的声音气息热烈如火，盘旋在她的耳边，令她忍不住打心底里战栗惧怕起来。

"你怎么会没事？！"秦悠悠吓呆了，她明明用锁筋凝肌术束缚住他的修为了，刚才还好好的，怎么会忽然就没事了？

向伯伯信誓旦旦说锁筋凝肌术就是十八品武圣也能困住的。

严棣懒得答她，揪着她的胸衣往上一推。

刚才小妖女恶作剧地贴着他的时候，他已经无比渴望要这么做了。

"呜。痛……坏蛋！"秦悠悠被他毫不怜惜的力气弄得哇哇大叫，一边手脚并用试图将他推开。

"你也知道会痛！"严棣埋首在她胸前，忽然一口咬下。

他就是先前对她太温柔了，所以她才会这么大胆，不但敢暗算他，还用那样的手段挑逗折磨他。

"就许你利用欺负我吗？坏蛋，你对我不好，我不要你了！"秦悠悠又是委屈又是害怕，先前努力装作不在意，但是被严棣这么一吓一激，终于忍不住山洪暴发。

严棣心里一阵无奈，她还要要无赖地哭，分明是恶人先告状！

体内被这小妖女挑起的情欲火焰疯狂呐喊着要尽情宣泄，但是小妖女现在这个委屈哭泣的模样……他该死的下不了手，也不敢下手。

是的，他终于也有"不敢"的事情了，他还真怕把这小妖女惹翻了，唉……

"是你折腾了我半夜，还有脸哭？"严棣停下攻击，埋在她的胸前道，声音里带着明显的懊恼郁闷。

"是你先欺负利用我的，把我当成傻子一样哄骗！我讨厌你！呜呜呜！"秦悠悠坚持指控。

他是利用她散功，可也信守承诺替她恢复了修为了，这是合则两利的事，不过他也知道这些道理秦悠悠绝对不会接受。

"好，我先前欺瞒利用过你，不过也信守承诺替你恢复了修为，你刚刚那么对我，我也不计较了，我们两清。"严棣一边谈条件，一边趁着秦悠悠分神，将两人身上那一点点仅余的衣物褪去。

他忍到现在已经是极限，不管这小妖女是什么答案，他都不可能放她跑掉。她要还是使脾气不肯原谅他乖乖留下负责任地替他消火，他就不客气了。

秦悠悠还是觉得妖怪相公提出的条件太便宜他了，正考虑要不要加上什么别的对自己有利的要求……

"嗯！"身上传来熟悉而明显的感觉，是妖怪相公的手。

严棣从她胸前抬起头，笑得魅惑而火热："我们稍后再谈这些，我想要你，你也想的，对不对？"

这个坏蛋！

山洞内的火把慢慢燃尽，最后一点火光一闪，整个山洞便只剩几颗夜明珠朦胧的亮光。

玩火的后果好像真的有些严重，秦悠悠觉得身体似乎被揉碎了又再被重新捏回去的一般，整个人昏昏沉沉，好像很难受，但偏偏又洋溢着慵懒轻快的满足感。

她都不知道妖怪相公这把火究竟烧了多久，她好多次感觉自己被烧成了灰烬，却在不久之后又再"死灰复燃"。

如果她现在的修为不是已经到了九品武尊的级别，估计早就阵亡不知道多少回了。她越发觉得妖怪相公不遗余力替她恢复修为其实最后得到好处的都是他。

背后紧贴着的就是他的身体，她被他紧紧抱着，像两只叠在一起的勺子。他的手还在她身上依依不舍地流连着。

秦悠悠有些不忿地抓起他的手臂就是啊呜一口。

背后传来一声轻哼，然后是一阵低沉得意的笑声，他胸腔处剧烈的起伏透过她与之紧贴的玉背传遍她的身体，笑声中的快活满足仿佛也在刹那间涌入她的内心。

颈后被轻轻亲了好几口，严棣的声音有些模糊地传来："你要把我迷死了！"

哼！秦悠悠无法否认，她其实很得意。

不过，有些事情还是必须说清楚、问清楚。

秦悠悠翻过身去正面对着他道："你说，你为什么忽然可以动了？"

连锁筋凝肌术都制不住他，以后自己不被他死死吃定了？

严棣觉得两人的距离还不够近，干脆躺平了身体将秦悠悠整个抱到自己身上。

"快回答我！"秦悠悠张嘴威胁地在他胸口啃了一下。

严棣知道如果自己拒不作答或者敷衍了事，小妖女肯定会大发脾气不肯理他，于是坦言道："我的身体同样被另一口圣泉改造过，你的头发带着生泉的气息，与我体内的杀气接触就会互相消融，不过要花些时间罢了。"

原来是作案工具没选对，秦悠悠眼珠子转了转道："那我下次用金针的话，就没问题了？"

臀上马上被拍了一下："还想有下次？"

秦悠悠当即在他身上反咬一口作为报复，不过也明白这一招被妖怪相公见识过后，基本上不可能再得手了。

她按住他的胸口支起身子，定定看着他的眼睛认真道："你隐瞒了什么跟我有关的事情，现在一次说清楚，我就不再追究了。如果将来被我发现你又使手段欺瞒利用我，我就不要你了。"

严棣心中一动，笑道："我记住了。以后爱妻有什么疑问，欢迎随时提出，只要是为夫可以说的，一定知无不言言无不尽。"

"哼！"秦悠悠对他的答案不算很满意，不过也勉强能接受。每个人都有秘密，她也一样有些事情不会对妖怪相公说，何况他是出身皇家，不能说出口的秘密不知道有多少。

只要他不要刻意隐瞒与她相关的事情，就已经不错了。

"你先前说，只有我可以进入禁地，就是因为我破解了寿南山上的机关？我看到你娘亲的名字都没有被刻上玉璧，为什么我的名字却可以刻上去？"秦悠悠抓紧机会问道。

严棣哼一声拉长脸不说话，秦悠悠回想一遍自己的问题，马上识相地改口道："是我们的娘亲啦。"

严棣摸了摸她的脑袋，对她知错能改表示赞赏，然后才道："你能被允许进入禁地，确实是因为寿南山的事，这是圣祖遗愿，族中长老一致同意。至于玉璧留名，也与此事有关。"

"圣祖的妻子，也就是第一位在玉璧上留名的外姓女子，出嫁前是一名冠绝天下的炼药师，禁地里头与炼药相关的典籍以及药方等等都是她留下的。圣祖因为她而留下族规，能力极其出众或对我族有重大贡献的严氏媳妇，方可留名玉璧之上。"

"规矩真多！"秦悠悠哼道。师父这位同门不是一般的挑剔傲慢，把子孙后代的事情都管上了，娶进门的媳妇不够优秀，就连记名都省了。

严棣对她明显腹诽圣祖的行为处以打屁股两下作为惩罚。

不服管教的小妖女不甘示弱探出爪子在他脸上掐了两下反击。

不过看着他的脸，秦悠悠忽然又想起一事："你之前天天板着一张僵尸脸，是不是因为压抑那些带杀气的真气？"

"是，不只如此，就是杀气弥漫之地，我也要尽量避开。"

秦悠悠回想起第一次在寿南山狭路相逢，他只是带兵督军，没有亲自杀上山去，否则他一个人就足以把山上乔叔叔等人杀个片甲不留，根本无须浪费口舌与他们谈判，任由他们拖延时间。

他这么克制，一来固然是等待大军集结完成好将他们一网打尽，不放过一条漏网之鱼，另一个原因只怕就是他不敢再沾杀气。

甚至后来攻山，他也是等大军攻占整个山寨，发现里头什么东西都没有，才急赶而至。

他这样的行径与传说中那个身先士卒、凶狠嗜杀的可怕杀神判若两人。

说起来他也挺痛苦的，修为高得吓人，却根本不敢轻易动用，只能忍着。

难怪忍成了一座面瘫冰山。

如果不是因为她替他散功，只怕他就要这么憋着一路憋到憋不住了，去闯生死劫晋级陆地神仙那一日。

秦悠悠忍不住幸灾乐祸地笑了起来，戳戳他的脸道："我想起师父说过的一句话——出来混，迟早要还的！哈哈哈！真是太有道理了。"

让你练功进境这么快，二十二岁就奔十八品，不是不报，时候未到啊！

她师父嘴巴里吐出来的没有一句好话！狗嘴长不出象牙，说的就是这种人。

严棣再一次庆幸这个对秦悠悠有严重负面影响的混账已经失踪了，必须永远失踪！

"你问完你的问题，现在轮到我问你。"严棣捏了捏她的鼻尖道。

"咦？"秦悠悠奇怪了，她的事情妖怪相公好像知道得比她自个儿都清楚，还有什么好问的？

"说说看，你那些诱惑人的手段，从哪儿学来的？"严棣拂开她额前鬓边的碎发，仿佛不经意地问道。

小妖女那些可怕的手段绝不是一个未经人事的黄花小闺女会懂的，他很想知道是哪个家伙教坏她的，然后决定该重赏那人还是该活剐了那人。

秦悠悠根本不知道这一句平淡的问话里暗藏着的浓浓杀机，回想严棣先前被自己摆弄得无法自持的模样就一阵得意，趴在他胸口上撑起脸蛋作见多识广不当回事的老江湖状："没吃过猪肉也见过猪走路啊！"

"你在什么地方见过的猪走路？"严棣不动声色追问道。

"我有一次晚上跑到师父房间去找他，发现他偷偷摸摸在看书，看得很高兴的样子，我走进去了他都不知道。他一看见我就把书藏起来，死活不肯给我看，我多问几句他还发脾气骂我！"秦悠悠说到这里，很有些愤愤不平。

严棣已经隐约猜到后面的事了，果然……

秦悠悠哼道："所以我就趁他不在的时候偷偷到他房间里找，他那些机关怎么拦得住我？！我很快就在他床底下发现一个装满了书和画册的小箱子。然后我就知道他在偷看什么了。"

严棣哭笑不得，可以想象，齐天乐对这样一个顽皮难搞的弟子是如何头痛无奈了。

只是这家伙为人师表，却偷看淫书，还被女弟子发现并搜检出来，也够该死的。

自己的小妻子既然"见过猪走路"，回去可以让她多参详一些"猪走路"的方式方法，他很有兴趣跟她一起分享心得并且化为实践。

折腾了一整天，秦悠悠终于抵不住困倦趴在他怀里睡着了。

严棣在昏暗中静静看了她无忧无虑的睡脸好一阵，才抱着她沉沉睡去。

明日他们就要按照原定计划离开禁地，只有两人朝夕相对的日子就剩下这短短一夜了……

次日秦悠悠睁开眼睛，发现严棣已经收拾好一切就等她起床洗漱更衣然后离开了。

秦悠悠抱着毯子呆呆望着他："我们真的今日就离开了？"他昨天被她"拷打"的时候好像这么说过，她还以为他就说说而已。

"不舍得这儿？还是不舍得就我跟你？"严棣伸手摸了摸她的脸蛋。

她刚睡醒那副慵懒迷糊的模样看上去就可口得很，如果她不介意，他很有兴趣在离开前跟她再缠绵一番作留念。

两人虽然有了夫妻之实不过十来天，但秦悠悠已经可以凭着他些微动作神情就猜到他的意图。

啪一下拍开他的爪子，秦悠悠哼道："什么不舍得，我是高兴终于不用每天每顿都吃鱼了！"

禁地里那个普通水泉中的鱼儿虽然美味，但连吃了十多天，一天照三顿地吃，也很要命。

"放心，韦娘他们一定在府里准备了你最喜欢吃的东西，而且一定不会有鱼。"严棣站起身将一套十分正常的衣裙放到秦悠悠身边，笑道："爱妻可要为夫伺候洗漱更衣？"

"坏蛋！"秦悠悠一把扯下身上唯一蔽体的那张毯子向着他兜头扔去，待严棣随手将毯子拂开,她人已经跳到圣泉里头。

仰起头一连喝了好几口从泉眼流出的圣泉水,秦悠悠偷偷在心底里承认,除了每天都只能吃鱼这不太好,这段日子确实过得很快活。

两兄弟的秘密

严棣与秦悠悠都有预感,到了外边俗事繁多,不会像在禁地里时那么自在无忧,但也绝对没有想到,才走出禁地那扇黄铜大门,就远远看见梁令心急如焚守在河对岸的桥头,驻云飞不安地站在他身边踏步。

梁令见到严棣与秦悠悠一起走出禁地,脸上那神情完全不似平常下属迎接主人归来那般殷切热情,倒像是看到救星,松了一口大气。

严棣深知他的性情,知道肯定是出了大事了,拉着秦悠悠快步走过木桥,禁地周边范围禁止大声喧哗,所有人等未经许可,连木桥都不可以踏足半步。有什么事情只有走过去再说了。

梁令上前来一躬身,什么废话都没说直接道:"皇上五日前遇刺,请王爷与王妃离开禁地后立刻入宫!"

"他受伤了?!"严棣脸色尽变。

皇帝遇刺的事情,不能说经常发生,但一年里头总有那么几回。如果只是一般遇刺,梁令不会这么紧张,皇帝与太后也不会让他守在禁地前传这样的口谕。

"是!江如练亲自出手,连毙宫中七名武圣级强者,裘公公……殉职。"

裘公公是从小就伺候在皇帝身边的人,堂堂一名十五品武圣,竟然殉职!严棣不用细问就知道事态严重。

他不由分说将秦悠悠拉到驻云飞背上,也不理会其他人,策马就往皇宫方向急赶。

这已经不是秦悠悠第一次坐在驻云飞背上,驻云飞是通人性的灵兽,而且性情称得上忠诚善良,不会无故伤害她这个女主人。

如今她已经恢复修为,就算被马甩出去也有足够的能力自保,心态上也就相对平和了许多。

况且还有妖怪相公紧紧抱着她,所以秦悠悠没有惊呼大叫,只是伸手回抱着严棣的腰身,乖乖窝在他怀里不说话,努力不让他分心担心。

严棣若有所觉,低头亲了亲她的眉心。

京城离禁地一百多里，驻云飞全力奔跑，不过片刻就赶到了京城东城门前。

皇帝遇刺的消息已经传开，城门前对于进出人员的检查森严了许多，严棣远远便传声报上自己的名号，守城门的官兵只见一道红光掠过，还没反应过来那道红光已经去得极远。

进了京城，道路不再那么好走，路上行人车马极多，就算驻云飞再如何厉害也无法快跑。严棣拍了拍它的脖子道："你慢慢过去，我和悠悠先走一步。"

说着拉起秦悠悠一跃跳到屋顶之上往皇宫方向疾奔而去。

秦悠悠还是第一次见他如此焦急，看来他们两兄弟的感情是真的很好。

严棣带着秦悠悠几乎畅行无阻地直入皇宫，一路上只见不少宫殿围墙崩塌毁坏，整座皇宫都弥漫着一股肃杀恐慌的气息。

不少宫人远远看见严棣出现，就如同见到了救星，一个个精神大振面露喜色。

严棣牵着秦悠悠的手很快走到皇帝的寝宫之前，也不等守门的太监通报便直入其中。

寝殿里漂浮着淡淡的药味与血腥味，皇帝躺在床上似乎正在沉睡，太后就坐在床边，殿上除了他们两个之外再无旁人，宫女太监都在外边守着等候传唤。

太后听到外边太监宫女的问安之声，一抬头就看见小儿子和媳妇已经走到眼前，她面上的冷静顿时一扫而空，站起身一把抱住严棣，颤声道："永乐，快看看你皇兄。"

她都不知道自己这五日是怎么过来的，虽然知道严檎伤势再重也不会有性命之忧，但眼看着自己的儿子重伤不起，她怎么可能不伤心惧怕？

此刻见到严棣出现，她简直像一下子找到了主心骨，整个人都醒过神来。

秦悠悠心里总觉得有些说不出的奇怪，不过此情此景也不好多问，乖乖按严棣的示意上前扶住太后，好让严棣去看皇帝的伤势。

"太……母后，究竟这是怎么回事？"秦悠悠经过严棣多日来的提醒，总算及时注意到称呼问题。

太后现在也无心在意这些，接过秦悠悠送上的帕子擦去眼角的泪珠，理了理思路开始陈述五日前宫里那惊心动魄的一夜。

那日她在自己宫中刚刚用过晚膳，就听见空中传来一声暴喝："严檎出来受死！"

御书房方向接着便传来严檎的声音："江如练，你这狗贼是看朕的皇弟进入禁地便想乘虚而入？枉你成名多年，竟然如此脓包。你尽管来，且看你这种无耻之徒是不是奈何得了朕。"

之后御书房方向便是一场激战，最后还是靠着圣祖传下的厉害机关，搭上七名武圣级强者性命，才将江如练击退。

皇帝也在混战中受了重伤，他身边的裘公公为了保护他，硬生生受了江如练全力一掌，当场被击毙。

宫里因为这一场武圣级别的混战，死伤无数，宫殿倒塌了超过三分之一。

秦悠悠听完太后一番叙述，十分不解，之前严棣据说有将近一年时间都在外边搜寻自己的下落，江如练都没对皇帝动手，怎么这回他人在京城范围，不过进去一趟禁地，他就急忙跑来对付皇帝了呢？

床上传来皇帝一声低吟，太后慌忙转回床边去看，就见皇帝脸上多了几分血色，已经张开眼睛，恢复清醒。

"永乐，你回来了？"皇帝的声音虚弱，不过其中盈满的欢喜笑意，就是站得离他最远的秦悠悠也听得明白。

如果是别的皇帝看到这个时候自己强势无比的兄弟出现，多半怕被趁机篡位吧？

秦悠悠这次终于相信，严棣先前所说"兄弟二人亲如一体"并非虚言。

"永康，你这次真是吓死母后了，你感觉怎样？"太后一把抓住皇帝的手，忍不住又流起眼泪。

"母后放心，你明知道永乐平安，朕就绝不会有事。只可惜裘公公……"皇帝的声音一下子低沉下去。

人非草木，对于皇帝而言，从小陪伴在他身边的裘公公，比他那个皇帝老子都还要亲近几分。

不过皇帝始终是皇帝，很快便转过话题，对严棣道："你那边……顺利吗？笑一个给为兄看看。"

这个时候还有心情开玩笑，不知道该敬佩他还是该鄙视他。

严棣脸上错愕无语的神情显然取悦了皇帝，皇帝有气无力地咳笑几声："有表情就好，朕真腻了你那张冰山脸。"

"你伤势重，少说两句，有什么要交代的想好了一次说清楚。"严棣看他那副要死不活的样子，不愿意纵容他继续浪费力气在这些废话上头。

"朕养伤期间一切的事情你看着办，还能有什么？"皇帝的态度理所当然得让人想把他从龙床上揪起来暴揍一顿。

皇帝目光一转，看到站在太后身后的秦悠悠，笑道："弟妹也在啊。"

太后心思玲珑，感觉他大概有些事情要跟严棣单独交代，于是吩咐小太监去传唤朝中几名机要大臣前来听旨拟旨，然后一手挽起秦悠悠道："他们男人的事让他们去烦恼，你随本宫回庆春宫去。"

秦悠悠答应一声就要跟着她走。

忽然外边太监道："何大夫到！"

太后脚步一顿，知道是替儿子疗伤的医生到了，决定留一留听听儿子的情况如何再说。

秦悠悠心里觉得这称呼有些怪，怎么不是叫某某御医，而是大夫呢？

不过当她看清楚来人，疑惑顿时变成了喜悦："满子哥哥？"

严棣霍地转过身，果然看到那个让他很看不顺眼的何满子从门外迈步进来。

何满子看清楚殿上众人也是一阵意外，尤其见到秦悠悠容光焕发站在太后身边，更是大大松了口气：看来风归云的猜测不错，严棣确实不想害她，倒是我们白白操心了。

"悠悠，你的修为恢复了？"何满子身为一名医术高超的大夫，只几眼就看出来秦悠悠的气息缓长，眼中神采内敛，已经不复先前的虚弱之态。

"嗯。"秦悠悠想到恢复修为的方法就脸红。

她这副含羞带怯的模样落在严棣眼中，不由得让他眉头大皱："先来看过我皇兄再说。"

严棣虽然精擅炼药，但对于医道的研究并不深，至少就不如何满子这个医圣弟子。

何满子答应一声走到床边替皇帝把脉检查，严棣皱眉瞪了秦悠悠一眼，后者偷偷回了他一个鬼脸。

妖怪相公原来是个大醋坛子！

"刚才有人替他以真气调理过经脉？"何满子果然不愧是医圣弟子，把脉片刻就看出不同来。

"是的，我替他疏通过经脉。"事关兄长的身体安危，严棣也暂且放下醋意。

"你们的修为应该是同根同源，对皇上的伤势十分有益，不过疏通温养经脉还有一些东西要注意一下。"何满子一边说，一边取过身边小太监送来的纸笔。很快写下满满一页。

"按这个顺序游走真气，每日三次，配合这些伤药仔细调养，应该半个月左右就再无大碍，两个月后可完全康复。"何满子道。

太后一听，顿时心花怒放，吩咐内侍准备了厚重的赏赐送到忠勇侯府上。

皇帝突然遇刺受重伤，宫里的御医束手无策，是忠勇侯将何满子举荐到宫中替皇帝诊治的，原本大家见他年纪轻轻，都只是抱着死马当活马医的心情让他试一试，没想到一经他手，皇帝的伤势马上就稳定住了。

何满了看完皇帝的伤，也感觉到严棣那不太善良的目光，连忙起身告退离开。经过秦悠悠身前时，终于鼓起勇气道："悠悠，师父说得了个机关盒子打不开，想托我送给你试试，稍后你让人到忠勇侯府来取吧。"

自从大嘴小灰两只灵兽陷入沉睡之后，他与秦悠悠就彻底断了音信，辗转送给她的东西全部石沉大海，如今见她虽然没事，但是有些事情，他觉得还是要向她说明白。

那位圣平亲王防范太严，他想私下里跟秦悠悠接触是断无可能的，干脆公开留话，那严棣反而不好拦阻。

秦悠悠不清楚其中巧妙，听他这么说当即点头答应下来。

太后是什么人？随便一看便能看出三个人之间暗潮涌动，心里暗笑自己儿子紧张太过。明眼人都看得出来，秦悠悠跟这何满子关系亲近但根本毫无暧昧。

她如今心情极好，也不打算插手这些小儿女之事，确定儿子平安无事而且很快就能康复，便心满意足带了秦悠悠离开。

太后回到庆春宫中吩咐宫娥替她净面。然后重新上妆。秦悠悠这才发现太后先前去看皇帝竟然也是盛装打扮的，这得有多爱美啊？！

太后见秦悠悠眼珠子转来转去，就像一只充满了好奇的小猫，想到今日再见严棣，他整个人的感觉都不一样了，看来是彻底解决了身上的隐患，对于秦悠悠这个大功臣顿时便看得顺眼了许多。

挥退身边伺候的宫娥太监，太后招手要她到身边去，拉着她的手道："永康的情况越是不妙，本宫越要打扮得精神神出去见人，若连本宫都蓬头垢面哀戚无助，下面的人就要彻底乱了。"

这算是对秦悠悠解释，也是教她。

秦悠悠点了点头道："我明白啦。"

太后的心揪了整整五日，今日才放松下来，摸了摸她的脑袋笑道："乖孩子，等会儿本宫会召宫里其他女眷过来说话，安安她们的心。宫里如今不方便让外臣的女眷进入，你跟永乐回去后，让梁令和韦娘安排，也见见那些宗亲和大臣们的家眷，让她们不要胡思乱想。"

还有这种任务啊！秦悠悠乖乖点头答应。

太后很不好惹，在她面前自己还是老实装乖巧比较好。

宫娥太监走进来替太后更换了隆重的礼服，太后瞄了秦悠悠一眼，又指挥小宫娥把她当娃娃一般仔细打扮一遍，然后才拉着她往前面正殿走去。

太后传话，很快后宫那一大群莺莺燕燕便蜂拥而至。

她们不是太后，轮不到她们盛装打扮安定人心，来的嫔妃这五天来个个饱受惊吓，勉强能够保持镇定的都不是太多，绝大部分玉容惨淡，眼睛红肿不知哭过几回。

至于她们是为皇帝哭还是为自个儿哭就不得而知了。

如果皇帝挂了，按照规矩她们大部分人就要被送到京城外皇陵附近行宫终老，那里日子清苦，说白了就是关在一处等死罢了。

也有几个嫔妃目光闪闪，不知道在盘算着什么，她们都是生了皇子的，皇帝挂了至少也能混个太妃，运气好的是太后，至不济也能等儿子将来封王随着儿子到封地去颐养天年。

秦悠悠坐在太后身边看到几十名嫔妃神情各异，心里觉得皇帝其实也挺可怜的，难怪会妒忌严棣和她。

至少严棣出事的话，她惦记的肯定不是他的地位和家当。

不过也怪不得这些女子，她们也只是想求一条活路，想日子过得好些罢了。

太后坐在上首，目光如电冷冷扫了下面这些女人一眼，她不是秦悠悠，站在她的角度，所有对她儿子心怀二志，打着自己小算盘的女人她都不会有太多好感。

简单说了皇帝平安无事，很快就能康复的好消息之后，太后冷下脸孔，把下面那些嫔妃重重训斥了一通，然后便吩咐她们各自散了。

被训得灰头土脸的一众嫔妃很快退得干干净净，一个端庄秀丽的嫔妃却落在了最后，看着秦悠悠欲言又止。

太后淡淡望了她一眼道："淑嫔。有话就说吧。"

淑嫔？听起来好像有点儿耳熟，秦悠悠疑惑地眨眨眼睛。

宫里她记得称号的妃子一个都没有，能有特别印象的，那多半就是先前派人到圣平亲王府对付过她的那一个了。

淑嫔躬身一礼，细声道："臣妾在想，这宫里如今事务繁多，臣妾等粗笨无能，如果圣平亲王妃能留在宫中陪伴太后，也能替太后稍稍分忧解闷。"

太后微微一怔，过了半晌道："你有心了，去吧。"

"是。"淑嫔行礼退了出去。

"这个淑嫔……聪明是聪明，可惜太聪明，想得太多，不过终究算是为皇上着想，也不容易了。"太后轻叹一声道。

秦悠悠脑子没转过弯，提出让她留在宫里陪太后，跟为皇帝着想，这想的是不是有点儿太远了？

太后看她疑惑的模样就感到有趣，挥退了左右，安抚小猫一样摸了摸她的手，坦言道："她是提醒本宫将你扣下来当人质。"

秦悠悠终于恍然大悟，如今皇帝倒下了，皇子们又都还很小，负责监国替皇帝处理政事的一定是严棣，严棣大权独揽，如果要趁机废了皇帝自己登基那真是太方便了。人人都知道严棣很在意她，所以淑嫔才提醒太后将她扣下来，好让严棣不要轻举妄动。

"她想太多了吧……"秦悠悠皱皱鼻子道。

太后见她明白了，微微一笑。她有些明白小儿子为什么会喜欢这个女孩儿了，她心思纯净不会像后宫那些女人一般满肚子弯弯曲曲，但是她也不笨，一点就明，不愁夫妻之间说不上话。

"你呢？想不想永乐当皇帝？"太后笑问道。

秦悠悠仿佛听不出这话里的凶险，只是摇头道："当然不想。"

同样的话如果是问其他亲王的王妃，只怕她们都要吓得面无人色，跪地喊冤了，绝对不可能像秦悠悠这么淡定。

"为什么？"

"看见刚才那么多女人，会想才怪！"秦悠悠露出一副痛苦不已的神情，果然把太后逗得哈哈大笑。

严棣如今一样位高权重，不过在同胞兄长严橺一人之下，享受着无比接近皇帝的权力，却无须尽皇帝的种种义务，日子过得比神仙都痛快。

傻子才会人心不足非要当皇帝不可呢。

太后对于秦悠悠的"安分知足"非常满意："永乐有没有告诉你，他跟永康的事？"

永康？皇帝？他跟妖怪相公还有什么事？！

不会真的像师父说的，这两兄弟……秦悠悠深深疑惑起来，同时也忍不住一阵恶寒，如果妖怪恩公真的跟皇帝有什么，那自己又算什么？

万一他曾经跟皇帝那个那个，那她又跟他那个那个，岂不是……恶！

太后并不知道，其实秦悠悠也会想太多，不过她想太多的方向不是他们可以想象的。

太后看到她困惑不解的神情，抬手对身边伺候的一名年长的宫女道："本宫与王妃有重要的事情要说，这庆春宫除了圣平亲王，任何人等不得靠近！"

那名老宫女低头答应，带着殿上伺候的宫人眨眼间消失得干干净净。

秦悠悠见她这么慎重，小心肝忍不住高高提了起来，妖怪相公与皇帝之间，真有什么重大秘密么？！

太后见众人去得远了才道："我严氏皇族一直有一个关于'光暗双帝'的预言。严氏第三代子孙中曾经出了一名天生可以洞悉天机的皇子，他只活到二十岁就过世了，据说是他泄露天机的代价。不过他的预言代代流传，都一一应验了，助我严氏多次渡过难关。"

秦悠悠见太后神情凝重，不像是要说什么兄弟乱伦之类的桃色丑闻，也明白可能自己先前想歪了，于是放下心来认真听太后讲故事。

"他的最后一个预言，就是关于'光暗双帝'的，他说只要光暗双帝诞生，就是我严氏中兴，一统天下的时机降临。"太后说到这里，眼神都变得不一样了，带着浓浓的自豪与兴奋，仿佛一下子年轻了十岁不止。

秦悠悠一开始就猜到她口中的光暗双帝一定就是指妖怪相公与皇帝两兄弟，难怪她会自豪，生出这样一双预言中将要称霸天下的雄主，任何一个女人都会感到无比骄傲。

刹那间，秦悠悠也明白了禁地里头，严棣某些话的含义。

他们两兄弟这样的身份，无论他们的父皇与先皇后如何夫妻情深，如何疼爱他与皇后所出的长子严栋与六子严楠，都注定了只能将皇位交给次子笑面虎严橺。

眼前这位太后娘娘完全不需要去跟周氏皇后争什么，好好护着两个儿子长大成人，就是严氏一族的功臣，后宫之内最后的胜利者。

这些往事太后多年来一直压在心底，不能对旁人透露，甚至在两个亲生儿子面前也不好多说，今日终于找到一个非常合适的倾诉对象——秦悠悠不但是她的儿媳妇，还是能够通过圣祖试炼进入禁地、得知严氏一切秘密的人。

在秦悠悠这个自家人面前，什么严氏的秘闻都可以随便说，所以太后的话匣子一开便再也收不住了。

"先帝当年另有一位皇后周氏，是先帝青梅竹马的远房表妹。她与先帝感情极深，本身也是一个聪明人，不过坏也坏在这聪明上头。"太后语气里是毫不掩饰的嘲讽与不屑。

"她出自我相月国的望族世家，族里一共出过七位皇后，其他与我严氏联姻的子女更是多不胜数。大概正是因为这个缘故，她也隐约知道了光暗双帝的预言，而且费尽心思打听到预言中光之帝的生辰八字，刻意计算着日子怀上龙裔。巧的是，本宫比她晚了些时候怀了永康。"

"从得知我们差不多时候怀上龙裔起，她就视本宫如大敌。本宫当年一直奇怪，本宫那时不过是小小一个嫔，生下的即使是儿子也不可能越过她的，她与先帝感情那么好，就算生下长公主，也不愁后面没机会生太子。结果……也许是她想得太多、心思太重，御医断言她有早产之像。她为了确保她的儿子能够在合适的时候诞生，竟然暗中服药想控制胎儿出生的时间。"

秦悠悠听到这里，不以为然道："她把自己的孩子当什么？"

太后笑了笑道："其实她也是为自己的儿子打算，希望他能够成为严氏中兴之主。她是个要强的女子，不但要自己集荣宠于一身，也要自己的儿子成为万世景仰的圣君。只不过有些事情强求不得，如果可以选择，如果她知道结果，也许也会像个普通母亲一样，希望儿子健康喜乐就好。"

秦悠悠心里一动，皇帝和妖怪相公的小字，一个叫永康，一个叫永乐，太后替他们起名的时候，是不是也像个普通母亲一般，只希望他们健康喜乐就心满意足？

太后其实是个很不错的母亲呢。

只听太后继续道："周氏机关算尽，结果还是没用，她的长子严栋早产，而且落下了先天不足之症，从小身体虚弱。因为皇后早产的事，宫里人心惶惶，本宫在花园里散步之时也出了意外，同样早产生下了永康。所幸永康身体还算不错，虽然比原本预计的早了一个月出生，但并无不妥。那个时候我还不知道他诞生的时辰正正符合预言里头光暗双帝中光之帝的生辰八字。"

这估计是太后人生中最得意的事情，无心之中赢了步步为营又尽得皇宠的六宫之主，任谁都不能不得意。

"周氏得知此事大受刺激，这事关乎严氏的机密，她也不敢对皇帝坦言，否则一旦泄露出去，就算她是皇后之尊也承担不起那个可怕的结果，族里的长老会让她死无葬身之地！"太后提及严氏一族里的长老也显得有些惧怕。

"那些长老都是什么人？有这么可怕？"秦悠悠心里发毛，连皇后都可以说干掉就干掉，这也太生猛了。

太后深深望了她一眼道："他们都隐居在思帝乡禁地附近。听说七品以上武尊寿数可达两百岁以上，十品武圣以上更可达五百岁……严氏里头武痴不在少数。"

秦悠悠明白了，严氏里头修为达到七品武尊甚至十品武圣以上的人数不会太少，这些老妖怪聚在一处，自然就成了长老。

在相月国明面上皇帝最大，但事实上整个严氏皇族包括皇帝都在那些长老们的守护与监控之下。

他们论辈分论实力都高得吓人，联起手来要收拾个把皇后，自然是没多大难度的，甚至要废立皇帝也不会太难。

有这些老怪在，所以江如练才会一击不成就退走，否则思帝乡离京城不过百多里，那些老怪赶过来搏命围攻他，加上宫里严氏圣祖留下的厉害机关，他就算十八品也要吃不了兜着走。

太后不想多提那些长老们的事，把话题回转到当年的宫闱秘辛之上："周氏对本宫生了浓浓的忌惮之意，又顾忌她望族贵女母仪天下的贤淑假面，不好公开针对本宫，只能死死忍住而且尽量防止先帝与本宫亲近。"

"她却不知道族里的长老们早已经注意到永康的生辰，并暗中指派宫里的太监监视注意，皇后几次插手不成，也被长老们盯上了，她怕整个家族因她受累，只能眼睁睁看着本宫再次受孕，看着永乐顺利降生。"

太后当年不过是个普通清贵世家的女儿，什么都不懂，也不知道自己两个儿子的出生竟然牵涉到这么多事情与暗里的厮杀争斗，现在每每回想起来都感到一阵后怕。

秦悠悠听太后这口气，当年皇后应该是曾经想对她动手的，不过被族里长老派来的高手太监暗中阻止吓退罢了。

其实皇后最应该责怪的是她那位皇帝老公才是，如果不是他一边跟皇后情深款款，一边又管不住下半身去跟别的嫔妃亲热，就算皇后肚子不争气生不出光暗双帝，也没有其他女人孩子什么事，顶多让严家再多等几代人才琢磨一统天下的大事业罢了。

如果她是那个周氏皇后，把皇帝阉了，或者隐秘一点问向伯伯之类的神医弄点让他不能人道的药，那就大家都清静了。

当然，以上想法她绝对不敢对太后说的，否则太后要做的第一件事，肯定是设法把她这个危险人物灭了。

不然哪天自己儿子成了公公，她哭都没地方哭。

"只要生辰八字正确，那就是光暗双帝？"秦悠悠往深处一想又觉得不对，如果只是这样，严氏这么多代皇帝加上他们庞大的后宫人数，要制造出几双"光暗双帝"也没什么难度吧。

太后被她惹笑了："自然不是。所谓光暗双帝，除了生辰八字，还要对应骨相、资质等等。光之帝是天生的真龙命格，注定要登基为帝，而暗之帝却必须是可以修炼家族秘传神功的特殊体质。"

太后说到这里，似乎下定了什么决心，正色道："光暗双帝的最大秘密便是一人双命，只要暗帝好好活着，光帝便是身临绝境也可逢生。"

难怪皇帝那么笃定自己性命无忧，原来如此！

严棣如今的实力，就算江如练亲自出手也对付不了他，那就是说江如练即使把皇宫夷为平地，把宫里所有高手屠戮干净，皇帝还是会有惊无险逃过一劫。

虽然对自家相公的实力充满信心，秦悠悠还是忍不住问："那如果夫君有事呢？"是不是皇帝没死，妖怪相公也能逃过一劫？

太后脸色一变，慢慢摇了摇头道："永乐如今的修为，怎么可能会有事？"

她没有正面作答，不过从她骤变的脸色秦悠悠已经可以猜出答案——如果严棣有事，估计两兄弟会一起玩完。

不过太后说得对，妖怪相公那样的修为，天下间还有什么人奈何得了他？他只要不去冲击生死劫晋级陆地神仙，那笑面虎皇帝就是打不死的蟑螂，可以随便折腾到他寿终正寝的那一日。

这么可怕的组合，说要中兴严氏一统天下，可能性还真是高得很。

难怪妖怪相公对皇帝百分之百的放心，皇帝除非嫌命长想寻短见，否则绝对不会动这个宝贝弟弟的。

皇帝同样也很放心这个弟弟，因为大家都知道，除非这当弟弟的决定一死以谢大卜，否则是杀不了当哥哥的。而皇帝只要不死，按照他真龙命格就一定稳坐龙椅，严棣不管干什么都是瞎折腾。

尤其严棣论修为论地位都已经站在俗世巅峰，这日子不是皇帝过得胜过皇帝，还篡位干什么？吃饱了撑的吗？

搞清楚这两兄弟同生共死的彪悍命运，秦悠悠忽然又想到那位倒霉的皇后周氏："那个皇后后来怎么样了？"

"本宫生下永乐之后没多久，族里就来了人，暗中验证过他们两兄弟的筋骨资质，吩咐先帝带本宫到禁地内祭拜圣祖，先帝和本宫都是直到那时才知道他们两兄弟的特殊身份。此事进行得十分隐秘，长老们担心消息传出，会有人不顾一切谋害我两个孩儿。皇后当时怀上了严楠，先帝怕她难过也怕族里追究他泄密之罪，同样瞒住了她。"

"本宫安心守着永康与永乐，什么事都不再担忧。先帝知道严栋身为嫡长子却不可能继承帝位，自觉对皇后有愧，便有意无意冷落本宫，时时陪在皇后母子身边。也好，倒替本宫省了许多嫉恨麻烦。"太后提起这段往事，语气平淡。

秦悠悠想，她或者并不爱皇帝，不过被自己的丈夫如此冷待，尤其是连自己的儿子都无法得到丈夫的关爱，想不怨恨都很难。

娶那么多老婆，却没办法让她们过得开心快乐，师父说得对，当皇帝的没有一个是好人。

妖怪相公算半个皇帝，也是半个坏蛋！

"皇后并不知道族里已经确认了永康、永乐的身份，见先帝冷落我们母子，慢慢也安下心来，以为是自己虚惊一场，永康永乐只是普通皇子。于是她诞下严楠之后开始向先帝提出立储之事。"太后提起这个当年让她暗里吃了不少亏的周氏皇后，语气不免多了几分幸灾乐祸。

幸好皇后周氏只打听到光之帝生辰八字，所以才会有这样的侥幸之心，如果她本事再大一点知道预言中暗之帝的生辰与条件，只怕她会不顾一切下手。

那样的话，也没有如今的太后与严楠、严棣两兄弟了。

不得不说，这也许确实就是天意。

太后冷笑着继续道："先帝自然不可能答应周氏的要求，以严栋身体不好，严楠年纪太小为由暂时拖着。结果拖到严栋五岁的时候，他真的不好了。周氏痛失爱子终日以泪洗面。周氏族人以安慰她为由，又一次提起立严楠为储君之事。先帝迫不得已只好直言族里长老已经决定立永康为太子的事。周氏一听便明白过来，激愤之下竟不顾皇后之尊跑到本宫的住处要对本宫动手。"

太后眼中露出冰冷的怒意，握着秦悠悠的那只手也一下子收紧起来，过了片刻才缓过一口气道："她自然没能成功，不过她气恼之下露了口风，本宫才知道原来她一直清楚光暗双帝的传说，一直嫉恨着本宫。甚至曾想暗中派人杀死本宫与永康、永乐两兄弟。先帝赶到正好听到了她的叫嚣，吓得面无人色，一边努力将她劝走，一边软硬兼施逼我守口如瓶，不要让族里的长老们得知此事。"

"呵呵，她闹得这么大，就算本宫不说，别人就不知道了吗？周氏后来冷静了也知道事态严重，不等族里长老问罪，就忧急而亡。先帝为了此事，心里一直对本宫有隔阂。哼！满肚子阴谋算计的莫非是本宫？！"太后说到这里深深吸了两口气压下胸中的怨怒之气，在秦悠悠面前她不好说她那位皇帝老公的坏话，不过秦悠悠看得出来她对当年那一双帝后都是心怀怨恨的。

换了谁都没法不怨恨，皇后周氏算计加害不成，反而送了自己和长子的命，要怪也只能怪自己，还有那个管不住下半身四处播种的皇帝，跟太后着实没什么关系。

秦悠悠抱着她的手臂摇了摇道："那些事情都过去啦，母后你现在是太后，这里你说了算，还有两个儿子加上我孝敬你，想那些人做什么？"

一番话正正搔到了太后心中的痒处，这些当年压在她头上让她受了许多委屈的人都挂掉了，她还好好活着，地位尊崇还有儿子媳妇和大把孙儿孙女，将来两个儿子一统天下，她的名字也将有机会刻到禁地玉璧之上，周氏殚精竭虑筹谋多年的事，她无意中就全部得到了，人生至此夫复何求？

太后被秦悠悠几句话哄得眉花眼笑，伸手摸了摸她的脸蛋道："难怪永乐这么喜欢你，这张小嘴真甜。嗯？都过了午膳时候了，你饿不饿？在母后这儿用膳，永乐大概要晚一些儿才能来接你。"

秦悠悠用力点头道："好啊，母后最好了。"

事实证明，以前用在师父身上那一套甜言蜜语装可爱撒娇的手段，用在太后身上也是可行的，尤其是在她心情舒畅的时候。

杀机四伏

皇帝出事这五日积累下来的事情不少，严棣果然忙到晚上才来庆春宫接人，皇宫里头宫殿倒了近三分之一，剩下的都塞满了人，还有好些伤者，所以太后也没留他们，让他们直接回王府去了。

马车进了王府，秦悠悠扔下忙了一天的王爷夫君，双脚刚刚着地就往花园宝库的方向跑，她已经有整整半个月没见过大嘴和小灰，今日好不容易出了禁地就被领进宫去，现在终于可以看到它们了。

看守宝库的老卓见来的是王妃，感到她身上的气息有些不对，正要拦住她仔细看清楚，却见王爷也来了，他老眼一眯就看出了严棣的不同。

难怪王妃的气息也变了，老卓若有所悟，默默将两人的变化记在心上。

大嘴和小灰还是半个月前的老样子，秦悠悠小心翼翼替小灰顺了顺毛，叹了口气站起身道："我要去问问驻云飞，它们什么时候才能醒。"

严棣从身后走上来一把抱着她的腰，低头往她颈上咬去，哼道："就知道惦记这两个家伙，你就不会多想想你的夫君？"

秦悠悠被他咬得又痒又疼，低叫着闪躲起来："想你做什么？天天都见着呢！不许咬我了……不许呵痒痒！"

严棣干脆将她转过身压到墙上去用力吻得她浑身发软，然后抱起她就走，"陪我早些休息，明日要早起。"

离开宝库之前，他的眼角淡淡瞥了两只睡成一摊的灵兽一眼，秦悠悠是他的了，这两个家伙就安心地继续睡着好了，如果不是不愿意秦悠悠难过，他恨不得这两个家伙睡死了最好！

新婚燕尔，严棣当然不肯放弃福利孤枕独眠。

所以当秦悠悠沐浴过后回到寝室，赫然发现床上多了个衣衫单薄的壮男，不但大模大样靠着她的枕头还盖着她的被子。

绿意与伺候严棣的小太监很识趣地无声无息消失了，秦悠悠站在床边瞪着严棣一时不知道该说什么好。

严棣膝上铺着一幅军用的地图,显然是正在琢磨对多丽国用兵的事,不过从秦悠悠的气息出现在这个房间起,他的心思就不由自主从眼前枯燥的图纸上飘到了她的身上。

她身上散发着沐浴后的暖暖香气,让他心猿意马难以自持。

他干脆把手上的地图一手抛到床边的小几上,抬起头对秦悠悠伸手道:"悠悠过来,怎么就看着我发呆呢?"

"你怎么跑过来了?"秦悠悠想起在禁地里这些日子都是跟他睡在一起,只不过回到王府里头……

好吧!她还有些不习惯,尤其是这里许多人,之前他们虽然都叫她王妃,但是她跟严棣一直不曾住在一处的。

严棣如愿把她抱到怀里低头轻嗅着她身上带着水汽的清新气息,道:"我那边还未修整好,你不方便过去住,我只好委屈一点来这儿陪你了。"

早在他们参加庆东原冬猎之前,严棣就已经着手重新修整自己住的石院,好让秦悠悠搬过去与他同住,甚至让秦悠悠自己亲自看过。

因为她喜欢制作机关,需要的空间比较多,甚至对于测试机关效果的房间也要作特别布置,所以直到现在石院的改造工程还未结束。

"你还委屈?!"秦悠悠捶了他一下,这家伙得了便宜还卖乖。

"天气冷,我给你暖一暖。"严棣顺势将她压到床上,尽情享受一番软玉温香。

终于可以无所顾忌对她做尽所有亲昵之事,天知道他幻想过多少次留在绣楼里,就在这张床上把这诱人的小妖女"就地正法"!

稍稍满足过后,严棣才依依不舍从秦悠悠身上挪开一点。

"你打算跟多丽国打仗了?"秦悠悠瞄到床边小几上那张地图,隐约也猜到了。

江如练公然打到相月国皇宫里来了,如果相月国还毫无反应,那才真叫见鬼了。

"嗯。"严棣的声音懒洋洋的,侧头亲了亲她的眉心道,"早晚要打的,你别管这些事情,安心把禁地通道的那些机关图纸重新画好就成。"

他一句不提让秦悠悠替他复原禁地里严氏圣祖留下的那些军械设计图纸,甚至也绝口不提装嵌那尊大炮的事,反而让秦悠悠感到有些歉然。

他对自己几乎是有求必应,但是自己却为着原则问题连一些只是举手之劳的事都拒绝为他做,说起来真有些不地道。

"好,我明天就开始画,保证几天就画好。有些地方其实可以改进一下,到时候我另外画了图纸,有必要的话我们再到禁地去把机关都改一遍。那江如练将来就算带着图纸去,也只能被拦在门外了。"秦悠悠觉得自己只能这么回报严棣了。

"悠悠真乖!"严棣揉了揉她的细腰,道,"明日起,你大概每日都要随我入宫去了。江如练如今行踪不明,你一个人在王府,我不放心。正好宫里的机关布置你也可以趁机看看，当日逼走江如练，那些先祖传下的机关居功不小。"

"好啊！"又有机关可以看，秦悠悠忍不住期待起明天，抱着严棣的脖子蹭了蹭他道，"你对我真好。"

严棣笑了笑抬手虚弹一下，将房里的灯烛打灭，抱着怀里的小妻子哄她快快入睡。

"你是我唯一的妻子，我自然要好好待你。"严棣轻吻着她的眼睛低语道。

他对她越好，她才会越惭愧，也许到了某个适当的时机，这些惭愧与歉然会成为打碎她那些无谓原则的重要利器……

他说过她不愿意做的事，他不会逼她去做，他会让她心甘情愿为他改变意愿，主动去做。

接下来的日子，严棣每日都在忙碌之中，秦悠悠也不得不陪他一起忙碌。

一早起来用过早膳严棣就要入宫代皇帝处理政事，顺手也会把秦悠悠拎进宫。

御书房一带因为江如练与皇宫内众多高手的一场大战，被彻底轰成残垣败瓦，完全没办法用了，只得在附近临时调用另一座未受波及的宫殿，作为严棣与大臣商议政事的地方。

大殿用屏风隔开前后两重，严棣在前面接见大臣，后面就是秦悠悠绘画图纸和休息的地方。

严棣有时也会到后面去"休息"一下，一般"休息"过后再次出现，都是神清气爽，心情特别舒畅的样子。

很多原本对严棣的赫赫凶名心存恐惧的大臣太监惊奇地发现，这个相月国著名的杀神凶神自从有了王妃之后好像换了个人，不但有了正常人的情绪，而且待人处事的态度也平和了不少。

"外边都在说，圣平亲王的王妃真是娶对了！不说王妃娘娘冠绝天下的机关术，光是她让亲王变得如此平易近人，这本事就令人赞叹。据说京城里许多世家大族的夫人们都在暗暗后悔，早知道圣平亲王这么疼爱妻子，当初无论如何不该听信谣言，抢破头也得求着太后把自家女儿纳为王妃的。"

皇帝寝宫之中，给皇帝说话解闷的小太监小六子呱啦呱啦地吹嘘着宫里宫外的大小传闻。

"朕这位弟妹确实不错……"皇帝微笑道。

"是是，连皇上都说不错的，那自然是万万错不了的。这几天圣平亲王每日与王妃同进同出，恩爱得很呢。王爷在前面替皇上办事，王妃在后面绘画机关图纸。大伙儿都说，王妃定是在为我相月国大军设计厉害的军械，等开春了就好好给多丽国奉神教那些跳梁小丑一个大大的教训，让他们知道轻易冒犯我相月国国威的后果！"

小六子越说越兴奋，一副明日相月国大军就要攻入多丽国国都，剿灭奉神教的激动模样。

皇帝眼底闪过一丝淡淡的幽光，他很清楚知道秦悠悠在做什么，甚至也已经见过她的成果——与什么厉害的军械无关，不过是皇族禁地内入口处通道机关的详图与改进后的新图纸。

这些图纸今日一早由族里长老亲自验看过并带回禁地收藏，据说长老们十分高兴，个个都认定了严氏有这样在机关术上可与圣祖媲美的媳妇，更有预言中的光暗双帝现世，一统天下指日可待。

想得倒是简单……皇帝微微一笑，疲倦地闭上了眼睛。

伺候在他身边的老太监见了，回过头来瞪了小六子一眼，小六子吐吐舌头，马上噤声退了出去。

午后下起了大雪，严棣与秦悠悠一道用过午膳，拉起她到外边去走一走，严棣的修为不需要什么人保护，只让太监宫女远远跟着，自己牵着秦悠悠的手在雪中悠然漫步。

大片大片的雪花飘落到两人身体附近都被护身罡气轻轻弹开，两人就这么穿着普通衣衫在漫天飞雪中穿行，远远望去轻灵优雅恍如神仙中人。

"师父说得不错，修炼武道确实很有用处，至少可以让人免却许多不便与艰难，更舒服地享受人生。"秦悠悠远望另一边穿着厚重棉衣，哆嗦着在大雪中运送木石材料的工人，有感而发。

这确实是个挺新鲜的说法，在大部分武道强者眼中，修炼的目的各不相同，为报仇雪恨、为荣华富贵、为得人尊崇、为成为天下第一人，又或者单纯只是醉心武道希望达到极致，很少听说修炼是为了享受人生的。

秦悠悠看得出来严棣有些不以为然，她伸手接了一片雪花道："小时候我每到冬天就冷得发抖，只想钻进被窝里不出来了，更加讨厌师父让我大冷天一早爬起来练功。有一年冬天，也是下着这样的大雪，师父硬把我从被窝里挖出来抱到外边，他握着我的手把真气传给我，然后我就不冷了，他让我自己接了雪花在掌心看，那朵漂亮的雪花竟然就在我掌心上没有融化。"

"然后师父就跟我说，只要辛苦修炼几年，以后都可以这样不怕冷，可以看清楚这个世界美好的东西，可以很轻松地到山巅绝顶、天涯海角去看一般人看不到的壮丽风光。"

严棣看着她思念的神情，不得不承认，那个该死的齐天乐确实有让她思念的理由，不过……

"你现下的修为，好像不是你辛苦修炼得来的。"严棣神情平淡地提醒道。

秦悠悠的脸蛋霎时红透了，恶狠狠瞪了他一眼："坏蛋！"

严棣笑了起来，笑声爽朗而欢快，在空旷的皇宫中远远传扬开去。

他喜欢这样的秦悠悠，虽然她嘴巴里在骂他，但是眼里心里只想到他。假以时日，他肯定可以一点一点取代她师父在她心中的位置，将她的心牢牢占满。

远处的人不知道王妃说了什么话把从前几乎不笑，笑起来能把大人吓哭的圣平亲王逗得这么开心。

秦悠悠被他笑得恼羞成怒，合掌将手上的雪花揉成雪团，一把塞到他后领中，然后转身就跑。

让你笑！坏蛋，我就让你好好"冷静"一下。

那个雪团她做了手脚，滑入严棣衣领之内的那一刻就化成了冰水，就算严棣修为再厉害，也能给他造成点儿小麻烦。

严棣那可恶的笑声果然顿住了，不过他人却只是呆呆站在原处，没有发火也没有转身来追拿秦悠悠算账。

已经跑开一段距离的秦悠悠大感奇怪，忍不住又小心翼翼回到他身边不远处，却见他静静看着前面的雪地出神。

"你在看什么？"秦悠悠奇怪地顺着他的目光看过去，那里什么都没有啊！

不知不觉间她越靠越近，走到了严棣身侧。

腰上突然多了一条手臂将她牢牢圈住了拖入某个熟悉的怀抱，严棣的声音不怀好意地在耳边响起："我在看小笨蛋什么时候傻乎乎地跑回来自投罗网。"

秦悠悠知道上当受骗，嘴硬地仰起头反唇相讥："你才是笨蛋！"

严棣一手抱着她，一手捏了个更大的雪球，在她眼前晃了晃，吓得她连忙揪紧衣领缩起脖子道："不可以！"

"一报还一报，有什么不可以？"严棣作势要把雪球塞进她的衣领中。

"我错了我错了，你饶了我吧。"怀里的小美人很识时务地服软求饶。这个时候让雪水流进衣服里，肯定难受死了。

"我不能让你白白作弄。"严棣笑哼道。

"我回去伺候王爷更衣好不好？"秦悠悠眨眨眼睛，神情狡黠又充满诱惑，暗示这更衣过程可以很香艳。

这样的赔礼道歉方式严棣比较满意，当下就扔开掌心的雪球表示大方地放过她了。

亲王大人高兴得太早，还未回到大殿，就见太后身边的女官前来接人，说是太后宣召王妃前去商量年节庆典的事。

严棣一见秦悠悠窃笑的模样就明白她早知此事，什么伺候他更衣之类的不过是缓兵之计罢了。

这小丫头！就让她得意片刻，晚上回到王府再跟她慢慢算账不迟。

秦悠悠小小地扳回一城，心情大好跟着那女官走了。

"这条路不是去庆春宫的！"秦悠悠随那女官走了一段，忽然发现不对。

她认路的本事一般，但今早才看过皇宫的地图，对于宫里的大致方位还有些概念，眼前这条路分明是往西南方向而去的，太后的庆春宫在皇宫东南面。

严棣不止一次提醒过她，奉神教的人随时可能出现，甚至也许还有余党潜伏于宫内，所以秦悠悠发现不对，便马上停下了脚步。

那名女官微笑道："太后如今正在步蟾宫观看工匠准备的冰灯呢。"

先前秦悠悠确实提议过太后做冰灯作为年节庆典的装饰，甚至当场做了一盏让太后观看，太后极是喜欢。

步蟾宫那一带的宫殿一直是每年举行重大庆典的地方，这女官的话也算合情合理。

而且她是太后身边伺候二十多年的老人，宫里宫外的命妇贵眷都认得她，换了别人绝不会怀疑她的话。

不过秦悠悠不是别人，对她而言，这女官样貌陌生得很，她压根没印象，再加上她很清楚知道太后只是个普通人，身上那点儿修为完全是靠吃了大量灵丹妙药补出来的，轮实战能力比一般人强不了几分。

这种时候，她这样的九品武尊外加一身机关暗器的厉害人物都受到严棣的警告不敢轻易到处乱跑，何况太后？！

她对女官的话充满怀疑，又不好当场拒绝前往，万一是真的就不好了，于是一边暗暗提防，一边笑道："我想起有些东西忘了带，我回去取了再来。"

"王妃请留步。您忘了什么奴婢替你去取，王妃在那边稍候即可。"女官指了指一侧的暖阁殷勤道。

"不必了，我那里机密的图纸太多，你不便翻找。"秦悠悠很坚持，转身举步就走。

"王妃还是留步的好……"女官低笑一声，突然伸手向秦悠悠背心抓去。

秦悠悠又怎会随便把背心露出来让人攻击？女官手伸到一半，就感到掌心一阵剧痛，眼前金光闪动带着血腥味无声无息已经来到跟前。

"啊！"女官凄厉地大叫一声，整个人被无数飞针打成了刺猬，砰一声重重倒在雪地上。

远处皇宫边缘一排低矮的小房舍中，同时发出"嗤"一声轻响。

房舍之内，一身侍卫服饰盘膝而坐的旭光圣子定定看着前面乌黑祭坛上突然渗出一滴滴鲜血的雪白纸人，慢慢露出一个冰冷的笑容。

"秦悠悠，看来我是太小看你了……"

不但机关术冠绝天下，武道修为竟也如此可怕，分明已经晋入九品武尊之列，否则就算她手上的机关暗器再厉害，也不可能轻易秒杀他千辛万苦得来的活傀儡。

那女官确实是太后身边的人，而且本身乃是十一品武圣，不过五日前被他以秘法炼成了活傀儡，没想到只是一个照面就被秦悠悠杀了。

秦悠悠的修为不是已经被化元丹废了吗？就算她修为仍在，也绝对没有达到武尊级别，她是怎么办到的？在这短短数月之间不但恢复了修为，甚至往前迈了这么一大步！

另一边，秦悠悠看着地上的尸体，耳中听到附近闻声而来的太监宫女的惊呼尖叫，也是一阵恍惚。

她虽然身上常备大量杀伤性武器，但极少真正动手伤及人命。

"悠悠。"有些僵硬的身体被人一把抱住。

"永乐……"秦悠悠发现是严棣，整个人一下子放松下来。

"没事了，不用怕。"严棣一边安抚她，一边凝目望向地上那个已经死透了的女官。

那是从小跟在母后身边的人，几乎是看着他们兄弟长大的，此刻僵硬地躺在雪地上，一朵朵殷红的血花染湿了她身上浅绿色的女官衣裙，大张的眼睛里还能看到她死前的惊恐与意外，衬着她脸上诡异的笑容，看上去陌生非常。

梁令走上几步小心翻开她的衣领，拨开她耳后的发丝，露出三个红豆大小紫色印子，呈品字形排列在耳后。

"寻梅她被人炼成了活傀儡。"梁令低声道，这个叫寻梅的女官与他同是宫里的老人，相识多年，如今眼看着她遭此厄运，他心里也极是难过。

"好好检查清楚宫里每一个人，尤其是皇兄与母后身边伺候的人。"严棣的语气平静，但秦悠悠听得出来，这平静之中蕴含暴怒烈火。

"跟我去见母后。"严棣抱着秦悠悠掉头往庆春宫方向而去。

这个叫寻梅的女官是母后身边陪伴多年的人，现在死在秦悠悠手上，必须由他亲自向母后解释清楚，免得母后对秦悠悠生出什么不满。

秦悠悠听了他与梁令的对答，也大约猜到了事情的始末，她忍不住后悔道："如果我刚才控制一下，也许她就不必死了。"

她对奉神教的人打心里惧怕，而且她还是第一次以全新的修为配合暗器进行攻击，只敢全力以赴，根本没想到如何控制力道。

"不，日后遇上这种事，你必须如今日一样出尽全力，宁愿杀错也不可放过。"严棣握紧她的手道。

如果秦悠悠不够狠心，有太多顾忌迟疑，此刻冰冷僵硬地倒在雪地上的人可能会换成她，严棣只要想到那个情景就觉得背心发寒。

被炼成活傀儡的人，神智已伤，此生都不会有恢复的机会，所以对于严棣而言，寻梅的死虽然可惜可叹，却是必然。

本来欢快的心情，一下子被蒙上了浓浓的阴影。

宫里开始进行严密的排查，旭光圣子见寻梅事败，也知道宫中不可久留，当日毫不迟疑地抹去所有线索潜出宫外，去寻找他的师父江如练。

千山鸟飞绝，万径人踪灭。

大雪纷飞的日子里，京城内外都是一片白茫茫，便是严氏皇族禁地思帝乡一带也覆盖在无边白雪之中。

某个不知名的山岭上，一个人独自盘膝静坐在山巅一块巨石上，一身白色的衣袍几乎融入这雪景之中。

他看上去不过三四十岁模样，满头黑发偏偏鬓边却白了一大片，鹅毛大雪落到了这人身周三寸处便化作白烟无声散去，他就这样坐在大雪中一动不动，仿佛已经坐了千万年之久。

直到旭光圣子贺熙朝的身影靠近，他脸上淡漠的神情才有了一丝松动。

"如何？"他平静地问道，没有回头看身后的人一眼，依旧远远望着思帝乡禁地的方向，仿佛可以看穿所有阻隔，看到禁地深处。

旭光圣子收起了平日那副风流放诞的姿态，恭恭敬敬道："严棣防范极严，弟子未能得手。"

坐在巨石上的中年人正是名动天下的奉神教教主江如练！

除了有天下第一高手之称的江如练，世间再无一人可以令旭光圣子以如此谦恭老实的态度答话，就是他那位父皇也不行。

只因旭光圣子很明白，自己的一切一切都是眼前的师父所赐，而他也远远未到他师父的境界。

"严棣他重创你大师兄的时候，至少已经是一名十五品武圣。"江如练轻叹一口气道。

他闭关十年，没想到严氏竟然出了一个如此棘手的人物。就是严棣的兄长严樾也比他想象中的厉害了许多。

严棣的修为与他几乎同出一辙，肯定也是修炼了圣祖传下的那一门神奇功法。

当今天下除了他，竟然还有人能够修成那一套条件如此苛刻的功法，他有种种机缘巧合，但是严棣又是怎么办到的？

也许一切的秘密都在这禁地之中。

严氏一族的禁地就在眼前，他的父亲、祖父、曾祖父、先祖至死不忘的秘密就在距离他不足十里的地方，对于他却似咫尺天涯，永远可望不可即。

他确实已经晋入十八品顶尖武圣境界，但是思帝乡附近不但有上万皇家禁卫驻扎，更有数不清的严氏一族隐世强者拱卫。

这些严氏的长老们或许没有一个修为可与他匹敌，但是联合起来，却是一股足以让他头疼不已的力量。更不要说禁地内机关重重，他要想硬闯过去，几乎绝无可能。

圣祖传下的机关有多厉害，先前在子夜城皇宫内就已见识过了。

如果是十多年前，江如练或许会感到不忿，甚至放手一搏。但是如今，他却只能苦笑摇头。

十八品武圣巅峰，听起来很威风，但也很危险，体内修为激发过度，可能马上引来生死劫，被迫晋升陆地神仙，或许灰飞烟灭，或许受天地法则所限就此超脱凡俗，再不得插手俗世之事。

不管哪一个结果，都不是他愿意承受的。

日前他只身入宫想先除了严櫯这个心腹大患，顺道重创相月国宫中的众多高手，满以为以他如今的修为应该十拿九稳，没想到却是功亏一篑。

想起皇宫中严櫯有恃无恐的一番话，江如练不得不承认自己的心境受了相当大的影响。

或许上天注定他们这一支就要断绝在他手上，或许从他们这一支被驱离严氏起，就注定永远无法重新入主严氏……

就是让他入主了严氏又如何？自己无儿无女，得来的一切传与何人？

江如练沉吟片刻道："你也不必再冒险进入皇宫，严棣与严櫯两兄弟不死，杀几个无关紧要的人没有用处。"

旭光圣子眼珠子一转笑道："徒儿是想抓严棣的新王妃来给师父当个小丫鬟。"

"胡闹。"江如练轻斥一句，却并没有多少责怪的意思。他没有儿女，几乎将三个弟子当成是自己的亲子，所以对他们不免多了几分宽容放任。

不过他忽然想起一事，奇怪道："严棣他竟然娶妻？！这女子是什么来历背景？与严棣可有夫妻之实？"

旭光圣子不太明白师父为何关心严棣的婚事，不过秦悠悠是他打算送给师父的礼物，他原本也要提到她，于是答道："确实如此，那女子叫秦悠悠，乃是天工圣手齐天乐的弟子，他们师徒极有可能能够看懂师父那些图纸上的奇怪符号。几个月前徒儿派人追捕她，结果被她投江逃脱，为严棣所救。严棣将她带回相月国不久，就传出要娶她为正妃的消息。"

"大半个月前，她与严棣一道进入前面禁地去祭拜祖先，几天前才离开禁地回到子夜城。至于她与严棣可是真有夫妻之实，徒儿不敢确定。徒儿这里有秦悠悠的画像，师父看一看就明白。想来与这样的美人同进同出……很难坐怀不乱。"

旭光圣子从袖中取出一卷绢布轻轻抖开，露出绘画在绢布上的一幅画像。

江如练一出关得知大弟子被严棣重伤昏迷已有数年的消息，心痛如绞一路杀到相月国来直闯皇宫想大杀一场，找严櫯严棣算账。

他自恃修为已达俗世巅峰，所以也未曾与弟子通信，直到今日才收到弟子辗转传来的消息，约在此处相见。所以许多事情他也是首次听闻。

他从先祖口中也听说过一些关于禁地的秘密，正神思流离地琢磨着旭光圣子提供的消息，目光一转猛地看清楚画上的人像，登时如遭雷击，脸色尽变。

"这幅画像……"江如练一把夺过旭光圣子手中的画像，脑子里一片混乱。

画上的人极似"她"，但又不是"她"，"她"极少露出如此欢快顽皮的笑容，即使是在二十多年前，"她"也如画中人这般年纪时，也不曾真正无忧无虑过。

"她就是秦悠悠，风归云已经默认她就是他姑姑风瑶姬的女儿。"旭光圣子坦言道。

女儿？她的女儿？难怪这么像……只不过一想到这女孩儿的父亲，江如练只觉得心里似乎有一把毒火在烧！

好！好啊！你竟然真的跟那个男人生儿育女！

江如练忽然低笑起来，笑声中充满了悲凉愤恨之意，终于站起身道："此事你不必再管，尽快赶回多丽国去助你父皇备战。"

说完便回过头去不再看旭光圣子。

"徒儿想留在这里伺候师父。"旭光圣子道。

"随你。"江如练心乱如麻，也没空去管弟子作何打算。

那幅画像仿佛一柄钥匙，再次打开他多年之前的那些记忆。

旭光圣子站在他身后，神情恭敬但是心里不知道在想些什么。

子夜城皇宫内，太后、皇帝都已经得知寻梅的死讯，虽然难过，却也很快便收拾心情。比较放不开的反而是秦悠悠。

直到随严棣回到王府，她还是有些怏怏地提不起精神。

小庭花捧了个黑色的盒子来，道："十二郎到满子哥哥那里取回来的，王妃你看！"

秦悠悠接过来，对小庭花道了声多谢，打点精神把盒子捧回房间打算看看里头装的什么东西。

这个盒子是文家特制的"百珍匣"，对秦悠悠而言没什么难度，摆弄几下就听到盒子里发出一声轻响，盒盖往上弹开了一点。

严棣坐在她身后抱着她看她轻松无比地打开了盒子，心里也暗暗为有东西能转移开她的注意力而高兴。

盒子里放了好些女子用的小物件，还有一封书信。

"啊？我还以为会是什么灵药宝贝呢，向伯伯如果知道百珍匣里是这些东西，一定很失望。"秦悠悠也很失望。

严棣轻咬了一口她的耳朵，哼道："你那个向伯伯根本不知道这事，有什么好失望的？"

"不知道？"

"这匣子里的东西，是你那个满子哥哥要给你的。"严棣语气里的酸味就算再迟钝的人都能嗅到。

"满子哥哥为什么要骗我？他送这些东西给我干什么？"秦悠悠将信将疑道。

百珍匣里的东西分明都是旧物，不像是会拿来送人的东西。

而且满子哥哥要给她东西完全可以光明正大地说，为什么要托辞是他师父要她帮忙打开这个盒子？

她再往深处一想，慢慢有些明白过来，竖起眉毛生气道："你从中捣鬼，拦着满子哥哥不让他跟我通消息是不是？！"

严棣笑了笑也不否认，指指匣子里那封信道："你看看他给你的信上都说的什么？"

秦悠悠很恼火，不过还是忍不住好奇，决定等看过信之后再好好逼问一番妖怪相公都背着她干了什么坏事，然后视情节轻重决定怎么收拾他。

秦悠悠取过信封抽出里面的信纸一看，不由得"咦"了一声。

信封里的并不是常见的那种信笺，而是一片薄如蝉翼的丝绢，虽然被摊平了放在信封内，但丝绢上的褶痕斑驳，可以想象原本多半是一封被藏在蜡丸之类的东西里的密信。

小小一张丝绢上写满蝇头小字，字迹娟秀，似是出自女子之手。

大意是机关图纸已到手，但部分图纸上面带有特殊符号，含义无从知晓，写信人在奉神教中暗中查探，似乎她的师父与师兄都不知道符号的意思。

另外又说师兄在用一种诡异的方法修炼，脾气变得越来越暴躁易怒，又有几位师姐无故失踪，师兄最近每日都盯着她服食易经丹，她总觉得这些事情内有联系，而且凶险非常。

写信之人最后说她会尽快想办法离开奉神教。请兄长小心，免得被她所累。

信末尾落款正是"瑶姬"两字。

秦悠悠看到"易经丹"三个字，手不自觉抖了一下。看完整封信，她慢慢抬起头瞪着严棣道："说说看，你有什么看法？"